Ursula K. Le Guin

MÜLKSÜZLER

Ursula Kroeber Le Guin (1929-2018) Kaliforniya'da doğdu. Babası ünlü antropolog Alfred Kroeber, annesi yazar Theodora Kroeber'dir. Radcliff ve Columbia üniversitelerinde edebiyat eğitimi gördü. 1950'li yıllarda fantastik öyküler ve romanlar yazmaya başladı. 1962'de ilk bilimkurgu öyküsü yayımlandı. 1974 tarihli *Mülksüzler*'e kadar altı bilimkurgu romanı yazdı. Bu tarihten sonra zaman zaman bilimkurgu öyküleri yazmakla birlikte romanlarında daha ziyade yarı gerçekçi/yarı fantastik temalar işledi.

Kısa hikâye, deneme, şiir, çocuk kitapları ve roman türlerinde eserler veren Le Guin'in aldığı çok sayıda edebiyat ödülü arasında Ulusal Kitap Ödülü, beş kez Hugo ve beş kez Nebula Ödülü, Kafka Ödülü ve PEN/Malamud Ödülü bulunuyor.

Türkçede *Mülksüzler* ile başladığımız Le Guin edebiyatı, okurdan gördüğü ilgiyle birlikte geniş bir koleksiyon oluşturdu. Bir üçleme olarak başlayan Yerdeniz dizisi, yazarın beş yıl sonra kaleme aldığı *Tehanu* ve devamında aynı coğrafyada geçen ve kısa hikâyelerden oluşan *Yerdeniz Öyküleri* ve on yıl sonra yazdığı *Öteki Rüzgâr* ile birlikte bir altılı halini aldı.

Le Guin'in düzyazılarını merak eden okurlarımıza, edebiyat konulu makale ve denemelerini bir araya getirdiğimiz *Kadınlar Rüyalar Ejderhalar* başlıklı seçkiyi ve 2017'de yayımladığımız, kendisinin derlediği yazılardan oluşan *Zihinde Bir Dalga*'yı tavsiye ediyoruz.

Metis Yayınları
İpek Sokak 5, 34433 Beyoğlu, İstanbul
e-posta: info@metiskitap.com
www.metiskitap.com
Yayınevi Sertifika No: 43544

Metis Edebiyat
MÜLKSÜZLER
Ursula K. LeGuin

Özgün Adı: The Dispossessed, 1974

İlk Basım: Ocak 1990
Yirmi Beşinci Basım: Temmuz 2021

Metis Edebiyat Yayın Yönetmeni:
Müge Gürsoy Sökmen

Kapak Resmi: Deniz Bilgin
Kapak Tasarımı: Emine Bora

Dizgi ve Baskı Öncesi Hazırlık:
Metis Yayıncılık Ltd.

Baskı ve Cilt:
Yaylacık Matbaacılık Ltd.
Fatih Sanayi Sitesi No: 12/197 Topkapı, İstanbul
Matbaa Sertifika No: 44865

ISBN-13: 978-975-342-528-5

URSULA K. LE GUIN

MÜLKSÜZLER

Çeviren:
LEVENT MOLLAMUSTAFAOĞLU

metis

MÜLKSÜZLER

İkircikli Bir Ütopya

DOĞU YARIKÜRE

Anarres

Urras

BATI YARIKÜRE

Anarres

Urras

Birinci Bölüm

Anarres - Urras

BİR DUVAR VARDI. Önemli görünmüyordu. Kesilmemiş taşlardan örülmüş, kabaca sıvanmıştı; erişkin biri üzerinden uzanıp bakabilir, bir çocuk bile üzerine tırmanabilirdi. Yolla kesiştiği yerde bir kapısı yoktu; orada yerin geometrisine indirgeniyordu: bir çizgiye, bir sınır fikrine. Ama fikir gerçekti. Önemliydi. Yedi kuşak boyunca dünyada o duvardan daha önemli bir şey olmamıştı.

Bütün duvarlar gibi iki anlamlı, iki yüzlüydü. Neyin içeride, neyin dışarıda olduğu, duvarın hangi yanından baktığınıza bağlıydı.

Bir tarafından bakıldığında duvar, Anarres Limanı adı verilen yirmi beş hektar çorak alanı çevreliyordu. Limanda bir çift büyük portal vinç, bir roket fırlatma platformu, üç ambar, bir kamyon garajı ve bir yatakhane vardı. Yatakhane dayanıklı, pis ve yaslı görünüyordu, ne bahçesi vardı, ne de içinde çocukları; açıkçası orada ne kimse yaşıyor, ne de kimsenin uzun süre kalması düşünülüyordu. Aslında bir karantina bölgesiydi. Duvar yalnızca iniş alanını değil, uzaydan gelen gemileri, o gemilerle gelen insanları, geldikleri dünyaları ve evrenin geri kalan kısmını hapsediyordu. Evreni çevreliyor, Anarres'i dışarda, özgür bırakıyordu.

Öteki tarafından bakıldığında duvar Anarres'i çevreliyordu: bütün gezegen içerideydi, diğer dünyalardan ve insanlardan yalıtılmış, karantinaya alınmış, dev bir esir kampıydı.

Yoldan birkaç kişi iniş alanına doğru geliyor, birkaçı da yolla duvarın kesiştiği yerde bekliyordu.

Çoğu kez yakındaki Abbenay kentinden insanlar, bir uzay gemisi görmek umuduyla, ya da yalnızca duvarı görmek için gelirlerdi. Ne de olsa dünyalarının tek sınırlayıcı duvarıydı o. Başka hiçbir yerde Girilmez levhasına rastlayamazlardı. Özellikle yeni yetmeler kapılıyordu duvarın çekiciliğine. Yanaşıp üstüne otururlardı. Ambarlardaki taşıyıcılardan sandıkları indiren, izlenecek bir takım görmeyi umarlardı. Platformda bir yük gemisine bile rastlayabilirlerdi. Yük gemileri yılda yalnız sekiz kez gelirdi. Gelişleri limanda çalışanlar dışında kimseye duyurulmazdı. Onun için bu kez izleyiciler çalışan birilerini görünce, başlangıçta heyecanlandılar. Ama onlar bir uçta; hareketli vinçlerin karmaşasıyla çevrilmiş, alçak, kara kule alanın öbür ucunda duruyordu. Sonra ambar takımlarından birinden bir kadın gelip "Bugünlük kapatıyoruz kardeşler," dedi. Güvenlik kolluğu takıyordu, en az uzay gemisi kadar seyrek görülen bir şeydi bu. İşte bu biraz heyecan yaratmıştı. Kadının sesi yumuşaktı, ama bir kesinlik seziliyordu. Takımının ustabaşıydı; sorun çıkacak olursa yoldaşları ona arka çıkardı. Zaten görülecek pek bir şey de yoktu. Yabancılar, dış dünyalılar gemilerinde saklanıyorlardı. Gösteri yoktu.

Savunma ekibi için de sıkıcı bir gösteriydi bu. Bazen ustabaşı birinin duvarı aşmaya çalışmasını diliyordu; gemiden atlayan bir yabancının veya gemiye yakından göz atmaya çalışan Abbenay'lı bir çocuğun. Ama bu hiç olmamıştı. Hiçbir zaman hiçbir şey olmuyordu. Olay gerçekten çıktığında da, o hazırlıklı değildi.

Dikkatli'nin kaptanı "O kalabalık gemime mi saldıracak?" diye sordu.

Ustabaşı baktı ve limanda gerçekten büyük, yüz ya da daha fazla kişiden oluşan bir kalabalık olduğunu gördü. Orada öylece duruyorlardı. Kıtlık sırasında ürün taşıyan trenleri istasyonlarda bekleyen insanların durduğu gibi. Ustabaşını korkutuyordu bu.

"Hayır," dedi yavaş ve sınırlı İocası'yla. "Protesto ediyorlar. Şeyi protesto ediyorlar... Nasıl derler... Yolcuyu."

"Şu gemiye binecek pezevengin mi peşindeler yani? Onu ya da bizi durdurmaya mı çalışacaklar?"

Ustabaşının diline çevrilemeyen "pezevenk" kelimesi kendi halkı için yabancı bir terimden başka bir şey ifade etmiyordu ona, ama kelimenin söylenişi hiçbir zaman hoşuna gitmemişti, kaptanın ses tonu da, kaptanın kendisi de. "Başının çaresine bakabilir misin?" dedi.

"Boşversene. Sen yalnızca geri kalan yükün boşaltılmasını sağla, çabuk olsun. Şu yolcu olacak pezevengi de gemiye getir. Hiçbir Odocu kalabalığı bize bir şey yapamaz." Beline taktığı, şekilsiz bir penise benzeyen madeni nesneyi okşadı ve silahsız kadına hor görerek baktı.

Kadın, silah olduğunu bildiği fallik nesneye soğuk bir bakış fırlattı. "Gemi 14'te yüklenmiş olacak," dedi. "Mürettebat içeride güvencede olur. Kalkış 14:40'ta. Yardım istersen Uçuş Kontrol'e mesaj bırak." Kaptan üstünlük taslayamadan uzaklaştı kadın. Kızınca adamlarına ve kalabalığa karşı daha sert davranıyordu. "Oradaki yolu açın!" diye komut verdi duvara yaklaşırken. "Kamyonlar geliyor, kaza çıkmasın. Kenara çekilin!"

Kalabalıktaki erkek ve kadınlar onunla ve kendi aralarında tartışmaya başladılar. Yolu geçip duruyorlardı, bazıları duvarı geçti. Ama yine de yolu neredeyse açtılar. Ustabaşı kalabalığı yola getirmekte ne kadar deneyimsizse, onlar da bir kalabalık oluşturmakta o kadar deneyimsizdiler. Bir kalabalığın öğeleri değil, bir topluluğun üyeleri olduklarından kitle psikolojisiyle hareket etmiyorlardı. Ne kadar insan varsa o kadar değişik duygu vardı. Ayrıca komutların rasgele olmasını beklemediklerinden, komutlara uymama deneyimleri de yoktu. Deneyimsizlikleri yolcunun hayatını kurtardı.

Bazıları oraya bir haini öldürmeye gelmişlerdi. Bazıları ise onun gitmesini engellemeye, ona hakaret etmeye, ya da yalnızca bakmaya gelmişlerdi. Bütün bu diğerleri, katillerin kısa yolunu tıkıyordu. Hiçbirinde ateşli silah yoktu, ancak birkaçı bıçak taşıyordu. Onlar için saldırının anlamı yalnızca bedensel saldırıydı, haini ellerine geçirmek istiyorlardı. Korunmuş olarak, bir araç içinde gelmesini bekliyorlardı. Mal taşıyan bir kamyonu incelemeye çalışır ve öfkeli sürücüsüyle tartışırken, aradıkları adam yalnız başına ve yürüyerek geldi. Farkına vardıkları zaman çoktan alanın yarısını geçmişti, arkasında beş savunma görevlisi onu izliyordu. Onu öldürmek isteyenler takibe –çok geçti– sonra da taş atmaya –pek de geç değildi– giriştiler. Hedefledikleri adamı tam gemiye binerken ıskaladılar, ama koca bir taş savunma görevlilerinden birinin tam kafasına geldi ve adamı anında öldürdü.

Geminin kapakları kapandı. Savunma ekibindekiler geri dönüp ölü arkadaşlarını taşıdılar; gemiye doğru koşarak gelen kalabalığın önderlerini durdurmak için herhangi bir şey yapmıyorlardı, ama öfke ve şoktan yüzü bembeyaz olan ustabaşı onlar geçerken arkalarından küfretti. Kalabalık ise ustabaşına çarpmamak için kenardan geçti. Gemiye ulaştıklarında kalabalığın öncü kolu dağıldı ve kararsız, durdu. Geminin sessizliği, dev, iskeletsi servis kulelerinin ani hareketleri, toprağın garip yanık görüntüsü, insan boyutlarında herhangi bir şeyin olmaması zihinlerini karıştırıyordu. Gemiye bağlı bir şeyden çıkan buhar veya gaz kaçağı bazılarını irkiltti, yukarıda geniş, kara tüneller gibi duran roketlere tedirginlikle baktılar. Limanın öte yanında bir uyarı sireni öttü. Önce biri, sonra bir başkası kapıya doğru yöneldi. Kimse onları durdurmadı. On dakika içinde liman boşalmış, kalabalık Abbenay'a giden yol boyunca dağılmıştı. Hiçbir şey olmamış gibiydi.

Dikkatli'nin içinde ise bir sürü şey oluyordu. Yer Kontrol fırlatma zamanını öne aldığı için bütün işlemler iki kat hızlı yapılmak zorundaydı. Kaptan, ayak altında dolaşmamaları için yolcuyla doktorun kemerlerinin bağlanıp mürettebat kamarasında kilitli tutulmalarını emretmişti. Kamarada bir ekran vardı, isterlerse kalkışı izleyebilirlerdi.

Yolcu izliyordu. Limanı, limanın çevresindeki duvarı, duvarın ta dışında, Ne Thera dağlarının maki ve seyrek gümüşi aydikeniyle benekli uzak bayırlarını görüyordu.

Bütün bunlar birdenbire parıldayarak akıp gitti ekrandan. Yolcu başının yastıklı arkalığa bastırıldığını hissetti. Dişçi koltuğuna benziyordu, baş geriye bastırılmış, çene zorla açılmış. Nefes alamıyordu, midesi bulanıyordu, korkudan bağırsaklarının gevşediğini duydu. Bütün bedeni onu ele geçiren güçlere haykırıyordu, *şimdi değil, henüz değil,* bekleyin!

Onu kurtaran gözleri oldu. Görmekte ve aktarmakta ısrar ettikleri şey onu dehşetin donukluğundan çıkardı. Çünkü şimdi ekranda garip bir görüntü, soluk, taştan dev bir düzlük vardı. Büyük Vadi'nin üstündeki dağlardan görünen çöldü bu. Büyük Vadi'ye nasıl dönmüştü? Kendi kendine uçakta olduğunu söylemeye çalıştı. Yok, uzay gemisinde. Düzlüğün kenarı suya yansıyan ışığın, uzak bir denizin ışığının parıltısıyla ışıldadı. O çöllerde hiç su yoktu. Gördüğü neydi o zaman? Taş düzlük artık düz değil, güneş ışığıyla dolu dev bir çanak gibi oyuktu. O merakla izlerken çanak ışıklar saçarak düzleşti ve parlamaya devam etti. Birdenbire üzerinde boylu boyunca bir çizgi belirdi, soyut, geometrik bir çemberin mükemmel kesiti. Bu yayın ötesinde karanlık vardı. Bu karanlık bütün resmi tersine çevirdi, negatifini aldı. Gerçek, taş kısmı artık içbükey ve ışık dolu değil, dışbükey ve ışığı yansıtan, ışığı yadsıyan bir hal almıştı. Bir düzlük veya çanak değil, bir küre, karanlıkta düşen, ta uzaklara düşüp giden beyaz, taştan bir toptu. Onun dünyasıydı bu.

"Anlamıyorum," dedi yüksek sesle.

Birisi onu yanıtladı. Bir süre, iskemlesinin yanında oturan kişinin onunla konuştuğunu, onu yanıtladığını anlayamadı, çünkü artık bir yanıtın ne olduğunu anlayamıyordu. Yalnız bir tek şeyin açıkça farkındaydı, kendi mutlak yalıtılmışlığının. Dünya altından kaymış ve yalnız bırakılmıştı.

Her zaman bunun olacağından korkmuştu, ölümden korktuğundan da çok. Ölmek, kendini yitirmek ve diğerlerine katılmaktır. O ise kendini kurtarmış, diğerlerini yitirmişti.

En sonunda yanında duran adama bakmayı başardı. Bir yabancıydı kuşkusuz. Bundan sonra hep yabancılar olacaktı çevresinde. Adam yabancı bir dilde konuşuyordu: İoca. Kelimeler anlamlıydı. Bütün küçük şeyler anlamlıydı, yalnızca bütünü anlamsızdı. Adam onu iskemleye bağlayan kemerlerle ilgili bir şey söylüyordu. Kemerlerle oynadı. İskemle doğruldu; başı döndüğü ve dengesini yitirdiği için az daha düşüyordu. Adam herhangi birinin yaralanıp yaralanmadığını sorup duruyordu. Kimden bahsediyordu? "Yaralanmadığından emin mi?" İoca'da doğrudan hitabın kibar şekli üçüncü tekil şahıstı. Adam onu kastediyordu. Neden yaralanabileceğini bilmiyordu; adam taş atmayla ilgili bir şeyler söylüyordu. Ama taş hiçbir zaman çarpmayacak, diye düşündü. Taşı, karanlıkta düşen beyaz taşı görmek için yeniden ekrana baktı, ama ekran boştu.

"İyiyim," dedi sonunda rasgele.

Bu adamı tatmin etmedi. "Lütfen benimle gelin. Ben doktorum."

"İyiyim."

"Lütfen benimle gelin, Doktor Shevek!"

"Sen doktorsun," dedi Shevek bir anlık duraklamadan sonra. "Ben değilim. Adım Shevek."

Kısa, açık tenli, dazlak bir adam olan doktor kaygıyla yüzünü ekşitti. "Efendim, odanızda kalmalısınız– bulaşıcı hastalık tehlikesi– benden başka kimseyle ilişkide olmamanız gerekliydi, iki aylık dezenfektasyon süresinden boşuna geçtim, şu kaptanın allah belasını versin! Lütfen benimle gelin, efendim. Beni sorumlu tutarlar–"

Shevek küçük adamın tedirgin olduğunu algıladı. Pişmanlık veya sempati duymuyordu, ama şu anda olduğu yerde, mutlak yalnızlıkta bile tek bir kural, tanıdığı tek kural geçerliydi. "Peki," dedi ve ayağa kalktı.

Hâlâ başı dönüyor, sağ omuzu ağrıyordu. Geminin hareket ediyor olması gerektiğini biliyordu, ama hareket duygusu yoktu; yalnızca sessizlik, korkunç ve kesin bir sessizlik vardı duvarların tam dışında. Doktor sessiz madeni koridorlardan geçirerek bir odaya götürdü onu.

Çok küçük, sıkıca kapalı bir odaydı bu, duvarları boştu. Oda, Shevek'i itiyordu, unutmak istediği bir yeri anımsatıyordu ona. Eşikte durdu. Ama doktor ısrar etti, yalvardı, o da içeriye girdi.

Rafa benzeyen yatağa oturdu ve doktoru kayıtsızca izledi. Hâlâ sersem ve uyuşuk hissediyordu kendini. İlgilenmesi gerektiğini biliyordu; bu adam gördüğü ilk Urras'lıydı. Ama çok yorgundu. Arkasına yaslanıp hemen uykuya dalabilirdi.

Bir gece önce sabaha kadar oturup makalelerini karıştırmıştı. Üç gün önce Takver'le çocukları Barış-ve-Bolluk'a götürmüştü, o zamandan beri de hep meşguldü, radyo kulesine koşup Urras'takilerle son dakika görüşmeleri yapıyor, Bedap ve diğerleriyle planları ve olanakları tartışıyordu. Bütün bu koşuşturma boyunca, Takver gittiğinden beri aslında onun işleri değil, işlerin onu yaptığını hissediyordu. Başkalarının elindeydi. Kendi iradesi işlememişti. İradesi harekete geçme gereği duymamıştı. Her şeyi başlatan, bu ânı ve etrafındaki duvarları yaratan kendi iradesiydi. Ne kadar önce? Yıllar. Beş yıl önce, Chakar'da, dağlarda, gecenin sessizliğinde Takver'e "Abbenay'a gidip duvarları yıkacağım," dediği zaman. Hatta daha da önce, çok önce, Toz'da, kıtlık ve umutsuzluk yıllarında, bir daha asla kendi iradesi dışında hareket etmeme sözü verdiği zaman. O sözü tutarak buraya getirmişti kendini: bu zamansız âna, bu dünyasız yere, bu küçük odaya, bu hücreye.

Doktor çürümüş omuzunu inceledi (çürük Shevek'i şaşırtmıştı; limanda ne olup bittiğini fark edemeyecek kadar gergin ve telaşlıydı, taşın çarptığını duymamıştı bile). Doktor elinde bir derialtı şırıngasıyla ona dönmüş bekliyordu.

"Bunu istemiyorum," dedi Shevek. Konuşurken İocası yavaştı, radyo konuşmalarından bildiği kadarıyla kötü de telaffuz ediyordu, ama dilbilgisi yeterince düzgündü. Anlamakta konuşmaktan daha fazla güçlük çekiyordu.

"Bu kızamık aşısı," dedi doktor, her profesyonel gibi o da sağırdı.

"Hayır," dedi Shevek.

Doktor bir an dudağını ısırdı, sonra "Kızamığın ne olduğunu biliyor musunuz efendim?" dedi.

"Hayır."

"Bir hastalık. Bulaşıcı. Genellikle erişkinlerde şiddetlidir. Anarres'te yok; gezegene yerleşilirken alınan koruyucu önlemler hastalığın kökünü kazıdı. Urras'ta çok sık görülür. Sizi öldürebilir. Sık görülen birçok diğer viral enfeksiyon gibi. Bağışıklığınız yok. Sağ elinizi mi kullanıyorsunuz efendim?"

Shevek otomatik olarak "hayır" anlamında başını salladı. Doktor bir sihirbaz zarafetiyle iğneyi sağ koluna batırdı. Shevek buna ve diğer iğnelere sessizce razı oldu. Kuşkulanmaya veya karşı çıkmaya hakkı yoktu. Kendini bu insanlara teslim etmişti; doğuştan kendinin olan karar hakkını devretmişti. Dünyasıyla birlikte, Vadedilmiş dünyasıyla, o çorak taşla birlikte bu hak da elinden kayıp düşmüş, ondan uzaklaşmıştı.

Doktor konuşmaya devam etti, ama o dinlemiyordu.

Saatler, günler boyunca boşlukta, geçmişsiz ve geleceksiz, kuru ve berbat bir boşlukta yaşadı. Duvarlar çevresinde sıkıca duruyordu. Dışarıda ise sessizlik vardı. Kolları ve kaba etleri iğnelerden sızlıyordu; ateşi çıktı, kendini kaybettirecek kadar yükselmeyen, ama onu bilinç ile bilinçsizlik arasındaki sınırda bırakan bir ateşti bu. Zaman geçmiyordu. Zaman oydu: yalnız o. Irmak oydu, ok da, taş da o. Ama hareket etmiyordu. Atılan taş hâlâ orta yerde asılı duruyordu. Gündüz veya gece yoktu. Bazen doktor ışığı kapatıyor veya açıyordu. Yatağın yanındaki duvarda bir saat vardı, kolu anlamsızca göstergedeki yirmi şeklin birinden diğerine hareket ediyordu.

Uzun, derin bir uykudan sonra uyandı ve yüzü saate dönük yattığı için uykulu gözlerle onu inceledi. Kolu 15'ten biraz ileride duruyordu, eğer gösterge 24 saatlik Anarres saati gibi geceyarısından başlayarak okunursa öğleden sonra sayılırdı. Ama uzayda iki dünya arasındayken nasıl öğleden sonra olabilirdi? Geminin de kendine ait bir zamanı olması gerekiyordu tabii. Bunu keşfetmek ona müthiş bir cesaret verdi. Doğrulduğunda başı dönmedi. Yataktan kalkıp dengesini bulmaya çalıştı; gerçi topuklarının yere tam yapışmadığını hissediyordu, ama fena değildi. Geminin yerçekimi çok zayıf olmalıydı. Bu duyguyu pek sevmemişti; sürekliliğe, sağlamlığa ve katı gerçeklere gereksinimi vardı. Bunları aramak için küçük odayı sistemli bir biçimde incelemeye başladı.

Boş duvarlar, her biri panele bir dokunuşta ortaya çıkmaya hazır sürprizlerle doluydu: lavabo, klozet, ayna, masa, iskemle, dolap, raflar. Lavaboyla ilgili bir sürü tümüyle gizemli elektronik aygıt vardı ve musluk kolunu bıraktığınızda su kesilmiyor, bir süre daha akıyordu. Shevek bunun ya insan doğasına duyulan büyük güvenin, ya da bol miktarda sıcak suyun göstergesi olduğunu düşündü. İkincisinin doğru olduğunu varsayarak bol suyla yıkandı, havlu bulamadığı için de sıcak hava üfleyip gıdıklayan gizemli aygıtlardan biriyle kurulandı. Kendi elbiselerini bulamadığı için, uyandığında üstünde olan şeyleri giydi: İkisi de parlak sarı üzerine küçük mavi benekli, gevşek tutturulmuş bir pantolon ve şekilsiz bir tunik. Aynada kendine baktı. Yarattığı etki olumsuzdu. Urras'ta böyle mi giyiniyorlardı? Boş yere bir tarak aradı, sonunda saçını eliyle arkaya yatırdı ve kendine çeki düzen vermiş olarak odadan çıkmaya hazırlandı.

Çıkamadı. Kapı kilitliydi.

İlk anda inanamadı, sonra öfkeye, körü körüne şiddet kullanmaya yönelik, daha önce hayatında hiç hissetmediği bir öfkeye kapıldı. Kapının kımıldamayan koluna saldırdı, kapının parlak madenine bütün gücüyle vurdu, sonra dönüp doktorun gerektiği takdirde kullanmasını söylediği düğmeye bastı. Hiçbir şey olmadı. İç iletişim panelinde değişik renkli birçok başka küçük düğme vardı; hepsine birden bastı. Duvar hoparlörü çalışmaya başladı, "Ne oluyor evet hemen geliyorum tamam kes ne yirmi ikiden–"

Shevek'in sesi hepsini bastırdı: "Kapıyı açın!"

Kapı kayarak açıldı ve doktor içeriye baktı. Onun kel, kaygılı, sarı yüzünü görünce Shevek'in öfkesi dindi ve içindeki bir karanlığa çekildi. "Kapı kilitliydi," dedi.

"Affedersiniz Dr. Shevek– bir önlem– salgın– diğerlerinin dışarıda kalması gerekiyordu–"

"İçeri kapamak, dışarıda bırakmak, aynı şey," dedi Shevek, ışıltılı, dalgın gözlerle doktora bakarak.

"Güvenlik–"

"Güvenlik mi? Bu kutuda kapalı mı tutulmam gerekiyor?"

"Subayların oturma odasına gidebilirsiniz," dedi doktor aceleyle ve yatıştırıcı bir sesle. "Aç mısınız efendim? Belki de giyinip oturma odasına gitmek istersiniz."

Shevek doktorun giysisine baktı: paçaları, en az kumaş kadar yumuşak ve kaliteli görünen botlara tıkıştırılmış dar mavi pantolon; önü açık, gümüş kurbağa desenleriyle işlenmiş mor bir tunik; içinde de, yalnızca boynu ve bilekleri görünen, parlak beyaz örme bir gömlek.

"Giyinik değil miyim?" diye sordu Shevek neden sonra.

"A, pijama da olur tabii. Yük gemisinde formalitelere gerek yok!"

"Pijama mı?"

"Giydiğiniz şey. Uyku giysileri."

"Uykuda giyilen giysiler mi?"

"Evet."

Shevek gözlerini kırpıştırdı. Herhangi bir yorumda bulunmadı. "Daha önce giydiklerim nerede?" diye sordu.

"Giysileriniz mi? Onları temizlettim – sterilize ettirdim. Umarım sakıncası yoktur efendim–" Shevek'in keşfetmediği bir duvar panelini inceledi ve soluk yeşil kâğıda sarılmış bir paket çıkardı. Paketten Shevek'in çok temiz ama nedense biraz küçülmüş eski giysisini çıkardı, yeşil kâğıdı buruşturdu, başka bir paneli çalıştırdı, kâğıdı açılan bölmeye attı ve tedirginlikle gülümsedi. "İşte oldu, Dr. Shevek."

"Kâğıda ne oluyor?"
"Kâğıda mı?"
"Yeşil kâğıda."
"Çöpe attım tabii."
"Çöp?"
"Atık. Yakılıyor."
"Kâğıdı yakıyor musunuz?"
"Belki de yalnızca uzaya atılıyor, bilmiyorum. Ben uzay doktoru değilim, Dr. Shevek. Size eşlik etme onuru bana verildi, çünkü dünya dışından başka ziyaretçilerle, Arz ve Hain'den gelen elçilerle deneyimim oldu, A-İo'ya gelen bütün yabancıların kimyasal arındırma ve uyum işlemlerini yürütüyorum, tabii siz o anlamda yabancı sayılmazsınız." Çekingen bir tavırla, söylediklerinin hepsini anlayamayan ama sözcüklerin arkasındaki kaygılı, mahçup, iyilik düşünen yapıyı ayrımsayan Shevek'e baktı.
"Doğru, sayılmam," diye onayladı Shevek, "belki seninle benim büyükannemiz aynıydı, iki yüz yıl önce, Urras'ta." Eski giysilerini giyiyordu, gömleği kafasından geçirirken doktorun mavi-sarı "uyku giysilerini" "çöp" bölmesine tıktığını gördü. Gömleğin yakası hâlâ burnunun hizasında, durakladı. Giyinmiş olarak doğruldu, eğildi ve bölmeyi açtı. Bölme boştu.
"Giysiler de mi yakılıyor?"
"Onlar ucuz pijamalar, ordu malı– giy ve at, temizlemekten daha ucuza geliyor."
Shevek rüyadaymış gibi, "Daha ucuza geliyor," diye yineledi. Sözcükleri bir paleontologun bir fosile, tüm bir tabakanın yaşını belirleyen fosile bakması gibi kullanıyordu.
"Galiba o son koşuşturma sırasında eşyalarınız kaybolmuş, umarım içinde önemli bir şey yoktur."
"Hiçbir şey getirmedim," dedi Shevek. Giysisi neredeyse bembeyaz olmuş ve biraz çekmişti, ama hâlâ üstüne oluyordu. *Holum*'dan yapılmış kumaşın sert, tanıdık dokunuşu da hoştu. Kendini yine eskisi gibi hissediyordu. Yatakta doktora dönerek oturdu ve "Bakın," dedi, "nesnelere bizim gibi bakmadığınızı biliyorum. Sizin dünyanızda, Urras'ta, bir şeyi mutlaka satın almak gerekiyor. Sizin dünyanıza geliyorum, hiç param yok, satın alamam, o zaman yanımda ge-

tirmeliyim. Ama ne kadar getirebilirim? Giysi, evet, iki değişik giysi getirebilirim. Ya yiyecek? Yeterince yiyeceği nasıl getirebilirim? Getiremem, satın alamam. Eğer beni canlı tutmak istiyorsanız, bana vermeniz gerekir. Ben bir Anarres'liyim. Urras'lıları Anarres'li gibi davranmak zorunda bırakıyorum: satmak değil, vermek. İsterseniz. Tabii ki beni canlı tutmak gerekmiyor! Yani Dilenci'yim ben."

"Aman efendim, hiç de öyle değil, hayır, hayır. Siz çok saygın bir konuksunuz. Lütfen bizi bu geminin mürettebatıyla ölçmeyin, onlar çok cahil, kısıtlı insanlar – Urras'ta nasıl bir karşılama olacağını tahmin bile edemezsiniz. Ne de olsa siz dünyaca ünlü– tüm galakside ünlü bir bilim adamısınız! Bize Anarres'ten gelen ilk ziyaretçisiniz! Sizi temin ederim Peier Alanı'na geldiğimizde her şey çok değişik olacak."

"Değişik olacağından kuşkum yok," dedi Shevek.

Ay yolculuğu genellikle gidiş ve dönüş dörder buçuk gün olmak üzere dokuz gün sürerdi, ama bu sefer dönüş yolculuğuna yolcu için uyum süresi olarak beş gün eklenmişti. Shevek ve Dr. Kimoe bu süreyi aşılarla ve sohbetle geçirdiler. *Dikkatli*'nin kaptanı ise bu beş günü Urras'ın çevresinde yörüngede kalarak ve küfür ederek geçirdi. Shevek'le konuşmak zorunda kaldığında bunu tedirginlikle ve saygısızca yapıyordu. Her zaman her şeyi açıklamaya hazır olan doktorun çözümlemesi hazırdı: "Yabancıları aşağılık, yarım insanlar olarak görmeye alışıktır."

"Odo buna aşağı türlerin yaratılışı demişti. Evet. Urras'ta birçok dil ve ulus bulunduğu, hatta diğer güneş sistemlerinden ziyaretçileriniz olduğu için insanların artık böyle düşünmeyeceğini sanıyordum."

"Çok az ziyaretçi geliyor, çünkü yıldızlararası yolculuk hem çok pahalı, hem de çok uzun sürüyor. Belki ileride böyle olmayacak," diye ekledi Dr. Kimoe, ya yağ çekmek, ya da onu konuşturmak için; Shevek ise anlamamış gibi davrandı.

"İkinci kaptan," dedi. "Benden korkarmış gibi görünüyor."

"Ha, onun derdi bağnazlık. Uzlaşmaz bir Tezahürcü'dür. Her gece Temeller'i yeniden okuyor. Kaskatı bir kafa."

"Öyleyse beni nasıl görüyor?"

"Tehlikeli bir tanrıtanımaz olarak."

"Tanrıtanımaz mı!! Neden?"

"Neden mi, çünkü siz Anarres'li bir Odocu'sunuz – Anarres'te din yoktur."

"Yok mudur? Biz Anarres'liler taş mıyız?"

"Kurumlaşmış dini kastediyorum– ibadet evleri, dualar..." diye telaşla atıldı Kimoe. Bir doktorun enerjik kendine güvenine sahipti, ama Shevek bunu sürekli bozuyordu. Bütün açıklamaları Shevek'in iki-üç sorusundan sonra bocalamayla sona eriyordu. İkisi de diğerinin görmeyi bile beceremediği bazı ilişkileri sorgulamadan kabul ediyorlardı. Örneğin şu ilginç üstünlük-aşağılık kavramı. Shevek üstünlük ve göreceli yükseklik kavramının Urras'lılar için önemli olduğunu biliyordu; genellikle yazılarında "daha yüksekte" sözlerini "daha iyi" ile eşanlamlı olarak kullanıyorlardı, bir Anarres'li ise "daha merkezi" demeyi yeğlerdi. Ama daha yüksekte olmakla yabancı olmak arasında ne ilişki vardı? Bu, yüzlerce bilmeceden biriydi.

"Anlıyorum," dedi bir başka bilmece açıklığa kavuşurken, "siz ibadet evlerinin dışında dinlere izin vermiyorsunuz, tıpkı yasalar dışında herhangi bir ahlaka izin vermediğiniz gibi. Biliyor musunuz bunu hiç anlamamıştım, bütün o Urras kitaplarını okuduktan sonra bile."

"Şey, bugünlerde her aydın–"

"Kelimeler bunu zorlaştırıyor," dedi Shevek, keşfini izleyerek. "Pravca'da din kelimesi pek azdır. Hayır, nasıl diyorsunuz– nadirdir. Pek sık kullanılmaz. Tabii ki Kategoriler'den biridir. Dördüncü Usul. Çok az kişi bütün usulleri uygulayabilir. Ama usuller aklın doğal yeteneklerinden oluşmuştur; bizim din yeteneğimiz olmadığına ciddi ciddi inanıyor olamazsınız! Ya da insanın evrenle en derin ilişkisinden yoksun olarak fizikle uğraşabileceğimize!"

"Hayır, öyle demek istemedim..."

"Bu bizi gerçekten aşağı bir tür haline getirmek olurdu!"

"Eğitim görmüş insanlar bunu anlayacaklardır, bu subaylar cahil!"

"O zaman yalnızca bağnazların mı evrende yolculuk etmesine izin veriliyor?"

Bütün konuşmaları böyleydi, doktoru yoruyor, Shevek'i tatmin etmiyordu, ama yine de her ikisi için de ilginçti. Shevek için kendisini bekleyen yeni dünyayı araştırmanın tek yoluydu bu. Geminin kendisi ve Kimoe'nin beyni onun küçük evreniydi. *Dikkatli*'de hiç kitap yoktu, subaylar Shevek'ten kaçıyor, mürettebat ise kesinlikle ondan uzakta tutuluyordu. Doktorun beynine gelince, zeki ve kesinlikle iyi niyetli olmasına karşın, kafasını dolduran entelektüel araçlar, gemiyi dolduran bütün aygıtlar, makineler ve konfordan çok daha karmakarışıktı. Bu aygıtlar ve konfor Shevek'i eğlendiriyordu; her şey çok savurganca, stilize ve yaratıcıydı; ama Kimoe'nin zekâsının araçlarını bu kadar rahat bulmuyordu. Kimoe'nin düşünceleri hiçbir zaman bir doğru üzerinde ilerleyemiyordu; şunun çevresinden dolaşıp bundan kaçınmak zorunda kalıyor ve en sonunda son bir darbeyle duvara tosluyordu. Düşüncelerinin çevresinde duvarlar vardı ve sürekli onların arkasında gizlendiği halde varlıklarından tümüyle habersiz görünüyordu. İki dünya arasındaki konuşmayla dolu günlerinde Shevek yalnızca bir kez bu duvarların gedik verdiğini gördü.

Gemide neden hiç kadın olmadığını sormuş, Kimoe de bir uzay gemisini işletmenin kadın işi olmadığını söylemişti. Tarih dersleri ve Odo'nun yazıları Shevek'e bu totolojik yanıtı anlayabilecek bir bağlam veriyordu. Başka bir şey söylemedi, ama doktor karşılık olarak Anarres hakkında bir soru sordu. "Dr. Shevek, sizin toplumunuzda kadınlara aynen erkeklere olduğu gibi davranıldığı doğru mu?"

"Bu malzeme ziyanı olurdu," dedi Shevek gülerek, sonra fikrin gülünçlüğünü düşünerek bir kahkaha daha attı.

Doktor duraladı –herhalde beynindeki engellerden birinin etrafından dolaşıyordu– sonra telaşla, "Hayır, hayır," dedi. "Cinsel bakımdan değil– açık ki siz– onlar... Toplumsal statülerini kastetmiştim."

"*Statü, sınıf*'la aynı şey mi?"

Kimoe statüyü açıklamaya çalıştı, başaramadı ve ilk konuya döndü. "Gerçekten erkeklerin işleriyle kadınlarınki arasında bir fark yok mu?"

"Hayır, iş bölümü için fazla mekanik bir temel değil mi bu? İnsan işini ilgisine, yeteneğine, gücüne göre seçer – cinsiyetin bununla ne ilgisi var?"

"Erkekler fiziksel olarak daha güçlüdür," dedi doktor profesyonel bir kesinlikle.

"Evet, genellikle, hem de daha iridirler, ama makinelerimiz olduğu sürece ne fark eder? Makineler olmasa da, kürekle kazmak veya sırtta taşımak gerektiğinde belki erkekler daha hızlı çalışır –iri olanları yani– ama kadınlar daha çok çalışır... Çoğu kez bir kadın kadar dayanıklı olmayı istediğim olmuştur."

Kimoe ona baktı, şaşkınlıktan kibarlığı unutmuştu. "Ama– dişi olan her şeyin, yumuşaklığın ve erkeğin kendisine olan saygısının yitirilmesi... *Sizin* işinizde kadınların sizinle *eşit* olduğunu iddia edemezsiniz, değil mi? Fizikte, matematikte, zekâda? Kendinizi sürekli onların düzeyine indirdiğinizi iddia edemezsiniz!"

Shevek yastıklı, rahat iskemleye oturdu ve subay odasına göz gezdirdi. Ekranda Urras'ın parlak eğrisi hâlâ siyah boşlukta mavi-yeşil bir opal gibi asılı duruyordu. O güzel görüntü ve oda son günlerde Shevek'e tanıdık gelmeye başlamıştı, ama şimdi parlak renkler, eğrilerden oluşmuş iskemleler, gizli ışıklandırma, oyun masaları, televizyon ekranları ve yumuşak halılar, hepsi onları ilk gördüğü zamanki kadar yabancı geliyordu.

"Pek bir şey iddia ettiğimi sanmıyorum, Kimoe," dedi.

"Tabii ki çok zeki kadınlar, aynen bir erkek gibi düşünebilen kadınlar tanıdım," dedi doktor aceleyle. Neredeyse haykırmakta olduğunun –kapalı kapıyı yumruklayıp haykırdığının... diye düşündü Shevek– farkına varmıştı.

Shevek konuşmayı başka yöne çevirdi ama bu konuda düşünmeyi sürdürdü. Bu üstünlük ve aşağılık sorunu Urras'ın toplumsal yaşamında önemli bir yer tutuyor olmalıydı. Eğer Kimoe kendine saygı duymak için insan ırkının yarısının kendinden aşağı olduğunu düşünmek zorundaysa, kadınlar kendilerine nasıl saygı duyuyorlardı – onlar da erkekleri mi aşağı görüyordu? Bütün bunlar cinsel yaşamlarını nasıl etkiliyordu? Odo'nun yazılarından, iki yüz yıl önce Urras'ın temel cinsel kurumlarının "evlilik" (yasal ve ekonomik önlemlerle izin verilen ve zorlanan bir birliktelik) ve "fahişelik" (daha geniş bir kavram, ekonomik usulde çiftleşme) olduğunu okumuştu. Odo her ikisini de lanetlemişti; ama Odo yine de "evli"ydi;

belki de kurumlar iki yüz yılda çok değişmişti. Eğer Urras'ta ve Urras'lılarla yaşayacaksa öğrenmesi iyi olacaktı.

Yıllardır o kadar avunma, haz ve coşku kaynağı olan cinselliğin bile, birdenbire dikkatli gezinmesi ve cehaletini fark etmesi gereken bilinmeyen bir bölge haline gelmiş olması garipti; ama yine de öyle olmuştu. Onu uyaran yalnızca Kimoe'nin garip küçük görme ve kızgınlık patlaması değil, aynı zamanda o olayın netleştirdiği, daha önce bulanık olan bir izlenimdi. İlk defa gemiye bindiğinde, o uzun ateş ve umutsuzluk saatleri boyunca bir şey onun ilgisini çekmiş, bazen memnun etmiş, bazen de rahatsız etmişti: yatağın yumuşaklığı. Yalnızca bir ranza olmasına karşın şiltesi okşayıcı bir esneklikle ağırlığı altında çöküyordu. Teslim oluyordu, o kadar ısrarla teslim oluyordu ki, uykuya dalarken bile hâlâ, hep onun farkındaydı. Yarattığı zevk de, rahatsızlık da kesinlikle erotikti. Ayrıca sıcak-hava-boru-havlu aygıtı vardı: aynı etki. Bir gıdıklama. Subay odasındaki eşyaların tasarımı, inatçı tahta ve çeliğin zorla sokulduğu yumuşak plastik eğriler, yüzeylerin ve dokuların yumuşaklığı ve inceliği: bunlar da, hafifçe de olsa, her yeri kaplayacak kadar erotik değil miydi? Takver'den birkaç gün ayrılmanın, büyük stres altında da olsa onu her masa üstünde bir kadın hissedecek ölçüde azdıramayacağını bilecek kadar tanıyordu kendini. Tabii orada gerçekten bir kadın yoksa.

Bütün Urras'lı mobilyacılar bekâr mıydı?

Düşünmekten vazgeçti; kısa zamanda, Urras'ta, öğrenecekti.

İniş için bağlanmadan önce doktor çeşitli aşıların etkilerini izlemek için odasına gelmişti, sonuncu aşı olan veba aşısı Shevek'in midesini bulandırıp sersemletmişti. Kimoe ona yeni bir hap verdi. "Bu sizi inişte uyanık tutacak," dedi. Shevek kayıtsızca hapı yuttu. Doktor çantasıyla oynadı, sonra birden hızlı hızlı konuşmaya başladı: "Dr. Shevek, bir daha sizinle ilgilenmeme izin verileceğini sanmıyorum, belki de olur, ama olmazsa belirtmek isterim ki, ben... Benim için büyük bir onurdu. Şeyden değil... Yalnızca bir insan olarak– iyi yürekliliğinizi, gerçek iyi yürekliliğinizi takdir ettiğim için–"

Baş ağrısı yüzünden aklına daha iyi bir yanıt gelmeyen Shevek uzandı ve Kimoe'nin elini tuttu, "O zaman yeniden görüşelim, kardeşim!" dedi. Kimoe elini sinirlice, Urras stilinde sıktı ve aceleyle odadan çıktı. O gittikten sonra Shevek onunla Pravca konuştuğunu, Kimoe'nin anlamadığı bir dilde ona *ammar*, kardeşim, dediğini fark etti.

Duvar hoparlörü emir yağdırıyordu. Ranzaya bağlanmış Shevek dinliyor, kendini belirsiz ve uzak hissediyordu. Atmosfere giriş duyguları bulanıklığı artırdı; kusmak zorunda kalmayacağına ilişkin küçük ama derin bir umudun bilincindeydi. Kimoe aceleyle yeniden içeriye girip onu subay odasına götürünceye kadar indiklerini fark etmemişti. Urras'ın bulutlarla çevrili ve ışıklı görüntüsünün o kadar zaman asılı olduğu ekran boştu. Oda insanlarla doluydu. Nereden çıkmışlardı? Kalkıp, yürüyüp el sıkabildiğine şaşırdı ve sevindi. Yalnızca bu kadarcığına yoğunlaştı ve anlamın ona dokunmadan geçip gitmesine izin verdi. Sesler, gülümsemeler, eller, sözler, adlar. Tekrar tekrar kendi adı: Dr. Shevek, Dr. Shevek... Şimdi o ve çevresindeki bütün yabancılar üstü kapalı bir rampadan aşağıya iniyorlardı, bütün sesler çok yüksekti, sözler duvarlarda yankılanıyordu. Seslerin patırtısı azaldı. Garip bir hava yüzüne çarptı.

Yukarı baktı ve rampadan düz toprağa adımını attığı anda tökezledi, neredeyse düşüyordu. Adımın başlangıcıyla bitişi arasındaki o boşlukta ölümü düşündü, adımın sonunda yeni bir dünyada duruyordu.

Açık, gri bir akşam vardı dışarıda. Sisli bir alanın ötesinde, uzakta, buğulu mavi ışıklar yanıyordu. Yüzünde ve ellerindeki, burun deliklerindeki, boğazı ve ciğerlerindeki hava serin, nemli, çok kokulu, yumuşaktı. Garip değildi. Irkının geldiği dünyanın havasıydı. Evin havasıydı.

Tökezlediği zaman biri koluna girmişti. Flaşlar patladı. Fotoğrafçılar sahneyi haberler için filme alıyorlardı: Aydan gelen İlk Adam: İleri gelenler, profesörler ve güvenlik görevlilerinden oluşan bir kalabalığın ortasında uzun boylu, zayıf bir kişi; zarif, tüylü başı (fotoğrafçıların her özelliğini yakalayabilmeleri için) dimdik, projektörlerin üzerinden göğe, yıldızları, Ay'ı, diğer bütün dünyaları gizleyen geniş, sisli göğe bakmak istermiş gibi. Gazeteciler polis kordonunu aşmaya çalışıyorlardı: "Dr. Shevek, bu tarihi anda bize bir şeyler söyler misiniz–" Yeniden bir anda geri püskürtüldüler.

Çevresindekiler onu öne gitmeye zorladılar. Bekleyen araca bindirildi; son ana kadar boyu, uzun saçları, yüzündeki garip acı ve aşinalık ifadesi yüzünden fotoğrafı çekilmeye değerdi.

Kentin kuleleri siste yükseliyordu, bulanık ışıklı büyük merdivenler gibi. Yukarıdan trenler, parlak, çığlık çığlığa çizgiler halinde geçtiler. Arabalar ve troleybüslerin üzerinde dev taş ve cam duvarlar sokaklarla karşı karşıya duruyordu. Taş, çelik, cam, elektrik ışığı. Hiç yüz yoktu.

"Burası Nio Esseia, Dr. Shevek. Ama ilk başta sizi kent kalabalığından uzak tutmanın iyi olacağına karar verildi. Dosdoğru Üniversite'ye gidiyoruz."

Karanlık, yumuşak döşeli arabada kendiyle birlikte beş adam vardı. Bazı önemli yerleri gösteriyorlardı; ama sisin içinde belirsiz, büyük, çabucak geçip giden yapılardan hangisinin Yüksek Mahkeme, hangisinin Ulusal Müze, hangisinin Yönetim Merkezi, hangisinin Senato olduğunu çıkaramıyordu. Bir ırmak veya halici geçtiler; Nio Esseia'nın siste dağılmış milyonlarca ışığı arkalarında karanlık suyun üstünde titredi. Yol karardı, sis daha yoğunlaştı, sürücü aracı yavaşlattı. Işıkları önlerindeki siste sanki kaçıp uzaklaşan bir duvarın üstündeymiş gibi parlıyordu. Shevek biraz öne eğilerek oturdu ve dışarıya baktı. Gözleri de, aklı da yerinde değildi, uzaklarda ve ciddi görünüyordu, diğerleri sessizliğine saygı duyarak alçak sesle konuşuyorlardı.

Yol boyunca bitmeden akıp giden daha yoğun karanlık neydi? Ağaçlar mı? Kentten ayrıldıklarından beri ağaçlar arasında gidiyor olabilirler miydi? İoca'daki kelime aklına geldi: "orman". Birdenbire bir çöle rastlamayacaklardı. Ağaçlar sürekli gidiyor, bir sonraki tepede ve sonrakinde ve sonrakinde, sisin tatlı serinliğinde duruyordu, sonsuz, tüm dünya üzerinde bir orman, hâlâ çabalayan bir yaşam oyunu, gecede karanlık yaprak kıpırtıları. Sonra, Shevek şaşkın otururken, araba ırmak vadisinin sisinden temiz havaya çıktığında, yol kenarındaki yaprakların altından karanlıkta bir an için bir yüz ona baktı.

Bir insan yüzüne benzemiyordu. En az kolu kadar uzun ve ölü

gibi bembeyazdı. Burun olması gereken şeylerden buhar halinde nefes fışkırıyordu ve korkunç, kuşku götürmez bir göz vardı. Büyük, siyah bir gözdü, yaslı, belki de sinik, arabanın ışıklarının parıltısında yitti.

"Neydi o?"

"Eşek değil miydi?"

"Bir hayvan mı?"

"Evet, bir hayvan. Hay allah, tabii ya! Anarres'te hiç büyük hayvan yok, değil mi?"

Adamlardan bir başkası, "Eşek bir cins attır," dedi, bir başkası ise sağlam, yaşlıca bir sesle, "O bir attı, eşekler o büyüklükte olmaz," dedi. Onunla konuşmak istediler, ama Shevek yine dinlemiyordu. Takver'i düşünüyordu. Karanlıktaki o derin, kuru, karanlık bakışın Takver için ne anlama gelebileceğini merak ediyordu. O her zaman tüm yaşamların ortak olduğuna inanmış, laboratuvarlarındaki tanklarda yaşayan balıklarla akrabalığından coşku duymuş, insan sınırının ötesindeki varlıkların deneyimini aramıştı. Takver ağaçların altındaki, karanlıktaki o göze nasıl bakmak gerektiğini bilirdi.

"İeu Eun'a geldik. Sizinle tanışmak için bekleyen büyük bir kalabalık var Dr. Shevek; Başkan, birçok yönetici, tabii ki Rektör, bütün önemli kişiler. Ama yorgunsanız tanışmaları mümkün olduğu kadar kısa kesebiliriz."

Tanışmalar birkaç saat sürdü. Daha sonra tanıştığı kişileri açık seçik olarak hiç anımsayamadı. Arabanın küçük, karanlık kutusundan, büyük, parlak, insan dolu bir kutuya itilmişti – kristal ışıklar asılmış altın bir tavanın altında yüzlerce kişi. Herkesle tanıştırıldı. Hepsi ondan kısa ve tüysüzdü. Orada olan birkaç kadının saçı dahi yoktu; sonunda onların bütün kıllarını, ırkının o güzel, yumuşak, kısa kıllarını ve saçlarını tıraş ettiklerine karar verdi. Ama onun yerine kesim ve renkleri muhteşem, nefis giysiler koymuşlardı, kadınlar yerlere kadar inen tuvaletler giymişlerdi, göğüsleri çıplaktı, belleri, boyunları ve başları mücevherlerle, kordonlarla, tüllerle süslenmişti; erkekler kırmızı, mavi, mor, altın rengi, yeşil pantolonlar, ceketler veya kesik kollu, çağlayanımsı dantelleri olan tunikler, ya da diz hizasındaki gümüş bağlı beyaz çorapları göstermek için açılmış kan kırmızısı, koyu yeşil, siyah, uzun cübbeler içindeydiler. Bir başka İoca sözcük, daha önce hiç gösterileni olmayan, ama sesi hoş gelen bir sözcük beyninde yüzüyordu: "görkem". Bu insanlarda görkem vardı. Konuşmalar yapıldı. Garip, soğuk bakışlı bir adam olan A-İo Ulusu Senato Başkanı şerefe içmeyi önerdi: "İkiz Gezegenlerin arasındaki yeni kardeşlik çağına ve bu çağın müjdecisi, seçkin ve beklenen konuğumuz, Anarres'ten Dr. Shevek'e!" Üniversite rektörü onunla candan bir biçimde konuştu, Ulusun Ana Yöneticisi ciddi bir konuşma yaptı, elçilerle, astronotlarla, fizikçilerle, politikacılarla, her birinin adının önünde ve sonunda uzun unvanlar ve şeref payeleri bulunan bir sürü insanla tanıştırıldı; onunla konuştular, onları yanıtladı, ama daha sonra kendisinin ya da başkalarının neler dediğini anımsayamadı. Gecenin iyice geç bir saatinde kendini büyük bir park veya alanda küçük bir grup adamla yürürken buldu. Ayağının altında gerçek bir çimenin esneklik duygusu vardı; Abbenay'daki Üçgen Park'ta yürüdüğü zamandan anımsıyordu. O canlı anı ve gece rüzgârının serin, engin dokunuşu onu uyandırdı. Ruhu saklandığı yerden çıktı.

Refakatçileri onu bir yapıya ve "onun" olduğunu söyledikleri bir odaya götürdüler.

Oda büyüktü, yaklaşık on metre uzunluğundaydı, herhalde bir kamu odasıydı, çünkü herhangi bir bölme ya da ranza yoktu; hâlâ onunla olan üç kişi oda arkadaşları olmalıydı. Çok güzel bir kamu odasıydı. Bir duvarda yukarıda çifte kemerler oluşturacak şekilde ağaç gibi yükselen ince kolonlarla bölünmüş bir dizi pencere bulunuyordu. Yerde koyu kırmızı bir halı vardı, odanın öte ucunda ise açık bir şöminede ateş yanıyordu. Shevek odayı aşıp ateşin önünde durdu. Odunun ısınmak için yakıldığını hiç görmemişti, ama şaşırmayı bırakmıştı artık. Ellerini hoş sıcaklığa uzattı, şöminenin yanındaki, parlak mermerden yapılmış yere oturdu.

Kendisiyle gelenlerin en genci şöminenin yanına, karşısına oturdu. Diğer ikisi hâlâ konuşuyordu – fizikten bahsediyorlardı, ama Shevek ne konuştuklarını izlemeye çalışmadı. Genç adam alçak sesle konuştu. "Neler hissettiğinizi merak ediyorum, Dr. Shevek."

Shevek ayaklarını uzattı, sonra ateşin sıcaklığını yüzünde hissetmek için öne eğildi. "Kendimi ağır hissediyorum."

"Ağır mı?"

"Belki yerçekimi. Ya da yorgunum."

Ötekine baktı, ama şömine ışığında yüzü açık değildi, yalnızca altın bir zincirin pırıltısı ve cübbenin koyu, mücevher kırmızısı.

"Adını bilmiyorum."

"Saio Pae."

"Ha, Pae, evet. Paradoks üzerine makalelerini okudum."

Ağır ağır, düşte gibi konuşuyordu.

"Burada bir bar olmalı, kıdemlilerin odalarında hep bir içki dolabı olur. Bir şey içer miydiniz?"

"Evet, su."

Diğer ikisi şömine başına onların yanına gelirken genç adam yeniden belirdi. Shevek büyük bir susamışlıkla suyu içti ve oturup elindeki bardağa, altın çerçevesi ateşin pırıltısını yakalayan kırılgan, özenle şekillendirilmiş parçaya baktı. Üç adamın, otururken veya onun yanında dururken koruyucu, saygılı, sahip çıkıcı bir tutumda olduklarının farkındaydı.

Kafasını kaldırıp tek tek yüzlerine baktı. Hepsi bir şeyler bekleyerek ona baktılar. "Pekâlâ," dedi. "Buradayım işte." Gülümsedi. "Anarşistiniz burada. Şimdi ne yapacaksınız onu?"

İkinci Bölüm

Anarres

BEYAZ DUVARDAKİ kare şeklinde bir pencereden açık, çıplak gök görünüyor. Göğün merkezinde ise güneş.

Odada on bir bebek var; çoğu büyük, şişirilmiş beşiklere ikişer üçer yerleştirilmiş, gürültü ve bağrışmalar içinde uykuya yatırılıyor. En büyük ikisi serbest; şişman, hareketli olanı bir oyun tahtasını söküyor, zayıf olanı ise pencereden giren sarı günışığının oluşturduğu karede oturuyor, günışığına içten ve aptal bir ifadeyle bakıyor. Kır saçlı, tek gözlü bir kadın olan bakıcı bekleme odasında, uzun boylu, üzgün görünüşlü, otuz yaşlarında bir adamla konuşuyor. "Anne Abbenay'a gönderildi," diyor adam. "Onun burada kalmasını istiyor."

"O zaman onu kreşe tam gün mü alacağız Palat?"

"Evet. Ben yeniden bir yurda taşınıyorum."

"Merak etme, burada hepimizi tanıyor! Ama kuşkusuz İşBöl seni de yakında Rulag'ın yanına gönderecektir. Eşsiniz, ikiniz de mühendissiniz."

"Evet ama o... Onu isteyen Merkezi Mühendislik Enstitüsü. Ben o kadar iyi değilim. Rulag'ın yapacak büyük işleri var."

Bakıcı başını sallayarak içini çekti. "Gene de–!" dedi enerjik bir sesle, cümlesini tamamlamadı.

Babanın bakışı, ışıkla uğraştığı için kendisinin varlığını fark etmeyen zayıf çocuğun üzerindeydi. Şişman çocuk, ıslak ve sarkmış ara bezi yüzünden çömelerek yürüyüp zayıf oğlana doğru hızla yaklaştı. Sıkıntıdan veya arkadaşlık etmek için yaklaşmıştı, ama bir kez güneş ışığı karesinin içine girip oranın sıcak olduğunu keşfedince, zayıf çocuğun yanına hızla oturdu ve onu gölgeye itekledi.

Zayıf oğlanın boş, kendinden geçmiş hali birdenbire öfkeden doğan bir kaş çatmaya dönüştü. Bağırarak şişmanı itti. "Git burdan!"

Bakıcı hemen oraya koştu. Şişman oğlanı doğrulttu. "Shev, başka insanları itmemelisin."

Zayıf bebek ayağa kalktı. Yüzü güneş ışığı ve kızgınlıkla parlıyordu. Bezi düşmek üzereydi. "Benim!" dedi yüksek, çınlayan bir sesle. "Benim güneş!"

"Senin değil," dedi tek gözlü kadın, kesinlik içeren bir yumuşaklıkla. "Hiçbir şey senin değil. Kullanmak için var. Paylaşmak için var. Eğer paylaşmazsan kullanamazsın." Zayıf bebeği nazik, amansız elleriyle tutup kaldırdı ve kenara, güneş ışığıyla dolu karenin dışına koydu.

Şişman bebek kayıtsızca oturup bakıyordu. Zayıf olanın tüm bedeni titredi, "Benim güneş!" diye haykırdı ve öfke dolu gözyaşlarına boğuldu.

Baba çocuğu kaldırıp havada tuttu. "Yapma Shev," dedi. "Nesnelere sahip olamayacağını biliyorsun. Neyin var senin?" Sesi yumuşaktı ve sanki az sonra gözyaşlarına boğulacakmış gibi titriyordu. Kollarındaki zayıf, uzun, hafif çocuk hüngür hüngür ağlıyordu.

"Bazıları yaşamın cilvelerini kolay kabul edemez," dedi sempatiyle seyreden tek gözlü kadın.

"Onu şimdi yatı-ziyaretine götüreceğim. Anne bu gece gidiyor ya, ondan."

"Peki, gidin. Umarım yakında beraber aynı yere gönderilirsiniz," dedi bakıcı. Şişman çocuğu buğday çuvalı gibi kalçasının üzerinde taşırken yüzünden melankoli okunuyordu, sağlam gözünü kısmış bakıyordu. "Güle güle Shev, küçüğüm. Bak, yarın kamyonla sürücü oyununu oynayacağız."

Bebek onu daha affetmemişti. Hıçkırıklar içinde babasının boynuna sarıldı ve yüzünü yitik güneşin karanlığına sakladı.

O sabah bütün sıralar Orkestra'ya prova için gerekliydi, dans grubu ise eğitim merkezinin büyük odasında tepiniyordu, bu yüzden Konuşma-Dinleme çalışması yapan çocuklar işliğin köpük taşından zemininde bir çember oluşturmuş oturuyorlardı. İlk gönüllü, uzun boylu, uzun el ve ayakları olan, sekiz yaşındaki çocuk ayağa kalktı. Bütün sağlıklı çocuklar gibi dimdik duruyordu, hafif tüylü yüzü ilk başta sapsarıydı, sonra diğer çocukların dinlemesi için beklerken kızardı. "Devam et, Shevek," dedi grup yöneticisi.

"Şey, bir fikrim var."

"Daha yüksek sesle," dedi yönetici; yirmilerinde, sağlam yapılı bir adamdı.

Çocuk utanarak gülümsedi. "Şimdi, bakın, düşünüyordum, diyelim ki bir şeye taş atıyorsunuz. Ağaca. Atıyorsunuz, taş havada uçuyor ve ağaca çarpıyor. Tamam mı? Ama çarpamaz. Çünkü– yazı tahtasını alabilir miyim? Bakın, bu sizin taşı atarken resminiz, bu da ağaç," diye çiziktirdi tahtaya, "bu ağaç oluyor, bu da taş, bakın, tam ortada." Çocuklar holum ağacını gösteren çizgilerine güldüler, o da gülümsedi. "Taş sizden ağaca gitmek için, sizinle ağaç arasındaki yolun tam yarısına gelmeli, değil mi? Daha sonra yarı noktayla ağaç arasındaki yolun tam yarısına gelmeli. Daha sonra *onunla* ağaç arasındaki yolun yarısına. Ne kadar giderse gitsin, son bulunduğu yerle ağaç arasında bir nokta –daha doğrusu bir zaman– var."

"Bu size ilginç geliyor mu?" diye araya girdi yönetici diğer çocuklara hitaben.

"*Niye* ağaca ulaşamıyor?" dedi on yaşında bir kız.

"Çünkü her zaman geriye kalan yolun yarısı kadar yol gitmek zorunda," dedi Shevek, "ve her zaman kalan yolun yarısı var gidecek – anlıyor musunuz?"

"Kötü nişan aldığını söylesek olmaz mı?" dedi yönetici zoraki bir gülümsemeyle.

"Nasıl nişan alırsanız alın fark etmez. *Ağaca ulaşamaz.*"

"Kim verdi sana bu fikri?"

"Kimse. Birden aklıma geldi. Sanırım taşın nasıl–"

"Yeter."

Diğer çocuklardan bazıları konuşuyordu, ama çarpılmış gibi sustular. Elinde tahtayı tutan küçük çocuk sessizliğin içinde ayakta duruyordu. Korkmuş görünüyordu ve kaşları çatıktı.

"Konuşma paylaşmadır – birlikte yapılan bir sanat. Sen paylaşmıyorsun, yalnızca bencillik ediyorsun."

Koridordan orkestranın tiz, güçlü armonileri geliyordu.

"Bunu kendin düşünmedin, kendiliğinden aklına gelmedi. Buna çok benzer bir şeyi bir kitapta okumuştum."

Shevek yöneticiye baktı. "Hangi kitapta? Burada var mı o kitap?"

Yönetici ayağa kalktı. Rakibinden iki kat uzun ve üç kat ağırdı, yüzünden çocuktan hiç hoşlanmadığı okunuyordu, ama duruşunda herhangi bir fiziksel şiddet tehdidi yoktu, yalnızca çocuğun garip sorusuna verdiği rahatsız yanıtla biraz zayıflayan bir otorite iddiası vardı: "Hayır! Bencillik etmeyi de bırak!" Sonra bilgiçççe melodik konuşmasını sürdürdü: "Bu tür bir şey aslında bizim Konuşma-Dinleme gruplarında amaçladığımızın tam tersi. Konuşma iki taraflı bir işlevdir. Shevek birçoğunuzun tersine, henüz bunu anlamaya hazır değil, bu yüzden de varlığı grup için rahatsız edici. Sen de bunu hissediyorsun, değil mi Shevek? Kendi düzeyinde çalışan başka bir grup bulmanı öğütlerim."

Başka kimse bir şey demedi. Çocuk tahtayı verip çemberden çıkarken sessizlik ve yüksek, tiz müzik devam ediyordu. Koridora çıkıp orada durdu. Ayrıldığı grup, yöneticinin rehberliğinde sırayla bir grup öyküsü anlatmaya girişti. Shevek onların alçak seslerini ve hâlâ hızla çarpan kalbinin sesini dinliyordu. Kulaklarında orkestranın sesi değil, ağlamamak için kendinizi sıktığınızda duyduğunuz bir şarkı vardı; daha önce bu şarkı sesini birçok kez duymuştu. Onu dinlemekten hoşlanmıyordu, taş ve ağacı da düşünmek istemiyordu, bu yüzden aklını Kare'ye yöneltti. Sayılardan yapılmıştı, sayılar her zaman sakin ve sağlamdı, hata yaptığı zaman onlara sığınabilirdi, çünkü onlarda hiç hata yoktu. Bir süre önce Kare'yi kafasında tasarlamıştı, müziğin zamanda yaptığı tasarımlara benzeyen, uzayda bir tasarım: ilk 9 tam sayıdan oluşan ve merkezinde 5 sayısı olan bir kare. Sıralar nasıl toplanırsa toplansın sonuç aynı çıkıyordu, bütün eşitsizlikler dengeleniyordu; ona bakması hoştu. Bunları konuşmaktan hoşlanan bir grup oluşturabilseydi ya; ama yalnızca daha büyük erkek ve kızlardan birkaçı hoşlanıyordu, onlar da çok doluydular. Ya yöneticinin bahsettiği kitap? Sayılardan oluşan bir kitap mıydı? Taşın ağaca nasıl ulaştığını gösterir miydi? Taşla ağaç hakkındaki şakayı yapmakla aptallık etmişti, kimse onun şaka olduğunu bile anlamamıştı, yönetici haklıydı. Başı ağrıyordu. Kendi içine, dingin şekillere bakıyordu.

Eğer yalnızca sayılardan oluşan bir kitap yazılabilseydi, doğru olurdu. Haklı olurdu. Sözlerle söylenen hiçbir şey tam doğru çıkmıyordu. Söze dökülen şeyler düzgün durup birbirine uyacağına eğilip bükülüyor, uçup gidiyordu. Ama sözlerin altında, merkezde, Kare'nin merkezi gibi, her şey doğru çıkıyordu. Her şey değişebilir, ama hiçbir şey yitirilmezdi. Eğer sayıları görebilirseniz bunu anlayabilirdiniz; dengeyi, şekilleri, dünyanın yapı taşlarını görürdünüz. Ve onlar sağlamdı.

Shevek nasıl bekleyeceğini öğrenmişti. Bayağı becerikliydi bu konuda, uzman olmuştu. Önce annesi Rulag'ın geri gelmesini beklerken bu yeteneği edinmişti, ama o kadar zaman geçmişti ki bunu anımsamıyordu; kendi sırasını beklerken, paylaşmayı beklerken, payını beklerken de yetkinleştirmişti. Sekiz yaşında "niçin", "nasıl", "ya böyle olursa" diye soruyordu ama "ne zaman" diye sormuyordu.

Babası gelip onu yatı-ziyaretine götürene dek bekledi. Uzun bir beklemeydi: altı dekad. Palat geçici bir süre için Davul Dağı'ndaki Su Islah Fabrikası'nda bakım işine gönderilmişti, daha sonra bir dekad boyunca Malennin'de sahilde kalacaktı, böylece yüzebilecek, dinlenebilecek ve Pipar adlı bir kadınla çiftleşebilecekti. Bütün bunları oğluna açıklamıştı. Shevek ona güveniyordu, o da bu güveni hak ediyordu. Altmış günün sonunda Geniş Ovalar'daki çocuk yurtlarına geldi, eskisinden daha da üzgün görünen uzun, zayıf bir adamdı. Aslında istediği çiftleşmek değildi. Rulag'dı. Çocuğu gördüğünde gülümsedi, alnı acıyla kırıştı.

Birlikte olmaktan hoşlanıyorlardı.

"Palat, hiç içinde sayılar olan kitap gördün mü?"

"Neyi kastediyorsun, matematiği mi?"

"Sanırım."

"Bunun gibi mi?"

Palat üst giysisinden bir kitap çıkardı. Küçük bir cep kitabıydı, çoğu kitap gibi kapağında Yaşam Çemberi basılı yeşil bir cildi vardı. Çok sıkışık basılmıştı, harfler küçüktü ve dar kenar boşluğu kul-

lanılmıştı, çünkü bir sayfayı kirletip yeni bir sayfa almaya her gitti-
ğinde eğitim merkezindeki malzeme dağıtıcısının söylediği gibi kâ-
ğıt, çok fazla holum ağacı ve insan emeği gerektiriyordu. Palat ki-
tabı açıp Shevek'e uzattı. Çift taraflı sayfa, sayılarla dolu bir sürü sü-
tundan oluşuyordu. İşte tam onun düşlediği gibi oradaydılar. Son-
suz adalet ahdi ellerindeydi. 10 ve 12 Tabanına Göre Logaritma Tab-
loları, diyordu kapakta, Yaşam Çemberi'nin üzerindeki başlık.

Küçük çocuk ilk sayfayı bir süre inceledi. "Neye yarıyorlar?" di-
ye sordu. Çünkü bu şekiller yalnızca güzellikleri için gösteriliyor
olamazdı. Yatakhanenin soğuk, zayıf ışıklı kamu odasında yanında-
ki sert yatağa oturan mühendis ona logaritmaları anlatmaya çalıştı.
Odanın öte yanında iki yaşlı adam kesik kesik gülerek "Üstüne Koy"
oynuyorlardı. Ergen bir çift gelip özel odanın bu gece boş olup ol-
madığını sordu, sonra da oraya gitti. Yağmur tek katlı yatakhanenin
maden damına hızla çarptı, sonra kesildi. Hiçbir zaman uzun süre
yağmıyordu. Palat hesap cetvelini çıkarıp Shevek'e nasıl çalıştığını
gösterdi, Shevek de buna karşılık ona Kare'yi ve düzenleme ilkele-
rini gösterdi. Geç olduğunu fark ettiklerinde çok geç olmuştu. Ha-
rika yağmur kokan, çamurlu karanlıkta çocuk yurduna koştular ve
nöbetçiden formalite icabı azar işittiler. Çabucak öpüştüler. İkisi de
gülmekten kırılıyordu; Shevek büyük yatak odasına, babasının ıslak,
elektrikli karanlıkta Geniş Ovalar'ın tek caddesinden aşağıya yürü-
düğünü görebileceği pencereye koştu.

Çocuk yatağa çamurlu ayaklarıyla yattı ve düş gördü. Düşünde
çıplak bir ovada, bir yolda yürüdüğünü gördü. Yolun ötesinde, uzak-
ta bir çizgi vardı. Ovadan oraya yaklaştıkça bunun bir duvar oldu-
ğunu gördü. Çorak toprağın üzerinde bir ufuktan öbür ufka uzanı-
yordu. Yoğun, karanlık ve çok yüksekti. Yol duvara kadar gidip du-
ruyordu.

Devam etmesi gerekiyordu, ama edemiyordu. Duvar onu en-
gelliyordu. Acı verici, kızgınlık dolu bir korku kapladı içini. Devam
etmeliydi, yoksa eve dönemeyecekti. Ama duvar oradaydı. Geçme-
nin yolu yoktu.

Düzgün yüzeyine elleriyle vurdu ve haykırdı. Sesi sözsüz ve
karga sesi gibi çıkıyordu. Kendi sesinden korkarak yere çöktü, son-
ra bir başka sesin "Bak!" dediğini duydu. Bu, babasının sesiydi. An-

nesi Rulag'ın da orada olduğunu sanıyordu, ama onu göremiyordu (yüzünü anımsamıyordu). Ona sanki annesiyle Palat duvarın altındaki karanlıkta dört ayak üstünde duruyorlarmış ve insanlardan daha iri ve değişik şekilliymişler gibi geliyordu. İşaret ediyorlar, yerde, üzerinde hiçbir şeyin yetişmediği acı topraktaki bir şeyi gösteriyorlardı ona. Orada bir taş vardı. Duvar gibi o da karaydı, ama üzerinde veya içinde bir sayı vardı; önce 5 olduğunu sandı, sonra 1, sonra ne olduğunu anladı: ana sayıydı bu, hem birlik, hem de çokluktu. "İşte bu temel taşı," dedi sevdiği, tanıdık bir ses; Shevek coşku içinde yüzüyordu. Gölgelerin içinde duvar kalmamıştı, geri geldiğini, eve geldiğini biliyordu.

Daha sonra bu düşün ayrıntılarını anımsayamadı, ama o coşku dalgasını da hiç unutmadı. Buna benzer bir şeye hiç rastlamamıştı, kalıcılığı, tıpkı sürekli yanan bir ışığa şöyle bir bakış gibi, o kadar güven vericiydi ki düşte yaşanmasına karşın onun gerçek dışı olduğunu düşünemiyordu. Ama, ne kadar *orada* olursa olsun, ne çok isteyerek, ne de iradesiyle bir daha ulaşamadı ona. Yalnızca uyanırken onu anımsayabildi. Arada bir duvarı yeniden düşlediğinde, düşleri kasvetli ve sonuçsuzdu.

"Hapishane" fikrini, Tarih üzerine çalışmaya karar veren herkesin okuduğu *Odo'nun Yaşamı*'ndaki bazı bölümlerden almışlardı. Kitapta bazı belirsizlikler vardı, Geniş Ovalar'daki kimse de onları açıklayabilecek kadar tarih bilmiyordu; ama Odo'nun Drio'daki kalede geçirdiği yıllara geldiklerinde "Hapishane" kavramı kendiliğinden anlaşılmıştı. Gezici bir tarih öğretmeni kasabaya geldiğinde müstehcen bir şeyi çocuklara anlatmak zorunda kalan terbiyeli bir erişkin gibi, istemeyerek konuyu açıklamıştı. Evet, demişti, hapishane bir Devlet'in Yasaları'na uymayan kişileri kapattığı yerdir. Peki oradan neden çıkmıyorlardı? Çıkamıyorlardı, çünkü kapılar kilitliydi. Kilitli mi? Kamyondan düşmemen için kapıları kapatıyorlar ya, işte öyle, aptal! Ama bütün o zaman boyunca bir odada ne yapıyorlardı? Hiçbir şey. Yapacak hiçbir şey yoktu. Odo'yu Drio'daki hapishane hücresinde gösteren resimleri gördünüz, değil mi? Muhalif bir sabır görüntüsü, eğik kır saçlı baş, sıkılmış yumruklar, insanın hakkını elinden alan gölgeler arasında hareketsiz. Bazen mahpuslar çalışmaya mahkûm edilirlerdi. Mahkûm mu? Yani bir yargıç –gücünü Yasa'dan alan bir kişi– onlara bir tür fiziksel işte çalışmalarını emrederdi. Emreder miydi? Ya yapmak istemezlerse? Yapmaya zorlanırlardı; eğer yapmazlarsa dövülürlerdi. Dinleyen çocuklarda, hepsi on bir, on iki yaşlarında, hiçbiri anlık kişisel kızgınlıklar dışında bir fiske bile yememiş ve kimseye vurulduğunu görmemiş çocuklarda heyecanlı bir gerilim oluşmuştu.

Tirin hepsinin aklındaki soruyu sordu. "Yani, bir sürü kişi tek bir kişiyi mi döverdi?"

"Evet."

"Diğerleri onları neden durdurmazdı?"

"Nöbetçilerde silah vardı. Mahkûmlarda yoktu," dedi öğretmen. İğrenç bir şeyi söylemeye zorlanan ve bundan utanan birinin şiddetiyle konuşuyordu.

Sapıklığın basit çekiciliği Tirin, Shevek ve üç çocuğu bir araya getirdi. Kızları aralarına almadılar, neden olduğunu bilmiyorlardı. Tirin, eğitim merkezinin batı tarafının altında çok uygun bir hapishane yeri bulmuştu. Üç beton temel duvarı ve üstteki tabanın altından oluşmuş, ancak bir kişinin oturarak veya yatarak sığabileceği bir boşluktu; temeller beton bir yapının parçası olduğundan tabanı duvarlarla bitişikti, köpük taşından yapılmış, ağır bir parça orayı kapatabilirdi. Ama kapının kilitlenmesi gerekiyordu. Deneye deneye, karşı duvarla köpük taşı arasına sıkıştırılacak bir payandanın, kapıyı korkunç bir kesinlikle kapatacağını keşfettiler. Kimse içeriden o kapıyı açamazdı.

"Ya ışık?"

"Işık yok," dedi Tirin. Bu tür şeyler konusunda otorite sahibi olarak konuşuyordu, çünkü hayal gücü bunları doğrudan doğruya bulmasını sağlıyordu. Elindeki bilgileri kullanıyordu, ama bu kendinden eminliği veren şey bilgi değildi. "Drio'daki Kale'de mahkûmları karanlıkta bırakıyorlardı. Yıllarca."

"Ama hava olmalı," dedi Shevek. "O kapı vakum bağlantısı gibi tam yerine oturuyor. Bir hava deliği olmalı."

"Köpük taşına delik açmak saatler alır. Hem o kutuda havasız kalacak kadar uzun süre kim durur ki?"

Gönüllü ve isteklilerden oluşan bir koro.

Tirin onlara alayla baktı. "Hepiniz çıldırmışsınız. Öyle bir yerde gerçekten kilitli kalmayı kim ister ki? Ne için?" Hapishaneyi yapmak onun fikriydi, bu ona yeterli gelmişti, bazıları için hayalin yeterli olmayacağı hiç aklına gelmemişti; onlarınsa ille de hücreye girmeleri ve açılmaz kapıyı açmaya çalışmaları gerekiyordu.

"Nasıl olduğunu görmek istiyorum," dedi Kadagv; geniş omuzlu, ciddi, despot tavırlı on iki yaşında bir çocuktu.

"Kafanı çalıştır!" diye alay etti Tirin, ama diğerleri Kadagv'ı desteklediler. Shevek işlikten bir matkap buldu, "Kapı"da baş yüksekliğinde, iki santimetre çapında bir delik açtılar. Tıpkı Tirin'in tahmin ettiği gibi yaklaşık bir saat sürdü.

"İçeride ne kadar kalmayı düşünüyorsun Kadagv, bir saat mi?"

"Bakın," dedi Kadagv, "ben mahkûmum, karar veremem. Özgür değilim. Beni ne zaman çıkaracağınıza siz karar vermelisiniz."

"Haklı," dedi Shevek, bu akıl yürütme cesaretini kırmıştı.

"İçeride çok kalamazsın Kad, ben de girmek istiyorum!" dedi en küçükleri olan Gibesh. Mahkûm herhangi bir yanıt verme gereğini duymadı. Hücreye girdi. Kapı kaldırılıp büyük bir gürültüyle yerine kondu; dört gardiyan neşe içinde destekleri çekiçle kapıya çaktılar. Sonra hepsi hava deliğine üşüşüp mahkûmlarını görmeye çalıştılar, ama hapishanenin içinde hava deliğinden gelenin dışında hiç ışık olmadığından pek bir şey göremediler.

"Zavallı osurukçunun bütün havasını bitirmeyin!"

"Biraz üfleyin içeriye!"

"Biraz osurun içeriye!"

"Ne kadar zaman vereceğiz ona?"

"Bir saat."

"Üç dakika."

"Beş yıl!"

"Işıkların sönmesine dört saat var. Bu yeterli olur."

"Ama ben de istiyorum!"

"Peki, seni bütün gece içeride bırakırız."

"Yani, yarını kastetmiştim."

Dört saat sonra destekleri çıkarıp Kadagv'ı bıraktılar. Girdiğindeki gibi duruma egemen olarak çıktı, acıktığını söyledi, önemli bir şey değildi, zamanının çoğunu uyuyarak geçirmişti.

"Yine yapabilir misin?" diye meydan okudu Tirin.

"Tabii."

"Hayır, sıra bende–"

"Kapa çeneni Gib. Şimdi mi, Kad? Seni ne zaman bırakacağımızı bilmeden yeniden oraya girebilir misin?"

"Tabii."

"Yiyeceksiz mi?"

"Mahkûmları beslerlerdi," dedi Shevek. "Bütün bu işin en garip yanı da bu zaten."

Kadagv omuz silkti. Gururlu dayanıklılığı çekilir gibi değildi.

"Bakın," dedi Shevek en küçük iki oğlana, "mutfağa gidip artıklardan isteyin, su koymak için de şişe gibi bir şey alın." Kadagv'a döndü. "Sana bir çuval yiyecek vereceğiz, böylece o delikte istediğin kadar kalabileceksin."

"*Siz* ne kadar isterseniz," diye düzeltti Kadagv.

"Peki. Gir şuraya!" Kadagv'ın kendine güveni Tirin'in satirik rol yapma damarına basmıştı. "Sen mahkûmsun. Yanıt veremezsin. Anladın mı? Arkanı dön. Ellerini başının üstüne koy."

"Neden?"

"Vazgeçmek mi istiyorsun?"

Kadagv somurtarak geri döndü.

"Neden olduğunu soramazsın. Çünkü sorarsan seni dövebiliriz, sen de hiçbir şey yapamazsın, kimse de sana yardım etmez. Çünkü canına okuyabiliriz ve sen karşılık veremezsin. Çünkü sen *özgür değilsin*. Şimdi devam etmek istiyor musun?"

"Tabii. Vur bana."

Tirin, Shevek ve mahkûm, fenerin çevresinde, karanlıkta, yapının kalın temel duvarları arasında garip, katı bir küme oluşturmuş, birbirlerini süzüyorlardı.

Tirin küstahça, rahatlıkla gülümsedi. "Bana ne yapmam gerektiğini öğretme, çıkarcı. Çeneni kapa ve o hücreye gir!" Kadagv emre uymak için arkasını dönerken Tirin arkadan itti, o da yeri boyladı. Şaşkınlıktan ve acıdan homurdandı, sonra sürtünen veya burkulan parmağını oğuşturarak hücrenin arka duvarına oturdu. Shevek'le Tirin konuşmuyorlardı. Gardiyan rollerinde, yüzleri ifadesiz, kıpırtısız duruyorlardı. Şimdi rolü oynamıyorlar, rol onları yönetiyordu. Küçük çocuklar biraz holum ekmeği, bir kavun ve bir şişe suyla döndüler; gelirken konuşuyorlardı, ama hücredeki garip sessizlik birdenbire onları da etkiledi. Yiyecek ve su içeri kondu, kapı kaldırılıp desteklendi. Kadagv karanlıkta yalnızdı. Diğerleri fenerin etrafına toplandılar. Gibesh "Nereye işeyecek?" diye fısıldadı.

"Donuna," dedi Tirin alaycı bir açıklıkla.

"Ya sıçmak zorunda kalırsa?" diye sordu Gibesh, sonra da gök gürültüsü gibi bir kahkaha patlattı.

"Sıçmanın neresi komik?"

"Düşündüm de– ya göremezse– karanlıkta–" Gibesh komik hayalini tümüyle açıklayamadı. Hepsi birden açıklama gereği duymadan gülmeye başladılar, nefessiz kalana dek, çığlık çığlığa güldüler. Hepsi de içeride kilitli duran çocuğun güldüklerini duyabileceğinin farkındaydılar.

Çocukların yatakhanesinde ışık sönme zamanı geçmişti, erişkinlerin birçoğu da çoktan yataktaydı, ama konutlarda tek tük ışık yanıyordu. Sokak boştu. Çocuklar uçakçılık oynayarak, birbirlerine seslenerek, bir sır paylaşmanın, başkalarını rahatsız etmenin, kötülüklerini birleştirmenin coşkusuyla çılgın gibi sokağı geçtiler. Koridorlarda ve yatakların arasında "elim sende" oynayarak yatakhanedeki çocukların yarısını uyandırdılar. Erişkinlerden hiçbiri onlara karışmadı; gürültü de yavaşça kesildi.

Tirin ve Shevek uzun bir süre Tirin'in yatağında oturarak fısıldaştılar. Kadagv'ın bunu hakettiğine ve tam iki gece hapiste kalması gerektiğine karar verdiler.

Ertesi akşamüstü grupları, tahta geri dönüştürme işliğinde toplandı, ustabaşı Kadagv'ın nerede olduğunu sordu. Shevek, Tirin'le göz göze geldi. Yanıt vermemekle kendini akıllı, güçlü hissettiğini fark etti. Yine de Tirin, Kadagv'ın o gün için başka bir gruba katılmış olması gerektiğini söylediğinde Shevek bu yalandan dehşet duydu. Gizli güç duygusu onu birden rahatsız etti: bacakları kaşınıyor, kulakları yanıyordu. Ustabaşı ona seslendiğinde dehşetle, korkuyla veya daha önce hiç duymadığı, utanca benzeyen ama ondan çok daha kötü, içten pazarlıklı ve aşağılık bir duyguyla yerinden sıçradı... Üç katlı holum levhalarına vida delikleri delip zımparalarken, sonra da levhaları zımparayla ipek pürüzsüzlüğüne getirirken sürekli Kadagv'ı düşünüyordu. Ne zaman düşünceye dalsa Kadagv oradaydı. İğrenç bir şeydi bu.

Nöbet tutan Gibesh yemekten sonra Tirin ve Shevek'in yanına geldi, rahatsız görünüyordu. "Kad'ın bir şeyler dediğini duyar gibi oldum. Sesi bir garipti."

Bir sessizlik oldu. "Onu çıkaralım," dedi Shevek.

Tirin hırsla ona döndü. "Aman Shev, mızıkçılık etme. Fedakârlığa gerek yok! Bırak bitirsin ve sonunda kendine saygı duysun."

"Ne fedakârlığı be! Kendime saygı duymak istiyorum," dedi Shevek ve eğitim merkezine yollandı. Tirin onu tanıyordu; tartışmak için zaman harcamayıp onu izledi. Arkadan da onbirlikler geliyordu. Yapının altından sürünerek hücreye geldiler. Shevek bir desteği çıkardı, Tirin diğerini. Hapishanenin kapısı büyük bir gümbürtüyle öne doğru düştü.

Kadagv yerde yatıyordu, yan dönüp kıvrılmıştı. Oturdu, sonra yavaşça ayağa kalkıp dışarıya çıktı. Alçak çatının altında gerektiğinden fazla eğiliyordu ve fenerden gelen ışıkta gözlerini epeyce kırpıştırıyordu, ama alışılmıştan pek farklı görünmüyordu. Üzerinden gelen koku inanılmazdı. Her nedense ishal olmuştu. Hücre pislik içindeydi, gömleğinde de sarı dışkı lekeleri vardı. Fenerin ışığında bunu gördüğünde elleriyle gizlemeye çalıştı. Kimse pek konuşmuyordu.

Yapının altından çıkıp yatakhaneye doğru giderken Kadagv "Ne kadar sürdü?" diye sordu.

"İlk dört saati sayarsak otuz saat kadar."

"Epeyce uzun," dedi Kadagv inanmaktan uzak bir sesle.

Shevek onu temizlenmesi için banyoya götürdükten sonra koşarak helaya gitti. Orada bir lavaboya eğilerek kustu. Kasılmalar on beş dakika kadar geçmedi. Geçtiğinde titriyordu ve bitkindi. Yatakhanenin kamu odasına gitti, biraz fizik okudu, sonra da erkenden yattı. Beş çocuktan hiçbiri bir daha eğitim merkezinin altındaki hapishaneye gitmedi. Hiçbiri bu olaydan bir daha bahsetmedi, yalnızca Gibesh bir kez kendinden büyük çocuklara anlatarak övündü, ama anlamadılar, o da vazgeçti.

Kuzeybatışı Asil ve Maddi Bilimler Bölge Enstitüsü'nün üzerinde Ay parlıyordu. On beş, on altı yaşlarında dört erkek çocuk düzensiz yer holumu dizilerinin arasında bir tepede oturmuş, Bölge Enstitüsü'ne ve Ay'a bakıyorlardı.

"Garip," dedi Tirin. "Daha önce hiç düşünmemiştim..."

Diğer üçünden "biliyoruz" sesleri geldi.

"Daha önce," dedi Tirin bozuntuya vermeden, "orada, Urras'ta bir tepenin üzerinde oturup Anarres'e, bize bakan ve 'Bakın, işte Ay' diyen insanlar olduğu gerçeği hiç aklıma gelmemişti. Bizim dünyamız onların Ay'ı, bizim Ay'ımız onların dünyası."

"O zaman Gerçek nerede?" diye karşı çıktı Bedap ve esnedi.

"İnsanın üstünde oturduğu tepede," dedi Tirin.

Hepsi parlak, bulanık, dolunayı bir gün geçtiği için tam yuvarlak olmayan turkuaz küreye bakmaya devam ettiler. Kuzey buz kütlesi göz kamaştırıcıydı. "Kuzeyde hava açık," dedi Shevek. "Güneşli. Oradaki kahverengimsi çıkıntı A-İo."

"Hepsi güneşte çırılçıplak yatıyor," dedi Kvetur, "göbeklerinde mücevherler var, hiç kılları da yok."

Bir sessizlik oldu.

Tepeye erkek erkeğe olmak için gelmişlerdi. Dişilerin varlığı onlar için sıkıcıydı. Son zamanlarda bütün dünya kızlarla dolu gibi geliyordu. Nereye bakarlarsa baksınlar, uyurken veya uyanık, hep kızları görüyorlardı. Hepsi kızlarla yatmayı denemişlerdi, bazıları ise umutsuzluk içinde kızlarla yatmamayı denemişti. Sonuç aynıydı. Kızlar oradaydı.

Üç gün önce Odocu Hareketin Tarihi üzerine bir sınıfta hepsi aynı görsel dersi izlemişlerdi; o zamandan beri de kadınların yağlanmış, bronz renginde göbeklerinin yumuşak deliğindeki yanardöner mücevherlerin görüntüsü tek tek hepsinin gözlerinin önüne gelip duruyordu.

Kendileri gibi kıllı çocukların cesetlerini de görmüşlerdi; cesetler bir deniz kenarında, hurda maden gibi katı ve paslı, üst üste yığılmış, adamlar da çocukların üzerine gaz döküp yakmışlardı. Yorumcunun sesi "Thu Devleti'nin Bachifoil Bölgesi'nde açlık," demişti. "Açlıktan ve hastalıktan ölen çocukların cesetleri kıyılarda yakılıyor. Yedi yüz kilometre uzakta, A-İo Devleti'nin Tius kumsallarında, (işte burada mücevherli göbekler vardı) *mülk sahibi sınıfların* (bu ifadelerin Pravca karşılığı olmadığı için İoca sözcükler kullanılıyordu) erkek üyelerinin cinsel kullanımı için saklanan kadınlar, *mülksüz sınıftan* insanlar tarafından kendilerine akşam yemeği sunulana dek bütün gün kumda yatıyorlar." Yemek zamanının yakın çekimi: ısıran, çiğneyen ve gülümseyen yumuşak ağızlar, gümüş çanaklara ıslak ıslak konmuş nefis şeylere uzanan düzgün eller. Sonra ağzı açık, boş, kara kuru, ölü bir çocuğun kör, ifadesiz yüzüne geçiş. "Yan yana," demişti ses hafifçe.

Ama çocukların beyinlerine yağlı, yanardöner bir kabarcık gibi kazınan imge hep aynıydı.

"Bu filmler ne kadar eski?" dedi Tirin. "Yerleşme'den önce mi, yoksa çağdaş mı? Hiç söylemiyorlar."

"Ne fark eder?" dedi Kvetur. "Odocu Devrim'den önce Urras'ta böyle yaşıyorlardı. Odocular kalkıp buraya, Anarres'e geldiler. O halde büyük olasılıkla hiçbir şey değişmedi – aynen devam ediyor orada." Mavi-yeşil, kocaman Ay'ı gösterdi.

"Devam ettiğini nereden biliyoruz?"

"Ne demek istiyorsun Tir?" dedi Shevek.

"Eğer bu filmler yüz elli yıllıksa, Urras'ta şimdi her şey çok değişmiş olabilir. Öyle olduğunu söylemiyorum, ama eğer değişmişse nasıl bilebiliriz? Oraya gitmiyoruz, onlarla konuşmuyoruz, hiç iletişim yok. Urras'ta şu anda yaşamın nasıl olduğu hakkında en ufak bir fikrimiz yok."

"ÜDE'dekilerin var. Anarres Limanı'na gelen yük gemilerine binen Urras'lılarla konuşuyorlar. Bilgileri oluyor. Bilmek zorundalar, hem Urras'la ticareti sürdürüp hem de bizim için nasıl bir tehlike oluşturduklarını da ancak böyle bilebiliriz." Bedap mantıklı konuşuyordu, ama Tirin'in yanıtı sertti: "O halde ÜDE haberdar olabilir, ama biz değiliz."

"Haberdar mı!" dedi Kvetur. "Bebekliğimden beri sürekli Urras'ı dinledim! O berbat Urras kentlerinin ve yağlı Urras'lı bedenlerinin resimlerini bir daha görmezsem doğrusu hiç üzülmem!"

"İşte sorun da burada," dedi Tirin mantık yürüten birinin neşesiyle. "Urras'la ilgili öğrencilere açık bilgilerin hepsi aynı. İğrenç, ahlak dışı, dışkısal. Ama düşünün şimdi. Eğer Göçmenler ayrıldığında durum o kadar kötüyse yüz elli yıl nasıl dayanabildiler? Eğer o kadar hasta idiyseler, neden ölmediler? Mülkiyetçi toplumları neden çökmedi? Neden bu kadar korkuyoruz?"

"Bulaşmasından," dedi Bedap.

"Biraz açılmaya dayanamayacak kadar zayıf mıyız? Her neyse, *hepsi* hasta olamaz. Toplumları nasıl olursa olsun bazıları iyi olmalı. Burada da insanlar farklı farklı oluyor, değil mi? Hepimiz kusursuz Odocular mıyız? Şu ciğeri beş para etmez Pesus'u düşünün!"

"Ama hasta bir organizmada sağlıklı hücreler bile yaşayamaz," dedi Bedap.

"Evet, analoji kullanarak her şeyi kanıtlayabilirsin, bunu biliyorsun. Her neyse, toplumlarının hasta olduğunu gerçekten nereden biliyoruz?"

Bedap baş parmağının tırnağını kemirmeye başladı. "ÜDE ve eğitim hizmetleri sendikasının bize Urras hakkında yalan söylediğini mi iddia ediyorsun?"

"Hayır, yalnızca bize anlatılanlardan başka bir şey bilmediğimizi söylüyorum. Peki bize ne anlatıldığını biliyor musun?" Tirin' in kara, kalkık burunlu, parlak mavimsi ay ışığında açıkça görülen yüzü onlara döndü. "Kvet bir dakika önce söyledi. Dersini öğrenmiş. Duydunuz. Urras'tan tiksinin, Urras'tan nefret edin, Urras'tan korkun."

"Neden olmasın?" diye sordu Kvetur. "Bak bize, Odocular'a nasıl davrandılar!"

"Bize Ay'larını verdiler, öyle değil mi?"

"Evet, çıkarcı Devlet'lerini yıkıp orada adil toplumu kurmamıza engel olmak için. Bahse girerim bizden kurtulur kurtulmaz eskisinden de hızlı bir şekilde hükümetler ve ordular kurmaya başlamışlardır, çünkü onları durduracak kimse kalmadı. Eğer Limanı onlara açarsak dostça ve kardeşçe mi geleceklerini sanıyorsun? Onlar bir milyar, bizse yirmi milyonuz. Bizi silip süpürürler, ya da hepimizi, nasıl derler –neydi o kelime– köle yaparlar, madenlerde onlar için çalışalım diye!"

"Peki, Urras'tan korkmanın akıllıca olabileceğini kabul ediyorum. Ama nefret niye? Nefret işlevsel değil, neden öğretiliyor bize?

Acaba Urras'ın gerçekten nasıl olduğunu öğrenirsek seveceğimiz için mi– bir kısmını– bir kısmımız? Acaba ÜDE'nin engellemek istediği yalnızca onlardan bazılarının buraya gelmesi değil, bizden bazılarının oraya gitmesi olabilir mi?"

"Urras'a gitmek mi?" dedi Shevek şaşkınlıkla.

Tartışıyorlardı, çünkü tartışmayı seviyorlardı, kısıtlayıcı bağlardan kurtulan aklın, olanakların oluşturduğu yollar boyunca akıp gitmesini, sorgulanmayan şeyleri sorgulamayı seviyorlardı. Zekiydiler, akılları şimdiden bilimin açıklığıyla yoğrulmuştu ve on altı yaşındaydılar. Ama bu noktada Shevek için tartışmanın zevki, tıpkı daha önce Kvetur'a olduğu gibi sona ermişti. Rahatsız olmuştu. "Kim Urras'a gitmek ister?" diye sordu. "Ne için?"

"Başka bir dünyanın nasıl olduğunu keşfetmek için. Bir 'at'ın nasıl bir şey olduğunu görmek için!"

"Bu çocukça," dedi Kvetur. "Bazı başka yıldız sistemlerinde yaşam var," ay ışığında yıkanmış göğe el salladı, "öyle diyorlar. Ne olmuş? Şansımızda burada doğmak varmış!"

"Eğer herhangi bir başka insan toplumundan daha iyiysek," dedi Tirin, "onlara yardım etmeliyiz. Ama etmemiz yasak."

"Yasak mı? Doğal olmayan bir sözcük. Kim yasaklıyor? Bütünleyici işlevin kendisini dıştalıyorsun," dedi Shevek, heyecanla öne eğilip kızgınlıkla konuşarak. "Düzen 'emirler' demek değil. Anarres'ten ayrılmıyoruz, çünkü Anarres *biziz*. Sen Tirin olduğun için Tirin'in bedenini geride bırakamazsın. Nasıl olduğunu görmek için başka biri olmaya çalışmak isteyebilirsin, ama olamazsın. Seni güç kullanarak engelleyen mi var? Burada güç kullanılarak mı tutuluyoruz? Hangi güç – hangi yasa, hangi hükümet, hangi polis? Hiçbiri. Yalnızca kendi varlığımız, Odocular olarak kendi doğamız. Senin doğanda Tirin olmak var, benimkinde Shevek olmak, ortak doğamızda ise birbirimize karşı sorumlu Odocular olmak var. İşte bu sorumluluk bizim özgürlüğümüz. Ondan kaçmak özgürlüğümüzü yitirmek olur. Sorumluluğun ve özgürlüğün, seçeneğin olmadığı, yalnızca yasaya uymaktan oluşan sahte bir seçeneğin veya yasaya uymamayı izleyen cezanın olduğu bir toplumda yaşamak ister miydin? Gerçekten gidip bir hapishanede yaşamak ister miydin?"

"Of, lanet olsun, hayır. Hiç konuşamayacak mıyım ben! Senin

derdin ne biliyor musun Shevek? Bir kamyon dolusu lanet olası tuğla gibi fikri biriktirene kadar hiç konuşmuyorsun, sonra da hepsini birden kafama atıyorsun ve geride yığının altında ezilip kalan kanlı bedene bakma gereği bile duymuyorsun–"

Shevek haklılığını kanıtlamış görünerek arkasına yaslandı.

Ama iri yapılı, köşeli yüzlü bir genç olan Bedap başparmağının tırnağını çiğneyerek "Yine de," dedi. "Tirin'in söylediği hâlâ geçerli. Urras hakkındaki bütün gerçeği bildiğimizden emin olmak iyi olurdu."

"Bize kimin yalan söylediğini düşünüyorsun?" dedi Shevek.

Bedap sakin sakin başını kaldırıp Shevek'le göz göze geldi. "Kim mi, kardeşim? Kendimizden başka kim olabilir ki?"

Kardeş gezegen üzerlerinde parıldıyordu, berrak ve pırıl pırıl, gerçeğin olanaksızlığının güzel bir örneğiydi.

Batı Temaenia Kıyı Boyu ağaçlandırması Anarres'e Göç'ün yüz ellinci yılında, iki yıllık bir dönem boyunca, yaklaşık on sekiz bin kişinin çalıştığı en büyük girişimdi.

Güneydoğu'nun uzun kumsalları verimli olduğu, birçok balıkçı ve çiftçi topluluğunu geçindirebildiği halde, ekilebilir alan yalnızca deniz kıyısındaki bir şeritten oluşuyordu. İçeriye ve batıya doğru, Güneybatı'nın geniş düzlükleri boyunca uzanan bölge, birkaç yalıtılmış maden kasabası dışında boştu. Toz diye adlandırılan bölgeydi bu.

Bir önceki jeolojik dönemde Toz, Anarres'in tek, baskın bitki cinsi olan holumla dolu dev bir ormandı. Şu anki iklim daha sıcak ve kuruydu. Binlerce yıl süren kuraklık ağaçları öldürmüş, toprağı şimdi her rüzgârda havalanarak bir kum tepeciği kadar düz çizgili ve ıssız tepecikler oluşturan ince, gri bir toz haline getirinceye dek kurutmuştu. Anarres'liler o huzursuz toprağın verimliliğini ormanı yeniden yetiştirerek geri getirmeyi umuyorlardı. Shevek bunun şu anda Anarres'te saygın olan Ardışıklık fizik ekolünün tanımadığı, ama hâlâ Odocu düşüncenin bağlantılı ve içkin bir öğesi olan Nedensel Geri Çevrilebilirlik ilkesine uygun olduğunu düşünüyordu. Odo'nun düşüncelerinin zaman fiziği kavramlarıyla ilişkisini, özellikle de Nedensel Geri Çevrilebilirlik ilkesinin onun araç-amaç sorununu ele alışı üzerindeki etkisini gösteren bir makale yazmak istiyordu. Ama henüz on sekizindeyken, böyle bir makale yazacak kadar bilgisi yoktu; bu kahrolasıca Toz'dan kurtulup kısa zamanda fiziğe dönmezse de hiçbir zaman yeterli bilgisi olamayacaktı.

Geceleri Proje kamplarında herkes öksürüyordu. Gündüzleri daha az öksürüyorlardı, öksüremeyecek kadar meşguldüler. Toz, boğazlarını ve ciğerlerini tıkayan o ince, kuru madde düşmanlarıydı; düşmanları ve görevleriydi, umutlarıydı. Bir zamanlar toz, ağaçların gölgesi altında, zengin ve karanlık uzanırdı. Uzun çalışmaları bittiğinde yine aynı şey olabilirdi.

Taştan yeşil yaprakları yeşerten,
Kayanın kalbinden berrak suyu fışkırtan kadın...

Gimar hep bu ezgiyi mırıldanırdı, şimdi akşamın sıcağında düzlükten kampa dönerken sözleri yüksek sesle söylüyordu.

"Kimmiş o yaprakları yeşerten kadın?" dedi Shevek.

Gimar gülümsedi. Geniş, ipeksi yüzü tozla kaplanmış ve lekelenmişti, saçı toz içindeydi, üzerinde çok kuvvetli ve tatlı bir ter kokusu vardı.

"Güneydoğuşu'nda büyüdüm," dedi. "Madencilerin bölgesinde. Bu bir madenci şarkısı."

"Hangi madenciler?"

"Bilmiyor musun? Göçmenler geldiğinde zaten orada olan insanlar. Bazıları kalıp dayanışmaya katıldılar. Altın madencileri, kalay madencileri. Hâlâ kendilerine ait şölen günleri ve şarkıları vardır. *Tadde** bir madenciydi, ben küçükken bana şarkı söylerdi."

"Peki öyleyse, kim o kadın?"

"Bilmiyorum, şarkının sözleri öyle işte. Burada yaptığımız da aynı şey değil mi? Taşlardan yeşil yapraklar çıkarmak!"

* "Baba". Küçük bir çocuk bütün yetişkinlere *tadde* ya da *mamme* diyebilir. Gimar'ın *tadde*'si babası, amcası, dayısı ya da ona ebeveyn sorumluluğu ve sevgisi gösteren herhangi bir yetişkin olabilir. Birçok kişiye *tadde* ya da *mamme* diyebilir, ancak bu kavramların kullanım alanı herkese söylenebilecek olan *ammar*'dan (kardeş) daha sınırlıdır.

"Bana biraz Din gibi geldi."

"Ah, senin şu süslü kitabi lafların. Yalnızca bir şarkı işte. Of, öbür kampta olup yüzebilmeyi nasıl isterdim. Leş gibi kokuyorum!"

"Ben de leş gibi kokuyorum."

"Hepimiz leş gibi kokuyoruz."

"Dayanışma halinde..."

Ama bu kamp Temaenia kumsallarından on beş kilometre ötedeydi ve içinde yüzülebilecek yalnızca toz vardı.

Kampta isminin söylenişi Shevek'e benzeyen biri vardı: Shevet. Biri çağrıldığında öteki geliyordu. Shevek bu rastlantısal benzerlik nedeniyle adama karşı bir yakınlık, kardeşlikten daha özel bir ilgi duyuyordu. Birkaç kez Shevet'in de kendine baktığını gördü. Henüz birbirleriyle konuşmamışlardı.

Shevek'in ağaçlandırma projesindeki ilk dekadları sessiz bir kızgınlık ve bitkinlik içinde geçmişti. Fizik gibi merkezi işlevsel alanlarda çalışmayı seçmiş insanlar bu projeler ve özel işler için çağrılmamalıydılar. İnsanın sevmediği bir işi yapması ahlak dışı değil miydi? İşin yapılması gerekiyordu, ama birçok insan nereye gönderildiklerine pek aldırmıyor ve sık sık iş değiştiriyordu; aslında gönüllü olmaları gerekirdi. Aptal biri bile bu işi yapabilirdi. Aslında birçoğu bu işi ondan daha iyi yapabilirdi. Gücüyle gurur duyardı, her zaman onuncu gün dönüşüm görevi için "ağır işler"e gönüllü olmuştu; ama burada her gün, günde sekiz saat, toz ve sıcak içindeydi. Bütün gün boyu, yalnız kalıp düşünebileceği akşam saatlerini iple çekiyordu, ama akşam yemeğinden sonra çadırına gider gitmez başı düşüyor ve sabaha kadar deliksiz uyuyor, beyninden tek bir düşünce bile geçmiyordu.

İş arkadaşlarını can sıkıcı ve kaba buluyordu, kendisinden küçük olanlar bile ona çocukmuş gibi davranıyorlardı. Küçümseme ve kızgınlık yüzünden yalnızca arkadaşları Tirin ve Rovab'a, Enstitü'de geliştirdikleri, zaman fiziğinin özel simgelerinin söz karşılıkları olan bir diziden oluşan şifreyle mektup yazmaktan zevk alıyordu. Yazıldıkları zaman bir mesaj olarak anlamlı görünüyorlardı, ama aslında gizledikleri denklem veya felsefi formül dışında anlamsızdılar. Shevek'in ve Rovab'ın denklemleri özgündü. Tirin'in mektupları çok komikti, okuyan herhangi birini gerçek duygular ve olayları anlattıklarına inandırabilirdi, ama içlerindeki fizik tartışma götürürdü. Shevek toz fırtınasında, aşınmış bir kürekle kayalarda çukur açarken kafasında bilmeceler oluşturabileceğini keşfettiğinden beri sık sık bu bilmecelerden gönderiyordu. Tirin birkaç kez yanıt verdi, Rovab ise yalnızca bir kez. Soğuk bir kızdı, Shevek soğuk olduğunu biliyordu. Ama Enstitü'dekilerden hiçbiri Shevek'in ne halde olduğunu bilmiyordu. Onlar, tam bağımsız araştırmaya başlamışken lanet olası bir ağaç dikme projesine gönderilmemişlerdi. Onların merkezi işlevi boşa harcanmıyordu. Çalışıyorlardı: istedikleri şeyleri yapıyorlardı. O ise çalışmıyordu. Kullanılıyordu.

Yine de böyle hep birlikte yapılan işlerden bu kadar gurur duyacağını, bu kadar doyum alacağını tahmin etmezdi. Çalışma arkadaşlarından bazıları gerçekten olağanüstü insanlardı. Örneğin Gimar. Önceleri onun adaleli güzelliği Shevek'i korkutmuştu, ama şimdi onu arzulayacak kadar güçlü hissediyordu kendini.

"Bu gece benimle gel, Gimar."

"Olmaz," dedi Gimar. Shevek'e o kadar şaşkınlıkla baktı ki, o da acının verdiği ağırbaşlılıkla, "Arkadaş olduğumuzu sanıyordum," dedi.

"Öyleyiz."

"O halde–"

"Eşliyim. Eve döndü."

"Söyleyebilirdin," dedi Shevek kızararak.

"Söylemem gerektiğini düşünemedim. Kusura bakma Shev." O kadar pişmanlıkla bakıyordu ki, Shevek umutla, "Acaba..." dedi.

"Hayır. Eşlik böyle yürümez, biraz ona, biraz başkalarına."

"Yaşam boyu eşliğin aslında Odocu ahlaka aykırı olduğunu sanıyorum," dedi Shevek sert ve bilgiççe bir tavırla.

"Zırva," dedi Gimar yumuşak bir tonla. "Sahip olmak yanlıştır, paylaşmak doğrudur. Tüm benliğinden, bütün o geceler ve günler boyunca tüm yaşamından daha fazla neyi paylaşabilirsin?"

Shevek elleri dizlerinin arasında, başı eğik, uzun boylu, çok zayıf, kederli, istediği verilmemiş bir çocuk gibi oturuyordu. Bir süre sonra, "Bana göre değil," dedi.

"Sana göre değil mi?"

"Aslında kimseyi gerçekten tanımadım. Baksana seni de anlamadım. Kopuğum. Yaklaşamıyorum. Hiçbir zaman yapamayacağım. Benim için eşliği düşünmek aptalca olur. Öyle bir şey... insanlar için..."

Gimar çekinerek, cinsel bir utangaçlıkla değil saygının verdiği bir çekingenlikle elini omuzuna koydu. Onun söylediğine itiraz etmedi. Onun da herkes gibi olduğunu söylemedi. "Bir daha senin gibi birini hiç tanıyamayacağım, Shev," dedi. "Seni hiç unutmayacağım."

Ne olursa olsun, reddedilme reddedilmeydi. Gimar'ın bütün nezaketine karşın Shevek onun yanından incinmiş ve kızgın ayrıldı.

Hava çok sıcaktı, gün doğumundan hemen öncesi dışında hiç serinlik yoktu.

Shevet adlı adam bir gece yemekten sonra Shevek'in yanına geldi. Otuz yaşlarında, tıknaz, yakışıklı biriydi. "Seninle karıştırılmaktan bıktım," dedi. "Kendine başka bir ad tak."

Daha önceleri böyle kaba bir saldırganlık Shevek'i şaşırtırdı. Şimdi ise aynı şekilde karşılık veriyordu. "Eğer bıktıysan kendi adını değiştir," dedi.

"Ellerini kirletmemek için okula giden küçük çıkarcılardan birisin sen," dedi adam. "Ne zamandır senin gibi birinin ağzına sıçmak istiyordum."

"Bana çıkarcı diyemezsin!" dedi Shevek, ama bu laf kavgası değildi. Shevet onu bir yumrukta ikiye katladı. Shevek kolları uzun olduğu ve rakibinin sandığından daha öfkeli olduğu için birkaç karşı darbe vurdu. Ama adam daha güçlüydü. Birkaç kişi durup baktı, adil ama ilginç olmayan bir kavga olduğunu görüp yollarına devam ettiler. Basit şiddet onları ne rahatsız eder, ne de çekerdi. Shevek yardım istemediğine göre başka kimsenin değil, onun sorunuydu. Kendine geldiğinde iki çadır arasında, karanlıkta, yerde sırtüstü yatıyordu.

Birkaç gün boyunca sağ kulağı çınladı, yarılan dudağının iyileşmesi de bütün yaraları tahriş eden toz yüzünden çok uzun sürdü. Shevet'le bir daha hiç konuşmadılar. Adamı daha sonra uzaktan, başka yemek ateşlerinde, düşmanlık duymadan gördü. Shevet ona verebileceğini vermiş, o da bu armağanı kabul etmişti, ama uzun bir süre onu hiç tartmadı ve doğasını değerlendirmedi. Tartmaya ve değerlendirmeye başladığı zaman ise onu başka bir armağandan, büyümesinin bir başka aşamasından ayırt edecek bir şey kalmamıştı. O yakınlarda çalışma grubuna katılan bir kız, karanlıkta, tıpkı daha önce Shevet'in yaptığı gibi Shevek ateşin yanından ayrılır ayrılmaz yanına geldi, henüz dudağı da iyileşmemişti... Kızın neler söylediğini hiçbir zaman anımsayamadı; kız ona takılmıştı, o da yine basitçe karşılık verdi. Gece düzlüğe gittiler ve kız ona tenin özgürlüğünü tattırdı. Bu, onun armağanıydı; Shevek de kabul etti. Bütün Anarres'li çocuklar gibi hem erkek, hem de kız çocuklarla sevişmişti, ama o da, diğerleri de çocuktular; hiçbir zaman o âna kadar tattığı zevkten daha ötede bir şeylerin olabileceğini düşünmemişti. Bir zevk uzmanı olan Beshun, onu kin ve beceriksizliğin olmadığı, birleşmek için çabalayan iki bedenin çabalamaları sırasında bulundukları ânı yok ettiği, benliği ve zamanı aştığı cinselliğin kalbine götürdü.

Şimdi her şey kolaydı, sıcak tozda ve yıldız ışığında her şey o kadar kolay ve hoştu ki. Günler uzun ve parlaktı, toz da Beshun'un bedeni gibi kokuyordu.

Şimdi bir dikim ekibinde çalışıyordu. Kamyonlar Kuzeydoğu'dan minik ağaçlarla, yılda bir metreye kadar yağış alan yağmur kuşağında, Yeşil Dağlar'da yetiştirilen binlerce fidanla gelmişlerdi. Fidanları toza diktiler.

İşleri bittiğinde projenin ikinci yılında çalışan elli ekip üstü açık kamyonlarla geri döndü, dönerken geriye baktılar. Yaptıklarını gördüler. Çölün soğuk eğim ve setlerinin üstünde çok hafif, yeşil bir buğu vardı. Ölü toprağın üstünde çok hafif bir yaşam örtüsü uzanıyordu. Neşelendiler, şarkı söylediler, kamyondan kamyona bağrıştılar. Shevek'in gözleri yaşardı. *Taştan yeşil yaprakları yeşerten kadın...* diye düşündü. Gimar uzun bir süre önce Güneydoğuşu'na geri gönderilmişti. "Neden surat ediyorsun?" diye sordu Beshun, kamyon sarsılınca yanına sıkıştı, elini onun güçlü, tozdan beyazlaşmış kolunda bir aşağı bir yukarı gezdirdi.

"Kadınlar," dedi Vokep Güneybatı'da, Kalay Filizi'ndeki kamyon deposunda. "Kadınlar sana sahip olduklarını düşünüyorlar. Hiçbir kadın gerçekten Odocu olamaz."

"Ya Odo'nun kendisi?"

"Kuram. Asieo öldürüldükten sonra da cinsel yaşamı olmamış,

değil mi? Neyse, istisnalar her zaman vardır. Ama birçok kadının bir erkekle tek ilişkisi *sahip olma* ilişkisidir. Ya sahip olma, ya da sahip olunma."

"Bu konuda erkeklerden farklı olduklarını mı düşünüyorsun?"

"Düşünmüyorum, biliyorum. Erkeğin istediği özgürlüktür. Kadının istediği mülkiyettir. Seni ancak başka bir şeyle takas edebilirse serbest bırakır. Bütün kadınlar mülkiyetçidir."

"İnsan ırkının yarısı hakkında pek hoş şeyler söylemiyorsun," dedi Shevek, adamın söylediğinde haklı olup olmadığını düşünerek. Beshun, Shevek Kuzeybatı'ya geri gönderildiğinde hasta olana dek ağlamış, öfkelenmiş, yine ağlamış, ona onsuz yaşayamayacağını söyletmeye çalışmış, onsuz yaşayamayacağını, eş olmaları gerektiğini ısrarla söylemişti – sanki herhangi bir erkekle bir yarıyıl bile birlikte kalabiliyormuş gibi!

Shevek'in konuştuğu, bildiği tek dil cinsel eylem için özel deyimlerden yoksundu. Pravca'da bir erkeğin bir kadına "sahip olduğunu" söylemesi bir anlam ifade etmiyordu; anlamca en yaklaşan ve küfür olarak benzeri ikinci bir anlamı olan kelime "sikmek"ti: ırza geçmek anlamına geliyordu. Genelde kullanılan ve yalnızca çoğul bir özne alan fiil ancak çiftleşmek gibi yansız bir deyim olarak çevrilebilirdi, tek bir kişinin yaptığı ya da sahip olduğu bir şeyi değil, iki kişinin yaptığı bir şeyi belirtiyordu. Bu kelime çerçevesi deneyimin tümünü başka herhangi bir diziden daha iyi kapsayamıyordu. Shevek boş bırakılan bir alan olduğunun farkındaydı, ama bu alanın ne olduğundan da tam olarak emin değildi. Toz'da, ay ışığı altındaki bazı gecelerde, Beshun'a sahip olduğunu, onu ele geçirdiğini kesinlikle hissetmişti. Beshun da ona sahip olduğunu düşünmüştü. Ama ikisi de yanılıyorlardı, Beshun tüm duygusallığına karşın bunu biliyordu; onu öpmüş, veda etmiş, sonunda gülümsemiş ve onu bırakmıştı. Shevek'e sahip olmamıştı. Shevek'in kendi bedeni, erişkin cinsel tutkunun o ilk müthiş patlamasıyla gerçekten kendine sahip olmuştu– Beshun'a da. Ama bitmişti artık. Olmuştu. Bir daha olmayacaktı, olamazdı– diye düşünüyordu, on sekizinde, gece yarısı Kalay Filizi'nin kamyon deposunda bir yol arkadaşıyla oturmuş, bir bardak yapışkan, tatlı meyve suyunu içerek kuzeye giden bir kamyonda yer bulmak için beklerken. Daha çok şey olacaktı, ama bir ikinci defa faka basmayacak, yere yıkılıp yenilmeyecekti. Yenilginin, teslimiyetin verdiği zevkler vardı. Beshun onların ötesinde bir zevk istemiyor olabilirdi. Niye istesindi? Kendi özgürlüğüyle Shevek'i özgür kılan oydu.

"Sana katılmadığını biliyorsun," dedi Abbenay'a giden bir tarım kimyageri olan uzun yüzlü Vokep'e. "Erkeklerin çoğunlukla anarşist olmayı öğrenmek zorunda kaldıklarını düşünüyorum. Kadınlar öğrenmek zorunda değiller."

Vokep başını gaddarca salladı. "Çocuklar yüzünden," dedi. "Bebek sahibi olmak onları mülkiyetçi yapıyor. Bırakmıyorlar." İç çekti. "Dokun geç, kardeşim, kural budur. Hiçbir zaman sana sahip olunmasına izin verme."

Shevek gülümsedi ve meyve suyunu içti. "Vermem," dedi.

Shevek için Bölge Enstitüsü'ne dönmek, yer yer bronz yapraklı bodur holumla kaplı alçak tepeleri, mutfak bahçelerini, konutları, yatakhaneleri, işlikleri, derslikleri, laboratuvarları, on üç yaşından bu yana yaşadığı yerleri görmek büyük bir mutluluktu. Onun için her zaman dönüş de, gidiş yolculuğu kadar önemli olacaktı. Onun için gitmek yeterli değildi, işin yarısıydı yalnızca; dönmeliydi o. Böyle bir eğilimde, anlaşılabilir olanın uç noktalarında atılacağı dev araştırmanın doğası, belki de şimdiden hissediliyordu. Eğer dönüşün olanaklı olduğuna, kendisi dönmese bile yolculuğun doğasının dünyanın çevresini dolaşmak gibi bir dönüşü içerdiğine derin bir inancı olmasaydı, o yıllar sürecek serüvene büyük olasılıkla atılmazdı. Bir ırmakta iki kez yıkanamazsın, yeniden eve dönmek de olanak dışıdır. Bunu biliyordu; aslında bu, dünyaya temel bakışıydı. Ama o, bu geçicilik kabulünden dev kuramını geliştirmişti; buna göre en çok değişebilen şey, en derin sonsuzluktu, ırmakla olan ilişkiniz ve ırmağın kendisiyle ve sizle olan ilişkisi de salt bir kimlik yokluğundan hem çok daha karmaşık hem de daha güven verici bir şeydi. Genel Zaman Kuramı eve dönmenin *mümkün* olduğunu söylüyordu, yeter ki evin şu ana dek hiç bulunmadığınız bir yer olduğunu anlayın.

O halde sahip olduğu veya istediği eve en çok benzeyen şeye geri dönmekten mutluydu. Ama oradaki arkadaşlarını oldukça sığ buluyordu. Son bir yılda epeyce büyümüştü. Kızların bazıları ona yetişmiş veya onu geçmişlerdi; kadın olmuşlardı. O ise kızlarla arada bir ilişkinin ötesine geçmiyordu, henüz yeni bir cinsellik fırtınası istemiyordu, yapacak başka işleri vardı. Kızların en akıllı olanlarının, Rovab gibi, aynı şekilde ilgisiz ve ihtiyatlı olduğunu gördü; laboratuvarlarda, çalışma gruplarında ya da yurt kamu odalarında yalnızca iyi yoldaşlar gibi davranıyorlardı, başka bir şey yoktu. Kızlar çocuk doğurmadan önce eğitimlerini bitirip araştırmaya başlamak veya sevdikleri bir kadro bulmak istiyorlardı, ama artık yeniyetme cinsel denemelerle yetinemiyorlardı. Olgun bir ilişki istiyorlardı, kısır bir ilişki değil; ama henüz değil, daha değil.

Bu kızlar iyi arkadaşlardı, dost ve bağımsızdılar. Shevek'in yaşındaki çocuklar artık biraz kuru ve yetersiz bir çocuksuluğun sonunda takılıp kalmış görünüyorlardı. Fazlasıyla entelektüeldiler. Kendilerini çalışmaya, ya da cinselliğe adamak istermiş gibi görünmüyorlardı. Tirin konuştuğunda cinsel ilişkiyi kendisi icat etmiş gibi davranıyordu, ama bütün ilişkileri on beş, on altı yaşındaki kızlarlaydı, kendi yaşındakilerden çekiniyordu. Hiçbir zaman cinsel enerjisi fazla olmayan Bedap kendisine eşcinsel-idealist bir tutkuyla bağlanan, kendinden küçük bir erkek çocuğun sevgisini kabul edip onunla yetiniyordu. Hiçbir şeyi ciddiye almıyor görünüyordu, alaycı ve ketum olmuştu. Shevek onunla dostluğunun kesildiğini hissediyordu. Hiçbir dostluk sürmüyordu; Tirin bile çok benmerkezci ve son zamanlarda aralarındaki eski bağı –Shevek istese bile– kuramayacak kadar karamsar olmuştu. Aslında o da istemiyordu. Yalnızlığı tüm kalbiyle kabul ediyordu. Bedap ve Tirin'de gördüğü çekingenliğin kendi kapalılığına bir yanıt, bir tepki olduğunu, nazik ama şimdiden korkunç içine kapalı kişiliğinin kendi duvarını oluşturabileceğini ve bunu yalnızca büyük güç veya büyük bağlılığın aşabileceğini hiç aklına getirmemişti. Aslında tek fark ettiği, en sonunda çalışmak için yeterli zamanı olacağıydı.

Güneydoğu'da, düzenli bedensel çalışmaya alıştıktan sonra ve beynini şifreli mektuplara, menisini de ıslak düşlere harcamayı bıraktıktan sonra birtakım fikirler oluşturmaya başlamıştı. Şimdi bu fikirleri geliştirme, gerçekten önemli olup olmadıklarını görme özgürlüğüne sahipti.

Enstitü'deki en kıdemli fizikçi, Mitis adlı bir kadındı. Bütün idari görevler her yıl yirmi sürekli kadro arasında dönüşümlü olduğundan, bu yıl fizik programını o yönetmiyordu, ama otuz yıldır oradaydı ve aralarında en iyi beyin onunkiydi. Mitis'in çevresinde her zaman, tıpkı bir dağ doruğunun çevresinde kalabalık olmaması gibi, boş bir psikolojik alan vardı. Otoritenin büyüsünün ve zorlamalarının yokluğu, gerçek olanı ortada, görünürde bırakmıştı. Bazı insanlarda otorite içkindir; bazı imparatorların gerçekten yeni giysileri vardır.

"Göreli Frekans üzerine yazdığın o makaleyi Abbenay'a, Sabul'a gönderdim," dedi Shevek'e hızlı, dostça konuşmasıyla. "Yanıtı görmek istiyor musun?"

Mitis herhalde daha büyük bir parça kâğıttan koparılmış yırtık bir kâğıdı masanın üzerine koydu. Üzerine küçük, karalanmış harflerle bir denklem yazılmıştı:

$$\frac{ts}{2}(R) = 0$$

Shevek masanın üzerine koyduğu ellerine yaslanarak gözünü kâğıt parçasına dikti. Gözleri ışıltılıydı, pencereden gelen ışık onları dolduruyor, su gibi berrak bir görüntü veriyordu. O on dokuz yaşında, Mitis ise elli beşindeydi. Mitis onu şefkat ve hayranlıkla izliyordu.

"İşte eksik olan şu," dedi Shevek. Masanın üstünde bir kalem buldu. Kâğıt parçasına çiziktirmeye başladı. Yazdıkça, ince, kısa, gümüşi tüylerle kaplı yüzüne kan doluyor, kulakları kızarıyordu.

Mitis oturmak için masanın arkasına doğru yavaşça yürüdü. Bacaklarında dolaşım bozukluğu olduğundan oturmaya gereksinimi vardı. Ancak hareketi Shevek'i tedirgin etmişti. Soğuk, rahatsız olmuş bir bakışla başını kaldırdı.

"Bunu bir-iki gün içinde bitirebilirim," dedi.

"Sabul bitirdiğin zaman sonuçları görmek istiyor."

Bir duraklama oldu. Shevek'in rengi olağan haline döndü, bir kez daha, sevdiği Mitis'in varlığının farkına vardı. "Makaleyi neden Sabul'a gönderdin?" diye sordu. "İçindeki o büyük delikle!" Gülümsedi, düşüncesindeki deliği tıkama zevki neşesini geri getirmişti.

"Senin nerede yanıldığını onun görebileceğini düşünmüştüm. Ben göremedim. Ayrıca senin neyin peşinde olduğunu da görmesini istedim... Abbenay'a, yanına gitmeni isteyecek, biliyorsun."

Genç adam yanıtlamadı.

"Gitmek istiyor musun?"

"Henüz değil."

"Ben de öyle tahmin etmiştim. Ama gitmelisin. Kitaplar ve orada tanışacağın beyinler için. O beyni bir çölde harcayamazsın!" Mitis ani bir tutkuyla konuştu. "En iyiyi aramak senin görevin, Shevek; sahte eşitlikçiliğin seni kandırmasına hiçbir zaman izin verme. Sabul'la çalışacaksın, iyidir, seni çok çalıştıracak. Ama izlemek istediğin çizgiyi bulmakta özgür olmalısın. Burada bir dönem daha kal, sonra git. Abbenay'da da kendine dikkat et. Özgür kal. Güç her zaman merkezde toplanır. Merkeze gidiyorsun. Sabul'u iyi tanımıyorum, onun aleyhinde herhangi bir bilgim yok; ama şunu aklından çıkarma: onun adamı olacaksın."

Pravca'da iyelik zamirinin tekil şekli çoğunlukla vurgulamak için kullanılırdı, genel kullanımda ise atlanırdı. Küçük çocuklar "annem" diyebilirlerdi, ama çok kısa zamanda onun yerine "anne" demeyi öğrenirlerdi. "Ellerim acıyor" yerine "Eller bana acı veriyor" deniyordu; Pravca'da "Bu benim, şu da senin" yerine, "Bunu ben kullanıyorum, şunu da sen" denirdi. Mitis'in "*Onun adamı* olacaksın" cümlesinin garip bir tınısı vardı. Shevek ona boş gözlerle baktı.

"Yapacağın işler var," dedi Mitis. Siyah gözleri vardı, kızgınmış gibi parlıyorlardı. "Yap!" Sonra dışarıya çıktı, çünkü bir grup laboratuvarda onu bekliyordu. Şaşıran Shevek karalanmış kâğıt parçasına bakakaldı. Mitis'in acele edip denklemlerini düzeltmesini söylediğini sanmıştı. Onun ne dediğini çok sonraları anladı.

Abbenay'a gitmeden önceki gece sınıf arkadaşları onun için bir parti verdiler. Partiler hem sık sık, hem de sudan bahanelerle verilirdi, ama Shevek bu parti için harcanan enerjiye şaşırdı ve neden bu kadar iyi bir parti olduğunu merak etti. Diğerleri tarafından hiç etkilenmediği için, onları etkilediğini de hiç bilmiyordu. Onu sevdiklerinin hiç farkında değildi.

Birçoğu önceden parti için günlük tayınlarından artırmış olmalıydılar. İnanılmayacak kadar çok yiyecek vardı. O kadar çok pasta-kurabiye talebi vardı ki yemekhane aşçısı hayal gücünü çalıştırıp daha önceden bilinmeyen harikalar üretti: baharatlı bisküviler; buğulama balıkla yenecek küçük biberli kanepeler; tatlı, yağda kızarmış, cıvık denecek kadar yağlı kekler. Meyve suları, Kera Denizi bölgesinden taze meyve, minik karidesler, bir yığın tatlı cips vardı. Zengin, bol yiyecek sarhoş ediciydi. Herkes çok keyiflendi; birkaçının da midesi bozuldu.

Hazırlanmış ve doğaçlama oyun ve eğlenceler vardı. Tirin, geri dönüşüm ambarında bulduğu paçavralara sarınıp aralarında Yoksul Urras'lı, *Dilenci* (bu herkesin tarih dersinde öğrendiği İoca kelimelerden biriydi) kılığında dolaştı. Elini burunlarının altında sallayarak, "Bana *para* verin," diye sızlandı. "*Para! Para!* Bana niçin hiç *para* vermiyorsunuz? Hiç paranız yok mu? Yalancılar! İğrenç mülkiyetçiler! Çıkarcılar! Bakın şu yiyeceklere, *paranız* yoksa nasıl saten aldınız bütün bunları?" Sonra kendini satışa çıkardı. "Saten alın beni, birazcık *parayla* saten alın beni," diye yaltaklandı. "*Saten* değil, *satın* alın," diye düzeltti Rovab. "Saten alın, satın alın, kimin umurunda," diye mırıldandı Tirin dar kalçalarını sallayarak ve göz kırparak, "Bakın, ne kadar güzel bir beden, istemiyor musunuz onu?" En sonunda resmi bir tören eşliğinde bir balık bıçağıyla idam edildi ve kendi giysileriyle yeniden belirdi. Aralarında yetenekli arpçılar ve şarkıcılar vardı, epeyce müzik ve dans vardı, ama sohbet daha da çoktu. Hepsi yarın dilleri tutulacakmış gibi konuşup durdular.

Gece ilerleyince genç âşıklar sevişmek için oradan ayrılıp özel odalara gittiler; diğerlerinin uykusu geldi ve yatakhanelere döndüler. En sonunda küçük bir grup sabah olmadan önce temizlemek zorunda kalacakları boş fincanlar, balık kılçıkları ve pasta kırıntılarının ortasında kaldı. Ama daha sabaha saatler vardı. Konuştular. Konuşurken buldukları yiyecekleri kemiriyorlardı. Bedap, Tirin, Shevek, birkaç başka oğlan ve üç kız vardı. Zamanın ritm olarak uzamsal gösterimi ve antik Sayısal Armoniler kuramlarının çağdaş zaman fiziğiyle ilgisinden bahsettiler. Uzun mesafe yüzmedeki en iyi kulaç atma şeklinden bahsettiler. Çocukluklarının mutlu geçip geçmediğinden bahsettiler. Mutluluğun ne olduğundan bahsettiler.

"Acı çekmek bir yanlış anlamadır," dedi Shevek, öne eğilmiş, gözleri iri iri ve ışıltılı. Hâlâ zayıftı, iri elleri, sivri kulakları, zayıf eklemleri vardı, ama erkekliğin ilk döneminin mükemmel sağlık ve gücüyle çok güzeldi. Kahverengi saçları, diğerlerininki gibi ince ve düzdü, iyice uzatılmış ve alında bir bantla tutturulmuştu. İçlerinden yalnızca biri, çıkık elmacık kemikli, düz burunlu bir kız saçını farklı uzatmıştı; koyu renk saçını yusyuvarlak bir başlık şeklinde kesmişti. Shevek'i sabit, ciddi bir bakışla izliyordu. Dudakları kızarmış kek yemekten yağ içindeydi, çenesinde de bir kırıntı vardı.

"Acı var," dedi Shevek ellerini açarak. "Gerçek. Ona yanlış anlama diyebilirim, ama var olmadığını veya herhangi bir zamanda yok olacağını varsayamam. Acı çekme, yaşamamızın koşulu. Başına geldiği zaman fark ediyorsun. Onun gerçek olduğunu anlıyorsun. Tabii ki, tıpkı toplumsal organizmanın yaptığı gibi, hastalıkları iyileştirmek, açlık ve adaletsizliği önlemek doğru bir şey. Ama hiçbir toplum var olmanın doğasını değiştiremez. Acı çekmeyi önleyemeyiz. Şu acıyı, bu acıyı dindirebiliriz, ama Acı'yı dindiremeyiz. Bir toplum ancak toplumsal acıyı –gereksiz acıyı– dindirebilir. Gerisi kalır. Kök, gerçek olan. Buradaki herkes acıyı öğrenecek; eğer elli yıl yaşarsak, elli yıldır acıyı biliyor olacağız. En sonunda da öleceğiz. Bu doğuşumuzun koşulu. Yaşamdan korkuyorum! Bazen ben– çok korkuyorum. Herhangi bir mutluluk çok basit gibi geliyor. Yine de her şeyin, bu mutluluk arayışının, bu acı korkusunun tümüyle bir yanlış anlama olup olmadığını merak ediyorum... Ondan korkmak veya kaçmak yerine onun... içinden geçilebilse, aşılabilse. Arkasında bir şey var. Acı çeken şey benlik; benliğin ise– yok olduğu bir yer var. Nasıl söyleyeceğimi bilmiyorum. Ama gerçekliğin, rahatlık ve mutlulukta görmediğimi, acıda gördüğüm gerçeğin, acının gerçekliğinin acı olmadığına inanıyorum. Eğer içinden geçebilirsen. Eğer sonuna kadar ona dayanabilirsen."

"Yaşamımızın gerçekliği sevgide, dayanışmada," dedi uzun boylu, parlak gözlü bir kız. "İnsan yaşamının gerçek durumu sevgidir."

Bedap başını salladı. "Hayır. Shev haklı," dedi. "Sevgi, acının içinden geçme yollarından yalnızca biri, bazen yanılıp ıskalayabilir. Acı hiçbir zaman ıskalamaz. Ama bu yüzden ona dayanma açısından pek seçeneğimiz yok. İstesek de, istemesek de katlanmak zorundayız."

Kısa saçlı kız şiddetle başını salladı. "Ama katlanmıyoruz! Yüz kişiden biri, bin kişiden biri sonuna kadar gidiyor, ta en sonuna kadar. Geri kalanlar ya mutluluk taklidi yapıyor, ya da duyarsızlaşıyor. Acı çekiyoruz, ama yeterince değil. Bu yüzden de boş yere acı çekiyoruz."

"Ne yapmamız gerekiyor?" dedi Tirin, "yeterince acı çektiğimizden emin olmak için günde bir saat kafamızı duvarlara mı vuralım?"

Bir başkası, "Bir acı mezhebi oluşturuyorsun," dedi. "Bir Odocu'nun amacı olumludur, olumsuz değil. Acı çekmek, tehlikeye karşı bedensel bir uyarı dışında, işlevsel değildir. Psikolojik ve toplumsal olarak yalnızca yok edicidir."

"Odo'yu acıya –kendisinin ve başkalarının acısına– olağan dışı bir duyarlılıktan başka ne harekete geçirdi ki?" diye karşılık verdi Bedap.

"Ama karşılıklı yardım ilkesi tamamiyle acıyı *önlemek* için tasarlandı!"

Shevek uzun bacaklarını sarkıtmış, yüzü gergin, sessizce masanın üzerinde oturuyordu. "Birinin öldüğünü gördünüz mü hiç?" diye sordu diğerlerine. Birçoğu konutlarda ya da gönüllü hastane görevi sırasında görmüştü. Biri dışında hepsi belli zamanlarda ölülerin gömülmesine yardım etmişlerdi.

"Ben Güneydoğu'da kamptayken bir adam vardı– böyle bir şeyi ilk defa görmüştüm. Hava gemisinin motorunda bir bozukluk vardı, kalkarken çakılıp ateş aldı. Adamı çıkardıklarında tümüyle yanmıştı. İki saat kadar yaşadı. Kurtarılamazdı; o kadar uzun yaşaması için, o iki saat için hiçbir neden yoktu. Sahilden uyuşturucu ilaç getirmelerini bekliyorduk. Birkaç kızla beraber onun yanında kaldık, uçağı yükleyen ekipteydik. Hiç doktor yoktu. Orada kalıp onun yanında olmanın dışında hiçbir şey yapamıyordunuz. Şoka girmişti, ama çoğunlukla kendindeydi. Çok acı çekiyordu, özellikle ellerinden – bedeninin geri kalanının tümüyle yandığını bildiğini sanmıyorum, acının çoğunu ellerinde hissediyordu. Rahatlatmak için ona dokunamıyordunuz, dokunduğunuzda deri ve et elinizde kalıyordu, o da çığlığı basıyordu. Onun için hiçbir şey yapamıyordunuz. Yapılacak hiçbir şey yoktu. Belki orada olduğumuzun farkındaydı, bilmiyorum. Ona yararı olmadı. Onun için hiçbir şey yapamıyordunuz. O anda şunu anladım... Hiç kimse için hiçbir şey yapamayacağımızı... anlıyor musunuz... Birbirimizi kurtaramayız. Kendimizi de."

"Ne kalıyor geriye o zaman? Soyutlanma ve umutsuzluk mu? Kardeşliği yadsıyorsun, Shevek!" diye haykırdı uzun boylu kız.

"Hayır – hayır, yadsımıyorum. Gerçek kardeşlikten ne anladığımı söylemeye çalışıyorum. Gerçek kardeşlik– paylaşılan acıda başlıyor."

"O halde nerede bitiyor?"

"Bilmiyorum. Henüz bilmiyorum."

Üçüncü Bölüm

Urras

SHEVEK, Urras'taki ilk sabahı boyunca uyudu; uyandığında burnu tıkalıydı, boğazı ağrıyordu ve çok öksürüyordu. Önce soğuk algınlığı olduğunu sandı –Odocu sağlık önlemleri bile soğuk algınlığını alt edememişti– ama onu muayene etmek için bekleyen gururlu, yaşlıca bir adam olan doktor, Urras'ın yabancı toz ve polenlerinin yol açtığı ağır bir alerjik saman nezlesi olduğunu söyledi. Shevek doktorun verdiği hapları ve yaptığı iğneyi sabırla, ısmarladığı bir tepsi dolusu yemeği de büyük bir açlıkla kabul etti. Doktor evde kalmasını söyleyip yalnız bıraktı onu. Shevek yemeğini bitirir bitirmez Urras'ı oda oda keşfe çıktı.

Dört ayaklı, ağır, *Dikkatli*'deki ranzadakinden çok daha yumuşak şilteleri, bazısı ipekli, bazısı sıcak ve kalın, karmaşık yatak çarşafları ve kümülüs bulutları gibi bir sürü yastığı olan yatak, bir odayı tümüyle kaplamıştı. Yer esnek halıyla kaplanmıştı; güzelce oyulmuş ve parlatılmış tahtadan yapılmış çekmeceleri olan bir şifonyerle, on kişilik bir yatakhanedeki tüm giysilerin sığabileceği kadar büyük bir gardırop vardı. Sonra geçen gece gördüğü şömineli dev kamu odası vardı; bir de banyo küveti, lavabo ve ince işlemeli bir klozet içeren üçüncü bir oda. Bu odaya yatak odasından girildiğine ve her cins donanımdan bir tane olduğuna göre görünürde yalnız onun kullanımı içindi. Shevek'in gözünde bütün bunlar basit erotizmi çok aşan duyumsal bir lükstü ve bir açıdan dışkının nihai yüceltilmesi anlamına geliyordu. Bu üçüncü odada bir saat kaldı, her bir aleti sırayla denedi ve bu süreç sırasında tertemiz oldu. Su kullanımı bir harikaydı. Musluklar kapatılana kadar açık kalıyordu; küvet altmış litre alıyor olmalıydı, klozet ise temizleme için en az beş litre su kullanıyordu. Bu aslında şaşırtıcı değildi. Urras'ın yüzeyinin altıda beşi suydu. Çölleri bile kutuplardaki buz çölleriydi. Dikkatli kullanıma gerek yoktu, kuraklık yoktu... Peki ya boka ne oluyordu? Mekanizmasını inceledikten sonra klozetin yanında çömelerek bunu düşünmeye başladı. Bir gübre fabrikasında dışkıyı sudan ayırıyor olmalıydılar. Anarres'te geri dönüşüm için böyle bir sistem uygulayan deniz kenarı toplulukları vardı. Bunu sormak istiyordu, ama hiç fırsatı olmadı. Urras'ta hiçbir zaman sormadığı bir sürü soru vardı.

Başındaki ağırlığa karşın kendini iyi hissediyor ve yerinde duramıyordu. Odalar o kadar sıcaktı ki, giyinmekten vazgeçti ve çıplak gezinmeye başladı. Büyük odanın pencerelerine gidip dışarıya baktı. Oda yüksekteydi – bir kattan yüksek yapılara alışık olmadığından önce şaşırıp geri çekildi. Bir balondan aşağıya bakarmış gibiydi, insan kendini yerden ayrılmış, baskın, kopuk hissediyordu. Pencereler bir korunun hemen üstünden zarif, kare şeklinde kuleli beyaz bir yapıya bakıyordu. Bu binanın arkasında toprak geniş bir vadiye doğru iniyordu. Hepsi ekilmişti anlaşılan, çünkü vadiye renk veren sayısız yeşil toprak parçası dikdörtgen şeklindeydi. Yeşilin maviye dönüşüp söndüğü uzaklarda, yaşayan bir bedenin sinir sistemi kadar ince bir ağ oluşturan karanlık yol dizileri, çalılıklar veya ağaçlar seçilebiliyordu. En uzakta da göğün düzgün, soluk griliğinin altında yumuşak ve karanlık, mavi kıvrımlar boyunca vadiyi çevreleyen tepeler yükseliyordu.

Bu Shevek'in gördüğü en güzel manzaraydı. Renklerin yumuşaklığı ve canlılığı, düz çizgili insan tasarımıyla, güçlü, üretken doğal çizgilerin karışımı, öğelerin çeşitliliği ve uyumu, şu ana kadar belki bazı sakin ve düşünceli insan yüzlerinde küçük bir ölçekte ima edilenin dışında hiç görmediği karmaşık bir bütünsellik izlenimi veriyordu.

Bununla karşılaştırıldığında Anarres'in sunabileceği herhangi bir manzara, hatta Abbenay Düzlüğü veya Ne Thera vadileri bile yavandı: çorak, kuru ve gelişmemişti. Güneybatı'nın çölleri geniş bir güzelliğe sahipti ama saldırgan ve zaman dışıydı. İnsanların Anarres'te en sık ekim yaptıkları yerlerde bile manzara, bu tarih ve gelecek mevsimler açısından zengin, tüketilemez, tamamlanmış, canlı görkemle karşılaştırıldığında sarı tebeşirle alelacele yapılmış bir çizim gibiydi.

İşte dünya dediğin böyle olur, diye düşündü Shevek.

Ve bir yerlerde, o mavi-yeşil görkemin içinde bir şey ötüyordu: hafif bir sesti, çok tizdi, başlıyor, sonra kesiliyordu, inanılmayacak kadar tatlıydı. Neydi bu? Küçük, tatlı, vahşi bir ses, havada bir müzik.

Dinledi, nefesi kesilir gibi oldu.

Kapı çalındı. Çıplak ve merakla pencereden dönüp bakan Shevek "Girin!" dedi.

Elinde paketlerle bir adam girdi. Kapının hemen eşiğinde durdu. Shevek odayı geçti, Anarres usulünce adını söyledi, Urras usulünce elini uzattı.

Elli yaşlarında, çizgili, yıpranmış yüzlü adam Shevek'in tek kelimesini bile anlamadığı bir şeyler söyledi ve elini sıkmadı. Belki elindeki paketler engel oluyordu, ama yerlerini değiştirip ellerini boşaltmak için herhangi bir çaba göstermedi. Yüzü son derece gergindi. Utanmış olabilirdi.

En azından Urras'taki selamlaşma geleneklerini öğrenmiş olduğunu düşünen Shevek şaşırdı. "İçeri girin," diye yineledi, sonra, Urras'lılar her zaman unvanlar ve saygı ifadeleri kullandıkları için "Efendim!" diye ekledi.

Adam yine anlaşılmaz bir konuşma başlattı, bu arada yatak odasına doğru yan yan gidiyordu. Shevek bu kez birkaç İoca sözcük yakaladı, ama gerisine anlam veremedi. Adamın gitmesine izin verdi, çünkü adam yatak odasına girmek istermiş gibi görünüyordu. Acaba oda arkadaşı mıydı? Ama yalnızca tek yatak vardı. Shevek vazgeçip pencereye döndü; adam odaya seğirtip birkaç dakika boyunca içeride gürültüyle bir şeyler yaptı. Tam Shevek onun odayı gündüzleri kullanan bir gece işçisi olduğuna karar vermişti ki –kalabalık yatakhanelerde bazen geçici olarak bu tür düzenlemeler yapılabiliyordu– adam odadan çıktı. Bir şey söyledi –belki de "tamam efendim" gibi bir şey– ve sanki beş metre uzaktaki Shevek yüzüne vuracakmış gibi kafasını garip bir şekilde eğdi. Dışarıya çıktı. Shevek pencerenin kenarında dururken, yaşamında ilk defa birinin ona eğilerek saygı gösterdiğini yavaş yavaş fark etti.

Yatak odasına gittiğinde yatağının yapılmış olduğunu gördü. Yavaşça, düşünceli düşünceli giyindi. Kapı bir kez daha çalındığında ayakkabılarını giyiyordu.

Bu grup başka bir şekilde içeriye girdi; çok doğal bir şekilde, diye düşündü Shevek, orada veya seçtikleri herhangi bir yerde olma hakları varmış gibi. Elinde paketler olan adam duraksamıştı, içeri neredeyse gizlice süzülerek girmişti. Yine de yüzü, elleri ve giysileri yeni konuklarından daha fazla insana benzer gibi gelmişti Shevek'e. Çekingen adam garip davranmıştı ama bir Anarres'liye benziyordu. Bu dördü ise Anarres'liler gibi davranıyorlardı, ama tıraşlı yüzleri ve harika giysileriyle yabancı bir türdenmiş gibiydiler.

Shevek birinin Pae olduğunu çıkarabildi, diğerleriyse geçen gece boyunca onunla birlikte olan kişilerdi. Adlarını duymadığını söyledi, onlar da gülümseyerek kendilerini yeniden tanıttılar: Dr. Chifoilisk, Dr. Oiie ve Dr. Atro.

"Vay canına!" dedi Shevek. "Atro! Seni gördüğüme ne kadar sevindim!" Yaşlı adamın omuzlarından yakalayıp, Anarres'te çok doğal olan bu karşılamanın burada kabul edilmiyor olabileceğini aklına bile getirmeden, yanağından öptü.

Ama Atro da ona coşkuyla sarılarak karşılık verdi ve donuk gri gözlerini gözlerine dikti. Shevek onun neredeyse kör olduğunu fark etti. "Sevgili Shevek," dedi Atro. "A-İo'ya hoş geldin – Urras'a hoş geldin – evine hoş geldin!"

"Bunca yıl mektuplar yazıp birbirimizin kuramlarını yıktık!"

"Sen her zaman daha iyi bir yıkıcıydın. Dur bir dakika. Sana bir şey vereceğim." Yaşlı adam ceplerini karıştırdı. Kadifeden yapılmış üniversite cübbesinin altına bir ceket, onun altına bir yelek, onun altına bir gömlek, büyük olasılıkla onun altına bir kat daha giymişti. Bütün giysilerinde ve pantolonunda cepler vardı. Atro hepsi de dolu altı yedi cebi arayıp cilalı bir tahta parçasına yerleştirilmiş sarı madenden küçük bir küp bulana kadar Shevek onu hayranlıkla izledi. "İşte," dedi Atro kübü süzerek. "Ödülün. Seo Oen ödülü, biliyorsun. Para hesabına yattı. İşte. Dokuz yıl gecikti, ama hiç olmamasından iyidir." Ödülü Shevek'e verirken elleri titriyordu.

Ödül çok ağırdı; sarı küp som altındandı. Shevek onu elinde tutarak hareketsiz durdu.

"Siz gençleri bilmem," dedi Atro, "ama ben oturacağım." Hepsi Shevek'in çoktan incelediği ve akıl erdiremediği deriye benzeyen kahverengi bir malzemeyle kaplı derin, yumuşak iskemlelere oturdular. "Dokuz yıl önce kaç yaşındaydın, Shevek?"

Atro yaşayan Urras'lı fizikçilerin en önde geleniydi. Üzerinde yalnızca yaşın verdiği gurur değil, aynı zamanda saygıya alışmış birinin gözle görülür kendine güveni vardı. Bu Shevek için yeni bir şey değildi. Atro, tam da Shevek'in tanıdığı tek otorite biçimine sahipti. Üstelik en sonunda yalnızca adıyla hitap edilmek de hoşuna gitmişti.

"*İlkeler*'i bitirdiğimde yirmi dokuz yaşındaydım, Atro."

"Yirmi dokuz mu? Aman Tanrım! Bu seni bir yüzyıldır Seo Oen ödülünü kazanmış en genç bilim adamı yapıyor. Benimkini altmış yaşıma varmadan vermeye yanaşmamışlardı... Öyleyse bana ilk yazdığında kaç yaşındaydın?"

"Yirmi civarında."

Atro kıkırdadı. "O zaman seni kırk yaşında bir adam sanmıştım!"

"Ya Sabul?" dedi Oiie. Oiie Shevek'e çok kısa gelen ortalama Urras'lılardan da kısaydı; yassı, donuk bir yüzü ve oval, kapkara gözleri vardı. "Senin hiç yazmadığın ve Sabul'un bizimle ilişki kurduğu altı ile sekiz yıl arası bir dönem vardı; ama Sabul senin bizimle kurduğun radyo bağlantısını hiç kullanmadı. İlişkinizin ne olduğunu merak ettik."

"Sabul Abbenay Fizik Enstitüsü'nün en kıdemli üyesidir," dedi Shevek. "Onunla çalışmıştım."

"Yaşlı bir rakip; kıskanç, kitaplarını tahrif etmiş; daha en başından anlamıştık. Hiç açıklama gerekmedi Oiie," dedi dördüncü adam olan Chifoilisk sert bir sesle. Orta yaşlı, esmer, tıknaz, bir beyaz yakalının nazik ellerine sahip bir adamdı. Aralarında yüzü tümüyle tıraşlı olmayan tek kişiydi: çenesinde kısa, kır saçlarına uygun sert bir sakal bırakmıştı. "Bütün Odocu kardeşlerin kardeşçe sevgiyle dolu olduğunu varsaymak için herhangi bir neden yok," dedi. "İnsan doğası değişmez."

Shevek'in yanıt vermemesinin anlamlı olarak yorumlanması bir dizi hapşırık tarafından önlendi. "Yanımda mendil yok," diye özür diledi, gözlerini silerek.

"Benimkini al," dedi Atro, ceplerinin birinden kar gibi bir mendil çıkardı. Shevek mendili aldı, bunu yaparken de ısrarlı bir anı yüreğine doluverdi. Küçük, kara gözlü bir kız, kızı Sadik, "Kullandığım mendili paylaşabilirsin," diyordu. Onun için çok değerli olan o anı şimdi ona acı veriyordu. Anıdan kurtulmaya çalışarak garip garip gülümsedi ve "Gezegeninize alerjim var. Doktor böyle söylüyor," dedi.

"Aman allahım, sürekli böyle hapşırmayacaksın, değil mi?" diye sordu ihtiyar Atro gözünü ona dikerek.

"Adamınız gelmedi mi?" diye sordu Pae.

"Adamım mı?"

"Uşak. Size bir şeyler getirmesi gerekiyordu. Mendil de vardı. Kendiniz alışveriş yapana kadar idare eder. Pek iyi şeyler değil ama korkarım sizin boyunuzda biri için hazır giyimde pek fazla seçenek yok!"

Shevek söylenenleri anladığı zaman (Pae kendi yumuşak, yakışıklı hatlarına uygun, hızlı ve kelimeleri uzatarak konuşuyordu) "Çok naziksiniz. Ben–" dedi. Atro'ya baktı. "Ben, biliyorsunuz, Dilenci'yim," dedi yaşlı adama, tıpkı *Dikkatli*'de Dr. Kimoe'ye söylediği gibi. "Para getiremezdim; kullanmıyoruz. Hediye getiremezdim, bizde sizde eksik olan herhangi bir şey yok. Bu yüzden, iyi bir Odocu gibi 'ellerim boş' geliyorum."

Atro ve Pae konuk olduğunu, ödeme diye bir sorun olmadığını, bunun onlar için bir zevk olduğunu anlattılar. "Ayrıca," dedi Chifoilisk kuru sesiyle, "İo hükümeti faturaları ödüyor."

Pae ona sert sert baktı, ama Chifoilisk bakışı iade etmek yerine gözünü dosdoğru Shevek'e dikti. Esmer yüzünde, saklamaya çalışmadığı, ama Shevek'in yorumlayamadığı bir ifade vardı: uyarı, ya da belki suç ortaklığı.

"İşte ıslah olmamış Thu'lu konuşuyor," dedi yaşlı Atro homurdanarak. "Yani Shevek, yanında hiçbir şey getirmediğini mi söylüyorsun – makale, yeni çalışmalar falan? Ben bir kitap bekliyordum. Fizikte yeni bir devrim bekliyordum. Bu iddiacı gençleri tepe takla ettiğini görmeyi bekliyordum, senin *İlkeler*'inin beni tepe takla ettiği gibi. Ne üzerinde çalışıyorsun?"

"Şey, Pae'yi– Dr. Pae'nin Blok Evren, Paradoks ve Görecelik üzcrine makalesini okuyordum."

"Çok iyi. Saio şu andaki yıldızımız kuşkusuz– en azından kendi gözünde, değil mi Saio? Neyse, işimize bakalım. Genel Zaman Kuramın nerede?"

"Kafamda," dedi Shevek içten, rahat bir gülümsemeyle.

Çok kısa bir duraklama oldu.

Oiie ona yabancı bir fizikçinin, Arz'dan Ainsetain'in görecelik kuramı üzerine çalışmasını görüp görmediğini sordu. Shevek görmemişti. Bu çalışma, heyecanlanmayı çoktan geride bırakmış olan Atro dışında hepsini heyecanlandırmıştı. Pae, Shevek'e çevirinin bir kopyasını getirmek için koşarak odasına gitti. "Yüzlerce yıl önce yazılmış, ama bizim için yeni fikirler içeriyor," dedi.

"Belki," dedi Atro, "ama bu dış dünyalıların hiçbiri bizim fiziğimizi izleyemiyor. Hain'liler ona maddecilik, Arz'lılar ise gizemcilik diyorlar, sonra ikisi de vazgeçiyor. Yabancı olan her şeye duyulan bu heves seni yolundan alıkoymasın Shevek. Bize verecek bir şeyleri yok. Her horoz kendi çöplüğünde öter, babamın bir zamanlar dediği gibi." Homurdanarak doğruldu, iskemleden kalktı. "Haydi koruda yürüyüşe çıkalım ikimiz. Buraya tıkılıp kaldığına göre burnunun tıkalı olmasına şaşmamalı."

"Doktor bu odada üç gün kalmam gerektiğini söylüyor. Hastalık– kapabilirmişim... Bulaştırabilirmişim..."

"Doktorlara kulak asma, sevgili dostum."

"Belki bu sefer dinlemesinde yarar var, Dr. Atro," dedi Pae rahat ve yatıştırıcı sesiyle.

"Ne de olsa doktor hükümetin adamı, değil mi?" dedi Chifoilisk kötü niyetli bir tavırla.

"Bulabildikleri en iyi adam, eminim," dedi Atro gülümsemeden ve Shevek'i daha fazla zorlamadan çıktı. Chifoilisk onunla gitti. İki genç adam uzun bir süre daha Shevek'le kalıp fizikten bahsettiler.

Shevek büyük bir sevinçle ve tıpkı bir şeyi olması gerektiği gibi bulduğunda duyduğu derin aşinalık duygusuyla, yaşamında ilk defa kendine denk kişilerle konuşmayı keşfetti.

Mitis harika bir öğretmen olmasına karşın Shevek'in onun cesaret vermesiyle araştırmaya başladığı yeni kuramsal alanlara girmeyi hiçbir zaman başaramamıştı. Gvarab, tanıdıkları arasında eğitimi ve yeteneği kendisiyle kıyaslanabilir tek kişiydi, ama Gvarab'la çok geç, onun yaşamının sonlarına doğru tanışmışlardı. O günlerden beri Shevek birçok yetenekli kişiyle çalışmış, ama Abbenay Enstitüsü'nün tam zamanlı üyesi olmadığından hiçbir zaman onları fazla ileriye götürememişti; eski sorunlarla, klasik Ardışıklık fiziğinin içinde boğulmuş kalmışlardı. Ona denk kimse yoktu. Burada, eşitsizlikler diyarında, sonunda kendine denk kişilere rastlamıştı.

Bir vahiy, bir kurtuluştu bu. Fizikçiler, matematikçiler, gökbilimciler, mantıkçılar, biyologlar, hepsi burada, Üniversite'deydiler, onlar onu ziyaret ediyorlar, Shevek de onlara gidiyordu, konuşuyorlardı, konuşmalarından yeni dünyalar doğuyordu. Düşüncenin doğasında iletilmek vardır: yazılmak, konuşulmak, gerçekleştirilmek. Düşünce çimen gibidir. Işığı arar, kalabalıkları sever, melezlenmek için can atar, üzerine basıldıkça daha iyi büyür.

Daha Üniversite'deki o ilk akşamüstünde, Oiie ve Pae ile birlikteyken Tirin ve Bedap'la, çocukken ve çocuksu bir düzeyde, gece yarılarına kadar konuştukları, birbirlerini kızdırıp meydan okuyarak her zaman daha çok cesaret isteyen hayaller kurmaya ittikleri zamandan beri aradığı bir şeye kavuştuğunu anlamıştı. O gecelerden bazılarını aynı canlılıkta anımsıyordu. Tirin'i görüyor, Tirin'in "Eğer Urras'ın gerçekten nasıl olduğunu bilseydik, belki bazılarımız oraya gitmek isterdi," dediğini duyar gibi oluyordu. Fikir onu o kadar şaşırtmıştı ki Tirin'in üzerine atlamıştı, Tir de hemen geri çekilmişti; zavallı lanetli ruh, her zaman geri çekilirdi, her zaman da haklıydı.

Konuşma durmuştu. Pae ve Oiie susmuşlardı.

"Üzgünüm," dedi. "Baş ağrıyor."

"Yerçekimiyle aran nasıl?" diye sordu Pae, zeki bir çocuk gibi çekiciliğine güvenen birinin sevimli gülümsemesiyle.

"Fark etmiyorum," dedi Shevek. "Yalnızca, şuralarda, nasıl derler..?"

"Dizler – diz mafsalları."

"Evet, dizler. İşlev bozuldu. Ama alışacağım." Önce Pae'ye, sonra Oiie'ye baktı. "Bir soru var. Ama gücendirmek istemiyorum."

"Korkmayın, efendim!" dedi Pae.

Oiie, "Korkmayı bildiğinizden emin değilim," dedi. Oiie Pae gibi sevimli biri değildi. Fizikten bahsederken bile kaypak, gizli bir tarzı vardı. Yine de Shevek bu tarzın arkasında güvenilecek bir şeyler olduğunu hissediyordu; Pae'nin cana yakınlığının arkasında ise ne vardı acaba? Her neyse, önemli değildi. Hepsine güvenmek zorundaydı ve güvenecekti.

"Kadınlar nerede?"

Pae güldü. Oiie gülümsedi ve "Ne anlamda?" diye sordu.

"Her anlamda. Geçen geceki partide kadınlarla tanıştım –beşon tane– yüzlerce de erkek. Hiçbiri bilim insanı değildi sanırım. Kimdi onlar?"

"Karılarımız. Biri de benim karımdı," dedi Oiie sır saklayan gülümsemesiyle.

"Diğer kadınlar nerede?"

"O, o konuda hiç güçlük yok efendim," dedi Pae hemen. "Yalnızca tercihlerinizi belirtin, sağlaması çok kolay."

"Anarres gelenekleri hakkında bazı renkli söylentiler duyuyoruz, ama sanırım isteyebileceğiniz hemen her şeyi sağlayabiliriz," dedi Oiie.

Shevek neden bahsettiklerini hiç anlamıyordu. Kafasını kaşıdı. "O zaman, buradaki bütün bilim insanları erkek mi?"

"*Bilim insanları mı?*" dedi Oiie inanamayarak.

Pae öksürdü. "Bilim adamları. A, evet, tabii ki hepsi erkek. Kız okullarında bazı kadın öğretmenler var kuşkusuz. Ama hiçbir zaman lisans düzeyini geçemezler."

"Neden?"

"Matematiği beceremiyorlar, kafaları soyut düşünceye çalışmıyor, uyamıyorlar. Nasıl olduğunu biliyorsunuz, kadınların düşünmek dedikleri şey rahimle yapılır! Tabii, her zaman birkaç aykırı örnek görülebilir, vajinaları körelmiş, suratsız, zeki kadınlar."

"Siz Odocular kadınların bilimle uğraşmasına izin veriyor musunuz?" diye sordu Oiie.

"Şey, bilimle uğraşıyorlar, evet."

"Çok fazla değildir inşallah."

"Yarısı kadarı."

Pae, "Her zaman söylemişimdir," dedi, "doğru dürüst eğitilmiş kadın teknisyenler herhangi bir laboratuvar ortamında erkeklerin yükünü büyük ölçüde hafifletebilir. Yinelenen işlerde erkeklerden daha becerikli ve hızlılar, üstelik daha uysallar – daha zor sıkılıyorlar. Eğer kadınları kullansaydık erkekler özgün çalışmalar için daha genç yaşta serbest kalabilirlerdi."

"Benim laboratuvarımda olmaz," dedi Oiie. "Yerlerinde kalsınlar."

"Kadınları özgün entelektüel çalışma yapabilecek yetenekte buluyor musunuz, Dr. Shevek?"

"Onların beni yetenekli bulduklarını söylemek daha doğru olur –Kuzeybatışı'nda Mitis benim öğretmenimdi– bir de Gvarab var; sanırım onun hakkında bir şeyler biliyorsunuz."

"Gvarab kadın mıydı?" dedi Pae gerçek bir şaşkınlıkla ve güldü.

Oiie ikna olmamış ve gücenmiş görünüyordu. "Adlarınızdan anlaşılmıyor tabii," dedi soğukça. "Sanırım cinsler arasında ayrım yapmamaya önem veriyorsunuz."

Shevek yumuşak bir sesle, "Odo bir kadındı," dedi.

"İşte gördünüz mü," dedi Oiie. Omuz silkmedi, ama neredeyse silkiyordu. Pae saygılı görünüyordu ve başını salladı, tıpkı ihtiyar Atro anlamsız anlamsız konuştuğunda yaptığı gibi.

Shevek bu adamlardaki kişisel olmayan ve çok derine inen bir düşmanlığa dokunduğunu gördü. Görünüşe göre onlar da gemideki masalar gibi bir kadın, bastırılmış, susturulmuş, hayvanlaştırılmış bir kadın, kafeste bir öfke içeriyorlardı. Onları kızdırmaya hakkı yoktu. Sahip olma dışında bir ilişki bilmiyorlardı. Sahipliydiler.

"Güzel, erdemli bir kadın," dedi Pae, "bizim için bir esin kaynağıdır – dünyadaki en değerli şeydir."

Shevek kendini çok rahatsız hissediyordu. Kalkıp pencerenin önüne gitti. "Dünyanız çok güzel," dedi. "Daha fazlasını görmek isterdim. İçeride kalmam gereken sürede bana kitap verebilir misiniz?"

"Tabii efendim. Ne tür kitaplar?"

"Tarih – resim – öykü – herhangi bir şey. Belki de çocuk kitapları. Görüyorsunuz, çok az şey biliyorum. Urras hakkında bir şeyler öğreniyoruz, ama çoğunlukla Odo'nun zamanına ait şeyler. Ondan önce sekiz bin beş yüz yıllık bir geçmiş var! Sonra, Anarres'e Göç' ten bu yana yüz elli yıl var; son gemi son Göçmenleri getirdiğinden bu yana ise– cehalet. Biz sizi görmezlikten geliyoruz, siz de bizi. Siz bizim tarihimizsiniz. Biz belki sizin geleceğiniziz. Öğrenmek istiyorum, görmezlikten gelmek değil. Gelmemin nedeni bu. Birbirimizi tanımalıyız. İlkel insanlar değiliz. Ahlakımız artık kabile ahlakı değil, olamaz. Bu tür bir görmezlikten gelme yanlış, yanlışlıklara yol açar. Bu yüzden öğrenmeye geldim."

Çok açıksözlü konuşuyordu. Pae coşkuyla kabul etti: "Haklısınız efendim! Hepimiz amaçlarınıza tümüyle katılıyoruz!"

Oiie ona siyah, donuk, oval gözleriyle baktı ve, "O halde," dedi, "temel olarak toplumunuzun bir elçisi olarak geliyorsunuz."

Shevek dönüp şimdiden kendi yeri, kendi bölgesi olarak gördüğü şöminenin önündeki mermer yere oturdu. Dikkatli olması gerektiğini hissediyordu. Ama bundan daha fazla hissettiği, onu başka bir dünyadan, aradaki kuru boşluğu aşarak getiren gereksinme, iletişim gereksinmesi, duvarları yıkma isteğiydi.

Dikkatle, "İnisiyatif Sendikası'nın – son iki yıl boyunca Urras'la radyo bağlantısı kuran grubun bir üyesi olarak geliyorum," dedi. "Ama biliyorsunuz, herhangi bir otoriteye veya kuruma bağlı bir elçi değilim. Umarım beni o maksatla çağırmadınız."

"Hayır," dedi Oiie. "Biz sizi istedik – fizikçi Shevek'i. Tabii ki kendi hükümetimiz ve Dünya Hükümetleri Konseyi'nin onayıyla. Ama siz İeu Eun Üniversitesi'nin özel konuğu olarak buradasınız."

"Güzel."

"Ama sizin buraya nasıl geldiğinizi bilemiyoruz, onayla mı–" Duraksadı.

Shevek sırıttı. "Hükümetimin onayıyla mı?"

"Anarres'te ismen bir hükümet olmadığını biliyoruz. Ama öyle gözüküyor ki bir yönetim var. Sizi gönderen grubun, sizin sendikanızın bir tür hizip olduğunu çıkardık; belki de devrimci bir hizip."

"Anarres'teki herkes devrimcidir, Oiie... Yönetim ve yürütme ağının adı ÜDE'dir, Üretim ve Dağıtım Eşgüdümü. Üretici işlerde çalışan her türlü kişi, sendika ve federatif için düzenleyici bir sistem oluşturur. Kişileri yönetmezler, üretimi yönetirler. Beni ne destekleyecek, ne de engelleyecek yetkileri yoktur. Bize yalnızca hakkımızdaki kamuoyu görüşünü söyleyebilirler – toplumsal vicdan önündeki konumumuzu. Bilmek istediğiniz bu mu? Evet, arkadaşlarım ve ben pek onaylanmıyoruz. Anarres'tekilerin çoğu Urras hakkında bir şey öğrenmek istemiyor, ondan korkuyor ve mülkiyetçilerle herhangi bir ilişki istemiyor. Kabalık ettiysem özür dilerim! Burada da bazıları için durum aynı, değil mi? Küçümseme, korku, kabile ruhu. Ben bunu değiştirmeye başlamak için geldim."

"Yalnızca kendi inisiyatifinizle mi?" dedi Oiie.

"Bu, tanıdığım tek inisiyatiftir," dedi Shevek, gülümseyerek, büyük bir içtenlikle.

Ondan sonraki birkaç günü kendisini görmeye gelen bilim insanlarıyla konuşarak, Pae'nin getirdiği kitapları okuyarak ve bazen yalnızca çift kemerli pencerelerde durup büyük vadiye yazın gelişini seyrederek, dışarıda, açık havadaki kısa, tatlı konuşmaları dinleyerek geçirdi; kuşlar: şimdi şarkıcıların adlarını ve neye benzediklerini kitaplardaki resimlerden biliyordu, ama hâlâ şarkıyı duyduğunda, ya da ağaçtan ağaca kanat parıltılarını yakaladığında bir çocuk gibi şaşkınlıkla bakakalıyordu.

Burada, Urras'ta kendini çok garip, yitik, yabancı ve aklı karışmış hissedeceğini düşünmüştü – ama böyle bir şey hissetmiyordu. Doğal olarak şimdi anlamadığı, şöyle bir görebildiği sonsuz şey vardı, birçok şey: bütün o ulusları, sınıfları, kastları, tarikatları, gelenekleri ve göz kamaştırıcı, şaşırtıcı, bitmez tükenmez tarihiyle inanılmayacak kadar karmaşık bir toplum. Her karşılaştığı insan da şaşırtmacalarla dolu yeni bir bilmeceydi. Ama hiçbiri onun beklediği kaba, soğuk bencillerden değildi, kültürleri ve coğrafyaları kadar karmaşık ve çeşitliydiler, zekiydiler, naziktiler. Ona bir kardeş gibi davranıyorlardı, kendini yitik, yabancı değil, kendi evindeymiş gibi hissetmesi için ellerinden geleni yapıyorlardı. O da kendini evinde hissediyordu. Elinde değildi. Bütün dünya, havanın yumuşaklığı, güneş ışığının tepelere vurması, biraz daha ağır olan yerçekiminin gücü ona burasının gerçekten evi, ırkının dünyası olduğunu ve bütün bu güzelliğin onun doğuştan hakkı olduğunu söylüyordu.

Sessizlik, Anarres'in o sessizliği: Gece bunu düşündü. Orada hiç kuş ötmezdi. Orada insan sesinden başka şey yoktu. Sessizlik ve çorak topraklar.

Üçüncü gün ihtiyar Atro ona bir yığın gazete getirdi. Shevek'in en sürekli arkadaşı olan Pae, Atro'ya bir şey demedi ama yaşlı adam gittiğinde Shevek'e "Berbat bir çöplük bu gazeteler, efendim," dedi. "Eğlendirici, ama orada okuduğunuz hiçbir şeye inanmayın."

Shevek en üstteki gazeteyi aldı. Düşük kaliteli kâğıda, kötü basılmıştı – Urras'ta eline geçen ilk kaba yapılmış şeydi. Aslında Anarres'te gazete yerine geçen ÜDE bültenleri ve bölgesel raporlara benziyordu, ama stili o lekeli, pratik, gerçekleri anlatan yayınlardan çok farklıydı. Ünlem işaretleri ve resimlerle doluydu. Shevek'in uzay gemisi önünde bir resmi vardı, Pae kolunu tutuyor ve kaşlarını çatıyordu. Resmin üzerinde büyük puntolarla AYDAN GELEN İLK ADAM! yazıyordu. Büyülenen Shevek okumaya devam etti.

> "Dünya'daki ilk adımı! Urras'a yüz yetmiş yıldır Anarres Yerleşim Bölgesi'nden gelen ilk ziyaretçi olan Dr. Shevek'in fotoğrafları, dün Peier Uzay Limanı'na Ay Gemisi ile iner inmez çekildi. Bilim aracılığıyla tüm uluslara hizmetinden dolayı Seo Oen Ödülü'nü kazanmış olan ünlü bilim adamı, daha önce hiçbir dış dünyalıya verilmeyen bir onur olan İeu Eun Üniversitesi profesörlüğünü kabul etmiştir. Urras'ı ilk kez gördükten sonra ne düşündüğü sorulduğunda uzun boylu, ünlü bilim adamı şu yanıtı verdi: 'Güzel gezegeninize çağrılmak benim için büyük bir onur. Tüm Ceti'liler için yeni bir dostluk çağının açılacağını, ikiz Gezegenlerimizin birlikte, kardeşlik içinde ilerleyeceğini umuyorum.'"

"Ama ben hiçbir şey söylemedim!" dedi Shevek Pae'ye.

"Elbette, yanınıza yaklaşmalarına izin vermedik ki. Ama bu kuş beyinli bir gazetecinin hayalini kısıtlayamıyor! Siz ne söylerseniz –veya söylemezseniz– söyleyin, onlar sizin söylemenizi istedikleri şeyi söylediğinizi yazacaklardır."

Shevek dudağını kemirdi. "Peki," dedi en sonunda, "Eğer bir şey söyleseydim, buna benzer bir şey olurdu... Ama 'tüm Ceti'liler' ne demek oluyor?"

"Arz'lılar bize 'Ceti'liler' diyorlar. Bizim güneşimize verdikleri addan geliyor sanırım. Son zamanlarda popüler basın benimsedi; sözcüğü kullanmak bir tür moda oldu."

"O zaman 'tüm Ceti'liler' Anarres ve Urras anlamına geliyor."

"Sanırım," dedi Pae özellikle göze çarpan bir ilgisizlikle.

Shevek gazeteleri okumaya devam etti. Dev gibi bir adam olduğunu, tıraş olmadığını ve kırlaşan saçlarının bir "yele" –her ne demekse– oluşturduğunu; 37, 43 ve 56 yaşında olduğunu; yazdığı büyük fizik yapıtının adının (yazılışı her gazetede farklıydı) *Eşitzamanlılık İlkeleri* veya *Eşzamanlılık İlkeleri* olduğunu; kendisinin Odo hükümetinden gelen bir iyi niyet elçisi olduğunu; etyemez olduğunu, ayrıca bütün Anarres'liler gibi, içki içmediğini okudu. Bu sonuncusunu okuduğunda dayanamadı, karnı ağrıyana kadar güldü. "Vay canına, hayal güçleri gerçekten iyi çalışıyor! Kaya yosunu gibi su buharıyla yaşadığımızı mı sanıyorlar?"

"Alkollü içki içmemenizi kastediyorlar," dedi Pae gülerek. "Odocular hakkında herkesin bildiği bir şey, sanırım, sizin alkollü şeyleri içmediğiniz. Doğru mu, bu arada?"

"Bazıları mayalanmış holum kökünden alkol elde ediyorlar, içmek için – bilinçaltını özgürleştirdiğini öne sürüyorlar, tıpkı beyin dalgası eğitimi gibi. Çoğu kişi bu ikinciyi yeğliyor, çok kolay ve hastalığa yol açmıyor. Burada sık mı görülür?"

"İçmek sık görülür. Söz ettiğiniz hastalığı bilmiyorum. Adı nedir?"

"Alkolizm galiba."

"Ha, anladım... Peki Anarres'te çalışan insanlar biraz neşelenmek, dünyanın dertlerinden bir gecelik kurtulmak için ne yaparlar?"

Shevek anlamamış görünüyordu. "Şey, biz... bilmiyorum. Belki de bizim dertlerimizden kurtuluş yok."

"Tuhaf," dedi Pae, dostça gülümsedi.

Shevek okumaya devam etti. Gazetelerden biri bilmediği bir dildeydi, bir diğeri ise tümüyle bilmediği bir alfabeyle yazılmıştı. Pae birincinin Thu'dan geldiğini, diğerinin ise batı yarıkürede bir devlet olan Benbili'ye ait olduğunu söyledi. Thu'dan gelen gazete iyi basılmış ve düzgün şekilliydi, Pae onun bir hükümet yayını olduğunu söyledi. "Burada, A-İo'da, eğitimli kişiler haberlerini telefaks, radyo ve televizyondan, haftalık dergilerden alırlar. Bu gazeteler hemen hemen tümüyle alt sınıflarca okunur – yarı cahiller tarafından, yarı cahiller için yazılmış şeyler, gördüğünüz gibi. A-İo'da basın tümüyle özgürdür, bu da kaçınılmaz olarak bir sürü pisliğin ortaya çıkmasına yol açıyor. Thu gazetesi çok daha iyi, ama yalnızca Thu Merkez Prezidyumu'nun söylenmesini istediği gerçekleri yazıyor. Thu'da mutlak bir sansür uygulanır. Devlet her şeydir, her şey de Devlet içindir. Bir Odocu için pek iyi bir yer sayılmaz, değil mi efendim?"

"Ya bu gazete?"

"Gerçekten bir fikrim yok. Benbili geri kalmış bir ülke. Sürekli devrimler oluyor."

"Benbili'den bir grup insan bize Sendika dalga boyundan bir mesaj gönderdi, ben Abbenay'dan ayrılmadan az önce. Kendilerine Odocular diyorlardı. A-İo'da da böyle gruplar var mı?"

"Hiç duymadım, Dr. Shevek."

Duvar. Shevek artık karşılaştığı zaman duvarı tanıyordu. Duvar bu genç adamın cana yakınlığı, nezaketi ve kayıtsızlığıydı.

"Sanırım benden korkuyorsun, Pae," dedi ansızın, gülerek.

"Korkuyor muyum efendim?"

"Çünkü ben, varlığımla, Devlet'in gereksizliğinin kanıtıyım. Ama korkacak ne var? Sana zarar vermeyeceğim, kişisel olarak son derece zararsız olduğumu biliyorsun... Dinle, ben bir doktor değilim. Biz unvan kullanmayız. Benim adım Shevek."

"Biliyorum, kusura bakmayın efendim. Ama bakın bizim değer yargılarımıza göre bu saygısızlık sayılır. Hoş kaçmıyor yani." Kendinden emin, bağışlanacağından emin bir özür dilemeydi bu.

"Beni kendine eşit kabul edemez misin?" dedi Shevek; ne bağışlama, ne de kızgınlık duymadan izliyordu onu.

Pae ilk kez şaşırıyordu. "Ama gerçekten efendim– siz, biliyorsunuz, çok önemli bir kişisiniz–"

"Alışkanlıklarını benim için değiştirmene gerek yok," dedi Shevek. "Önemli değil, gereksiz bir şeyden kurtulmaktan memnun olacağını sanmıştım, hepsi bu."

İçeride üç gün tıkılıp kalmak Shevek'i fazla enerjiyle doldurmuştu, bırakıldığında her şeyi bir anda görme hevesiyle refakatçilerini epeyce yordu. Onu önce on altı bin öğrenci ve öğretim üyesiyle başlı başına bir kent olan Üniversite'ye götürdüler. Yatakhaneleri, tiyatroları, toplantı odaları ve benzeri şeylerle Odocu bir topluluktan pek farkı yoktu, ancak çok eski, tümüyle erkeklerden oluşan, inanılmaz derecede lüks, federatif olmayan, yukarıdan aşağıya hiyerarşik olarak örgütlenmiş bir yapıydı. Yine de, diye düşündü Shevek, bir topluluğa *benziyor.* Kendine farklılıkları anımsatmak zorunda kalıyordu. Tuhaf ölçüde şık, görkemli makineler olan kiralık arabalarla kent dışına çıktılar. Yollarda pek fazla araba yoktu; araba kiralamak çok pahalıydı ve çok az kişinin özel arabası vardı, çünkü vergiler çok ağırdı. Halkın özgür kullanımına bırakıldığı zaman, yerine konulamayacak doğal kaynakları kurutma veya çevreyi artık ürünlerle kirletme eğilimi gösterecek bu tür bütün lüksler yasalarla ve vergilendirme yoluyla sıkı bir denetim altında tutuluyordu. Rehberleri, bu konuyu biraz da gururla epeyce anlattılar. A-İo yüzyıllardır dünyaya öncü oldu, diyorlardı, ekolojik denetim ve doğal kaynakların yönetiminde. Dokuzuncu Binyılın israfçılığı şimdi tarih olmuştu, tek kalıcı etkisi, bazı madenlerin yokluğunun çekilmesiydi, bereket versin ki bunlar Ay'dan ithal edilebiliyordu.

Shevek arabayla ya da trenle dolaşırken köyler, çiftlikler, kasabalar görüyordu; feodal dönemlerden kalma kaleler, eski bir imparatorluğun başkenti olan dört bin dört yüz yıllık Ae'nin yıkık kuleleri. Ekili alanları, gölleri, A-İo'nun kalbi olan Ava bölgesinin tepelerini ve kuzey göğünde Meitei Sıradağları'nın beyaz, dev doruklarını gördü. Toprağın güzelliği ve insanlarının sağlıklılığı onun için sürekli hayret uyandıran bir şeydi. Rehberler haklıydı: Urras'lılar dünyalarını nasıl kullanacaklarını iyi biliyorlardı. Çocukken ona Urras'ın çürümüş bir eşitsizlik, haksızlık ve israf yığını olduğunu anlatmışlardı. Ama rastladığı ve gördüğü herkes, en küçük köyde bile iyi giyinmiş, iyi beslenmiş ve beklediğinin tam tersine, endüstrileşmişti. Somurtarak, yapacakları işlerin emredilmesini beklemiyorlardı. Tıpkı Anarres'liler gibi yalnızca işleri yapmakla meşguldüler. Bu onu şaşırttı. Bir insanın çalışmak için doğal dürtüsü –inisiyatifi, kendiliğinden yaratıcı enerjisi– kaldırılıp yerine dışsal dürtü ve zorlama konduğunda tembel ve dikkatsiz bir işçi olacağını varsaymıştı. Ama bu sevimli tarlalara bakanlar, harika arabaları ve rahat trenleri yapanlar hiç de dikkatsiz işçiler değillerdi. *Kâr*'ın çekiciliği ve saplantısı anlaşılan doğal inisiyatifin yerini, onun inandırıldığından çok daha etkili olarak almıştı.

Küçük kasabalarda gördüğü o güçlü, kendine güvenir havalı insanların bazılarıyla konuşmak, onlara örneğin kendilerini yoksul olarak mı gördüklerini sormak isterdi; çünkü eğer yoksullar bunlarsa, bu sözcükten anladığı şeyi gözden geçirmesi gerekecekti. Ama bu hiçbir zaman gerçekleşemedi; rehberlerinin görmesini istedikleri bütün o başka şeyler yüzünden.

A-İo'nun diğer büyük kentleri bir günlük yolculukla ulaşılamayacak kadar uzaktı, ama Üniversite'den elli kilometre uzaklıktaki Nio Esseia'ya sık sık götürülüyordu. Orada onuruna bir dizi davet verildi. Bunları pek sevmedi, onun düşündüğü partilere pek benzemiyorlardı. Herkes çok nazikti ve fazla konuşuyordu, ama önemli şeyler hakkında değil; o kadar çok gülümsüyorlardı ki, tedirgin görünüyorlardı. Ama giysileri göz kamaştırıcıydı; gerçekten de davranışlarında eksik olan tüm kaygısızlığı giysilerine, yiyeceklerine, içtikleri o bir sürü şeye, davetlerin verildiği saraylardaki odaların savurgan döşeme ve süslemelerine dökmüş gibiydiler.

Ona Nio Esseia'nın görülmeye değer yerlerini gezdirdiler. Beş milyonluk bir kentti – kendi gezegenindeki nüfusun dörtte biri. Onu Yönetim Meydanı'na götürüp Yönetim Merkezi'nin, A-İo hükümetinin toplanma yerinin yüksek, bronz kapılarını gösterdiler; Senato'da bir tartışmayı ve Yöneticiler'in bir komite toplantısını izlemesine izin verdiler. Onu hayvanat bahçesine, Ulusal Müze'ye, Bilim ve Endüstri Müzesi'ne götürdüler. Bir okula götürdüler, orada mavi-beyaz üniforma içindeki sevimli çocuklar onun için A-İo ulusal marşını söylediler. Mülkiyetçi bir ekonominin imalatını ve enerji üretimini ne kadar verimli olarak sürdürdüğünü görebilmesi için bir elektronik fabrikasını, tümüyle otomatik bir çelik imalathanesini ve bir nükleer füzyon santralini gezdirdiler. Devlet'in yurttaşlarını nasıl koruduğunu görebilmesi için yeni bir konut alanına götürdüler. Onu bir gemiye bindirerek, tüm gezegenden gelen gemilerle dolmuş Sua halicinden denize götürdüler. Yüksek Mahkeme'ye götürdüler, o da bütün bir gününü görülen hukuk ve ceza davalarını izleyerek geçirdi, bu deney onu şaşırtıp dehşete düşürdü, ama görülmesi gereken her şeyi görmesi ve gitmek istediği her yere götürülmesinde ısrar ettiler. Biraz çekinerek Odo'nun gömülü olduğu yeri görüp göremeyeceğini sorduğunda onu hemen Sua-ötesi bölgedeki eski mezarlığa götürdüler, hatta kötü ünlü gazetelerden gelen muhabirlerin orada, uzun, yaşlı söğütlerin gölgesinde durup, basit, iyi korunmuş mezar taşına bakarken fotoğrafını çekmelerine bile izin verdiler.

Laia Asieo Odo
698–769
Bütün olmak parça olmaktır;
gerçek yolculuk geri dönüştür.

Rodarred'e, Dünya Hükümetleri Konseyi'nin oturum yerine, kuruluşun genel kuruluna hitap etmek için götürüldü. Orada yabancılarla, Arz'dan veya Hain'den gelen elçilerle karşılaşacağını veya en azından onları göreceğini ummuştu, ama programı buna izin veremeyecek kadar doluydu. Yeni Dünya ile Eski Dünya arasında özgür iletişim ve birbirini tanıma çağrısından oluşan konuşması üzerinde çok çalışmıştı. Konuşmadan sonra on dakika ayakta alkışlanmıştı. Saygın haftalık gazeteler konuşmadan olumlu söz ediyorlar, "büyük bir bilim adamından, insan kardeşliğini gösteren, tarafsız, ahlaki bir jest" diyorlardı; ama konuşmadan ne onlar, ne de popüler gazeteler alıntı yapmadılar. Aslında Shevek alkışlara karşın kimsenin konuşmayı duymadığı sanısına kapılmıştı.

Ona birçok ayrıcalık ve giriş izni verilmişti: Işık Araştırma Laboratuvarları'na, Ulusal Arşivler'e, Nükleer Teknoloji Laboratuvarları'na, Nio'daki Ulusal Kütüphane'ye, Meafed'deki Hızlandırıcı'ya, Drio'daki Uzay Araştırma Kurumu'na. Urras'ta gördüğü her şey daha fazla şey görmek istemesine yol açtığı halde yine de birkaç haftalık turist yaşamı yeterliydi: Hepsi o kadar büyüleyici, şaşırtıcı ve harikaydı ki, en sonunda bunaltıcı olmuştu. Üniversite'de yerleşmek, çalışmak ve bir süre için her şeyi yeni baştan düşünmek istiyordu. Ama son bir gezi yapmak için Uzay Araştırma Kurumu'nu görmek istedi. Pae bu isteğine çok sevinmiş görünüyordu.

Son zamanlarda gördüğü birçok şey çok eski, yüzyıllar, hatta binyıllar öncesinden kalma olduğundan onun için ürkütücüydü. Kurum ise tam tersine yeniydi: Son on yıl içinde, günün modası olan savurgan ve zarif stilde yapılmıştı. Dramatik bir mimarisi vardı. Büyük renk blokları kullanılmıştı. Yükseklikler ve uzaklıklar abartılmıştı. Laboratuvarlar geniş ve havadardı, bitişikteki fabrikalar ve makine atölyeleri, görkemli Neo Sae üslubunda yapılmış kemer ve sütunlardan oluşan direklerin arkasına yerleştirilmişti. Hangarlar dev, çok renkli, yarı saydam ve düşsel kubbelerdi. Orada çalışanlar ise tam aksine çok sessiz ve gerçektiler. Shevek'i her zamanki refakatçilerinden kurtarıp bütün kurumu gösterdiler; üzerinde çalıştıkları deneysel yıldızlararası yolculuk sisteminin her aşamasını, bilgisayarlar ve çizim tahtalarından, dev kubbeli hangarın içindeki kavuniçi, mor ve sarı ışıkta devasa ve gerçek dışı gibi görünen yarı bitmiş bir gemiye kadar her şeyi gösterdiler.

"O kadar çok şeyiniz var ki," dedi Shevek kendini gezdiren Oegeo adlı mühendise. "Çalışmak için o kadar çok şeyiniz var ve onları o kadar iyi kullanıyorsunuz ki... Bu harika bir şey– eşgüdüm, işbirliği, girişimin büyüklüğü."

"Geldiğiniz yerde bu boyutta bir şeyi beceremiyorsunuz, öyle mi?" dedi mühendis sırıtarak.

"Uzay gemisi mi? Uzay filomuz Göçmenler'in neredeyse iki yüz yıl önce Urras'tan geldikleri gemilerden, burada yapılan gemilerden oluşuyor. Yalnızca denizaşırı tahıl taşıyacak bir gemi, bir makine yapmak bir yıllık planlamayı, ekonomimizin büyük çaba göstermesini gerektirir."

Oegeo başını salladı. "Evet, mallarımız var, doğru. Ama biliyorsunuz, bütün bunları ne zaman hurdaya çıkaracağımızı– hepsini atacağımızı söyleyecek kişi sizsiniz."

"Hepsini atmak mı? Ne demek istiyorsun?"

"Işıktan hızlı yolculuk," dedi Oegeo. "Ani sıçrama. Eski fizik olanaksız olduğunu söylüyor. Arz'lılar olanaksız olduğunu söylüyorlar. Ama Hain'liler, ki ne de olsa şu anda kullandığımız motoru onlar yaptı, olanaklı olduğunu söylüyorlar, yalnızca nasıl yapabileceklerini bilmiyorlar, çünkü zaman fiziğini yeni yeni bizden öğreniyorlar. Eğer bilinen herhangi bir dünyada bunu yapacak birisi varsa, kuşkusuz bu sizsiniz Dr. Shevek."

Shevek ona mesafeli bir bakış fırlattı, ışıltılı gözleri sert ve berraktı. "Ben bir kuramcıyım, Oegeo. Tasarımcı değilim."

"Eğer siz kuramı sağlarsanız, Ardışıklık ve Eşzamanlılık'ı zamana ait genel bir alan kuramında birleştirirseniz, o zaman biz de gemileri yaparız. Sonra da Urras'tan ayrıldığımız anda, Arz'da, Hain'de veya bir sonraki galakside beliriveririz! O zaman bu tekne," mor ve kavuniçi ışık şeritlerinde yüzen yarı bitmiş geminin belli belirsiz görünen iskeletine baktı, "en az öküz arabası kadar eskimiş olacak."

"İnşa ettiğin gibi görkemli düşlüyorsun," dedi Shevek, hâlâ uzak ve gergindi. Oegeo ve diğerlerinin ona gösterip tartışmak istediği çok şey vardı, ama biraz sonra, alay amacı gütmediği baştan belli olan bir sadelikle, "Beni korumalara geri götürürseniz iyi olur sanırım," dedi.

Öyle yaptılar, karşılıklı samimiyet içinde vedalaştılar. Shevek arabaya girdi, sonra yeniden dışarıya çıktı. "Unutuyordum," dedi. "Drio'da bir şey daha görecek kadar zamanımız var mı?"

"Drio'da başka bir şey yok," dedi Pae, her zamanki gibi naziktı, Shevek'in mühendisler arasındaki beş saatlik kaçaklığından duyduğu rahatsızlığı gizlemek için bayağı çaba gösteriyordu.

"Kaleyi görmek isterdim."

"Hangi kale efendim?"

"Eski bir kale, krallar zamanından kalma. Daha sonra hapishane olarak kullanılmıştı."

"O tür herhangi bir şeyin yıkılmış olması gerekir. Kurum bütün kasabayı yeniden kurdu."

Arabaya girdiklerinde, şoför kapıları kaparken Chifoilisk (Pae' nin keyfinin kaçmasının bir başka olası nedeni de onun varlığıydı) "Niçin bir kale daha görmek istediniz Shevek?" diye sordu. "Şu ana kadar sizi epey idare edecek kadar eski yıkıntı gördüğünüzü sanmıştım."

"Drio'daki kale Odo'nun dokuz yılını geçirdiği yerdi," dedi Shevek. Yüzü, Oegeo ile konuştuğundan beri olduğu gibi gergindi. "747' deki ayaklanmadan sonra. *Hapishane Mektupları*'nı ve *Analoji*'yi orada yazdı."

"Korkarım yıkılmış," dedi Pae sempatiyle. "Drio can çekişen bir kasabaydı, Kurum da orayı tümüyle yıkıp yeniden kurdu."

Shevek başını salladı. Ama araba ırmak kıyısında bir ana yoldan İeu Eun kavşağına doğru giderken Seisse ırmağının eğimi üzerinde, ağır bir havası olan, harap, amansız, siyah taştan yapılmış, kulesi yıkılmış bir yapı çıktı karşılarına. Uzay Araştırma Kurumu'nun göz kamaştırıcı, kaygısız yapılarına, gösterişli kubbelere, parlak fabrikalara, düzenli çimenlerle patikalara bu kadar az benzeyen başka bir şey herhalde bulunamazdı. Başka herhangi bir şey onların bu kadar renkli kâğıda benzemelerine yol açamazdı.

"O Kale şu olsa gerek," dedi Chifoilisk, her zaman olduğu gibi patavatsız sözlerini en az istendiği zaman söylemek hoşuna gitmişti.

"Yıkılmış," dedi Pae. "Boş olmalı."

"Durup bir göz atmak ister misiniz Shevek?" dedi Chifoilisk, şoförün penceresini tıklatmaya hazırlanarak.

"Hayır," dedi Shevek.

Görmek istediğini görmüştü. Drio'da hâlâ bir kale vardı. İçine girip Odo'nun dokuz yılını geçirdiği hücreyi bulmak için yıkık koridorları araştırması gerekmiyordu. Hapishane hücresinin nasıl bir şey olduğunu biliyordu.

Yüzü hâlâ gergin ve soğuk, yukarıya, şimdi neredeyse arabanın tepesinde duran ağır, karanlık duvarlara baktı. Uzun zamandır buradaydım, dedi Kale, ve hâlâ buradayım.

Kıdemli Öğretim Üyeleri Yemekhanesi'ndeki akşam yemeğinden sonra odasına döndüğünde yanmamış şöminenin önünde yalnız başına oturdu. A-İo'da mevsim yazdı, yılın en uzun gününe yaklaşılıyordu, saat sekizi geçtiği halde hava kararmamıştı. Kemerli pencerelerin dışında gök hâlâ Urras göğünün gündüz renginden hafif bir tonu, saf, yumuşak bir maviyi koruyordu. Hava yumuşaktı, kesilmiş çimen ve yağmurıslağı toprak kokuyordu. Korunun öte yanındaki İbadet Evi'nde ışık vardı, hafifçe kıpırdayan havada yumuşak bir müzik fısıltısı dolaşıyordu. Kuş sesi değil, insan sesiydi bu. Shevek dinledi. Birisi İbadet Evi'nin orgunda Sayısal Armonileri çalışıyordu. Sayısal Armoniler Shevek'e herhangi bir Urras'lıya olabileceği kadar yakındı. Odo insanlar arası ilişkileri yenilediğinde müziğin temel ilişkilerini yenilemeye çalışmamıştı. Her zaman zorunluluğa saygı duymuştu. Anarres'e yerleşenler insan yasalarını geride bırakmışlar, ama armoni yasalarını birlikte getirmişlerdi.

Büyük, sakin oda gölgelerle dolu ve sessizdi, kararıyordu. Shevek çevresine, pencerelerin mükemmel çifte kemerlerine, parke zeminin hafifçe parlayan kenarlarına, taş şöminenin güçlü, belirsiz eğrisine, oranları hoşa giden panelli duvarlara baktı. Güzel ve insancıl bir odaydı. Çok eski bir odaydı. Kıdemli Öğretim Üyeleri Evi'nin dört yüz yıl önce, 540 yılında, Anarres'e göçten iki yüz otuz yıl önce yapıldığını söylemişledi. Odo doğmadan önce bu odada birçok bilim insanı kuşağı yaşamış, çalışmış, konuşmuş, düşünmüş, uyumuş ve ölmüştü. Sayısal Armoniler yüzyıllar boyunca çimenin üzerinden, korudaki kara yaprakların içinden süzülmüştü. Uzun zamandan beri buradaydım, dedi oda Shevek'e, ve hâlâ buradayım. Sen burada ne arıyorsun?

Yanıtı yoktu. Halkının çalışması, kendini adaması ve bağlılığıyla kazanılmış ve sürdürülmüş bu dünyanın hiçbir nimet ve ganimetine dokunmaya hakkı yoktu. Cennet onu Cennet yapanlar içindir. Oraya ait değildi. Bir öncüydü, geçmişini, tarihini yadsıyan bir kuşaktandı. Anarres Göçmenleri, Eski Dünya ve onun geçmişine sırtlarını dönmüş, yalnızca gelecek için çalışmaya karar vermişlerdi. Ama nasıl ki gelecek kesin olarak geçmişe dönüşüyorsa, geçmiş de geleceğe dönüşür. Yadsımak başaramamaktır. Urras'ı terk eden Odocular yanılmışlardı, tarihlerini yadsıyacak umutsuz cesareti göstermekle, dönüş olasılığından vazgeçmekle hata etmişlerdi. Geri dönmeyen, ya da haberini iletecek gemileri göndermeyen kâşif, kâşif değildir, olsa olsa bir maceracıdır; oğulları da sürgünde doğar.

Urras'ı sevmek için gelmişti; ama sevgi araması neye yarardı? Onun bir parçası değildi. Ne de kendi doğduğu dünyanın bir parçası.

Dikkatli'deki ilk saatinde duyduğu yalnızlık, yalıtılmışlığın kesinliği içinde yükseldi ve kendini Shevek'e gerçek durumu olarak kabul ettirmeye çalıştı, ihmal edilmiş, bastırılmış ama mutlak.

Burada yalnızdı, çünkü kendini sürgün etmiş bir toplumdan geliyordu. Kendi dünyasında hep yalnız olmuştu, çünkü kendini toplumundan sürmüştü. Göçmenler bir adım atmışlardı. O iki adım atmıştı. Kendi başınaydı, çünkü metafizik tehlikeyi göze almıştı.

Üstelik, ikisine de ait olmadığı iki dünyayı bir araya getirmeyi başarabileceğini düşünecek kadar aptallık etmişti.

Pencerenin dışında gece göğünün mavisi gözünü alıyordu. Yaprakların bulanık karanlığıyla İbadet Evi'nin kulesinin üzerinde, geceleri hep daha küçük ve daha uzak görünen tepelerin karanlık çizgisinin üstünde bir ışık, iri, yumuşak bir parlaklık büyüyordu. "Ay doğuyor," diye düşündü, şükran dolu bir tanıma duygusuyla. Zamanın bütünlüğünde hiç kesinti yok. Küçük bir çocukken, Geniş Ovalar'daki yatakhanenin penceresinden Ay'ın doğuşunu Palat'la birlikte görmüştü; çocukluğunun tepeleri üzerinden görmüştü; Toz'un kuru düzlüklerinin üzerinden görmüştü; Abbenay'ın çatıları üzerinden, yanında Takver'le görmüştü.

Ama o, bu Ay değildi.

Gölgeler etrafında yer değiştiriyordu, ama Anarres yabancı tepelerin üzerine dolunay olarak, boz ve mavimsi beyaz benekli, alev gibi parlayarak doğarken o kımıldamadan oturdu. Dünyasının ışığı boş ellerini dolduruyordu.

Dördüncü Bölüm

Anarres

NE THERA DAĞLARININ son yüksek noktasını geride bırakan zeplin güneye dönerken, yüzüne vuran batıya yönelmiş güneş Shevek'i uyandırdı. Uzun yolculuğun üçüncü gününde vaktinin çoğunu uyuyarak geçirmişti. Veda partisi gecesi yarı dünya uzaklıkta, geride kalmıştı. Esnedi, gözlerini ovuşturdu ve zeplin motorunun derinden gelen homurtusunu kulaklarından silmeye çalışarak başını salladı, sonra Abbenay'a yaklaşmakta olmaları gerektiğini fark ederek tümüyle uyandı. Yüzünü tozlu pencereye yapıştırdı. Gerçekten de iki alçak, pas rengi dağ dizisinin arasında büyük duvarlı bir alan, Hava Limanı görünüyordu. Fırlatma alanında bir uzay gemisi olup olmadığını görmek için hevesle baktı. Ne kadar küçümsenirse küçümsensin, Urras yine de başka bir dünyaydı; başka bir dünyadan gelen bir gemi, kuru ve korkunç boşluğu aşıp gelen, yabancı ellerce yapılmış bir araç görmek istiyordu. Ama limanda hiç gemi yoktu.

Urras'tan gelen yük gemileri yılda sekiz kez uğrar, yalnızca yük alıp boşaltmaya yetecek kadar kalırlardı. Pek sevilen ziyaretçiler sayılmazlardı. Aslında bazı Anarres'liler için sürekli yinelenen bir aşağılanmaydılar.

Gemiler, fosillerden elde edilen gaz ve petrol ürünleri, Anarres üretiminin sağlayamadığı bazı hassas makine parçaları ve elektronik aksam, sık sık da denemeler için yeni bir tür meyve ağacı veya tahıl getirirlerdi. Urras'a dönerken bir gemi dolusu cıva, bakır, alüminyum, uranyum, kalay ve altın götürürlerdi. Onlar için çok iyi bir alışverişti. Yılda sekiz kez kargoların dağıtımı, Urras Dünya Hükümetleri Konseyi'nin en prestij sağlayan işlevi, Urras borsasının da en önemli olayıydı. Aslında Anarres Özgür Dünyası Urras'ın bir maden kolonisiydi.

Bu gerçek rahatsız ediciydi. Her kuşak, her yıl, Abbenay'daki ÜDE tartışmalarında sert eleştiriler yapılırdı. "Neden savaş meraklısı mülkiyetçilerle böyle çıkarcı iş ilişkilerine girmeye devam ediyoruz?" Daha sakin olanların verdiği yanıt hep aynıydı: "Maden cevherini kendileri çıkarmak Urras'lılara daha pahalıya mal olurdu; bu yüzden bizi işgal etmiyorlar. Ama eğer ticari anlaşmayı bozarsak güç kullanırlar." Ancak, hiçbir zaman hiçbir şey için para ödemeyen insanlar için maliyet psikolojisini, pazar tartışmalarını anlamak çok zordu. Yedi kuşak boyunca süren barış, güven sağlamamıştı.

Bu yüzden Savunma adı verilen iş için gönüllü aramaya hiç gerek olmamıştı. Savunma işinin büyük kısmı o kadar sıkıcıydı ki, iş ve oyun için aynı sözcüğü kullanan Pravca'da ona iş denmez, onun yerine can sıkıntısı anlamına gelen *kleggich* denirdi. Savunma çalışanları on iki eski gezegenler arası gemiyi yönetir, onları çalışır durumda ve bir gözcü ağı oluşturacak şekilde yörüngede tutarlardı; ıssız yerlerde radar ve radyo-teleskopik taramaları sürdürürlerdi; Liman'da sıkıcı görevler yaparlardı. Yine de her zaman bekleme listesi dolu olurdu. Genç bir Anarres'li ne kadar faydacı bir ahlaka sahip olursa olsun, yine de damarlarında yaşam akar, özveri ve mutlak hareket için fırsat isterdi. Yalnızlık, dikkat, tehlike, uzay gemileri: Hepsi maceranın çekiciliğini sunuyorlardı. Boş Liman zeplinin görüş alanından çıkıncaya kadar Shevek'in burnunu cama yapıştırmasına neden olan şey yalnızca macera duygusuydu, ama fırlatma alanında pis bir maden gemisi göremediği için hayal kırıklığına uğradı.

Yeniden esnedi ve gerindi, sonra dışarıya, görülmesi gereken ne varsa görmek için ileriye baktı. Zeplin Ne Thera dağlarının son alçak tepesini aşıyordu. Önünde, dağların kollarından güneye doğru uzanan, akşam güneşinde parlayan büyük, eğimli, yeşil bir körfez uzanıyordu.

Manzaraya, altı bin yıl önce atalarının baktığı gibi hayranlıkla baktı.

Urras'taki üçüncü Binyıl'da, Serdonou ve Dhun'un astronom rahipleri mevsimlerin Ötekidünya'nın sarımsı kahverengi parlaklığını değiştirmesini izlemişler, oradaki düzlüklere, tepelere, güneşi yansıtan denizlere gizemli adlar vermişlerdi. Aydaki yeni yılda, diğerlerinden önce yeşillenen bölgeye Ans Hos, Aklın Bahçesi adını vermişlerdi: Anarres'in Cennet'i.

Daha sonraki binyıllarda teleskoplar onların gerçekten haklı olduklarını ortaya koymuştu. Ans Hos gerçekten Anarres'teki en bereketli noktaydı; Ay'a gönderilen ilk insanlı gemi de oraya, dağlarla deniz arasındaki yeşil yere inmişti.

Ama Anarres'in Cennet'i kuru, soğuk ve rüzgârlı çıkmıştı, gezegenin geri kalanı daha da kötüydü. Orada yaşam balıklardan ve çiçeksiz bitkilerden ileriye gidememişti. Hava tıpkı Urras'ta yüksek yerlerde olduğu gibi inceydi. Güneş yakıyor, rüzgâr donduruyor, toz boğuyordu.

İlk inişten sonraki iki yüz yılda Anarres araştırılmış, haritası çizilmiş, incelenmiş ama yerleşime geçilmemişti. Urras'ın görkemli vadilerinde bir sürü yer varken niçin uğuldayan bir çöle taşınsınlardı?

Ama burada madencilik yapılıyordu. Dokuzuncu Binyıl'la Onuncu Binyıl'ın başlarındaki yağma dönemi Urras'ın maden damarlarını tüketmişti; roket yapımı yetkinleştikçe Ay'dan maden çıkarmak düşük verimli cevherlerden veya deniz suyundan maden elde etmekten daha ucuza gelmeye başladı. Urras takvimine göre IX-738 yılında Ne Thera dağlarının eteğinde, cıva çıkarılan eski Ans Hos'ta bir yerleşim birimi kuruldu. Oraya Anarres Kasabası adını verdiler. Gerçekte bir kasaba değildi, hiç kadın yoktu. Erkekler madenci ya da teknisyen olarak iki-üç yıllık görevlere yazılıyor, sonra da eve, gerçek dünyaya dönüyorlardı.

Ay ve madenleri Dünya Hükümetleri Konseyi'nin yetki alanındaydı; ama Ay'ın doğu yarıküresinde Thu devletinin bir sırrı vardı: bir roket üssüyle, karıları ve çocuklarıyla birlikte oraya yerleşen altın madencileri. Gerçekten Ay'da yaşıyorlardı, ama hükümetlerinden başka kimsenin bundan haberi yoktu. Dünya Hükümetleri Konseyi'nde Ay'ı Uluslararası Odocular Topluluğu'na verme, yani onlar Urras'ta yasalara ve ulusal yönetimlere ölümcül darbeyi indirmeden önce bir dünya vererek onları satın alma önerisi de zaten Thu hükümetinin çöktüğü 771 yılında yapıldı. Anarres Kasabası boşaltıldı, Thu'daki kargaşa sürerken de aceleyle hazırlanmış birkaç roket altın madencilerini almak üzere gönderildi. Hepsi dönmeyi seçmedi. Bazıları uğuldayan çölü sevmişti.

Yirmi yıldan fazla bir süre boyunca Dünya Hükümetleri Konseyi'nin Odocu Göçmenler için ayırdığı on iki gemi iki gezegen arasında gidip geldi, ta ki yeni yaşamı seçen bir milyon kişi kuru boşluğun öte yanından getirilene dek. Sonra liman göçmenlere kapatıldı ve yalnızca Ticaret Anlaşması'nın belirlediği yük gemilerine açıldı. O zamana kadar Anarres Kasabası'nın nüfusu yüz bin kişiye ulaşmıştı ve ona yeni toplumun yeni dilinde "Akıl" anlamına gelen Abbenay adı verilmişti.

Odo'nun kuruluşunu görecek kadar yaşamadığı toplum için yaptığı planlarda, merkezsizleştirme önemli bir öğe olmuştu. Uygarlığı kentlerden koparmaya çalışmak gibi bir niyeti yoktu Odo'nun. Bir topluluğun doğal büyüme sınırının, gerekli yiyecek ve güç için hemen çevresindeki bölgeye olan bağımlılığında yattığını öne sürmesine karşın, bütün toplulukların iletişim ve ulaşım ağlarıyla bağlanmasını, böylelikle malların ve fikirlerin istedikleri her yere gidebilmesini, işlerin yönetiminin kolaylıkla ve hızla yapılabilmesini ve hiçbir topluluğun değişim ve alışverişten uzak kalmamasını sağlamayı amaçlamıştı. Ama ağ yukarıdan aşağıya yönetilmeyecekti. Hiçbir denetim merkezi, hiçbir başkent olmayacaktı, kendi kendini besleyen bürokrasi aygıtına ve lider, patron, devlet başkanı olmayı amaçlayan bireylerin hükmetme güdüsüne hizmet edecek hiçbir kuruluş olmayacaktı.

Ama Odo, planlarını Urras'ın cömert topraklarını düşünerek hazırlamıştı. Kurak Anarres'te topluluklar kaynak aramak için geniş bir alana yayılmak zorundaydılar; "yeterli olan"ın ne olduğu konusundaki anlayışlarını ne kadar kısıtlarlarsa kısıtlasınlar, ancak birkaçı kendi kendine yetebiliyordu. Gerçekten de çok kısıt koymuşlardı kendilerine, ama altına inmeyecekleri bir sınır vardı: Kent öncesi, teknoloji öncesi kabile yaşamına dönmeyeceklerdi. Anarşizmlerinin çok ileri bir uygarlığın, karmaşık, çeşitlilik içeren bir kültürün, dengeli bir ekonominin ve yüksek bir üretim hızıyla malların çabuk aktarımını sağlayabilecek son derece endüstrileşmiş bir teknolojinin ürünü olduğunu biliyorlardı. Yerleşim birimlerini ayıran uzaklık ne kadar büyük olursa olsun, onlar karmaşık organiklik ilkesine sıkı sıkıya sarıldılar. Önce yolları, sonra evleri yaptılar. Her bölgenin kendine özgü kaynakları ve ürünleri sürekli diğerlerininkilerle, ince bir denge süreci gözetilerek takas ediliyordu: yaşamın, doğal ve toplumsal ekolojinin temel özelliği olan o çeşitlilik dengesi içinde.

Ama, benzetme usulünde söylendiği gibi, en azından bir sinir düğümü, daha da iyisi, bir beyni olmayan sinir sistemi olamazdı. Bir merkez olmalıydı. İşlerin yürümesini, işbölümünü ve malların dağıtımını eşgüdümleyen bilgisayarlarla, çoğu iş sendikasının merkezi federatifleri başlangıçtan beri Abbenay'daydılar. Başlangıçtan beri Göçmenler o kaçınılmaz merkezileşmenin kalıcı bir tehdit olduğunun ve bu tehdide ancak sürekli tetikte olarak karşı konulabileceğinin farkındaydılar.

Ey yeni doğmuş Anarşi, sonsuz vaat
sonsuz dikkat
dinliyorum, dinliyorum gecede
gece kadar derin beşiğin yanı başında
çocuk iyi mi diye

Pravca'da Tober adını alan Pio Atean bu şiiri Göç'ün on dördüncü yılında yazmıştı. Odocular'ın yeni dillerini, yeni dünyalarını şiire dönüştürme çabaları katı, kaba ve duygulandırıcıydı.

Abbenay, Anarres'in merkezi ve beyni, şimdi orada, zeplinin önünde, büyük yeşil düzlükteydi.

Tarlaların o koyu, parlak yeşili başka hiçbir şeyle karıştırılamazdı: Anarres'te bulunmayan bir renkti bu. Eski Dünya ürünleri yalnıca burada ve Kera Denizi'nin sıcak kıyılarında yetişiyordu. Başka herhangi bir yerde başlıca ürün, yer holumu ve soluk elotuydu.

Shevek dokuz yaşındayken, birkaç ay boyunca akşamüstü okul çalışması, Geniş Ovalar topluluğundaki süs bitkilerinin, çocuklar gibi beslenip güneşlenmeleri gereken bu narin tuhaflıkların bakımı olmuştu. Huzur verici ve titizlik isteyen bu işte yaşlı bir adama yardım etmiş, onu sevmiş, bitkileri, toz toprağı ve işi sevmişti. Abbenay Düzlüğü'nün rengini görünce yaşlı adamı, balık yağı gübresinin kokusunu, küçük, çıplak dallardaki ilk tomurcukların rengini, o açık, çarpıcı yeşili anımsadı.

Zeplin tarlaların üzerinden geçerken uzakta, canlı tarlaların arasında, tuz tanecikleri gibi küplere bölünmüş beyaz bir leke gördü. Kentin doğu ucundan gelen bir dizi göz kamaştırıcı parıltı yüzünden bir an gözlerini kapattı ve siyah noktalar görmeye başladı: Abbenay'ın arıtma tesisleri için güneş enerjisi sağlayan büyük parabolik aynalardı bunlar.

Zeplin kentin güney ucundaki bir yük deposuna indi, Shevek de dünyadaki en büyük kentin caddelerini gezmeye çıktı.

Geniş, temiz caddelerdi bunlar. Gölge yoktu, çünkü Abbenay ekvatorun yalnızca 30 derece kuzeyindeydi ve rüzgâr türbinlerinin güçlü, dar kuleleri dışında bütün yapılar alçaktı. Güneş sert, karanlık, mavi-mor bir gökte bembeyaz parlıyordu. Hava açık ve temizdi, hiç duman veya nem yoktu. Her şeyde bir canlılık vardı, hatlar keskindi, her şey açıktı. Her şey ayrı, tek başına duruyordu.

Abbenay'ı oluşturan öğeler herhangi bir başka Odocu topluluktakinden farklı değildi, yalnızca birkaç katıydı: işlikler, fabrikalar, kamu konutları, yatakhaneler, öğrenme merkezleri, toplantı salonları, dağıtım merkezleri, depolar, yemekhaneler. En büyük yapılar genellikle açık alanların çevresinde kümelenmiş, bu da kente basit bir hücresel doku kazandırmıştı: birbiri ardına gelen alt topluluklar veya mahalleler. Ağır endüstri ve gıda fabrikaları kentin kıyısına yığılmıştı; hücre yapısı burada da yineleniyordu, birbiriyle ilişkili endüstri birimleri genellikle belli bir alan veya caddede yan yana yerleşmişlerdi. Shevek'in içinden geçtiği buna benzer ilk bölge, bir dizi meydandan oluşan tekstil bölgesiydi; holum ipliği işleme fabrikaları, eğirme ve örme imalathaneleri, boya fabrikaları, kumaş ve giysi dağıtım merkezlerinden oluşuyordu. Her alanın merkezinde, yerel endüstriyi gururla sergileyen, boyacının sanatının her türlü rengine boyanmış flama ve bayraklarla baştan aşağı donanmış direklerden oluşan küçük bir orman vardı. Kentteki yapıların çoğu birbirine çok benziyordu, taştan veya dökme köpük taşından basit ama sağlamca yapılmışlardı. Bazıları Shevek'e çok büyük geliyordu, ama hemen hepsi, depremlerin sıklığı yüzünden tek katlıydı. Aynı nedenle camlar küçüktü ve kırılmayan, sert bir silikon plastiğinden yapılmıştı. Gerçi küçüktüler, ama çok fazla cam vardı, çünkü gün doğumundan bir saat öncesinden gün batımından bir saat sonrasına dek yapay ışık sağlanmıyordu. Dışardaki ısı 15 derecenin üzerine çıktığında ısıtma da kesiliyordu. Abbenay'da enerji sorunu olması değildi bunun nedeni, rüzgâr türbinleri ve ısınmada kullanılan yer ısı farkı üreteçleri gerekli enerjiyi sağlayabiliyordu; ama organik ekonomi ilkesi toplumun işleyişi için o kadar temel bir şeydi ki, ahlakı ve estetiği etkilememesi düşünülemezdi. "Aşırılık dışkıdır," diye yazıyordu Odo *Analoji*'de. "Bedende kalan dışkı da zehirdir."

Abbenay zehirsizdi: çıplak, parlak bir kent, renkler açık ve keskin, hava temiz. Sessizdi. Tuz tanecikleri gibi apaçık görebilirdiniz her şeyi.

Hiçbir şey gizli değildi.

Alanlar, sade caddeler, alçak yapılar, duvarsız avlular sürekli bir canlılık ve etkinlikle doluydular. Shevek yürürken sürekli diğer insanların yürüdüğünün, çalıştığının, konuştuğunun, yüzlerin geçtiğinin, seslerin çınladığının, dedikodu yaptığının, şarkı söylediğinin, insanların yaşadığının, bir şeyler yaptığının, hareket halinde olduklarının farkındaydı. İşlik ve fabrikaların ön yüzleri alanlara ya da açık avlulara bakıyordu ve kapıları açıktı. Bir cam atölyesini geçti, bir işçi büyük, erimiş bir camdan balonu, çorbasını karıştıran bir aşçının rahatlığıyla karıştırıyordu. Hemen onun yanında, inşaatta kullanılmak üzere taşköpüğü dökülen bir avlu vardı; takımın ustabaşı olan, tozdan bembeyaz iş giysisi içindeki iri kadın, bir kalıbın dökülmesini yüksek sesle ve akıcı bir dille yönetiyordu. Daha sonra küçük bir tel fabrikası, bir bölge çamaşırhanesi, müzik aletlerinin yapılıp tamir edildiği bir işlik, bölge eşya dağıtım merkezi, bir tiyatro ve bir kiremit imalathanesi geliyordu. Hepsinde süregiden faaliyet büyüleyici ve çoğunlukla da göz önündeydi. Çevrede çocuklar dolaşıyordu, bazıları büyüklerle birlikte çalışıyor, bir kısmı çamurdan çörekler yapıyor, bir kısmı sokakta oynuyordu; kızın biri ise öğrenme merkezinin çatısına tünemiş, başını bir kitaba gömmüş oturuyordu. Tel üreticisi, dükkânın önünü boyalı tellerden yapılmış neşeli ve süslü sarmaşık şekilleriyle kaplamıştı. Çamaşırhanenin sonuna dek açık kapılarından dışarı taşan buhar ve konuşma gürültüsü sersem ediciydi. Hiçbir kapı kilitli değildi; çok azı kapalıydı. Hiçbir gizlilik ve hiçbir reklam yoktu. Hepsi oradaydı, bütün çalışma, kentin bütün yaşamı, görmeye ve dokunmaya açık, bekliyorlardı. Arada bir de Depo Caddesi'nden bir şey yan yatarak ve zil çalarak geliyordu; tıklım tıklım dolu, insanların sahanlıklarında çiçekler gibi dizildikleri bir araçtı bu; yaşlı kadınlar araç inecekleri durakta yavaşlamayınca küfrü basıyorlar, bir çocuk ev yapımı üç tekerlekli bisikletiyle delice onu kovalıyor, kavşaklarda yukarıdaki tellerden etrafa kıvılcımlar saçılıyordu: sanki caddelerin o sessiz yoğun canlılığı arada bir boşalma noktasına geliyor ve boşluğu bir çatırtı ve ozon kokusuyla aşıyordu. Bunlar Abbenay tramvaylarıydı, onlar geçerken insanın arkalarından seslenesi geliyordu.

Depo Caddesi beş başka caddenin çimenler ve ağaçlardan oluşan üçgen bir parka bağlandığı büyük, havadar bir yerde bitiyordu. Anarres'teki parkların çoğu, toprak veya kumdan oluşan ve içinde biraz çalı, iki-üç de ağaç holumu bulunan oyun alanlarıydı. Bu ise değişikti. Shevek boş kaldırımı geçip parka girdi; park onu çekiyordu, çünkü onu defalarca resimlerde görmüştü, yabancı ağaçları, Urras ağaçlarını yakından görmek, bu kalabalık yaprakların yeşilliğini yaşamak istiyordu. Güneş batıyordu; gök berraktı ve alabildiğine uzanıyor, ufukta mora doğru kararıyordu; ince atmosferin ötesinde uzayın karanlığı görülüyordu. Ağaçların altına yürüdü, dikkatli ve düşünceliydi. Bu kalabalık yapraklar aşırılık değil miydi? Ağaç holumu dikenlerle gayet iyi idare ediyordu, üstelik onlarda fazlalık da yoktu. Bütün bu cömert yapraklar yalnızca aşırılık ve dışkı değil miydiler? Böyle ağaçlar zengin bir toprak, düzenli sulama ve büyük bir özen olmadan yaşayamazlardı. Savurganlıklarını ve umursamazlıklarını onaylamıyordu. Ağaçların altında, aralarında yürüdü. Yabancı çimenler ayağının altında yumuşacıktı. Canlı et üzerinde yürümek gibiydi. Yeniden yola döndü. Ağaçların karanlık kolları başının üzerinde uzanıyor, çok sayıdaki geniş, yeşil ellerini üstünde tutuyorlardı. Korkmaya başladı. Kutsanmayı istememesine karşın kutsandığını hissetti.

Biraz önünde, kararan patikanın ötesinde biri taş bir sıranın üzerine oturmuş, bir şeyler okuyordu.

Shevek yavaşça ilerledi. Sıraya geldi ve ağaçların altında, grialtın sarısı alacakaranlıkta başı kitabına eğilmiş oturan şekle baktı. Elli-altmış yaşlarında, garip giyinmiş, saçı başının arkasında topuz yapılmış bir kadındı. Çenesindeki sol eli ağzının sert ifadesini hemen hemen gizliyordu, sağ eli kâğıtları dizinin üzerinde tutuyordu. Çok ağırdı bu kâğıtlar, üzerlerindeki soğuk el de ağırdı. Işık hızla sönüp gidiyordu, ama kadın başını kaldırmıyordu. *Toplumsal Organizma*'nın müsveddelerini okumaya devam ediyordu.

Shevek bir süre daha Odo'ya bakmaya devam etti, sonra onun yanına, sıraya oturdu.

Statü diye bir kavramı yoktu, ayrıca sırada daha çok yer vardı. Yalnızca bir dostluk dürtüsüyle hareket ediyordu.

Güçlü, hüzünlü şekle baktı, sonra da ellere, yaşlı bir kadının ellerine. Gölgeler içindeki dallara baktı. Yaşamında ilk defa Odo'nun, yüzünü çocukluğundan beri bildiği, fikirleri kendi beynindeki ve tanıdığı herkesin beynindeki en merkezi ve kalıcı şeyler olan Odo'nun hiçbir zaman Anarres'e ayak basmadığını, yeşil yapraklı ağaçların gölgesinde, hayal edilemeyecek kentlerde, bilinmeyen dilleri konuşan insanlar arasında, bir başka dünyada yaşadığını, orada öldüğünü ve gömüldüğünü fark etti. Odo bir yabancı, bir sürgündü.

Genç adam alacakaranlıkta heykelin yanında oturuyordu, ikisi de sessizdi.

En sonunda havanın karardığını fark ederek kalktı ve yine caddelere vurdu kendini; Merkezi Bilim Enstitüsü'ne nasıl gideceğini sordu.

Uzak değildi; oraya vardığında ışıklar yanalı çok olmamıştı. Girişteki küçük ofiste bir kayıt görevlisi ya da nöbetçi vardı, kitap okuyordu. Dikkatini çekmek için açık kapıya vurmak zorunda kaldı. "Shevek," dedi. Yabancı biriyle konuşmaya başlarken tutunabileceği bir dal uzatmak için adını söylemek gelenektendi. Uzatılacak başka pek bir dal yoktu. Rütbeler, rütbe yerine geçen terimler, geleneksel, saygılı hitap şekilleri yoktu.

"Kokvan," diye yanıtladı kadın. "Sen dün gelmeyecek miydin?"

"Yük zeplini tarifesi değişti. Yurtlardan birinde boş bir yatak var mı?"

"46 numara boş. Avlunun öte yanında, soldaki yapı. Sana Sabul' dan bir not var. Sabah fizik ofisinde onu görmeni istiyor.

"Teşekkürler!" dedi Shevek, sonra eşyalarını -kışlık bir palto ve bir çift yedek botu– sallayarak geniş, asfaltlanmış avluyu geçti. Dörtgen avlunun dört bir yanındaki odaların ışıkları yanıyordu. Sessizlikte bir mırıldanma vardı, insanların varlığı hissediliyordu. Kent gecesinin açık, keskin havasında bir şey kıpırdıyordu, bir çatışma duygusu, bir vaat.

Akşam yemeği saati geçmemişti, dönüp Enstitü yemekhanesinde sonradan gelen birine ayıracak fazla yemek olup olmadığına bakmaya karar verdi. Adının zaten günlük listeye eklendiğini gördü, yemek de harikaydı. Tatlı bile vardı, konserve meyve kompostosu. Shevek tatlıları seviyordu, son yemek yiyenlerden biri olduğu için epeyce meyve kalmıştı, bir tabak daha aldı. Yemeğini tek başına, küçük bir masada yiyordu. Yakındaki daha büyük masalarda kümelenmiş genç insanlar yemeklerini bitirmiş, sohbet ediyorlardı; argonun düşük ısılardaki davranış özellikleri, bir kimya öğretmeninin bir konferanstaki davranışı ve zamanın varsayılan eğimleri üzerine tartışmalar duydu. Birkaç kişi ona baktı; ama küçük topluluklardaki insanların yaptığı gibi gelip onunla konuşmadılar; bakışları düşmanca değildi, belki biraz meydan okur gibiydi.

46 numaralı odayı bir kamu konutunda, kapıları kapalı uzun bir koridorda buldu. Anlaşılan hepsi tek kişilik odalardı, kayıt görevlisinin kendisini niye buraya gönderdiğini merak etti. İki yaşından beri hep yatakhanelerde, dört ila on kişilik odalarda yaşamıştı. 46 numaranın kapısını çaldı. Sessizlik. Kapıyı açtı. Oda küçük ve tek kişilikti, boştu, koridordan gelen ışıkla hafifçe aydınlatılıyordu. Lambayı yaktı. İki iskemle, bir masa, epeyce kullanılmış bir hesap cetveli, birkaç kitap ve yatağın üstünde düzenlice katlanmış, el örgüsü, kavuniçi bir battaniye. Burada başka biri yaşıyordu, kayıt görevlisi bir hata yapmış olmalıydı. Dışarı çıkıp kapıyı kapattı. Lambayı söndürmek için kapıyı yeniden açtı. Masada, lambanın altında, bir parça kâğıda karalanmış bir not vardı: "Shevek, Fizik ofisi, sabah 2-4-1-154. Sabul."

Paltosunu bir iskemleye, botlarını yere koydu. Bir süre durup kitapların, yeşil kaplı, kaplarında Yaşam Çemberi basılmış standart fizik ve matematik referans kitaplarının başlıklarını inceledi. Paltosunu dolaba astı, botlarını kaldırdı. Dolabın perdesini dikkatle çekti. Odayı kapıya kadar adımladı: dört adım. Orada bir an daha ne yapacağını bilemeden durdu, sonra, yaşamı boyunca ilk defa, kendi odasının kapısını kapattı.

Sabul kırk yaşlarında, ufak tefek, tıknaz, düzensiz bir adamdı. Yüzündeki kıllar genelde rastlandığından daha koyu renkli ve sertti, çenesine doğru düzenli bir sakala dönüşüyordu. Kalın, kışlık bir tunik giyiyordu, görüntüsünden geçen kıştan beri onu giydiği anlaşılıyordu; kol yenleri kirden kararmıştı. Davranışları acele ve isteksizceydi. Kopuk kopuk konuşuyordu, tıpkı kâğıt parçalarına karaladığı gibi. Homurdanıyordu. "İoca öğrenmelisin," diye homurdandı Shevek'e.

"İoca öğrenmek mi?"

"İoca öğren dedim."

"Neden?"

"Urras fiziği okuyabilmen için! Atro, To, Baisk, bu adamları. Kimse onları Pravca'ya çevirmedi, çevireceği de yok. Anarres'te belki altı kişi anlayabilir onu. Herhangi bir dilde."

"İoca'yı nasıl öğrenebilirim?"

"Dilbilgisi ve bir sözlükle!"

Shevek sabırlıydı. "Nerede bulabilirim bunları?"

"Burada," diye homurdandı Sabul. Küçük, yeşil kaplı kitapların dağınık durduğu rafları karıştırmaya başladı. Hareketleri sert ve rahatsız ediciydi. Alt raflardan birinde iki kalın, ciltsiz kitap buldu ve masanın üzerine attı. "Atro'yu İoca'dan okuyacak düzeye gelince bana haber ver. O zamana kadar seninle yapacak işim yok."

"Bu Urras'lılar nasıl bir matematik kullanıyorlar?"

"Senin anlayamayacağın bir şey değil."

"Burada zaman topolojisi üzerinde çalışan kimse var mı?"

"Evet, Turet var, ona danışabilirsin. Dersine girmene gerek yok."

"Gvarab'ın derslerine girmek istiyordum."

"Neden?"

"Frekans ve devir üstüne çalışmaları–"

Sabul oturdu, sonra yine kalktı. Yerinde duramıyordu, çekilmiyordu bu doğrusu, yerinde duramıyordu ama yine de katıydı, ağaç testeresi gibi bir adamdı. "Zaman harcama. Ardışıklık kuramında o yaşlı kadından çok ilerdesin, yumurtladığı diğer fikirler ise beş para etmez."

"Eşzamanlılık İlkeleri'yle ilgileniyorum."

"Eşzamanlılık mı! Mitis sana orada ne gibi çıkarcı saçmalıklar öğretti?" Fizikçi dik dik bakıyordu, alnındaki damarlar sert, kısa saçlarının altında şişip duruyordu.

"Ben de aynı konuda bir ortak çalışma dersi ayarladım."

"Büyü artık. Büyü. Büyüme zamanı geldi. Şimdi buradasın. Burada fizik üzerine çalışıyoruz, din üzerine değil. Gizemciliği bırak ve büyü. İoca'yı ne kadar zamanda öğrenebilirsin?"

"Pravca'yı öğrenmek birkaç yılımı aldı," dedi Shevek. Sabul bu küçük alayı anlamamıştı.

"Ben on dekadda öğrendim. To'nun *Giriş*'ini okuyacak kadar. Hay aksi, üzerinde çalışacak bir metne gereksinimin var. Pekâlâ o olabilir. Burada. Bir dakika." Taşmaya yüz tutmuş bir çekmeceyi karıştırdı ve sonunda garip, mavi kaplı, üzerinde Yaşam Çemberi olmayan bir kitap çıkardı. Başlık altın sarısı harflerle yazılmıştı ve *Poilea Afio-ite* gibi anlamsız bir şeydi, bazı harflerin şekilleri de yabancıydı. Shevek kitaba baktı, Sabul'dan aldı ama açmadı. Onu tutuyordu, görmek istediği şeyi, yabancı nesneyi, başka bir dünyadan gelen mesajı.

Palat'ın kendisine gösterdiği kitabı, sayılar kitabını anımsadı.

"Onu okuyabildiğin zaman gel," diye homurdandı Sabul.

Shevek gitmek üzere döndü. Sabul'un homurtusu yükseldi. "O kitapları kimseye verme! Onlar genel kullanım için değil."

Genç adam durakladı, geri döndü, bir an sonra sakin, biraz da çekingen bir sesle, "Anlamadım," dedi.

"Başka kimsenin onları okumasına izin verme!"

Shevek yanıt vermedi.

Sabul yine ayağa kalkıp ona yaklaştı. "Dinle. Şimdi sen Merkezi Bilim Enstitüsü'nün ve Fizik Sendikası'nın bir üyesisin, benimle çalışıyorsun. Anlıyor musun? Ayrıcalık sorumluluktur. Doğru mu?"

"Paylaşmamam gereken bilgiler edineceğim," dedi Shevek kısa bir duraklamadan sonra, cümleyi mantıksal bir önermeymiş gibi söylemişti.

"Sokakta bir paket patlayıcı bulsan onları önüne gelen her çocukla 'paylaşır' mıydın? O kitaplar birer patlayıcı. Şimdi beni anlıyor musun?"

"Evet."

"İyi o zaman." Sabul arkasını döndü, belirli bir öfkeyle değil, alışkanlık haline gelmiş bir öfkeyle kaşlarını çatmıştı. Shevek elindeki dinamit lokumlarını dikkatle, tiksintiyle ve insanı yiyip bitiren bir merakla taşıyarak dışarı çıktı.

İoca öğrenmek üzere çalışmaya koyuldu. Sabul'un uyarısı üzerine, biraz da aklına yattığından, 46 numaralı odada yalnız çalışmaya başladı.

Çocukluğundan beri birçok bakımdan başkalarından farklı olduğunu biliyordu. Bir çocuk için böyle bir farklılığın bilinci çok acı vericidir, çünkü henüz bir şey yapmamış ve bir şey yapacak durumda olmadığından, bunu mazur gösteremez. Kendi açılarından farklı olan büyüklerin varlığı, böyle bir çocuğun tek güven kaynağıdır; Shevek ise buna sahip değildi. Babası gerçekten son derece güvenilir ve şefkatliydi. Shevek ne olduysa ve ne yaptıysa Palat onaylamış ve sadık kalmıştı. Ama Palat'ta bu farklılık belası yoktu. O başkaları gibiydi, topluluk yaşamının çok kolay geldiği bütün o diğerleri gibi. Shevek'i seviyordu; ama özgürlüğün ne olduğunu, bunu aşabilen tek şey olan o herkesin yalnızlığına saygı gösterme duygusunun ne olduğunu gösteremezdi ona.

Bu yüzden Shevek, komün yaşantısının günlük olağan ilişki ve karşılaşmalarıyla ve birkaç arkadaşın dostluğuyla dengelenen içedönük bir yalnızlığa alışıktı. Abbenay'da hiç arkadaşı yoktu, yatakhanede kalmadığı için de hiç arkadaş edinmedi. Daha yirmi yaşındayken, dışadönük olamayacak kadar kendi karakteriyle aklının garipliklerinin bilincindeydi; içine kapanık ve uzaklarda gibiydi; sınıf arkadaşları da uzaklığının gerçek olduğunu sezip çoğunlukla ona yaklaşmaya çalışmıyorlardı.

Odasındaki dokunulmazlık kısa zamanda onun için vazgeçilmez olmuştu. Tam bağımsızlığını sonuna kadar tadıyordu. Odasından ancak yemekhanede kahvaltı etmek, akşam yemeği yemek, bir de jimnastiğe alışkın kaslarını yumuşatmak için caddelerde kısa bir günlük gezinti yapmak amacıyla çıkıyordu; sonra 46 numaralı odaya ve İoca dilbilgisine geri dönüyordu. Bir-iki dekadda bir, "onuncu gün" topluluk çalışma görevine çağrılıyordu, ama birlikte çalıştığı insanlar küçük bir toplulukta olduğu gibi yakın tanıdıklar değil, yabancılardı; bu yüzden bu bedensel çalışma günleri, yalnızlığına veya İoca'daki ilerlemesine psikolojik bir engel oluşturmuyordu.

Karmaşık, mantıksız ve çeşitli kalıplardan oluşan dilbilgisi ona zevk veriyordu. Temel kelimeleri öğrendikten sonra hızlı öğreniyordu, çünkü ne okuduğunu biliyordu; alanı ve terimleri tanıyordu, takıldığı zaman da ya kendi içgüdüsü, ya da matematiksel bir denklem nereye vardığını gösteriyordu. Her zaman daha önce vardığı yerler olmuyordu bunlar. To'nun *Zaman Fiziğine Giriş*'i yeni başlayanlar için bir el kitabı sayılmazdı. Kitabın yarısına geldiğinde Shevek artık İoca okumuyordu, fizik okuyordu; Sabul'un ona neden her şeyden önce Urras fiziğini okuttuğunu da anlıyordu. Anarres'te son yirmi-otuz yıldan beri yapılan her şeyin çok ilerisindeydiler. Sabul'un Ardışıklık üzerine çalışmalarındaki en parlak buluşlar, çoğunlukla İoca'dan kaynak gösterilmeden yapılan çevirilerdi.

Sabul'un ona sadaka gibi verdiği diğer kitapları, çağdaş Urras fiziğinin önde gelen örneklerini bir çırpıda okudu. Yaşamı gittikçe daha kapalılaşıyordu. Öğrenci sendikasında etkin değildi, uyuşuk Fizik Federasyonu dışındaki hiçbir sendika veya federatif toplantısına da katılmıyordu. Hem toplumsal eylem, hem de toplumsallığın araçları olan böyle grupların toplantıları, herhangi bir küçük toplulukta yaşamın iskeletini oluştururlardı; oysa burada, kentte, çok daha önemsiz görünüyorlardı. Herhangi biri onlar için gerekli değildi; her zaman işleri yürütmeye hazır, hem de yeterince iyi yürütecek başkaları vardı. Shevek onuncu gün görevleriyle konutundaki ve laboratuvarlardaki olağan temizlik işleri dışındaki zamanını tümüyle kendine ayırabiliyordu. Sık sık jimnastiği, arada bir de yemeği ihmal ediyordu. Ama izlediği derslerden birini, Gvarab'ın Frekans ve Devir üzerine çalışma grubunu hiç kaçırmıyordu.

Gvarab sık sık konudan konuya atlayacak ve anlaşılmaz şeyler anlatacak kadar yaşlıydı. Derslerine devam az ve düzensizdi. Kısa zamanda büyük kulaklı, zayıf oğlanın tek sürekli dinleyicisi olduğunu fark etti. Dersi onun için anlatmaya başladı. Oğlanın parlak, sabit, zeki gözleri kendininkilerle karşılaştı, onu sakinleştirdi, uyandırdı; o da canlandı, yitirdiği görüyü yeniden kazandı. Uçmaya başladı, odadaki diğer öğrenciler kafaları karışmış veya şaşırmış, hatta –eğer korkacak kadar akılları varsa– biraz korkmuş bir halde ona bakakaldılar. Gvarab birçok insanın görebileceğinden çok daha geniş bir evren görüyordu, bu da kafalarını karıştırıyordu. Parlak gözlü çocuk onu gözünü kırpmadan izliyordu. Gvarab onun gözünde kendi coşkusunu görüyordu. Sunduğu, bir ömür boyunca sunduğu, şimdiye kadar kimsenin onunla paylaşmadığı şeyi o alıyor, paylaşıyordu. Onun kardeşiydi, elli yıllık bir boşluktan kopup gelen kurtuluşuydu.

Bazen fizik ofisinde veya yemekhanede karşılaştıklarında doğrudan doğruya fizik hakkında konuşmaya başlıyorlardı, ama başka zamanlarda Gvarab'ın enerjisi bunun için yetersiz kalıyordu, o zaman söyleyecek pek fazla şey bulamıyorlardı, çünkü yaşlı kadın da en az genç adam kadar utangaçtı. "Yeterince yemiyorsun," diyordu ona. O da gülümsüyor ve kulaklarına kadar kızarıyordu. İkisi de söyleyecek başka şey bulamıyorlardı.

Enstitü'deki altı ayının sonunda Shevek Sabul'a "Atro'nun Sonsuz Ardışıklık Hipotezi'nin Eleştirisi" adlı üç sayfalık bir tez verdi. Sabul bir dekad sonra tezi geri verdi ve "İoca'ya çevir," diye homurdandı.

"Zaten çoğunu İoca yazdım," dedi Shevek, "çünkü Atro'nun terminolojisini kullanıyordum. Orijinalinden kopya ederim. Niçin?"

"Niçin mi? O allahın cezası çıkarcı Atro'nun okuyabilmesi için! Gelecek dekadın beşinde bir gemi var."

"Gemi mi?"

"Urras'tan gelen bir yük gemisi!"

Böylece Shevek ayrı bırakılmış dünyalar arasında petrol ve cıva dışında başka şeylerin de gidip geldiğini keşfetti; yalnızca kitaplar, okuduklarına benzer kitaplar değil, mektuplar da vardı. Mektuplar! Mülkiyetçilere, gücün eşitsiz dağılımını temel alan hükümetlerin tebaasına, Devlet Aygıtı'nın öğeleri olmayı seçtikleri için kaçınılmaz olarak başkalarını sömüren ve başkalarınca sömürülen kişilere giden mektuplar. Bu tür insanlar gerçekten özgür insanlarla saldırgan olmayan, gönüllü bir fikir alışverişinde bulunuyorlar mıydı? Gerçekten eşitliği kabul edip entelektüel dayanışmaya katılabilirler miydi, yoksa yalnızca hükmetmeye, güçlerini ilan etmeye, sahip olmaya mı çalışıyorlardı? Bir mülkiyetçiyle gerçekten mektuplaşma düşüncesi onu dehşete düşürdü; ama bunu öğrenmek ilginç olabilirdi...

Abbenay'daki ilk altı ayında onu buna benzer o kadar çok keşfe zorlamışlardı ki çok saf olduğunu, belki de hâlâ öyle kaldığını kabul etmek zorunda kaldı: akıllı, genç bir adamın kolay kolay kabullenmeyeceği bir şey.

Bu keşiflerin ilki ve hâlâ en zor kabul edileni, İoca öğrenmek ama bilgisini kendine saklamak zorunda olmasıydı. Onun için o kadar yeni ve ahlak açısından o kadar kafa karıştırıcıydı ki, hâlâ karar verememişti. Görünürde bilgisini paylaşmamakla kimseye zarar vermiyordu. Öte yandan onların Shevek'in İoca bildiğinden ve kendilerinin de öğrenebileceğinden haberdar olmaları ne gibi bir zarar verebilirdi? Kuşkusuz özgürlük, gizlilikten çok açıklıkta yatıyordu, özgürlük için de her zaman riske girmeye değerdi. Riskin ne olduğunu da göremiyordu zaten. Bir keresinde Sabul'un yeni Urras fiziğini *kendine* saklamak istediğini, ona bir mal, Anarres'teki meslektaşları üzerinde bir güç kaynağı olarak sahip olmak istediğini düşünmüştü. Ama bu fikir Shevek'in düşünme alışkanlıklarına o kadar ters düşüyordu ki, beyninde açıkça oluşturmakta güçlük çekiyordu, fikir berraklaşınca da iğrenerek, gerçekten iğrenç bir düşünce gibi anında bastırdı bunu.

Sonra özel oda da bir başka ahlaki diken olarak önünde duruyordu. Çocukken özel bir odada uyumak, başkalarını hoşgörü gösteremeyecekleri kadar çok rahatsız ettiğinizi gösterirdi; bencillik etmişsiniz demekti. Yalnızlık, gözden düşmeyle eş anlamlıydı. Erişkinler için özel odaların tek anlamı cinseldi. Her kamu konutunda birkaç özel oda vardı, cinsel ilişkide bulunmak isteyen bir çift bu odalardan birini bir geceliğine, bir dekad boyunca ya da istediği kadar kullanabilirdi. Eşliğe başlayan bir çift ise iki kişilik bir odaya geçerdi; iki kişilik odaların bulunmadığı küçük kentlerde genellikle konutun ucuna bir oda eklenirdi, böylece "eşler katarı" adı verilen uzun, alçak, dağınık yapılar oda oda yaratılabilirdi. Cinsel eşleşme dışında yatakhanelerde yatmamak için hiçbir neden yoktu. İnsan küçük veya büyük bir yatakhane seçebilir, oda arkadaşlarını sevmezse başka bir yatakhaneye geçebilirdi. Herkes çalışması için gerekli işlik, laboratuvar, stüdyo, ambar veya ofisi bulabiliyordu; insan banyoda istediği kadar yalnız veya başkalarıyla kalabilirdi; cinsel gizlilik özgürce elde edilebilen ve toplumsal olarak da beklenen bir şeydi; bunun ötesinde gizlilik işlevsel değildi. Fazlalık ve israftı. Anarres ekonomisi tek tek ev ve katların yapılmasını, bakımını, ısıtılmasını ve ışıklandırılmasını kaldıramazdı. Doğası gereği gerçekten yalnızlığı seven biri toplumdan uzaklaşıp kendi başının çaresine bakmak zorundaydı. Bunu yapmakta tümüyle özgürdü. İstediği bir yerde kendine bir ev yapabilirdi. (Ancak eğer ev iyi bir manzarayı veya verimli bir toprağı bozarsa komşularından başka bir yere taşınması için büyük baskı gelirdi.) Daha eskice Anarres topluluklarının kıyılarında toplumsal bir türün üyeleri değillermiş gibi davranan birçok yalnız yaşayan kişi vardı. Ama insan dayanışmasının ayrıcalık ve zorunluluğunu seçenler için yalnızlık, sadece bir işlevi olduğu zaman değerliydi.

O yüzden Shevek'in özel bir odaya konulmaya ilk tepkisi yarı hoşnutsuzluk, yarı utanç olmuştu. Onu neden buraya tıkmışlardı? Kısa zamanda nedenini buldu. Onun yaptığı türdeki çalışmalar için biçilmiş kaftandı burası. Eğer gece yarısı aklına bir şey gelirse ışığı açıp aklına geçeni kâğıda geçirebilirdi; gün ağarırken gelirse, kalkmakta olan dört-beş oda arkadaşının konuşmalarıyla kafasından silinip gitmezdi; hiç gelmezse ve bütün gününü masasında oturup pencereden dışarıyı seyrederek geçirirse de niye tembellik ettiğini merak edecek kimse yoktu. Yalnızlık cinsellik için ne kadar istenecek bir şeyse, fizik için de o kadar istenecek bir şeydi. Ama her şeye rağmen, ille de gerekli miydi?

Enstitü yemekhanesinde akşam yemeğinden sonra her zaman tatlı vardı. Shevek tatlıyı çok seviyor, fazla olduğu zaman da alıyordu. Vicdanı, organik-toplumsal vicdanıysa hazımsızlık çekiyordu. Abbenay'dan Mutlak'a kadar her yerdeki yemekhanelerde herkes aynı şeyi paylaşmıyor muydu? Ona hep böyle söylenmiş, hep öyle olduğunu görmüştü. Doğal olarak yerel farklılıklar vardı: bölgesel özellikler, kısıntılar, fazlalar, Proje Kampları gibi durumlarda geçici önlemler, kötü aşçılar, iyi aşçılar, aslında değişmeyen bir çerçevede sonsuz farklı durum vardı. Ama malzemesiz tatlı yapacak kadar usta bir aşçı yoktu. Birçok yemekhanede her dekadda bir-iki kez tatlı verilirdi. Burada her gece veriliyordu. Neden? Merkezi Bilim Enstitüsü'nün üyeleri diğer insanlardan daha mı iyiydi?

Shevek bu soruları kimseye sormadı. Toplumsal vicdan, başkalarının görüşleri, çoğu Anarres'linin davranışını yönlendiren en büyük ahlaki güçtü, ama onda çoğundakinden daha az güçlüydü. Bu yüzden sorunlarının çoğu, başka insanların anlamadığı, kendi kendine, sessizce çözmeye alıştığı türdendi. Kendisi için bazı yönlerden zaman fiziği sorunlarından çok daha zor olan bu sorunları da böyle halletti. Kimsenin düşüncesini sormadı. Yemekhanede tatlı yemekten vazgeçti.

Ancak bir yatakhaneye taşınmadı. Ahlaki rahatsızlığı pratik rahatlıkla karşılaştırdı ve ikincisini daha önemli buldu. Özel odada daha iyi çalışıyordu. İş, yapmaya değerdi ve o da iyi yapıyordu. Toplumu için merkezi bir işlevi vardı. Sorumluluk, ayrıcalığı haklılaştırıyordu.

Böylece çalışmaya devam etti.

Kilo kaybetti; dünya üzerinde uçar gibi yürüyordu. Fiziksel çalışma eksikliği, iş çeşitliliği eksikliği, toplumsal ve cinsel ilişki eksikliği, bunların hiçbiri ona eksiklikmiş gibi gelmiyor, özgürlük gibi geliyordu. O özgür bir insandı: istediği şeyi, istediği zaman, istediği kadar yapabiliyordu. Yapıyordu da. Çalışıyordu. Çalışıyor / oynuyordu.

Tutarlı bir Eşzamanlılık Kuramı'na doğru giden bir dizi hipotez için notlar karalıyordu. Ama bu çok önemsiz bir amaç gibi görünmeye başladı; çok daha büyük bir amaç vardı– eğer ulaşabilirse: birleşik bir Zaman kuramı. Kendini büyük, açık bir alanın ortasında bir odaya kapatılmış hissediyordu: alan çevresini sarmıştı, dışarı bir yol, açık bir yol bulabilseydi... Sezgisi bir saplantı haline dönüşmüştü. O sonbahar ve kış boyunca uyku alışkanlığını gittikçe daha da azaltmıştı. Gece bir-iki saat ve gün boyunca bir-iki saat daha onun için yeterliydi; bu tür şekerlemeler daha önceki derin uykuları gibi değildi, sanki başka bir düzeyde uyanmaktı, düşlerle o kadar doluydu ki. Canlı düşler görüyordu, düşler çalışmasının bir parçasıydı. Zamanın, kaynağına doğru yukarı akan bir ırmak gibi kendi üstüne katlandığını görüyordu. İki anın eşzamanlılığını iki elinde tutuyordu, ellerini ayırdığında iki anın bölünen sabun köpükleri gibi ayrıldıklarını görerek gülümsedi. Tam olarak uyanmadan kalkıp günlerden beri ondan kaçıp duran matematik formülünü karaladı. Uzayın, merkezdeki bir boşluğa doğru yaklaşıp duran, çöken bir küre gibi üzerine doğru büzüldüğünü, yaklaştığını, yaklaştığını gördü ve boğazında bir imdat çığlığı tıkanmış, sessizce kendi sonsuz boşluğunun bilgisinden kaçmaya çalışarak uyandı.

Kışın sonlarına doğru soğuk bir akşamüstü, kütüphaneden eve dönerken, posta kutusunda kendine bir mektup olup olmadığına bakmak için fizik ofisine uğradı. Kuzeybatışı Bölge Enstitüsü'ndeki arkadaşlarına hiç yazmadığından, mektup beklemesi için de bir neden yoktu; ama birkaç gündür kendini pek iyi hissetmiyordu, en iyi hipotezlerinin yanlış olduğunu kendi kendine göstererek altı aylık zorlu bir çalışmadan sonra başladığı noktaya geri dönmüştü; faz modeli kullanışlı olamayacak kadar bulanıktı, boğazı ağrıyordu, tanıdığı birinden bir mektup almayı ya da en azından fizik ofisinde merhaba diyecek birini bulmayı diliyordu. Ama Sabul'dan başka kimse yoktu.

"Bak buraya Shevek."

Yaşlı adamın uzattığı kitaba baktı: ince bir kitap, yeşil ciltli, kapağında Yaşam Çemberi. Alıp başlık sayfasına baktı: "Atro'nun Sonsuz Ardışıklık Hipotezi'nin Eleştirisi." Kendi makalesi, Atro'nun onayı, savunması ve Shevek'in yanıtından oluşuyordu. Pravca'ya çevrilmiş ya da yeniden çevrilmişti ve Abbenay'daki ÜDE matbaalarında basılmıştı. İki yazar adı vardı: Sabul, Shevek.

Sabul kafasını Shevek'in elindeki kopyaya uzattı ve şeytanca seyretti. Hırıltılı bir kıkırdamayla gülmeye başladı. "Atro'nun işini bitirdik. İşini bitirdik o kahrolası çıkarcının! Şimdi 'çocuksu belirsizlik'ten bahsetsinler bakalım!" Sabul, kuramsal çalışmalarından "Odocu dogmanın her türlü düşünce alanına bulaştırdığı taşralılık ve çocuksu belirsizlikle malul" diye bahseden İeu Eun üniversitesi yayını *Fizik Dergisi*'ne on yıllık bir nefret besliyordu. "Şimdi kimin taşralı olduğunu görecekler!" dedi sırıtarak. Bir yıllık tanışıklığı boyunca Shevek onun güldüğünü hiç görmemişti.

Shevek odanın öbür ucuna gidip oturdu, bunu yapmak için masalardan birinin üstündeki kâğıt yığınını indirmesi gerekmişti; fizik ofisi doğal olarak ortaklaşa kullanılıyordu, ama Sabul iki odadan bu arkadakini hep kullandığı malzemelerle dolu bırakıyordu, böylece hiçbir zaman başkasına yer yokmuş gibi görünüyordu. Shevek hâlâ elindc tuttuğu kitaba, sonra da pencereden dışarı baktı. Kendini çok kötü hissediyor ve çok kötü görünüyordu. Çok da gergindi, ama Sabul'a karşı hiçbir zaman tanımak istediği başka kişilere olduğu gibi utangaç veya çekingen değildi. "Kitabı çevirdiğini bilmiyordum," dedi.

"Çevirdim, düzelttim... Bazı kaba noktaları yonttum, senin eksik bıraktığın dönüşümleri tamamladım, buna benzer şeyler yaptım. Birkaç dekadlık çalışma. Gurur duymalısın, bitmiş kitabın temelini büyük ölçüde senin fikirlerin oluşturuyor."

Kitap tümüyle Shevek ve Atro'nun fikirlerinden oluşuyordu.

"Evet," dedi Shevek. Ellerine baktı. Arkasından, "Bu dönem Geri Çevrilebilirlik üstüne yazdığım makaleyi yayımlamak istiyorum. Atro'ya ulaşmalı. Onun ilgisini çeker. Hâlâ nedenselliğe takılıp kalmış."

"Yayımlamak mı? Nerede?"

"İoca'yı kastettim – Urras'ta. Atro'ya gönder, bu sonuncusu gibi, o da oradaki dergilerden birinde yayımlar."

"Onlara burada basılmayan bir çalışmayı yollayamazsın."

"Ama bu makaleyi yolladık. Bunun hepsi, benim çürütmem dışında, İeu Eun Dergisi'nde yayımlandı – burada yayımlanmadan önce."

"Ona engel olamazdım, ama bunu bastırmak için neden acele ettiğimi sanıyorsun? ÜDE'deki herkesin Urras'takilerle böyle fikir alışverişinde bulunmamızdan hoşlandığını mı sanıyorsun? Savunma o gemilerle buradan gönderilen her sözcüğün ÜDE'nin onayladığı bir uzmanca denetlenmesinde ısrar ediyor. Üstüne üstlük, Urras'a açılan bu hattı kullanamayan taşralı fizikçilerin bizim onu kullanmamızdan rahatsız olmadıklarını mı sanıyorsun? Kıskanmadıklarını mı sanıyorsun? Pusuya yatan, yanlış bir hamle yapmamızı bekleyen insanlar var. Eğer bir kere yakalanırsak Urras yük gemilerindeki o mektup yerimizi yitiririz. Şimdi her şeyi anlıyor musun?"

"Peki Enstitü o yeri başlangıçta nasıl elde etti?"

"On yıl önce Pegvur'un ÜDE'ye seçilmesiyle." Pegvur orta karar bir fizikçiydi. "O yeri korumak için adımlarımı çok dikkatli attım o zamandan beri. Anlıyor musun?"

Shevek başıyla onayladı.

"Her neyse, Atro şu senin zımbırtını okumak istemiyor. O makaleye göz atıp sana geri verdiğimden bu yana birkaç dekad oluyor. Gvarab'ın takılıp kaldığı gerici kuramlara zaman harcamaktan ne zaman vazgeçeceksin? Onun bütün yaşamını bunlara harcadığını görmüyor musun? Eğer bunu sürdürürsen kendini aptal yerine koymuş olursun. Doğal olarak bu senin engellenemez hakkın. Ama *beni* aptal durumuna düşüremeyeceksin."

"O zaman makaleyi burada, Pravca yayımlatmak için başvurmama ne dersin?"

"Zaman kaybı."

Shevek bunu da hafifçe başını sallayarak karşıladı. Ayağa kalktı; uzun boylu ve yapılıydı, düşüncelere dalmış öylece durdu. Kış güneşi şimdi geriye çekilerek örülmüş saçında ve durgun yüzünde parlıyordu. Masaya gelip yeni kitaplardan oluşan küçük yığından bir kitap aldı. "Bunlardan birini Mitis'e göndermek isterdim," dedi.

"İstediğin kadar al. Dinle. Eğer ne yaptığını benden daha iyi bildiğine inanıyorsan o makaleyi Basın'a ver. İzne gereksinimin yok! Biliyorsun ki herhangi bir hiyerarşimiz yok. Sana engel olamam. Yapabileceğim en fazla şey öğüt vermek olabilir."

"Sen Basın Sendikası'nın fizik makaleleri danışmanısın," dedi Shevek. "Boşuna kimsenin zamanını harcamamak için önce sana sorayım demiştim."

Nezaketi uzlaşma içermiyordu; hükmetme yarışına girmediği için ona hükmetmek mümkün değildi.

"Zaman harcamamak mı, ne demek istiyorsun?" diye homurdandı Sabul, ama o da bir Odocu'ydu: kendi ikiyüzlülüğü ona fiziksel işkence çektiriyormuş gibi kıvrandı, kafasını Shevek'ten öteye çevirdi, sırtını döndü ve öfkeli, boğuk bir sesle, "Pekâlâ!" dedi. "O lanet şeyi yayımla! O konuda tavsiyede bulunamayacağımı bildireceğim. Gvarab'a danışmalarını söyleyeceğim. Eşzamanlılık uzmanı o, ben değilim. Gizemci budala! Dev bir arp teline benzeyen, salınarak varlıkla yokluk arasında gidip gelen evren! Bu arada hangi notayı çalıyor acaba? Sayısal Armoniler'den bölümler herhalde. Gerçek şu ki ÜDE'ye ya da Basın'a entelektüel pislik konusunda danışmanlık etmeye yeterli, daha da doğrusu istekli değilim!"

"Senin için yaptığım çalışma," dedi Shevek, "Gvarab'ın Eşzamanlılık üzerine fikirlerini izleyerek yaptığım çalışmaların bir parçası. Birini istiyorsan, diğerine de razı olmalısın. Ürün en iyi pislikte yetişir, deriz biz Kuzeybatışı'nda."

Bir an durdu, sonra Sabul'dan sözlü bir yanıt almayınca veda edip ayrıldı. Bir savaş kazandığını biliyordu, hem de kolayca, görünürde şiddet kullanmadan. Ama şiddete yol açılmıştı.

Mitis'in çok önceden gördüğü gibi o "Sabul'un adamı"ydı. Sabul işlev gören bir fizikçi olma niteliğini yıllar önce yitirmişti; büyük ününü başka beyinlerden alıp el koyduğu fikirlere borçluydu. Shevek düşünecek, Sabul üne sahip olacaktı.

Bu kuşkusuz ahlakça hoş görülemez bir durumdu ve Shevek kıyameti koparıp her şeyden vazgeçebilirdi. Ama bunu yapmayacaktı. Sabul'a gereksinimi vardı. Yazdıklarını yayımlamak, onları anlayabilecek kişilere, Urras'lı fizikçilere göndermek istiyordu; onların fikirlerine, eleştirilerine ve ortak çalışmaya gereksinimi vardı.

Bu yüzden o ve Sabul pazarlık etmişlerdi, çıkarcılar gibi. Bir savaş değil, bir satış olmuştu. Sen bana bunu ver, ben de sana şunu. Beni reddedersen ben de seni reddederim. Anlaştık mı? Anlaştık. Toplumun varlığı gibi Shevek'in mesleği de temel, açıkça kabul edilmeyen bir kâr anlaşmasının sürmesine bağlıydı. Karşılıklı bir yardım ve dayanışma ilişkisi değil, sömürüye dayalı bir ilişki, organik değil, mekanik bir ilişki. Temel işlevsizliklerden gerçek bir işlev doğabilir miydi?

Ama tek istediğim işimi yapmak, diye düşünüyordu Shevek, gri, rüzgârlı akşamüstünde yoldan konut avlusuna yürürken. Görevim bu, coşkum, tüm yaşamımın tek amacı. Birlikte çalışmak zorunda olduğum adam yarışmacı, hükmetme meraklısı, çıkarcı, ama ben bunu değiştiremem; eğer çalışmak istiyorsam onunla çalışmalıyım.

Mitis'i ve onun uyarısını düşündü. Kuzeybatışı Enstitüsü'nü ve ayrılmasından önceki gece verilen partiyi düşündü. Şimdi çok eskiden olmuş gibi geliyordu bütün bunlar ona, öylesine çocuksu bir huzur ve güven içinde geliyordu ki nostaljisi tutup ağlayabilirdi. Yaşam Bilimleri binasının verandasının altından geçerken bir kız yan gözle ona baktı, Shevek de onun o kıza benzediğini düşündü, adı neydi, kısa saçlı olanı, hani parti gecesi çok fazla kızarmış çörek yiyen kız. Durup geri döndü, ama kız köşede kaybolmuştu. Her neyse, zaten saçı uzundu. Gitti, bitti, her şey bitti. Verandanın sığınağından rüzgâra çıktı. Rüzgârla hafif, ince bir yağmur çiseliyordu. Yağmur yağsa bile çok hafif oluyordu. Kurak bir dünyaydı burası. Kurak, soluk, düşman. "Düşman!" dedi Shevek yüksek sesle ve İo diliyle. Bu dili konuşulurken hiç duymamıştı; çok garip geliyordu. Yağmur yüzüne çakıl taşı gibi çarpıp acıtıyordu. Düşmanca bir yağmurdu. Boğaz ağrısına bir de şu anda farkına vardığı korkunç bir baş ağrısı eklenmişti. 46 numaralı odaya gidip her zamankinden de daha alçak görünen yatak-platforma uzandı. Titremeye başladı, engel olamıyordu. Kavuniçi battaniyeyi üzerine çekip iyice sarındı ve uyumaya çalıştı; ama titremesi durmuyordu, çünkü her taraftan gelen, ateşi yükseldikçe artan, sürekli bir atomik bombardımana tutulmuştu.

Daha önce hiç hastalanmamıştı, hiçbir zaman da yorgunluktan daha kötü bir fiziksel rahatsızlığı olmamıştı. Yüksek ateşin ne olduğu hakkında herhangi bir fikri olmadığı için o uzun gece boyunca, aklı başında olduğu zamanlar, delirmekte olduğunu düşünmeye başladı. Delirme korkusu, sabah olduğunda yardım istemesini sağladı. Koridordaki komşularından yardım isteyemeyecek kadar kendinden korkuyordu: gece sayıkladığını duymuştu. Ayaklarını sürüyerek kendini sekiz blok ötedeki yerel kliniğe attı, günışığıyla parıldayan soğuk caddeler büyük bir ciddiyetle etrafında dönüp duruyorlardı. Klinikte deliliğine hafif bir zatürree tanısı koydular ve ikinci koğuşta yatmasını söylediler. Şiddetle karşı çıktı. Yardımcı onu bencillikle suçladı; eğer eve giderse bir doktorun onu evinde ziyaret edip özel bakım ayarlaması gerekeceğini söyledi. İkinci koğuşta yattı. Koğuşta ondan başka herkes yaşlıydı. Bir yardımcı gelip ona bir bardak suyla bir hap getirdi. "Nedir bu?" dedi Shevek kuşkuyla. Dişleri yine takırdamaya başlamıştı.

"Antipiretik."

"O da ne?"

"Ateş düşürür."

"Gerek yok."

Yardımcı omuz silkti. "Peki," dedi ve geçip gitti.

Genç Anarres'lilerin çoğu hasta olmanın utanç verici olduğunu düşünüyorlardı: bunun nedeni toplumlarının çok başarılı koruyucu önlemleri ve belki de "sağlıklı" ve "hasta" sözcüklerinin mecazi kullanılışından çıkan bir karışıklıktı. Hastalığın istenmeden de olsa işlenen bir suç olduğunu düşünüyorlardı. Suç dürtüsüne teslim olmak, ağrı kesiciler kullanarak ona yaltaklanmak ahlak dışıydı. Hap ve iğne kullanmaktan çekiniyorlardı. Orta yaş veya yaşlılık geldiğinde çoğu fikrini değiştiriyordu. Acı, utanca baskın çıkıyordu. Yardımcı, ikinci koğuştaki yaşlı adamlara ilaçlarını verdi, şakalaştılar. Shevek boş, anlamsız gözlerle onları izledi.

Daha sonra elinde şırıngasıyla bir doktor geldi. "İstemiyorum," dedi Shevek. "Bencillik etme," dedi doktor, "dön arkanı". Shevek itaat etti.

Daha sonra bir kadın ona bir bardak su verdi, ama Shevek kadar sarsılarak titriyordu ki, su dökülüp battaniyeyi ıslattı. "Rahat bırak beni," dedi, "sen de kimsin?" Kadın söyledi, ama Shevek anlamadı. Kadına gitmesini, kendini çok iyi hissettiğini söyledi. Sonra ona, kendi başına bir işe yaramayan döngüsel hipotezin, olabilecek bir Eşzamanlılık kuramına yaklaşmasında neden çok temel bir dayanak olduğunu açıkladı. Bazen kendi dilinde, bazen de İoca konuşuyordu; formül ve denklemleri de kadın ve grubun geri kalanı anlayabilsin diye taş tahtaya tebeşirle yazdı, çünkü temel dayanağı yanlış anlamalarından korkuyordu. Kadın yüzüne dokundu ve saçlarını arkadan bağladı. Elleri serindi. Yaşamı boyunca bu ellerin dokunuşundan daha hoş bir duygu yaşamamıştı. Elini tutmak için uzandı. Orada değildi kadın, gitmişti.

Uzun bir süre sonra uyandı. Nefes alabiliyordu. Çok iyiydi. Her şey yolundaydı. Hareket etmek istemiyordu. Hareket etmek o mükemmel, dengeli anı, dünyanın dengesini bozardı. Tavana vuran kış güneşi anlatılamayacak kadar güzeldi. Uzandığı yerden onu seyretti. Koğuştaki yaşlı adamlar gülüşüyorlardı; yaşlı, boğuk gülüşmeler, güzel bir ses. Kadın gelip yatağa oturdu. Shevek ona bakıp gülümsedi.

"Kendini nasıl hissediyorsun?"

"Yeni doğmuş gibi. Kimsin sen?"

Kadın da gülümsedi. "Anne."

"Yeniden dünyaya gelmek... Ama yeni bir bedende doğmam gerekirdi, eskisinde değil."

"Neden bahsediyorsun, yeniden dünyaya gelmek de ne demek?"

"Dünya değil. Urras. Yeniden doğuş dinlerinin bir parçası."

"Hâlâ kafan yerinde değil." Alnına dokundu. "Ateş yok." Bu iki kelimeyi söylerken sesi Shevek'in varlığının ta derinlerinde, karanlık, önüne duvar örülmüş bir yerde, karanlıkta bir o yana, bir bu yana yankılanıp duran bir şeye dokundu. Kadına baktı ve dehşet içinde, "Sen Rulag'sın," dedi.

"Söyledim ya sana. Hem de kaç kere!"

Yüzünde bir kayıtsızlık, hatta eğlenme ifadesi vardı. Shevek'in ise yüzünde herhangi bir ifade olacak hali yoktu. Kıpırdayamayacak durumdaydı, ama korkusunu saklama gereği duymadan, sanki annesi değil de ölümüymüş gibi irkilerek ondan uzaklaşmaya çalıştı. Rulag bu hafif hareketi gördüyse bile görmemiş gibi davrandı.

Alımlı bir kadındı, esmerdi, ince ve orantılı yüz hatları yaşını göstermiyordu, ama kırk yaşını aşmış olmalıydı. Kişiliği tümüyle uyumlu ve denetim altındaydı. Sesi hafif, tınısı hoştu. "Burada, Abbenay'da olduğunu bilmiyordum," dedi, "nerede olduğunu da – hatta var olduğunu bile bilmiyordum. Basın deposunda yeni yayınları tarıyor, mühendislik kütüphanesi için bir şeyler topluyordum, Sabul ile Shevek tarafından yazılmış bir kitaba rastladım. Sabul'u tanıyorum tabii. Peki ama, Shevek de kimdi? Neden tanıdık geliyordu? Bir dakika kadar uyanamadım. Garip, değil mi? Ama mantıklı gelmiyordu. Tanıdığım Shevek yirmi yaşlarında olmalıydı, Sabul'la ortak metakozmoloji tezleri yayımlaması beklenemezdi. Ama başka herhangi bir Shevek de yirmi yaşından küçük olmak zorundaydı!.. Ben de bir göreyim diye geldim. Konutlardaki bir çocuk burada olduğunu söyledi... Bu klinik şaşırtıcı derecede az elemanla çalışıyor. Çalışanların neden Tıp Federasyonu'ndan daha fazla tayin istemediklerini ya da neden daha az hasta kabul etmediklerini anlamıyorum; bazı yardımcı ve doktorlar günde tam sekiz saat çalışıyorlar! Tabii, tıp dalında bunu gerçekten isteyen insanlar var: kendini feda etme dürtüsü. Ne yazık ki bu dürtü en fazla verimliliği sağlamıyor... Seni bulmak garip oldu. Görsem hiç tanıyamazdım... Palat'la görüşüyor musunuz? O nasıl?"

"Öldü."

"Ya." Rulag'ın sesinde şaşırma veya acı izi yoktu, belki bezgin bir alışmışlık, hüzünlü bir ton. Shevek bir an için onu bir insan gibi görebildi ve bundan etkilendi.

"Ne kadar oldu öleli?"

"Sekiz yıl."

"Otuz beşinden fazla olmamalı."

"Geniş Ovalar'da bir deprem olmuştu. Beş yıldır orada yaşıyorduk, o topluluğun yapım mühendisiydi. Deprem, öğrenme merkezine hasar vermiş. O da diğerleriyle birlikte içeride kalan bazı çocukları çıkarmaya çalışıyormuş. İkinci bir deprem olmuş ve bütün yapı çökmüş. Otuz iki kişi ölmüştü."

"Sen orada mıydın?"

"Depremden on gün kadar önce Bölge Enstitüsü'nde eğitime başlamıştım."

Rulag düşünceye daldı, yüzü yumuşak ve durgundu. "Zavallı Palat. Yine de tam ona uygun gibi geliyor – diğerleriyle birlikte ölmesi, bir istatistik, otuz ikiden biri..."

"Eğer o yapıya girmeseydi istatistikler daha yüksek olabilirdi," dedi Shevek.

O zaman Rulag ona baktı. Bakışından ne hissettiği anlaşılmıyordu. Söylediği kendiliğinden ya da kasıtlı olabilirdi, bunu bilmenin yolu yoktu. "Palat'ı seviyormuşsun."

Shevek yanıtlamadı.

"Ona benzemiyorsun. Aslında bana benziyorsun, tenin dışında. Palat'a benzeyeceğini sanıyordum. Bunu varsaymıştım – garip, insanın hayal gücü nasıl varsayımlar üretiyor. Demek seninle kaldı."

Shevek başıyla onayladı.

"Şanslıymış." Rulag iç çekmedi, ama sesinde bastırılmış bir iç çekme vardı.

"Ben de şanslıydım."

Bir duraklama oldu. Rulag hafifçe gülümsedi. "Evet. Seninle haberleşebilirdim. Bundan dolayı beni suçluyor musun?"

"Suçlamak mı? Seni hiç tanımadım ki."

"Tanıdın. Palat'la ben seni memeden kesildikten sonra bile yanımızda, konutta yatırdık. İkimiz de bunu istemiştik. O ilk birkaç yılda bireysel ilişki önemlidir; psikologlar bunu kesin olarak kanıtladılar. Tam toplumsallaşma ancak o duygusal başlangıçtan geliştirilebilir... Ben eşliğe devam etmek istiyordum. Palat'ın buraya gönderilmesi için çalıştım. Onun çalıştığı işlerde hiçbir zaman boş yer olmadı, o da gönderilmeden gelmiyordu. Biraz inatçıydı... Başlangıçta senin nasıl olduğunu anlatmak için bazen yazıyordu, sonra yazmayı kesti."

"Önemli değil," dedi genç adam. Hastalıktan incelmiş yüzü, yanaklarını ve alnını yağ sürülmüş gibi gümüşi yapan ince ter damlalarıyla doluydu.

Yine sessizlik oldu, sonra Rulag denetimli, hoş sesiyle; "Evet," dedi, "aslında önemliydi, hâlâ da önemli. Ama seninle kalıp gelişme yıllarında sana göz kulak olması gereken Palat'tı. Destekleyiciydi, ebeveyn gibiydi, bense değildim. Benim için iş önde gelir. Her zaman önde geldi. Yine de, şimdi burada olduğuma sevindim Shevek. Belki şimdi de sana biraz yararlı olabilirim. Abbenay'ın ilk başta ürkütücü bir yer olduğunu biliyorum. İnsan kendini kayıp, yalıtılmış, küçük kentlerdeki basit dayanışmadan yoksun hissediyor. Tanışmak isteyeceğin ilginç kişiler tanıyorum. Sana yararlı olabilecek kişiler de. Sabul'u tanıyorum; onunla veya bütün Enstitü'yle ilgili nelerle karşılaşmış olabileceğini bir ölçüde biliyorum. Orada üstünlük oyunları oynanır. Onların hakkından nasıl geleceğini öğrenmek için biraz deneyim gerekir. Her neyse, burada olduğuna sevindim. Daha önce hiç aramadığım bir tür zevk veriyor bana – bir tür coşku... Kitabını okudum. Aslında sen yazdın, değil mi? Yoksa Sabul neden yirmi yaşında bir öğrenciyle birlikte kitap yayımlasın? Konu beni çok aşıyor, ben sadece bir mühendisim. Seninle gurur duyduğumu itiraf etmeliyim. Bu garip, değil mi? Mantıksız. Hatta mülkiyetçi. Sanki bana ait bir şeymişsin gibi! Ama insan yaşlandıkça her zaman tümüyle mantıklı olmayan bazı güvenceler arıyor. Sürdürebilmek için."

Shevek onun yalnızlığını gördü. Acısını gördü ve hoşlanmadı. Onu tehdit ediyordu. Babasının sadakatini, kendi yaşamının içinde kök saldığı o sürekli temiz sevgiyi tehdit ediyordu. Palat'ı ona gereksinimi olduğunda terk eden birinin Palat'ın oğluna gereksinimi olduğunda gelmeye ne hakkı vardı? Ona veya herhangi birine verecek bir şeyi yoktu. "Eğer beni de istatistiklerde bir rakam olarak kabul etseydin," dedi, "daha iyi olurdu."

"Ya," dedi Rulag yumuşak, alışmışlık kokan, yıkık sesiyle. Başını öteye çevirdi.

Koğuşun öte ucundaki yaşlı adamlar ona hayranlıkla bakıyor, birbirlerini dürtüyorlardı.

"Sanırım," dedi Rulag, "senin üstünde hak iddia etmeye çalışıyordum. Ama senin hak iddia etmeni düşünüyordum aslında. İstersen tabii."

Shevek hiçbir şey demedi.

"Tabii ki anne-oğul sayılmayız, biyolojik anlam dışında." Hafif gülümsemesini yine kazanmıştı. "Beni anımsamıyorsun, benim anımsadığım bebek de bu yirmi yaşındaki adam değil. Bunların hepsi geçmişte kalmış, anlamsız. Ama şimdi burada birbirimizin kardeşiyiz. Önemli olan da bu, değil mi?"

"Bilmiyorum."

Rulag bir dakika kadar konuşmadan oturdu, sonra kalktı. "Dinlenmen gerek. İlk geldiğimde bayağı hastaydın. Şimdi gayet iyi olacağını söylüyorlar. Bir daha geleceğimi sanmıyorum."

Shevek konuşmadı. Rulag, "Hoşça kal Shevek," dedi ve konuşurken yüzünü çevirdi. O konuşurken Shevek bir an göz ucuyla onun yüzünün değiştiğini, çöküp paramparça olduğunu bir karabasan gibi gördü veya hayal etti. Hayal olmalıydı. Rulag alımlı bir kadının ölçülü, zarif yürüyüşüyle çıktı koğuştan, Shevek onun durup koridordaki yardımcıyla gülümseyerek konuştuğunu gördü.

Rulag'la gelmiş olan korkuya, sözlerin yerine getirilmemesi duygusuna, Zaman'ın tutarsızlığına teslim oldu. Kendini bıraktı. Ağlamaya başladı, yüzünü kollarıyla gizlemek istedi, çünkü yüzüstü dönecek gücü yoktu. Yaşlı hastalardan biri geldi, yatağın kenarına oturup omuzunu sıvazladı. "Her şey yolunda, kardeşim. Her şey yoluna girecek, küçük kardeşim," diye mırıldandı. Shevek onu duyuyor, dokunmasını hissediyordu, ama bu onu rahatlatmıyordu. Kardeş bile rahatlatamaz insanı kötü saatte, karanlıkta, duvarın dibinde.

Beşinci Bölüm

Urras

SHEVEK, turist olarak dolaştığı günler bitince rahatladı. İeu Eun'da yeni sömestr başlıyordu. Şimdi Cennet'e yalnızca dışarıdan bakmak yerine, yerleşip orada yaşayabilir ve çalışabilirdi.

İki seminer, bir de herkese açık ders vermeye başladı. Ondan ders vermesi istenmemişti, ama Shevek ders verip veremeyeceğini sormuş, yöneticiler de seminerleri ayarlamışlardı. Açık ders ne onun, ne de yöneticilerin fikriydi. Öğrencilerden oluşan bir heyet gelip ders vermesini istemişti. O da hemen kabul etmişti. Anarres Öğrenme Merkezleri'nde dersler böyle düzenlenirdi: öğrencilerin isteğiyle, öğretmenin inisiyatifiyle ya da her ikisiyle birlikte. Yönetimin rahatsız olduğunu fark ettiğinde güldü. "Öğrencilerin anarşist olmamalarını mı bekliyorlar?" dedi. "Gençler başka ne olabilirler ki? En alttaysan, aşağıdan yukarıya örgütlenmelisin!" Dersi vermekten vazgeçmeyi düşünmüyordu –bu tür savaşlara daha önce de girişmişti– bu kararlılığı öğrencilere de aktardığı için onlar da kararlıydılar. Kötü reklamı önlemek için Üniversite Yönetimi kabul etmek zorunda kaldı; Shevek de ilk gün iki bin kişiye ulaşan bir izleyici kalabalığıyla derse başladı. Katılım çok kısa zamanda düştü. Hiçbir zaman kişisel ya da siyasal düzeye getirmeden fizik anlatıyordu, anlattığı son derece ileri düzeyde bir fizikti. Ama yüzlerce öğrenci gelmeye devam etti. Bazıları yalnızca meraktan, Ay'dan gelen adamı görmek için geliyorlardı; diğerleri Shevek'in kişiliğinden, matematiğini izleyemedikleri zaman bile sözcüklerinden çıkarabildikleri insancıl ve özgürlükçü görüntüsünden etkileniyorlardı. Aralarından büyük bir kısmının hem felsefesini, hem de matematiğini izleyebiliyor olması şaşırtıcıydı.

Bu öğrenciler çok iyi eğitilmişlerdi. Zekâları keskindi, her şeye hazırdılar. Çalışmadıkları zamanlarda dinleniyorlardı. Bir dizi başka zorunluluk yüzünden köreltilmiyorlar, dikkatleri dağılmıyordu. Bir gün önce görev sıraları gelip çalıştıkları için yorulup sınıfta uyuklamıyorlardı. Toplumları onları istek, kafa karışıklığı ve endişeden tamamen uzak tutuyordu.

Neyi yapmakta özgür olduklarıysa ayrı bir sorundu. Shevek'e onların zorunluluklardan uzak tutulma özgürlüğüyle, girişim özgürlüklerindeki eksiklik aynı orandaymış gibi geliyordu.

Sınav sistemi ona anlatıldığında çok şaşırmıştı; doğal öğrenme isteğini, bu bilgiyle doldurulma ve istendiğinde geri kusma dizisinden daha fazla engelleyebilecek bir şey düşünemiyordu. İlk önceleri sınav yapıp not vermeyi reddetti, ama bu, Üniversite yöneticilerinin keyfini o kadar kaçırdı ki, ev sahiplerine nezaketsizlik etmemek için isteklerine uydu. Öğrencilerinden fizikte ilgilerini çeken herhangi bir sorun hakkında bir makale yazmalarını istedi; sonra da bürokratlar formlarına ve listelerine yazacak bir şey bulabilsinler diye hepsine en yüksek notu vereceğini söyledi. Birçok öğrencinin şikâyet etmek için gelmelerine şaşırdı. Onun problem hazırlamasını ve doğru soruları sormasını istiyorlardı; sorular düşünmek değil, öğrendikleri yanıtları yazmak istiyorlardı. Bazıları herkese aynı notu vermesine şiddetle karşı çıktılar. Parlak öğrencilerle aptal olanlar nasıl ayırt edileceklerdi o zaman? Çok çalışmanın ne yararı kalacaktı? Eğer rekabetçi ayrımlar olmayacaksa, hiçbir şey yapmamak daha iyiydi.

"Şey, tabii," dedi Shevek sıkıntıyla. "Eğer yapmak istemiyorsanız yapmamalısınız." Bu onları yatıştırmadı, ama naziktiler. Tatlı çocuklardı, açık sözlü ve uygar davranışlıydılar. Shevek'in Urras tarihi üzerine okudukları, onu bu çocukların aslında, bu söz artık pek kullanılmasa da, aristokrat olduklarını düşünmeye itmişti. Feodal dönemde aristokratlar oğullarını üniversiteye göndererek Üniversite üzerinde üstünlük taslamaya çalışıyorlardı. Bu günlerde ise durum tersine dönmüştü: Üniversite insan üzerinde üstünlük sağlıyordu. Shevek'e gururla İeu Eun'da verilen burslar için rekabetin her yıl arttığını, bunun da kurumun gerçek demokrasisini kanıtladığını anlattılar. "Kapıya bir kilit daha asıp adına demokrasi diyorsunuz," dedi. Nazik, zeki öğrencilerini seviyordu, ama herhangi birine büyük bir yakınlık duymuyordu. Akademik ortamda veya endüstride çalışacak bilim adamları olmayı planlıyorlardı, kendisinden öğrendikleriyse onlar için o sonuca, mesleklerinde başarıya giden bir araçtı. Onlara verebileceği herhangi bir şey ya onlarda zaten vardı, ya da önemini reddediyorlardı.

Bu yüzden üç dersini hazırlamanın dışında hiç işi olmuyordu; geri kalan zamanı kendine aitti. Yirmi yaşından beri, Abbenay'daki Enstitü'deki ilk yıllarından bu yana böyle bir durumla karşılaşmamıştı. O yıllardan beri toplumsal ve kişisel yaşamı gittikçe daha karmaşık ve zor olmaya başlamıştı. Yalnızca fizikçi değil, aynı zamanda bir eş, baba, Odocu ve en sonunda toplumsal reformcu olmuştu. O haliyle duyduğu endişe ve sorumluluklardan kaçabileceği bir sığınak sunulmamıştı, o da hiçbir zaman bir sığınak aramamıştı. Hiçbir şeyden yoksun değildi, tam tersine, her şeyi yapmakta özgürdü. Burada işler tersine dönmüştü. Bütün öğrenciler ve öğretim üyeleri gibi, entelektüel çalışması dışında bir şey yapması gerekmiyordu: bu da hiçbir şey sayılırdı. Yatakları yapılıyor, odaları süpürülüyor, üniversitenin günlük işleri onlar için hallediliyor, önleri açılıyordu. Karıları veya aileleri de yoktu. Hiç kadın yoktu. Üniversitedeki öğrencilerin evlenmelerine izin verilmiyordu. Evli öğretim üyeleri haftanın yedi gününden öğretim yapılan beşini kampüste geçiriyor, eve yalnızca hafta sonları gidiyorlardı. Hiçbir şey dikkatlerini dağıtmıyordu. Tamamen çalışmaya ayrılmış zaman; gereken her türlü malzeme; her istendiğinde entelektüel uyarım; tartışma ve konuşma; hiçbir baskı yok. Gerçekten de Cennet'in ta kendisi! Ama çalışmaya başlayamıyordu bir türlü.

Bir şey eksikti – kendisinden geldiğini düşünüyordu bu eksiğin, bu yerden değil. O yapamıyordu. O kadar cömertçe sunulan şeyleri alacak kadar güçlü değildi. Bu güzel vahada kendini bir çöl bitkisi gibi kuru ve kavruk hissediyordu. Anarres'teki yaşam onu mühürlemiş, ruhunu hapsetmişti; yaşam pınarları, çevresinde dolup taşıyor, ama o bir türlü içemiyordu.

Kendini çalışmaya zorluyordu, ama orada bile kesinlik yoktu.

Kendini değerlendirdiğinde birçok diğer fizikçiye olan üstünlüğünü sağlayan yeteneğini, gerçek can alıcı sorunun nerede yattığını sezme duyusunu, içeriye, merkeze doğru yol gösteren ipucunu yitirmiş gibi görünüyordu. Işık Araştırma Laboratuvarları'nda çalıştı, epeyce okudu ve o yaz ve sonbaharda üç makale yazdı: olağan koşullara göre üretken bir yarıyıl. Ama aslında gerçek hiçbir şey yapmadığını biliyordu.

Gerçekten de, Urras'ta yaşadıkça Urras onun için gerçekliğini yitirmeye başladı. Buradaki ilk gününde, odasının penceresinden gördüğü o canlı, görkemli, tüketilemez dünya, avucundan kaçıyor gibiydi. Deneyimsiz, yabancı elleri arasından sıyrılıp gidiyor, ondan kaçıyordu; bir daha baktığında da çok farklı bir şeyi tutuyordu, hiç istemediği bir şeyi, bir tür çöpü, ambalaj kâğıdını, artığı.

Yazdığı makalelerden para alıyordu. Ulusal Banka'daki bir hesapta şimdiden Seo Oen Ödülü'nün 10000 Uluslararası Para Birimi ve İo hükümetinden gelen 5000 birimlik bir fon birikmişti. Bu miktara şimdi profesörlük maaşı ve Üniversite Yayınları'nın üç makalesi için verdiği para eklenmişti. İlk başta bütün bunlar ona komik gelmişti; sonra rahatsızlık duymaya başladı. Burada ne de olsa çok önemli olan bir şeyi saçma diye fırlatıp atamazdı. Basit bir ekonomi metnini okumaya çalıştı; dayanılmayacak kadar sıkıcıydı. Durmaksızın uzun ve aptalca bir düşü anlatıp duran birini dinlemeye benziyordu. Bankaların nasıl işlediğini ve benzeri şeyleri öğrenemiyordu, çünkü kapitalizmin bütün işlemleri ona ilkel bir dinin ayinleri gibi anlamsız, barbarca, karmaşık ve gereksiz geliyordu. Tanrıya insan kurban etmekte hiç olmazsa yanlışlıktan doğan ve dehşet verici bir güzellik vardı; bütün insanların hareketlerinin hırs, tembellik ve kıskançlık tarafından yönetildiğini varsayan para ayinlerinde ise, dehşetli olan bile bayağılaşıyordu. Shevek bu aşağılık yapıya iğrenerek ve ilgisizce bakıyordu. Aslında bu yapının onu korkuttuğunu kabul etmiyor, edemiyordu.

Saio Pae, A-İo'daki ikinci haftasında onu "alışverişe" götürmüştü. Saçını kestirmek istememesine karşın –ne de olsa saçı onun bir parçasıydı– Urras stili giysiler ve ayakkabılar istiyordu. Elinden geldiğince yabancı gibi görünmemek istiyordu. Eski giysisinin basitliği dikkat çekiyor, yumuşak, kaba çöl çizmeleri İo'luların şık ayakkabılarının yanında gerçekten çok garip görünüyordu. Bu yüzden, isteği üzerine Pae onu Saemtenevia'da, Nio Esseia'nın zarif alışveriş caddesinde bir terziye ve bir ayakkabıcıya götürdü.

Bu deneyimin tümü ona o kadar şaşırtıcı gelmişti ki, mümkün olduğunca çabuk aklından silip attı; ama daha sonra aylar boyunca bununla ilgili karabasanlar gördü. Saemtenevia Bulvarı yaklaşık üç kilometre uzunluğundaydı ve insanlar, trafik ve nesnelerden oluşan katı bir kütleydi: satın alınacak şeyler, satılacak şeyler. Ceketler, giysiler, gecelikler, roplar, pantolonlar, külot pantolonlar, gömlekler, bluzlar, şapkalar, ayakkabılar, çoraplar, eşarplar, atkılar, yelekler, pelerinler, şemsiyeler; uyurken, yüzerken, oyun oynarken, akşamüstü partilerinde, akşam partilerinde, kır partilerinde, yolculuk ederken, tiyatroda, ata binerken, bahçeyle uğraşırken, konuk kabul ederken, lokantaya giderken, yemek yerken, avlanırken giyilecek giysiler – hepsi farklı, hepsi yüzlerce değişik kesimde, stilde, renkte, dokuda, kumaşta. Parfümler, saatler, lambalar, heykeller, makyaj malzemeleri, mumlar, resimler, fotoğraf makineleri, oyunlar, vazolar, divanlar, çaydanlıklar, bilmeceler, yastıklar, taşbebekler, süzgeçler, minderler, mücevherler, halılar, kürdanlar, takvimler, kristal saplı, platinden yapılmış bir bebek çıngırağı, elektrikli bir kalem açacağı, elmastan rakamları olan bir kol saati, küçük heykelcikler, hediyeler, çerezler, andaçlar, cicili bicili biblolar ve antikalar, hepsi zaten ya kullanışsız ya da kullanılışını gizleyecek kadar süslü; metrelerce lüks, metrelerce dışkı. İlk blokta Shevek giysiler ve mücevherlerle parıldayan bir vitrinin tam ortasında duran kaba tüylü, benekli bir cekete bakmak için durmuştu. "Ceket 8400 birim mi?" diye sordu inanamadan, çünkü kısa bir süre önce gazetede "asgari ücret"in yılda 2000 birim kadar olduğunu okumuştu. "Aa, evet, o gerçek kürktür, şimdi hayvanlar korunduğundan çok ender bulunuyor," demişti Pae. "Güzel, değil mi? Kadınlar kürklere bayılırlar." Yürümeye devam ettiler. Bir blok daha geçtiklerinde Shevek'in canı çıkmıştı. Artık bakamıyordu. Gözlerini kaçırmak istiyordu.

Bu karabasan caddesinin en garip yanı da satılık milyonlarca şeyin hiçbirinin orada yapılmıyor olmasıydı. Orada yalnızca satılıyorlardı. İşlikler, oymacılar, boyacılar, tasarımcılar, makineciler neredeydi, eller neredeydi, yapan insanlar? Gözden uzak, başka bir yerde. Duvarlar arkasında. Dükkânlardaki herkes ya alıcı, ya satıcıydı. Nesnelerle sahip olmak dışında bir ilişkileri yoktu.

Bir kere ölçüsünü aldırdıktan sonra istediği her şeyi telefonla ısmarlayabileceğini keşfetti ve bir daha o karabasan caddesine ayak basmamaya karar verdi.

Giysileri ve ayakkabıları bir haftada teslim edildi. Onları giyip yatak odasındaki boy aynasının karşısına geçti. Üzerine uydurulmuş gri ceket, beyaz gömlek, siyah külot pantolon, çoraplar ve parlak ayakkabılar uzun, ince bedenine ve ince ayaklarına tam oturuyordu. Ayakkabılardan birinin yüzeyine ihtiyatla dokundu. O da diğer odadaki iskemlelerin yüzeyini oluşturan maddeden, deriye benzeyen maddeden yapılmıştı; geçenlerde birine onun ne olduğunu sormuştu ve gerçekten de *deri* olduğunu öğrenmişti – hayvan derisi diyorlardı. Dokununca kaşları çatıldı, doğruldu ve aynadan uzaklaştı; ama böyle giyindiğinde annesine, Rulag'a benzerliğinin her zamankinden de fazla olduğunu görmesine yetmişti bu.

Sonbahar ortasında dönemler arasında uzun bir tatil vardı. Öğrencilerin çoğu tatil için eve gidiyordu. Shevek Işık Araştırma Laboratuvarları'ndan bir grup öğrenci ve araştırmacıyla birlikte Meitei dağlarında kamp kurmaya gitti, sonra dönem içinde çok dolu olan büyük bilgisayarda biraz kullanım zamanı almak için geri döndü. Ama hiçbir sonuca ulaşmayan çalışmasından sıkılıp fazla çalışmamaya başladı. Her zamankinden fazla uyudu, yürüdü, okudu, kendi kendine sorunun yalnızca çok acele etmesinden kaynaklandığını söyledi; yeni bir dünyaya birkaç ay içinde tümüyle hâkim olunamazdı. Üniversite'nin çayırları ve koruları güzel ve karmakarışıktı, altın yapraklar yumuşak, gri göğün altında yağmur ve rüzgârda alevleniyor, dalgalanıyordu. Shevek büyük İo ozanlarının yapıtlarını alıp okudu; çiçeklerden, uçan kuşlardan ve sonbaharda ormanların renklerinden bahsettiklerinde onları anlıyordu. Bu anlama onun için büyük bir zevk oluyordu. Alacakaranlıkta, sakin, orantılı güzelliği onu hiç hayal kırıklığına uğratmayan odasına dönmek hoştu. Şimdi bu lütuf ve rahatlığa alışmıştı, tanıdık olmuşlardı artık. Akşam yemeklerindeki yüzler de tanıdıktı, bazılarını daha çok seviyor, bazılarını daha az seviyordu ama artık hepsi tanıdıktı. İlk başta onu şaşırtan çeşit ve miktarıyla yemekler de tanıdıktı. Masada servis yapan adamlar onun istediklerini biliyor ve onun zevklerine göre servis yapıyorlardı. Hâlâ et yemiyordu; nezaket icabı ve mantıksız önyargıları olmadığını kanıtlamak için yemeyi denemişti, ama midesi almıyordu, isyan etti. Birkaç felaketi kıl payı atlattıktan sonra denemekten vazgeçti ve gerçek bir etyemez olarak kaldı. Yemek yemeyi çok seviyordu. Urras'a geldiğinden beri üç-dört kilo almıştı; şimdi çok iyi görünüyordu, dağ gezisinde yanmış, tatilde iyice dinlenmişti. Ta yukarıda, gölgeli, kirişli tavanı ve asılmış resimleriyle, mum ışığı, porselen ve gümüşlerle parlayan masalarıyla, bölmeli, büyük yemek salonundaki masadan kalktığında etkileyici bir görünüşü vardı. Başka bir masada oturan biriyle konuştu ve yoluna devam etti, huzur dolu bir uzaklık ifadesi vardı yüzünde. Odanın öbür ucundan Chifoilisk onu gördü ve izledi, kapıda yakaladı.

"Bana birkaç dakikanı ayırabilir misin, Shevek?"

"Evet. Benim odamda mı?" Şimdi iyelik zamirlerini sürekli kullanmaya alışmıştı ve rahatsızlık duymadan kullanıyordu.

Chifoilisk duraksadı. "Kütüphaneye ne dersin? Yolunun üzerinde, üstelik oradan alacağım bir kitap var."

Avluyu geçip Asil Bilim –Anarres'te bile belli kullanımlarda korunan bu terim fiziğe eskiden verilen addı– Kütüphanesi'ne doğru, karanlıkta atıştıran yağmur altında yan yana yürüdüler. Chifoilisk şemsiyesini açtı, ama Shevek yağmur altında İo'luların güneş altında yürüdükleri gibi zevkle yürüyordu.

"Sırılsıklam olacaksın," diye homurdandı Chifoilisk. "Ciğerlerin zayıf, değil mi? Dikkat etmelisin."

"Çok iyiyim," dedi Shevek, hafif yağmurun altında yürürken gülümsüyordu. "O hükümetten gelen doktor var ya, bazı tedaviler uyguladı, ilaç verdi. İşe yaradı, öksürmüyorum. Doktordan işlemi ve ilaçları radyoyla Abbenay'daki İnisiyatif Sendikası'na tarif etmesini istedim. O da yaptı. Bunu yapmaktan mutluluk duydu. Yeterince basit bir tedavi; toz yüzünden oluşan öksürükleri çok rahatlatabilir. Neden, neden daha önce yapmadık? Neden birlikte çalışmıyoruz, Chifoilisk?"

Thu'lu alaycı bir homurtu koyverdi. Kütüphanenin okuma salonuna geldiler. İnce işlenmiş, mermerden çifte kemerlerin altında eski kitap rafları loş bir ışık altında, sakin bekliyorlardı; uzun okuma masalarının üzerindeki lambalar kaymak taşından yapılmış kürelerdi. Başka kimse yoktu, ama bir görevli, mermer şöminedeki ateşi yakmak ve istedikleri bir şey olup olmadığını sormak için arkalarından geldi. Chifoilisk şöminenin önünde durup, yavaş yavaş canlanan ateşi seyretti. Küçük gözlerinin üstündeki kaşları çatılmıştı; kaba, esmer, entelektüel yüzü her zamankinden yaşlı görünüyordu.

"Biraz tatsızlık edeceğim, Shevek," dedi hoyrat sesiyle. "Bunda bir gariplik yok sanırım," –bu, Shevek'in Chifoilisk'ten beklemediği bir alçakgönüllülüktü.

"Sorun nedir?"

"Burada ne yaptığını bilip bilmediğini öğrenmek istiyorum."

Shevek bir duraksamadan sonra, "Sanırım biliyorum," dedi.

"O zaman satın alındığının farkındasın."

"Satın mı alındım?"

"Devşirildin diyelim istersen. Dinle. Bir insan ne kadar zeki olursa olsun, nasıl göreceğini bilmediği bir şeyi göremez. Burada, kapitalist bir ekonomide, plütokratik-oligarşik bir Devlet'teki durumunu nasıl anlayabilirsin? Gökteki o açlıktan ölen idealistlerden oluşan küçük komünden geldiğine göre nasıl görebilirsin bunu?"

"Chifoilisk, Anarres'te pek fazla idealist kalmadı, emin ol. Göçmenler idealisttiler, evet, bu dünyayı bizim çöllerimiz için terk ettiklerine bakılırsa... Ama bu yedi kuşak önceydi! Toplumumuz pratik. Belki çok pratik, yalnızca sağ kalmayı düşünüyor. Tek sağ kalma yolu buysa, toplumsal işbirliği ve karşılıklı yardımın neresi idealistlik?"

"Seninle Odoculuk'un değerlerini tartışamam. Daha önce tartışmak istemedim değil! Bir şeyler biliyorum, tamam mı? Benim ülkemde, bu insanların olduğundan çok daha yakınız buna. Biz de Sekizinci Yüzyıl'daki aynı büyük devrimci eylemin ürünleriyiz – biz sosyalistiz, sizin gibi."

"Ama siz devletçisiniz. Thu Devleti, A-İo Devleti'ne oranla çok daha merkezi yönetiliyor. Tek bir güç örgütü her şeyi denetliyor, hükümet, yönetim, polis, ordu, eğitim, yasalar, ticaret, üretim. Sizde de para ekonomisi var."

"Her işçinin hak ettiğince, emeğinin değerince ücret alması ilkesine dayalı bir para ekonomisi – hizmet etmeye zorlandığı kapitalistlerden değil, ait olduğu Devlet'ten ücret alması ilkesine dayalı!"

"Kendi emeğinin değerini kendi belirliyor mu?"

"Neden Thu'ya gelip gerçek sosyalizmin nasıl işlediğini görmüyorsun?"

"Gerçek sosyalizmin nasıl işlediğini biliyorum," dedi Shevek. "Sana anlatabilirim, ama hükümetin bunu Thu'da açıklamama izin verir mi?"

Chifoilisk henüz tutuşmamış bir kütüğe tekme attı. Ateşe bakarkenki ifadesi acıydı, burnuyla dudaklarının kenarları arasındaki çizgiler derindi. Shevek'in sorusunu yanıtlamadı. En sonunda, "Seninle oyun oynamayacağım," dedi. "İşe yaramaz; her neyse, yapmayacağım. Sana sormam gereken şu: Thu'ya gelmek ister miydin?"

"Şu anda değil, Chifoilisk."

"Ama burada ne yapabilirsin ki?"

"Çalışmamı sürdürebilirim. Ayrıca burada Dünya Hükümetleri Konseyi'nin merkezine daha yakınım."

"DHK mi? Otuz yıldır A-İo'nun kuklası onlar. Seni kurtarmaları için onlara güvenme."

Bir duraklama. "Tehlikede miyim yani?"

"Bunu da mı fark etmedin?"

Bir duraklama daha.

"Beni kime karşı uyarmak istiyorsun?" diye sordu Shevek.

"Öncelikle Pae'ye karşı."

"Ya, evet, Pae." Shevek ellerini süslemeli, altın kaplı şömine rafına dayadı. "Pae gerçekten iyi bir fizikçi. Çok da nazik. Ama ona güvenmiyorum."

"Niçin?"

"Çünkü... Kaypak davranıyor."

"Doğru. Keskin bir psikolojik gözlem. Ama Pae'nin senin için tehlikeli olması kişisel olarak kaypak olmasından gelmiyor Shevek. Senin için tehlikeli, çünkü o İo hükümeti'nin sadık, hırslı bir ajanı. Senin hakkında, benim hakkımda düzenli olarak Ulusal Güvenlik Bölümü'ne –gizli polise– rapor veriyor. Seni küçümsemiyorum, Tanrı biliyor, ama görmüyor musun, senin herkese bir kişi, bir birey olarak yaklaşma alışkanlığın burada bir işe yaramaz, olmaz. Bireylerin arkasındaki güçleri anlaman gerekiyor."

Chifoilisk konuşurken Shevek'in rahatlamış gövdesi gerilmişti; şimdi o da Chifoilisk gibi dik durup ateşi seyrediyordu. "Pae hakkında söylediklerini nereden biliyorsun?" dedi.

"Şu anda senin odanda, tıpkı benim odamdaki gibi, gizli bir mikrofon olduğunu öğrendiğim yoldan. Çünkü benim işim bunları bilmek."

"Sen de hükümetinin ajanı mısın?"

Chifoilisk'in yüzü karardı; sonra birden Shevek'e döndü, yumuşak bir sesle ve nefretle konuşuyordu. "Evet," dedi, "tabii ki öyleyim. Olmasaydım burada olmazdım. Herkes bunu biliyor. Hükümetim ülke dışına yalnızca güvendiği kişileri gönderiyor... Bana güvenebiliyorlar! Çünkü ben bütün bu lanet olasıca zengin İo'lu profesörler gibi satın alınmadım. Hükümetime, ülkeme inanıyorum, onlara inancım sonsuz." Sözleri işkence altındaymış gibi çıkıyordu. "Çevrene bakmalısın, Shevek! Hırsızlar arasında küçük bir çocuksun. Sana iyi davranıyorlar, iyi bir oda, dersler, öğrenciler, para, şato gezileri, model fabrika gezileri, şirin köylere yolculuklar sunuyorlar. Her şeyin en iyisini. Hepsi sevimli, harika! Ama niçin? Seni neden Ay'dan buraya getiriyorlar, övüyorlar, kitaplarını basıyorlar, dersliklerde, laboratuvarlarda ve kütüphanelerde rahat ve güvencede tutuyorlar? Bunu bilimsel tarafsızlık veya kardeşçe sevgi adına mı yaptıklarını sanıyorsun? Bu kâr üzerine kurulu bir ekonomi, Shevek!"

"Biliyorum. Pazarlık etmek için geldim buraya."

"Pazarlık mı– neyle? Ne için?"

Shevek'in yüzü Drio'daki kaleyi terk ederkenki soğuk, boş ifadeye bürünmüştü. "Ne istediğimi biliyorsun, Chifoilisk. Halkımın sürgünden kurtulmasını istiyorum. Burayı seçtim, çünkü sizin Thu'da bunu istediğinizi sanmıyorum. Bizden korkuyorsunuz siz. Devrimi, eski devrimi, gerçek devrimi, sizin başlayıp da yarım bıraktığınız, adalet için devrimi geri getirebileceğimizden korkuyorsunuz. Burada, A-İo'da benden daha az korkuyorlar, çünkü devrimi unutmuşlar. Artık ona inanmıyorlar, insanların yeterince şeye sahip olurlarsa hapiste yaşamaya razı olacaklarını düşünüyorlar. Ama ben buna inanmayacağım. Duvarların yıkılmasını istiyorum. Dayanışma istiyorum, insan dayanışması. Urras ile Anarres arasında serbest alışveriş istiyorum. Anarres'te bunun için elimden geldiğince çalıştım, şimdi de Urras'ta elimden geldiğince çalışıyorum. Orada eylem yapıyordum, burada pazarlık ediyorum."

"Neyle?"

"Biliyorsun, Chifoilisk," dedi Shevek hafif bir sesle, çekinerek. "Benden istediklerinin ne olduğunu biliyorsun."

"Evet, biliyorum, ama senin bildiğini bilmiyordum," dedi Thu' lu. O da alçak sesle konuşuyordu; sert sesi daha da sert bir mırıldanma haline geldi, yalnızca nefes ve sürtünme sesinden oluşuyordu. "Demek keşfettin– Genel Zaman Kuramı'nı..."

Shevek'in bakışında biraz ironi gizliydi sanki.

Chifoilisk ısrarlıydı: "Yazılı mı?"

Shevek bir süre daha ona bakmaya devam etti, sonra doğrudan yanıtladı. "Hayır."

"Güzel!"

"Niçin?"

"Eğer yazılı olsaydı, ele geçirirlerdi."

"Ne demek istiyorsun?"

"Sadece şunu. Bak, nerede mülkiyet varsa orada hırsızlık olduğunu söyleyen Odo değil miydi?"

" 'Bir hırsız yaratmak için, bir sahip yaratın; suç yaratmak istiyorsanız, yasalar koyun.' *Toplumsal Organizma.*"

"Peki. Kilitli odalarda kâğıtlar varsa, odalara girmek için anahtarları olan insanlar da vardır!"

Shevek yüzünü buruşturdu. "Evet," dedi neden sonra, "bu çok rahatsız edici."

"Senin için. Benim için değil. Bende sendeki bireyci ahlaki kaygılar yok. Kuramı yazıya dökmediğini biliyordum. Eğer döktüğünü düşünseydim onu senden almak için her çareye başvururdum, ikna, hırsızlık; eğer A-İo'yla savaş çıkmasına yol açmadan seni kaçırabileceğimizi düşünseydim zor kullanabilirdim. Herhangi bir şeyi yapabilirdim, yeter ki onu bu İo'lu şişko kapitalistlerden kurtarıp ülkemin Merkez Prezidyumu'nun ellerine teslim edebileyim. Çünkü hizmet edebileceğim en yüce amaç ülkemin güçlü ve gönençli olmasıdır."

"Yalan söylüyorsun," dedi Shevek sakin sakin. "Evet, bir vatansever olduğuna inanıyorum. Ama vatanseverliğini gerçeğe, bilimsel gerçeğe üstün tutmuyorsun; hatta bireylere olan sadakatine bile. Bana ihanet etmezdin."

"Eğer becerebilseydim ederdim," dedi Chifoilisk vahşi bir sesle. Devam etmeye çalıştı, durdu, en sonunda kızgın ve kabullenmiş bir sesle, "Ne düşünürsen düşün," dedi. "Senin gözlerini ben açamam. Ama unutma, seni istiyoruz. Eğer sonunda burada neler dönmekte olduğunu anlarsan, o zaman Thu'ya gel. Kardeş olmak için yanlış insanlar seçtin! Bunu söylemek bana düşmez, ama eğer Thu' ya gelmeyeceksen, hiç olmazsa kuramını İo'lulara da verme. O tefecilere hiçbir şey verme! Çek git. Evine dön. Vereceğin şeyi kendi halkına ver!"

"İstemiyorlar," dedi Shevek ifadesiz bir sesle. "Denemediğimi mi sanıyorsun?"

Dört-beş gün sonra Shevek Chifoilisk'i sorduğunda onun Thu'ya geri döndüğünü öğrendi.

"Temelli mi gitti? Gideceğini söylemedi bana."

"Bir Thu'lu Prezidyumu'ndan ne zaman emir geleceğini hiçbir zaman bilemez," dedi Pae; tabii ki Shevek haberi Pae'den almıştı. "Yalnızca emir geldiğinde hemen atlayıp gitmesi gerektiğini bilir. Veda etmek için durmaması gerektiğini de. Zavallı Chif! Acaba ne hata yaptı?"

Shevek haftada bir-iki kez Atro'yu görmeye, ona bakmak için yanında kalan, en az onun kadar yaşlı birkaç uşakla birlikte yaşadığı, kampüsün kenarındaki küçük, hoş eve gidiyordu. Neredeyse seksenindeydi Atro, kendi sözlerine bakılırsa, birinci sınıf bir fizikçi anıtıydı artık. Yaşamı Gvarab gibi tanınmadan geçmemişti ama yalnızca yaşından dolayı Gvarab'ın kayıtsızlığından bir şeyler kapmıştı. En azından Shevek'e ilgisi yalnızca kişisel gibiydi – bir tür yoldaşlık gibi. Zaman anlayışında Shevek'in yaklaşımını kabul eden ilk Ardışıklık fizikçisi o olmuştu. Shevek'in silahlarıyla, Shevekin kuramlarının yanında, bilimsel saygınlık kurumuna karşı topyekûn bir savaş vermişti; savaş da birkaç yıl sürdükten sonra *Eşzamanlılık İlkeleri*'nin kısaltılmadan yayımlanmasıyla ve hemen ardından Eşzamancılar'ın zaferiyle sona ermişti. O savaş Atro'nun yaşamının doruk noktası olmuştu. Gerçeğe ulaşıncaya dek savaşmaktan vazgeçmezdi, ama savaşın kendisini gerçeğe oranla daha fazla seviyordu.

Atro soyağacını, generaller, prensler, büyük toprak sahipleri sayarak bin yüz yıl geriye götürebiliyordu. Ailesi A-İo'nun en kırsal bölgesi olan Sie Bölgesi'nde hâlâ üç bin dönüm araziye ve on dört köye sahipti. Konuşmasında yerel deyimler, gururla yaslandığı eski terimler vardı. Zenginlik onu hiç etkilemiyordu, ülkesinin hükümetinden "demagoglar ve sürünen politikacılar" olarak söz ediyordu. Saygısı parayla satın alınamazdı. Yine de saygısını kendi deyimiyle "doğru soyadı olan" her aptala sunuyordu. Bazı bakımlardan Shevek için tümüyle anlaşılmazdı. Aristokrat: bir bilmece. Yine de hem paraya, hem de güce duyduğu küçümseme, Shevek'in kendini ona Urras'ta karşılaştığı herkesten daha yakın hissetmesini sağlıyordu.

Bir keresinde Atro, her türlü nadide ve mevsim dışı çiçeği yetiştirdiği camlı sundurmada birlikte otururlarken "biz Ceti'liler" ifadesini kullanacak oldu. Shevek onu suçüstü yakaladı: "'Ceti'liler' mi? – bu *kuşyemi* kelimelerinden biri değil mi?" Kuşyemi, şehirli işçi sınıfı için üretilen popüler basın, gazeteler, yayınlar ve edebiyata argoda verilen addı.

"Kuşyemi!" diye yineledi Atro. "Sevgili dostum, nereden buluyorsun bu tür kaba sözleri allah aşkına? 'Ceti'liler' demekle aynen günlük gazete yazarlarının ve cahil okurlarının kastettiği şeyi kastediyorum. Urras ve Anarres!"

"Yabancı bir kelime, aslında Ceti kökenli olmayan bir kelime kullanmana şaşırdım."

"Dıştalayarak tanımlama," diye karşılık verdi yaşlı adam neşeyle. "Yüz yıl önce bu terime gereksinmemiz yoktu. 'İnsanlık' kelimesi yeterliydi. Ama altmış yıl kadar önce bu değişti. On yedi yaşındaydım, yaz başında nefis, güneşli bir gündü, bugünmüş gibi anımsıyorum. Atımı gezdiriyordum. Ablam pencereden seslendi. 'Radyoda Uzaylı biriyle konuşuyorlar!' Zavallı anneciğim hepimizin sonunun geldiğini düşünmüştü; yabancı şeytanlar, falan filan... Ama konuştukları yalnızca barış ve kardeşlik gibi laflar söyleyen Hain'lilerdi... Eh, şimdi 'insanlık' lafı biraz fazla şey içeriyor. Kardeşliği kardeşlik-dışından başka ne tanımlayabilir ki? Dıştalayarak tanımlama, azizim! Sen ve ben akrabayız. Benim atalarım birkaç yüz yıl önce Sie'deki serfleri ezerken seninkiler belki de dağlarda sürü güdüyorlardı; ama aynı ailenin üyeleriyiz. Bunu anlamak için bir yabancıyla karşılaşmak, bir yabancıdan bahsedildiğini duymak yeterli. Başka bir güneş sisteminden gelen bir yaratık. İnsan denen, bizimle iki ayağın, iki kolun ve içinde bir tür beyin olan bir kafanın pratik yerleşimi dışında ortak hiçbir yanı olmayan biri!"

"Ama Hain'liler bizim–"

"Hepimizin yabancı kökenli olduğunu, yarım milyon, bir milyon, iki veya üç milyon yıl önceki Hain'li yıldızlararası kolonicilerin torunları olduğumuzu kanıtladılar. Kanıtmış! Asal sayı aşkına Shevek, acemi bir öğrenci gibi konuşuyorsun! Bu kadar uzun zaman öncesi için nasıl kanıttan bahsedebilirsin? Bu Hain'liler binyıllarla top gibi oynuyorlar, ama sadece hokkabazlık. Kanıtmış! Atalarımın dini, aynı kesinlikle, el ve ayak parmaklarını sayıp yirmi sayısını bulma küstahlığını göstererek Zaman'ın evrene yayılmasına yol açtığı için Bahçe'den kovulan Pinra Od'un soyundan geldiğimi söylüyor bana. İlle de seçmem gerekiyorsa, bu öyküyü yabancılarınkine yeğlerim!"

Shevek güldü; Atro'nun mizah duygusu hoşuna gidiyordu. Ama yaşlı adam ciddiydi. Shevek'in kolunu okşadı, sonra, etkilendiği zamanlarda yaptığı gibi gözlerini kırpıştırarak ve ağzını oynatarak, "Senin de aynı şeyleri hissettiğini umuyorum azizim," dedi. "Bunu samimi olarak diliyorum. Eminim ki toplumunuzda gıpta edilecek birçok şey var, ama toplumunuz size ayırım gözetmeyi öğretmemiş – bu ise uygarlığın öğrettiği en iyi şey. Bu lanetli yabancıların size kardeşlik, karşılıklılık ve benzeri kavramlarınız aracılığıyla ulaşmalarını istemiyorum. Sizi sürekli "ortak insanlık" ve "tüm dünyaların ortaklığı" gibi laflara boğacaklar, bunları yutmanızı görmek beni çok üzer. Varolmanın yasası mücadeledir: Rekabet, zayıf olanın elenmesi, sağ kalmak için amansız bir savaş. Ben de en iyi olanın sağ kalmasını istiyorum. Benim bildiğim insanlığın. Ceti'lilerin. Senin ve benim, Urras ve Anarres'in. Şimdi onların önündeyiz, bütün şu Arz'lıların ve Hain'lilerin, kendilerine başka her ne ad veriyorlarsa, onların önünde olmaya devam etmeliyiz. Bize yıldızlararası motoru onlar getirdi, ama şimdi onlardan daha iyi yıldızlararası gemiler yapıyoruz. Kuramını açıklama zamanı geldiğinde kendi insanlarına, kendi türüne olan görevini iyice düşüneceğini içtenlikle ümit ediyorum. Sadakatin anlamını ve kime sadık olman gerektiğini iyice düşün." Atro'nun neredeyse körleşmiş gözlerini yaşlılığın kolay akan gözyaşları doldurmuştu. Shevek elini yaşlı adamın koluna güvence vermek istermiş gibi koydu, ama bir şey söylemedi.

"Öğrenecekler kuşkusuz. Sonunda. Öğrenmeliler de. Bilimsel gerçek, sonunda galip gelir, güneşi bir kayanın ardına gizleyemezsin. Ama ellerine geçmeden önce bedelini ödemelerini istiyorum! Hakkımız olan yeri almamızı istiyorum. Saygı istiyorum: İşte bize bunu kazandırabilirsin. Sıçrama... Eğer Sıçrama'yı becerebilirsek, onların yıldızlararası motorunun zerre kadar önemi kalmaz. İstediğim para değil, anlıyor musun? Ceti biliminin, Ceti aklının üstünlüğünün tanınmasını istiyorum. Eğer yıldızlararası bir uygarlık olacaksa, o zaman benim halkımın o uygarlığın alt düzeyde bir üyesi olmasını istemiyorum! Soylu insanlar gibi katılmalıyız, elimizde büyük bir armağanla... Böyle olması gerekiyor. Neyse, neyse bazen bu konuda heyecanlanıyorum. Bu arada, kitabın nasıl gidiyor?"

"Skask'ın yerçekimi hipotezi üzerine çalışıyorum. Yalnızca kısmi diferansiyel denklemler kullanmakla hata ettiğini düşünüyorum."

"Ama son makalen de yerçekimi üzerineydi. Asıl konuya ne zaman geleceksin?"

"Bildiğin gibi biz Odocular için araç amaçtır," dedi Shevek alçak bir sesle. "Ayrıca, yerçekimini ele almayan bir Zaman Kuramı'nı pek iyi sunamam, değil mi?"

"Yani bize kuramını parça parça mı veriyorsun?" diye sordu Atro kuşkuyla, "Bu aklıma gelmemişti. Şu son makaleye bir daha baksam iyi olacak. Bazı kısımları pek bir şey ifade etmemişti. Bugünlerde gözlerim pek çabuk yoruluyor. Sanırım okumak için kullandığım o allahın cezası büyüteçimsi projektörümsü nesnede bir şey var. Artık sözcükleri pek doğru dürüst göstermiyor gibi."

Shevek yaşlı adama vicdan azabı ve şefkatle baktı, ama ona kuramının son durumu hakkında başka bir şey söylemedi.

Shevek her gün resepsiyonlara, açılışlara, törenlere ve benzeri şeylere davet edilip duruyordu. Bazılarına gitti, çünkü Urras'a bir görevle gelmişti ve görevini yerine getirmeye çalışmalıydı; kardeşlik fikrini savunmalıydı, kendi kişiliğinde İki Dünya'nın dayanışmasını simgelemeliydi. Konuşuyordu, insanlar da onu dinliyorlar ve "Ne kadar doğru," diyorlardı.

Hükümetin konuşmasını neden engellemediğini merak ediyordu. Chifoilisk uygulayabilecekleri denetim ve sansürün derecesini, kendince nedenlerle abartmış olmalıydı. Tümüyle anarşizmden bahsediyordu, ama onu durdurmuyorlardı. Peki, onu durdurmaya gereksinmeleri var mıydı? Her seferinde aynı kişilerle konuşuyormuş gibi geliyordu: İyi giyimli, iyi beslenmiş, iyi terbiye görmüş, gülümseyen kişiler. Urras'taki tek insan tipi onlar mıydı? Shevek onların karşısına dikilip "İnsanları bir araya getiren acıdır," diyordu, onlar da başlarıyla onaylıyorlar ve "Ne kadar doğru," diyorlardı.

Onlardan nefret etmeye başladı, bunu fark eder fark etmez de davetlerini kabul etmeyi kesti.

Ama böyle yapmak yenilgiyi kabul etmek ve yalnızlığını artırmak demekti. Buraya yapmak üzere geldiği şeyi yapmıyordu. Onlar beni tecrit ettikleri için değil, diyordu kendi kendine; o kendisini tecrit etmişti. Yalnızdı, her gün gördüğü onca insanın arasında boğulurcasına yalnızdı. Onun derdi *temasa geçememekti,* bütün o aylar boyunca Urras'ta kimseye, hiçbir şeye temas edemediğini hissediyordu.

Bir gece Kıdemli Öğretim Üyeleri Yemekhanesi'nde yemek yerken, "Biliyorsunuz," dedi, "burada nasıl yaşadığınızı bilmiyorum. Özel evleri dışarıdan görüyorum. Ama yakından tanıdığım yalnızca sizin özel olmayan yaşamınız– toplantı odaları, yemekhaneler, laboratuvarlar..."

Ertesi gün Oiie biraz tedirgin bir tavırla Shevek'e gelecek hafta sonunu kendi evinde geçirip geçiremeyeceğini sordu.

Oiie'nin evi İeu Eun'dan birkaç kilometre uzakta bir köy olan Amoeno'daydı ve Urras standartlarına göre ortalama bir orta sınıf eviydi, belki de birçok evden daha eskiydi. Üç yüz yıl kadar önce taştan yapılmış, odalarına tahta paneller konmuştu. İo'nun mimari özelliği olan çifte kemer, pencere çerçevelerinde ve kapılarda kullanılmıştı. Eşyanın görece azlığı Shevek'e hemen güzel geldi: pırıl pırıl, geniş tabanlarıyla odalar sade ve ferah görünüyordu. Kabul ve ödül töreni gibi şeylerin yapıldığı kamu yapılarının aşırı süsü ve konforu onu hep rahatsız etmişti. Urras'lılar zevk sahibiydi, ama bu zevk çoğunlukla gösterişe yönelik bir itkiyle çelişki içindeydi – bilinçli masraf. Nesnelere sahip olma isteğinin doğal, estetik kökeni ekonomik ve rekabetçi zorlamalarla gizlenip saptırılıyor, o da buna karşılık nesnelerin niteliğini etkiliyordu: tek elde ettikleri bir tür mekanik savurganlıktı. Bu evde ise kısıtlamalarla elde edilen bir zarafet vardı.

Bir uşak kapıda paltolarını aldı; Oiie'nin karısı aşçıya talimatlar verdiği bodrum mutfağından Shevek'i karşılamaya geldi.

Yemekten önce konuşurlarken Shevek kendisini de şaşırtan dostça bir duyguyla, onu kendi gibi kılma isteğiyle, hemen hemen tümüyle kadına hitap ettiğini fark etti. Ama yeniden bir kadınla konuşuyor olmak o kadar güzeldi ki! Cinsel farklılığın gerilimi ve çekiciliği olmadan, yalnızca erkekler arasındaki varlığının yapay olduğunu, dünyadan koptuğunu duyması boşuna değildi. Sewa Oiie de çekiciydi; boynunun ve şakaklarının narin çizgilerine bakınca Urras'lı kadınların saçlarını kazıma adetine karşı çıkmaktan vazgeçiyordu Shevek. Suskun ya da biraz utangaçtı; Shevek onu rahatlatmaya çalışıyor ve başarılı olduğu zaman da çok seviniyordu.

Yemek için içeri geçtiler, masada onlara iki de çocuk katıldı. Sewa Oiie özür diledi: "İnsan artık buralarda doğru dürüst bir bakıcı bulamıyor." Shevek bakıcının ne demek olduğunu bilmediği halde onayladı. Küçük çocukları aynı rahatlama duygusu ve sevinçle izliyordu. Anarres'ten ayrıldığından beri pek çocuk görmemişti.

Çok temiz, ağırbaşlı çocuklardı, yalnızca kendilerine hitap edildiğinde konuşuyorlardı, mavi kadife ceket ve pantolon giymişlerdi. Uzaydan gelmiş bir yaratık olan Shevek'e korkuyla bakıyorlardı. Dokuz yaşında olanı, yedi yaşında olana sert davranıyor, dişlerinin arasından aptal aptal Shevek'e bakmamasını söylüyor, uymadığı zaman da vahşice çimdik atıyordu. Küçüğü de çimdik atıp masanın altından onu tekmelemeye çalışıyordu. Üstünlük İlkesi henüz beynine tam yerleşmemişti herhalde!

Oiie evde değişik bir insan oluyordu. Yüzündeki gizemli ifade yok oluyordu, konuşması da o kadar ağır değildi artık. Ailesi ona saygılı davranıyordu, ama saygı karşılıklıydı. Shevek, Oiie'nin kadınlar hakkındaki düşüncelerini epeyce dinlediği için onun karısına nezaketle, hatta aşırı kibar davrandığını görünce şaşırdı. "Bu şövalyece bir davranış," diye düşündü, bu kelimeyi yeni öğrenmişti; ama çok kısa zaman sonra bunun ondan öte bir şey olduğuna karar verdi. Oiie karısından hoşlanıyor ve ona güveniyordu. Ona ve çocuklarına aynen bir Anarres'linin davranacağı gibi davranıyordu. Aslında evde birdenbire basit, arkadaş canlısı bir adam, özgür bir adam oluyordu.

Shevek'e bu oldukça kısıtlı bir özgürlük bölgesi, oldukça dar bir aile gibi geliyordu; ama kendisini o kadar daha rahat, o kadar daha özgür hissediyordu ki, eleştirmek istemiyordu.

Konuşma sırasındaki bir duraklamada çocukların küçüğü ince, açık sesiyle, "Bay Shevek pek görgülü değil," dedi.

Oiie'nin karısı çocuğu azarlamaya fırsat bulamadan Shevek "Neden?" diye sordu. "Ne yaptım?"

"Teşekkür etmediniz."

"Ne için?"

"Turşu tabağını uzattığım zaman."

"İni! Kes sesini!"

Sadik! Bencillik etme! Ses tonu kesinlikle aynıydı.

"Onları benimle paylaştığını sanıyordum. Hediye olarak mı verdin? Benim ülkemde yalnızca hediyeler için teşekkür edilir. Diğer nesneleri herhangi bir şey söyleme gereği duymadan paylaşırız. Turşuyu geri ister misin?"

"Hayır, turşu sevmiyorum," dedi çocuk, kara, parlak gözlerini Shevek'in yüzüne dikerek.

"O zaman onları paylaşmak çok kolay," dedi Shevek. Büyük oğlan İni'yi çimdiklemek için bastırılmış bir istekle kıvranıyordu, ama İni küçük, beyaz dişlerini göstererek güldü. Bir süre sonra bir başka duraklamada Shevek'e doğru eğilerek hafif bir sesle, "Samurumu görmek ister misiniz?" dedi.

"Evet."

"Arka bahçede. Annem sizi rahatsız edebileceğini düşünerek onu oraya götürdü. Bazı büyükler hayvanları sevmiyorlar."

"Ben görmek isterim. Benim ülkemde hiç hayvan yoktur."

"Yok mu?" dedi büyük oğlan ona bakarak. "Baba! Bay Shevek hiç hayvanları olmadığını söylüyor!"

İni bakakalmıştı. "Peki ama neyiniz var?"

"Başka insanlar. Balıklar. Böcekler. Ve holum ağaçları."

"Holum ağacı nedir?"

Konuşma yarım saat kadar sürdü. Shevek'ten Urras'ta ilk defa Anarres'i anlatması isteniyordu. Soruları çocuklar soruyor, ama anne babaları da ilgiyle dinliyorlardı. Shevek titizlikle ahlaki konulardan kaçınmaya çalışıyordu; ev sahiplerinin çocuklarına propaganda yapmaya gelmemişti. Onlara yalnızca Toz'un neye benzediğini, Abbenay'ın nasıl olduğunu, nasıl giysiler giyildiğini, insanların yeni elbise istediklerinde ne yaptıklarını, çocukların okulda ne yaptıklarını anlattı. Bu sonuncusu, amaçlamamasına karşın propagandaya giriyordu. İni ve Aevi onun çiftçilik, marangozluk, gübre ıslahı, matbaacılık, su tesisatçılığı, yol tamirciliği, oyun yazarlığı ve büyüklere ait bütün diğer uğraşlardan oluşan öğretim programını tarifinden ve hiç kimsenin hiçbir şey için cezalandırılmadığını söylemesinden sonra büyülenmiş gibiydiler.

"Yine de bazen," dedi Shevek, "seni bir süre için tek başına bırakırlar."

"Ama," dedi Oiie çabucak, "insanları düzen içinde tutan ne? Neden birbirlerini soyup öldürmüyorlar?" Sanki uzun süredir bastırmaya çalıştığı soru patlak vermişti.

"Hiç kimse çalınacak herhangi bir şeye sahip değil. Eğer bir şeyi istersen gidip depodan alabilirsin. Şiddete gelince, doğrusu bilemiyorum Oiie; durup dururken beni öldürür müydün? Eğer öldürmek isteseydin, buna karşı çıkarılan bir yasa seni engeller miydi? Zorlama, düzeni sağlamanın en etkisiz yoludur."

"Peki o zaman, insanlara pis işleri nasıl yaptırabiliyorsunuz?"

"Hangi pis işleri?" dedi Oiie'nin karısı, ne dendiğini anlamamıştı.

"Çöp toplama, mezar kazma," dedi Oiie; Shevek "cıva madenciliği," diye ekledi, az daha "bok işleme," diyecekti, ama İo'luların dışkıyla ilgili kelimelere tabu olarak baktıklarını anımsadı. Daha Urras'taki ilk günlerinde Urras'lıların dağ gibi dışkının içinde yaşadıklarını, ama hiçbir zaman boktan bahsetmediklerini fark etmişti.

"Hepimiz yaparız bu işleri. Ama kimse, eğer işi sevmezse, uzun süre yapmak zorunda değil. Her dekadda bir gün topluluk yönetim komitesi, blok komitesi veya gereksinmesi olan herhangi biri, sizden bu tür bir işe yardım etmenizi isteyebilir; dönüşümlü listeler hazırlarlar. Sonra, hoşa gitmeyen işlere veya cıva madenlerindeki gibi tehlikeli işlere sadece bir yarıyıl için gönderilir herkes."

"Ama o zaman bütün çalışanlar işi yeni öğrenenlerden oluşuyor olmalı."

"Evet. Verimli değil; ama başka ne yapılabilir? Bir insana onu birkaç yıl içinde öldürecek ya da sakatlayacak bir işte çalışmasını söyleyemezsiniz. Neden bunu yapsın ki?"

"Emre karşı gelebilir mi?"

"Emir yok ki Oiie. İşBöl'e –İş Bölüşümü ofisine– gider ve der ki, ben şöyle şöyle bir iş yapmak istiyorum, bana göre neyiniz var? Onlar da ona nerede iş olduğunu söylerler."

"Peki o zaman insanlar pis işleri yapmayı niye kabul ediyorlar? On günde bir de olsa neden kabul ediyorlar?"

"Çünkü o işler hep birlikte yapılır... Ayrıca başka nedenler de var. Biliyorsunuz, Anarres'te yaşam burada olduğu gibi zengin değil. Küçük topluluklarda pek eğlence yoktur, çok da çalışmak gerekir. Bu yüzden, eğer çoğunlukla mekanik bir dokuma tezgâhında çalışıyorsan, her on günde bir dışarı çıkıp değişik bir grup insanla birlikte boru döşemek veya tarla çapalamak hoş gelir insana... Ayrıca meydan okuma da vardır işin içinde. Burada çalışmanın itici gücünün gelir, para gereksinimi veya kâr arzusu olduğunu düşünüyorsunuz sizler; ama paranın olmadığı bir yerde gerçek dürtüler belki daha açık çıkar ortaya. İnsanlar bir şeyler yapmaktan hoşlanırlar. Yaptıkları işi iyi yapmak isterler. İnsanlar, tehlikeli, zor işleri üstlenirler, çünkü onları yapmaktan gurur duyarlar, daha zayıf olanlara... nasıl denir... hava atabilirler – biz buna bencilleşmek diyoruz. Hey, bakın küçükler, ne kadar güçlü olduğumu görün! Anlıyor musunuz? İnsan iyi yaptığı şeyi yapmak ister... Ama gerçekte bu bir araç ve amaç sorunu. Ne de olsa iş, iş için yapılır. Yaşamın kalıcı zevklerinden biridir. Kişinin vicdanı bunu bilir. Ayrıca toplumsal vicdan, komşuların sizin hakkınızdaki düşünceleri de vardır. Anarres'te başka hiçbir ödül, başka hiçbir yasa yoktur. İnsanın kendi zevki ve dostlarının saygısı. Hepsi budur. Bu böyle olunca, anlayacağınız gibi, komşuların düşüncelerinin son derece büyük bir güç haline gelir."

"Hiç kimse buna karşı çıkmaz mı?"

"Belki de yeterince sık değil," dedi Shevek.

"O zaman herkes çok mu çalışıyor?" diye sordu Oiie'nin karısı. "İşbirliği yapmayan birine ne olur?"

"Taşınır. Diğerleri ondan sıkılır, anlıyor musunuz? Onunla dalga geçerler; ya da sertleşirler, onu döverler; küçük bir toplulukta onun adını yemek listesinden çıkarmaya karar verebilirler, böylece kendi başına yemek pişirip yemek zorunda kalır, bu da küçük düşürücü bir şeydir. Böylece taşınır, bir süre başka bir yerde kalır, sonra belki yine taşınır. Bazıları bütün yaşamları boyunca bunu yaparlar. *Nuchnib* denir onlara. Ben de bir tür *nuchnib*'im. Burada kendi görevlerimden kaçıyorum. Ama ben çoğundan daha uzağa taşındım." Shevek çok sakin bir sesle konuşuyordu; sesinde acılık varsa bile çocukların algılayabileceği, büyüklerinse anlayabileceği bir şey değildi. Ama sözlerini bir sessizlik izledi.

"Burada pis işleri kimin yaptığını bilmiyorum," dedi. "Hiçbir zaman yapıldığını görmüyorum– garip değil mi? Kim yapar onları? Neden yaparlar? Daha fazla mı para alırlar?"

"Bazen tehlikeli işler için daha fazla alırlar. Yalnızca hizmetçilik işleri içinse, hayır. Daha az."

"Neden yaparlar o halde?"

"Çünkü düşük ücret, hiç olmamasından iyidir," dedi Oiie, onun sesindeki acılık son derece açıktı. Karısı sinirli sinirli konuyu değiştirmeye çalıştı, ama o devam etti, "Dedem kapıcıydı. Elli yıl boyunca bir otelde yerleri silip pis çarşafları değiştirdi. Günde on saat, haftada altı gün. Ailesi yemek yiyebilsin diye yapıyordu bunu." Oiie birden durdu ve Shevek'e soğuk, güvensiz bakışıyla baktı, sonra da neredeyse meydan okuyan bir bakışla karısına döndü. Kadın gözlerini kaçırıyordu. Gülümsedi ve sinirli, çocuksu sesiyle, "Demaere'nin babası çok başarılı bir adamdı," dedi. "Öldüğünde dört şirket sahibiydi." Gülüşü acı içindeki bir insanın gülüşüydü; esmer, zarif elleri sıkıca kenetlenmişti.

"Herhalde Anarres'te başarılı insanlar yoktur," dedi Oiie açık bir iğnelemeyle; o sırada aşçı tabakları değiştirmek üzere geldi, Oiie de konuşmayı birden kesti. İni sanki hizmetkâr oradayken ciddi konuşmanın sürmeyeceğini bilirmiş gibi, "Anne," dedi, "yemekten sonra Bay Shevek'e samurumu gösterebilir miyim?"

Oturma odasına döndüklerinde İni'nin hayvanını getirmesine izin verildi: Urras'ta çok bulunan, yetişkin büyüklüğünün yarısına ulaşmış bir samur. Oiie'nin açıklamasına göre yüzyıllardan beri önce balık yakalayıcısı, sonra da ev hayvanı olarak yetiştirilmişlerdi. Hayvanın kısa bacakları, kavisli ve esnek bir sırtı, parlak kara-kahverengi bir kürkü vardı. Shevek'in yakından gördüğü, kafes içinde olmayan ilk hayvandı ve Shevek hayvanın kendisinden korktuğundan daha fazla korkuyordu ondan. Beyaz, keskin dişleri etkileyiciydi. İni ısrar edince Shevek elini dikkatle uzatıp hayvanı okşadı. Samur kalçaları üzerinde doğrulup ona baktı. Gözleri kapkara, biraz sarımsı, zeki, meraklı ve masumdu. "Ammar," diye fısıldadı Shevek, varlık boşluğunu aşıp gelen o bakışa yakalanmıştı – "kardeş".

Samur homurdandı, dört ayak üzerine düştü ve Shevek'in ayakkabılarını ilgiyle incelemeye başladı.

"Sizi sevdi," dedi İni.

"Ben de onu sevdim," dedi Shevek biraz hüzünle. Ne zaman bir hayvan, uçan kuşlar veya güz ağaçlarının görkemini görse benliğini hüzün sarıyor ve aldığı zevk biraz buruklaşıyordu. Böyle anlarda bilinçli olarak Takver'i düşünmüyordu, onun yokluğu değildi düşündüğü. Daha doğrusu sanki o oradaydı, ama Shevek onu düşünmüyordu. Sanki Urras'ın hayvanlarıyla bitkilerinin güzelliği ve garipliği ona ataları yedi kuşaktan beri hiçbir hayvanın sıcak kürküne dokunmamış ve ağaçların gölgesinde kanat pırıltılarını görmemiş, kendisi de onları hiçbir zaman göremeyecek olan Takver'den bir mesaj getiriyor gibiydi.

Geceyi saçak altındaki bir yatak odasında geçirdi. Hava soğuktu, Üniversite'deki sürekli fazla ısıtılan odalardan sonra bu gayet iyi ve daha sade gelmişti ona: karyola, kitap rafları, bir dolap, bir iskemle ve boyalı, tahta bir masa. Evde gibiyim, diye düşünüyordu, karyolanın yüksekliğini, şiltenin yumuşaklığını, ince dokunmuş yün battaniye ve ipek çarşafları, dolabın üzerinde duran, fildişinden yapılmış bibloları, kitapların deri ciltlerini ve bu odanın, içindeki her şeyin, içinde bulunduğu evin, evin üzerine yapıldığı arsanın özel bir mülk olduğunu, onu yapmadığı, yerlerini silip süpürmediği halde Demaere Oiie'nin mülkü olduğunu saymazsak... Shevek bu tür yorucu ayrımları bir yana bıraktı. Güzel bir odaydı ve bir kamu konutundaki tek kişilik odalardan pek de farklı değildi.

O odada uyurken düşünde Takver'i gördü. Yatakta kendisiyle olduğunu, kollarının bedenine dolandığını, bedeninin kendi bedeniyle yan yana olduğunu gördü... Ama hangi oda, hangi odadaydılar? Neredeydiler? Ay'da birlikteydiler, hava soğuktu ve birlikte yürüyorlardı. Ay düz bir yerdi, her taraf mavi-beyaz karla kaplıydı, ama kar çok inceydi ve kolaylıkla bir kenara süpürülüp altından parlak, beyaz toprak çıkıyordu. Ölüydü, ölü bir yerdi. "Aslında böyle değil," dedi Takver'e, onun korktuğunu bilerek. Bir şeye doğru, plastik gibi dayanıksız ve parlak görünen bir maddeden oluşan uzak bir çizgiye, beyaz kar ovasının öte yanında, uzakta, zor görünen bir engele doğru yürüyorlardı. Shevek de oraya yaklaşmaya korkuyordu, ama Takver'e "Az sonra orada olacağız," dedi. Takver yanıtlamadı.

Altıncı Bölüm

Anarres

SHEVEK HASTANEDE bir dekad kaldıktan sonra eve gönderildiğinde 45 numaradaki komşusu onu görmeye geldi. Çok uzun boylu ve zayıf bir matematikçiydi. Şaşılığı düzeltilmemişti, o yüzden hiçbir zaman size bakıp bakmadığından, ve/veya sizin ona bakıp bakmadığınızdan emin olamıyordunuz. Shevek'le Enstitü yatakhanesinde bir yıl boyunca birbirlerine tek bir cümle söylemeden, arkadaşça, birlikte var olmuşlardı.

Desar şimdi gelmiş, Shevek'e veya onun yan taraflarına bir yerlere bakıyordu. "Herhangi bir şey?" dedi.

"İstemez, teşekkür ederim."

"Yemekhaneden yemek?"

"Seninkini de," dedi Shevek, Desar'ın telgraf gibi stilinden etkilenmişti.

"Peki."

Desar enstitü yemekhanesinden bir tepsi içinde iki yemek getirdi ve birlikte Shevek'in odasında yemeklerini yediler. Shevek kendini dışarı çıkmaya hazır hissedene kadar, Desar üç gün boyunca gece gündüz aynı şeyi tekrarladı. Desar'ın bunu neden yaptığını anlamak zordu. Arkadaş canlısı değildi, kardeşlik beklentisi de ona pek bir şey ifade etmiyor gibi görünüyordu. İnsanlardan kopuk yaşamasının bir nedeni de dürüst olmadığını gizlemekti; ya inanılmaz derecede tembel ya da açıkça mülkiyetçiydi, çünkü 45 numaralı oda, saklamaya hakkı ve nedeni olmayan bir sürü şeyle doluydu: yemekhaneden aldığı tabaklar, kütüphanelerden gelen kitaplar, bir araç gereç deposundan aldığı tahta oyma araçları, laboratuvarın birinden bir mikroskop, sekiz değişik battaniye, çoğu açıkça Desar'a büyük gelen ve her zaman da büyük gelmiş olan, diğerleri de sekiz-on yaşlarında giydiği şeylere benzeyen giysilerle dolu bir dolap. Sanki depolara ve ambarlara gidip işine yarayıp yaramadığına bakmadan bir çuval dolusu şeyi alıp gelmişti. "Bu ıvır zıvırı neden tutuyorsun?" dedi Shevek odaya girmesine ilk kez izin verildiğinde. Desar ona doğru bir yerlere baktı. "Birikip duruyor," dedi belirsizce.

Desar'ın matematikte seçtiği alan o kadar özeldi ki Enstitü'de veya Matematik Federatifi'nde hiç kimse onun ilerlemesini denetleyemiyordu. Zaten o da konuyu bu yüzden seçmişti. Shevek'in dürtüsünün de bu olduğunu varsayıyordu. "Lanet olsun," diyordu. "çalışmak mı? Burada iyi bir görevin var. Ardışıklık, Eşzamanlılık, zırva." Shevek bu özellikleri yüzünden Desar'dan bazen hoşlanıyor, bazen de nefret ediyordu. Yine de bilinçli olarak, kendi yaşamını değiştirme kararlılığının bir kısmını yerine getirmek için, onunla ilişkisini kesmedi.

Hastalığı ona tek başına devam etmeye çalışırsa tümüyle çökeceğini göstermişti. Bunu ahlaki terimlere dönüştürüyor ve kendini acımasızca yargılıyordu. Kardeşliğin ahlaki zorunluluğuna karşın, kendini kendisine saklamıştı. Shevek yirmi birinde ahlak konusunda tutuculaşmış sayılmazdı, çünkü ahlakı duyarlı ve hareketliydi; ama yine de katı bir kalıba, sıradan büyükler tarafından çocuklara öğretilen basit Odoculuk'a, içselleştirilmiş bir vaaza dayanıyordu.

Yanlış yapıyordu. Doğruyu yapmalıydı. Öyle yaptı.

Kendine her on gecenin beşinde fiziği yasakladı. Enstitü yatakhane yönetiminde komite çalışmasına gönüllü oldu. Fizik Federatifi'nin ve Enstitü Üyeleri Sendikası'nın toplantılarına gitmeye başladı. Biyo-geribesleme ve beyin dalgası çalışmaları yapan bir gruba katıldı. Yemekhanede önünde bir kitapla küçük masalara oturmak yerine büyük masalara oturmaya zorladı kendini.

Şaşırtıcıydı: insanlar sanki onca zamandır onu bekliyorlardı. Onu içlerine aldılar, iyi karşıladılar, yatak arkadaşı ve dost olarak benimsediler. Onu kendileriyle götürdüler ve üç dekad içinde Abbenay hakkında geçen bir yıldakinden çok daha fazla şey öğrendi. Neşeli, genç insan gruplarıyla atletizm alanlarına, sanat merkezlerine, yüzme havuzlarına, festivallere, müzelere, tiyatrolara, konserlere gitti.

Konserler: bir vahiydi sanki, coşkudan gelen bir şaşkınlıktı.

Abbenay'da hiç konsere gitmemişti, çünkü müziğin dinlenen değil, yapılan bir şey olduğunu düşünüyordu. Çocukken her zaman yerel koro ve topluluklarda şarkı söylemiş, bir-iki enstrüman çalmıştı; bundan çok hoşlanmıştı, ama fazla yeteneği yoktu. Müzik hakkında tek bildiği de buydu.

Öğrenme merkezleri sanat çalışmasına hazırlık yapmaya yarayan bütün becerileri geliştiriyordu: şarkı söyleme, ölçü, dans eğitimi, fırça, keski, bıçak, torna vb. kullanımı. Hepsi çok pragmatikti: çocuklar görmeyi, duymayı, hareket etmeyi, tutmayı öğreniyorlardı. Sanatlar ve zanaatlar arasında hiçbir ayrım gözetilmiyordu; sanatın yaşamda bir yeri olduğu düşünülmüyor, tıpkı konuşma gibi, yaşamın temel yöntemlerinden biri olarak görülüyordu. Bu yüzden mimari çok erken dönemlerde özgürce, tutarlı bir tarz olarak, saf ve açık, dengeli oranlarla gelişmişti. Resim ve heykel çoğunlukla mimariyle kent planlamasının öğeleri olarak iş görüyordu. Söz sanatlarına gelince, şiir ve hikâye anlatma genelde kısa ömürlüydü ve şarkı ve dansla bağlantılıydı; yalnızca tiyatro tek başına ayakta durabiliyordu ve yalnızca tiyatroya "Sanat" deniyordu – kendi içinde tamamlanmış bir şey olarak. Birçok yöresel ve gezgin aktör ve dansçı topluluğu, çoğunlukla aralarında bir de oyun yazarı bulunduran repertuar toplulukları vardı. Trajediler, yarı doğaçlama komediler, pantomimler sahneliyorlardı. Yapayalnız çöl kasabalarında yağmur kadar hevesle beklenen bir şeydi bu topluluklar, geldiklerinde yılın en görkemli olayını oluştururlardı. Anarres ruhundan yükselen, onun yalıtılmışlığını ve ortaklaşalığını içinde taşıyan tiyatro, olağanüstü bir güç ve görkem kazanmıştı.

Ama Shevek tiyatroya pek duyarlı değildi. Sözsel görkemini seviyordu, ama oynama fikrinin kendisi ona sevimsiz geliyordu. Ancak Abbenay'daki ikinci yılında kendi Sanat'ını keşfetti: zamandan oluşan sanatı. Biri onu Müzik Sendikası'nın bir konserine götürdü. Ertesi gece bir daha gitti. Her konsere gitti, mümkün olduğunda yeni arkadaşlarıyla, gerekirse de onlar olmadan. Müzik dostluktan çok daha acil bir gereksinme, daha derin bir doyum duygusuydu.

Onun için temel olan yalnızlığından kurtulma çabası aslında başarısızdı, bunu biliyordu. Hiç yakın arkadaşı olmadı. Birkaç kızla çiftleşti, ama çiftleşmede olması gereken zevk yoktu. Yalnızca bir gereksinimden kurtulmaydı, boşalma gibi. Daha sonra da bu olay nesne olarak bir başka kişiyi gerektirdiği için utanç duymaya başladı. Mastürbasyon daha iyiydi, onun gibi biri için en iyi yoldu. Yalnızlık onun kaderiydi; kendi soyaçekimine tutsak düşmüştü. Daha önce Rulag da söylemişti: "İş önce gelir." Rulag bunu çok sakin bir biçimde söylemişti, bir olguyu belirtiyordu, değiştirmeye, soğuk hücresinden çıkmaya gücü yoktu. Shevek için de durum böyleydi. Yüreği ona kardeşim diyen genç varlıklara uzanmak istiyordu, ama ne o onlara, ne de onlar ona ulaşabiliyorlardı. Yalnız olmak için doğmuştu, kahrolası soğuk bir entelektüel, bir bencildi.

Çalışma önde geliyordu; ama bir yere ulaşmıyordu. Cinsellik gibi onun da bir zevk olması gerekiyordu, ama değildi. Aynı sorunlarla uğraşıp duruyor, geçen yıl neredeyse yakaladığını sandığı Eşzamanlılık İlkesi bir yana, To'nun Zaman Çelişkisi'nin çözümüne bir adım bile yaklaşamıyordu. O özgüven şimdi ona inanılmaz gibi geliyordu. Gerçekten yirmi yaşında kendini evrenbilim fiziğini temellerinden sarsacak bir kuram geliştirecek güçte mi görmüştü? Herhalde ateşi yükselmeden önce uzun bir süre aklından zoru olmuş olmalıydı. Kendini onlara gereksinmesi olduğuna inandırarak ve her iki dersi de en az öğretmenleri kadar iyi anlatabileceğini kabul etmeyi reddederek felsefi matematik konusunda iki çalışma grubuna yazıldı. Sabul'dan elinden geldiğince uzak duruyordu.

Bu yeni karar patlamalarında ilk yaptığı şeylerden biri Gvarab'ı daha iyi tanımak olmuştu. O da elinden geldiğince karşılık verdi, ama kışı iyi geçirmemişti; hasta, sağır ve yaşlıydı. Bahar döneminde bir derse başladı ve yarıda bıraktı. Kafası dağınıktı, kimi zaman karşılaştıklarında Shevek'i zor tanıyor, kimi zaman da bütün gece konuşmak üzere onu konutuna sürükleyebiliyordu. Shevek Gvarab'ın fikirlerinin ötesine geçmişti ve bu uzun konuşmalar ona zor geliyordu. Ya Gvarab'ın zaten bildiği veya bir kısmının aksini kanıtladığı şeyleri saatlerce yineleyip canını sıkmasına izin verecek, ya da onu doğru yöne çekmeye çalışırken kafasını karıştıracak ve onu kıracaktı. Onun yaşındaki birinin sabrını ve nezaketini aşacak bir şeydi bu, bu yüzden elinden geldiğince Gvarab'la karşılaşmamaya çalıştı, her seferinde de vicdan azabı duydu.

İş konuşacak başka kimse yoktu. Enstitü'de hiç kimse onu izleyecek kadar zamansal fizik bilmiyordu. Onlara öğretmek isterdi, ama henüz Enstitü'de bir sınıf ya da öğretim görevi verilmemişti ona; fakültenin Öğrenci Üyeler Sendikası görev isteğini reddetti. Sabul'la kapışmak istemiyorlardı.

Yıl boyunca zamanının büyük bir kısmını Atro'ya ve Urras'taki diğer matematikçi ve fizikçilere mektup yazarak geçirdi. Mektupların çok azı gönderildi. Bazılarını yazdı, sonra da yırtıp attı. Zamansal tersine çevrilebilirlik üzerine altı sayfalık bir makale gönderdiği matematikçi Loai An'ın yirmi yıl önce ölmüş olduğunu keşfetti; An'ın *Zamanın Geometrileri* kitabındaki biyografik önsözü okumamıştı. Urras'tan gelen yük gemileriyle taşınmaları için götürdüğü diğer mektuplar, Abbenay Limanı yöneticilerince durduruldu. Liman ÜDE'nin doğrudan denetimindeydi, çünkü işletilmesi birçok sendikanın eşgüdümünü gerektiriyordu, ayrıca bu eşgüdümcülerin bazılarının İoca bilmesi gerekiyordu. Özel bilgileri ve önemli mevkileriyle bu Liman yöneticileri bürokratik bakış açısını benimsemeye eğilimliydiler: Otomatik olarak "Hayır," diyorlardı. Matematikçilere gönderilen mektuplardan hoşlanmıyorlardı, çünkü şifreye benziyordu, hiç kimse de şifre olmadığından emin olamıyordu. Fizikçilere giden mektuplar eğer danışmanları olan Sabul onaylarsa geçiyordu. Sabul kendi Ardışıklık fiziği dışında herhangi bir konudaki çalışmaları onaylamıyordu. "Bu konuda yetkin değilim," diye homurdanıp mektubu bir yana atıyordu. Shevek yine de mektubu Liman yöneticilerine gönderiyor, mektup da "Dışa gönderim için onaylanmadı" işaretiyle geri geliyordu.

Bu konuyu Sabul'un genellikle gelme zahmetine katlanmadığı Fizik Federatifi toplantısında gündeme getirdi. Oradaki hiç kimse ideolojik düşmanla özgürce iletişim kurma konusunu önemli görmüyordu. Bazıları Shevek'e, kendinin de kabul ettiği gibi, kendi dünyasında başka hiç kimsenin yetkin olmadığı bu kadar uç bir konuda çalıştığı için öğüt verdiler. "Ama daha yeni bir konu," dediyse de hiçbir yararı olmadı.

"Eğer yeniyse onu bizimle paylaş, mülkiyetçilerle değil!"

"Bir yıldır her dönem bu konuda bir ders açmayı önerdim. Her zaman yeterince talep olmadığını söylüyorsunuz. Yeni olduğu için mi korkuyorsunuz?"

Bu ona pek dost kazandırmadı. Onları kızgın bırakarak ayrıldı. Hiçbirini göndermemesine karşın Urras'a mektup yazmayı sürdürdü. Anlayabilecek –daha önce anlamış olabilecek– birilerine yazıyor oluşu, yazmasını ve düşünmesini olanaklı kılıyordu. Aksi takdirde olanaksız olurdu.

Dekadlar ve dönemler geçip durdu. Yılda iki veya üç kez ödülünü alıyordu: Atro'dan veya A-İo ya da Thu'daki başka bir fizikçiden gelen bir mektup. Uzun, sıkışık yazılmış, tartışmayı dikkatle sunan, selamlaşmadan vedaya kadar her yanıyla kuram kokan, tümüyle yoğun, anlaşılması güç matematiksel-ahlaki-evrenbilimsel zaman fiziğinden oluşan; tanımadığı, kuramlarıyla vahşice savaşıp onları yok etmeye çalışan, vatanının düşmanları, rakipleri, yabancılar, kardeşleri olan adamlar tarafından, konuşabildiği bir dilde yazılmış mektuplar.

Bir mektup aldıktan sonra günlerce sinirli ve coşku dolu oluyordu, gece gündüz çalışıyor, çeşme gibi fikir akıtıyordu. Sonra yavaşça, umutsuz fışkırma ve mücadelelerle ayakları yere, kuru toprağa basıyor, kuruyordu.

Gvarab öldüğünde Shevek Enstitü'deki üçüncü yılını bitirmek üzereydi. Ölen kişinin çalıştığı yerde yapılan geleneksel anma töreninde konuşmak istedi; bu sefer tören Fizik laboratuvar binasındaki dershanelerden birinde yapılıyordu. Tek konuşmacı oydu. Hiç öğrenci yoktu; Gvarab iki yıldır hiç ders vermemişti. Enstitü'nün yaşlı üyelerinden birkaçı geldi; bir de Gvarab'ın Kuzeydoğu'da ziraat kimyageri olan orta yaşlı oğlu vardı. Shevek yaşlı kadının eskiden ders verdiği yerde durdu. Bu insanlara, her kış olduğu gibi yine soğuk algınlığı geçirmekte olduğundan kalınlaşmış sesiyle Gvarab'ın Zaman Bilimi'nin temellerini kurduğunu ve Enstitü'de gelmiş geçmiş en büyük evrenbilimci olduğunu anlattı. "Şimdi biz fizikçilerin de bir Odo'su var," dedi. "Odo'muz var ve ona saygı göstermedik." Daha sonra ihtiyar bir kadın yaşlı gözlerle Shevek'e teşekkür etti. "Biz ikimiz her onuncu günü birlikte geçirirdik, kendi binamızın temizliğini yaparken konuşarak çok iyi zaman geçirirdik," dedi, binadan çıkarlarken buz gibi rüzgârda irkilerek. Ziraat kimyageri nazik sözler mırıldandı ve Kuzeydoğu'ya giden bir trene yetişmek için aceleyle oradan ayrıldı. Shevek acı, sabırsızlık ve yararsızlık duygusundan doğan bir öfkeyle kentte bir süre amaçsızca dolaştı.

Üç yıldır buradaydı ve ne yapmıştı? Sabul'un kendine mal ettiği bir kitap; beş-altı yayımlanmamış makale; boşa gitmiş bir yaşam için bir cenaze söylevi.

Yaptığı hiçbir şey anlaşılmıyordu. Daha dürüstçe söylemek gerekirse, yaptığı hiçbir şey anlamlı değildi. Kişisel veya toplumsal hiçbir gerekli işlevi karşılamıyordu. Aslında –onun alanında pek görülmemiş bir şey değildi– yirmi yaşında tamamen tükenmişti. Artık varacağı bir yer yoktu. Duvara iyice toslamıştı.

Bu dekaddaki programlara bakmak için Müzik Sendikası'nın önünde durdu. Bu akşam konser yoktu. Posterden başını çevirdi ve Bedap'la yüz yüze geldi.

Her zaman savunmada ve oldukça miyop olan Bedap hiçbir tanıma belirtisi göstermedi. Shevek onun kolunu yakaladı.

"Vay canına, Shevek bu!" Kucaklaştılar, öpüştüler, ayrıldılar, yeniden kucaklaştılar. Shevek duyduğu sevgiden şaşkına dönmüştü. Neden? Bölge Enstitüsü'ndeki o son yılda Bedap'tan pek hoşlanmamıştı. Bu üç yıl boyunca hiç yazışmamışlardı. Arkadaşlıkları çocuklukta kalmış, geçmişti. Ama sevgi oradaydı: Eşelenen közler gibi alevleniyordu.

Nereye gittiklerini fark etmeden yürüyüp konuştular. Kollarını sallayıp birbirlerinin sözünü kestiler. Kış gecesinde Abbenay'ın geniş caddeleri sessizdi. Her sokak lambasını geçtiklerinde, lambanın soluk ışığı kuru kar taneciklerinin üzerinde minik balık sürüleri gibi koşuşturup gölgelerini kovalayan gümüş göller oluşturuyordu. Karın arkasından buz gibi, acı rüzgâr geliyordu. Donmuş dudaklar ve takırdayan dişler konuşmayı engellemeye başladı. Saat onda Enstitü'ye giden son tramvaya yetiştiler; Bedap'ın yatakhanesi kentin doğu ucundaydı, soğukta uzun bir yolculuk olurdu.

Bedap 46 numaralı odaya ironiyle dolu bir hayranlıkla bakıyordu. "Shev, Urras'lı boktan bir çıkarcı gibi yaşıyorsun."

"Haydi canım sen de, o kadar da değil. Bana dışkısal olan herhangi bir şey göster!" Odada aslında Shevek ilk girdiği zamankinden fazla bir şey yoktu. Bedap işaret etti: "Şu battaniye."

"O ben geldiğimde buradaydı. Biri onu elle örmüş, sonra da giderken burada bırakmış. Böyle bir gecede bir battaniye fazlalık mı?"

"Kesinlikle dışkısal bir renkte," dedi Bedap. "Bir işlev çözümleyicisi olarak kavuniçiye hiç gerek olmadığını söyleyeyim. Kavuniçi, toplumsal organizmada hücre düzeyinde, organik düzeyde, hele hele tümorganizma veya –hoşgörünün, dışa atmadan daha kötü bir seçim olduğu– ahlaki düzeyde hiçbir yaşamsal işleve hizmet etmiyor. Yeşile boya onu, kardeşim! Bütün bu ıvır zıvır da nesi?"

"Notlar."

"Şifreyle mi yazılmış?" diye sordu Bedap. Shevek'e göre en önemli özelliği olan soğukkanlılıkla bir defteri gözden geçiriyordu. Özel yaşama –özel mülkiyete– birçok Anarres'liden çok daha az duyarlıydı. Bedap'ın hiçbir zaman yanında taşıdığı, sevdiği bir kalemi ya da hoşlandığı ve yeniden-işlem deliğine atmaktan nefret edeceği bir gömleği olmamıştı; ona bir hediye verildiğinde de verenin duygularına saygı göstermek için onu saklamaya çalışır, ama her zaman da kaybederdi. Bu eğiliminin farkındaydı; birçok insandan daha az ilkel olduğunu, Vadedilen İnsan'ın, gerçek ve doğuştan Odocular'ın ilk örneklerinden biri olduğunu söylüyordu. Ama onun da bir özel yaşam kavramı vardı. Kendisinin veya bir başkasının kafasında başlayan, orada biten bir özel yaşam kavramı. Hiçbir zaman burnunu başkalarının işlerine sokmuyordu. "Sen ağaçlandırma projesindeyken birbirimize şifreyle yazdığımız şapşalca mektupları anımsıyor musun?"

"Bu şifre değil, İoca"

"İoca mı öğrendin? Neden İoca yazıyorsun?"

"Çünkü bu gezegende yazdığımı anlayabilen kimse yok. Ya da anlamak isteyen. Tek anlayan da üç gün önce öldü."

"Sabul öldü mü?"

"Hayır. Gvarab. Sabul ölmedi. Nerde!"

"Sorun ne?"

"Sabul'la mı? Biraz kıskançlık, biraz da yetersizlik."

"Onun nedensellik üstüne kitabının çok iyi olduğunu sanıyordum. Sen öyle demiştin."

"Kaynakları okuyana dek ben de öyle düşünüyordum. Hepsi Urras'lıların fikirleriymiş. Yeni de sayılmazlar. Son yirmi yıldır kendine ait bir tek fikir geliştirmemiş. Üstelik pek yıkanmıyor da."

"Senin düşüncelerin nasıl?" dedi Bedap, bir elini defterlerin üstüne koymuş, kaşlarını çatarak Shevek'e bakıyordu. Bedap'ın küçük, biraz kısık bakan gözleri, güçlü bir yüzü, tıknaz bir bedeni vardı. Tırnaklarını yiyordu ve yıllar, tırnaklarını kalın, duyarlı parmak uçlarında yalnızca küçük birer şerite indirmişti.

"İşe yaramaz," dedi Shevek, yatağa oturarak. "Yanlış alandayım."

Bedap sırıttı. "Sen mi?"

"Sanırım bu dönem sonunda yeniden görev isteyeceğim."

"Ne yapmak için?"

"Fark etmez. Öğretmenlik, mühendislik. Fizikten uzaklaşmalıyım."

Bedap sandalyeye oturdu, tırnağını yemeye başladı, sonra da, "Bu garip görünüyor," dedi.

"Sınırlarımın farkına vardım."

"Sınırlarının olduğunu bilmiyordum. Fizikteki sınırları kastediyorum. Her türlü sınırın ve hatan var. Ama fizikte değil. Gerçi ben zamancı değilim. Ama balığı tanımak için yüzmeye, yıldızı bilmek için parlamaya gerek yok..."

Shevek arkadaşına baktı, sonra kendine hiçbir zaman açık açık söyleyemediği şeyi ağzından kaçırdı: "İntihar etmeyi düşündüm. Epeyce uzun bir süre. Bu yıl. En iyi yol bu galiba."

"Acının öte yanına geçmek için iyi bir yol gibi görünmüyor."

Shevek zorlukla gülümsedi. "Anımsıyor musun?"

"Bütün canlılığıyla. Benim için çok önemli bir konuşmaydı. Takver ve Tirin için de öyle sanırım."

"Öyle miydi?" Shevek ayağa kalktı. Odada volta atmak için yalnızca dört adımlık yer vardı, ama yerinde duramıyordu. "O zaman benim için de önemliydi," dedi, pencerede durarak. "Ama burada değiştim. Burada yanlış olan bir şey var. Ne olduğunu bilmiyorum."

"Ben biliyorum," dedi Bedap. "Duvar. Duvara çarptın."

Shevek irkilerek geri döndü. "Duvar mı?"

"Senin durumunda duvar Sabul ve onun bilim sendikasıyla ÜDE'deki destekçileri gibi görünüyor. Bana gelince, Abbenay'a geleli dört dekad oldu. Kırk gün. Burada hiçbir şeyi, yapmak istediklerimden hiçbirini, öğrenme merkezlerindeki bilim derslerini geliştirmeyi kırk yılda bile başaramayacağımı anlamama yetti. Bir şeyler değişmezse. Ya da düşmanlara katılmazsam."

"Düşmanlar mı?"

"Küçük adamlar. Sabul'un arkadaşları! İktidardakilere."

"Ne diyorsun sen, Dap? Bizde bir iktidar sistemi yok ki!"

"Yok mu? Sabul'u bu kadar güçlü kılan ne?"

"Bir iktidar sistemi ya da bir hükümet değil – burası Urras değil ki!"

"Hayır. Hükümetlerimiz, yasalarımız yok– pekâlâ! Ama görebildiğim kadarıyla, *düşünceler* hiçbir zaman yasalarla ve hükümetlerle denetlenmemiştir, Urras'ta bile. Öyle olsaydı, Odo kendi düşüncelerini nasıl geliştirirdi? Odoculuk nasıl dünya çapında bir hareket olurdu? Devletçiler hareketi güç kullanarak bastırmaya çalıştılar ve başaramadılar. Düşünceler baskı altına alarak yok edilemez. Onlar ancak dikkate alınmayarak yok edilebilir. Düşünmeyi reddederek – değişmeyi reddederek. İşte bizim toplumumuzun yaptığı da bu! Sabul seni kullanabildiği yerde kullanıyor, kullanamadığı yerde de seni yayın çıkarmaktan, öğretmekten, hatta çalışmaktan bile alıkoyuyor. Öyle değil mi? Başka bir deyişle, senin üzerinde iktidarı var. Nereden alıyor bu iktidarı? Kazanılmış bir otoriteden değil, çünkü böyle bir şey yok. Entelektüel yetkinlikten değil, çünkü yetkin de sayılmaz. Ortalama insan aklının doğuştan korkaklığından alıyor gücü. Kamuoyu! Kendisinin de parçası olduğu iktidar sistemi bu; o da bunu kullanmayı iyi biliyor. Odocular toplumunu bireyin aklını baskı altına alarak yöneten, hiçbir zaman varlığı kabullenilmeyen, erişilmez iktidar."

Shevek pencerenin eşiğine ellerini dayamış duruyor, camdaki hafif yansımaların arasından dışarıdaki karanlığa bakıyordu. En sonunda, "Çılgınca konuşmalar bunlar Dap," dedi.

"Hayır kardeşim, aklım başımda. İnsanı delirten, gerçeğin dışında yaşamaya çalışmak oluyor. Gerçek dehşet verici. İnsanı öldürebilir. Yeterince zamanı olursa kesinlikle öldürür. Gerçek acıdır – bunu sen söylemiştin! Ama insanı delirten yalanlar, gerçekten kaçışlar. Kendini öldürmek istemene neden olan o yalanlar..."

Shevek dönüp ona baktı. "Ama burada ciddi olarak bir hükümetten söz edemezsin!"

"Tomar'ın *Tanımlar*'ı: 'Hükümet: İktidarı elde tutmak ve güçlendirmek için gücün yasal kullanımı.' 'Yasal'ın yerine 'Geleneksel' koy, işte sana Sabul, Eğitim Sendikası ve ÜDE."

"ÜDE mi!"

"ÜDE artık esasta yönetimci bir bürokrasi."

Bir an sonra Shevek pek de doğal olmayan bir şekilde güldü ve "Hadi ama Dap," dedi. "Bunlar eğlenceli, ama biraz da hastalıklı değil mi?"

"Shev, hiç benzetme usulünde 'hastalık' denen şeye, toplumsal sevgisizliğe, mutsuzluğa, yabancılaşmaya, bütün bunlara yine benzetme yoluyla acı, acı çekme de denebileceğini düşündün mü? Ya da acı gibi bunun da organizmada bir işlevi olduğunu?"

"Hayır!" dedi Shevek şiddetle. "Ben kişisel, ruhsal terimlerle konuşuyordum."

"Ama fiziksel acıdan, yanıklardan dolayı ölen bir adamdan söz ediyordun. Bense ruhsal acıdan söz ediyorum! İnsanların yeteneklerinin, çalışmalarının, yaşamlarının boşa gittiğini görmelerinden. Akıllıların aptallara boyun eğmelerinden. Güçlülük ve cesaretin kıskançlık, güç hırsı ve değişme korkusu tarafından boğulduğunu görmelerinden. Değişme özgürlüktür, değişme yaşamdır – Odocu düşünce için bundan daha temel şey var mı? Ama artık hiçbir şey değişmiyor! Toplumumuz hasta. Biliyorsun. Sen de onun hastalığını yaşıyorsun. Onun intihara sürükleyen hastalığını!"

"Yeter Dap. Kapatalım bu konuyu."

Bedâp başka bir şey söylemedi. Tırnağını sistemli bir şekilde, düşünceli düşünceli kemirmeye başladı.

Shevek yatağa oturdu ve başını ellerinin arasına aldı. Uzun bir sessizlik oldu. Kar durmuştu. Kuru, karanlık bir rüzgâr pencereye vuruyordu. Oda soğuktu; iki genç adam da paltolarını çıkarmamıştı.

"Bak kardeşim," dedi Shevek sonunda. "Bireysel yaratıcılığı körelten bizim toplumumuz değil. Anarres'in yoksulluğu. Bu gezegen uygarlığı yaşatmaya yeterli değil. Eğer birbirimizi yarı yolda bırakırsak, eğer kişisel isteklerimizden kamu yararına vazgeçmezsek, hiçbir şey, bu çorak dünyadaki hiçbir şey bizi kurtaramaz. İnsan dayanışması tek kaynağımız."

"Evet, dayanışma! Ağaçlardan yiyeceklerin sarktığı Urras'ta bile Odo insan dayanışmasının tek umudumuz olduğunu söylemişti. Ama o umuda ihanet ettik. Birlikte çalışmanın boyun eğmeye dönüşmesine seyirci kaldık. Urras'ta azınlığın yönetimi var. Burada ise çoğunluğun yönetimi. Ama yine de bir yönetim! Toplumsal vicdan artık yaşayan bir şey değil, bir aygıt, bürokratlarca denetlenen bir iktidar aygıtı!"

"Sen ya da ben gönüllü olup bir-iki dekad içinde ÜDE'ye kurayla gönderilebiliriz. Bu bizi bürokratlara, patronlara mı dönüştürür?"

"Sorun ÜDE'ye gönderilen kişilerde değil Shevek. Çoğu bize benziyor. Bize çok fazla benziyor. İyi niyetli, saf; hem yalnızca ÜDE de değil. Anarres'te her yerde böyle. Öğrenme merkezleri, enstitüler, madenler, değirmenler, balıkhaneler, konserve fabrikaları, tarım araştırma ve geliştirme merkezleri, fabrikalar, tek ürünlü topluluklar – o işlevin uzmanlık ve sabit bir kurum gerektirdiği her yerde. Ama bu sabitlik, otorite dürtüsünü destekliyor. Göç'ün ilk yıllarında bunun farkındaydık, sürekli kolluyorduk. İnsanlar işleri yürütmekle insanları yönetmek arasında çok dikkatli bir ayrım yapıyorlardı o zaman. O kadar başarılı oldular ki, hükmetme isteğinin insanlarda en az karşılıklı yardımlaşma dürtüsü kadar güçlü olduğunu ve her bireyin, her yeni kuşağın yeniden eğitilmesi gerektiğini unuttuk. İnsan doğduğunda ne kadar uygarsa, o kadar Odocu! Ama bunu unuttuk. Özgürlük için eğitim yapmıyoruz. Toplumsal organizmanın en önemli etkinliği olan eğitim katı, ahlakçı ve otoriter oldu. Çocuklar Odo'nun sözlerini sanki *yasaymış gibi* ezberliyorlar – en büyük küfür bu!"

Shevek duraksadı. Bedap'ın söz ettiği türden eğitimle çok fazla karşılaşmıştı, çocukken, hatta burada Enstitü'de bile; Bedap'ın suçlamasını reddedemeyecek kadar çok.

Bedap bu avantajı acımasızca kullandı. "Aslında hiç düşünmemek her zaman daha kolay. Şirin, güvenli bir hiyerarşi bulup yerleş. Değişiklik yapma –onaylanmama tehlikesine düşme– iş arkadaşlarını rahatsız etme. Yönetilmeye izin vermek her zaman en kolay şey."

"Ama bu yönetim değil, Dap! Uzmanlar ve eskiler bir ekibi veya sendikaları yönetecekler tabii, işi en iyi onlar biliyor. Ne de olsa iş, yapılmak zorunda! ÜDE'ye gelince, evet, bir hiyerarşi, bir iktidar sistemi olabilirdi, eğer tam da bunu engellemek için düzenlenmiş olmasaydı. Nasıl kurulduğuna baksana! Gönüllüler kurayla seçiliyorlar; bir yıl eğitim; sonra dört yıl Liste'de yer alıyorlar; sonra da dışarı. Böyle bir sistemde kimse devletçi anlamda güç kazanamaz, hem de yalnızca dört yılda."

"Bazıları dört yıldan daha uzun kalıyor."

"Danışmanlar mı? Onlar oylamaya katılmazlar."

"Oylar önemli değil. Perdenin gerisinde birileri var–"

"Yok canım! Bu seninki paranoya! Perdenin gerisinde mi– nasıl? Hangi perdenin? Herhangi biri ÜDE toplantılarına katılabilir, eğer konu onu ilgilendiriyorsa tartışabilir ve oy kullanabilir! Burada *politikacılar* olduğunu mu söylemeye çalışıyorsun?" Shevek Bedap'a öfkelenmişti; sivri kulakları kızarmış, sesi yükselmişti. Geç olmuştu, dörtgenin hiçbir yanında ışık yanmıyordu. 45 numaradaki Desar sessiz olmaları için duvara vurdu.

"Senin de bildiğin şeyi söylüyorum," dedi Bedap çok daha alçak bir sesle. "ÜDE'yi gerçekte Sabul gibi adamların yönettiğini– hem de yıllar boyunca."

"Eğer bunu biliyorsan," dedi Shevek sert bir fısıltıyla, "neden kamuya açmadın? Elinde kanıtlar varsa neden kendi sendikanda bir eleştiri oturumu düzenlemedin? Eğer fikirlerin kamu incelemesine gelemiyorlarsa onları gece yarısı fısıltıları halinde duymak istemiyorum."

Bedap'ın gözleri çelik bilyeler gibi minicik olmuştu. "Kardeşim," dedi, "kendini üstün görüyorsun. Her zaman da öyleydin. Bir kere de şu kahrolası saf vicdanının dışına bak! Sana gelip fısıldıyorum, çünkü sana güvenebileceğimi biliyorum, canın cehenneme! Başka kiminle konuşabilirim ki? Tirin gibi mi olayım yani?"

"Tirin gibi mi?" Shevek sesini yükseltecek kadar şaşırmıştı. Bedap duvarı işaret ederek ona sessiz olmasını söyledi. "Ne olmuş Tirin'e? Nerede?"

"Segvina Adası'ndaki Sığınak'ta."

"Sığınak'ta mı?"

Bedap dizlerini çenesine kadar kaldırdı, elleriyle sardı, iskemlede yan oturuyordu. Şimdi hafif bir sesle, istemeyerek konuşuyordu.

"Tirin bir oyun yazıp sahneledi, sen gittikten sonraki yıl. Komikti –çılgıncaydı– bilirsin onun yazdığı türden şeyleri." Bedap kaba, kum rengi saçını eliyle sıvazlayarak örgüsünü gevşetti. "Aptallar Odo karşıtı sanabilirdi. Birçok insan aptaldı. Bir yaygara koptu. Azarlandı. Toplu azarlama. Daha önce hiç görmemiştim. Herkes sendika toplantına gelip seni azarlıyor. Eskiden sert ustabaşı veya yöneticileri yola getirmek için kullanırlardı bu yöntemi. Şimdi ise herhangi bir bireye kendi başına düşünmeyi bırakmasını söylemek için kullanıyorlar. Kötüydü. Tirin buna dayanamazdı. Sanırım bu onun gerçekten biraz aklını kaçırmasına neden oldu. Ondan sonra herkesin kendine karşı olduğunu düşünmeye başladı. Çok konuşmaya başladı– acı sözler. Mantık dışı değildi, ama her zaman eleştirel, hep acı. Herkesle de öyle konuşuyordu. Enstitü'den ayrıldı, matematik öğretmeni olarak başvurup bir görev istedi. Aldı da. Güneybatışı'nda bir yol tamir ekibinde! Bir yanlışlık olduğunu söyledi, ama İşBöl bilgisayarları sonucu yineledi. O da gitti."

"Tir onu tanıdığımdan beri hiç dışarda çalışmamıştı," diye sözünü kesti Shevek. "On yaşından beri. Hep masa başı işleri koparıyordu. İşBöl hakça davranmış."

Bedap duymazlıktan geldi. "Orada tam olarak ne olduğunu bilmiyorum. Bana birkaç kez yazdı, her seferinde de yeniden görev almıştı. Her zaman bedensel çalışma, her zaman küçük, uç topluluklarda. İşini bırakıp beni görmeye Kuzeybatışı'na geleceğini yazdı. Gelmedi. Bana yazmayı bıraktı. Sonunda onun izini Abbenay İş Arşivi'nden buldum. Bana kartının bir kopyasını gönderdiler, son kayıtta yalnızca 'Tedavi. Segvina Adası' yazıyordu. Tedavi! Tirin birini mi öldürdü? Birinin ırzına mı geçti? Bunların dışında neden Sığınak'a gönderilir insan?"

"Sığınak'a gönderilmezsin hiçbir zaman. Orada bir görev istersin."

"Bana bu saçmalığı söyleme," dedi Bedap ani bir öfkeyle. "Oraya gönderilmeyi hiç istemedi! Onu delirtip sonra oraya gönderdiler. Tirin'den söz ediyorum, Tirin'den, onu anımsıyor musun?"

"Onu senden önce tanıdım. Sığınak'ın ne olduğunu sanıyorsun sen – bir hapishane mi? Bir kaçış yeri orası. Eğer orada katiller ya da sürekli işten kaytaranlar varsa bu, oraya, baskı altında olmayıp ceza tehlikesinden uzak olacakları yere, kendi istekleriyle gittikleri içindir. Ama bu sürekli söz ettiğin insanlar kim? Kim bu 'onlar'? 'Onlar' Tirin'i delirtti falan... Yani bütün toplumsal sistemin kötü olduğunu, 'onlar'ın, Tirin'e baskı yapanların, senin düşmanlarının, aslında bizler –yani toplumsal organizma– olduğunu mu söylüyorsun?"

"Eğer Tirin'i bir kaytarıcı olarak tanımlayıp vicdanından silip atabiliyorsan sana söyleyecek başka bir şeyim yok," diye yanıtladı iskemlede sırtını kamburlaştırmış oturan Bedap. Sesinde o kadar açık ve basit bir yas vardı ki Shevek'in kendinden emin öfkesi anında kesildi.

İkisi de bir süre konuşmadılar.

"Ben en iyisi eve gideyim," dedi Bedap, doğrulup ayağa kalktı.

"Buradan yürüyerek bir saat sürer. Aptallık etme."

"Şey, düşündüm ki..."

"Aptallık etme."

"Peki. Hela nerede?"

"Soldan üçüncü kapı."

Bedap geri döndüğünde yerde uyumayı önerdi, ama halı olmadığı ve yalnızca bir tek battaniye olduğu için bu fikir, Shevek'in tekdüze bir sesle belirttiği gibi, aptalcaydı. İkisinin de yüzü asılmış ve darılmışlardı; sanki yumruk yumruğa kavga etmişler, ama içlerindeki kızgınlığı söndürememişlerdi. Shevek yatağı yere serdi; yattılar. Lamba sönünce odanın içine gümüşi bir karanlık doldu, yerde kar olup ışığın hafifçe yansıdığı bir kent gecesinin yarı karanlığı. Soğuktu. İkisi de diğerinin bedeninin sıcaklığından hoşlanmıştı.

"Battaniye için söylediğimi geri alıyorum."

"Dinle Dap, demek istediğim–"

"Neyse, sabah konuşuruz bunu."

"Peki."

Birbirlerine sokuldular. Shevek yüzükoyun dönüp iki dakika içinde uykuya daldı. Bedap bilince tutunmaya çalıştı, sonra uykunun sıcaklığına, korunmasızlığına, güvenliliğine, daha derinlere daldı ve uyudu. Gece biri düş görüp yüksek sesle bağırdı. Diğeri uykulu uykulu kolunu uzattı, güven verici sözler mırıldandı, dokunuşunun karanlık, sıcak ağırlığı her türlü korkuya ağır bastı.

Ertesi akşam yine buluştular ve tıpkı ergenlik döneminde olduğu gibi bir süre beraber olup olmayacaklarını tartıştılar. Tartışılması gerekiyordu, çünkü Shevek hemen hemen kesin olarak yalnızca karşı cinse ilgi duyuyordu, Bedap ise kesin olarak eşcinseldi; zevkin çoğu Bedap'ın olacaktı. Shevek yine de eski dostluğu canlandırmak istiyordu; cinsel yönünün Bedap için çok önemli olduğunu ve ilişkiyi tamamlayacağını gördüğünde inisiyatifi ele aldı; büyük ölçüde şefkat ve inatçılık göstererek Bedap'ın bir kez daha geceyi onunla geçirmesini sağladı. Kentin öte yakasında bir konuttaki boş bir özel odaya geçtiler, orada bir dekad kadar birlikte yaşadılar; sonra yine ayrıldılar, Bedap yatakhanesine, Shevek de 46 numaralı odaya döndü. İkisinde de ilişkiyi sürdürecek kadar cinsel istek yoktu. Yalnızca güveni yeniden sağlamışlardı.

Yine de Shevek neredeyse her gün Bedap'ı görmeye devam ederken, bazen arkadaşında sevdiği ve güvendiği şeyin ne olduğunu merak ediyordu. Bedap'ın şu andaki düşüncelerini rahatsız edici, sürekli onlardan bahsetmekte ısrar etmesini de yorucu buluyordu. Hemen hemen her bir araya geldiklerinde sert tartışmalar geçiyordu aralarında. Birbirlerine epeyce acı çektiriyorlardı. Bedap'tan ayrılırken Shevek sık sık kendini yalnızca gereğinden çok büyümüş bir bağlılığa yapışmakla suçluyor ve kızgınlıkla bir daha onu görmemeye yemin ediyordu.

Ama gerçek şuydu ki büyük Bedap'ı, çocuk Bedap'ı sevdiğinden çok daha fazla seviyordu. Beceriksiz, ısrarlı, bağnaz, yıkıcı: Bedap bunların hepsi olabiliyordu; ama Shevek'in ifade ediliş biçiminden nefret etmekle birlikte yine de özlem duyduğu bir kafa rahatlığına erişmişti. Shevek'in yaşamını değiştirmişti, Shevek de bunun farkındaydı, artık yoluna devam edebileceğini ve bunu Bedap'ın sağladığını biliyordu. Yolun her adımında Bedap'la kavga ediyordu, ama gelmeye, tartışmaya, yaralayıp yaralanmaya, kızgınlık, yadsıma ve reddetme içinde aradığını bulmaya devam ediyordu. Ne aradığını bilmiyordu. Ama onu nerede arayacağını biliyordu.

Bilinçli düşünüldüğünde , en az önceki yıllardaki kadar mutsuz olduğu bir dönemdi. İşinde hâlâ ilerleme kaydedemiyordu; aslında zaman fiziğini tümüyle bırakmış ve mütevazı laboratuvar çalışmasına dönmüştü; becerikli, sessiz bir teknisyenle birlikte radyasyon laboratuvarında çeşitli deneyler yapıyor, parçacık hızlarını inceliyordu. Epeyce dolaşılmış bir alandı, onun bu alana gecikmiş girişi meslektaşlarınca artık özgün olmaya çalışmayı bıraktığı biçiminde yorumlandı. Enstitü üyeleri sendikası ona bir ders açtı: yeni gelen öğrenciler için matematiksel fizik. Sonunda bir ders almaktan dolayı hiçbir zafer duygusuna kapılmadı, çünkü ders ona onlar tarafından verilmişti, ders vermesine izin verilmişti. Hiçbir şey onu rahatlatamıyordu. Katı, sofu vicdanının duvarlarının genişliyor oluşu ona rahatlama dışında her şeyi getiriyordu. Kendini soğuk ve yitik hissediyordu. Ama kaçacak, sığınacak hiçbir yeri yoktu, bu yüzden daha da soğuğa çıktı, daha da uzaklarda kayboldu.

Bedap'ın birçok arkadaşı vardı: kararsız ve sevgisiz bir güruh. Bazıları bu çekingen adamdan hoşlandılar. Onları kendine Enstitü'de tanıdığı, alıştığı insanlardan daha yakın hissetmiyordu, ama akıllarının özgürlüğünü daha ilginç buluyordu. Eksantrik olma tehlikesini bile göze alarak vicdanlarının bağımsızlığını koruyorlardı. Bazıları yıllardır olağan bir görev almayan entelektüel *nuchnib*'lerdi. Shevek onlarla birlikte değilken onlara şiddetle karşı çıkıyordu.

İçlerinden biri, Salas adlı bir besteciydi. Salas ve Shevek birbirlerinden bir şeyler öğrenmek istiyorlardı. Salas matematikten pek az anlıyordu, ama Shevek fiziği benzetme veya deney usullerinden birinde açıklayabildiği sürece ilgiyle ve zekice dinliyordu. Aynı şekilde Shevek Salas'ın ona müzik kuramıyla ilgili anlattığı her şeyi, teypten veya portatif müzik aletiyle çaldığı her müziği dinliyordu. Ama Salas'ın anlattığı bazı şeyler kafasını oldukça karıştırdı. Salas Abbenay'ın doğusunda, Temae Düzlükleri'nde bir kanal kazma görevi almıştı. Her dekaddaki üç günlük tatilinde kente gelip herhangi bir kızla birlikte oluyordu. Shevek onun bu görevi arada bir değişiklik olsun diye, dışarıda iş yapmış olmak için aldığını sanıyordu; ama daha sonra onun hiçbir zaman bir müzik görevi, ya da vasıfsız iş dışında bir görev almadığını öğrendi.

"İşBöl'deki kaydın nedir?" diye sordu kafası karışarak.

"Vasıfsız iş gücü."

"Ama sen vasıflısın! Müzik Sendikası konservatuarında altı-yedi yıl harcadın, değil mi? Neden sana bir müzik öğretmenliği vermiyorlar?"

"Verdiler. Ben istemedim. On yıl daha ders vermeye hazır olmayacağım. Ben bir besteciyim, tamam mı, icracı değil."

"Ama besteciler için de görevler olmalı."

"Nerede?"

"Sanırım Müzik Sendikası'nda."

"Ama Müzik Sendikası üyeleri benim bestelerimi sevmiyorlar. Şimdilik benden başka pek kimse de sevmiyor. Kendi başıma bir sendika olamam, değil mi?"

Salas ufak tefek, kemikli bir adamdı, alnı ve kafası şimdiden kelleşmişti; kalan saçıyla sakalını kısa kesmiş, ensesinde ve çenesinde gümüşümsü bej bir şerit halinde bırakmıştı. Gülüşü hoştu, ifadeli yüzünü kırıştırıyordu. "Konservatuarda öğrendiğim gibi beste yapmıyorum. İşlevsiz müzik yapıyorum." Her zamankinden daha sevimli gülümsedi. "Koro eserleri yazmamı istiyorlar. Koro eserlerinden nefret ederim. Sessur'un yazdıkları gibi geniş armonili parçalar istiyorlar. Sessur'un müziğinden nefret ederim... Bir oda müziği parçası yazıyorum. *Eşzamanlılık İlkesi* adını vermeyi düşündüm. Beş enstrümanın her biri bağımsız, döngüsel bir temayı çalıyorlar, melodik nedensellik yok, ileri doğru giden süreç tümüyle parçaların ilişkilerinden oluşuyor. Harika bir armoni çıkıyor. Ama duymuyorlar. Duymayacaklar. Duyamazlar!"

Shevek bir süre düşündü. "*Dayanışma Coşkusu* adını verseydin," dedi, "duyarlar mıydı?"

"Vay canına!" dedi onları dinleyen Bedap. "Bu yaşamında söylediğin ilk imalı söz Shevek. Aramıza hoş geldin!"

Salas güldü. "Bir kez dinlerlerdi, ama kaydedilmesine veya bölgesel konserlerde çalınmasına izin vermezlerdi. Organik Üslup'ta yazılmamış."

"Demek bu yüzden Kuzeybatışı'nda olduğum sürece hiç profesyonel müzik dinleyemedim. Ama bu tür bir sansürü nasıl haklı gösterebilirler! Sen müzik yapıyorsun! Müzik katılım gerektiren bir sanattır, tanımı gereği organik ve toplumsaldır. Elimizden gelen en soylu toplumsal davranış biçimi olabilir. Kesinlikle bir bireyin üstlenebileceği en soylu işlerden biri. Hem de doğası gereği, her tür sanatın doğası gereği, bir tür paylaşmadır. Sanatçı paylaşır, bu onun sanatının özüdür. Müzik Sendikası üyeleri ne derse desin, İşBöl sana kendi alanında bir görev vermemeyi nasıl haklı gösterebilir?"

"Müziğimi paylaşmak istemiyorlar," dedi Salas eğlenerek. "Onları korkutuyor."

Bedap daha ciddi konuştu: "Haklı gösterebiliyorlar, çünkü müzik yararlı değil. Kanal kazma önemli, biliyorsun; müzikse yalnızca süs. Çember dönüp dolaşıp açgözlü yararcılığın en iğrenç şekline dayandı. Odocu idealin merkez öğesi olan karmaşıklık, canlılık, icat etme ve girişim özgürlüğünü, hepsini çöpe attık. Tam olarak barbarlığa döndük: eğer yeniyse, aman kaçın ondan; eğer yiyemiyorsan at gitsin!"

Shevek kendi işini düşündü ve söyleyecek bir şey bulamadı. Yine de Bedap'ın eleştirisine katılamıyordu. Bedap onun aslında bir devrimci olduğunu fark etmesine yol açmıştı; ama o böyle olmasının bir Odocu ve bir Anarres'li olarak yetiştirilmesi *sayesinde* olduğunu derinden hissediyordu. Toplumuna isyan edemezdi, çünkü toplumu, doğru dürüst anlaşıldığında, bir devrimdi – kalıcı bir devrim, devam eden bir süreç. Geçerliliği ve güçlülüğünü yeniden kanıtlamak için yapılacak şey harekete geçmekti, ceza korkusu veya ödül umudu olmadan: kalbinin sesini dinleyerek harekete geçmek.

Bedap birkaç arkadaşıyla birlikte Ne Thera dağlarında bir haftalığına gezmeye gidiyordu. Shevek'i gelmeye ikna etmişti. Shevek dağlarda on gün geçirme fikrinden hoşlanıyor, ama on gün boyunca Bedap'ın düşüncelerini dinleme fikrinden pek hoşlanmıyordu. Bedap'ın konuşması, Shevek'in en sevmediği komünal etkinliğe, herkesin kalkıp topluluğun işleyişindeki ve –genellikle– komşuların karakterlerindeki hatalar hakkında konuştuğu Eleştiri Oturumu'na çok benziyordu. Tatil yaklaştıkça gitme isteği azaldı. Yine de, arada kaçıp çalışıyormuş gibi yapabilmek için cebine bir defter tıktı ve tatile gitti.

Sabah erken saatte Doğu Noktası'nın arkasındaki kamyon deposunda buluştular; üç erkek ve üç kadın vardı. Shevek kadınların hiçbirini tanımıyordu, Bedap onu yalnız ikisiyle tanıştırdı. Dağlara doğru yola koyulduklarında Shevek üçüncünün yanına yaklaştı. "Shevek," dedi.

"Biliyorum," dedi kadın.

Shevek onunla daha önce bir yerde karşılaşmış olduğunu ve adını biliyor olması gerektiğini fark etti. Kulakları kızardı.

"Şaka mı yapıyorsun?" dedi Bedap sola geçerek. "Takver Kuzeybatışı Enstitüsü'nde bizimle birlikteydi. İki yıldır Abbenay'da yaşıyor, bugüne kadar hiç karşılaşmadınız mı?"

Kız, "Onu birkaç kere gördüm," dedi ve güldü. Yemek yemeyi çok seven birinin geniş, çocuksu gülüşü vardı kızda. Uzun boylu ve epeyce zayıftı, yuvarlak kolları ve geniş kalçaları vardı. Pek güzel sayılmazdı; yüzü güneşten yanmıştı, zekâ dolu ve neşeliydi. Gözlerinde bir karanlık vardı, parlak kara gözlerin koyuluğu değil, bir çeşit derinlik, neredeyde koyu, kara, ince kül gibi, yumuşacık. Shevek onunla göz göze geldiği anda onu unutmakla affedilmez bir hata işlediğini anladı ve bunu anladığı anda da affedildiğini fark etti. Şanslı olduğunu. Şansının döndüğünü.

Dağlara tırmanmaya başladılar.

Dördüncü günün soğuk gecesinde o ve Takver bir vadinin üzerindeki çıplak, dik yamaçta oturuyorlardı. Kırk metre aşağılarında bir dere ıslak kayalar arasından koyağa akıyordu. Yalnızca dağlarda böyle su kaynakları vardı. Koşuşturan, çatırdayan ve şarkı söyleyen suyun sesi onlar için yeni bir şeydi.

Bütün gün yüksek yerlerde böyle vadileri aşıp durmuşlardı, bacakları yorulmuştu. Diğerleri, tatilciler için yine tatilciler tarafından yapılan Korunak'taydılar ve keyifleri yerindeydi; Ne Thera federatifi, Anarres'in oldukça kısıtlı "görülmeye değer" yerlerini koruyan gönüllü gruplar arasında en etkin olanıydı. Yazları orada yaşıyan bir bekçi, Bedap ve diğerlerinin iyice tedarikli olan kilerden yemek hazırlamalarına yardım ediyordu. Takver ve Shevek nereye gittiklerini söylemeden ve aslında da bilmeden, biri diğerinin (Shevek Takver'in) ardından dışarı çıkmışlardı.

Shevek Takver'i dik yamaçta, dağ eteklerinde dantel düğümleri gibi büyüyen, katı, kırılgan dalları alacakaranlıkta gümüş renginde parlayan yumuşak aydikenleri arasında otururken buldu. Doğudaki doruklar arasındaki boşlukta, gökteki renksiz ışıma ayın doğuşunu haber veriyordu. Irmak yüksek, çıplak tepelerin sessizliğinde gürültüyle akıyordu. Ne rüzgâr, ne de bulut vardı. Dağların üstündeki hava kuvars gibiydi, sert, berrak, engin.

Orada bir süre konuşmadan oturdular.

"Yaşamım boyunca hiçbir kadın beni senin kadar etkilemedi. Bu yolculuğa başladığımızdan beri." Shevek'in ses tonu soğuk, sanki içerlemiş gibiydi.

"Tatilini berbat etmek istemezdim," dedi Takver, alacakaranlıkta çok yüksek gelen çocuksu kahkahasıyla.

"Berbat etmiyorsun!"

"O zaman iyi. Rahatsız olduğunu söylüyorsun sandım."

"Rahatsız olmak mı? Deprem gibi bir şey."

"Sağol."

"Senle ilgisi yok," dedi Shevek sertçe. "Benden kaynaklanıyor."

"Bu senin düşüncen," dedi Takver.

Uzunca bir duraklama oldu.

"Çiftleşmek istiyorsan," dedi Takver, "neden bana sormuyorsun?"

"Çünkü istediğimin bu olduğundan emin değilim."

"Ben de değilim." Gülümsemesi kaybolmuştu. "Dinle," dedi. Sesi yumuşaktı, pek renkli de değildi; gözleri gibiydi. "Sana şunu söylemeliyim." Ama ona söylemesi gereken uzunca bir süre söylenemedi. En sonunda Shevek ona o kadar yalvaran gözlerle ve endişeyle baktı ki aceleyle konuşmaya başladı: "Yani, demek istediğim, şimdi seninle çiftleşmek istemiyorum. Ne de bir başkasıyla."

"Bekâret yemini mi ettin?"

"Hayır!" dedi Takver kızgınlıkla, ama açıklama yapmadı.

"Ben etsem de fark etmezdi," dedi Shevek, dereye bir çakıltaşı fırlattı. "Ya da iktidarsızım. Bir yarıyıl oldu, o da yalnızca Dap'laydı. Aslında neredeyse bir yıl. Her seferinde daha az doyurucu oluyordu, ben denemekten vazgeçene dek. Değmiyordu. Bütün o çabaya değmiyordu. Yine de ben anımsıyorum – ne *olması gerektiğini* biliyorum."

"Evet, doğru," dedi Takver, "On sekiz, on dokuz yaşına kadar çiftleşmekten çok hoşlanıyordum. Heyecanlı, ilginç ve zevkliydi. Ama sonra... Bilmiyorum. Senin dediğin gibi, doyurucu olmaktan çıktı. Zevk istemiyordum. Yani yalnızca zevk istemiyordum demek istiyorum."

"Çocuk mu istiyorsun?"

"Evet, zamanı gelince."

Shevek aşağıya, ırmağa bir taş daha attı, taş koyağın gölgesinde kayboldu, arkasında yalnızca sesini, uyumsuzluklardan oluşan sonsuz bir armoniyi bıraktı.

"Bir işi tamamlamak istiyorum," dedi.

"İlişki kurmamak bunu kolaylaştırıyor mu?"

"Bir bağlantısı var. Ama ne olduğunu bilmiyorum, nedensel değil. Benim için cinselliğin tadının kaçtığı sıralarda işin de tadı kaçtı, hem de gittikçe artan bir hızla. Hiçbir ilerleme kaydetmeden üç yıl geçti. Kısırlık. Her yönden kısırlık. Verimsiz çöl, amansız güneşin acımasız parlaklığı altında göz alabildiğine uzanıyor, şanssız maceracıların kemikleri yayılmış, yaşamsız, yolsuz, beceriksiz, zevksiz, çorak belde..."

Takver gülmedi; canı yanıyormuş gibi iniltiyle kahkaha arası bir ses çıkardı. Shevek onun yüzünü daha açık seçik görmeye çalıştı. Başının karanlığı ardında gök keskin ve berraktı.

"Zevkin nesi var Takver? Neden istemiyorsun?"

"Bir şeyi yok. İstiyorum da. Ama gereksinmem yok. Eğer gereksinmem olmayan şeyleri alırsam, gereksinme duyduklarıma hiçbir zaman sıra gelmez!"

"Neye gereksinmen var?"

Takver yere baktı, bir kaya çıkıntısının yüzeyini tırnağıyla kazıdı. Hiçbir şey söylemedi. Bir aydikeni dalı koparmak için eğildi, ama koparmadı, yalnızca dokundu, tüylü gövdesini ve kırılgan yaprağını hafifçe okşadı. Shevek, Takver'in hareketlerinin gerilimi içinde onun konuşabilmek için içindeki duygu fırtınasına bütün gücüyle gem vurup zapt etmeye çalıştığını gördü. Takver bunu başardığında sesi hafif ve biraz hoyrat çıktı. "Bağlanmaya gereksinmem var," dedi. "Gerçekten bağlanmaya. Beden ve akıl bütün o yıllar boyunca bağlanmalı. Başka bir şey değil. Daha azı yetmiyor."

Shevek'e bakışında meydan okuma vardı, nefret de olabilirdi.

Shevek'in içinde coşku gizemli bir şekilde, karanlıktan yükselen, akan suyun sesi ve kokusu gibi yükseliyordu. Bir sınırsızlık, açıklık, apaçıklık duygusu kapladı içini, sanki özgür bırakılmıştı. Takver'in başının arkasında gök yükselen ayla aydınlanıyordu; uzaktaki tepeler berrak ve gümüşi bir renkte yüzüyordu. "Evet, doğrusu bu," dedi bilinçsizce, başka biriyle konuşuyor olduğunun farkına varmadan; düşünceli düşünceli, aklına gelenleri söylüyordu. "Hiç fark etmemiştim."

Takver'in sesinde hâlâ biraz kırgınlık vardı. "Hiç fark etmek zorunda kalmadın."

"Neden?"

"Herhalde hiçbir zaman olanağı görmedin."

"Ne demek olanağı?"

"Gerekli kişiyi!"

Bunun üzerinde düşündü. Bir metre arayla oturuyorlardı, dizlerini tutup kıvrılmışlardı, çünkü hava soğuyordu. Nefesleri boğazlarına buzlu su gibi geliyordu. Düzenli yükselen ayın ışığı altında birbirlerinin nefeslerinin hafif buharını görebiliyorlardı.

"Bunu gördüğüm gece," dedi Takver, "senin Kuzeybatışı Enstitüsü'nden ayrılmandan önceki geceydi. Bir parti vardı, hatırlıyor musun? Bir kısmımız oturup bütün gece konuşmuştuk. Ama bu dört yıl önceydi. Üstelik adımı bile bilmiyordun." Sesindeki hınç gitmişti; Shevek'i mazur görmek istermiş gibiydi.

"O zaman bende, benim şu son dört günde sende gördüklerimi mi gördün?"

"Bilmiyorum. Ayırt edemiyorum. Yalnızca cinsel değildi. Seni daha önce o yönden fark etmiştim. Bu ise farklıydı; seni *gördüm.* Ama şu anda senin ne gördüğünü bilmiyorum. Seni pek iyi tanımıyordum doğrusu. Yalnızca, konuştuğunda, seni apaçık, her şeyinle görür gibi oluyordum. Ama sen benim sandığımdan çok farklı biri olabilirdin. Bu da ne de olsa senin hatan olmazdı," diye ekledi. "Sende gördüğüm şeyin gereksinmem olan bir şey olduğunu biliyordum– yalnızca istediğim bir şey değil!"

"İki yıldır Abbenay'daydın ve beni–"

"Aramadım mı? Tek yanlıydı, benim kafamdaydı, sense adımı bile bilmiyordun. İnsan ne de olsa tek başına bir bağ kuramaz!"

"Eğer bana gelirsen benim bağı istemeyebileceğimden korkuyordun."

"Korkmuyordum. Senin... zorlanamayacak bir insan olduğunu biliyordum... Peki, galiba korkuyordum. Senden korkuyordum. Hata yapmaktan değil. Hata olmadığını biliyordum. Ama sen– kendindin. Başkalarına benzemiyorsun, biliyor musun. Senden korkuyordum, çünkü benim eşitim olduğunu biliyordum!" Cümlesini bitirirken ses tonu sertti, ama bir an sonra çok yumuşak bir sesle, hafifçe, "Önemli değil gerçekten Shevek," dedi.

Shevek ilk defa onun kendi adını söylediğini duymuştu. Ona döndü ve kekeleyerek, neredeyse boğularak, "Önemli değil mi?" dedi. "Önce bana– bana neyin önemli olduğunu, yaşamım boyunca neye gereksinmem olduğunu gösteriyorsun, sonra da önemli değil diyorsun!"

Şimdi yüz yüzeydiler, ama birbirlerine dokunmamışlardı.

"O zaman gereksinmen olan şey?"

"Evet. Bağ. Fırsat."

"Şimdi mi– yaşam boyunca mı?"

"Şimdi ve yaşam boyunca."

Yaşam, dedi aşağıda, soğuk karanlıkta, kayaların arasından çabucak akıp giden ırmak.

Shevek ve Takver dağlardan indiklerinde iki kişilik bir odaya taşındılar. Enstitü'nün yakınındaki blokta hiç boş iki kişilik oda yoktu, ama Takver kentin kuzey ucunda, pek de uzak olmayan bir yerde eski bir konutta bir oda biliyordu. Odayı almak için blok yerleşim yöneticisine gittiler. Abbenay "blok" adı verilen iki yüz kadar yerel yönetim birimine ayrılmıştı. Yönetici, evinde çalışıp, üç küçük çocuğunu da yanında tutan mercek yapımcısı bir kadındı. Bu yüzden yerleşim kayıtlarını bir dolabın üstünde, çocuklarının erişemeyeceği bir yerde tutuyordu. Odanın boş olarak kayıtlı olup olmadığına baktı; Shevek ve Takver adlarını yazarak odayı dolu olarak kayda geçirmiş oldular.

Taşınma da zor olmadı. Shevek bir kutu dolusu kâğıdı, kışlık botlarını ve kavuniçi battaniyeyi aldı. Takver üç sefer yapmak zorunda kaldı. Birinci sefer ikisine de yeni birer giysi almak için bölge giysi deposunaydı. Bu hareket Takver'e belli belirsiz, ama şiddetle, eşliklerinin başlaması için gerekli gibi gelmişti. Sonra eski yatakhanesine, bir kez giysileri ve kâğıtları için, bir kez de, Shevek'le birlikte, bir sürü garip nesneyi getirmek için gitti: tavana asıldıklarında yavaş yavaş ve içe doğru hareket ederek değişen, telden yapılmış, karmaşık, eşmerkezli şekiller. Bunları araç deposundan aldığı araçlar ve atılmış tellerle yapmış ve Metruk Uzay İşgalleri adını vermişti. Odanın iki iskemlesinden biri kullanılmaz durumdaydı, bu yüzden iskemleyi tamirhaneye götürüp bir yenisini aldılar. Böylece yerleşmeleri tamamlanmıştı. Yeni odanın yüksek bir tavanı vardı; hem havadardı, hem de İşgaller için bol yer kalıyordu. Konut Abbenay'ın alçak tepelerinden birinin üstüne kurulmuştu, odada ise akşamüstü güneşinin girdiği ve kentin, caddeler ve alanların, çatıların, parkların yeşilinin ve arkadaki düzlüklerin görülebildiği bir köşe pencere vardı.

Uzun süren yalnızlıktan sonra gelen yakınlık, coşkunun aniden gelmesi hem Shevek'in, hem de Takver'in dengesini zorladı. İlk birkaç dekadda Shevek mutlulukla kaygı arasında gidip geldi, Takver ise sinir krizleri geçirdi. Her ikisi de aşırı duyarlı ve deneyimsizdi. Gerilim uzun sürmedi, birbirleri üzerinde uzmanlaştıkça söndü gitti. Cinsel açlıkları güçlü bir haz olarak kaldı, birleşme istekleri her gün karşılandığı için her gün yenileniyordu.

Şimdi Shevek'e bu kentteki sefil yılları şu andaki büyük mutluluğunun bir parçasıymış gibi geliyordu –başka türlü düşünmenin budalalık olduğunu düşünüyordu– çünkü onu buna yöneltmiş, bunun için hazırlamışlardı. Daha önce başına gelen her şey ona şu anda olanların bir parçasıydı. Takver bu tür bulanık neden/sonuç/neden birleşmelerini göremiyordu, ama o bir zaman fizikçisi değildi. Zamanı gayet safça, uzanıp giden bir yol gibi görüyordu. İleri doğru yürüyüp bir yerlere varıyordunuz. Eğer şanslıysanız, gidilmeye değecek bir yer oluyordu bu.

Ama Shevek onun eğretilemesini alıp kendi terimleriyle yeniden bir kalıba sokarak, geçmiş ve gelecek, bellek ve istekle şu anın bir parçası yapılmadığı takdirde, insan terimleriyle hiçbir yol, gidecek hiçbir yer olmadığını açıkladığında, Takver daha yarısını bile dinlemeden onayladı. "Kesinlikle," dedi. "Benim şu son dört yıldır yaptığım da bu. *Hepsi* şans değil. Bir kısmı yalnızca."

Takver yirmi üç yaşındaydı, Shevek'ten bir yarıyıl gençti. Kuzeydoğu'da bir tarım topluluğunda, Yuvarlak Vadi'de büyümüştü. Yalıtılmış bir bölgeydi; Takver Kuzeybatışı'ndaki Enstitü'ye gelmeden önce birçok genç Anarres'liden daha ağır çalışıyordu. Yuvarlak Vadi'de ancak yapılması gereken işleri yapacak kadar insan vardı; ama İşBöl bilgisayarlarında daha yüksek bir öncelik alacak kadar büyük ya da genel ekonomi için üretken bir topluluk değillerdi. Kendi başlarının çaresine bakmak zorundaydılar. Takver sekiz yaşındayken, üç saatlik okuldan sonra, günde üç saat imalathanede holum ürününden saman ve taş ayıklamıştı. Çocukken pratik eğitiminin pek küçük bir kısmı kişisel zenginleşmesine yaramıştı: Topluluğun varolma çabasının bir parçasıydı o. Hasat ve ekim mevsimlerinde on yaşından büyük ve altmış yaşından genç herkes bütün gün tarlalarda çalışırdı. On beş yaşındayken Yuvarlak Vadi topluluğunca sürdürülen dört yüz çiftlik projesindeki çalışma planlarının eşgüdümünü yapmış ve kasaba yemekhanesindeki diyet uzmanına yardım etmişti. Bütün bunlarda bir gariplik yoktu. Takver bu konu üstüne pek fazla düşünmüyordu, ama doğal olarak bunlar kişiliğinde ve görüşlerinde belirli birtakım özellikler oluşturmuştu. Shevek kendi payına düşen *kleggich*'i yapmış olduğu için seviniyordu, çünkü Takver bedensel çalışmadan kaçanlardan nefret ederdi. "Tinan'a bak," derdi, "dört dekadlığına bir kök holumu hasadına gönderildiği için ağlayıp sızlanıyor, o kadar narin ki, dokunsan kırılacak! Acaba elini hiç pisliğe sürmüş mü?" Takver pek yardımsever biri değildi, üstelik çabuk da öfkeleniyordu.

Takver Kuzeybatışı Bölge Enstitüsü'nde biyoloji okumuş, daha ileri düzeyde çalışmalar için Merkezi Enstitü'ye gelmeye karar verecek kadar da başarılı olmuştu. Bir yıl sonra, Anarres'in üç okyanusundaki yenebilir balık stoklarını artırıp geliştirecek yöntemleri incelemek üzere bir laboratuvar kuran yeni bir sendikaya katılması istenmişti. İnsanlar ona ne yaptığını sorduklarında, "Balık genetikçisiyim," diyordu. İşini seviyordu; değer verdiği iki şeyi birleştiriyordu bu iş: duyarlı, gerçeklere dayanan bir araştırma ve geliştirmeye veya iyileştirmeye yönelik belirli bir amaç. Bu tür bir iş olmadan tatmin olmazdı. Ama bunun da yettiği söylenemezdi. Takver'in zihninde ve ruhunda olup bitenlerin çok azı balık genetiğiyle ilgiliydi.

Manzaralara ve yaşayan varlıklara ilgisi tutku düzeyindeydi. Yetersiz bir ifadeyle "doğa sevgisi" adı verilen bu ilgi, Shevek'e sevgiden çok daha geniş bir şeymiş gibi geliyordu. Göbek bağları hiçbir zaman kesilmeyen ruhlar var, diye düşünüyordu. Hiçbir zaman evrenden kopmuyorlar. Ölümü bir düşman olarak görmüyorlar; çürüyüp humusa dönüşmeyi arıyorlar. Takver'in bir yaprağı, hatta bir kayayı eline alışını görmek tuhaftı. Takver nesnenin, nesne de onun bir parçası oluyordu.

Shevek'e araştırma laboratuvarındaki deniz suyu tanklarını, küçüklü büyüklü, sade, süslü, zarif ve ürkütücü elliden fazla balık türünü gösterdi. Shevek büyülendi, biraz da huşuya kapıldı.

Anarres'in karalarında ne kadar az hayvan varsa, üç okyanusunda da o kadar fazla yaşam vardı. Denizler milyonlarca yıldan beri bağlantısızdı, bu yüzden çeşitli yaşam biçimleri birbirinden bağımsız olarak gelişmişlerdi. Çeşitlilikleri şaşırtıcıydı. Shevek yaşamın bu kadar sınır tanımaz ve bereketli bir şekilde çoğalabileceğini, aslında yaşamın temel niteliğinin belki de bu bereket olduğunu hiç düşünmemişti.

Karada bitkiler dağınık ve dikenli şekilleriyle yaşamlarını sürdürebiliyorlardı, ama hava solumaya çalışan hayvanlar, gezegenin iklimi bin yıllık bir toz ve kuraklık devresine girdiğinde bu gayretlerine hemen son vermişlerdi. Kala kala çoğu karada yaşayan bakterilerle birkaç yüz kurtçuk ve eklembacaklı cinsi sağ kalmıştı.

İnsan cinsi, bu dar ekoloji içine dikkatle ve tehlikeye atılarak yerleştirmişti kendini. Fazla açgözlü olmadan balık tutarak, gübre olarak genellikle organik artıklar kullanıp ekim yaparak bu ortama yerleşebilmişti. Ama başka hiçbir şeyi yerleştirememişti. Otoburların yiyeceği hiç ot yoktu. Etoburların yiyeceği hiçbir otobur yoktu. Çiçek veren bitkileri döllemek için böcek yoktu; ithal edilen meyve ağaçlarının hepsi elle dölleniyordu. Urras'tan nazik yaşam dengesini tehlikeye sokacak hiçbir hayvan getirilmemişti. Yalnızca Göçmenler gelmişti, onlar da hem içten, hem de dıştan o kadar dikkatle elden geçmişlerdi ki, kendileriyle birlikte yok denecek kadar az sayıda kişisel bitki ve hayvan getirmişlerdi. Pire bile Anarres'e ulaşmayı başaramamıştı.

"Deniz biyolojisini seviyorum," dedi Takver Shevek'e balık

tanklarının önünde, "çünkü çok karmaşık, gerçek bir ağ, sıkı dokunmuş. Bu balık o balığı, o balık daha ufak balıkları, onlar kirpiklileri, onlar da bakterileri yiyorlar ve böylece sürüp gidiyor. Karada yalnızca üç cins var, hepsi de omurgasız– İnsan'ı saymazsan. Biyolojik açıdan bakıldığında garip bir durum. Biz Anarres'liler doğadışı bir yalıtılmışlık içindeyiz. Eski Dünya'da on sekiz kara hayvanı cinsi var; böcekler gibi sayılamayacak kadar çok türü olan sınıflar var, bu türlerin birçoğunun sayısı da milyarlara ulaşıyor. Düşün bir kez: baktığın her yerde seninle toprağı ve havayı paylaşan hayvanlar, başka yaratıklar. Bir şeylerin *parçası* olduğunu çok daha fazla hissedersin..." Gözleriyle küçük, mavi bir balığın loş tankın içinde kıvrılarak gidişini izledi. Shevek ise dikkatle balığın ve Takver'in düşüncesinin gidişini izledi. Uzun bir süre tanklar arasında dolaştı; sık sık Takver'le birlikte laboratuvara ve akvaryumlara giderek, fizikçilere özgü kibrini o küçük, garip yaşamlara, yaşanan anın sonsuz olduğunu duyumsayan varlıkların, kendilerini açıklamayan, kendilerini hiçbir zaman insan karşısında haklı göstermeye gerek duymayan varlıkların varoluşuna adıyordu.

Anarres'lilerin çoğu günde beş ila yedi saat çalışıyorlar, her dekadda iki ila dört gün dinleniyorlardı. Düzenliliğin, dakikliğin, hangi günlerin boş olacağının ayrıntıları gibi şeyler kişinin kendisiyle ekibi, takımı, Sendikası veya eşgüdüm federatifiyle arasında, işbirliği ve verimlilik hangi düzeyde en iyi yürütülebiliyorsa o düzeyde hallediliyordu. Takver kendi araştırma projelerini yürütüyordu, ama işin ve balıkların dayattığı talepler vardı; günde iki ila on saatini laboratuvarda geçiriyor ve hiç ara vermiyordu. Shevek'in şimdi iki öğretim görevi vardı, bir öğrenme merkezinde ve Enstitü'de ileri matematik dersleri veriyordu. Her iki ders de sabahtı, öğle olmadan odaya dönüyordu. Genellikle Takver daha dönmemiş oluyordu. Bina oldukça sessizdi. Günışığı henüz güneye ve batıya, kente ve ovalara bakan çifte pencereye ulaşmıyordu; oda serin ve gölgeli oluyordu. Yukarıda değişik düzeylerde asılı narin, eşmerkezli düzenekler bedenin organlarının ya da akıl yürütme süreçlerinin içe dönük kesinliği, sessizliği, gizemiyle hareket ediyorlardı. Shevek pencerelerin altındaki masada oturup çalışmaya, okumaya, notlar çıkarmaya veya hesap yapmaya başlıyordu. Yavaş yavaş günışığı içeriye giriyor, masadaki kâğıtların, kâğıtların üzerindeki ellerinin üzerinden geçip odayı ışıkla dolduruyordu. O da çalışıyordu. Geçmiş yıllardaki yanlış başlangıçların ve boşa giden emeklerin aslında altyapı çalışması, temel atma olduğu, karanlıkta atılan ama sağlam temeller olduğu ortaya çıktı. Bu temeller üzerine, yöntemli olarak ve dikkatle, ama kendinin olmayıp bir şekilde içine giren, onu bir araç olarak kullanan bir bilgi sonucu gibi görünen bir çabukluk ve kesinlikle *Eşzamanlılık İlkeleri*'nin güzel, sağlam yapısını kurdu.

Yaratıcı bir ruha yoldaş olmaya kalkışan her erkek ve kadın gibi Takver'in de yaşamı her zaman kolay olmuyordu. Varlığı Shevek için gerekli olmakla birlikte orada olması bir rahatsızlık kaynağı olabiliyordu. Takver eve çok erken gelmekten hoşlanmıyordu, çünkü o eve geldiğinde Shevek işe ara veriyordu, Takver de bunun yanlış olduğunu düşünüyordu. İleride, her ikisi de orta yaşlı ve ağırkanlı olduklarında Shevek onu görmezlikten gelebilirdi; ama yirmi dördünde bunu yapamazdı. Bu yüzden laboratuvardaki işlerini akşamüstünden önce eve dönemeyeceği şekilde ayarladı. Bu da mükemmel bir ayarlama olmamıştı, çünkü Shevek'e bakması gerekiyordu. Takver, Shevek'in dersi olmadığı zamanlarda eve geldiğine onu masasında altı ila sekiz saattir oturuyor bulabiliyordu. Shevek kalktığında yorgunluktan sallanıyor, elleri titriyordu, genellikle de tutarsız oluyordu. Yaratıcı ruh, araçlarını hoyratça kullanır, onları yorar, atar, yeni modelini alır. Takver içinse bir yedek söz konusu değildi, Shevek'in ne kadar kötü kullanıldığını görünce isyan etti. Bir zamanlar Odo'nun kocası Asieo'nun yaptığı gibi "Allah aşkına kızım, Gerçek'e *azar azar* hizmet edemez misin?" diye haykırabilirdi– ama kız olan oydu, Allah'ı da tanımıyordu.

Konuşuyorlar, yürümeye çıkıyorlar veya banyolara gidiyorlar, sonra da Enstitü yemekhanesinde akşam yemeği yiyorlardı. Yemekten sonra toplantılar ya da konserler oluyordu, ya da arkadaşlarını, Bedap ve Salas'la onların çevresini, Enstitü'den Desar ve başkalarını, Takver'in iş arkadaşları veya dostlarını görmeye gidiyorlardı. Ama toplantılar ve dostlar onlar için önemsiz kalıyordu. Onlar için ne toplumsal, ne de dostça katılımlar gerekli değildi; eşlikleri yeterliydi, bunu da saklayamıyorlardı. Bu ise diğerlerini rahatsız ediyor gözükmüyordu. Tam tersine. Bedap, Salas, Desar ve diğerleri, susamış insanların çeşmeye koşması gibi koşarak onlara geliyorlardı. Diğerleri onlar için dışsaldı: ama Shevek ve Takver diğerleri için merkezi bir önem taşıyordu. Pek fazla bir şey yapmıyorlardı; başka insanlardan daha sevecen değillerdi; yine de dostları onları seviyor, onlara yaslanıyor, hediye getirip duruyorlardı. Hiçbir şeye sahip olmayan ve her şeye sahip olan bu insanlar arasında dolaşan küçük sunular: elde örülmüş bir eşarp, kızıl lal taşlarıyla süslenmiş bir parça granit, çömlekçiler federasyonu atölyesinde yapılmış bir vazo, aşk üstüne bir şiir, tahta oyma bir dizi düğme, Sorruba Denizi'nden gelen sarmal bir kabuk. Hediyeyi Takver'e verip, "Al," diyorlardı, "Shev bunu kâğıt tutucu olarak kullanabilir," ya da Shev'e, "Bak," diyorlardı. "Tak bu rengi sevebilir." Vermekle, Shevek ve Takver'in paylaştıklarını paylaşmayı, kutlamayı ve yüceltmeyi arıyorlardı.

Anarres'e Göç'ün 160. yılının yazı uzun, sıcak ve aydınlık bir yazdı. Baharda yağan bol yağmur Abbenay Düzlükleri'ni yeşillendirmiş ve tozu yayarak havayı olağanüstü temiz bir hale getirmişti; gündüzleri güneş sıcaktı, geceleri yıldızlar çok parlaktı. Ay gökteyken bulutlarının beyaz sarmalları altında kıtalarının kıyıları seçilebiliyordu.

"Neden bu kadar güzel görünüyor?" dedi Takver; kavuniçi battaniyenin altında, Shevek'in yanında yatıyordu. Işık sönüktü. Üzerlerinde soluk Metruk Uzay İşgalleri asılı duruyordu; pencerenin dışında parlak dolunay asılı duruyordu. "Tıpkı bunun gibi bir gezegen olduğunu, yalnızca daha iyi bir iklimi ve daha kötü insanları olduğunu, hepsinin mülkiyetçi olduğunu, savaştıklarını, yasalar koyduklarını, başkaları açlıktan ölürken yediklerini, yine de buradaki insanlar gibi yaşlandıklarını, şanslarının kötüye gittiğini, dizlerinde romatizma olduğunu, ayaklarında nasırlar çıktığını... bütün bunları bildiğimiz halde, yine de hâlâ nasıl bu kadar mutlu görünüyor; sanki oradaki yaşam çok mutlu olabilirmiş gibi? O parlaklığa bakıp orada yağlı kolları ve Sabul gibi körelmiş bir beyni olan korkunç, küçük bir adamın yaşadığını düşünemem ki, yapamam..."

Çıplak kolları ve göğüsleri ay ışığıyla aydınlanmıştı. Yüzündeki ince ayva tüyleri yüz hatlarında belirsiz bir hale oluşturuyordu; saçları ve gölgeler siyahtı. Shevek gümüşi eliyle Takver'in gümüşi koluna dokundu, serin ışığın altında bu dokunuşun sıcaklığı onu şaşırtmıştı.

"Eğer bir şeyi bütün olarak görebilirsen," dedi, "hep güzelmiş gibi görünür. Gezegenler, yaşamlar... Ama yakından bakıldığında bir dünya yalnızca toz ve kayadan oluşur. Günden güne yaşam daha da zorlaşır, yorulursun, ritmi kaçırırsın. Uzaklığı ararsın– ara vermeyi. Dünyanın ne kadar güzel olduğunu görmenin yolu, onu ay gibi görmekten geçiyor. Yaşamın ne güzel olduğunu görmenin yolu ölümün bakış açısından bakmaktan geçiyor."

"Urras için iyi. O orada ay olarak kalsın – onu istemiyorum! Ama bir mezar taşının üzerinde durup, yaşama bakıp 'Ne güzel!' demeye yokum. Onu burada, yaşamın ortasında, şimdi görmek istiyorum. Sonsuzluk umurumda değil."

Shevek gülümseyerek "Sonsuzlukla ilgisi yok," dedi – gümüşi renkte, gölgeler içinde, zayıf, tüylü bir adamdı. "Yaşamı bütün olarak görmek için tek yapman gereken şey, onu ölümlü olarak görmek. Ben öleceğim, sen öleceksin; başka türlü birbirimizi nasıl sevebilirdik ki? Güneş de bir gün sönecek, başka türlü nasıl parlamaya devam edebilir?"

"Senin şu durmadan konuşman, şu lanet olasıca felsefen yok mu!"

"Konuşma mı? Konuşma değil. Akıl yürütme değil. Elin dokunuşu bu. Bütünlüğe dokunuyorum, onu tutuyorum. Hangisi ay ışığı, hangisi Takver? Ölümden nasıl korkabilirim? Onu tutarken, ellerimde ışığı tutarken–"

"Mülkiyetçiliğe başlama," diye mırıldandı Takver.

"Canım, ağlama."

"Ağlamıyorum. Sen ağlıyorsun. Onlar senin gözyaşların."

"Üşüyorum. Ay ışığı soğuk."

"Yat öyleyse."

Takver onu kollarına alırken Shevek'i müthiş bir titreme aldı.

"Korkuyorum, Takver," diye fısıldadı.

"Kardeşim, ruhum, konuşma."

O gece, gecelerce, birbirlerinin kollarında uyudular.

Yedinci Bölüm

Urras

SHEVEK KARABASAN CADDESİ'NDEKİ dükkândan kış için ısmarladığı muflonlu yeni giysinin cebinde bir mektup buldu. Mektubun oraya nasıl girdiği hakkında en ufak bir fikri yoktu. Günde üç kez gelen ve tümüyle Urras'ın her yanındaki fizikçilerin gönderdiği müsveddeler ve tıpkıbasımlardan, davetlerden, okul çocuklarından gelen açık sözlü mesajlardan oluşan postadan çıkmadığı kesindi. Zarfsız, kendi kendine yapışan ince bir parça kâğıttı; üzerinde, rekabet halindeki üç posta firmasının hiçbirinin damgası veya imzası yoktu.

Belli belirsiz bir beklentiyle mektubu açtı ve okudu: "Eğer bir Anarşist'sen neden Dünya'na ve Odocu Umut'a ihanet edip güç sistemiyle işbirliği yapıyorsun, yoksa bize o Umut'u getirmek için mi buradasın? Haksızlık ve baskıdan bunaldık ve karanlık gecede özgürlük ışığını görmek için yüzümüzü Kardeş Dünya'ya çevirdik. Bize, kardeşlerine katıl!" Ne imza, ne de adres vardı.

Mektup Shevek'i hem ahlaki, hem de zihinsel olarak etkiledi; şaşırtarak değil, ama bir tür panik içinde sarstı. Burada olduklarını biliyordu: ama nerede? Hiçbiriyle karşılaşmamıştı, hiçbirini görmemişti, henüz hiçbir yoksul insanla karşılaşmamıştı... Çevresine bir duvar örülmesine izin vermiş ve bunu hiç fark etmemişti. Bir mülkiyetçi gibi sığınmayı kabul etmişti. Devşirilmişti, Chifoilisk'in dediği gibi.

Ama duvarı nasıl yıkacağını bilmiyordu. Yıksaydı bile, nereye gidebilirdi? Korku gittikçe daha fazla sarıyordu benliğini, kime güvenebilirdi? Her taraftan zenginlerin gülümsemesiyle sarmalanmıştı.

"Seninle konuşmak istiyorum, Efor."

"Buyurun efendim. Affedersiniz efendim, yer açayım, bunu şuraya koyayım."

Uşak ağır tepsiyi büyük bir maharetle koydu, tabakların üstündeki kapakları açtı, çikolatalı sosu öyle döktü ki, sos köpürerek kabın kenarına doğru yükseldi ama dökülüp saçılmadı. Açık ki kahvaltı ayinini ve bundaki becerisini seviyordu, aynı zamanda da ayinin alışılmamış şekilde kesilmesini istemiyordu. Genellikle oldukça temiz bir İoca konuşuyordu, ama şimdi Shevek konuşmak istediğini söyler söylemez kesik kesik konuşulan bir kent ağzına kaymıştı. Shevek bu dili biraz izleyebilmeyi öğrenmişti; bir kez alıştığınızda ses değerlerinin değişmesi tutarlı hale geliyordu, ama kelime sonundaki harflerin kırpılması onu el yordamıyla ilerlemek zorunda bırakıyordu. Kelimelerin yarısı atılıyordu. Şifreye benzediğini düşünüyordu: Sanki –kendilerine verdikleri adı kullanırsak– "Nio'lular" başkalarının kendi konuştuklarını anlamalarını istemiyor gibiydiler.

Uşak Shevek'in keyfini bekliyordu. Shevek'in otururken iskemlesinin tutulmasını, yemeğini yerken başında beklenmesini istemediğini biliyordu – ilk hafta içinde Shevek'in huylarını öğrenmişti. Dik, dikkatli duruşu herhangi bir samimiyet kurma umudunu yok etmeye yetiyordu.

"Oturur musun, Efor?"

"İzin verirseniz, efendim," diye yanıtladı adam. Bir iskemleyi birkaç santim kadar kendine çekti, ama oturmadı.

"Konuşmak istediğim de bu. Biliyorsun ki sana emir vermekten hoşlanmıyorum."

"İşleri istediğiniz gibi yapmaya çalışıyorum efendim, emre gerek kalmadan."

"Yapıyorsun – kastım o değil. Biliyorsun, benim ülkemde kimse emir vermez."

"Öyleymiş efendim."

"Peki öyleyse, seni eşitim, kardeşim olarak görmek istiyorum. Burada tanıdıklarım arasında zengin olmayan –sahiplerden biri olmayan– tek kişi sensin. Seninle konuşmayı, yaşamın hakkında bir şeyler öğrenmeyi çok istiyorum."

Efor'un yüzündeki küçümsemeyi görerek, umutsuzca durdu. Yapılabilecek bütün yanlışları yapmıştı. Efor onu, himaye etme havasına giren ve her şeye burnunu sokan aptallardan biri sanmıştı.

Ellerini bir umutsuzluk ifadesiyle masaya koydu ve "Hay allah," dedi, "kusura bakma Efor! Anlatmak istediğimi anlatamıyorum. Lütfen unut bunları."

"Nasıl isterseniz, efendim," dedi Efor ve odadan çıktı.

Bu kadardı. "Mülksüz sınıflar" ondan en az Kuzeybatışı Bölge Enstitüsü'ndeki tarih dersinde haklarında bir şeyler okuduğu zamanki kadar uzaktı.

Bu arada kış ve bahar dönemleri arasında bir haftasını Oiie'lerle geçirmeye söz vermişti.

Oiie ilk ziyaretinden bu yana onu birkaç kez, her zaman oldukça kuru bir şekilde, bir konukseverlik görevini ya da hükümet emrini yerine getirirmiş gibi yemeğe davet etmişti. Ancak kendi evindeyken, hiçbir zaman Shevek'e karşı uyanık bulunmayı ihmal etmemesine karşın gerçekten dostça davranıyordu. İkinci ziyaretten sonra Oiie'nin iki oğlu Shevek'in eski bir dost olduğuna karar vermişlerdi, Shevek'in verdiği yanıtlara olan güvenleri Oiie'yi açıkça şaşırtıyordu. Onu rahatsız ediyordu, gerçekten onaylayamıyordu bunu, ama nedenini de anlıyordu. Shevek onlara eski bir dost, bir ağabey gibi davranıyordu. Ona hayrandılar, çocuklardan küçüğü olan İni onu sevmeye başlamıştı. Shevek nazik, ciddi, dürüsttü ve Ay hakkında çok iyi öyküler anlatıyordu; ama bütün bunlardan öte bir şeyler vardı. İni için, çocuğun tanımlayamayacağı bir anlam ifade ediyordu. İni, çocukluğundaki o hayranlıktan derin ve belirsiz bir şekilde etkilenen yaşamının ilerideki dönemlerinde bile, bunu ifade edecek kelime bulamadı, yalnızca sönük bir yankı taşıyan kelimeler vardı: *gezgin* kelimesi, *sürgün* kelimesi.

O kışın tek yoğun karı o hafta yağdı. Shevek iki-üç santimden fazla kar yağdığını hiç görmemişti. Fırtınanın aşırılığı, yalnızca miktarı bile onu coşturmaya yetiyordu. Karın fazlalığı eğlendiriyordu onu. En içten Odocu tarafından bile dışkısal diye nitelendirilemeyecek kadar beyaz, soğuk, sessiz ve kayıtsızdı kar. Bunu masum bir görkem dışında bir şey olarak görmek aşağılık bir davranış olurdu. Hava açılır açılmaz bundan en az onun kadar hoşlanan çocuklarla birlikte dışarıya koşuyordu. Oiic'lerin evinin büyük arka bahçesinde koşturuyorlar, kartopu oynuyorlar, kardan tüneller, şatolar ve kaleler yapıyorlardı.

Sewa Oiie görümcesi Vea ile birlikte pencerede duruyor, oynaşan çocukları, adamı ve samuru izliyordu. Samur kar kalesinin bir duvarı boyunca kendine bir meyil oluşturmuş, büyük bir heyecanla, arka arkaya, karnının üzerinde aşağıya kayıp duruyordu. Çocukların yanakları alev alevdi. Uzun, sert, kahverengi-kır saçları bir parça iple arkada toplanmış ve kulakları soğuktan kızarmış adam tünel açma işlemini büyük bir enerjiyle yönetiyordu. "Orayı değil! – *Şurayı* kazın! – Kürek nerede? – Cebime buz girdi!" Oğlanların tiz sesleri sürekli çınlıyordu.

"İşte Yabancı'mız," dedi Sewa gülümseyerek.

"Yaşayan en büyük fizikçi," dedi görümcesi. "Ne komik!"

Shevek puflayarak, üstündeki karları silkeleyerek ve yalnızca daha henüz kardan çıkmış insanların taşıdığı o taze, soğuk dinçlik ve sıhhat havasını soluyarak içeriye girdiğinde görümceyle tanıştırıldı. Kocaman, sert, soğuk elini uzatıp Vea'ya dost gözlerle baktı. "Demaere'nin kardeşi misin?" dedi. "Evet, ona benziyorsun." Başka herhangi biri söylediğinde çok basit kaçacak bu söz Vea'nın çok hoşuna gitti. "Bir erkek," diye düşünüp durdu o akşamüstü, "gerçek bir erkek. Ne var onda?"

Adı İo usulüne uygun olarak Vea Doem Oiie idi; kocası Doem büyük bir endüstriyel tesisin başıydı ve çok yolculuk ediyor, yılın yarısını hükümetin ticaret temsilcisi olarak yurtdışında geçiriyordu. Shevek Vea'yı seyrederken bunları anlatıyorlardı ona. Onda Demaere Oiie'nin zayıflığı, soluk benzi ve oval siyah gözleri güzelliğe dönüşmüştü. Göğüsleri, omuzları ve kolları yuvarlak, yumuşak ve çok beyazdı. Shevek yemekte onun yanında oturuyordu. Sert korsenin yukarı kaldırdığı çıplak göğüslerine bakıp duruyordu. Buz gibi havada böyle yarı çıplak gezme fikri gerçekten aşırı, en az kar kadar aşırıydı; küçük göğüsleri de tıpkı kar gibi masum bir beyazlığa sahiptiler. Boynunun eğimi yukarıya doğru yumuşakça çıkıyor, gururlu, kazınmış, narin başın eğimiyle birleşiyordu.

Gerçekten de çok çekici, diye düşündü Shevek. Buradaki yataklara benziyor: yumuşak. Biraz yapmacıklı ama. Sözlerini neden o kadar yapmacıklı söylüyor?

Shevek onun o oldukça tiz sesine ve yapmacıklı tavrına açık denizdeki bir sala tutunur gibi tutundu ve hiçbir zaman, hiçbir zaman boğulmakta olduğunu anlamadı. Vea akşam yemeğinden sonra trenle Nio Esseia'ya dönüyordu, yalnızca bugünlüğüne gelmişti ve onu bir daha göremeyecekti.

Oiie üşütmüştü, Sewa çocuklarla uğraşıyordu. "Shevek, Vea'yı istasyona götürebilir miydin?"

"Allah aşkına, Demaere! Zavallıcığın beni korumasına gerek yok! Kurtların geleceğini sanmıyorsun, değil mi? Vahşi Mingrad'lar bir çırpıda kente inip beni haremlerine kapamak için kaçıracaklar mı yani? Yarın sabah istasyon şefinin kapısı önünde, gözümde bir damla donmuş yaş ve minik, katı ellerim bir demet solmuş çiçeği tutarken mi bulunacağım? A, bak bu fikri sevdim!" Vea'nın fıkırdayıp çıngırdayan konuşmasının üstünde gülüşü bir dalga gibi, her şeyi silip götüren ve sahili bomboş bırakan karanlık, yumuşak, güçlü bir dalga gibi kırılıyordu. Kendi başına değil, kendine gülüyordu, bedenin karanlık gülüşü, sözleri siliyordu.

Shevek koridorda paltosunu giydi ve kapıda Vea'yı bekledi.

Bir blokun yarısı boyunca sessizce yürüdüler. Ayaklarının altında kar çatırdayıp gıcırdıyordu.

"Gerçekten çok naziksiniz. Yani bir... şey için..."

"Ne için?"

"Bir anarşist için," dedi ince ve özellikle yayarak konuştuğu sesiyle (Pae'nin ve Üniversite'deyken Oiie'nin kullandığı vurgulamanın aynısıydı). "Hayal kırıklığına uğradım. Sizin tehlikeli ve kaba olacağınızı düşünmüştüm."

"Öyleyim."

Vea yan gözle ona baktı. Başının üstünden bağlanmış kızıl bir şal takıyordu; gözleri her yandaki karın canlı rengi ve beyazlığının üstünde siyah ve parlak görünüyordu.

"Ama işte bana gayet nazikçe istasyona kadar eşlik ediyorsunuz, Dr. Shevek."

"Shevek," dedi yumuşak bir sesle. "'Doktor' değil."

"Bütün adınız bu mu – ad ve soyadınız?"

Shevek başıyla onayladı ve gülümsedi. Kendini çok iyi ve dinç hissediyordu; açık hava, giydiği iyi yapılmış paltonun sıcaklığı ve yanındaki kadının güzelliği onu mutlu ediyordu. Bugün kafasında ne sorunlar, ne de derin düşünceler vardı.

"Adlarınızı bir bilgisayardan aldığınız doğru mu?"

"Evet."

"Bir makine tarafından adlandırılmak ne sıkıcı!"

"Neden sıkıcı olsun?"

"O kadar mekanik, o kadar kişiliksiz ki."

"Ama yaşayan başka kimsenin sahip olmadığı bir addan daha kişisel ne olabilir?"

"Hiç kimse mi? Tek Shevek siz misiniz?"

"Yaşadığım sürece. Benden önce başkaları vardı."

"Akrabaları mı kastediyorsunuz?"

"Akrabalara pek önem vermeyiz; hepimiz akrabayız aslında. Diğer Shevek'lerin kim olduklarını bilmiyorum, yalnız birini biliyorum, Göç'ün ilk yıllarında yaşayan birini. Bu kadın ağır makinelerde kullanılan bir tür dişli tasarımı yapmıştı, bu dişliye hâlâ 'Shevek' deniyor." Daha da içten gülümsedi. "İşte ölümsüzlük diye buna denir."

Vea başını salladı. "Aman Tanrım!" dedi. "Erkeklerle kadınları nasıl ayırt ediyorsunuz?"

"Şey, bazı yöntemler keşfettik..."

Bir an sonra Vea'nın yumuşak, güçlü kahkahası patladı. Soğuk havada sulanan gözlerini sildi. "Evet, belki de kabasınız! O zaman herkes yeni oluşturulmuş adlar alıp yeni oluşturulmuş bir dili mi öğrendi – yeni baştan?"

"Anarres Göçmenleri mi? Evet. Romantik insanlardı herhalde."

"Ya siz değil misiniz?"

"Hayır. Biz çok pragmatiğiz."

"Her ikisi de olabilirsiniz," dedi Vea. Shevek ondan bir zekâ gösterisi beklememişti. "Evet, doğru," dedi.

"Sizin buraya tek başınıza, cebinizde tek kuruş olmadan, halkınız için konuşmaya gelmenizden daha romantik bir şey olabilir mi?"

"Ve buradayken çeşitli lükslerle baştan çıkmamdan."

"Lüks mü? Üniversite odalarında mı? Aman allahım! Zavallıcık! Sizi doğru dürüst hiçbir yere götürmediler mi?"

"Birçok yere, ama hepsi de aynıydı. Nio Esseia'yı daha iyi tanımak isterdim. Kentin yalnızca dış yüzünü gördüm– paket kâğıdını." Bu deyimi kullandı, çünkü başından beri Urras'lıların her şeyi temiz, cicili bicili kâğıtlara, plastiğe, kartona veya alüminyuma sarmalarına şaşırmıştı. Çamaşırlar, kitaplar, sebzeler, giysiler, ilaçlar, her şey kat kat sarılıyordu. Hiçbir şey başka bir şeye dokunmamalıydı. Kendisinin de dikkatle paketlendiğini hissetmeye başlamıştı.

"Biliyorum. Sizi Tarih Müzesi'ne götürdüler. Dobunnae Anıtı'nı gezdirdiler, Senato'da bir konuşma dinlettiler!" Shevek güldü, çünkü geçen yaz bir gün bu programı aynen uygulamıştı.

"Biliyorum! Yabancılara çok aptalca davranırlar. Sizin gerçek Nio'yu görmeniz için elimden geleni yapacağım!"

"Memnun olurum."

"Çok harika insanlar tanıyorum. İnsan koleksiyonu yaparım. Burada bütün o sıkıcı profesörler ve politikacılar arasında sıkışıp kalmışsınız..." Konuşmaya devam etti. Shevek Vea'nın bağlantısız konuşmalarından tıpkı güneşten ve kardan aldığı zevki alıyordu.

Küçük Amoeno istasyonuna geldiler. Vea dönüş biletini aldı; tren her an gelebilirdi.

"Beklemeyin, donacaksınız."

Shevek yanıtlamadı, muflonlu paltosunun içinde iriyarı duruyor, ona dostça bakıyordu.

Vea kendi paltosunun koluna baktı ve işlemelerin üstündeki bir kar parçasını silkeledi.

"Karınız var mı Shevek?"

"Hayır."

"Aileniz de yok mu?"

"A– evet. Bir eş ve çocuklar. Affedersin, başka bir şey düşünüyordum. 'Karı' deyince, yalnızca Urras'ta olan bir şeyi anlıyorum."

"'Eş' nedir?" Yaramazca Shevek'in yüzüne baktı.

"Sanırım siz karı veya koca diyorsunuz."

"Niçin sizinle gelmedi?"

"Gelmek istemedi; ayrıca en küçük çocuk daha bir yaşında... Yo, şimdi iki. Ayrıca–" Durakladı.

"Neden gelmek istemedi?"

"İşi var, burada olamaz. Eğer burada bu kadar göreceği şey olduğunu bilseydim, gelmesini isterdim. Ama istemedim. Güvenlik sorunu var tabii."

"Buradaki güvenlik mi?"

Shevek durakladı, sonra, "Ayrıca eve döndüğümde de," dedi.

"Size ne olacak?" diye sordu Vea, gözlerini iri iri açarak. Tren kasabanın dışındaki tepeden yaklaşıyordu.

"A, sanırım hiçbir şey. Ama beni bir hain olarak görenler var. Urras'la dostluk kurmak istediğim için sanırım. Eve döndüğümde sorun çıkarabilirler. Ona ve çocuklara bir şey olmasını istemem. Ben ayrılmadan bir şeyler oldu. Bu yetti."

"Yani gerçekten tehlikede mi olacaksınız?"

Shevek onun duyabilmesi için öne eğildi, çünkü tren tekerleklerini ve vagonlarını şangırdatarak istasyona giriyordu. "Bilmiyorum," dedi gülümseyerek. "Bizim trenlerimiz de bunlara benziyor, biliyor musun? Tasarım iyi olursa değiştirilmesi gerekmiyor." Onunla birlikte bir birinci mevki vagonuna yürüdü. Vea kapıyı açmadığı için o açtı. Arkasından içeriye başını sokup etrafa baktı. "Ama içerisi pek benzemiyor! Bütün burası özel mi – yalnız senin için mi?"

"A, evet. İkinci mevkiden nefret ediyorum. Maera sakızı çiğneyip tüküren adamlar... Anarres'te insanlar maera çiğniyor mu? Hayır, kuşkusuz çiğnemiyorlardır. Ah, siz ve ülkeniz hakkında bilmek istediğim o kadar çok şey var ki!"

"Anlatmayı seviyorum, ama kimse sormuyor."

"O zaman yine buluşup konuşalım! Yine Nio'ya gelirseniz beni arar mısınız? Söz verin."

"Söz veriyorum," dedi Shevek içtenlikle.

"Güzel! Sözünüzü tuttuğunuzu biliyorum. Hakkınızda hiçbir şey bilmiyorum, bu hariç. Bu *görülebiliyor.* Hoşça kalın, Shevek." Shevek kapıyı tutarken Vea eldivenli elini bir an Shevek'in elinin üstüne koydu. Tren düdüğünü öttürdü; Shevek kapıyı kapadı ve trenin istasyondan ayrılmasını izledi; Vea'nın yüzü pencerede kızıl-beyaz bir pırıltı halindeydi.

Büyük bir keyifle Oiie'lerin evine yürüdü ve karanlık basana kadar İni ile kartopu savaşı yaptı.

BENBİLİ'DE DEVRİM! DİKTATÖR KAÇTI! İSYANCI LİDERLER BAŞKENTİ ELE GEÇİRDİ! DHK'NDE ACİL TOPLANTI. A-İO MÜDAHALE EDEBİLİR.

Kuşyemi gazetesi o kadar heyecanlanmıştı ki en büyük puntoyla başlık atmıştı. Yazım ve dilbilgisi rafa kaldırılmıştı; Efor'un konuşmasına benziyordu: "Gece boyunca isyancılar Meskti'nin batısının tümünü ele geçiriyor, orduyu zorlayarak ilerliyor..." Nio'luların sözel biçimi buydu, geçmiş ve gelecek bir tek gerilimli, dengesiz şimdiki zaman biçimine yediriliyordu.

Shevek gazeteleri okudu ve DHK Ansiklopedisi'nde Benbili'nin tanımına baktı. Benbili şeklen parlamenter demokrasiye sahipti, ama aslında generallerce yönetilen askeri bir diktatörlüktü. Batı Yarımküresi'nde dağlar ve çorak savanlardan oluşan, düşük nüfuslu, yoksul bir ülkeydi. "Benbili'ye gitmeliydim," diye düşündü Shevek, çünkü bu fikir onu çekiyordu; çıplak düzlükleri, esen rüzgârı düşündü. Haber onu garip bir şekilde etkilemişti. Tek amacının satılan şeylerin reklamını yapmak olduğunu keşfettiğinden beri pek yüz vermediği radyoyu açıp haber bültenlerini dinlemeye başladı. Verdiği haberler, tıpkı resmi telefakslardan gelen raporlar gibi kısa ve kuruydu, her sayfasında Devrim! diye bağıran günlük gazetelerle garip bir karşıtlık oluşturuyordu.

Devlet Başkanı General Havevert ünlü zırhlı uçağıyla sağ salim kurtulmuştu, ama daha düşük rütbeli bazı generaller yakalanmış ve Benbili geleneğince idama yeğlenen cezaya çarptırılarak hadım edilmişlerdi. Geri çekilen ordu, tarlaları ve kendi halkının kasabalarını yakıyordu. Gerilla partizanlar orduyu rahatsız ediyordu. Başkent Meskti'deki devrimciler hapishaneleri açarak bütün mahkûmları serbest bırakmışlardı. Bunu okuyunca Shevek'in yüreği hopladı. Umut vardı, hâlâ umut vardı... Uzaktaki devrimin haberlerini gittikçe artan bir ilgiyle izliyordu. Dördüncü gün, Dünya Hükümetleri Konseyi'ndeki bir oturumun telefaks yayınını izlerken İo'nun DHK'ndeki A-İo elçisinin, A-İo'nun demokratik Benbili hükümetine destek vermek üzere harekete geçerek Cumhurbaşkanı General Havevert'e destek kuvvetleri gönderdiğini söylediğini gördü.

Benbili devrimcileri çoğunlukla silahlı bile değildiler. İo birlikleri toplarla, zırhlı arabalarla, uçaklarla, bombalarla geliyorlardı. Shevek gazetede İo'nun donanımının tarifini okudu ve midesi bulandı.

Kendini çok kötü hissediyordu ve öfkeliydi, konuşabileceği hiç kimse de yoktu. Pae kesinlikle olmazdı. Atro ateşli bir militaristti. Oiie ahlaklı bir adamdı, ama kendi güvensizlikleri, bir mülk sahibi olarak endişeleri, katı yasa ve düzen kavramlarına tutunmasına neden oluyordu. Shevek'e kişisel yakınlığını ancak Shevek'in bir anarşist olduğunu kabul etmeyerek koruyabiliyordu. Odocu toplum kendine anarşist adını veriyor, diyordu, ama aslında yalnızca ilkel popülistler; görünürde toplumsal düzenleri hükümetler olmadan işliyor, çünkü nüfusları çok az ve komşu devletler yok. Sahip oldukları, saldırgan bir rakip tarafından tehlikeye düşürülürse ya kendilerine gelirler, ya da yok olurlar. Benbili isyancıları şimdi kendilerine geliyorlardı: eğer destekleyecek silahlar yoksa özgürlüğün işe yaramayacağını görüyorlardı. Bu konu üzerindeki bir tartışmalarında Shevek'e bunları anlatmıştı. Benbili'lileri kimin yönettiği ya da kimin yönettiğini sandığı önemli değildi: gerçekliğin politikası A-İo ve Thu arasındaki güç çatışmasının çevresinde dönüyordu.

"Gerçekliğin politikası," diye yineledi Shevek Oiie'ye bakıp, "bir fizikçi için garip bir deyim."

"Hiç de değil. Politikacı da, fizikçi de nesnelerin gerçekliğiyle, gerçek güçlerle, dünyanın temel yasalarıyla uğraşır."

"Demek zenginliği korumak için koyduğunuz adi, sefil 'yasa' larınızı, silahlardan ve bombalardan oluşan 'güç'ünüzü entropi yasası ve yerçekimi gücü ile aynı cümlede kullanıyorsun. Seni daha akıllı sanırdım, Demaere!"

Oiie bu küçümseme darbesiyle afallamıştı. Bir şey demedi, Shevek de başka bir şey söylemedi; ama Oiie bunu hiç unutmadı. O günden sonra beyninin derinliklerinde yaşamının en utanç verici anı olarak saklayıp durdu bunu. Çünkü yanlış yola sapmış basit bir ütopyacı olan Shevek onu bu kadar kolaylıkla susturabilmişse, bu utanç vericiydi; ama fizikçi Shevek, sevmekten, hayran olmaktan kendini alamadığı; saygısını, başka herhangi bir saygıdan daha değerli görerek kazanmayı arzuladığı bu Shevek Oiie'yi küçümsüyorsa, o zaman utanç dayanılmaz oluyordu ve utancını saklamak, bütün ömrü boyunca ruhunun en karanlık odasına kilitlemek zorundaydı.

Benbili devrimi konusu Shevek için de çeşitli sorunların keskinleşmesine neden olmuştu: özellikle de kendi sessizliği sorununun.

Birlikte olduğu insanlara güvensizlik duymak onun için çok zordu. Özellikle ve sürekli olarak insan dayanışmasına, karşılıklı yardımlaşmaya güvenen bir kültürde yetiştirilmişti. Bazı yönlerden o toplumdan kopuk, bu topluma da yabancı olmasına karşın yaşam boyu edindiği alışkanlık sürüyordu: insanların yardım edeceklerini varsayıyordu. Onlara güveniyordu.

Ama aklından silip atmaya çalıştığı Chifoilisk'in uyarıları geri geliyordu. Kendi algıları ve içgüdüleri onları yeniden güçlendiriyordu. Hoşlansa da hoşlanmasa da güvenmemeyi öğrenmeliydi. Sessiz olmalıydı; sahip olduğu şeyleri kendine saklamalıydı; pazarlık gücünü korumalıydı.

O günlerde daha az konuşuyor, daha az yazıyordu. Masası bir yığın önemsiz makaleyle doluydu; nadiren aldığı notları her zaman üzerinde, bir sürü Urras usulü cepten birinde taşıyordu. Bilgisayarını hafızasını tümüyle silmeden bırakmıyordu.

İo'luların uzay yolculuğu ve prestij için delice istedikleri Genel Zaman Kuramı'nı oluşturmaya çok yaklaştığının farkındaydı. Aynı zamanda kuramı henüz oluşturamadığının, belki de hiç oluşturamayacağının da farkındaydı. Her iki gerçeği de hiçbir zaman, kimseye açıkça söylememişti.

Anarres'ten ayrılmadan önce kuramın avucunun içinde olduğunu düşünüyordu. Denklemler elindeydi. Sabul bunu biliyordu; onları basıp şöhrete ortak olma karşılığında ona barışma ve yeniden tanınmayı önermişti. Sabul'u reddetmişti; ama bu büyük bir ahlaki hareket olmamıştı. Ne de olsa gerçek ahlaki hareket, denklemleri İnisiyatif Sendikası'ndaki kendi matbaasına vermek olurdu; bunu da yapmamıştı. Henüz yayımlamaya hazır olduğunu hissetmiyordu. Tam doğru olmayan, biraz düzeltme gerektiren bir şeyler vardı. On yıldır bu kuram üzerinde çalıştığından biraz daha uğraşıp biraz daha cilalamasında sakınca yoktu.

Tam doğru olmayan küçük şey gittikçe daha yanlış gibi gelmeye başlamıştı. Akıl yürütmede küçük bir hata. Büyük bir hata. Temellerin tam ortasında bir çatlak... Anarres'ten ayrılmadan önceki gece Genel Kuram üzerine elindeki bütün makaleleri yakmıştı. Urras'a elinde hiçbir şey olmadan gelmişti. Bir yarıyıldır, onların terimleriyle söylemek gerekirse, blöf yapıyordu.

Yoksa kendini mi kandırıyordu?

Bir Genel Zaman Kuramı'nın hayali bir amaç olması son derece olanaklıydı. Ayrıca, bir gün Ardışıklık ve Eşzamanlılık bir tek genel kuramda birleştirilebilse bile, bunu yapacak adam o olmayabilirdi. On yıldır deniyordu ve başaramamıştı. Matematikçiler ve fizikçiler, akıl sporcuları, en önemli çalışmalarını genç yaşta yaparlardı. Kısa bir süre önce kırkına basmıştı. Yanıp tükenmiş, bitmiş olması yalnız olanaklı değil, aynı zamanda olasıydı da.

Daha önceleri, tam yaratıcılığının en yüksek olduğu anlardan önce bu tür moral bozuklukları ve yenilgi duygularıyla dolu olduğunun pekâlâ farkındaydı. Bu gerçekle kendine cesaret vermeye çalıştığını fark etti ve kendi saflığına öfkelendi. Zamansal sırayı nedensel sıra gibi yorumlamak bir zamanbilimci için oldukça aptalca bir şeydi. Kırkında bunamış mıydı? Aralık kavramı gibi küçük ama pratik bir şeyle uğraşsa çok daha iyiydi. Bir başkasına yararı dokunabilirdi.

Ama o konuda bile, başka fizikçilerle konuşurken bir şeyleri sakladığını hissediyordu. Onlar da bunu biliyorlardı.

Saklamaktan, konuşmamaktan, devrimden söz etmemekten, fizikten söz etmemekten, hiçbir şeyden söz etmemekten bıkmıştı.

Bir derse giderken kampüsün içinden geçiyordu. Kuşlar yeni yaprak vermiş ağaçlarda ötüyorlardı. Bütün kış onların şarkılarını duymamıştı, ama şimdi ötüyorlar, tatlı melodileri etrafa yayılıyordu. *Cik cik* diye ötüyorlardı, *cik cik. Benim bu mülk cük cük, benim bu bölgecik cik cik, bana ait cik cik cik...*

Shevek ağaçların altında bir dakika kadar kıpırdamadan durup dinledi.

Sonra yoldan geri döndü, kampüsü başka bir yönde, istasyona doğru geçip Nio Esseia'ya giden bir sabah trenine yetişti. Bu kahrolası gezegende bir açık kapı olmalıydı!

Trende otururken A-İo'dan çıkmaya çalışmayı tasarladı: belki de Benbili'ye gitmeyi. Ama bu düşünceyi ciddiye almadı. Bir gemi ya da uçağa binmesi gerekirdi, hemen izi bulunup durdurulurdu. İyi niyetli ve koruyucu ev sahiplerinin gözü önünden ayrılabileceği tek yer kendi büyük kentleri, burunlarının ucuydu.

Bir kaçış değildi bu. Ülkeden ayrılsa bile hapiste olacaktı, Urras'ta hapis. Buna kaçış denemezdi, ulusal sınırlara atfettikleri o gizemleriyle devletçiler ne derlerse desinler. Ama birden, iyi niyetli ve koruyucu ev sahiplerinin bir an için de olsa kaçtığını düşünebileceklerini aklına getirince kendini günlerdir olmadığı kadar keyifli hissetti.

Baharın gerçekten sıcak olan ilk günüydü. Tarlalar yeşildi ve suyla parıldıyorlardı. Otlaklarda her besi hayvanının yanında yavrusu vardı; beyaz esnek toplar gibi hoplayıp zıplayan, kuyruklarını sallayıp duran kuzular özellikle çok sevimliydiler. Bir ağılda, iriyarı sürübaşı, koç, boğa veya aygır, tek başına bir fırtına bulutu kadar güçlü, üremeyle yüklü duruyordu. Suyla dolu gölcüklerin üzerinde, mavi üzerinde beyaz martılar süzülüyorlardı, açık mavi göğü beyaz bulutlar aydınlatıyordu. Meyve ağaçlarının dalları kırmızıyla bezenmişti, birkaç gonca pembe beyaz açmıştı. Trenin penceresinden seyreden Shevek huzursuz ve isyancı ruh halinin günün güzelliğini bile tanımamaya hazır olduğunu fark etti. Hak edilmemiş bir güzellikti bu. Urras'lılar bunu hak etmek için ne yapmışlardı? Neden onlara bu kadar cömertçe, bu kadar zarifçe verilmiş, kendi halkına neden bu kadar az, çok az verilmişti?

Bir Urras'lı gibi düşünüyorum, dedi kendi kendine. Lanet olası bir mülkiyetçi gibi. Hak etmenin bir anlamı varmış gibi. İnsan, güzelliği ya da yaşamı kazanabilirmiş gibi! Hiçbir şey düşünmemeye, kendini trenin ileriye doğru hareketine bırakıp ılımlı gökteki günışığını ve baharda tarlalarda hoplayan küçük kuzuları izlemeye çalıştı.

Dört milyonluk Nio Esseia kenti parlak, narin kulelerini, sanki buğudan ve gün ışığından yapılmış gibi haliçin yeşil çayırlarından yukarılara doğru yöneltmişti. Tren uzun bir viyadüke yavaşça girerken kent daha yüksek, parlak, katı olarak belirdi, birdenbire yirmi yoldan oluşan bir yeraltı geçidinin uğuldayan karanlığında treni yuttu, sonra da onu ve yolcularını Merkez İstasyonu'nun parlak boşluklarına, tüm gezegenlerde insan eliyle yapılmış en büyük kubbe olduğu söylenen fildişi ve gök mavisi merkez kubbesinin altına bıraktı.

Shevek o dev, havai kemerin altındaki metrekarelerce parlak mermeri geçti ve sonunda hepsi amaçlı, hepsi değişik olan insan kalabalığının gelip geçtiği uzun kapılar dizisine geldi. Ona hepsi kaygılı gibi görünüyorlardı. Bu kaygıyı daha önce Urras'lıların yüzlerinde görmüştü ve ne olduğunu merak ediyordu. Ne kadar para kazanırlarsa kazansınlar yine de yoksul ölmemek için daha fazla kazanmaları gerektiğini düşündükleri için miydi? Suçluluk muydu, çünkü ne kadar az paraları olursa olsun, her zaman onlardan daha az parası olan birisi vardı. Nedeni ne olursa olsun, bütün yüzlere bir tür benzerlik veriyordu bu; Shevek kendini onların arasında çok yalnız hissediyordu. Rehberleri ve muhafızlarından kaçarken, insanların birbirlerine güvenmediği, temel ahlaki varsayımın karşılıklı yardımlaşma değil, karşılıklı saldırganlık olduğu bir toplumda tek başına kalmanın ne anlama gelebileceğini düşünmemişti. Biraz korkuyordu.

Kentte dolaşıp insanlarla, mülksüz sınıfın –eğer hâlâ böyle bir şey varsa– ya da onların deyişiyle çalışan sınıfların üyeleriyle konuşmayı belli belirsiz hayal etmişti. Ama bütün bu insanlar acele ediyorlardı, işleri vardı, boş boş konuşmak ya da değerli zamanlarını yitirmek istemiyorlardı. Aceleleri Shevek'e de bulaştı. Bir yerlere gitmesi gerektiğini düşündü, günışığına ve Moie Caddesi'nin kalabalık görkemine çıktığında. Nereye? Ulusal Kütüphane'ye mi? Hayvanat Bahçesi'ne mi? Ama turist gibi gezmek istemiyordu.

İstasyonun yakınında gazete ve incik boncuk satan küçük bir dükkânın önünde kararsızca durdu. Gazetenin başlığı THU, BENBİLİ İSYANCILARINA YARDIM İÇİN KUVVET GÖNDERİYOR diyordu ama Shevek tepki göstermedi. Gazete yerine, asılı duran fotoğraflara baktı. Urras'tan hiç andacı olmadığını fark etti. Yolculuk eden biri geriye bir hediye getirmeliydi. A-İo'nun manzaralarından oluşan fotoğrafları sevdi: tırmandığı dağlar, Nio'nun gökdelenleri, Üniversite İbadet Evi (neredeyse odasından görünen manzara), sevimli yöresel giysileri içinde bir çiftçi kız, Rodarred'in kuleleri ve gözüne ilk çarpan resim, çiçekli bir çayırda, bacaklarını sallayarak sanki gülen küçük bir kuzu. Küçük Pilun bu kuzuyu çok severdi herhalde. Her karttan bir tane seçip kasaya götürdü. "Beşi elli eder, kuzuyla birlikte altmış; bir de harita, buyurun efendim, bir-kırk. Güzel bir gün, sonunda bahar geldi, değil mi efendim? Bozuğunuz yok mu, efendim?" Shevek yirmi birimlik bir banknot çıkarmıştı. Biletini aldığı zaman edindiği bozuklukları karıştırdı; kâğıt ve madeni paraların adlarını biraz inceleyerek bir birim kırkı toparladı. "Tamam, efendim. Teşekkür ederim, iyi günler!"

Para, kartları ve haritayı olduğu gibi nezaketi de mi satın alıyordu? Eğer bir Anarres'linin mal deposuna geldiği gibi gelseydi –istediğini alıp depo görevlisini başıyla selamlayıp dışarı yürüseydi– dükkâncı ne kadar nazik davranırdı?

Yararı yoktu, böyle düşünmenin hiç yararı yoktu. Mülkiyet Ülkesi'ndeyken bir mülkiyetçi gibi düşün. Öyle giyin, öyle ye, öyle davran, öyle ol.

Nio'nun kent merkezinde hiç park yoktu, çünkü toprak böyle lükslere ayrılamayacak kadar değerliydi. Sürekli daha önce birçok kez götürüldüğü aynı geniş, parlak caddelerden geçip duruyordu. Saemtenevia Caddesi'ne geldi ve yeniden uyanık olarak karabasan görmemek için aceleyle caddeyi geçti. Şimdi ticaret bölgesine gelmişti. Bankalar; ofis binaları; hükümet binaları. Bütün Nio Esseia böyle miydi? Taş ve camdan oluşan dev, parlak kutular, kocaman, gösterişli, dev, boş, bomboş paketler.

Sanat Galerisi tabelası olan bir zemin kat penceresinin önünden geçerken caddelerin ahlaki klostrofobisinden kaçmayı ve Urras'ın güzelliğini yeniden bir müzede bulmayı düşünerek içeriye girdi. Ama müzedeki bütün resimlerin çerçevelerine fiyat etiketleri iliştirilmişti. Ustaca boyanmış bir çıplağa baktı. Etikette 4000 UPB yazıyordu. "Bu bir Fei Feite," dedi arkasında sessizce beliren esmer bir adam, "bir hafta önce elimizde beş tane vardı. Son zamanlarda sanat piyasasındaki en büyük şey. Bir Feite edinmek gerçekten iyi bir yatırım, efendim."

"Dört bin birim bu kentte iki aileyi bir yıl yaşatmaya yetecek para," dedi Shevek.

Adam Shevek'i inceledi ve ağır ağır konuştu. "Evet, şey, bakın, efendim, bu bir sanat eseri."

"Sanat mı? İnsan yapması gerektiği için sanat yapar! Bu niçin yapılmış?"

"Galiba sanatçısınız," dedi adam açık bir küstahlıkla.

"Hayır, yalnızca boku bir görüşte tanıyan biriyim!"

Satıcı ürkerek geri çekildi; Shevek'ten yeterince uzaklaşınca polisle ilgili bir şeyler söylemeye başladı. Shevek yüzünü buruşturup dükkândan çıktı. Blokun yarısına geldiğinde durdu. Böyle devam edemezdi.

Ama nereye gidebilirdi?

Birine... Birine, bir başka kişiye. Bir insana. Yardım edecek, yardımını satmayacak birine. Kime? Nereye?

Oiie'nin çocuklarını, onu seven küçük oğlanları düşündü ve bir süre için aklına başka kimse gelmedi. Sonra beyninde uzak, küçük ve açık bir imge belirdi: Oiie'nin kız kardeşi. Adı neydi? Geleceğinize söz verin! demişti; o günden beri de Shevek'e iki kez çocuksu el yazısıyla kalın, hoş kokulu kâğıtlara yazdığı yemek davetiyeleri göndermişti. Yabancılardan gelen bütün o davetler arasında onları da göz ardı etmişti. Şimdi aklına gelmişlerdi.

Aynı zamanda diğer mesajı, açıklanamaz bir şekilde paltosunun cebinde beliren mesajı da anımsamıştı: *Bize, kardeşlerine katıl...* Ama Urras'ta hiç kardeş bulamamıştı.

En yakın dükkâna girdi. Altın rengi fiyat listeleriyle kaplı, pembe sıvalı, pembe, kahverengi, krem rengi, altın rengi şekerleme ve bonbon kutuları, tenekeleri ve sepetleriyle dolu sıra sıra cam tezgâhları olan bir pastaneydi burası. Tezgâhın arkasındaki kadına bir telefon numarasını bulmasına yardım edip edemeyeceğini sordu. Galerideki öfke krizinden sonra şimdi sakinleşmişti, o kadar alçakgönüllü, bilgisiz ve yabancı görünüyordu ki kadının gönlünü kazandı; kadın onun kalın telefon rehberinde Vea'nın adını aramasına yardım etmekle kalmadı, aynı zamanda dükkânın telefonundan numarayı da aradı.

"Alo."

"Shevek," dedi. Sonra durdu. Onun için telefon acil gereksinmeleri, ölüm, doğum ve deprem gibi durumları bildirmeye yarayan bir araçtı. Ne söyleyeceğini bilmiyordu.

"Kim? Shevek mi? Gerçekten mi? Araman ne büyük incelik! Eğer sensen kalkabilirim doğrusu."

"Uyuyor muydun?"

"Derin bir uykudaydım, hâlâ da yataktayım. Çok hoş ve sıcak. Neredesin allah aşkına?"

"Yanılmıyorsam Kae Sekae Caddesi'nde."

"Ne için? Buraya gelsene. Saat kaç? Aman Tanrım, neredeyse öğle olmuş. Tamam, seni yarı yolda karşılarım. Eski saray bahçelerindeki kayık havuzunda. Bulabilir misin? Dinle bak, bu gece burada kal, bu gece gerçekten harika bir parti veriyorum." Bir süre konuşmayı sürdürdü; Shevek söylediği her şeyi onayladı. Tezgâhtan ayrılıp giderken dükkâncı kadın ona gülümsedi. "Ona bir kutu şeker götürseniz iyi olmaz mı, efendim?"

Shevek durdu. "İyi mi olur?"

"Hiçbir zaman zararı olmaz efendim."

Kadının sesinde arsız ve şen bir şeyler vardı. Dükkânın havası tatlı ve sıcaktı, sanki baharın tüm kokuları oraya dolmuştu. Shevek orada sevimli, lüks şeylerle dolu tezgâhların ortasında, uzun, güçlü, düşte gibi, ağıllarındaki güçlü hayvanlar, baharın özlenen sıcaklığıyla aptallaşmış koçlar veya boğalar gibi duruyordu.

"Sizin için bir şeyler hazırlarım," dedi kadın ve zarif minelerle süslenmiş küçük, madeni bir kutuyu minik çikolata yaprakları ve gül şeklinde şekerlerle doldurdu. Tenekeyi paket kâğıdına sardı, paketi simli karton bir kutuya koydu, kutuyu kalın, gül rengi bir kâğıda sardı ve yeşil, kadife bir kurdeleyle bağladı. Bütün o becerikli hareketlerinde mizahi ve sempatik bir suç ortaklığı sezilebiliyordu; Shevek'e hazırlanmış paketi verdi, Shevek de mırıldanarak teşekkür etti ve gitmek için döndü; kadın arkasından "On-altmış ediyor, efendim," diye seslendiğinde sesinde bir sertlik yoktu. Hatta kadınların güçlülüğe acıdıkları gibi, ona acıdığından gitmesine izin bile verebilirdi, ama Shevek uysallıkla geri döndü ve parayı ödedi.

Metroyla önce Eski Saray bahçelerinin, sonra da sevimli giysileriyle çocukların oyuncak gemileri, ipek halatları ve mücevhere benzeyen pirinç kaplamalarıyla harika küçük tekneleri yüzdürdükleri kayık havuzunun yerini buldu. Geniş, parlak su çemberinin öte yanında Vea'yı gördü ve havuzun çevresinden dolaşarak ona gitti; gün ışığının, bahar rüzgârının ve açık yeşil yapraklarını erkenden çıkaran karanlık ağaçların farkındaydı.

Parktaki bir restoranda, yüksek, cam bir kubbeyle kapatılmış bir terasta yemek yediler. Kubbenin içindeki günışığında ağaçlar –söğütler– tüm yapraklarını çıkarmışlar, şişman beyaz kuşların yemek yiyenleri seyrederek küstalı bir hırsla yemek artıklarını bekleyip yüzdükleri bir havuzun üzerine sarkıtmışlardı. Vea yemek ısmarlamayı üzerine almadı ve Shevek'in ısmarladığını belirtmek için elinden geleni yaptı, ama becerikli garsonlar Shevek'e o kadar belli etmeden tavsiyelerde bulundular ki Shevek hepsini kendinin becerdiğini sandı; neyse ki cebinde epeyce para vardı. Yemekler olağanüstüydü. Şimdiye kadar böyle damak zevkine hitap eden şeyler tatmamıştı. Günde iki yemeğe alışık olduğundan genellikle Urras'lıların öğle yemeğini yemiyordu, ama bugün hepsini silip süpürdü; bu arada Vea kibarca oradan buradan atıştırıyordu. Shevek en sonunda durmak zorunda kaldı, Vea onun pişmanlık dolu bakışına güldü.

"Çok yedim."

"Biraz yürümek iyi gelir."

Çok kısa bir yürüyüştü: çimende on dakikalık yavaş bir gezinti, sonra Vea hepsi altın sarısı çiçeklerle parlayan yüksek fundalıkların gölgesine zarafetle oturdu. Shevek de yanına oturdu. Vea'nın çok yüksek topuklu, küçük, beyaz ayakkabılarla süslenmiş ince ayaklarına bakarken Takver'in kullandığı bir terim aklına geldi. Takver cinselliklerini erkeklerle güç mücadelesinde bir silah olarak kullanan kadınlara "beden satıcısı" diyordu. Ona bakınca, Vea beden satıcılarının en âlâsı gibi görünüyordu. Ayakkabılar, giysiler, kozmetik, mücevherler, hareketler, onunla ilgili her şey kışkırtıcıydı. O kadar ince işlenmiş ve gösterişli bir kadın bedeniydi ki insan değilmiş gibi görünüyordu. İo'luların düşlerine, romanlarına ve şiirlerine, bitip tükenmeyen çıplak kadın resimlerine, müziklerine, kıvrımları ve kubbeleriyle mimarilerine, şekerlemelerine, banyolarına, şiltelerine yedirdikleri bütün o cinselliği cisimlendiriyordu. Masanın içindeki kadındı.

Tümüyle kazınmış kafasına minik mika tozu parçaları içeren bir pudra serpilmiş, böylece hatlarının çıplaklığı hafif bir parıltıyla gizlenmişti. İnce bir şal veya atkıya bürünmüştü, altında çıplak kollarının şekli ve dokusu yumuşamış, korunmuş görünüyordu. Göğüsleri örtülüydü: İo'lu kadınlar sokakta göğüsleri açık dolaşmazlar, çıplaklıklarını sahiplerine saklarlardı. Bilekleri altın bileziklerle doluydu, boynundaki çukurda bir tek mücevher yumuşak derinin üzerinde mavi mavi parlıyordu.

"Orada nasıl duruyor?"

"Ne?" Vea mücevheri göremediği için farkında değilmiş gibi davranabiliyor, Shevek'i elini göğüslerinin üzerinden uzatıp mücevheri göstermeye, belki de ona dokunmaya zorluyordu. Shevek gülümsedi ve mücevhere dokundu. "Yapışık mı?"

"A, o mu? Hayır, orada küçük bir mıknatıs gömülü, mücevherin arkasında da küçük bir parça maden var, yoksa tam tersi mi? Her neyse, yapışık duruyoruz."

"Derinin altında bir mıknatıs mı var?" diye sordu Shevek saklamaya gerek duymadığı bir hoşnutsuzlukla.

Vea gülümsedi ve Shevek'in orada bir yaranın küçük gümüşi çukurundan başka bir şey olmadığını görmesi için safiri yerinden aldı. "Yaptıklarımı o kadar yanlış buluyorsun ki– bu bana canlılık veriyor. Ne söylersem söyleyeyim, ne yaparsam yapayım, senin gözünde kendimi alçaltamayacağımı hissediyorum, çünkü zaten en dipteyim!"

"Bu doğru değil," diye karşı çıktı Shevek. Vea'nın oyun oynadığını biliyordu, ama oyunun kurallarından pek azının farkındaydı.

"Hayır, hayır; ahlaki dehşeti görünce tanırım. İşte böyle." Kaşlarını kederli bir şekilde çattı; ikisi de güldüler. "Gerçekten Anarres'li kadınlardan çok mu farklıyım?"

"Aa, evet, gerçekten."

"Hepsi kaslı, son derece güçlü kuvvetli mi? Herhalde çizme giyerler, kocaman düz tabanları ve akılcı giysileri vardır, ayda bir kez tıraş olurlar."

"Hiç tıraş olmazlar."

"Hiç mi? Hiçbir yerlerini de mi tıraş etmezler? Aman Tanrım! Başka bir şeyden bahsedelim."

"Senden." Shevek çimenin üzerinde, Vea'nın bedeninin doğal ve yapay kokularıyla çevrilecek kadar yakınına uzandı. "Bilmek istiyorum, Urras'lı bir kadın, her zaman daha alt düzeyde olmaktan memnun mudur?"

"Kimden daha alt düzeyde?"

"Erkeklerden."

"Ha, şu mesele! Öyle olduğumu düşünmene neden ne?"

"Toplumunuzdaki her şey erkekler tarafından yapılıyor sanki. Endüstri, sanat, yönetim, hükümet, kararlar. Bütün yaşamınız boyunca da babanızın ve kocanızın adını taşıyorsunuz. Erkekler okula gidiyorlar, siz gitmiyorsunuz; hepsi öğretmen, yargıç, polis, hükümet üyesi oluyorlar, değil mi? Neden her şeyi denetlemelerine izin veriyorsunuz? Neden istediğinizi yapmıyorsunuz?"

"Yoo, yapıyoruz. Kadınlar tam istedikleri şeyleri yapıyorlar. Üstelik ellerini kirletmek, pirinç başlıklar giymek ya da Yönetim Merkezi'nde bağırıp çağırmak zorunda değiller bunu yapmak için."

"Ama yaptığınız nedir?"

"Ne olacak, erkekleri yönetmek tabii! Hem de biliyorsun ki onlara bunu söylemekte hiçbir sakınca yok, çünkü hiçbir zaman buna inanmıyorlar. 'Hay allah, bak şu komik küçük kadına!' diyorlar, başınızı okşuyorlar ve son derece mutlu, madalyalarını şıkırdatarak yürüyüp gidiyorlar."

"Sen de mi çok mutlusun?"

"Gerçekten de öyleyim."

"İnanmıyorum buna."

"Çünkü ilkelerine uymuyor. Erkeklerin hep kuramları vardır ve her şey onlara uymak zorundadır."

"Hayır, kuramlar yüzünden değil, senin mutlu olmadığını gördüğüm için. Huzursuz, doyumsuz ve tehlikeli olduğunu gördüğüm için."

"Tehlikeli mi!" Vea neşeyle güldü. "Ne kadar harika bir kompliman! Neden tehlikeliyim Shevek?"

"Neden mi, çünkü erkeklerin gözünde bir nesne, sahip olunan, satın alınan, satılan bir nesne olduğunun farkındasın... Bu yüzden yalnızca sahipleri kandırmayı, intikam almayı–"

Vea küçük elini Shevek'in dudaklarının üstüne koydu. "Sus," dedi. "Kabalık etmek istemediğini biliyorum. Seni affediyorum. Ama bu kadarı yeter."

Shevek bu ikiyüzlülüğü ve belki de onu gerçekten kırmış olabileceğini düşününce kaşlarını fena çattı. Vea'nın elinin hafif dokunuşunu hâlâ dudaklarında hissedebiliyordu. "Özür dilerim!" dedi.

"Hayır, hayır. Ay'dan geliyorsun, nasıl bilebilirsin ki? Ayrıca, sen bir erkeksin... Yine de sana bir şey söyleyeceğim. Eğer Ay'daki 'kız kardeşlerinden' birini alıp ona, çizmelerini çıkartma, güzel bir banyo yapma, epilasyon yaptırma, bir çift sevimli sandalet giyme, göbeğine bir mücevher takma ve parfüm sürme olanağı tanınsaydı hoşuna giderdi. Senin de hoşuna giderdi doğrusu. Ama yapmazsınız; kuramlarınızla siz zavallıcıklar; hep erkek ve kız kardeşler, hiç eğlence de yok!"

"Haklısın," dedi Shevek. "Hiç eğlence yok. Hiçbir zaman. Anarres'te bütün gün madenlerin derinlerinden kurşun çıkarırız, gece olduğunda bir kaşık dolusu tuzlu suda pişirilmiş üç holum tanesinden oluşan yemeğimizi yedikten sonra Odo'nun Sözler'ini karşılıklı söyleriz, yatma zamanına dek. Tabii ki yatağa da ayrı ayrı ve çizmelerimizle gireriz."

İoca'yı, yalnızca Takver ve Sadik'in alışacak kadar sık duyduğu ani fantezilerinden birini kendi dilinde olduğu gibi akıcı sözcüklerle anlatabilecek ölçüde iyi bilmiyordu; ama anlatımı, kusurlu da olsa, Vea'yı şaşırttı. Vea'nın boğuk kahkahası kendiliğinden yükseldi. "Aman Tanrım, komik de olabiliyorsun. Olmadığın herhangi bir şey var mı?"

"Satıcı," dedi Shevek.

Vea gülümseyerek onu inceledi. Duruşunda profesyonel, aktris gibi bir şey vardı. İnsanlar genellikle birbirlerine çok yakından dikkatle bakmazlar, eğer anneyle çocuk, doktorla hasta ya da iki sevgili değillerse.

Shevek kalktı. "Daha yürümek istiyorum," dedi.

Vea kalkmasına yardım etmesi için elini uzattı. Hareketi tembel ve davet ediciydi, ama sesinde kararsız bir yumuşaklıkla "Gerçekten de bir kardeş gibisin..." dedi. "Tut elimi. Tekrar bırakırsın!"

Büyük bahçedeki patikalarda dolaştılar. Eski krallık günlerinden kalma bir müze olarak saklanan saraya girdiler, çünkü Vea oradaki mücevherlere bakmayı çok sevdiğini söyledi. Kabartmalı kumaşlarla kaplı duvarlar ve oyma şömine tablalarından küstah lord ve prenslerin portreleri onlara bakıyordu. Odalar gümüşlerle, altınlarla, kristallerle, nadir tahtalarla, goblenlerle ve mücevherlerle doluydu. Kadife kordonların arkasında muhafızlar duruyordu. Muhafızların siyah ve kızıl üniformaları oradaki görkemle, asılı duran dokunmuş altınla, örülmüş tüyden yatak örtüleriyle uyum içindeydi, ama yüzleri uymuyordu; sıkılmış, yorulmuş, bütün gün yabancılar arasında ayakta durup anlamsız bir iş yapmaktan sıkılmış yüzlerdi bunlar. Shevek ve Vea, içinde bin dört yüz yıl önce, Kraliçe Teaea' nın, o korkunç ve küstah kadının, derileri diri diri yüzülmüş isyancıların yanık derilerinden yaptırdığı ve vebaya yakalanmış halkının arasına Tanrı'ya bu salgını sona erdirmesi için yalvarmaya indiğinde giydiği pelerininin durduğu cam bir bölmeye geldiler. "Bana fena halde keçi derisi gibi geliyor," dedi Vea, cam bölmedeki rengi atmış, zamanın yıprattığı paçavrayı inceleyerek. Shevek'e baktı. "İyi misin?"

"Buradan çıkmak istiyorum."

Dışarıya, bahçeye çıkınca Shevek'in yüzünün beyazlığı azaldı, ama dönüp saray duvarlarına nefretle baktı. "Neden utancınıza sarılıyorsunuz?"

"Ama hepsi yalnızca tarih. Böyle şeyler şimdi olamaz!"

Vea onu bir tiyatroya götürdü, oyun genç evliler ve kaynanalarıyla ilgiliydi, hiçbir zaman çiftleşmeden söz etmeyen, ama çiftleşmeyle ilgili esprilerle doluydu. Shevek, Vea güldüğünde gülmeye çalıştı. Oyundan sonra kentin öte yanında bir lokantaya, inanılmaz derecede zengin bir yere gittiler. Yemek yüz birim tuttu. Öğleyin yemek yiyen Shevek şimdi pek az yedi, ama Vea'nın ısrarına dayanamayarak iki-üç kadeh şarap içti, şarap beklediğinden çok daha hoştu ve düşüncesini etkileyici herhangi bir etkisi yok gibi gözüküyordu. Yemeği ödeyecek kadar parası yoktu, ama Vea hesabı paylaşmak için herhangi bir öneride bulunmadı; yalnızca Shevek'e bir çek yazmasını önerdi, o da yazdı. Daha sonra kiralık bir arabayla Vea'nın dairesine gittiler; Vea araba masrafını da ona ödetti. Acaba, diye düşündü Shevek, Vea aslında o gizemli varlık mıydı – hani o "fahişe" denilen? Ama Odo'nun yazdığı kadarıyla fahişeler yoksul kadınlardı, Vea ise kesinlikle yoksul değildi; anlattığına göre, "onun" partisi, "onun" aşçısı, "onun" hizmetçisi ve "onun" kâhyası tarafından hazırlanıyordu. Ayrıca, Üniversite'deki erkekler fahişelerden hayasız yaratıklar olarak, tiksintiyle bahsediyorlardı, halbuki Vea, sürekli cilvelerine karşın, cinsel konularda açık konuşmaya duyarlıydı; Shevek de onun yanında, kendi dünyasında on yaşında utangaç bir çocuğun yanında olabileceği gibi sözcüklerine dikkat ediyordu. Vea' nın tam olarak ne olduğunu bilmiyordu.

Vea'nın odaları büyük ve lükstü, Nio'nun ışıklarının parlayan manzarası görünüyordu ve bütün odalar beyaz döşenmişti, halılar bile beyazdı. Ama Shevek lüksten bıkmıştı, hem de uykusu gelmişti. Konukların gelmesi daha bir saat alırdı; Vea giysilerini değiştirirken Shevek oturma odasındaki büyük beyaz koltuklardan birinde uyuyakaldı. Hizmetçinin masada bir şeyleri şıngırdatması sonucu uyandı ve İo'lu kadınların resmi akşam giysisi olan, kalçalardan aşağı inip bütün gövdeyi çıplak bırakan plili bir etek giymiş Vea'nın odaya girdiğini gördü. Vea'nın göbeğinde bir mücevher parıldıyordu, tıpkı bir çeyrek yüzyıl önce Kuzeybatışı Bölge Enstitüsü'nde Tirin ve Bedap'la gördüğü filmlerdeki gibi, aynısı... Yarı uyanık ve tahrik olmuş bir şekilde Vea'ya gözlerini dikti.

Vea da biraz gülümseyerek ona bakıyordu.

Vea onun yüzüne bakabilmek için yakınındaki alçak, yastıklı tabureye oturdu. Beyaz eteğini düzeltti, sonra, "Şimdi anlat bana, Anarres'te erkeklerle kadınlar arasında gerçekten neler geçer?" dedi.

İnanılmaz bir şeydi. Hem hizmetçi, hem de kâhyanın adamı odadaydı; Vea eşli olduğunu biliyordu, Shevek de onun evli olduğunu; aralarında çiftleşmeyle ilgili tek bir sözcük geçmemişti. Ama Vea' nın giysileri, hareketleri, ses tonu – açık bir davetten başka neydi ki?

"Bir erkekle bir kadın arasında, aralarında ne geçmesini istiyorlarsa o geçer," dedi biraz sertçe. "Tek tek ve birlikte istedikleri her neyse."

"O zaman sizin hiç ahlakınız olmadığı doğru mu?" dedi Vea, şaşırmış, ama durumdan hoşlanmış görünüyordu.

"Ne kastettiğini anlamıyorum. Orada da birine zarar vermek, buradakinin aynıdır."

"Yani o eski kuralların hepsinin olduğunu söylüyorsun. Ben ahlakın da din gibi bir batıl inanç olduğuna inanıyorum. Çöpe atılması gerekli."

"Ama benim toplumum," dedi Shevek, kafası iyice karışmıştı, "buna *erişmek* için bir çaba. Ahlakçılığı çöpe atmaya tamam, kuralları, yasaları, cezaları– böylelikle insanlar iyiyle kötüyü görüp istediklerini seçebilirler."

"O zaman bütün 'şunu yap'ları ve 'şunu yapma'ları atıyorsunuz. Ama sanırım siz Odocular tümüyle yanıldınız. Rahipleri, yargıçları, boşanma yasalarını, bütün hepsini çöpe attınız, ama onların ardındaki gerçek sorunu sakladınız. Onu yalnızca içe, vicdanlarınıza attınız. Ama hâlâ orada. Eskisinden daha da kölesiniz! Gerçekte özgür değilsiniz."

"Nereden biliyorsun?"

"Bir dergide Odoculuk hakkında bir makale okudum," dedi Vea, "ayrıca bütün gün birlikteydik. Seni tanımıyorum, ama hakkında bazı şeyler biliyorum. Kafanda, o tüylü kafanda bir– bir Kraliçe Teaea bulunduğunu biliyorum. Eski tiranın serflere yaptığı gibi sana emirler verip duruyor. Bunu yap! diyor ve yapıyorsun, Yapma! diyor, sen de yapmıyorsun."

"Yeri orası," dedi Shevek, "kafamın içi."

"Hayır. Bir sarayı olsa daha iyiydi. O zaman isyan edebilirdin. Ederdin! Büyük-büyük-büyükbaban etti; hiç olmazsa kaçmak için Ay'a gitti. Ama Kraliçe Teaea'yı yanında götürdü, hâlâ da sizinle!"

"Belki. Ama o da, Anarres'te, bana birine zarar vermemi söylerse ancak kendime zarar vereceğimi öğrendi."

"Şu eski ikiyüzlülük. Yaşam bir kavgadır ve en güçlü olan kazanır. Uygarlığın tek yaptığı güzel sözlerle kanı ve nefreti gizlemek!"

"Sizin uygarlığınızınki belki. Bizimki hiçbir şey gizlemiyor. Her şey açık. Kraliçe Teaea orada kendi derisini giyiyor... Bir yasaya uyuyoruz, yalnız bir tek yasaya, insanın evrimi yasasına."

"Evrim yasası en güçlünün kazanacağını söyler!"

"Evet, herhangi bir toplumsal türün varlığında da en güçlü olan, en toplumsal olandır. İnsan kavramlarına göre, en ahlaki olan. Bak, Anarres'te ne avımız, ne de düşmanımız var. Yalnızca birbirimiz varız. Birbirine zarar vermekle güç kazanılamaz. Yalnızca zayıflık kazanılabilir."

"Zarar vermek ya da vermemek beni ilgilendirmiyor. Başka insanlar beni ilgilendirmiyor, başka kimseyi de. İlgileniyormuş gibi yapıyorlar. Ben rol yapmak istemiyorum. Ben özgür olmak istiyorum!"

"Ama Vea," diyecek oldu Shevek yumuşak bir sesle, çünkü özgürlük yakarısı onu çok etkilemişti; tam o sırada kapı çaldı. Vea ayağa kalkıp eteğini düzeltti ve gülümseyerek konuklarını karşılamaya gitti.

Sonraki bir saat boyunca otuz kırk kişi geldi. Shevek başlangıçta mutsuz, doyumsuz ve sıkıntılı görünüyordu. Herkesin ellerinde kadehlerle ayakta durup gülümsediği ve yüksek sesle konuştuğu her zamanki partilerden biriydi bu. Ama yavaş yavaş daha eğlenceli olmaya başladı. Tartışmalar başladı, insanlar oturup konuşmaya başladılar; evindeki partilere benzemeye başladı. Minik, zarif pastalar, parça et ve balık dolaştırılıyordu, boşalan kadehler dikkatli bir garson tarafından anında dolduruluyordu. Shevek bir içki aldı. Aylardır Urras'lıların alkol yutmalarını seyredip durmuştu, hiçbiri de hastalanmamıştı. İlaca benzer bir tadı vardı, ama biri yalnızca karbonik asitle su olduğunu söyledi, hoşuna gitmişti. Susamıştı, bir dikişte içti.

Birkaç kişi onunla fizikten bahsetmeye kararlıydı. Birisi kibardı, Shevek de bir süre ondan kaçmayı başardı, çünkü fizikçi olmayanlarla fizikten konuşmaktan hoşlanmıyordu. Diğeri küstahtı ve ondan kurtulmak olanaksızdı; ama Shevek rahatsızlığın konuşmasını kolaylaştırdığını fark etti. Adam anlaşılan çok parası olduğu için her şeyi biliyordu. "Gördüğüm kadarıyla," dedi Shevek'e, "sizin Eşzamanlılık Kuramınız, zaman hakkındaki en açık gerçeği, zamanın geçtiği gerçeğini yadsıyor."

"Şey, fizikte insan nelere 'gerçek' diyeceği konusunda dikkatli olmalı, fizik iş hayatından farklıdır," dedi Shevek gayet yumuşak ve uyumlu bir tavırla; ama yakındaki başka bir grupla dedikodu yapan Vea sesindeki bu tonu duyunca dinlemek için onlara doğru döndü. "Eşzamanlılık Kuramı'nın katı terimleri içinde süreklilik, fiziksel olarak nesnel bir olgu değil, öznel bir olgu olarak kabul edilir."

"Şimdi Dearri'yi korkutmaya çalışmaktan vazgeç de bize bunun bebek dilinde ne anlama geldiğini anlat," dedi Vea. Keskinliği Shevek'in gülümsemesine yol açtı.

"Şey, zamanın 'geçtiğini', önümüzden akıp gittiğini düşünürüz; ama ya biz öne doğru, geçmişten geleceğe, sürekli yeniyi keşfederek gidiyorsak? Böyle bir zaman akışı, biraz kitap okumaya benzerdi, anlıyor musunuz? Kitap orada, tümüyle, kapağının içinde. Ama öyküyü okumak ve anlamak istiyorsanız, ilk sayfadan başlamalı, sonra ilerlemeli, hep sırayla gitmelisiniz. Böylece evren çok büyük bir kitap, biz de onun çok küçük okuyucuları olurduk."

"Ama *gerçek* şu ki, evreni bir süreklilik, bir akış olarak algılıyoruz," dedi Dearri. "Bu durumda, daha yüksek bir düzlemde her şeyin sonsuza dek, aynı anda var olabileceğini gösteren bu kuram ne işe yarar? Siz kuramcılar için eğlencelidir belki, ama gerçek yaşamda hiç pratik kullanımı– gerçek yaşama hiç yararı yoktur. Eğer bir zaman makinesi yapamazsak!" diye ekledi bir tür sert, sahte neşeyle.

"Ama evreni yalnızca sürekli olarak algılamıyoruz," dedi Shevek. "Hiç düş görmez misiniz, Bay Dearri?" Bir kerecik olsun birine "Bay" demeyi anımsamış olmaktan gurur duyuyordu.

"Ne ilgisi var şimdi bunun?"

"Görünüşe bakılırsa zamanı yalnızca bilinçli olduğumuzda algılıyoruz. Bir bebek için zaman yoktur; geçmişle arasındaki uzaklığı ölçemez, geçmişin şu anla nasıl bir ilişki içinde olduğunu anlamaz, şu anın geleceğiyle nasıl ilişkili olacağını planlayamaz. Zamanın geçtiğini bilmez; ölümü anlamaz. Erişkinin bilinçsiz aklı da onun gibidir. Düşte zaman yoktur, süreklilik tümüyle değişmiştir, neden ve sonuç birbirine karışır. Mit ve efsanede zaman yoktur. Masal 'Bir zamanlar' derken hangi geçmişten bahseder? Böylece gizemci, mantığıyla bilinçaltını yeniden birleştirdiğinde her şeyin tek bir varlık olduğunu görür ve sonsuz geri dönüşü anlar."

"Evet, gizemciler," dedi utangaç adam şevkle. "Tebores, Sekizinci Binyıl'da yazmıştı – *Bilinçsiz akıl evrenle aynı mekân ve zamandadır.*"

"Ama biz bebek değiliz," diye atıldı Dearri, "akılcı insanlarız. Sizin Eşzamanlılık'ınız bir tür gizemci geri dönüş mü?"

Bir duraklama oldu, bu arada Shevek istemediği bir pastaya uzanıp yedi. Bugün bir kez kendini kaybetmiş ve gülünç duruma düşmüştü. Bir kere yeterliydi.

"Belki onu," dedi, "bir dengeye varma çabası olarak görebilirsiniz. Bakın, Ardışıklık bizim doğrusal zaman duygumuzu ve evrim kanıtlarını gayet güzel açıklıyor. Yaratmayı ve ölümlülüğü de içeriyor. Ama orada duruyor. Değişen her şeyle ilgileniyor, ama nesnelerin aynı zamanda nasıl kalıcı olduklarını açıklayamıyor. Yalnızca zamanın okundan bahsediyor – ama zamanın çemberinden asla bahsetmiyor."

"Çember mi?" diye sordu sorgulardan nazik olanı, anlamak için o kadar açık bir çaba gösteriyordu ki Shevek Dearri'yi unuttu ve coşkuyla konuşmaya girişti, elleriyle kollarını sanki dinleyicisine bahsettiği döngüleri ve salınımları maddesel olarak göstermek istermiş gibi sallıyordu. "Zaman bir doğru olarak ilerlediği kadar döngüseldir de. Dönen bir gezegen: görüyor musunuz? Bir döngü, güneş etrafında bir yörünge bir yıl ediyor, değil mi? İki yörünge iki yıl, falan, yörüngeleri sonsuza dek sayabilirsiniz – bir gözlemci sayabilir. Aslında zamanı böyle bir sistemle sayarız – zaman sayacını, *saati* bu oluşturur. Ama sistemin, döngünün içinde, zaman nerededir? Başlangıç ve bitiş nerededir? Sonsuz yineleme zamansız bir süreçtir. Zamansal olarak görülebilmek için bir başka döngüsel veya döngüsel olmayan süreçle karşılaştırılması gerekir. Bu çok garip ve ilginç bir şey. Atomların, biliyorsunuz, döngüsel bir devinimi vardır. Kararlı bileşikler birbirlerine göre düzenli, döngüsel bir devinimi olan bileşenlerden oluşur. Aslında, maddeye yeterince kalıcılık verip evrimi olanaklı kılan, atomun minik, zaman açısından tersine çevrilebilir döngüleridir. Art arda eklenen minik zamansızlıklar zamanı oluşturur. Sonra, daha büyük bir ölçekte, kâinat: bütün evrenin döngüsel bir süreç, bir genişleme ve daralma salınımı olduğunu, öncesi ve sonrası olmadığını düşünüyoruz. Yalnızca, içinde yaşadığımız büyük döngülerin her birinin *içinde* doğrusal zaman, evrim, değişme vardır. O halde, zamanın iki özelliği var. Birincisi onsuz hiç değişmenin, ilerlemenin, yönün veya yaratmanın olmadığı ok, akan ırmak var. Sonra da onsuz karmaşanın hüküm süreceği, anların anlamsızca art arda dizileceği, saatlerin, mevsimlerin veya verilen sözlerin olmadığı bir dünyada yaşayacağımız çember veya döngü var."

"Aynı şey hakkında çelişen iki cümle söyleyemezsiniz," dedi Dearri, üstün bilginin verdiği sakinlikle. "Başka bir deyişle, bu 'özellik'lerden biri gerçek, diğeri yalnızca bir hayal."

"Birçok fizikçi böyle söyledi," diye onayladı Shevek.

"Ama siz ne diyorsunuz?" dedi bilmek isteyen kişi.

"Şey, bunun güçlükten kurtulmak için kolay bir yol olduğunu sanıyorum... İnsan, varlığı ya da oluşu bir hayal sayıp bir kenara atabilir mi? Varlıksız oluş anlamsızdır. Oluşsuz varlık çok sıkıcı olur... Eğer akıl zamanı bu iki şekilde de algılayabiliyorsa, gerçek bir zaman bilgisi de zamanın iki özelliği veya süreci arasındaki ilişkinin anlaşılabileceği bir alan sunmalıdır."

"Ama bu tür bir 'anlama'nın ne yararı var," dedi Dearri, "eğer pratik, teknolojik uygulamaları olmayacaksa? O zaman yalnızca kelime oyunu olmaz mı?"

"Gerçek bir çıkarcı gibi soru soruyorsunuz," dedi Shevek; oradaki hiç kimse Dearri'ye dağarcığındaki en aşağılayıcı sözle hakaret etmiş olduğunu anlamadı; hatta Dearri başıyla hafifçe onayladı ve bir kompliman olarak kabul etti. Ama Vea bir gerilim sezmişti ve söze karıştı: "Gerçekten söylediklerinin tek bir sözcüğünü anlamadım, ama eğer kitap hakkında söylediklerini –her şeyin gerçekte *şu anda* var olduğunu– gerçekten *anladıysam,* bana öyle geliyor ki geleceği önceden kestirebiliriz. Eğer şimdiden oradaysa."

"Hayır, hayır," dedi utangaç adam, pek de utangaç olmayan bir tavırla. "Bir kanepe veya ev gibi orada değildir – zaman, mekân değildir, çevresinden dolaşamazsın!" Vea başıyla onayladı, kendi yerini bulunca rahatlamış gibiydi. Kadını yüksek düşünce ülkesinden kovmaktan cesaret almış görünen utangaç adam Dearri'ye döndü ve "Bana zaman fiziğinin uygulama alanı ahlakmış gibi geliyor," dedi. "Bunu onaylıyor musunuz Dr. Shevek?"

"Ahlak mı? Şey, bilmiyorum. Ben çoğunlukla matematikle uğraşıyorum. Ahlaki davranışların denklemleri çıkarılamaz."

"Neden olmasın?" dedi Dearri.

Shevek onu dikkat almadı. "Ama haklısınız, zaman bilimi ahlakla ilgili. Çünkü zaman duygumuz, nedenle sonucu, araç ve amacı ayırt etme yeteneğimizle ilgili. Bebekler ya da hayvanlar, şu anda yaptıklarıyla bu yüzden olacaklar arasındaki farkı anlamazlar. Bir makara sistemi kuramazlar, söz veremezler. Biz yapabiliriz. *Şimdi* ile *şimdi değil* arasındaki farkı gördüğümüz için bağlantıyı kurabiliriz. İşte orada ahlak devreye girer. Sorumluluk. Kötü bir araçla iyi bir amaca ulaşılabileceğini söylemek, bu makarada bir ipi çekersem öbür makaradaki ağırlığın kalkacağını söylemek gibidir. Bir sözü tutmamak geçmişin gerçekliğini yadsımaktır; bu yüzden de gerçek bir gelecek umudunu yadsımak anlamına gelir. Eğer zaman ve us birbirlerinin işleviyse, eğer biz zamanın yaratıklarıysak, bunu bilerek en iyi şekilde yararlanmamız gerekir. Sorumluluk duyarak hareket etmemiz gerekir."

"Ama bakın," dedi Dearri tarif edilemez bir doyum duygusuyla ve kendi aklınca, "daha şimdi Eşzamanlılık sisteminizde geçmiş ve gelecek olmadığını, yalnızca bir tür sonsuz şimdi olduğunu söylemiştiniz. O zaman çoktan yazılmış bir kitaptan nasıl sorumlu olabilirsiniz ki? Tek yapabileceğiniz onu okumak. Hiçbir seçim, hiçbir özgür eylem kalmıyor."

"Bu determinizmin açmazı. Gerçekten haklısınız, Eşzamanlılık düşüncesinde bu içkin olarak var. Ama Ardışıklık düşüncesinin de kendi açmazları var. Saçma, küçük bir resim çizersek açıklayabiliriz – bir ağaca taş atıyorsunuz, eğer Eşzamanlılık yanlısıysanız, taş çoktan ağaca çarpmıştır, eğer Ardışıklık yanlısıysanız, taş ağaca hiçbir zaman ulaşamaz. O zaman hangisini seçersiniz? Belki de düşünmeden taş atmayı yeğlersiniz, seçim olmaz. Ben işleri zorlaştırmayı yeğliyorum, o yüzden ikisini de seçiyorum."

"Nasıl– nasıl bağdaştırıyorsunuz bunları?" diye sordu utangaç adam içtenlikle.

Shevek neredeyse umutsuzluktan gülecekti. "Bilmiyorum. Uzun zamandır bunun üzerinde çalışıyorum! Ne de olsa taş ağaca çarpıyor. Ne saf ardışıklık, ne de saf birlik onu açıklayabilir. Biz saflığı değil, karmaşıklığı, neden sonuç ilişkisini, araç ve amacı arıyoruz. Evren modelimiz en az evren kadar tüketilemez olmalı. Yalnızca kalıcılığı değil, yaratmayı, yalnızca varlığı değil, oluşu, yalnızca geometriyi değil, ahlakı da içeren bir karmaşıklık olmalı. Bizim aradığımız yanıt değil, soruyu nasıl soracağımız..."

"Hepsi çok iyi, ama endüstrinin gereksinmesi olan şey, yanıtlar," dedi Dearri.

Shevek yavaşça döndü, ona baktı ve hiçbir şey söylemedi.

Ağır bir sessizlik oldu, Vea zarafetle ve gayet yersiz olarak atılarak geleceği öngörme temasına geri döndü. Diğerlerine konu ilginç gelmişti, bu yüzden hep birlikte falcılar ve gaipten haber verenlerle olan deneyimlerini anlatmaya başladılar.

Shevek ne sorulursa sorulsun başka bir şey söylememeye karar verdi. Müthiş susamıştı; garsonun bardağını doldurmasına izin verdi ve hoş, köpüklü şeyi içti. Odayı incelemeye başladı, başka insanları izleyerek öfkesini ve gerilimini dağıtmaya çalışıyordu. Ama onlar da İo'lulardan beklenmeyecek ölçüde duygusal davranıyorlardı – bağırıyorlar, yüksek sesle gülüyorlar, birbirlerinin sözünü kesiyorlardı. Bir köşede bir çift, yavaş yavaş cinsel oyunlara girişmişti. Shevek iğrenerek başını çevirdi. Cinsellikte bile bencillik mi ediyorlardı? Eş'siz kişilerin önünde birbirini okşayıp sevişmek en az aç insanların önünde yemek yemek kadar kaba bir davranıştı. Dikkatini çevresindeki gruba yöneltti. Şimdi kehanet konusunu bırakmış, politikaya geçmişlerdi. Hepsi savaşı, Thu'nun bundan sonra ne yapacağını, A-İo'nun bundan sonra ne yapacağını, DHK'nin bundan sonra ne yapacağını tartışıyorlardı.

Shevek, "Neden sürekli soyutlamalarla konuşuyorsunuz?" diye atıldı birden, daha bunu söylerken, karar verdiği halde neden yine konuştuğunu merak etmeye başladı. "Birbirini öldüren ülke adları değil, insanlar. Askerler neden gidiyor? Bir insan neden gidip yabancıları öldürür?"

"Ama askerler *bunun içindir,*" dedi göbeğinde bir opal taşıyan minik, açık renk tenli bir kadın. Birkaç adam Shevek'e ulusal hükümranlık ilkesini anlatmaya başladı. Vea araya girdi, "Ama bırakın da konuşsun. Sen sorunu nasıl çözerdin, Shevek?"

"Çözüm apaçık ortada."

"Nerede?"

"Anarres'te!"

"Ama sizin Ay'da yaptıklarınız bizim buradaki sorunlarımızı çözmez."

"İnsanın sorunu hep aynıdır. Sağ kalma. Tür, grup veya birey olarak."

"Ulusal savunma–" diye bağırdı biri.

Tartıştılar, tartıştı. Ne söylemek istediğini biliyordu, o kadar açık ve doğruydu ki, herkesi ikna edeceğinden emindi, ama her nasılsa bir türlü doğru sözcüklere dökemiyordu. Herkes bağırıyordu. Minik, açık tenli kadın oturduğu koltuğun geniş kenarına eliyle vurdu, Shevek de oraya oturdu. Kadının kazınmış, gümüşi kafası kolunun altından belirdi. "Merhaba, Ay Adamı!" dedi. Vea bir süre için başka bir gruba katılmıştı, ama şimdi yeniden Shevek'in yanına gelmişti. Yüzü kızarmıştı, gözleri irileşmişti ve ışıltılıydı. Shevek odanın öbür ucunda Pae'yi gördüğünü sandı, ama o kadar çok yüz vardı ki hepsi karışıyordu. Olaylar ani atılımlarla ve kesik kesik gelişiyordu, sanki yaşlı Gvarab'ın hipotezindeki Döngüsel Evren'in işlemesini perde arkasından izliyormuş gibiydi. "Yasal otorite ilkesi korunmalı, yoksa yozlaşıp anarşiye döneriz!" diye gürledi şişman, çatık kaşlı bir adam. Shevek "Yaa, yozlaşırsınız!" dedi. "Biz bunu yüz elli yıldır yaşıyoruz!" Minik, açık tenli kadının gümüş sandaletler içindeki ayak parmakları, yüzlerce inciyle dokunmuş eteğinin altından bakıyordu. Vea, "Ama," dedi, "bize Anarres'i anlatmalısın– *gerçekten* nasıl olduğunu! Gerçekten orası çok mu harika?"

Shevek koltuğun kenarına oturmuştu, Vea ise dizlerinin dibinde, pufun üzerinde oturmuştu, dik ve uysaldı, yumuşak göğüsleri kör gözleriyle Shevek'e bakıyorlardı; yüzü gülümsüyordu, rahattı, kızarmıştı.

Shevek'in beyninde karanlık bir şey döndü, her şey karardı. Ağzı kurumuştu. Garsonun az önce doldurduğu kadehi bitirdi. "Bilmiyorum," dedi; dili yarı felç olmuş gibiydi. "Hayır. Harika değil. Çirkin bir dünya. Bu dünyaya benzemiyor. Anarres sadece tozdan ve kuru tepelerden oluşuyor. Her şey az, her şey kupkuru. İnsanlar da güzel değil. Hepsinin koca elleri ve ayakları var, benimkiler ve buradaki garsonunkiler gibi. Ama koca göbekleri yok. Çok kirlenirler, birlikte yıkanırlar, burada kimse bunu yapmaz. Kentler çok küçük ve sönüktür, sıkıcıdır. Hiç saray yoktur. Yaşam sıkıcıdır, çok çalışılır. Her zaman istediğinizi alamazsınız, hatta bazen gereksindiğinizi bile, çünkü yeterince yoktur. Siz Urras'lıların her şeyi yeterince var. Yeterince hava, yeterince yağmur, çimen, okyanuslar, yiyecek, müzik, yapılar, fabrikalar, makineler, kitaplar, giysiler, tarih. Siz zenginsiniz, siz sahipsiniz. Biz yoksuluz, biz yoksunuz. Sizde var, bizde yok. Burada her şey çok güzel. Güzel olmayan yalnızca yüzler. Anarres'te hiçbir şey güzel değildir, yalnız yüzler güzeldir. Diğer yüzler, erkek ve kadın yüzleri. Bizim onlardan başka bir şeyimiz yok, birbirimizden başka bir şeyimiz yok. Burada siz mücevherleri görüyorsunuz, orada gözleri görürsünüz. Gözlerde de görkemi, insan ruhunun görkemini görürsünüz. Çünkü bizim erkeklerimiz ve kadınlarımız özgürdür, hiçbir şeye sahip olmadıkları için özgürdürler. Siz sahipler ise sahiplisiniz. Hepiniz hapistesiniz. Herkes yalnız, tek başına, sahip olduğu yığınla birlikte. Hapiste yaşıyor, hapiste ölüyorsunuz. Gözlerinizde görebildiğim yalnızca bu– duvar, duvar!"

Hepsi ona bakıyordu.

Sesinin yüksekliğinin hâlâ sessizlikte çınladığını duydu, kulaklarının yandığını hissetti. Karanlık, boşluk beyninde bir kez daha yer değiştirdi. "Başım dönüyor," dedi ve ayağa kalktı.

Vea koluna girdi. "Bu taraftan gel," dedi, biraz gülüyordu ve nefes nefeseydi. Vea insanlar arasından yol bulup geçerken Shevek onu izledi. Şimdi yüzünün çok soluk olduğunu hissediyordu, baş dönmesi de geçmemişti; Vea'nın onu banyoya veya temiz hava alabileceği bir pencereye götüreceğini umuyordu. Ama geldikleri oda büyüktü ve duvara ışık yansıtılarak hafifçe aydınlatılmıştı. Duvarın yanında yüksek, beyaz bir yatak duruyordu; diğer duvarın yarısını bir ayna kaplıyordu. Perdelerin, çarşafların, Vea'nın kullandığı parfümün yakın, tatlı kokusu etraftaydı.

"Çok fazlasın," dedi Vea doğrudan onun önüne gelip yüzüne bakarak, loş ışıkta, o nefes nefese gülüşüyle. "Gerçekten çok fazla– olanaksızsın– müthişsin!" Ellerini Shevek'in omuzlarına koydu. "Ah, o yüzlerindeki ifadeler! Bunun için seni öpmeliyim!" Ayaklarının ucunda yükseldi ve Shevek'e dudaklarını, beyaz boynunu ve çıplak göğüslerini sundu.

Shevek ona sarıldı ve Vea'nın başını geriye doğru zorlayarak dudaklarını öptü, sonra da boynunu ve göğüslerini. Vea önce kemikleri yokmuş gibi teslim oldu, sonra biraz debelendi, güldü ve onu hafifçe iterek konuşmaya başladı. "Ah, hayır, hayır, kendine gel," dedi. "Haydi, bırak şimdi, partiye geri dönmemiz gerek. Hayır Shevek, sakin ol, şimdi olmaz!" Shevek dinlemiyordu. Vea'yı kendiyle birlikte yatağa çekti, o da geldi, ama konuşmaya devam ediyordu. Shevek bir eliyle kendi karmaşık giysileriyle oynadı ve pantolonunun önünü açmayı başardı; sonra sıra Vea'nın giysisine, kalçaya oturan sıkıca kopçalanmış eteğinin beline geldi, ama Shevek onu bir türlü gevşetemiyordu. "Dur artık," dedi Vea. "Hayır, beni dinle Shevek, olmaz, şimdi olmaz, doğum kontrol hapı almadım, eğer gebe kalırsam rezalet çıkar, kocam iki hafta sonra dönüyor! Hayır, bırak beni." Ama Shevek onu bırakamıyordu; yüzünü Vea'nın yumuşak, terli, kokulu etine yaslamıştı. "Dinle, giysilerimi berbat etme, fark edecekler, allah aşkına. Bekle biraz, bekle, ayarlayabiliriz, buluşacağımız bir yer ayarlayabiliriz, itibarımı düşünmek zorundayım, hizmetçiye güvenemem, sabret biraz, şimdi olmaz– Şimdi olmaz! Şimdi olmaz!" En sonunda Shevek'in kör acelesinden ve gücünden korkarak ellerini göğsüne koyup bütün gücüyle itti. Shevek bir adım geri gitti, kadının sesinin aniden korkuyla yükselmesi ve debelenmesi kafasını karıştırmıştı; ama duramıyordu, Vea'nın direnmesi onu daha da heyecanlandırmıştı. Kadını kendine çekti ve Vea'nın beyaz ipek giysisine menisi fışkırdı.

Vea aynı tiz fısıltıyla, "Bırak beni! Bırak beni!" diye yineliyordu. Shevek onu bıraktı. Şaşkınlık içinde kalakalmıştı. Beceriksizce pantolonunun fermuarını kapatmaya çalıştı. "Affedersin– sanmıştım ki–"

"Hay allah!" dedi Vea; loş ışıkta eteğine bakarak, plilerini silkeledi. "Şu hale bak! Şimdi giysimi değiştirmek zorunda kalacağım!"

Shevek ağzı açık, ayakta duruyor, zor nefes alıyordu, elleri iki yanına sarkmıştı; sonra birden dönüp loş odadan dışarıya sendeleyerek çıktı. Partinin parlak odasında kalabalığın arasından geçti, bir ayağa takıldı, yolunun bedenlerle, giysilerle, mücevherlerle, memelerle, gözlerle, mum alevleriyle, eşyayla tıkalı olduğunu gördü. Bir masaya çarptı. Masanın üzerindeki gümüş bir tabakta, içinde et, krema ve otlar olan minik börekler dev, soluk bir çiçek gibi eşmerkezli çemberler halinde dizilmişti. Shevek nefes almak için çabaladı, iki büklüm oldu ve tabağın üzerine kustu.

"Ben onu eve götürürüm," dedi Pae.

"Allah aşkına götür," dedi Vea. "Onu mu arıyordun, Saio?"

"Eh, sayılır. Neyse ki Demaere seni aradı."

"Gelmen onun için kesinlikle iyi oldu."

"Mesele çıkartmayacak. Koridorda kendinden geçmiş. Gitmeden telefonunu kullanabilir miyim?"

"Şef'e sevgilerimi söyle," dedi Vea cilveyle.

Oiie, Pae ile birlikte kız kardeşinin apartmanına gelmişti, onunla birlikte de çıktı. Pae'nin her zaman hazırda bcklcttiği, geçen yaz Shevek'i uzay limanından getiren büyük Hükümet arabasının orta koltuğunda oturuyorlardı. Shevek şimdi arka koltukta, onu attıkları gibi yatıyordu, dünyadan habersizdi.

"Bütün gün kız kardeşinle beraber miymiş, Demaere?"

"Görünüşe bakılırsa öğleden beri."

"Tanrı'ya şükür!"

"Neden kenar mahallelere gitmesinden bu kadar korkuyorsun? Her Odocu zaten bizim baskı altındaki ücretli köleler sürüsü olduğumuza inanır, biraz onaylama görse ne fark eder?"

"Onun ne gördüğü umurumda değil. *Onun görülmesini* istemiyoruz. Kuşyemi gazetelerini okuyor musun? Geçen hafta Eski Kent'te dolaşan, 'Öncü'den bahseden afişleri gördün mü? Efsane –binyılın sonundan önce gelecek olan öncü– 'Bir yabancı, bir toplumdışı, sürgün, boş ellerinde gelecek zamanı taşıyarak.' Bunu alıntı yapmışlardı. Allahın cezası yığınlar dünyanın sonu lafları edip duruyorlar. Bir simge arıyorlar. Bir ateşleyici. Genel grevden bahsediyorlar. Hiçbir zaman akıllanmayacaklar. Her neyse, bir ders almaları gerek. Allahın cezası isyancı sığırlar, hepsini Thu'yla savaşmaya göndermeli, onlardan elde edeceğimiz en büyük yarar bu olur."

Yolculuk sırasında iki adam da bir daha konuşmadı.

Kıdemli Öğretim Üyeleri Evi'nin gece bekçisi Shevek'i odasına çıkarmalarına yardım etti. Onu yatağa uzattılar. Anında horlamaya başladı.

Oiie kalıp Shevek'in ayakkabılarını çıkardı ve üstüne bir battaniye örttü. Sarhoş fizikçinin nefesi fena kokuyordu; Oiie yataktan uzaklaştı, Shevek'e duyduğu sevgi ve korku içinde yükseliyor, iki duygu birbirini boğmaya çalışıyordu. Kaşlarını çattı ve "Aptal herif," diye mırıldandı. Işığı söndürüp öteki odaya döndü. Pae masada Shevek'in kâğıtlarını karıştırıyordu.

"Bırak," dedi Oiie, iğrenme ifadesi belirginleşiyordu. "Haydi. Sabahın ikisi oldu. Yorgunum."

"Bu pezevenk ne yapıyor Demaere? Burada hâlâ bir şey yok – hiçbir şey. Yoksa tümüyle bir sahtekâr mı? Ütopya'dan gelen bu al-

lahın cezası saf köylü bizi aldattı mı? Kuram'ı nerede? Anında uzay yolculuğumuz nerede? Hain'lilere olan üstünlüğümüz nerede? Dokuz, on aydır bu pezevengi besliyoruz, karşılığında hiçbir şey yok!"
Yine de Oiie'nin ardından kapıdan çıkmadan önce kâğıtlardan birini cebine attı.

Sekizinci Bölüm

Anarres

ABBENAY'IN KUZEY PARKI'NDAKİ atletizm alanındaydılar; altısı da, akşamın uzun altın ışıkları, ısısı ve tozu içindeydi. Hepsi toktular, keyifleri yerindeydi, çünkü bir sokak şenliğinde, açıkta, ateşte pişirilen yemeklerle bir bayram şeklinde geçen akşam yemeği, bütün akşamüstü boyunca devam etmişti. Yazortası tatiliydi. Nio Esseia'da, Urras takvimine göre 740 yılında, yaklaşık iki yüz yıl önce gerçekleşen ilk büyük ayaklanmanın anıldığı İsyan Günü'ydü. O gün boyunca aşçılar ve yemekhane görevlileri, topluluğun geri kalan kısmı tarafından el üstünde tutulurdu, çünkü iki yüz yıl önceki ayaklanmaya yol açan grevi başlatan, bir aşçılar ve garsonlar sendikası olmuştu. Anarres'te böyle bir sürü gelenek ve şenlik daha vardı, bir kısmı Göçmenler tarafından başlatılmıştı, bir kısmı ise, hasat evleri ve Gündönümü Bayramı gibi, gezegendeki yaşamın ritminden ya da birlikte çalışan insanların birlikte eğlenme gereksinmelerinden, kendiliğinden başlamıştı.

Takver dışında hepsi alakasız şeyler konuşuyorlardı. Takver saatlerce dans etmiş, bir sürü kızarmış ekmek ve turşu yemişti, kendini çok canlı hissediyordu. "Neden Kvigot, Kera Denizi balıkhanelerine gönderilip her şeye yeni baştan başlamak zorunda kalırken, Turib onun buradaki işini devralıyor?" diyordu. Takver'in araştırma sendikası, doğrudan doğruya ÜDE tarafından yönetilen bir proje içinde eritilmişti, o da Bedap'ın bazı fikirlerinin güçlü bir destekçisi olmuştu. "Çünkü Kvigot, Simas'ın gerikafalı kuramlarını kabul etmeyen iyi bir biyolog, Turib ise hamamda Simas'ın sırtını keseleyen bir hiç. Bak bakalım Simas emekliye ayrılınca programın yürütülmesini kim devralacak. O kadın alacak, Turib alacak, bahse girerim!"

"Bu 'bahse girerim' ifadesi ne anlama geliyor?" dedi toplumsal eleştiri dinlemeye hevesli olmayan biri.

Göbeklenen ve jimnastik yapmayı ciddiye alan Bedap oyun alanının etrafında ciddi ciddi koşuyordu. Diğerleri ağaçların altındaki tozlu bir banka oturmuş, jimnastiklerini sözlü olarak yapıyorlardı.

"İoca bir sözcük," dedi Shevek. "Urras'lıların olasılıklarla oynadığı bir oyun. Doğru tahmini yapan diğerinin malını alır." Uzun süredir Sabul'un İoca çalışmalarından bahsetme yasağına uymayı bırakmıştı.

"Onların sözcüklerinden biri nasıl Pravca'ya girmiş?"

"Göçmenler," dedi bir başkası. "Erişkin olarak Pravca öğrenmek zorunda kalmışlardı. Uzun bir süre boyunca eski dilde düşünmüş olmalılar. Bir yerde *lanet olsun* sözünün Pravca sözlükte olmadığını okudum – o da İoca. Farigv dili icat ederken küfürlere yer vermemişti, yer verdiyse bile bilgisayarları gerekliliği anlamamışlardır."

"Cehennem ne o zaman?" dedi Takver. "Ben onun büyüdüğüm kentteki bok deposu olduğunu sanırdım. 'Canın cehenneme!', gidilebilecek en kötü yer."

Şimdi Enstitü kadrosu arasında kalıcı bir görev alan ve hâlâ Shevek'in çevresinde dolaşan, ama Takver'le çok nadiren konuşan matematikçi Desar şifre gibi üslubuyla, "Urras demek," dedi.

"Urras'ta, lanetlendiğin zaman gittiğin yer anlamına geliyor."

"Yazın Güneybatı'ya gönderilmek anlamına geliyor," dedi Takver'in eski bir arkadaşı olan ekolog Terrus.

"İoca'da dinsel kipte söyleniyor."

"İoca okumak zorunda olduğunu biliyorum, Shevek, ama din konusunda okumak zorunda mısın?"

"Eski Urras fiziğinin bir kısmı tümüyle dinsel kipte. Bunun gibi kavramlar çıkıp duruyor. 'Cehennem' mutlak kötülüğün yeri anlamına geliyor."

"Yuvarlak Vadi'deki gübre deposu," dedi Takver. "Ben öyle sanıyordum."

Bedap soluk soluğa, tozdan beyazlanmış, teri yüzünde çizgi çizgi geldi. Shevek'in yanına çöktü ve soluklanmaya çalıştı.

Shevek'in bir öğrencisi olan Richat, "İoca bir şeyler söyle," dedi. "Neye benziyor?"

"Biliyorsun: Canın cehenneme! Lanet olsun!"

"Bana küfretmeyi bırak da," dedi kız kıkırdayarak, "tam bir cümle söyle."

Shevek uysallıkla İoca bir cümle söyledi. "Tam olarak nasıl telaffuz edildiğini bilmiyorum," diye ekledi. "Yalnızca tahmin ediyorum."

"Ne anlama geliyordu?"

"*Eğer zamanın geçmesi insan bilincinin bir özelliğiyse, geçmiş ve gelecek insan aklının işlevleridir.* Ardışıklık öncesi bir filozoftan, Keremcho'dan bir alıntı."

"İnsanların konuştuğunu, ama senin onları anlayamadığını düşünmek ne garip bir duygu!"

"Birbirlerini bile anlamıyorlar. Ay'daki o çılgın devletçiler yüzden fazla değişik dil konuşuyor..."

"Su, su," dedi hâlâ soluk soluğa olan Bedap.

"Su yok," dedi Terrus. "On sekiz dekaddır yağmur yağmıyor. Tam olarak söylemek gerekirse yüz seksen üç gün. Kırk yıldır Anarres'teki en uzun kuraklık."

"Böyle giderse 20 yılında yaptıkları gibi idrarı yeniden işlemek zorunda kalacağız. Bir bardak sidik ister miydin Shevek?"

"Dalga geçme," dedi Terrus. "Ölüm kalım sorunu bu şimdi. Yeterince yağacak mı? Güneydoğuşu'ndaki yapraklı bitkilerin hepsi şimdiden öldü. Orada otuz dekaddır yağmıyor."

Hepsi buğulu, altın gökyüzüne baktılar. Eski Dünya'dan getirilen, altında oturdukları ağaçların testere yaprakları, dallarında tozlu, tozdan kıvrılmış, asılı duruyorlardı.

"Bir daha Büyük Kuraklık olmaz," dedi Desar. "Modern arıtma fabrikaları. Önlenir."

"Hafifletebilirler tabii," dedi Terrus.

O yıl kış erken geldi, Kuzey Yarımküre soğuk ve kuruydu. Abbenay'ın alçak, geniş caddelerinde donmuş tozlar vardı. Yıkanma suyu katı kısıtlamalara bağlanmıştı: susuzluk ve açlık temizlikten üstün gelmişti. Anarres'teki yirmi milyon insanın yiyeceği ve giyeceği holum bitkisinden, yaprağından, tohumundan, lifinden ve kökünden yapılıyordu. Ambar ve depolarda biraz giysi stoku vardı, ama hiçbir zaman pek fazla stoklanmış yiyecek olmuyordu. Su toprağa, bitkileri yaşatmaya gidiyordu. Kentin üstündeki gökyüzü bulutsuzdu ve açık olması beklenirdi, ama güneydeki ve batıdaki daha kuru toprakların rüzgârla taşınan tozuyla sararmıştı. Bazen rüzgâr kuzeyden, Ne Thera dağlarından estiğinde sarı pus dağılıyor, geride parlak, boş, ufka doğru mora dönüşen koyu mavi bir gök kalıyordu.

Takver gebeydi. Çoğunlukla uykulu ve yumuşak başlı oluyordu. "Ben bir balığım," diyordu, "suda bir balık. İçimdeki bebeğin içindeyim." Ama zaman zaman işte çok yoruluyor veya yemekhanedeki azaltılmış öğünler yüzünden aç kalıyordu. Çocuklar ve yaşlılar gibi gebe kadınlar da her gün saat on birde hafif bir ek öğün yiyebiliyorlardı, ama Takver işinin katı programı yüzünden çoğunlukla bu yemeği kaçırıyordu. O bir öğünü kaçırabilirdi, ama laboratuvar tanklarındaki balıklar kaçıramazdı. Arkadaşları çoğunlukla kendi yemeklerinden veya yemekhanelerinden kalan bir şeyler, bir çörek veya bir parça meyve getiriyorlardı ona. Hepsini şükranla yiyordu, ama canı müthiş tatlı çekiyordu, oysa tatlı çok az veriliyordu. Yorulduğunda kaygılı oluyor, kolayca sinirleniyordu; en ufak bir sözde hemen parlıyordu.

Güzün sonuna doğru Shevek *Eşzamanlılık İlkeleri*'nin müsveddelerini tamamladı. Baskı için onayını almak üzere Sabul'a verdi. Sabul müsveddeleri bir dekad, iki dekad, üç dekad elinde tuttu ve hiçbir şey söylemedi. Shevek gidip ne olduğunu sordu. Sabul henüz okumaya fırsatı olmadığını, çok meşgul olduğunu söyledi. Shevek bekledi. Kış ortasıydı. Kuru rüzgâr her gün esmeye devam ediyordu; toprak donmuştu. Her şey durmuş, rahatsız bir beklemeye girmişti sanki, yağmuru, doğumu bekler gibi.

Oda karanlıktı. Kentte ışıklar henüz yanmıştı; yüksek, koyu gri göğün altında cılız görünüyorlardı. Takver içeri girdi, lambayı yaktı, üzerinde paltosuyla ısıtma ızgarasının yanına çöktü. "Of, çok soğuk! Felaket. Ayaklarım sanki buzullar üzerinde yürümüş gibi, eve dönerken neredeyse ağlıyordum, o kadar acıdılar. Allahın cezası çıkarcı çizmeler! Neden doğru dürüst bir çift çizme yapamıyoruz? Neden karanlıkta oturuyorsun?"

"Bilmiyorum."

"Yemeğe gittin mi? Eve dönerken fazladan bir şeyler atıştırdım. Kalmak zorundaydım, kukuri yumurtaları çatlıyordu, biz de erişkinler onları yemeden yavruları tanktan çıkarmak zorundaydık. Yemek yedin mi?"

"Hayır."

"Surat asma. Lütfen bu gece surat asma. Bir şey daha ters giderse ağlayacağım. Her zaman ağlamaktan bıktım. Allahın cezası aptal hormonlar! Balıklar gibi bebek yapmak isterdim, yumurtaları bırakıp yüzüp gideceksin, o kadar... Tabii geri dönüp yumurtaları yemezsen... Öyle heykel gibi oturup durma. Dayanamıyorum." Izgaradan gelen ısı dalgasının yanına eğilip katı parmaklarıyla çizmelerini çıkarmaya çalışırken gözleri yaşarmıştı.

Shevek bir şey söylemedi.

"Ne oldu? Öyle oturup duramazsın karşımda!"

"Sabul bugün beni çağırdı. *İlkeler*'in yayımlanmasını veya Urras'a gönderilmesini onaylamayacak."

Takver çizmeyle boğuşmayı bırakıp öylece kaldı. Omuzunun üzerinden Shevek'e baktı. En sonunda "Tam olarak ne söyledi?" dedi.

"Yazdığı eleştiri masanın üzerinde."

Takver kalktı, bir çizme ayağında, masaya ayağını sürüyerek gitti; masanın üzerine dayanarak, elleri paltosunun ceplerinde, kâğıdı okudu.

"'Ardışıklık Fiziği'nin Odocu Toplum'daki zamanbilimsel düşüncenin doruk noktalarından biri olduğu, Anarres'e Göç'ten bu yana herkesçe kabul edilen bir ilkedir. Bu ilkesel dayanışmadan bencilce sapmalar yalnızca toplumsal organik kullanımdan uzak, pratik olmayan varsayımlarla ya da Urras Çıkar Devletleri'nin sorumsuz, kiralık bilim adamlarının batıl-dinsel spekülasyonlarıyla sonuçlanır...' Ah, çıkarcı! Aşağılık, kıskanç, küçük Odo taklitçisi! Bu eleştiriyi basına gönderecek mi?"

"Yaptı bile."

Takver eğilip çizmesini çıkardı. Birkaç kez Shevek'e baktı, ama yanına gitmedi, ona dokunmaya da çalışmadı, bir süre hiçbir şey söylemedi. Konuştuğunda sesi eskisi gibi yüksek ve gergin değildi, her zamanki doğal, boğuk ve yumuşak halindeydi. "Ne yapacaksın, Shev?"

"Yapacak bir şey yok."

"Kitabı basarız. Bir basım sendikası kurar, dizgi öğrenir, sonra da basarız."

"Kâğıt son derece sınırlı. Gerekli olmayan şeyler basılamaz. Holum ekinleri güvencede olana dek yalnızca ÜDE yayınları."

"O zaman belki sunuşu bir şekilde değiştirebilirsin. Söylediğini gizle. Ardışıklık laflarıyla süsle. Böylece kabul eder."

"Karayı ak gibi gösteremezsin."

Takver, Sabul'un üzerinden atlayıp atlayamayacağını, onu aşıp aşamayacağını sormadı. Anarres'te hiç kimse bir diğerinin üzerinden aşmak durumunda değildi. Atlamak söz konusu değildi. Eğer insan dayanışma içinde çalışamıyorsa, yalnız çalışmak zorundaydı.

"Eğer..." Takver sustu. Ayağa kalktı ve çizmelerini kurumaları için ısıtıcının yanına koydu. Paltosunu çıkardı, astı ve omzuna elde örülmüş, kalın bir şal aldı. Yatağa oturdu, son oturma hareketini yaparken biraz homurdandı. Onunla pencere arasında, yüzü öteye dönük oturan Shevek'e baktı.

"Ona ortak imzalamayı önersen? İlk yazdığın makaledeki gibi."

"Sabul 'batıl-dinsel spekülasyonlar'ın kapağına adını koymaz."

"Emin misin? İstediğinin tam da bu olmadığından emin misin? Bunun ne olduğunu, senin ne yaptığını biliyor. Her zaman onun kurnaz olduğunu söylerdin. Yazdığının onu ve bütün Ardışıklık okulunu çöpe atacağını biliyor. Eğer seninle paylaşabilseydi, başarıyı paylaşabilseydi? Sabul baştan aşağı egodan oluşuyor. Eğer *kendi* kitabı olduğunu söyleyebilseydi..."

Shevek acı bir sesle, "Onunla," dedi, "seni ne kadar paylaşabilirsem bu kitabı da o kadar paylaşabilirim."

"Böyle düşünme, Shev. Önemli olan *kitap* – fikirler. Bu doğacak çocuğu bebekken yanımızda tutmak istiyoruz, onu sevmek istiyoruz. Ama herhangi bir nedenle, eğer onu yanımızda tutarsak ölecekse, eğer yalnızca bir yuvada yaşayabilecekse, eğer onu hiç göremeyecek ve adını bilmeyeceksek – seçeneğimiz bu olursa, hangisini seçeriz? Ölü doğanı yanımızda tutmayı mı? Yoksa hayat vermeyi mi?"

"Bilmiyorum," dedi Shevek. Başını elleri arasına aldı ve alnını, biraz acıtarak oğuşturdu. "Evet, tabii ki öyle. Evet. Ama bu– ama ben–"

"Kardeşim, canım," dedi Takver. Ellerini kucağında kavuşturdu, ama ona uzanmadı. "Kitabın üstünde hangi adın olduğu önemli değil. İnsanlar gerçeği bilecekler. Gerçek kitabın kendisi."

"Ben o kitabım," dedi Shevek. Sonra gözlerini kapadı ve hareketsiz oturdu. Takver o zaman yanına gitti, çekinerek, bir yaraya dokunur gibi hafifçe dokundu.

164 yılının başlarında *Eşzamanlılık İlkeleri*'nin ilk, eksik, epeyce kırpılmış kopyası Abbenay'da, Shevek ve Sabul'un adlarıyla basıldı. ÜDE yalnızca gerekli kayıtları ve yönergeleri basıyordu, ama Sabul'un Basın'da ve ÜDE'nin Enformasyon bölümünde tanıdıkları vardı ve onları kitabın dışarıdaki propaganda değerine inandırmıştı. Urras'ın Anarres'teki kuraklık ve açlık tehlikesine sevindiğini söylemişti; İo dergilerinin son sayıları tümüyle Odo ekonomisinin yakında gerçekleşecek çöküşü hakkında şeytanca kehanetlerle doluydu. Sabul, revize edilmiş eleştirisinde, saf düşünce alanında "Odocu Toplum'un söndürülemez canlılığını ve insan düşüncesinin her alanında devletçi mülkiyetçiliğe üstünlüğünü kanıtlamak için maddi güçlüklerin üstesinden gelen" bir başyapıtın, bir "bilim anıtının" yayımlanmasından daha büyük bir yalanlama olabilir mi, diyordu.

Böylece çalışma yayımlandı; üç yüz kopyanın on beşi *Dikkatli* adlı İo yük gemisiyle gitti. Shevek basılı kitabın tek bir kopyasını bile okumadı. Ama dışarı giden pakete özgün, eksiksiz müsveddenin elle yazılmış bir kopyasını koydu. Kapakta kitabın İeu Eun Üniversitesi Asil Bilim Fakültesi'nden Dr. Atro'ya verilmesini belirten bir not ve yazarın iyi dilekleri vardı. Pakete son onayı verecek olan

Sabul'un eklemeyi fark edeceği kesindi. Shevek müsveddeyi bırakıp bırakmadığını bilmiyordu. Garezinden müsveddeye el koyabilirdi; kısırlaştırıcı kısaltmasının Urras'lı fizikçiler üzerinde istediği etkiyi bırakmayacağını bildiği için gitmesine izin de verebilirdi. Sabul Shevek'e müsvedde hakkında hiçbir şey söylemedi. Shevek de sormadı.

Shevek o bahar boyunca çok az kişiyle konuştu. Güney Abbenay'daki yeni bir su arıtma fabrikasının yapımında gönüllü görev aldı. Günün büyük kısmında işte veya dersteydi. Atom-altı çalışmalarına döndü, akşamlarını sık sık Enstitü'nün parçacık hızlandırıcısında veya laboratuvarlarda parçacık uzmanlarıyla geçiriyordu. Takver'in ve dostlarının yanındayken sessiz, ciddi, yumuşak ve soğuktu.

Takver'in karnı çok büyüdü; büyük, ağır bir çamaşır sepeti taşıyan biri gibi yürümeye başladı. Kendi yerine yeterli birini eğitene kadar balık laboratuvarlarında çalışmaya devam etti, sonra eve geldi ve doğum sancıları başladı, zamanını bir dekad kadar aşmıştı. Bir akşamüstü Shevek eve geldiğinde, "Gidip ebeyi getirebilirsin," dedi Takver. "Sancıların dört-beş dakikada bir geldiğini söyle, ama henüz çok sıklaşmadılar, o yüzden çok acele etme."

Shevek acele etti; ebeyi yerinde bulamayınca da paniğe kapıldı. Hem ebe, hem de blok doktoru dışardaydı, ikisi de kapılarına her zaman yaptıkları gibi nerede bulunabileceklerini belirten bir not asmamışlardı. Shevek'in kalbi göğüs kafesinde delicesine çarpmaya başladı; birdenbire her şeyi ürkütücü bir açıklıkla görmeye başladı. Yardım bulamayışını kötü bir işaret gibi görüyordu. Kıştan, kitap hakkında verdiği karardan beri Takver'den uzaklaşmıştı. Takver gitgide daha sessiz, edilgin, sabırlı olmaya başlamıştı. Şimdi bu edilginliği anlıyordu: ölüm için bir hazırlıktı bu. Ondan uzaklaşan Takver'di ve Shevek onu izlemeye çalışmamıştı. Yalnızca kendi yürek acısını dinlemiş, hiçbir zaman Takver'in korkusunu veya cesaretini fark etmemişti. Onu yalnız bırakmıştı, çünkü kendisi yalnız kalmak istiyordu, böylece Takver yoluna devam etmişti, uzağa, çok uzağa gitmişti, yoluna yalnız devam edecekti, sonsuza dek.

Blok kliniğine koştu, vardığında nefes nefeseydi ve bacakları titriyordu, kalp krizi geçirdiğini sandılar. Durumu açıkladı. Başka bir ebeye haber gönderdiler ve Shevek'e eve dönmesini söylediler, eşinin yardıma gereksinmesi olacaktı. Eve döndü, her adımda paniği, dehşeti, kaybın kesinliği artıyordu.

Ama eve vardığında, delice istediği gibi Takver'in yanına çömelip ondan af dileyemedi. Takver'in duygusal sahnelere ayıracak zamanı yoktu; meşguldü. Yatağı boşaltmış, yalnızca temiz bir çarşaf sermişti ve bir çocuk doğurmakla meşguldü. Ağlayıp bağırmıyordu, çünkü acı çekmiyordu; her kasılma geldiğinde kasılmayı kas ve nefesle denetliyor, sonra çok ağır bir şeyi kaldırmaya çalışan biri gibi nefesini *puff* diye bırakıyordu. Shevek bedenin bütün gücünün böylesine kullanıldığı başka bir iş görmemişti.

Bu tür bir çalışmaya yardım etmeden daha fazla seyirci kalamazdı. Kaldıraca gereksinimi olduğu zaman tutamak ve destek olarak işe yarayabilirdi. Bu düzenlemeyi kısa sürede, deneme-yanılma yoluyla buldular ve ebe gelene kadar sürdürdüler. Takver çömelerek, yüzü Shevek'in kalçasında, elleri onun kollarını yakalamış, ayakta doğumunu yaptı. "İşte," dedi ebe Takver'in soluk alıp vermesinin sert, makine gibi darbeleri arasında; sonra beliren kaygan ama insana benzer yaratığı aldı. Sonra kan fışkırdı ve pek de insana benzemeyen şekilsiz bir kütle geldi. Unuttuğu korku Shevek'in içine, iki kat şiddetle doldu. Gördüğü, ölümdü. Takver kollarını bırakmış, ayaklarının dibine, gevşeyerek yığılmıştı. Shevek dehşet ve acıdan kaskatı kesilerek onun üstüne eğildi.

"İşte bitti," dedi ebe, "onun kenara çekilmesine yardım et de şunu temizleyeyim."

"Yıkanmak istiyorum," dedi Takver zayıf bir sesle.

"Al, yıkanmasına yardım et. Şunlar steril giysiler, bak şurada."

"Uva uva uva" dedi bir başka ses.

Oda insanlarla doluydu sanki.

"Şimdii," dedi ebe, "bebeği ona ver, göğsüne koy ki kan akışının durması kolaylaşsın. Ben bu plasentayı klinikteki buzdolabına götüreyim, on dakika sonra dönerim."

"Nerede– nerede o–"

"Beşikte!" dedi ebe çıkarken. Shevek dört dekaddır köşede hazır bekleyen çok ufak yatağı ve içindeki çocuğu buldu. Olayların bu aşırı hızlılığı içinde ebe her nasılsa çocuğu temizlemiş, hatta giysisini bile giydirmişti, artık onu ilk gördüğündeki gibi balığımsı ve kaygan değildi. Hava aynı garip hızla ve zamanın geçmediği duygusu vererek kararmıştı. Lamba yanmıştı. Shevek bebeği Takver'e götürmek için aldı. Bebeğin yüzü inanılmayacak kadar küçüktü, büyük, kırılgan görünüşlü, kapalı gözkapakları vardı. "Ver onu buraya," diyordu Takver. "Çabuk, lütfen onu bana ver."

Shevek bebeği odanın öte ucuna taşıdı ve büyük bir dikkatle Takver'in karnı üstüne koydu. "Ah!" dedi Takver yumuşak bir sesle, bir zafer nidasıydı bu.

"Erkek mi, kız mı?" dedi bir süre sonra uykulu uykulu.

Shevek yanında, yatağın üstünde oturuyordu. Dikkatle inceledi, bacakların küçüklüğüne oranla giysinin uzunluğu onu şaşırtmıştı. "Kız."

Ebe geri geldi, etrafı düzeltmeye başladı. "Birinci sınıf bir iş becerdiniz," dedi ikisine. Kibarca onayladılar. "Sabah uğrarım," dedi ebe ayrılırken. Bebek ve Takver uykuya dalmışlardı bile. Shevek başını Takver'in yanına koydu. Onun teninin hoş, mis gibi kokusuna alışıktı. Koku değişmiş, bir parfüme dönüşmüştü, ağır ve hafif, uykuyla ağırlaşmış bir parfüme. Takver bebek göğsünde, yan dönmüş uyurken Shevek bir kolunu çok dikkatle onun üzerine attı. Yaşam dolu odada uyudu.

Bir Odocu, üretimde birlikte yapılan bir atılıma, bir baleye ya da bir temizlik işine giriştiği kolaylıkla tek eşliliğe girişebilirdi. Eşlik de herhangi bir federasyon gibi, gönüllüydü. Yürüdüğü sürece yürürdü, yürümezse ortadan kalkardı. Bir kurum değil, bir işlevdi. Kişisel vicdan dışında bir yaptırımı yoktu.

Bu, Odocu toplumsal kuramla tam bir uyum içindeydi. Söz vermenin, hatta belirsiz bir süre için verilen sözlerin geçerliliği, Odo'nun düşüncesinin ürünlerine işlemişti; onun değişme özgürlüğünde ısrar etmesi söz veya yemin fikrini geçersizleştiriyor gibi görünse de, aslında sözü anlamlı kılan özgürlüktü. Verilen bir söz, seçilen bir yöndü, kendi kendine seçenekleri kısıtlama anlamına geliyordu. Odo'nun gösterdiği gibi, eğer hiçbir yön seçilmezse, eğer insan hiçbir yere gitmezse, hiçbir değişme olmaz. İnsanın seçme ve değişme özgürlüğü kullanılmamış olur, tıpkı insan hapishanede, kendi yaptığı bir hapishanede, içinde hiçbir yolun diğerinden daha iyi olmadığı bir labirentteymiş gibi. Bu yüzden Odo söz vermeyi, yemin etmeyi, sadakat fikrini, özgürlüğün karmaşıklığı için temel olarak görmeye başlamıştı.

Birçok insan bu sadakat fikrinin cinsel yaşama yanlış olarak uygulandığını düşünüyordu. Odo'nun dişiliğinin onu saptırıp, gerçek cinsel özgürlüğü reddetmeye götürdüğünü söylüyorlardı; diğer hiçbir konuda böyle değilse bile, burada Odo erkekleri düşünerek yazmamıştı. Bu eleştiriyi erkekler kadar kadınlar da yaptığına göre, Odo'nun anlamadığı erkeklik değil, cinsel zevkin özünün deneyim olduğunu düşünen bütün bir insanlık türü ya da kesimiydi.

Odo bu itirazları anlamamış; insan ırkı, çifte bağlı bir tür değilse bile zamana bağımlı bir tür olduğundan, bu itirazları belki de normdan mülkiyetçi sapmalar olarak nitelendirmiş olsa bile, ayrımsız cinsel ilişkide bulunanlara, uzun vadeli eşliği deneyenlere oranla çok daha fazla olanak sağlamıştı. Herhangi bir cinsel eyleme yönelik hiçbir yasa, hiçbir sınır, hiçbir ceza, hiçbir onaylamama uygulanmıyordu, yalnızca bir çocuk veya kadına tecavüz hariçti. Saldırgan bir terapi merkezinin anlayışlı ellerine sığınmazsa, komşularının intikamına maruz kalabilirdi. Ama tam doyumun ergenlikten başlayarak tek norm olduğu bu toplumda cinsel suçlar yok denecek kadar azdı ve cinsel etkinliğe konulan tek sınır, gizlilik konusundaki hafif bir baskıyla, yaşamın komünalliğinin zorladığı bir tür alçakgönüllülüktü.

Öte yandan, ister eşcinsel, isterse zıtcinsel olsun, bir eşliği oluşturmaya ve sürdürmeye çalışanlar, cinselliği buldukları anda yaşayarak mutlu olabilenlerin hiçbir zaman bilmedikleri bazı sorunlarla karşılaşıyorlardı. Tek eşli birlikteliğin uygun bir gelişme ortamı sağladığı kıskançlık ve sahip olma duygusu gibi tutku hastalıklarının yanı sıra, toplumsal organizasyonun dışsal baskılarını da göğüslemek zorundaydılar. Eşliğe atılan her çift, iş bölüşümünün dayattığı zorunluluklar yüzünden her an birbirlerinden ayrılabileceklerini bilerek sürdürüyordu beraberliğini.

İş yönetimi ve bölüşümü, İşBöl, çiftleri bir arada tutmaya ve istek üzerine onları mümkün olduğunca çabuk bir araya getirmeye çalışıyordu; ama bu her zaman mümkün olmuyordu, özellikle de acil durumlarda. Kimse de İşBöl'ün bunu gerçekleştirmek için bütün listeleri yeniden yapmasını ve bilgisayarları programlamasını bekleyemezdi. Bir Anarres'li sağ kalmak, yaşamını sürdürmek için, ona gereksinme duyulan yere gitmek ve yapılması gereken işi yapmak zorunda olduğunu bilirdi. İş bölüşümünün yaşamın önemli bir etkeni, acil, kalıcı bir toplumsal gereklilik olduğunu; eşliğin ise kişisel bir mesele, ancak daha büyük seçimin sınırları içinde, onunla çelişmeden yapılabilecek bir seçim olduğunu bilerek büyürdü.

Ama bir yol özgürce seçilir ve yürekten izlenirse, her şey onu desteklermiş gibi görünebilir. Bu yüzden, ayrılığın olasılığı ve gerçekliği genellikle eşlerin bağlılığını güçlendirirdi. Sadakatsizliğe karşı ne yasal, ne de ahlaki kuralları olan bir toplumda, gerçek, kendiliğinden bir sadakati sağlamak, her an gerçekleşebilecek, yıllarca da sürebilecek gönüllü ayrılıklar boyunca bunu sürdürebilmek müthiş bir meydan okumaydı. Ama insan zaten meydan okunmaktan hoşlanır, zor durumlarda özgürlüğü arar.

164 yılında, daha önce bu tür bir özgürlüğü hiç aramamış bir sürü insan bu özgürlüğü tattı ve onu sevdi, sınanma ve tehlike duygusunu sevdi. 163 yazında başlayan kuraklık, kışın da azalmadan sürdü. 164 yazı geldiğinde güçlükler ve kuraklık sürerse felaket tehlikesi gündemdeydi.

Sıkı bir karne uygulaması vardı; görev alma zorunluydu. Yeterince yiyecek üretmek ve dağıtmak umutsuz bir çırpınış halini aldı. Bununla birlikte insanlar hiç de umutsuz değillerdi. Odo şöyle yazmıştı: "Sahip olmanın suçundan ve ekonomik rekabetin yükünden arınmış bir çocuk, yapılması gerekeni yapma iradesi ve bunu yaparken coşku duyma yeteneğiyle büyüyecektir. Kalbi karartan, gereksiz çalışmadır. Emziren annenin, eğiticinin, başarılı avcının, iyi aşçının, becerikli ustanın, gereken işi yapan ve iyi yapan herkesin sevinci – bu kalıcı coşku belki de insan yakınlığının ve bir bütün olarak toplumsallığın en derin kaynağıdır." Abbenay'da o yaz, bu anlamda, bir coşku dalgası vardı. İş ne kadar zor olursa olsun iş yaparken neşe vardı, yapılabilecek yapıldığı andan itibaren de kaygılarından arınmaya hazırdılar. Şu eski "dayanışma" sözü yeniden canlanmıştı. Ne de olsa bağın, onu zorlayan her şeyden daha güçlü olduğunu anlamak, büyük bir coşku veriyordu.

Yazın başında ÜDE herkesin çalışmayı bir saat kadar azaltmasını öneren posterler astı, çünkü yemeklerdeki protein miktarı tam güçle normal çalışma süresini desteklemeye yetmiyordu. Kent caddelerinin coşkun hareketliliği şimdiden yavaşlamaya başlamıştı. İşten erken çıkan insanlar alanlarda zaman öldürüyorlar, kuru parklarda top oynuyorlar, gelen geçenlerle konuşuyorlardı. Kentin nüfusu gözle görünür derecede azalmıştı, çünkü birkaç bin kişi acil ekim işine gönüllü olmuş veya gönderilmişti. Ama karşılıklı güven, sıkıntı veya kaygıyı bastırıyordu; "Birlikte başaracağız," diyorlardı sakince. Yüzeyin hemen altında da büyük yaşama dürtüleri akıp duruyordu. Kuzey banliyölerindeki kuyular işe yaramaz hale geldiğinde, başka bölgelerden geçici ana boru döşeme işini, boş zamanlarında çalışan, deneyimli deneyimsiz, erişkin veya ergen gönüllüler yapmış ve iş otuz saatte bitirilmişti.

Yazın sonuna doğru Shevek Güneydoğuşu'ndaki Kızıl Pınarlar topluluğuna, acil bir ekim işine gönderildi. Ekvator fırtınaları mevsiminde yağan bir miktar yağmurun verdiği umutla, kuraklık geri dönmeden önce holum tohumu ürününü ekmeye çalışıyorlardı.

Shevek acil bir görev almayı bekliyordu, çünkü inşaat işi bitince kendini vasıfsız iş listesine yazdırmıştı. Bütün yaz, derslerini vermek, okumak, blokta gönüllü isteyen her türlü işi yapmak ve eve, Takver'le bebeğe dönmekten başka bir şey yapmamıştı. Takver doğumdan beş dekad sonra laboratuvarına geri dönmüştü, yalnızca sabahları çalışıyordu. Emziren bir anne olarak yemeklerde hem ek protein, hem de ek karbonhidrat almaya hakkı vardı, her zaman da alıyordu; dostları artık fazla yiyeceklerini onunla paylaşamıyorlardı, fazla yiyecek yoktu çünkü. Zayıftı, ama gücü yerine geliyordu; bebekse küçük ama sağlamdı.

Shevek bebekle uğraşmaktan büyük zevk alıyordu. Sabahları bebeğe tümüyle o bakıyordu (onu yalnızca Shevek ders verdiği veya gönüllü işe gittiği zamanlarda yuvaya bırakıyorlardı), ebeveynliğin hem yükü, hem de ödülü olan o gerekli olma duygusunu tadıyordu. Bebek, uyanık, hareketliydi. Shevek'in –Takver'in çılgınlık dönemi adını verdiği– bastırılmış dilsel fantezileri için mükemmel bir seyirciydi. Bebeği dizlerinin üzerine oturtup ona çılgın evrenbilim dersleri veriyordu, zamanın aslında tersyüz edilmiş mekân olduğunu, böylece *kronon*'un kuantumun tersyüz edilmiş bağırsağı olduğunu, uzaklığın ise ışığın ikincil özelliklerinden biri olduğunu anlatıyordu. Bebeğe cömert ve sık sık değişen takma adlar takıyor, anlamsız tekerlemeler söylüyordu: Zaman bir kelepçedir, zaman bir diktatördür, süpermekaniktir, süperorganiktir –HOP!– ve hop deyince bebek yukarıya uzanıyor, ciyaklıyor, tombul yumruklarını sallıyordu. İkisi de bu çalışmalardan çok zevk alıyorlardı. Görevi geldiğinde içi burkuldu. Abbenay'a yakın bir yer çıkmasını bekliyordu, ta Güneydoğuşu'nda değil. Yine de Takver'le bebeği altmış gün yalnız bırakma zorunluluğu yanında, onlara geri döneceğini bilmenin verdiği güven vardı. Bu oldukça hiçbir şikâyeti yoktu.

Ayrılmadan önceki gece Bedap gelip onlarla birlikte Enstitü yemekhanesinde yemek yedi, sonra birlikte odaya döndüler. Sıcak gecede lambayı yakmadan, pencereler açık, konuştular. Yemeklerini özel düzenlemelerin aşçılar için yük olmadığı küçük bir yemekhanede yiyen Bedap, özel içecek payını bir dekad boyunca biriktirmiş ve hepsini bir litre meyve suyu şeklinde yanında getirmişti. Şişeyi gururla ortaya çıkardı: bir veda partisi. Meyve suyunu dağıttılar ve büyük bir lüks içinde tadına vardılar, ağızlarını şapırdattılar. "Anımsıyor musun," dedi Takver, "sen Kuzeybatışı'ndan ayrılmadan önceki gece, ne çok yiyecek vardı. Ben o kızarmış çöreklerden dokuz tane yemiştim."

"O zaman saçın kısaydı," dedi Shevek, bu anı onu şaşırtmıştı, daha önce o kızın Takver olduğunu hiç düşünmemişti. "O sendin, değil mi?"

"Kim olduğunu sanıyordun?"

"Vay canına, ne velettin o zaman!"

"Sen de öyleydin, on yıl geçti. Saçımı kısa kesiyordum, çünkü değişik ve ilginç görünmek istiyordum. Epeyce de işe yarardı!" Yüksek, neşeli kahkahasını attı, sonra da paravananın arkasındaki beşikte uyuyan bebeği uyandırmamak için sesini kesti. Ama bebek bir kez uykuya daldı mı, hiçbir şey onu uyandıramıyordu. "Değişik olmayı o kadar istiyordum ki. Nedendi acaba?"

"Yirmi yaş dolaylarında öyle bir an vardır ki," dedi Bedap, "yaşamının geri kalan kısmı boyunca ya herkes gibi olmayı, ya da farklılıklarını erdeme dönüştürmeyi seçmen gerekir."

"Ya da hiç olmazsa onlara boyun eğmeyi seçersin," dedi Shevek.

"Shev bugünlerde boyun eğme dönemindc," dedi Takver, "Yaşlanıyor. Otuz yaşına gelmek korkunç bir şey olmalı."

"Merak etme, sen doksanına da gelsen boyun eğmezsin," dedi Bedap Takver'in sırtını sıvazlayarak. "Çocuğunun adına razı oldun mu bari?"

Merkezi kayıt bilgisayarınca verilen ve yaşayan herkes için değişik olan beş veya altı harfli adlar, bilgisayar kullanan bir toplumun üyelerine vermek zorunda kalacağı sayıların yerine geçmişti. Bir Anarres'liyi tanımlamak için adından başka bir şey gerekmezdi. Bu yüzden ad kişinin önemli bir parçası sayılırdı, insanın adını seçme olanağı burnunu veya boyunu seçme olanağı kadar olsa bile. Takver bebeğin aldığı adı, Sadik'i sevmiyordu. "Bana hâlâ ağzımda çakıltaşı varken konuşuyormuşum gibi geliyor," dedi. "Ona *uymuyor.*"

"Ben seviyorum," dedi Shevek. "Uzun boylu, ince, uzun, kara saçları olan bir kız izlenimi veriyor."

"Ama görünmez saçlı, kısa, şişman bir kız o," dedi Bedap.

"Zaman ver ona biraz, kardeşim! Dinleyin. Bir konuşma yapacağım."

"Konuş! Konuş!"

"Şişşt–"

"Neden şişşt oluyormuş, o bebek bir doğal afet sırasında bile uyuyabilir."

"Sessiz olun. Çok duygulandım." Shevek meyve suyu bardağını kaldırdı. "Söylemek istediğim– söylemek istediğim şu. Sadik şimdi doğduğu için mutluyum. Zor bir yılda, zor bir zamanda, kardeşliğe gereksinme duyduğumuz bir zamanda doğduğu için. Şimdi ve burada doğduğu için mutluyum. Bizden biri, bir Odocu, kızımız ve kardeşimiz olduğu için mutluyum. Bedap'ın kardeşi olduğu için mutluyum. Sabul'un, Sabul'un bile kardeşi olduğu için mutluyum! Şu umuda içiyorum: Sadik'in yaşadığı sürece kardeşlerini en az benim bu gece yaptığım gibi, coşkuyla seveceği umuduna. Ve yağmurun yağmasına..."

Radyo, televizyon ve postanın temel kullanıcısı olan ÜDE, tıpkı uzak mesafe yolculuk ve taşımacılığı gibi haberleşmeyi de düzenliyordu. Anarres'te promosyon, reklam, yatırım, spekülasyon vb. anlamlarda "iş" olmadığından posta çoğunlukla endüstriyel ve profesyonel sendikalar arasındaki haberleşmeden, bu kuruluşların ve ÜDE'nin yönergeleriyle bültenlerinden, bir miktar da kişisel mektuptan oluşuyordu. Herkesin istediği her zaman, istediği her yere gidebileceği bir toplumda yaşayan bir Anarres'li, dostlarını o anda bulunduğu yerde arardı, daha önce olduğu yerlerde değil. Telefonlar bir topluluk içinde pek kullanılmazdı; topluluklar o kadar büyük değildi. Abbenay bile, aranan herkese, gerek duyulan her şeye yürüyerek ulaşılabilen yarı-otonom mahalleler olan "blok"larında kapalı bir bölgesel şekil kullanmıştı. Bu yüzden telefon çoğunlukla şehirlerarasıydı ve ÜDE tarafından idare edilirdi; kişisel konuşmaların önceden mektupla ayarlanması gerekirdi, ya da konuşmak yerine ÜDE merkezlerine mesaj bırakılırdı. Mektuplar kapalı olmazdı, tabii ki yasadan dolayı değil, geleneklerden dolayı. Uzak yerlerle kişisel iletişim, malzeme ve işgücü harcadığı, kişisel ekonomiyle kamu ekonomisi de aynı olduğu için, gereksiz telefonlara veya mektuplara karşı önemli bir tepki vardı. Bunlar basit alışkanlıklardı; gizlilik ve bencillik kokuyorlardı. Belki de bu yüzden mektuplar açık giderdi: İnsanlara okuyamayacakları bir mesajı taşıtmaya hakkınız yoktu. Eğer şanslıysanız mektup bir ÜDE posta balonuyla giderdi, şanssızsanız bir üretim treniyle. Sonunda adreste yazan kasabadaki posta deposuna gider, postacı olmadığı için de, biri mektup sahibine mektubu olduğunu haber verene, o da gelip alana kadar orada yatardı.

Ancak neyin gerekli olup neyin olmadığına birey karar verirdi. Shevek ve Takver birbirlerine düzenli olarak, her dekad yazıyorlardı. Shevek şöyle yazıyordu:

"Yolculuk fena değildi, üç gün sürdü, bir yolcu-yiyecek treniyle. Bu büyük bir seferberlik, üç bin kişi diyorlar. Burada kuraklığın etkileri çok daha kötü. Kısıntılar değil. Yemekhanelerdeki yemek Abbenay'daki kadar; yalnızca burada her gün her yemekte haşlanmış yeşil gara yiyoruz, çünkü bölgede gara fazlalığı var. Midelerimizde de gara fazlalığı olmaya başladı. Ama sefaletin esas nedeni buradaki iklim. Burası Toz. Hava kuru ve her zaman rüzgâr esiyor. Kısa süren yağmurlar var, ama yağmurdan sonra bir saat içinde toprak gevşiyor ve toz kalkmaya başlıyor. Bu mevsim burada yıllık ortalamanın yarısından az yağmur yağmış. Proje'deki herkesin dudakları çatlıyor, burnu kanıyor, gözleri acıyor ve herkes öksürüyor. Burada, Kızıl Pınarlar'da yaşayanların çoğunda tozdan dolayı öksürük var. Beklerin işi özellikle zor, birçoğunun derisinin ve gözlerinin iltihaplandığını görüyorsun. Bunu bir yarıyıl önce fark eder miydim acaba? Bir çocuk olunca insan daha keskin gözlü oluyor. İş her zamanki gibi, herkes yoldaşça davranıyor, ama kuru rüzgâr insanı yıpratıyor. Geçen gece Ne Thera'ları düşündüm; gecede rüzgârın sesi aynen ırmağınki gibiydi. Bu ayrılıktan pişmanlık duymayacağım. Bana daha az vermeye başladığımı gösterdi, sanki ben sana sahipmişim, sen de bana sahipmişsin ve yapılacak başka hiçbir şey yokmuş gibi. Gerçeğin ise sahip olmayla hiç ilgisi yok. Yaptığımız, Zaman'ın bütünselliğini söylemek. Sadik' in ne yaptığını yaz. Burada boş zamanlarımda isteyen bazı insanlara ders veriyorum, buradaki kızlardan biri doğuştan matematikçi. Enstitü'ye tavsiye edeceğim. Kardeşin Shevek."

Takver de şöyle yazıyordu:

"Oldukça garip bir şey beni düşündürüyor. 3. Dönem için ders programı üç gün önce asıldı; senin Enstitü'deki programını öğrenmek için gittim, ama senin adın hiçbir sınıf veya derslikte yoktu. Seni yanlışlıkla dışarıda bıraktıklarını düşünerek Üyeler Sendikasına gittim ve evet dediler, sana Geometri dersini vermek istiyorlarmış. Ben de Ens. Eşg. ofisine o uzun burunlu yaşlı kadına gittim, o da bir şey bilmiyordu, hayır hayır ben hiçbir şey bilmiyorum, Merkezi Atama'ya git! Bu saçmalık dedim ve Sabul'a gittim. Ama o Fiz. ofislerinde değildi ve daha sonra iki kez daha gitmeme karşın onu göremedim. Terrus'un sökülmüş ipliklerden ördüğü, son derece çekici, harika, beyaz bir şapka giyen Sadik'le birlikte gittim. Sabul'u yaşadığı oda veya mağarada aramayı reddediyorum. Belki de gönüllü işe gitmiştir, ha ha!

Belki de Enstitü'ye telefon edip ne tür bir yanlış yaptıklarını öğrenmen gerekir. Aslında ben gidip İşBöl Merkezi Atama'ya baktım, ama senin için yeni bir görev yoktu. Oradakiler iyiydi, ama o uzun burunlu yaşlı kadın yetersiz ve yardım etmiyor, kimsenin de ilgilendiği yok. Bedap haklı, bürokrasinin içimize girmesine izin verdik. Lütfen geri gel (gerekirse matematik dehası kızla birlikte), ayrılık eğitici, tamam, ama benim istediğim eğitim senin varlığın. Her gün yarım litre meyve suyu ve kalsiyum payımı alıyorum, çünkü sütüm azalıyordu ve S. çok ağladı. Sevgili doktorlar!! Bu kadar, her zaman, T."

Shevek bu mektubu hiç almadı. Mektup Kızıl Pınarlar'daki posta deposuna ulaşıncaya kadar o Güneydoğuşu'ndan ayrılmıştı.

Kızıl Pınarlar'dan Abbenay'a yol dört bin kilometreydi. Yolculuk edenler genelde otostop yaparlardı, çünkü bütün yük taşıtları, alabilecekleri kadar yolcu da alarak yolcu taşıtı işlevi görürlerdi; ama dört yüz elli kişi Kuzeybatı'daki düzenli görev yerlerine geri gönderildikleri için, bu kez onlara bir tren ayrılmıştı. Tren yolcu vagonlarından, ya da en azından şu anda yolcular için kullanılan vagonlardan oluşuyordu. En az ilgi gören vagon, son zamanlarda füme balık taşımış olan vagondu.

Bir yıl kuraklıktan sonra olağan taşıma hatları, taşıma işçilerinin talepleri karşılamak için amansızca çalışmalarına karşın yetersiz kalmıştı. Odocu toplumun en büyük federatifi onlardı: tabii ki yerel ve merkezi ÜDE ile toplanıp çalışan temsilcilerce yürütülen bölgesel sendikalar şeklinde örgütlenmişlerdi. Taşımacılık federatifince yönetilen ağ olağan zamanlarda ve kısıtlı acil durumlarda etkindi; esnekti ve durumlara uyabiliyordu; Taşıma Sendikası üyeleri iyi bir ekipti, profesyonel bir gururları vardı. Makinelerine ve balonlarına *Boyuneğmez, Dayanıklı* ve *Rüzgâr Yutan* gibi adlar takarlardı; "Her Zaman Hedefe Varırız" ya da "Hiç Bir Şey Çok Zor Değildir!" gibi sloganları vardı. Ama şimdi, gezegenin bütün bölgeleri, eğer başka bölgelerden yiyecek getirilmezse acil açlık tehlikesiyle karşı karşıyayken ve büyük miktarda işçi acil görevler için bir yerden bir başka yere taşınırken, taşımacılığa talep çok büyüktü. Yeterince taşıt yoktu; taşıtları kullanacak yeterince insan yoktu. Federatifin elinde tekerlekli veya kanatlı ne varsa hepsi hizmete konmuştu; çıraklar, emekli işçiler, gönüllüler ve acil durum görevlileri, kamyonların, trenlerin, gemilerin, limanların, ambarların yönetilmesine yardım ediyorlardı.

Shevek'in yolculuk ettiği tren, uzun beklemeler arasında kısa mesafeler katederek gidiyordu, çünkü öncelik erzak trenlerine veriliyordu. Sonra yirmi saat boyunca tamamen durdu. Yorgun ya da yeterince eğitilmemiş bir makasçı bir hata yapmış, tren hattında kaza olmuştu.

Trenin durduğu küçük kasabanın yemekhane ve ambarlarında fazladan yiyecek yoktu. Bir tarım topluluğu değil, beton ve köpüktaşı üreten, büyük bir şans eseri kireç madenleriyle, taşımacılığa elverişli bir ırmağın kesiştiği yerde kurulmuş bir topluluktu. Sebze ve meyve bahçeleri vardı, ama beslenmek için ulaşıma bağımlı olan bir kasabaydı. Eğer trendeki dört yüz elli kişi yemek yerse, kasabadaki yüz altmış kişi yiyemeyecekti. İdeal olarak hepsi ne varsa paylaşır, hep birlikte yarı aç yarı tok kalırlardı. Eğer trende elli, hatta yüz kişi olsaydı belki topluluk onlara en azından bir pişimlik ekmek ayırabilirdi. Ama dört yüz elli kişiye? Bu kadar kişiye herhangi bir şey verseler günlerce aç kalırlardı. O günlerden sonra bir sonraki tayın treni gelir miydi? Trende ne kadar tahıl olurdu? Hiçbir şey vermediler.

O gün kahvaltı niyetine hiçbir şey yemeyen yolcular, böylece altmış saat aç kaldılar. Hat açılıp, trenleri iki yüz elli kilometreyi aşıp yolcular için ayrılmış yemekhanesi olan bir istasyona varana kadar da yemek yiyemediler.

Shevek'in ilk açlık tecrübesiydi bu. Bazen çalışırken üşendiği için yemek yemediği olmuştu, ama her istediğinde gün boyunca iki öğün yiyebilirdi: gündoğumu ve günbatımı kadar değişmez bir şey. Bundan vazgeçmek zorunda kalmanın nasıl bir şey olabileceğini hiç düşünmemişti bile. Toplumunda, dünyasında hiç kimse yemeksiz kalmamıştı.

Tren lekeli ve tozlu bir taş ocağıyla, kapalı duran bir fabrika arasındaki yan hatta saatlerce beklerken, açlığı artmış, açlığı arttıkça da açlığın gerçekliği üzerine ve toplumunun, gerçek gücünü oluşturan dayanışmayı yitirmeden bir kıtlığın üstesinden gelememesi olasılığı üzerine, ümitsiz düşüncelere kapılmıştı. Yeterince, hatta kıtı kıtına yetecek kadar yiyecek olduğu zaman paylaşmak kolaydı. Ya olmadığı zaman? O zaman güç devreye giriyordu; güçlü olan haklı oluyordu; güç, onun aygıtı şiddet ve en büyük müttefiki, görmezden gelen göz.

Yolcuların kasabalılara olan kızgınlığı gittikçe artıyordu, ama bu duygu kasabalıların davranışından daha iyiydi – "kendi" duvarları arkasına, "kendi" mallarıyla gizlenip treni görmezden gelmelerinden, ona hiç bakmamalarından daha iyiydi. Tek karamsar yolcu Shevek değildi; duran vagonların yanından uzun bir konuşma dalgalanarak geçti, insanlar konuşmaya girip çıktılar, tartışıp hak verdiler, konuşmaların hepsi Shevek'in düşüncelerinin izlediği genel tema çevresindeydi. Sebze bahçelerine bir saldırı ciddi olarak önerildi, kıyasıya tartışıldı; eğer tren en sonunda kalkış düdüğünü öttürmeseydi saldırı gerçekleştirilebilirdi de.

Ama tren en sonunda, hattın ucundaki istasyona yanaşıp yolcular yemeklerini –yarım somun holum ekmeğiyle bir kâse çorbayı– yediklerinde karamsarlığın yerini coşku aldı. Kâsenin sonuna geldiğinizde çorbanın bayağı az olduğunu fark ediyordunuz, ama o ilk tat, ilk tat harikaydı, aç kalmaya değerdi. Hepsi buna katıldılar. Gülerek ve birbirleriyle şakalaşarak trene döndüler. Birlikte başarmışlardı.

Bir sebze treni konvoyu Abbenay yolcularını Ekvator Tepesi'nde aldı; son sekiz yüz kilometreyi onunla geçtiler. Güz başlangıcının rüzgârlı bir gecesinde kente vardılar. Geceyarısı yaklaşıyordu; caddeler boştu. Rüzgâr akışkan, kuru bir ırmak gibi içlerine esiyordu. Soluk sokak lambalarının üstünde yıldızlar parlak, titrek bir ışıkla yanıyorlardı. Güz ve tutku fırtınası Shevek'i caddelerden, gecede yapayalnız, yarı koşarak, beş kilometre ötedeki kuzey bölgesine götürdü. Verandanın üç basamağını bir adımda aştı, holden koşarak geçti, kapıya ulaştı ve açtı. Oda karanlıktı. Karanlık pencerelerde yıldızlar yanıyordu. "Takver!" dedi ve sessizliği duydu. Lambayı açmadan önce, orada, karanlıkta, sessizlikte, birdenbire ayrılığın ne olduğunu öğrendi.

Hiçbir şey götürülmemişti. Gidecek hiçbir şey yoktu. Yalnızca Takver ve Sadik gitmişti. Metruk Uzay İşgalleri açık kapıdan gelen esintiyle, yavaşça, biraz parlayarak dönüp duruyorlardı.

Masada bir mektup vardı. İki mektup. Biri Takver'dendi. Kısaydı: Kuzeydoğu'daki Deneysel Yenilebilir Yosun Yetiştirme Laboratuvarı'nda belirsiz bir süre için acil bir görev almıştı. Şöyle yazıyordu: "Vicdanen şu anda reddedemezdim. Gidip İşBöl'dekilerle konuştum ve ÜDE'de Ekoloji'ye gönderdikleri projeyi okudum, bana gereksinmeleri olduğu doğru, çünkü ben tam bu yosun-ipliksi-karides-kukuri döngüsü üzerine çalışmıştım. İşBöl'den seni Rolny'ye göndermelerini istedim, ama bunu sen de istemeden yapmazlar, eğer Enstitü'deki işlerden dolayı bu olanaksızsa sen de istemezsin. En nihayet bu iş çok uzun sürerse onlara başka bir genetikçi bulmalarını söyleyip geri dönerim! Sadik çok iyi ve ışık yerine işik diyebiliyor. Pek uzun sürmeyecek. Her zaman, yaşam boyunca, kardeşin Takver. Gelebilirsen n'olur gel."

Diğer not minik bir kâğıt parçasına karalanmıştı. "Shevek: Döndüğünde fizik of. Sabul."

Shevek odada gezindi. Fırtına, onu caddeler boyunca sürükleyen güç hâlâ içindeydi. Duvara toslamıştı. Daha ileri gidemiyordu, ama hareket etmeliydi. Dolaba baktı. İçeride yalnızca kışlık paltosu ve ince elişini seven Takver'in onun için ördüğü bir gömlek vardı; Takver birkaç giysisini almıştı. Paravana katlanmıştı, arkadaki boş beşik görünüyordu. Yatak yapılmamıştı, ama kavuniçi battaniye katlanmış, şiltenin üstüne düzgünce örtülmüştü. Shevek yine masaya geldi, Takver'in mektubunu yine okudu. Gözleri kızgınlık gözyaşlarıyla doldu. Hayal kırıklığından kaynaklanan bir öfke onu sarstı; bir gazap, bir önseziydi bu.

Suçlanacak kimse yoktu. En kötüsü de buydu. Takver'e gereksinme vardı, açlığa karşı savaşmak için gerekliydi o – Takver'in, Shevek'in, Sadik'in açlığına karşı. Toplum onlara karşı değildi. Onlar içindi; onlarlaydı; onlardı.

Ama kitabını, aşkını ve çocuğunu bırakmıştı. Bir insandan daha ne istenebilirdi ki?

"Lanet olsun!" dedi yüksek sesle. Pravca, küfür etmek için iyi bir dil değildi. Cinsellik pis bir şey olmayınca, günaha girme diye bir şey de olmayınca küfretmek zordur. "Of, lanet olsun!" diye yineledi. Sabul'un pis, küçük notunu öç alırcasına yırtıp attı, sonra yumruklarını sıkıp masanın üstüne iki, üç kez indirdi, tutkuyla canını acıtmak istiyordu. Ama hiçbir şey yoktu. Yapılacak hiçbir şey, gidilecek hiçbir yer yoktu. En sonunda yatağını yapmak, yalnız başına uzanıp, kötü düşler görerek rahatsız bir şekilde uyumak zorunda kaldı.

Sabah ilk olarak Bunub kapıyı çaldı. Shevek onu kapıda karşıladı ve içeri girmesi için kenara çekilmedi. Koridorun öte ucundaki komşularıydı, elli yaşında bir kadındı, Hava Taşıt Motorları fabrikasında makinistti. Takver onunla hep eğlenirdi, Shevek'iyse öfkelendiriyordu. Bir kere, odalarını istiyordu. Oda ilk boşaldığında almak istemiş, ama blok yerleştirme görevlisinin düşmanlığı bunu engellemişti. Onun odasında köşe penceresi yoktu, bitip tükenmeyen kıskançlığının kaynağı buydu. Odası iki kişilikti, ama o tek başına kalıyordu, şu andaki koşullar düşünülürse bu bencillikti; ama eğer o Shevek'i sürekli bahaneler uydurarak buna zorlamasaydı, Shevek ona karşı çıkmak için kendini yormazdı. Anlatıp dururdu Bunub. Bir eşi, yaşam boyu eşi vardı, "aynen ikiniz gibi" deyip sırıtıyordu. İyi de, nerelerdeydi bu eş? Her nedense ondan yalnızca geçmiş zaman kipinde söz ediliyordu. Bu arada, Bunub'un odasından gelip geçen erkeklere bakılınca iki kişilik oda da haklılık kazanıyordu, her gece bir başka erkek vardı, sanki Bunub on yedisinde, ateşli bir genç kızdı. Takver bu resmi geçidi hayranlıkla izliyordu. Bunub gelip adamlar hakkındaki her şeyi anlatıyor, yakınıyor, yakınıyordu. Köşe odaya sahip olmaması sayılamaz dertlerinden yalnızca biriydi. Hem sinsi, hem de kıskanç aklı, her şeydeki kötü yönleri bulup hemen içine atıyordu. Çalıştığı fabrika yetersizlik, adam kollama ve sabotaj dolu zehirli bir kütleydi. Sendika toplantıları, ona yönelik haksız imalarla doluydu, tımarhaneyi andırıyordu. Bütün toplumsal organizma yalnızca Bunub'a baskı yapmaya yarıyordu. Bütün bunlar Takver'i –bazen kahkahalarla– güldürüyordu, hem de Bunub'un yüzüne karşı. "Ah Bunub, o kadar komıksin ki!" diye nefessiz kalana dek güler, saçları ağarmış, ağzı büzülmüş, gözleri yere çevrili kadın ise, hafifçe gülümser, hiç alınmadan abartılı anlatısına devam ederdi. Shevek Takver'in Bunub'a gülmekte haklı olduğunu biliyordu, ama kendisi bunu yapamıyordu.

"Korkunç," dedi Bunub; Shevek'in yanından süzülerek Takver'in mektubunu okumak için doğruca masaya gidip mektubu aldı;

Shevek Bunub'un hiç beklemediği bir çeviklikle mektubu onun elinden kaptı. "Gerçekten korkunç. Bir dekad önceden bile haber vermiyorlar. Tek söyledikleri: Buraya gel! Hemen! Sonra da bizim özgür insanlar olduğumuzu, özgür insanlar olmamız gerektiğini söylüyorlar. Ne büyük şaka! Mutlu bir eşliği böyle bozmak. Asıl maksatları bu, anlamıyor musun? Eşliklere karşılar, bunu her zaman görebilirsin, eşleri kasten ayrı ayrı yerlere gönderiyorlar. Labeks'le bana da aynı şeyi yaptılar, tamamen aynı şeydi. Hiçbir zaman yeniden bir araya gelemeyeceğiz. Bütün İşBöl bize karşıyken hiçbir zaman bir araya gelemeyiz. İşte küçük, boş beşik. Zavallı bebecik! Bu dört dekad boyunca hiç ağlamayı kesmedi, gece gündüz. Beni de saatlerce uyutmadı. Tabii kısıtlamalar yüzünden Takver'in yeterince sütü yoktu. Sonra bir düşün, emziren bir anneyi öyle yüzlerce kilometre ötedeki bir göreve göndermek! Onun yanına gidebilecek misin, nereye göndermişlerdi Takver'i?"

"Kuzeydoğu'ya. Kahvaltı etmek istiyorum Bunub, acıktım."

"Sen yokken yapmaları ne kadar da tipik."

"Neyi ben yokken yapmaları?"

"Onu göndermeleri – eşliği bozmaları." Sabul'un notunu dikkatle düzeltmiş, okuyordu. "Ne zaman devreye gireceklerini çok iyi biliyorlar! Şimdi bu odayı bırakırsın herhalde, öyle değil mi? İki kişilik bir odada kalmana izin vermezler. Takver çabuk dönmekten söz ediyordu, ama sanırım yalnızca moralini sağlam tutmaya çalışıyordu. Özgürlük, sözde özgürüz, büyük bir aldatmaca bu! Oradan oraya sürülüp–"

"Üfff, uzatma Bunub, Takver görevi istemeseydi karşı çıkabilirdi. Açlıkla karşı karşıya olduğumuzu biliyorsun."

"Peki, peki. Belki de Takver bir değişiklik istiyordu. Bebek doğduğunda genellikle böyle şeyler olur. Bebeği çoktan bir yuvaya vermeniz gerekiyordu bence. Ne kadar da çok ağlıyordu. Çocuklar eşlerin arasına girer. Onları bağlar. Senin dediğin gibi, belki de değişiklik istiyordu ve karşısına bu fırsat çıkınca hemen atladı."

"Ben böyle bir şey söylemedim. Kahvaltıya gidiyorum." Dışarı çıkarken Bunub'un ustaca yaraladığı birkaç duyarlı noktası acıyordu. Kadının korkunçluğu, Shevek'in en küçümsediği korkularını yüksek sesle söylemesiydi. Şimdi Bunub odada kalmış, belki de taşınmak için planlar yapıyordu.

Fazla uyumuştu, yemekhaneye gittiğinde kapılar kapanmak üzereydi. Hâlâ yolculuktan dolayı kurt gibi aç olduğu için hem lapadan, hem de ekmekten çift porsiyon aldı. Servis yapan çocuk kaşlarını çatarak ona baktı. Bugünlerde kimse çift porsiyon almıyordu. Shevek de kaşlarını çatarak çocuğa baktı ve hiçbir şey söylemedi. Seksen saattir yalnızca iki tabak çorbayla bir kilo ekmek yemişti ve bunu telafi etmesi gerekiyordu; ama açıklama yapmaya hiç niyeti yoktu. Varlık kendini haklı çıkarır, gereksinme haklıdır. O bir Odocu'ydu, suçluluk duygusunu çıkarcılara bırakıyordu.

Tek başına oturdu, ama hemen sonra Desar gülümseyerek yanına geldi, ona ya da arkasında bir yere sinir bozucu şaşı gözleriyle bakıyordu. "Epeydir yoktun," dedi Desar.

"Çiftlik görevi. Altı dekad. Burada durum nasıl?"

"Ürünsüz."

"Daha da kötü olacak," dedi Shevek, ama buna pek inanmıyordu, çünkü yemek yiyordu, lapanın tadı da çok güzeldi. Hayal kırıklığı, kaygı, açlık! diyordu beyninin bir tarafı, aklın merkezi; ama beyninin arka taraflarında, kafatasının derinliklerinde hiç pişmanlık duymadan, bütün ilkelliğiyle oturan bir başka şey "Şu anda yemek var!" diyordu. Şu anda yemek var! İyi, iyi.

"Sabul'u gördün mü?"

"Hayır. Dün gece geç geldim." Desar'a baktı ve kayıtsız davranmaya çalışarak, "Takver bir görev aldı, dört gün önce gitti," dedi.

Desar gerçek bir kayıtsızlıkla başını salladı. "Duydum. Enstitü'nün yeniden düzenlendiğini duydun mu?"

"Hayır. Neler oluyor?"

Matematikçi, uzun, narin ellerini masaya koyup onları incelemeye başladı. Her zaman sıkı ağızlı ve telgraf gibiydi, aslında da kekeliyordu, ama Shevek onun kekelemesinin sözlerle mi alılakla mı ilgili olduğuna hiç karar verememişti. Her zaman, nedenini bilmeden Desar'dan hoşlanmıştı, ama bazen ondan hiç hoşlanmadığı anlar da oluyordu, bunun da nedenini bilmiyordu. Bu o tür anlardan biriydi. Desar'ın yüzündeki ifadede, yere bakan gözlerinde sinsi bir şeyler vardı, tıpkı Bunub'un gözlerindeki gibi.

"Temizlik. İşlevsel şeyler kalıyor yalnız. Shipeg gitti." Shipeg aptallığıyla ünlü bir matematikçiydi, sürekli öğrencilerini yağlayarak her dönem öğrenci isteğiyle açılmış bir ders almayı beceriyordu. "Gönderdiler. Bölgesel bir enstitüye."

"Yer holumu ekerken daha az zararlı olur," dedi Shevek. Şimdi (karnı doymuşken) kuraklığın toplumsal organizma için belki de yararlı olacağını düşünüyordu. Öncelikler daha açıkça ortaya çıkıyordu. Zayıflıklar, zayıf noktalar, hastalık noktaları anlaşılacaktı, tembel organlar tam kapasite çalıştırılacak, bedendeki yağlar atılacaktı.

"Seni destekledim, Enstitü toplantısında," dedi Desar, gözlerini kaldırmış, ama bakamadığı için, Shevek'in gözlerinin içine bakmamıştı. O konuşurken Shevek, tam olarak ne dediğini anlamamasına karşın, onun yalan söylediğini hissetti. Bundan kesinlikle emindi. Desar onu desteklememiş, ona karşı konuşmuştu.

Desar'dan nefret ettiği anlar olmasının nedeni şimdi açıklığa kavuşmuştu: bugüne kadar kabul etmemesine karşın, Desar'ın kişiliğindeki saf kötülüğü fark etmesiydi neden. Desar'ınsa ondan hoşlandığı, üzerinde güç sahibi olmak istediği aynı derecede açıktı ve Shevek'e aynı derecede iğrenç geliyordu. Sahip olmanın türlü hileli yolları, sevgi/nefretin labirentleri onun için anlamsızdı; küstahça ve hoşgörü göstermeden duvarlarını yıkıp geçiyordu. Matematikçiyle bir daha konuşmadı, kahvaltısını bitirdi ve parlak güz sabahında avludan geçip fizik ofisine gitti.

Herkesin "Sabul'un ofisi" dediği arka odaya, ilk defa karşılaştıkları, Sabul'un ona İoca dilbilgisi kitabını ve sözlüğü verdiği odaya gitti. Sabul uyanık gözlerle masanın üzerinden ona baktı, sonra çok çalışan, soyut bilim insanı kimliğiyle yine masaya, makalelerine döndü, ardından Shevek'in varlığının dolu beynine sızmasına izin verdi, en sonunda da onun gibi soğuk biri için heyecanlı sayılabilecek bir tavır takındı. Zayıf ve yaşlı görünüyordu, ayağa kalktığında daha kambur duruyordu, yatıştırıcı bir duruştu bu. "Zor günler," dedi. "Öyle değil mi? Zor günler!"

"Daha da zorlaşacak," dedi Shevek hafifçe. "Burada işler nasıl?"

"Kötü, kötü." Sabul kırlaşmış başını salladı. "Bu asil bilimler için, entelektüeller için kötü bir dönem."

"Hiç iyi bir dönem olmuş muydu?"

Sabul doğal olmayan bir sesle kıkırdadı.

"Urras'tan yaz postasında bize herhangi bir şey geldi mi?" diye sordu Shevek, sıranın üstündekileri toparlayarak kendine oturacak yer açtı. Oturup bacak bacak üstüne attı. Güneydoğuşu tarlalarında çalışırken açık teni güneşten yanmış, yüzünü kaplayan ince tüyler gümüş rengine dönmüştü. Sabul'la kıyaslandığında zayıf, aklı başında ve genç görünüyordu. Her ikisi de bu karşıtlığın farkındaydılar.

"Kayda değer bir şey yok."

"*İlkeler*'le ilgili hiç makale yok mu?"

"Hayır." Sabul'un ses tonu kabaydı, tam ona yakışan bir tondu bu.

"Hiç mektup yok mu?"

"Hayır."

"Tuhaf."

"Neresi tuhaf? Ne bekliyordun ki, İeu Eun Üniversitesi'nden profesörlük mü? Seo Oen Ödülü mü?"

"Makaleler ve yanıtlar bekliyordum. Epey zaman oldu." O bunu söylerken Sabul, "Makale yazılacak kadar zaman olmadı," dedi.

Bir duraklama oldu.

"Şunu anlaman gerek Shevek, yalnızca haklı olduğundan emin olmak, haklı olmayı gerektirmez. Kitap üzerinde çok çalıştın, biliyorum. Ben de onu düzeltmek, yalnızca Ardışıklık kuramına yapılan sorumsuz bir saldırı olmadığını, olumlu yönleri de olduğunu göstermek için çok uğraştım. Ama diğer fizikçiler senin çalışmalarını değerli bulmuyorlarsa, inandığın değerleri gözden geçirip tutarsızlığın nerede yattığını bulmaya çalışmalısın. Eğer başka insanlar için anlamı yoksa, ne işe yarar? İşlevi nedir?"

"Ben fizikçiyim, işlev çözümleyici değil," dedi Shevek tatlılıkla.

"Her Odocu bir işlev çözümleyici olmak zorundadır. Otuz yaşındasın, değil mi? Bu yaşa geldiğinde bir insan yalnızca hücresel işlevini değil, organik işlevini de bilmek zorundadır – toplumsal organizmadaki en iyi görevinin ne olacağını da. Belki de sen bunu çoğu insan kadar düşünmek zorunda kalmadın–"

"Hayır. On, on iki yaşımdan beri ne tür bir iş yapmam gerektiğini biliyordum."

"Bir çocuğun yapmak istediğiyle toplumun ondan bekledikleri her zaman aynı olmaz."

"Dediğin gibi, otuz yaşındayım. Biraz yaşlıca bir çocuk sayılırım."

"O yaşa olağanüstü derecede korunmuş, yalıtılmış bir çevrede ulaştın. Önce Kuzeybatışı Bölge Enstitüsü–"

"Sonra bir orman projesi, çiftlik projeleri, pratik eğitim, blok komiteleri, kuraklıktan bu yana da gönüllü çalışma; gerekli miktarda *kleggich*. Aslında bunu yapmaktan zevk de alıyorum. Ama fizikle de uğraşıyorum. Nereye varmak istiyorsun?"

Sabul yanıt vermeyip, kalın, yağlı kaşlarını çatıp baktığı için Shevek ekledi, "Açık açık söylesen daha iyi olur, çünkü benim toplumsal vicdanıma seslenerek ulaşamayacaksın oraya."

"Burada yaptığın işi işlevsel buluyor musun?"

"Evet. 'Ne kadar örgütlü olunursa organizma o kadar merkezi olur: buradaki merkezilik gerçek işlev alanını gösterir.' Tomar'ın *Tanımlar*'ı. Zaman fiziği insan aklının alabileceği her şeyi düzenlemekle uğraştığı için tanım olarak merkezi işlevi olan bir etkinlik."

"İnsanların karnını doyurmuyor."

"İnsanların karınlarını doyurmalarına yardım etmek için altı dekad harcadım. Çağrıldığımda yine giderim. Bu arada da kendi işimi yaparım. Uğraşılacak fizik bilimi oldukça onunla uğraşmaya hakkım var!"

"Yapman gereken, bu noktada uğraşılacak fizik olmadığını kabul etmek. Senin uğraştığın türden. Pratikle uğraşmak zorundayız." Sabul sandalyesinde kımıldadı. Somurtkan ve rahatsız görünüyordu. "Beş kişiyi yeniden görevlendirme için serbest bırakmak zorunda kaldık. Üzgünüm, ama sen de bu beş kişiden birisin. İşte mesele bu..."

"Ben de meselenin bu olduğunu düşünmüştüm," dedi Shevek, ama o ana kadar Sabul'un kendisini Enstitü'den atıyor olduğunu fark etmemişti. Duyduğu andan itibaren de haber tanıdık gelmişti; Sabul'a sarsıldığını görme fırsatı vermeyecekti.

"Senin aleyhinde bir dizi şey vardı. Son birkaç yılda yaptığın çalışmaların anlaşılması güç ve anlamsız olması. Ayrıca, haklı ya da haksız, Enstitü'nün birçok öğrenci ve öğretim üyesinde, senin öğretinin ve davranışlarının bir tür duygusuzluğu, bir yoksunluğu, bir bencilliği yansıttığı yolunda bir düşünce olması. Bu, toplantıda konuşuldu. Ben tabii ki seni destekledim. Ama ben bir sürü üyeden biriyim yalnızca."

"Fedakârlık ne zamandan beri Odocu bir erdem sayılıyor?" dedi Shevek. "Neyse, boşver, ne demek istediğini anlıyorum." Ayağa kalktı. Artık oturamıyordu, ama bunun dışında kendine hâkimdi ve son derece doğal konuşuyordu. "Anladığım kadarıyla başka bir yerde bir öğretim görevi için beni tavsiye etmedin."

"Neye yarardı ki?" dedi Sabul; kendini temize çıkarırken sesi neredeyse bir ezgi gibiydi. "Hiç kimse yeni öğretmen istemiyor. Öğretmen ve öğrenciler bütün gezegende, açlık önleme görevlerinde, yan yana çalışıyorlar. Tabii ki bu bunalım geçecek. Bir yıl içinde geri dönüp bakacağız ve yaptığımız fedakârlıklardan ve yan yana, eşit paylarla başardığımız işlerden gurur duyacağız. Ama şimdi..."

Shevek ayakta dimdik, yatışmış duruyor, küçük, çizik camdan boş gökyüzüne bakıyordu. İçinde en nihayet Sabul'a cehenneme kadar yolu olduğunu söyleme isteği yanıp tutuşuyordu. Ama en sonunda sözlere dökülen değişik ve daha derin bir dürtü oldu. "Aslında," dedi, "belki de haklısın." Sabul'u başıyla selamladı ve çıktı.

Kentin aşağı kısmına giden bir tramvaya atladı. Hâlâ acelesi vardı, sürükleniyordu. Belli bir kalıbı izliyordu ve sonuna gelmek, durmak istiyordu. İş Bölüşümü Merkezi Atama ofisine giderek Takver' in gittiği topluluğa gönderilmek isteyecekti.

Bilgisayarları ve devasa eşgüdüm göreviyle İşBöl bütün bir meydanı kaplıyordu; yapıları Anarres standartlarına göre güzel ve heybetliydi, ince, açık çizgileri vardı. İçeride, yüksek tavanları ve ambar görünüşüyle Merkezi Atama, insanlarla ve hareketle doluydu, duvarlar atama duyurularıyla, şu ya da bu işi yapmak için hangi masaya ya da bölüme gidileceğiyle ilgili yönergelerle kaplıydı. Shevek sıralardan birinde beklerken önündekilerin, on altı yaşında bir oğlanla altmışlık bir adamın konuşmasını dinliyordu. Oğlan bir açlık önleme görevine gönüllü yazılıyordu. Soylu duygularla doluydu, kardeşlik, maceraperestlik ve umut taşıyordu her yanından. Kendi başına gidiyor olmaktan, çocukluğunu arkada bırakmaktan çok mutluydu. Çocuklar gibi, çok konuşuyordu, sesi henüz kalın tonlara alışmamıştı. Heyecanlı konuşması özgürlük, özgürlük! diye çınlıyordu her sözcüğünde; yaşlı adamın sesi konuşmanın arasında gürüldeyip homurdanıyordu, takılıyor ama tehdit etmiyordu, eğleniyor ama uyarmıyordu. Özgürlük, bir yere gidip bir şey yapma yeteneği yaşlı adamın genç oğlanda övüp bağrına bastığı özellikti, kendine fazla önem vermesiyle dalga geçerken bile. Shevek onları büyük bir zevkle dinledi. Sabahın gariplikleri kırıyorlardı.

Shevek nereye gitmek istediğini açıklar açıklamaz memurun kaşları çatıldı ve bir atlas bulmaya gitti, sonra da atlası tezgâhın üstüne koydu. "Şimdi bak," dedi kadın. Dişlek, küçük, çirkin bir kadındı; atlasın renkli sayfaları üstündeki elleri hareketli ve yumuşaktı. "İşte şurası Rolny, Kuzey Temaenia'ya uzanan yarımada. Dev bir kumul yalnızca. Üstünde, yarımadanın sonundaki deniz laboratuvarlarından başka bir şey yok, görüyor musun? Kumsal ise yalnızca bataklık ve tuzlalardan oluşmuş, ta Armoni'ye, bin kilometre öteye kadar. Batısındaysa Çorak Kumsallar var. Rolny'ye yaklaşabileceğin en yakın yer dağlarda bir kasaba olabilir. Ama orada acil görev istemiyorlar; kendilerine yetebiliyorlar. Yine de oraya gidebilirsin," diye ekledi biraz değişik bir ses tonuyla.

"Rolny'ye çok uzak," dedi Shevek haritaya bakarak, Kuzeydoğu dağlarında Takver'in doğduğu küçük, yalıtılmış kasabayı, Yuvarlak Vadi'yi fark etmişti. "Deniz laboratuvarında temizlikçiye gereksinmeleri yok mu? Bir istatistikçiye? Balıkları besleyecek birine?"

"Bakarım."

İşBöl'ün insan/bilgisayar dosya ağı imrenilecek bir verimlilikle kurulmuştu. Memurun yapılan her iş, istenen her görev, gereksinilen her işçi ve bütün bunların dünya çapındaki toplumun ekonomisindeki öncelikleriyle ilgili sürekli gelip giden bilgiler arasından istenen bilgiyi çekip çıkarması beş dakika sürmedi. "Yakın zamanda acil bir görev doldurulmuş – bu eş olmalı, değil mi? İstedikleri herkesi almışlar, dört teknisyen ve deneyimli bir ağcı. Kadro tamam."

Shevek dirsekleri üzerinde tezgâha dayanarak başını eğdi, kaşıdı, kendine güveni tarafından maskelenen bir şaşkınlık ve yenilgi ifadesiydi bu. "Şey," dedi, "ne yapacağımı bilmiyorum."

"Bak, kardeş, eşin görevi ne kadar süreli?"

"Belirsiz."

"Ama bir açlık önleme görevi, değil mi? Sonsuza dek böyle gitmeyecek. Gidemez! Bu kış yağmur yağar."

Shevek kardeşinin açıksözlü, sempatik, rahatsız yüzüne baktı. Biraz gülümsedi, çünkü onun umut vermeye çalışmasını tepkisiz bırakamazdı.

"Tekrar bir araya gelirsiniz. Bu arada–"

"Evet. Bu arada," dedi Shevek.

Kadın onun kararını bekliyordu.

Karar onundu; seçenekler de sonsuzdu. Abbenay'da kalıp, eğer gönüllü öğrenci bulabilirse, fizik dersleri düzenleyebilirdi. Rolny Yarımadası'na gidip, araştırma istasyonunda herhangi bir yeri olmadan Takver'le birlikte yaşayabilirdi. Herhangi bir yerde bir şey yapmadan yaşayabilir ve günde iki kez kalkıp en yakındaki yemekhaneye giderek yemeğini yiyebilirdi. İstediği her şeyi yapabilirdi.

Pravca'daki "çalışma" ve "oyun" sözcüklerinin aynı olmasının kuşkusuz güçlü bir ahlaki önemi vardı. Odo benzetmeler dizgesinde "çalışma" sözcüğünün kullanılışından katı bir ahlakçılık çıkması tehlikesini görmüştü: hücreler birlikte çalışmalı, organizmanın en iyi çalışması, her öğenin çalışması, vb... *Analoji*'nin iki temel kavramı olan işbirliği ve işlev'in her ikisi de, iş'i, çalışmayı içeriyordu. Bir laboratuvardaki yirmi test tüpü ya da Ay'daki yirmi milyon insanla yapılan bir deneyin kanıtlanması, ancak "işliyor mu" sorusunun yanıtlanmasıyla olabilirdi. Odo ahlaki tuzağı görmüştü. "Aziz hiçbir zaman meşgul değildir," demişti, belki de biraz özlemle.

Ama toplumsal varoluşun tercihleri hiçbir zaman tek başına yapılamaz.

"Şey," dedi Shevek, "bir açlık önleme görevinden daha yeni döndüm. Yapılması gereken, buna benzer bir şey var mı?"

Memur ona bir abla gibi baktı, inanmaz ama bağışlayıcı gözlerle. "Odada yaklaşık yedi yüz acil görev duyurusu var," dedi. "Hangisini yeğlersin?"

"Matematiğe gereksinimi olan var mı?"

"Çoğunlukla çiftçilik ve kalifiye işçilik arıyorlar. Mühendislik eğitimin var mı?"

"Pek yok."

"Peki, eşgüdüm işi var. Bunun için rakamlardan anlamak gerekir. Bu nasıl?"

"Olur."

"Güneybatı'da, Toz'da biliyorsun."

"Daha önce Toz'da bulunmuştum. Ayrıca, dediğin gibi, bir gün yağmur yağacak."

Kadın gülümseyerek başını salladı ve Shevek'in İşBöl kaydını doldurdu: *ÇIKIŞ Abbenay, KB, Mer Bil Ens GİDİŞ Dirsek, GB, eşgüd, fosfat fab I: ACİL GRV: 5-1-3-165–belirsiz.*

Dokuzuncu Bölüm

Urras

SHEVEK, SABAH AYİNİ İÇİN Temel Armoni'yi çalan İbadet Evi çanlarıyla uyandı. Her nota, kafasının arka tarafına vurulan bir darbe gibi geliyordu. O kadar hasta ve yorgundu ki, uzun bir süre oturacak gücü bile bulamadı kendinde. Sonunda banyoya gidip uzun, soğuk bir duş yapmayı başardı, bu da baş ağrısını biraz geçirdi; ama bütün bedeni ona garip geliyordu – sanki kötülük doluydu. Yeniden düşünebilmeye başladığında, bir gece öncesinden, Vea'nın partisinden canlı, duygusuz küçük sahneler, çeşitli anlar ve zaman kırıntıları gözünde canlanmaya başladı. Onları düşünmemeye çalışıyordu, ama başka hiçbir şey düşünemez olmuştu. Her şey, her şey kötü olmuştu. Masasına oturdu ve orada sabit gözlerle, hareketsiz, kendini sersefil hissederek yarım saat kadar öylece kaldı.

Daha önceleri utandığı, kendini aptal hissettiği olmuştu, hem de yeterince çok. Genç bir adamken başkalarının onu garip, kendilerinden farklı biri gibi gördükleri duygusuna kapılıp acı çekmişti; daha sonraki yıllarda Anarres'teki dostlarının birçoğunun kızgınlığı ve nefretini kasıtlı olarak üstüne çektiğini fark etmişti. Ama hiçbir zaman onların yargısını tam olarak kabul etmemişti. Hiçbir zaman utanmamıştı.

Bu felç edici utancın, tıpkı baş ağrısı gibi, sarhoş olmayı izleyen kimyasal bir olay olduğunu bilmiyordu. Bilseydi de onun için değişen pek bir şey olmayacaktı. Utanç –kötülük ve yabancılaşma duygusu– onun için bir vahiy olmuştu. Şimdi her şeyi yeni bir açıklıkla, ürkütücü bir açıklıkla, hem de Vea'daki akşamın tutarsız anılarından çok daha ötelere uzanarak görüyordu. Ona ihanet eden yalnızca zavallı Vea değildi. Kusmaya çalıştığı yalnızca alkol değildi; Urras'ta yediği ekmekti.

Dirseklerini masaya dayayıp başını elleri arasına aldı, ellerini ağrının merkezi olan şakaklarına bastırdı; yaşamına utancın ışığı altında baktı.

Anarres'te, toplumunun beklentilerinin aksine, bireysel olarak yapması gereken işi seçmişti. Bunu yapmak isyan etmek demekti: kendini toplum için tehlikeye atmak.

Burada, Urras'taysa, isyan eylemi bir lüks, bir kendini adamaydı. A-İo'da fizikçi olmak demek, topluma, insanlığa, doğruya değil, Devlet'e hizmet etmek demekti.

Bu odadaki ilk gecesinde onlara meydan okuyarak ve merakla, "Beni ne yapacaksınız?" diye sormuştu. Şimdi kendisini ne yaptıklarını biliyordu. Chifoilisk ona aşikâr gerçeği söylemişti. Ona sahip olmuşlardı. Onlarla pazarlık etmeyi düşünmüştü; ancak çok saf bir anarşistin düşünebileceği bir şeydi bu. Birey Devlet'le pazarlık edemezdi. Devlet güçten başka bir para tanımaz: Üstelik parayı da kendisi basar.

Şimdi Urras'a gelmekle hata ettiğini –bütün ayrıntısıyla, başlangıcından bu yana, bütün yönleriyle– görüyordu; bu ilk büyük hatasıydı, belki de yaşamının sonuna dek onu izleyecek bir hata. Bir kere bunu görünce, aylardır bastırıp görmeyi reddettiği bütün kanıtları yeni baştan düşününce (orada hareketsiz oturarak bunu yapması oldukça uzun bir zaman aldı), sonunda Vea'yla aralarında geçen saçma ve dayanılmaz o son sahneye geldiğinde onu bir kez daha yaşayıp yüzünün kulakları çınlamaya başlayıncaya dek kızardığını hissedince hepsi geçti. Alkol sonrası bu gözyaşı seli içinde bile hiç suçluluk duymuyordu. Hepsi geçmişti, düşünülmesi gereken her şey düşünülmüştü, şimdi ne yapmalıydı? Kendini bir hapishaneye kilitlediğine göre, nasıl özgür bir adam gibi davranabilirdi?

Politikacılar için fizik yapmayacaktı. Artık açıktı bu.

Eğer çalışmayı bırakırsa, eve gitmesine izin verirler miydi?

Bunu düşününce derin bir nefes aldı ve başını kaldırıp pencerenin dışındaki güneşli, yeşil manzaraya görmeyen gözlerle baktı. İlk defa eve dönmeyi ciddi bir olasılık olarak düşünmüştü. Bu düşünce, çitleri yıkıp bütün özlemleri üzerine salmakla tehdit ediyordu Shevek'i. Pravca konuşmak, dostlarla konuşmak, Takver'i, Pilun'u, Sadik'i görmek, Anarres'in tozuna dokunmak...

Gitmesine izin vermezlerdi. Kendine düşeni ödememişti. Ayrıca o da bunu yapamazdı: Vazgeçip kaçamazdı.

Parlak sabah güneşi altında masasında otururken ellerini kasıtlı olarak ve sertçe, iki, üç kez masanın kenarına vurdu; yüzü sakin ve düşünceli görünüyordu.

"Nereye gidiyorum?" dedi yüksek sesle.

Kapı çalındı. Efor kahvaltı tepsisi ve sabah gazeteleriyle içeriye girdi. "Her zamanki gibi altıda geldim, ama uyuyordunuz," dedi tepsiyi imrenilecek bir beceriklilikle yerleştirirken.

"Dün gece sarhoş oldum," dedi Shevek.

"Sürdüğü sürece güzeldir," dedi Efor. "Başka bir isteğiniz var mı, efendim? Peki," dedi ve aynı beceriklilikle dışarıya çıktı, bu arada içeri giren Pae'ye eğilerek selam verdi.

"Kahvaltınızı bölmek istemezdim Shevek! İbadet Evi'nden dönüyordum, bir uğrayayım dedim."

"Otur. Biraz kakao iç." Pae en azından onunla birlikte yermiş gibi davranmadan Shevek'in yemek yemesine olanak yoktu. Pae bir ballı çörek alıp tabağında ufaladı. Shevek kendini hâlâ çok yorgun hissediyordu, ama şimdi çok acıkmıştı ve kahvaltısına enerjiyle saldırdı. Pae konuşmayı başlatmakta her zamankinden çok sıkıntı çekiyordu.

Pae sonunda Efor'un masanın üstüne koyduğu katlanmış gazetelere dokundu ve "Hâlâ bu pislikleri mi alıyorsunuz?" dedi eğlenen bir ses tonuyla.

"Efor getiriyor."

"Öyle mi?"

"Ben istedim," dedi Shevek, bir anlık araştırıcı bir bakışla Pae'yi süzerek. "Ülkenizi anlama yetimi artırıyorlar. Alt sınıflarınızla ilgileniyorum. Anarres'lilerin çoğu alt sınıflardan gelmiştir."

"Evet, tabii ki," dedi genç adam, saygılı görünüyor ve başıyla onaylıyordu. Bir parça ballı çörek yedi. "Galiba biraz kakao alacağım," dedi ve tepsinin üstündeki zili çaldı. Efor kapıda belirdi. "Bir fincan daha," dedi Pae arkasına dönmeden. "Şey, efendim," dedi.

"Sizi yine gezdirmeyi düşünüyorduk, havalar güzelleşiyor, ülkenin başka taraflarını da gösterecektik. Belki de yurt dışına bir yolculuk. Ama maalesef bu lanet olası savaş bu tür planların hepsini suya düşürdü."

Shevek en üstteki gazetenin başlığına baktı: İO VE THU BENBİLİ BAŞKENTİ YAKINLARINDA ÇATIŞIYOR.

"Telefaksta daha yeni haberler var," dedi Pae. "Başkenti kurtardık. General Havevert yeniden başa geçecek."

"O zaman savaş bitti mi?"

"Thu doğudaki iki bölgeyi elinde tuttuğu sürece bitmez."

"Anlıyorum. O halde sizin ordunuz ve Thu'nun ordusu Benbili' de savaşacak. Ama burada değil."

"Hayır, hayır. Onların bizi ya da bizim onları işgal etmemiz tam bir delilik olurdu. Savaşı yüksek uygarlıkların bağrına getiren bu tür barbarlıkları çoktan aştık! Güç dengesi bu tür asayiş eylemleriyle korunuyor. Ancak, resmi olarak savaştayız. Bu yüzden bütün o sıkıcı eski kısıtlamalar gündeme gelecek korkarım."

"Kısıtlamalar mı?"

"Öncelikle, Asil Bilimler Enstitüsü'ndeki araştırmalar gizlilik kazanacak. Aslında önemli sayılmaz, yalnızca hükümetten bir onay alacağız. Bazen de yüksek düzeydeki yetkililer anlamadıkları bir makalenin tehlikeli olduğunu düşünürlerse yayımlanması biraz gecikebilir... Korkarım yolculuk da biraz kısıtlanacak, özellikle siz ve buradaki diğer yabancılar için. Savaş durumu sürdükçe, sanırım Başbakan'dan izin almadan kampüsü terk edemeyeceksiniz. Ama bunu pek önemsemeyin. Ben sizi her istediğinizde bütün o formalitelerden geçmeden buradan çıkarabilirim."

"Anahtarlar elinde," dedi Shevek muzipçe bir gülümsemeyle.

"Eh, benim uzmanlığım bu. Kuralları bozup otoriteleri alt etmekten büyük zevk alırım. Belki de doğal bir anarşistim, öyle değil mi? Şu ihtiyar bunak da nerede kaldı? Bir fincan istemiştim."

"Getirmek için aşağıya, mutfağa inmesi gerekiyor."

"Günün yarısını orada geçirmesi gerekmiyor. Neyse, beklemeyeceğim. Sabahtan kalan zamanınızı da ben çalmayayım. Bu arada, son *Uzay Araştırma Vakfı Bülteni*'ni gördünüz mü? Reumere'nin *yanıtlayıcı* hakkındaki tasarılarını basmışlar."

"*Yanıtlayıcı* da ne?"

"Anında iletişim aygıtına verdiği ad. Zamancılar –bu siz oluyorsunuz– zaman-süredurum denklemlerini çıkarabilirse, mühendislerin de –bu da o oluyor– birkaç hafta ya da birkaç ay içinde aygıtı yapabileceklerini, böylece de kuramın doğruluğunu kanıtlayabileceklerini söylüyor."

"Mühendislerin kendileri, nedensel geri çevrilebilirliğin somut kanıtları. Baksana, ben daha nedeni oluşturmadan Reumere sonucunu elde ediyor." Yeniden gülümsedi, bu kez pek muzip sayılmazdı. Pae çıkıp kapıyı arkasından kapattıktan sonra Shevek birdenbire ayağa kalktı. "Seni gidi iğrenç, çıkarcı yalancı!" diye bağırdı Pravca, yüzü öfkeden bembeyaz olmuş, bir şey kapıp Pae'nin arkasından fırlatmamak için yumruklarını sıkmıştı.

Efor tepsi içinde bir fincan ve bir tabak taşıyarak içeriye girdi. Birdenbire durdu, endişeli görünüyordu.

"Tamam Efor. Pae– Pae içmekten vazgeçti. Hepsini geri götürebilirsin."

"Peki, efendim."

"Dinle, bir süre hiç ziyaretçi istemiyorum. Onları engelleyebilir misin?"

"Kolay, efendim. Özellikle istemediğiniz biri var mı?"

"Evet, Pae... Hiç kimseyi istemiyorum. Çalıştığımı söyle."

"Bunu duyduğuna sevinecektir efendim," dedi Efor, bir an kırışıklıkları kötülükle dolup eridi; sonra saygılı bir içtenlikle, "İstemediğiniz hiç kimse benden geçemeyecek," dedi ve en sonunda resmileşti, "Teşekkür ederim, efendim, iyi günler."

Yiyecek ve adrenalin Shevek'in tutukluğunu dağıtmıştı. Odada bir aşağı, bir yukarı yürüdü durdu, tedirgindi, yerinde duramıyordu. Bir şeyler yapmak istiyordu. Bir yıldır aptallık etmekten başka hiçbir şey yapmamıştı. Artık bir şeyler yapmasının zamanı gelmişti.

Peki, buraya ne yapmaya gelmişti?

Fizikle uğraşmaya. Yetenekleri sayesinde, herhangi bir toplumdaki herhangi bir yurttaşın hakkı olan şeyleri istemek için: çalışma, çalışırken gereksinimlerini giderme ve ürününü tüm isteyenlerle paylaşma hakkını. Bir Odocu ve bir insan olarak haklarını.

Yardımsever ve koruyucu ev sahipleri onun çalışmasına izin vermişler, üstelik de çalışırken gereksinmelerini karşılamışlardı, bu tamamdı. Sorun üçüncü ayakta çıkıyordu. Ama kendisi de oraya henüz ulaşmamıştı. İşini yapmamıştı. Elinde olmayan şeyi paylaşamazdı.

Masaya gitti, oturdu ve dar, modaya uygun pantolonunun en zor erişilebilen ve en az işe yarayan cebinden birkaç karalanmış kâğıt parçası çıkardı. Bu parçaları parmaklarıyla yaydı ve baktı. Sabul'a benzediğini fark etti, çok küçük harflerle, kısaltmalarla, kâğıt parçalarına yazıyordu. Şimdi Sabul'un neden böyle yaptığını anlıyordu: Sabul sahiplik ve saklama duyguları içindeydi. Anarres'te psikopatlık olarak kabul edilen şey Urras'ta akılcı bir davranıştı.

Shevek yine son derece hareketsiz, başı eğik oturuyor ve üzerine Genel Zaman Kuramı'nın şu anki haliyle çeşitli önemli noktalarını not ettiği iki küçük kâğıt parçasını inceliyordu.

Sonraki üç gün boyunca masada oturup o iki kâğıt parçasına baktı.

Bazen ayağa kalkıp odada dolaşıyor, bir şeyler yazıyor ya da bilgisayarını kullanıyordu; Efor'dan yiyecek bir şeyler getirmesini istiyor ya da yatıp uyuyakalıyordu. Sonra yine masaya gidip oturuyordu.

Üçüncü günün akşamında, değişiklik olsun diye, şöminenin önündeki mermer bölmede oturdu. Bu odaya, bu şirin hapishane hücresine ilk girdiği gece, burada oturmuştu, genellikle de konukları olduğunda orada oturuyordu. Şu anda konukları yoktu, ama Saio Pae'yi düşünüyordu.

İktidar peşinde koşan herkes gibi Pae de şaşılacak derecede dar görüşlüydü. Aklı çok basit, engelleyici bir biçimde çalışıyordu; derinlik, etki, hayal gücü eksikti. Aslında ilkel bir aygıttı. Yine de olanakları gerçekti, biraz bozulmuş olmasına karşın tümüyle yitmemişti. Pae çok akıllı bir fizikçiydi. Daha doğrusu, fizik konusunda çok zekiydi. Herhangi bir özgün çalışma yapmamıştı, ama fırsatçılığı, avantajların nerede yattığını sezme duyusu onu her defasında en umut verici alana yöneltiyordu. Tıpkı Shevek gibi onun da *nerede çalışmaya koyulmak* gerektiğini anlama yeteneği vardı, bu yüzden de Shevek onun bu özelliğine, tıpkı kendindeki aynı özelliğe saygı duyduğu gibi saygı duyuyordu; çünkü bu, bir bilim insanının en önemli özelliklerinden biriydi. Shevek'e Arz dilinden çevrilen kitabı, son zamanlarda aklını gitgide daha fazla meşgul eden fikirleri içeren Görecelik Kuramları üzerine sempozyumu veren Pae'ydi. Acaba Urras'a yalnızca düşmanıyla, Saio Pae'yle karşılaşmak için gelmiş olabilir miydi? Onu aramak için, kendi kardeşleri ve dostlarından alamadığı şeyi, hiçbir Anarres'linin ona veremeyeceği şeyi –yabancının, dışdünyalının bilgisini, *haberi*– ondan, düşmanından alabileceğini bilerek gelmiş olabilir miydi?

Pae'yi unuttu. Kitabı düşündü. Kitabın tam olarak hangi özelliğinin kendisini bu kadar etkilediğini açıkça ortaya koyamıyordu. Ne de olsa içindeki fiziğin büyük bir kısmının modası geçmişti; yöntemler dolambaçlıydı, yabancı davranış bazen hiç kabul edilemez oluyordu. Arz'lılar entelektüel emperyalistler, kıskanç duvar örücülerdi. Kuramı bulan Ainsetain bile fiziğinin yalnızca fiziksel usulü kapsadığı ve metafizik, felsefi ya da ahlaki usule uygulanmaması gerektiği uyarısını yapma gereği duymuştu. Bu tabii ki yüzeysel olarak doğruydu; yine de akılcı olanla algılanan arasındaki, ruh ve madde arasındaki köprüyü, *sayı*'yı, Asil Bilim'in eski kurucularının dediği gibi "Tartışılmaz Sayı"yı kullanmıştı. Matematiği bu şekilde vurgulamak, bütün usullerden önce gelen ve onlara yol açan usulü kullanmak demekti. Ainsetain bunu biliyordu; sevgi dolu bir dikkatle, fiziğinin aslında gerçekliği betimlediğine inandığını belirtmişti.

Yabancılık ve tanışıklık: Arz'lının düşüncesinin her hareketinde Shevek bu bileşimi buluyor, sürekli şaşırıyordu. Aynı zamanda da sempati duyuyordu: çünkü Ainsetain de bir birleşik alan kuramı üzerine çalışıyordu. Yerçekimini uzay-zamanın geometrisinin bir işlevi olarak açıkladıktan sonra bu sentezi elektromanyetik güçleri de kapsayacak şekilde genişletmeyi amaçlamıştı. Başaramamıştı. Yaşadığı sürede de, ölümünden sonraki birçok yıl içinde de kendi dünyasının fizikçileri onun yöntemine ve yenilgisine sırt çevirmişler, verimli teknolojik sonuçlarıyla kuantum kuramının görkemli tutarsızlıklarını takip etmişler, en sonunda da teknolojik usulle o kadar yoğun olarak ilgilenmişlerdi ki bir çıkmaza girmişler, hayal güçleri tükenmişti. Yine de özgün sezgileri tutarlıydı: bulundukları noktada, ilerleme, Ainsetain'in reddetmek istediği belirsizliği önlerine sermişti. Bu reddetme de aynı derecede doğru çıkmıştı – uzun vadede. Yalnızca, bunu kanıtlayacak araçlardan yoksundu. Bu araçlar, Saeba değişkenleri ve sonsuz hız ve karmaşık neden kuramlarıydı. Onun birleşik kuramı, Ceti fiziğinde vardı, ama onun kabul etmek istemeyebileceği terimlerle; çünkü ışık hızının sınırlayıcı bir etken olması onun büyük kuramları için temel bir nokta olmuştu. Her iki Görecelik Kuramı da onca yüzyıldan sonra bile aynı derecede güzel, geçerli ve yararlıydı, ama her ikisi de kanıtlanamayan ve bazı durumlarda tersi kanıtlanmış bir hipoteze bağlıydı.

Ama *bütün* öğeleri kanıtlanabilir biçimde doğru olan bir kuram, basit bir totoloji olmaz mıydı? Çemberi kırıp ilerlemek için tek şans, kanıtlanamazlık, hatta yanlışlanabilirlik bölgesinde yatıyordu.

Bu durumda, gerçekten aynı anda var olma hipotezinin –Shevek'in bu son üç gündür, hatta son on yıldır kafasını umutsuzca çarpıp durduğu sorunun– kanıtlanamazlığı önemli miydi?

Sanki sahip olabileceği bir şeymiş gibi kesinlik peşinde koşup durmuştu. Verilemeyen, verildiği zaman da bir hücre haline gelecek olan bir güvence, bir garanti istiyordu. Aynı anda var olma hipotezinin geçerliliğini bir varsayabilse göreceliğin sevimli geometrilerini kullanma özgürlüğünü kazanacaktı; sonra da devam etmek olanaklı olacaktı. Bir sonraki adım son derece açıktı. Art arda gelenlerin aynı anda var olması, bir dizi Saeba dönüşümüyle halledilebilirdi; böyle yaklaşınca da ardından gelmek ve orada olmak birbirini karşılıklı olarak dıştalamıyordu. Ardışıklık ve Eşzamanlılık bakış açılarının temelde aynı şey olduğu açıkça ortaya çıkıyordu; aralık kavramı evrenin durağan ve devingen özelliklerini birleştirmeye yarıyordu. On yıldır gerçeğe bakıp nasıl olmuştu da görememişti bunu? Devam etmek hiç de zor olmayacaktı. Aslında devam etmişti bile. Ulaşmıştı. Uzak geçmişteki bir yanılgıyı anlamasının sonucunda kazandığı yönteme bu ilk, görünürde yüzeysel bakışıyla bile, ardından gelecek her şeyi görmüştü. Duvar yıkılmıştı. Görüntü hem açık, hem de bütünseldi. Gördüğü basitti; her şeyden daha basit. Basitlikten oluşuyordu: kendinde bütün karmaşıklıkları, bütün umutları barındırıyordu. Bir vahiydi. Açık yoldu, eve giden yol, ışıktı.

Ruhu günışığına koşan bir çocuk gibiydi. Son yoktu, son yoktu...

Yine de bütün rahatlığı ve mutluluğuna karşın korkudan titriyordu; elleri titriyor, gözleri güneşe bakarmış gibi sulanıyordu. Ne de olsa ten saydam değildir. İnsanın yaşamı boyunca beklediği bir şeyin gerçekleştiğini bilmesi de gariptir, fazlasıyla garip.

Yine de aynı çocuksu coşkuyla bakmaya ve daha uzağa gitmeye devam ediyordu, ta ki daha öteye gidemeyene dek; geri geldi ve gözyaşları arasından baktığında odanın karardığını, yüksekteki pencerenin yıldızlarla dolu olduğunu gördü.

O an geçmişti; gittiğini gördü. Ona tutunmaya çalışmadı. Onun kendinin bir parçası değil, kendisinin o anın bir parçası olduğunu biliyordu. Onun elindeydi.

Bir süre sonra titreyerek ayağa kalkıp ışığı yaktı. Odada biraz dolaşıp nesnelere, bir kitabın kabına, bir abajura dokundu, bu tanıdık eşyalara, kendi dünyasına dönmekten mutluydu – çünkü şu anda bu gezegenle o gezegen, Urras'la Anarres arasındaki fark onun için deniz kıyısındaki iki kum tanesi arasındaki farktan daha anlamlı gelmiyordu. Artık uçurumlar, duvarlar yoktu. Artık sürgün yoktu. Evrenin temel taşlarını görmüştü, sağlamdılar.

Yatak odasına doğru yavaşça, biraz dengesizce yürüdü; soyunmadan yatağa attı kendini. Kollarını başının arkasında kavuşturarak öylece uzandı, arada bir yapılması gereken işin şu ya da bu ayrıntısını planlıyor ya da öngörüyordu; ciddi ve keyifli bir minnet duygusu içindeydi, bu minnetten yavaş yavaş sakin bir hayal dünyasına, oradan da uykuya kaydı.

On saat uyudu. Aralık kavramını ifade etmekte kullanılacak denklemleri düşünerek uyandı. Masaya gidip denklemler üzerinde çalışmaya başladı. O akşamüstü bir dersi vardı, gidip verdi; akşam yemeğini Kıdemli Öğretim Üyeleri Yemekhanesi'nde yerken meslektaşlarıyla havadan sudan, savaştan ve açtıkları herhangi başka bir konudan bahsetti. Eğer onda bir değişiklik fark ettilerse bile bunu anlayamadı, çünkü aslında onların farkında değildi. Odasına döndü ve çalıştı.

Urras günü yirmi saatti. Sekiz gün boyunca günde on iki, on altı saatini masa başında ya da odada tur atarak, gözleri çoğunlukla sıcak bahar güneşinin, yıldızların ya da sarımsı, küçülen ayın ışığıyla parlayan pencerelere dönük geçiriyordu.

Kahvaltı tepsisiyle gelen Efor onu yatağın üzerinde yarı giyinik yatarken ve yabancı bir dilde konuşurken buldu. Onu uyandırdı. Shevek irkilerek uyandı, kalktı ve diğer odaya, tümüyle boş masaya yürüdü; silinmiş bilgisayara baktı, sonra kafasına vurulmuş, ama henüz bundan haberi olmayan bir adam gibi orada durdu. Efor onu yeniden yatırmayı başardı, sonra da, "Ateşiniz var efendim," dedi. "Doktoru çağırayım mı?"

"Hayır!"

"Emin misiniz, efendim?"

"Hayır! Buraya kimseyi sokma. Hasta olduğumu söyle, Efor."

"O zaman kesinlikle doktor getirirler. Hâlâ çalıştığınızı söyleyebilirim, efendim. Bundan hoşlanırlar."

"Çıktığın zaman kapıyı kilitle," dedi Shevek. Saydam olmayan bedeni onu yarı yolda bırakmıştı; yorgunluktan zayıf düşmüştü, bu yüzden de endişeli ve ürkekti. Pae'den, Oiie'den, polis arama ekibinden korkuyordu. Urras polisi, gizli polis hakkında duyduğu, okuduğu, yarı anladığı her şey capcanlı ve korkunç bir şekilde aklına geldi, tıpkı hasta olduğunu kabul eden bir insanın aklına kanser hakkında okuduğu her sözcüğün gelmesi gibi. Ateşin getirdiği tedirginlik içinde Efor'a baktı.

"Bana güvenebilirsiniz," dedi adam hafif, iğneleyici, atak bir tavırla. Shevek'e bir bardak su getirdi, sonra dışarıya çıktı ve ardından dış kapının kilidinin sesi duyuldu.

Sonraki iki gün boyunca, Shevek'e, uşak olarak eğitimiyle en küçük bağlantısı olmayan bir zarafetle baktı.

"Sen doktor olmalıymışsın, Efor," dedi Shevek, zayıflığı yalnızca bedensel, fazla zararlı olmayan bir halsizliğe dönüşünce.

"Benim hanım da öyle der. Şifayı kaptığında benden başka kimsenin ona bakmasını istemez. 'Sende yetenek var,' der. Sanırım var."

"Hiç hastalarla uğraştın mı?"

"Hayır, efendim. Hastanelere bulaşmak istemem. O hamamböceği yuvalarından birinde öleceğim güne lanet olsun."

"Hastaneler mi? Nesi var?"

"Önemli değil, efendim, siz kötüleşirseniz oraya götürülecek değilsiniz," dedi Efor nazikçe.

"Neyi kastediyorsun o halde?"

"Bizim gittiğimiz türden hastaneleri. Pislik içinde. Bok gibi," dedi Efor, sesinde vahşilik yoktu, betimleyiciydi. "Eski. Bir çocuğu hastanede kaybettik. Yerde delikler var, büyük delikler, kirişler gözüküyor, anlıyor musunuz? 'Nasıl olur?' diyorum. Anlıyor musunuz, deliklerden fareler geliyor, doğruca yataklara. 'Eski bina,' diyorlar, 'Altı yüz yıldır hastane olarak kullanılıyor.' Adı Yoksullar İçin Kutsal Uyum Kurumu. Kendisi ise bombok."

"Hastanede ölen senin çocuğun muydu?"

"Evet, efendim, kızım Laia."

"Neden öldü?"

"Kalp kapağı. Öyle dediler. Pek büyümedi. Öldüğünde iki yaşındaydı."

"Başka çocuğun var mı?"

"Yaşayan yok. Doğan üç tane. Benim hanıma çok dokundu. Ama şimdi diyor ki, 'Eh, n'apalım, onları daha fazla düşünüp üzülmeye gerek yok, nasılsa daha iyi oldu.' Sizin için yapabileceğim başka bir şey var mı, efendim?" Efor'un birdenbire üst sınıf sözdizimine geçmesi Shevek'i şaşırttı; sabırsızca, "Evet!" dedi. "Konuşmaya devam et."

Kendiliğinden konuştuğu, hasta olduğu ve suyuna gitmek gerektiği için bu kez Efor irkilmedi. "Bi keresinde Ordu hekimi olmak istediydim," dedi. "Ama onlar daha erken davrandılar. Askere alındım. 'Emir eri olcaksın,' dediler. Oldum. İyi eğitim, düzenli. Ordu' dan da doğruca kibar beylerin hizmetine."

"Ordu'da doktor olarak yetiştirilebilir miydin?" Konuşma sürüp gitti. Shevek'in izlemesi zordu, hem dil, hem de içerik olarak. Hiçbir zaman deneyimini yaşamadığı şeyler anlatılıyordu ona. Yaşamı boyunca fare, ordu barakası, akıl hastanesi, düşkünler evi, rehinci, idam, hırsız, kiralık ev, ev sahibi, çalışmak isteyip de yapacak iş bulamayan bir insan, hendekte ölü bir bebek görmemişti. Bütün bunlar Efor'un anılarında olağan şeyler ya da olağan dehşetler olarak geçiyordu. Shevek hepsini anlayabilmek için hayal gücünü çalıştırmak ve Urras hakkında öğrendiği en ufak bilgi kırıntısını bile yardıma çağırmak zorunda kalıyordu. Yine de burada şu ana dek gördüğü her şeyden çok daha farklı bir şekilde tanıdık geliyorlardı ve anlıyordu.

Anarres'te, okulda öğrendiği Urras buydu. Atalarının kaçıp açlığı, çölü ve sonsuz sürgünü yeğledikleri dünya buydu. Odo'nun düşüncesini oluşturan ve onu sözc döktüğü için sekiz kez hapse atan dünya buydu. Kendi toplumundaki ideallerinin kökenindeki insan acısı –yeşerdikleri toprak– buydu.

"Gerçek Urras" değildi. Onun ve Efor'un içinde bulundukları odanın gururu ve güzelliği en az Efor'un alışık olduğu sefalet kadar gerçekti. Shevek'e göre düşünen bir adamın işi, bir gerçekliği bir diğeri adına reddetmek değil, onu içermek ve birleştirmekti. Kolay bir iş değildi.

"Yine yorgun görünüyorsunuz, efendim," dedi Efor. "En iyisi dinlenin."

"Hayır, yorgun değilim."

Efor bir an için Shevek'i inceledi. Efor bir uşak işlevi görürken kırışık, tıraşlı yüzü oldukça ifadesizdi; son bir saat içinde Shevek o yüzün sertlik, mizah, sinizm ve acı arasında inanılmaz değişiklikler geçirdiğine tanık olmuştu. Şu anda sempati duyan, ama uzak bir ifadesi vardı.

"Sizin geldiğiniz yerden farklı," dedi Efor.

"Çok farklı."

"Orada kimse işsiz değil."

Sesinde hafif bir ironi ya da soru vardı.

"Değil."

"Kimse aç da değil."

"Başkası yerken kimse aç kalmaz."

"Hmm."

"Ama aç kaldığımız oldu. Açlık çektik. Sekiz yıl önce bir açlık oldu. Bebeğine verecek sütü olmadığı için, verecek hiçbir şeyi olmadığı için bebeğini öldüren bir kadın tanıdım. Anarres'te her şey... bal şeker değil, Efor."

"Bundan eminim, efendim," dedi Efor kibar dile garip dönüşlerinden biriyle; sonra suratını buruşturup dudaklarını büzerek, "Yine de orada *onlardan* hiçbiri yok!" dedi.

"Onlar mı?"

"Biliyorsunuz, bay Shevek. Bir zamanlar söylemiştiniz. Sahipler."

Ertesi akşam Atro uğradı. Pae de gözlüyor olmalıydı, çünkü Efor yaşlı adamı içeri aldıktan birkaç dakika sonra o da geldi, içeri girdi ve en sevimli haliyle Shevek'e rahatsızlığının nedenini sordu. "Bu son haftalarda çok fazla çalışıyorsunuz, efendim," dedi, "kendinizi böyle yormamalısınız." Oturmadı, az sonra da nezaket göstererek gitti. Atro "büyük çapta bir operasyon" olduğunu söylediği Benbili'deki savaştan söz etmeyi sürdürdü.

"Bu ülkedeki insanlar bu savaşı onaylıyorlar mı?" dedi Shevek, strateji üzerine bir konuşmayı keserek. Bu konuda kuşyemi gazetelerinde herhangi bir ahlaki yargı olmaması kafasını karıştırmıştı. Hepsi büyük heyecan göstermişti; kullandıkları sözcükler hükümetin yayımladığı telefaks bültenlerindekilerle çoğu kez aynıydı.

"Onaylamak mı? Hepimizin yere yatıp allahın cezası Thu'luların bizi çiğnemesine izin vereceğimizi mi sandın? Dünya çapında bir güç olma statümüz tehlikede!"

"Ama ben insanları kastetmiştim, hükümetleri değil. Savaşmak zorunda olan insanları."

"Onlara ne? Seferberliğe alışıklar. Onlar bu iş için var, sevgili dostum! Ülkeleri adına savaşmak için. Sana bir şey söyleyeyim, bir kez emir almaya alışınca dünyada İo insanı kadar iyi asker yoktur. Barış zamanında duygusal pasifizm yumurtlayabilir, ama cesaret orada, kabuğun altındadır. Bir ulus olarak bizim en önemli kaynağımız her zaman sıra neferleri olmuştur. Şu andaki önderliğimize ancak böyle ulaşabildik."

"Ölü çocukların cesetlerini çiğneyerek mi?" dedi Shevek, ama kızgınlık ve belki de, kabul etmese de, yaşlı adamı kırmama isteği sesini boğduğu için Atro onu duymadı.

"Yoo," dedi Atro. "Ülke tehlikede olduğunda buradaki insanların ruhunun çelik gibi olduğunu görürsün. Nio ve maden kentlerindeki birkaç düzen bozucu, iki savaş arasında biraz gürültü çıkarır, ama bayrak tehlikeye girince insanların safları nasıl sıklaştırdıklarını görmek gerçekten çok etkileyicidir. Buna inanmak istemediğini biliyorum. Odoculuğun derdi ne biliyor musun dostum, biraz kadınsı olması. Yaşamın erkekçe yanlarını almıyor. 'Kan ve çelik, savaşın parıltısı,' şairin dediği gibi. Odoculuk, cesareti– bayrak aşkını anlamıyor."

Shevek bir dakika kadar sessiz kaldı, sonra kibarca, "Bu kısmen doğru olabilir," dedi. "En azından, bizde hiç bayrak yoktur."

Atro gittikten sonra Efor yemek tepsisini almaya geldi. Shevek onu durdurdu. Ona yaklaştı, "Affedersin Efor," dedi ve tepsinin üstüne bir kâğıt parçası koydu. Kâğıda "Bu odada mikrofon var mı?" yazmıştı.

Uşak başını eğdi ve kâğıdı yavaşça okudu, sonra da Shevek'e yakın mesafeden, uzun uzun baktı. Sonra bir an için gözlerini kaldırıp şöminenin bacasına baktı.

"Yatak odası?" diye sordu Shevek aynı yolla.

Efor hayır anlamında başını salladı, tepsiyi masaya koydu ve Shevek'in ardından yatak odasına girdi. Kapıyı arkasından iyi bir uşağın sessizliğiyle kapattı.

"İlk gün toz alırken fark ettiydim," dedi; gülümsemesi yüzünün çizgilerini sert tepeler haline getiriyordu.

"Burada yok mu?"

Efor omuz silkti. "Hiç rastlamadım. Casus hikâyelerindeki gibi oradaki muslukları açık bırakabilirim efendim."

Klozetin görkemli altın ve fildişi kubbesine doğru yürüdüler. Efor muslukları açtı, sonra duvarları inceledi. "Hayır," dedi. "Sanmam. Herhangi bir mikrofonu hemen bulurum. Bir zamanlar Nio'da bir adam için çalışırken öğrendiydim bunu. Alıştı mı kaçırmaz insan."

Shevek cebinden bir parça kâğıt daha çıkardı ve Efor'a gösterdi. "Bunun nereden geldiğini biliyor musun?"

Paltosunun cebinde bulduğu nottu bu, "Bize, kardeşlerine katıl."

Efor, yavaş yavaş, kapalı dudaklarını kımıldatarak okudu. Bir duraklamadan sonra "Nereden geldiğini bilmiyorum," dedi.

Shevek hayal kırıklığına uğramıştı. Efor'un "efendi"sinin cebine bir kâğıt koymak için çok uygun bir konumda olduğunu düşünmüştü.

"Kimden geldiğini biliyorum. Bir anlamda."

"Kimden? Onlara nasıl ulaşabilirim?"

Bir duraklama daha. "Tehlikeli iş, bay Shevek." Dönüp musluklardan akan suyu daha da artırdı.

"Seni karıştırmak istemiyorum. Bana yalnızca nereye gideceğimi söyle... Ne arayacağımı. Bir ad bile yeter."

Daha da uzun bir duraklama. Efor'un yüzü sert ve acılı görünüyordu. "Ben–" dedi ve durdu. Sonra, aniden ve çok alçak bir sesle, "Bakın bay Shevek, sizi istediklerini, size ihtiyacımız olduğunu Tanrı biliyor, ama bakın, nasıl olduğunu bilmiyorsunuz. Nasıl saklanacaksınız? Sizin gibi biri? Şu halinizle? Burası bir tuzak, ama her yerde tuzak var. Kaçabilirsiniz, ama saklanamazsınız. Size ne söyleyeceğimi bilmiyorum. Ad vermek kolay. Herhangi bir Nio'luya sorun, nereye gideceğinizi gösterir. Yetti artık. Nefes alacak havaya ihtiyacımız var. Ama yakalanıp vurulursanız ben neler hissederim? Sekiz aydır sizin için çalışıyorum. Sizi sevdim. Size hayran oldum. Bana sürekli yaklaşıyorlar. 'Hayır,' diyorum. 'Rahat bırakın onu. İyi bir insan o, bizim dertlerimizle ilgisi yok. Bırakın geldiği yere, insanların özgür olduğu yere dönsün. Bir kişi olsun şu içinde yaşadığımız allahın cezası hapishaneden kaçsın!'"

"Geri dönemem. Daha değil. Bu insanlarla tanışmak istiyorum."

Efor sessizdi. Belki de hayatı boyunca bir hizmetkâr olmaya, itaat etmeye alışmış olduğu için sonunda başını sallayıp fısıldayarak "Tuio Maedda," dedi, "onu bulun. Eski Kent'te, Şaka Caddesi' nde. Manav."

"Pae kampüsten ayrılmamın yasak olduğunu söylüyor. Trene bindiğimi görürlerse beni durdurabilirler."

"Belki taksi," dedi Efor. "Size bir taksi çağırırım, merdivenlerden inersiniz. Duraktan Kae Oimon'u tanıyorum. Kafası çalışır. Ama bilemem."

"Peki. Hemen şimdi. Pae az önce buradaydı, beni gördü, hasta olduğum için dışarı çıkmadığımı sanıyor. Saat kaç?"

"Yedi buçuk."

"Şimdi gidersem, gideceğim yeri bulmak için önümde bütün gece var. Taksiyi çağır, Efor."

"Size bir çanta hazırlayayım, efendim–"

"Ne çantası?"

"Giysiye ihtiyacınız olacak."

"Üstümdekiler yeter! Haydi git."

"Hiçbir şey almadan gidemezsiniz," diye karşı çıktı Efor; bu onu her şeyden daha fazla rahatsız ve tedirgin ediyordu. "Paranız var mı?"

"Ha, evet. Para almalıyım."

Shevek hemen hareketlenmişti; Efor başını kaşıdı, yüzü asık ve mutsuz görünüyordu, yine de taksi çağırmak için holdeki telefona gitti. Döndüğünde Shevek'i paltosunu giymiş, holün kapısında beklerken buldu. "Aşağı inin," dedi isteksiz isteksiz. "Kae beş dakika içinde arka kapıda olacak. Koru Caddesi'ni izlemesini söyleyin, orada ana kapıdaki gibi denetim yoktur. Kapıdan geçmeyin, kesinlikle durdururlar."

"Bundan dolayı seni sorumlu tutarlar mı, Efor?"

İkisi de fısıldıyordu.

"Sizin gittiğinizi bilmiyorum. Sabah daha kalkmadığınızı söylerim. Uyuyor derim. Bu onları bir süre oyalar."

Shevek Efor'un omuzlarını tuttu, onu kucakladı ve elini sıktı. "Sağol, Efor!"

"İyi şanslar," dedi adam şaşkınlıkla. Shevek gitmişti bile.

Shevek'in Vea'yla geçirdiği masraflı gün nakit parasının büyük kısmını bitirmişti, Nio'ya taksi yolculuğu da on birim daha tuttu. Büyük bir metro istasyonunda indi, sonra haritasını kullanarak, metro yoluyla, kentin henüz görmediği bir bölgesine, Eski Kent'e ulaştı. Şaka Caddesi haritada yoktu, bu yüzden Eski Kent'in merkez istasyonunda trenden indi. Devasa mermer istasyondan caddeye çıktığında şaşkınlıkla durdu. Burası Nio Esseia'ya benzemiyordu.

İnce, puslu bir yağmur yağıyordu, hava oldukça karanlıktı; hiç sokak lambası yanmıyordu. Direkler vardı, ama lambalar ya yakılmıyordu, ya da ampulleri kırılmıştı. Ötede beride pancurlu pencerelerin bazılarından sarı ışıklar sızıyordu. Sokağın aşağısında, etrafında bir grup adamın yüksek sesle konuşarak oturduğu bir kapı ağzından dışarıya ışık vuruyordu. Yağmurla kayganlaşan kaldırım kâğıt ve süprüntü parçalarıyla kirlenmişti. Dükkân önleri, çıkarabildiği kadarıyla hep alçaktı ve hepsi ağır, madenden ya da tahtadan yapılmış pancurlarla kapalıydı, yalnız içlerinden biri yanmış, kara ve boştu, kırık pencerelerin çerçevelerine yapışmış cam parçaları hâlâ duruyordu. İnsanlar sessiz, aceleci gölgeler halinde geçip gidiyorlardı.

Yaşlı bir kadın merdivenlerde arkasından geliyordu, Shevek ona yolu sormak için arkasına döndü. Metro girişini gösteren sarı kürenin ışığında kadının yüzünü açıkça gördü: beyaz ve kırışık yüzünde bitkinliğin ölgün, düşman bakışı vardı. Büyük, cam küpeler yanaklarında salınıyordu. Merdivenleri zorlukla çıkıyordu; yorgunluktan, romatizmadan ya da bir belkemiği hastalığından dolayı kamburu çıkmıştı. Ama düşündüğü gibi yaşlı değildi; otuz yaşında bile yoktu.

"Şaka Caddesi'nin nerede olduğunu söyleyebilir misiniz?" diye sordu kadına kekeleyerek. Kadın ona kayıtsızlıkla baktı, merdivenlerin başına geldiğinde adımlarını sıklaştırdı ve hiçbir şey söylemeden yoluna devam etti.

Shevek sokakta gelişigüzel yürümeye başladı. Ani kararının ve İeu Eun'dan kaçışının verdiği heyecan şimdi korkuya, takip edilme ve aranma duygusuna dönüşmüştü. Kapının etrafındaki gruba yaklaşmadı, içgüdüsü ona tek başına birinin bu tür insanlara yaklaşmaması gerektiğini söylüyordu. Önünde tek başına yürüyen bir adam görünce yetişip sorusunu yineledi. Adam, "Bilmiyorum," deyip yoluna devam etti.

Yola devam etmekten başka çare yoktu. Yürüdüğü caddeyi dik olarak kesen daha iyi aydınlatılmış bir caddeye saptı, cadde ışıklı panolar ve reklamlardan oluşan loş, korkunç bir gösterişlilikle her iki yönde sisli yağmura karışıyordu. Birçok içki dükkânı ve rehinci vardı, bazıları hâlâ açıktı. Sokakta bir sürü insan vardı, yanından geçiyorlar, içki dükkânlara girip çıkıyorlardı. Su yolunda bir adam yatıyordu, giysisi başına dolanmıştı, yağmurda yatıyordu, uyuyordu, hastaydı, ölüydü. Shevek adama ve adama hiç aldırış etmeden geçip gidenlere dehşetle baktı.

Orada büyülenmiş gibi dururken biri yanında durup yüzüne baktı; kısa, tıraşsız, eğri boyunlu, elli-altmış yaşlarında, gözleri kıpkırmızı, gülmek için açılmış ağzında hiç diş olmayan bir adamdı bu. Uzun boylu, korkmuş adamın karşısında durup titreyen elini ona doğrultarak boş boş güldü. "Bütün bu saçları nerede buldun ha, ha, nereden buldun bu saçları?" diye mırıldandı.

"Bana– bana Şaka Caddesi'ne nasıl gideceğimi söyleyebilir misiniz?"

"Tabii, şaka, şaka yapıyorum, şaka değil kaka. Hey, soğuk bi gecede bi içki için bi ufak mavin var mı? Mutlaka vardır bi ufak mavin."

Yakına geldi, açık eli gören, ama anlamayan Shevek uzaklaştı.

"Haydi, bir şaka satın alın bayım, bi ufak maviye," diye mırıldandı adam, sesinde tehdit ya da yalvarma yoktu, mekanikti, ağzı hâlâ o anlamsız sırıtmayla açıktı, eli uzanmıştı.

Shevek anladı. Cebini karıştırıp son parasını buldu, dilencinin eline sıkıştırdı, sonra, kendi için olmayan bir korkuyla buz kesilmiş halde, hâlâ mırıldanıp paltosunu tutmaya çalışan adamın yanından sıyrıldı ve en yakındaki açık kapıya yöneldi. Kapının üstünde "Rehin ve Kullanılmış Mallara En İyi Fiyatlar" yazılı bir tabela vardı. İçeride, raflar dolusu yıpranmış giysi, ayakkabı, şal, parçalanmış aletler, kırık lambalar, tek kalmış tabaklar, kahve kutuları, kaşıklar, boncuklar, yıkıntı ve parçalar, her birinin üzerinde fiyat etiketi olan çöpler arasında kendini toparlamaya çalışarak durdu.

"Bir şey mi aradınız?"

Shevek sorusunu bir kez daha yineledi.

Shevek kadar uzun, ama kamburlaşmış ve çok zayıf, esmer bir adam olan dükkân sahibi onu süzdü. "Oraya neden gitmek istiyorsunuz?"

"Orada oturan birini arıyorum."

"Nereden geliyorsunuz?"

"Şu caddeye, Şaka Caddesi'ne gitmem gerekiyor. Buradan uzak mı?"

"Nereden geliyorsunuz bayım?"

"Anarres'ten, Ay'dan geliyorum," dedi Shevek kızgınlıkla. "Şaka Caddesi'ne gitmem gerekiyor, şimdi, bu gece."

"Siz o musunuz? Şu bilim adamı mı? Ne arıyorsunuz burada?"

"Polisten kaçıyorum! Onlara burada olduğumu söylemek mi istiyorsunuz, yoksa yardım edecek misiniz bana?"

"Kahretsin," dedi adam. "Kahretsin. Bakın–" Durakladı, bir şey söylemek istedi, sonra başka bir şey söylemek istedi, "Şu yoldan devam edeceksiniz," dedi, der demez belli ki fikrini tümüyle değiştirerek, "Peki," dedi, "dükkânı kapatıyorum. Sizi oraya götüreceğim. Bekleyin. Kahretsin!"

Adam dükkânın arkasında bir şeyler arandı, ışığı söndürdü, Shevek'le birlikte dışarıya çıktı, madeni pancurları indirip kilitledi, kapıya asma kilit vurdu, "Gelin!" diyerek hızlı adımlarla yürümeye başladı.

Yirmi otuz blok yürüdüler, Eski Kent'in kalbindeki çarpık caddeler ya da sokaklardan oluşan labirentin gitgide daha derinlerine giriyorlardı. Puslu yağmur, düzensiz bir şekilde aydınlanmış karanlıkta yavaşça yağıyordu, beraberinde çürümenin, ıslak taş ve madenin kokusunu getiriyordu. Yüksek, eski, alt katları çoğunlukla dükkân olan apartmanların arasında, ışıksız, tabelası olmayan bir sokağa girdiler. Shevek'in rehberi durdu ve dükkânlardan birinin pancurlu penceresine vurdu: V. Maedda, Manav. Uzunca bir süre sonra kapı açıldı. Rehinci içerideki biriyle konuştu, sonra Shevek'e işaret etti, birlikte içeriye girdiler. Onları içeri alan bir kızdı. "Tuio arkada, gelin," dedi; arkadaki holden gelen zayıf ışıkta Shevek'in yüzüne baktı. "Siz o musunuz?" Sesi zayıf ve ısrarlıydı; garip bir gülümsemesi vardı. "Gerçekten o musunuz siz?"

Tuio Maedda kırk yaşlarında, gergin, entelektüel yüzlü, esmer bir adamdı. Onlar girerken, yazmakta olduğu defteri kapatıp çabucak ayağa kalktı. Rehinciye adıyla hitap etti, ama gözlerini Shevek'ten hiç ayırmadı.

"Dükkânıma gelip buranın yolunu sordu, Tuio. O olduğunu iddia ediyor, Anarres'li olduğunu."

"Osunuz, değil mi?" dedi Maedda yavaşça. "Shevek. Burada ne arıyorsunuz?" Shevek'e korkmuş, ışıltılı gözlerle baktı.

"Yardım istiyorum."

"Sizi bana kim gönderdi?"

"İlk sorduğum adam. Senin kim olduğunu bilmiyorum. Nereye gidebileceğimi sordum, o da sana gelmemi söyledi."

"Burada olduğunuzu başka kimse biliyor mu?"

"Gittiğimi bilmiyorlar. Yarın öğrenecekler."

"Remeivi'yi çağır," dedi Maedda kıza. "Oturun bay Shevek. Bana neler olduğunu anlatsanız iyi olur."

Shevek tahta bir iskemleye oturdu, ama paltosunu çıkarmadı. O kadar yorgundu ki titriyordu. "Kaçtım," dedi. "Üniversiteden, hapishaneden. Nereye gideceğimi bilmiyorum. Belki de burası tümüyle bir hapishane. Buraya geldim, çünkü alt sınıflardan, çalışan sınıflardan bahsediyorlar, ben de düşündüm ki, onlar benim halkıma benziyor. Birbirine yardım edebilecek insanlar."

"Nasıl bir yardım istiyorsunuz?"

Shevek kendini toparlamaya çalıştı. Küçük, dağınık dükkâna, sonra da Maedda'ya baktı. "Bende istedikleri bir şey var," dedi. "Bir fikir. Bilimsel bir kuram. Anarres'ten buraya geldim, çünkü burada çalışmayı bitirip yayımlayabileceğimi düşünüyordum. Burada fikirlerin de Devlet'e ait bir mülk olduğunu anlamamıştım. Ben bir Devlet için çalışmam. Bana verdikleri parayı ve diğer şeyleri alamam. Gitmek istiyorum. Ama eve dönemem. Bu yüzden buraya geldim. Benim bilimimi istemiyorsunuz, belki siz de hükümetinizi pek sevmiyorsunuzdur."

Maedda gülümsedi. "Hayır. Sevmiyorum. Ama hükümetimiz de beni pek sevmiyor. Gelmek için en güvenli yeri seçmediniz, ne sizin, ne de bizim için... Endişelenmeyin. Bu gece geçsin; ne yapacağımıza karar veririz."

Shevek paltosunun cebinde bulduğu notu çıkarıp Maedda'ya verdi. "Beni getiren bu oldu. Tanıdığınız insanlardan mı bu?"

"'Bize, kardeşlerine katıl...' Bilmiyorum. Olabilir."

"Siz Odocu musunuz?"

"Biraz. Sendikalistler, liberaller. Thu taraftarlarıyla, Sosyalist İşçi Birliği'yle birlikte çalışıyoruz, ama biz merkeziyetçi değiliz. Çok hareketli bir dönemde geldiniz."

"Savaş mı?"

Maedda başıyla onayladı. "Üç gün sonrası için bir gösteri ayarlandı. Zorunlu askerliğe, savaş vergilerine, gıda fiyatlarındaki artışa karşı. Nio Esseia'da dört yüz bin işsiz var, onlarsa vergileri ve fiyatları artırıyorlar." Konuşurlarken sürekli Shevek'i gözlüyordu; sonra sanki inceleme bitmiş gibi başını öte yana çevirip iskemlesinde geri yaslandı. "Bu kent hemen hemen her şeye hazır. Bize gereken bir grev, bir genel grev ve büyük gösteriler. Odo'nun önderlik ettiği Dokuzuncu Ay Grevi gibi bir şey," diye ekledi, kuru, gergin bir gülümsemeyle. "Şimdi bir Odo'muz olsa iyi olurdu. Ama bu kez bizi satın almak için verecekleri bir Ay'ları yok. Ya burada adaleti sağlarız, ya da hiçbir yerde..." Shevek'e baktı ve daha yumuşak bir sesle ekledi, "Sizin toplumunuzun burada, bizim için son yüz elli yıldır ne anlama geldiğini biliyor musunuz? Burada insanların birbirlerine şans dilerken 'Yeniden Anarres'te doğasın!' dediklerini biliyor musunuz? Var olduğunu bilmek – hükümeti, polisi, ekonomik sömürüsü olmayan bir toplumun var olduğunu bilmek, artık onun yalnızca bir serap, idealist bir düş olduğunu söyleyemeyeceklerini bilmek! Sizi neden İeu Eun'da, gözlerden iyice uzakta tuttuklarını tam olarak anlayıp anlamadığınızı merak ediyorum Dr. Shevek. Niçin hiçbir zaman kamuya açık bir toplantıya katılmanıza izin verilmediğini. Niçin sizin gittiğinizi anlar anlamaz tavşan peşindeki tazılar gibi ardınıza düşeceklerini. Yalnızca o fikrinizi istedikleri için değil. Siz bir fikir olduğunuz için. Tehlikeli bir fikir. Ete kemiğe bürünmüş bir anarşizm fikri. Aramızda dolaşan."

"O zaman Odo'ya kavuştunuz," dedi kız hafif, ısrarlı sesiyle; Maedda konuşurken odaya yeniden girmişti. "Ne de olsa, Odo yalnızca bir fikirdi. Dr. Shevek o fikrin kanıtı."

Maedda bir an sessiz kaldı. "Gösterilemez bir kanıt," dedi.

"Neden?"

"Eğer insanlar burada olduğunu öğrenirse polis de öğrenecek demektir."

"Gelip onu almaya çalışsınlar bakalım," dedi kız ve gülümsedi.

"Gösteride kesinlikle şiddete yer olmayacak," dedi Maedda ani bir şiddetle. "SİB bile bunu kabul etti!"

"Ben kabul etmedim Tuio. Kara gömleklilerin suratımı ya da beynimi dağıtmasına izin vermeyeceğim. Eğer canımı yakarlarsa ben de karşılık veririm."

"Yöntemlerini beğeniyorsan onlara katıl. Adalet güç kullanarak elde edilemez!"

"Pasif kalarak da iktidar ele geçirilemez."

"İktidar istemiyoruz. İktidarı sona erdirmeye çalışıyoruz! Siz ne diyorsunuz?" Maedda Shevek'ten yardım istiyordu. "Araç amaçtır – Odo bütün yaşamı boyunca bunu söyledi. Barışa yalnızca barış yoluyla ulaşılabilir, yalnız adil eylemler adalet getirebilir! Tam eylem arifesinde bu konuda bölünmemeliyiz!"

Shevek ona, kıza, kapının yanında gerginlikle onları dinleyen rehinciye baktı. Yorgun, hafif bir sesle, "Eğer işe yarayacaksam, beni kullanın," dedi. "Belki bu konuda dergilerinizden birinde bir makale yayımlayabilirim. Urras'a gizlenmek için gelmedim. Herkes burada olduğumu bilirse, belki hükümet beni herkesin gözü önünde tutuklamaya cesaret edemeyebilir. Bilmiyorum."

"İşte," dedi Maedda. "Tabii." Kara gözleri heyecanla parladı. "Remeivi hangi cehennemde? Git kız kardeşini çağır Siro, ona Remeivi'yi bulup buraya getirmesini söyle. Buraya neden geldiğinizi yazın, Anarres hakkında yazın, kendinizi neden hükümete satmayacağınızı yazın, ne isterseniz yazın – bastırırız. Siro! Meisthe'yi de çağır. Sizi saklarız, ama Tanrı şahidimdir ki A-İo'daki herkesin sizin bizimle olduğunuzu bilmesini sağlarız!" Sözcükler ağzından dökülüyordu, konuşurken elleri hareket ediyordu, odada bir aşağı bir yukarı dolaşıp duruyordu. "Sonra, gösteri bittikten sonra, grevden sonra, bakarız. Belki o zaman her şey çok değişik olur! Belki de saklanmanız gerekmeyebilir!"

"Belki bütün hapishane kapıları açılır," dedi Shevek. "Peki öyleyse, bana biraz kâğıt verin, yazacağım."

Siro adlı kız ona doğru geldi. Gülümsedi, biraz ürkekçe, biraz törensel bir tavırla, önünde eğilirmiş gibi durdu, sonra eğilip onu yanağından öptü ve dışarı çıktı. Dudaklarının teması soğuktu; Shevek bu teması uzun süre yanağında hissetti.

Sonraki bir gününü Şaka Caddesi'ndeki bir apartmanın çatı katında, iki gecesini de bir kullanılmış eşya dükkânının altındaki bodrumda, boş ayna çerçeveleriyle ve kırık karyolalarla dolu garip, loş bir yerde geçirdi. Yazdı. Yazdıklarını birkaç saat içinde basılı olarak ona getirdiler: ilk olarak *Günümüz* gazetesinde, *Günümüz* matbaası kapatılıp yayımcıları tutuklandıktan sonra da, gösteri ve genel grev çağrı ve planlarıyla birlikte gizli bir matbaada basılan bildiriler şeklinde yazdı. Ne yazdığına bir kez daha bakmadı. Gazetelerin ne kadar büyük bir coşkuyla okunduğunu, grev planının gitgide daha fazla kabul gördüğünü, gösterideki varlığının dünyada ne büyük bir etkide bulunacağını anlatıp duran Maedda ve diğerlerini pek dikkatli dinlemiyordu. Onu yalnız bıraktıklarında, arada bir gömleğinin cebinden küçük bir not defteri çıkarıp Genel Zaman Kuramı'nın şifreli notları ve denklemlerine bakıyordu. Onlara bakıyor ve okuyamıyordu. Onları anlamıyordu. Defteri yeniden yerine koydu ve başını ellerinin arasına alarak oturdu.

Anarres'in sallayacak bayrağı yoktu; ama genel grevi ilan eden pankartlar, Sendikalistlerin ve Sosyalist İşçilerin mavi-beyaz flamaları arasında, yeşil Yaşam Çemberi'ni, iki yüz yıl önceki Odocu Hareket'in bu eski simgesini gösteren, elde yapılmış birçok pankart vardı. Bütün pankart ve bayraklar günışığında cesaretle parıldıyordu.

Kapısı kilitli odalardan, saklanma yerlerinden sonra dışarıda olmak güzeldi. Yürüyor, kollarını sallıyor, bir bahar sabahının temiz havasını soluyor olmak güzeldi. Bu kadar insanın, bu dev kalabalığın, birlikte yürüyen, yürüdükleri geniş caddeden başka yan sokakları da dolduran binlerce kişinin arasında olmak hem korkutucu, hem de heyecan vericiydi. Şarkı söylediklerinde hem heyecan, hem de korku bir tür coşkuya dönüşüyordu; gözleri yaşlarla doluyordu. Ta uzaktan, sokak aralarından binlerce sesin tek bir şarkıda birleşmesi yankılanıyordu, açık hava ve uzaklık şarkıyı biraz yumuşatıyor, belirsiz ve etkileyici kılıyordu. Yürüyüşün öncü kolunun şarkısı ve arkadan gelen sonsuz kalabalığın şarkısı arasında sesin ulaşma süresi kadar bir faz farkı oluşmuştu, bu yüzden melodi –tıpkı bir kanon gibi– sürekli gecikip yeniden yetişiyormuş gibi duyuluyordu, her söyleyen ezgiyi baştan sona bir bütün halinde söylediği halde şarkının bütün bölümleri aynı anda söyleniyor gibiydi.

Shevek onların şarkılarını bilmiyordu, yalnızca dinleyip kendini müziğe bırakıyordu, ta ki önlerden bildiği bir melodi yavaş yavaş ilerleyen dev insan ırmağının arkalarına doğru dalga dalga yayılana dek. Başını kaldırıp onlarla birlikte söyledi, kendi dilinde, kendi bildiği gibi: İsyan Marşı. Marş bu sokaklarda, bu sokakta, iki yüz yıl önce, bu insanlar tarafından, kendi insanları tarafından söylenmişti.

Ey doğu ışığı, parla ki
Uyuyanlar uyansın!

Vaat yerine gelsin,
Karanlık aydınlansın.

Shevek'in etrafındakiler onu duymak için sustular, o da yüksek sesle, gülümseyerek, onlarla birlikte ileri yürüyerek şarkısını söyledi.

Yönetim Meydanı'nda belki yüz bin, belki de iki katı insan vardı. Bireyler, tıpkı atom fiziğindeki parçacıklar gibiydiler, sayılamıyor, konumları kestirilemiyor, davranışları önceden bilinemiyordu. Yine de, o dev kitle, bir kitle olarak, grev düzenleyicilerinin beklediği şeyi yapıyordu: toparlanıyor, düzenli yürüyor, şarkı söylüyor, Yönetim Meydanı'ndaki ve çevredeki caddeleri dolduruyor, sayısızlığı içinde sabırsız ama yine de sabırlı bekliyor; parlak öğle güneşinde, bozuk amplifikatörler tarafından yükseltilen sesleri, Senato ve Yönetim Merkezi'nin günışığıyla aydınlanmış dış yüzeylerine çarpıp yankılanan, kalabalığın sürekli, yumuşak, engin mırıldanmasının üstünde tıngırdayıp tıslayan konuşmacıları dinliyordu.

Shevek burada, Meydan'da, Abbenay'daki tüm insanlardan fazla insan olduğunu düşündü, ama bu düşünce anlamsızdı, doğrudan deneyimi niceliğe vurma denemesiydi. Maedda ve diğerleriyle birlikte Yönetim Merkezi'nin merdivenlerinde, sütunların ve yüksek bronz kapıların önünde duruyor, titrek, sıkıntılı yüzlerin üstünden bakıyor, tıpkı onlar gibi konuşmacıları dinliyordu: bireysel, akılcı zihnin algıladığı ve anladığı gibi duyup anlamıyor, insanın kendi düşüncelerine bakıp dinlemesi ya da bir düşüncenin benliği algılayıp anlaması gibi duyup anlıyordu. Konuştuğu zaman da, konuşmanın dinlemekten pek farklı olmadığını gördü. Onu harekete geçiren bilinçli bir isteği yoktu, benliğinin farkında değildi. Sesinin uzaktaki amplifikatörlerden ve dev yapıların taş ön cephelerinden gelen yankıları onu biraz rahatsız ediyor, arada bir duraklayıp çok yavaş konuşmasına neden oluyordu. Ama sözcük seçerken hiç duraksamıyordu. Onların aklına, varlığına, kendi dillerinde sesleniyordu; ama söyledikleri çok uzun bir süre önce, yalnızca kendi yalıtılmışlığı yüzünden, kendi benliğinin merkezinden çıkıp gelen sözlerden ötesi değildi.

"Bizi bir araya getiren şey, acı çekmemiz. Sevgi değil. Sevgi akla boyun eğmez, zorlandığında da nefrete dönüşür. Bizi birleştiren bağ seçilebilir bir şey değil. Biz kardeşiz. Paylaştığımız şeylerde kardeşiz. Hepimizin tek başına çekmek zorunda olduğu acıda, açlıkta, yoksullukta, umutta biliyoruz kardeşliğimizi. Biliyoruz, çünkü onu öğrenmek zorunda kaldık. Bize birbirimizden başka kimsenin yardım etmeyeceğini, eğer elimizi uzatmazsak hiçbir elin bizi kurtaramayacağını biliyoruz. Uzattığınız el de boş, tıpkı benimki gibi. Hiçbir şeyiniz yok. Hiçbir şeye sahip değilsiniz. Hiçbir şey sizin malınız değil. Özgürsünüz. Sahip olduğunuz tek şey ne olduğunuz ve ne verdiğinizdir.

"Buradayım, çünkü bende vaadi, iki yüz yıl önce bu kentte ettiğimiz vaadi – yerine getirilen vaadi görüyorsunuz. Vaadi yerine getirdik biz, Anarres'te. Özgürlüğümüz dışında hiçbir şeyimiz yok. Size kendi özgürlüğünüzden başka verecek bir şeyimiz yok. Bireyler arasında karşılıklı yardımlaşma dışında hiçbir yasamız yok. Hükümetimiz yok, yalnızca özgür birlik ilkemiz var. Devletlerimiz, uluslarımız, başkanlarımız, başbakanlarımız, şeflerimiz, generallerimiz, patronlarımız, bankerlerimiz, mülk sahiplerimiz, ücretlerimiz, sadakalarımız, polislerimiz, askerlerimiz, savaşlarımız yok. Başka da pek fazla şeyimiz var sayılmaz. Biz paylaşırız, sahip olmayız. Varlıklı değiliz. Hiçbirimiz zengin değiliz. Hiçbirimiz iktidar sahibi değiliz. Eğer istediğiniz Anarres'se, aradığınız gelecek oysa, o zaman ona eli boş gelmeniz gerektiğini söylüyorum. Ona yalnız ve çıplak gelmeniz gerekiyor, tıpkı bir çocuğun dünyaya, geleceğine, hiçbir geçmişi olmadan, hiçbir malı mülkü olmadan, yaşamak için tümüyle başka insanlara dayanarak gelmesi gibi. Vermediğiniz şeyi alamazsınız, kendinizi vermeniz gerekir. Devrim'i satın alamazsınız. Devrim'i yapamazsınız. Devrim olabilirsiniz ancak. Devrim ya ruhunuzdadır, ya da hiçbir yerde değildir."

Konuşmasını bitirirken, yaklaşan polis helikopterlerinin gürültüsü sesini boğmaya başladı.

Mikrofonlardan uzaklaşarak yukarıya baktı, güneşten korunmak için gözlerini kıstı. Kalabalığın çoğu aynı hareketi yaptığından, başlarının ve ellerinin hareketi, güneş altındaki bir tarlanın üzerinden rüzgârın geçişi gibiydi.

Araçların dönen pervanelerinin Yönetim Meydanı'nın dev taş

kutusundaki gürültüsü dayanılmazdı, dev bir robotun takırdayıp gevezelik etmesi gibiydi. Bu ses, helikopterlerden ateşlenen makineli tüfeklerin sesini boğdu. Kalabalığın gürültüsü kargaşa içinde yükselirken bile helikopterlerin sesi, silahların akılsız haykırışı, anlamsız sözcük hâlâ duyulabiliyordu.

Helikopterlerden açılan ateş Yönetim Merkezi'nin merdivenlerinde ya da ona yakın bir yerde duranlara yöneltilmişti. Yapının sütunlu girişi merdivendekiler için anlık bir sığınak oluşturuyordu ve birkaç saniye içinde hıncahınç dolmuştu. İnsanlar Yönetim Meydanı'ndan dışarıya açılan sekiz caddeye doğru panik içinde itişirken, kalabalığın gürültüsü büyük bir rüzgâr gibi inlemeye dönüştü. Helikopterler yere çok yakındılar, ama ateşi kesip kesmediklerini anlamak olanaksızdı; ölü ve yaralılar kalabalıkla, yere düşemeyecek kadar yekvücut olmuşlardı.

Yönetim Merkezi'nin bronz kapıları kimsenin duymadığı bir çatırtıyla açıldı. İnsanlar metal yağmurunun altından, sığınmak için kapılara doğru itişip tökezliyordu. Yüzlerce kişi yüksek, mermer salonlara doluştu, bazıları ilk buldukları sığınağa çöküp saklanıyor, diğerleri binada ve binanın arkasında saklanacak bir yer arıyor, ötekiler askerler gelene kadar yapabildiklerince fazla şeye zarar vermek için geride kalıyordu. Askerler geldiklerinde, ölü ve ölmekte olan erkek ve kadınların arasından, düzgün siyah giysileri içinde merdivenlerden çıktıklarında, büyük fuayenin yüksek, gri, parlak duvarının üstünde, bir adam boyu yükseklikte, geniş, kan lekeleriyle yazılmış bir sözcük buldular: KAHROLSUN.

Yazının en yakınında yatan ölü adamı vurdular; daha sonra, Yönetim Merkezi yeniden düzenlendiğinde ise, sözcük duvardan su, sabun ve bezlerle silindi, ama orada kaldı; söylenmişti; bir anlamı vardı.

Zayıflamaya, tökezlemeye başlayan yol arkadaşıyla daha ileri gidemeyeceğini fark etti. Yönetim Meydanı'ndan uzaklaşmak dışında yapacak bir şey yoktu. Duracak bir yer de yoktu. Kalabalık iki kez Mesee Bulvarı'nda toparlanıp polise karşı bir saf oluşturmaya çalışmış, ama Ordu'nun zırhlı araçları polisin arkasında yer alıp insanları Eski Kent'e doğru sürmüştü. Kara ceketliler bu kez ateş etmemişti, ama başka caddelerden silah sesleri geliyordu. Takırdayan helikopterler caddelerin üzerinde aşağı yukarı geziniyordu, insan onların altından kaçamıyordu.

Arkadaşı hıçkırıklar içinde nefes alıyor, ilerlemek için mücadele ederken havayı zorlukla yutuyordu. Shevek onu birkaç blok boyunca yarı taşıyarak götürmüştü, şimdi kalabalığın ana gövdesinin çok gerilerinde kalmışlardı. Yetişmeye çalışmanın yararı yoktu. "Hadi, şuraya otur," dedi adama, sonra da pancurlu penceresinde tebeşirle, dev harflerle GREV sözcüğü yazılmış bir ambarın bodrum girişinin üst basamağına oturmasına yardım etti. Bodrum kapısına gidip açmaya çalıştı; kapı kilitliydi. Bütün kapılar kilitliydi. Mülkiyet özeldi. Basamakların bir köşesinden kopan bir kaldırım taşını alıp kilidi parçaladı; gizlice veya intikam alırcasına yapmıyordu bunu, daha çok kendi evinin kapısını açan birinin özgüveni vardı üstünde. İçeri baktı. Bodrum sandık doluydu, ama hiç insan yoktu. Arkadaşının basamaklardan inmesine yardım etti, arkalarından kapıyı kapadı ve "Buraya otur," dedi. "İstersen uzan. Ben su arayacağım."

Kimyasal madde ambarı olan bodrumda yangın söndürücü hortumların yanı sıra bir dizi çamaşır teknesi vardı. Shevek geri döndüğünde arkadaşı bayılmıştı. Bu fırsattan yararlanarak hortumdan damlayan suyla adamın elini yıkayıp yarasına baktı. Düşündüğünden de kötüydü. Ele birden fazla kurşun rastlamış olmalıydı, iki parmak kopmuş, avuç ve bilek ezilmişti. Kırık kemik parçaları kürdan gibi dışarı fırlamıştı. Helikopterler ateşe başladığında adam Shevek'le Maedda'nın yakınında duruyordu, vurulduğu zaman Shevek'in üstüne yığılmış, destek almak için ona sarılmıştı. Yönetim Merkezi'nden kaçışları boyunca Shevek bir kolunu adama sarılı tutmuştu; ilk vahşi itişme sırasında iki kişi tek kişiden daha kolay ayakta durabiliyordu.

Kanamayı elinden geldiğince, tampon yaparak durdurmaya, parçalanmış eli sarmaya ya da en azından örtmeye çalıştı, adama biraz su içirdi. Adını bilmiyordu; beyaz kolluğundan anlaşıldığı kadarıyla Sosyalist İşçiler'dendi; Shevek'in yaşında, kırkında ya da biraz daha yaşlı görünüyordu.

Shevek Güneybatı'daki değirmenlerdeki kazalarda bundan çok

daha kötü yaralanan insanlar görmüştü, insanların büyük yaralanma ve acılara ne kadar dayanıp sağ kalabileceğini öğrenmişti. Ama orada birbirlerini kollarlardı. Yaralı uzvu kesmek için bir cerrah, kan kaybını önlemek için plazma, yatmak için yatak olurdu.

Şok yüzünden yarı bilinçsiz yatan adamın yanına, yere oturdu ve dizi dizi sandıklara, aralarındaki uzun, karanlık yollara, ön duvardaki demirli pencere aralıklarından sızan günışığının beyazımsı parıltısına, tavandaki beyaz güherçile lekelerine, tozlu beton zeminde işçilerin çizmelerinden ve taşıyıcıların tekerleklerinden kalan izlere baktı. Bir saat önce açık göğün altında yüzbinlerce insan şarkı söylüyordu, bir saat sonraysa iki kişi bir bodrumda saklanıyordu.

"Aşağılıksınız," dedi Shevek arkadaşına Pravca. "Kapıları açık tutamıyorsunuz. Hiçbir zaman özgür olmayacaksınız." Shevek adamın alnını hafifçe yokladı; adamın alnı soğuk ve terliydi. Tamponu bir süre için gevşetti, sonra ayağa kalktı, kasvetli bodrumu geçip kapıya gitti ve caddeye çıktı. Zırhlı araç filosu geçmişti. Gösteriden kopan birkaç kişi aceleyle önünden geçtiler, düşman toprağında oldukları için başları önlerine eğikti. Shevek iki kişiyi durdurmaya çalıştı; sonunda üçüncüsü durdu. "Doktor gerekiyor, yaralı biri var. Buraya bir doktor gönderebilir misin?"

"En iyisi götür onu buradan."

"Taşımama yardım et."

Adam aceleyle yoluna devam etti. "Buraya geliyorlar," dedi arkasına dönerek. "En iyisi uzaklaş buradan."

Başka kimse gelmedi. Shevek caddenin aşağısında bir sıra kara gömlekli gördü. Yeniden bodruma döndü, kapıyı kapadı, yaralı adamın yanına gitti, tozlu zemine oturdu. "Lanet olsun," dedi.

Bir süre sonra gömlek cebinden küçük defterini çıkarıp incelemeye başladı.

Akşamüstü dışarıya dikkatlice baktığında caddenin ötesinde bir zırhlı araç gördü, kavşağı da iki başka araç kesmişti. Bu, duyduğu bağrışmaları açıklıyordu: birbirlerine emir veren askerlerin bağrışmalarıydı.

Atro bir keresinde Shevek'e bu işlerin nasıl yürüdüğünü, çavuşların erlere, teğmenlerin erlere ve çavuşlara, yüzbaşıların daha alt rütbedekilere nasıl emir verdiklerini, herkese emir verebilen ve Başkomutan dışında hiç kimseden emir almak zorunda olmayan generallerin olduğunu anlatmıştı. Shevek inanmadan, iğrenerek dinlemişti. "Buna organizasyon mu diyorsun?" diye sormuştu. "Buna disiplin mi diyorsun? İkisi de değil, olağanüstü derecede verimsiz, zorlamaya dayanan bir mekanizma – yedinci binyıldan kalma bir tür buhar makinesi! Bu kadar katı ve kırılgan bir yapıyla kayda değer ne yapılabilir?" Bu Atro'ya savaşın cesaret ve erkekliği destekleyici, uyum gösteremeyenleri eleyici değerini tartışma fırsatı vermişti; ama kendi akıl yürütmesinin gidişi onu aşağıdan yukarıya örgütlenen, kendini düzenleyen gerillaların etkililiğini teslim etmek zorunda bırakmıştı. "Ama bu yalnızca, insanların kendilerine ait bir şey için, kendi evleri ya da ona benzer bir şey için savaştıklarını düşündükleri zaman işe yarar," demişti yaşlı adam. Shevek tartışmaktan vazgeçmişti. Şimdi tartışmaya devam ediyordu, gittikçe karanlıklaşan bodrumda, etiketsiz kimyasal maddelerle dolu sandık yığınları arasında. Kafasında, Atro'ya şimdi ordunun neden öyle örgütlendiğini anladığını söylüyordu. Gerçekten de bu çok gerekliydi. Herhangi bir akılcı örgütlenme biçimi bu iş için uygun olmazdı. O ilk konuşmada amacın, söylendiği zaman makineli tüfekli adamların silahsız erkek ve kadınları kolayca ve toplu halde imha edebilmeleri olduğunu anlamamıştı. Yine de cesaretin, erkekliğin ya da uyum sağlamanın bunlarla ne ilgisi olduğunu göremiyordu.

Hava kararırken, arada bir arkadaşıyla da konuşuyordu. Adam şimdi gözleri açık yatıyordu, birkaç kez Shevek'in yüreğine dokunan bir inleme çıkardı, çocuksu, sabırlı bir inilti. Yönetim Merkezi'ne zorla girip içinden geçen, ardından Eski Kent'e doğru önce koşan, sonra da yürüyen kalabalığın ilk paniği içinde oldukları bütün o süre boyunca ayakta kalmak ve yürümeyi sürdürmek için cesur bir çaba göstermişti; yaralı elini ceketinin altında, beline bastırarak tutmuş, yürümeyi sürdürmeye, Shevek'ı geri bırakmamaya çalışmıştı. Adam ikinci kez inlediğinde Shevek adamın acısını duyup onun için hiçbir şey yapamamaya dayanamadığı için yaralı olmayan elini tutup fısıldadı: "Yapma, yapma; sessiz ol, kardeşim." Adam belki de polisler duymasın diye sessiz olmasını istediğini sanmıştı, çünkü zorlukla başını salladı ve dudaklarını sıkıca kenetledi.

İkisi orada üç gece dayandılar. Bütün bu zaman boyunca ambar yakınlarında dağınık çarpışmalar oluyordu, ordunun Mesee Bulvarı bloku çevresindeki ablukası da sürdü. Çarpışmalar bulvarın yakınına gelmiyordu, ayrıca bulvar çok iyi korunuyordu, bu yüzden saklananlar teslim olmadan çıkma şansına sahip değildiler. Bir keresinde arkadaşı uyanıkken Shevek ona "Eğer gidip polise teslim olursak bize ne yaparlar," diye sormuştu.

Adam gülümsemiş ve "Vururlar," diye fısıldamıştı.

Çevrede, uzakta ya da yakında, saatler boyunca, dağınık silah sesleri, arada bir de şiddetli bir patlama sesi ve helikopterlerin çatırtısı geldiğine göre adamın fikrinde bir haklılık payı olmalıydı. Gülümsemesinin nedeni ise o kadar açık değildi.

Adam o gece, Shevek'in sandık samanından yaptığı şiltenin üzerinde ısınmak için birbirlerine sarılmış yatarlarken, kan kaybından öldü. Shevek uyanıp büyük, karanlık bodrumdaki ve dışarıda, caddelerle tüm kentteki sessizliği, ölüm sessizliğini dinlediği sırada adam çoktan kaskatı kesilmişti.

Onuncu Bölüm

Anarres

GÜNEYBATI'DA TREN RAYLARI, çoğunlukla ovadan bir metre kadar yüksekteki setler üzerinden geçiyordu. Yükseltilmiş bir yol yatağı üzerinde daha az toz yığılması oluyordu, bu arada yolcular da perişanlığı daha iyi görebiliyorlardı.

Güneybatı, Anarres'in sekiz Bölüm'ü arasında büyük bir su kütlesine yakın olmayan tek bölümdü. Güney'in en ucunda yazın kutup buzlarının erimesiyle çayırlar oluşuyordu; ekvatora doğru yalnızca geniş tuz havzalarında sığ alkali gölleri vardı. Hiç dağ yoktu; her yüz kilometrede bir tepe zinciri kuzey-güney yönünde uzanıyordu, çorak, çatlak, rüzgârla yamaçlar ve doruklar halinde aşındırılmış tepeler. Mor ve kırmızı lekeleri vardı, yamaç yüzlerinde ise ısı, kuraklık ve rüzgârın en aşırı düzeyinde dahi yaşayan bir bitki olan kaya yosunu, gri-yeşil dikey çizgiler halinde büyüyor, kumtaşının paralel çizgi düzeni üstünde ekose desenler oluşturuyordu. Çevrede, yarı yarıya kuma gömülmüş tuz havzalarında beyaza çalan külrengi dışında renk yoktu. Ovaların üzerindeki morumsu gökte canlı beyaz renkte seyrek fırtına bulutları geziniyordu. Yağmur değil, yalnızca gölge bırakan bulutlardı bunlar. Yükselti ve parlak raylar yiyecek treninin hem arkasında, hem önünde göz alabildiğince uzanıyordu.

"Güneybatı'da hiçbir şey yapamazsın," dedi sürücü, "yalnızca içinden geçip gidersin."

Arkadaşı yanıtlamadı, uyuyakalmıştı. Kafası motorun titremesiyle sallanıyordu. Çalışmaktan sertleşmiş, soğuktan kavrularak kararmış elleri bacaklarının üzerinde gevşek duruyordu; gevşemiş yüzü kırışık ve kederliydi. Bakır Dağı'na tren-stop yapmıştı, başka hiç yolcu olmadığı için sürücü kendiyle birlikte lokomotifte yolculuk etmesini istemişti. Yolcu anında uykuya dalmıştı. Sürücü arada bir ha yal kırıklığıyla, ama sempati duyarak bakıyordu ona. Son yıllarda o kadar çok yıpranmış kişi görmüştü ki olağan durumun bu olduğunu düşünmeye başlamıştı.

Uzun akşamüstünün sonuna doğru adam uyandı ve bir süre dışarıya, çöle baktıktan sonra "Bu yolu hep yalnız mı geçersin?" diye sordu.

"Son üç-dört yıldır."

"Tren hiç buralarda bozuldu mu?"

"Birkaç kez. Dolapta epeyce fazla yiyecek ve su var. Aklıma gelmişken, acıktın mı?"

"Daha değil."

"Yalnız'dan arıza donanımını bir-iki gün içinde gönderiyorlar."

"Bir sonraki yerleşim merkezinin adı mı bu?"

"Öyle. Sedep Madenleri'nden Yalnız'a kadar bin yedi yüz kilometre yol var. Anarres'te iki kasaba arasındaki en uzun yol. On bir yıldır gidip geliyorum."

"Bıkmadın mı?"

"Hayır. Bir işi tek başıma yürütmeyi seviyorum."

Yolcu başıyla onayladı.

"Ayrıca da düzenli. Rutin işleri seviyorum, düşünmeye fırsatım oluyor. Yol on beş gün sürüyor, on beş gün Yeni Umut'ta eşle birlikte izindeyim. Yıllar boyunca, durmadan, kuraklık, açlık, ne olursa. Hiçbir şey değişmiyor, burada hep kuraklık var. Yolu seviyorum. Suyu çıkarır mısın? Soğutucu dolabın altında, arkada."

İkisi de şişeden koca birer yudum aldılar. Suyun yavan, alkalimsi bir tadı vardı, ama soğuktu. "Çok güzel!" dedi yolcu şükranla. Şişeyi yerine koydu, sonra vagonun önündeki yerine döndü, ellerini tavana koyarak gerindi. "Demek eşlisin," dedi. Bunu söyleyiş şeklinde sürücünün hoşuna giden bir sadelik vardı, o da yanıt verdi. "On sekiz yıldır."

"Yeni başlamış."

"Hah işte be, ben de aynı fikirdeyim! Bazılarının anlamadığı bu zaten. Benim bakış açıma göre, ergenlik döneminde yeterince cinsel ilişkiye girersen –ki en çok zevk aldığın dönem odur– hep aynı lanet olası şey olduğunu fark edersin. Aynı zamanda da iyi bir şey olduğunu. Ama yine de farklı olan çiftleşme değil; farklı olan diğer kişi. On sekiz yıla gelince, tamam, o farkın ne olduğunu anlamak için yalnızca bir başlangıç. En azından, anlamaya çalıştığın bir kadınsa. Bir kadın, bir erkek tarafından kafasının bu kadar karıştırılmasına razı olmaz, ama belki de blöf yapıyordur... Her neyse, zevki de bu zaten. Bilmeceler, blöfler ve geriye kalanlar. Çeşitlilik. Çeşitlilik yalnızca dolaşmakla elde edilmez. Gençken bütün Anarres'i dolaştım. Her Bölüm'de sürücülük ve yükleyicilik yaptım. Değişik kentlerde yüzlerce kız tanımışımdır. Sıkıcı olmaya başladı. Buraya döndüm, her yıl üç dekadda bir, bir kum tepesini diğerinden ayırt edemeyeceğin, ne yöne bakarsan üç bin kilometre boyunca aynı şekilde uzanan çölü aşıp bu seferi yapıyorum; eve, aynı eşe dönüyorum, bir kez bile sıkılmadım. İnsanı canlı tutan bir yerden ötekine dolaşmak değil, zamanı kendi yanına çekmek. Zamanla birlikte çalışmak, zamana karşı değil."

"Doğru," dedi yolcu.

"Eş nerede?"

"Kuzeydoğu'da. Dört yıl oldu."

"Çok uzun," dedi sürücü. "Birlikte gönderilmeniz gerekirdi."

"Benim olduğum yerde işler öyle değil."

"Neresi o?"

"Dirsek, sonra da Büyük Vadi."

"Büyük Vadi'yi duydum." Şimdi yolcuya hayatta kalmasını bilen birine duyulan saygıyla bakıyordu. Adamın yanmış derisinin kuru görünüşüne, Toz'daki açlık yıllarını atlatmış başkalarında da gördüğü, kemiğe işlemiş değişikliğe baktı. "O imalathaneleri işletmeye çalışmamalıydık."

"Fosfata gereksinmemiz vardı."

"Ama diyorlar ki, erzak treni Portal'de durdurulduğu zaman fabrikaları çalıştırmayı sürdürmüşler; insanlar iş başında açlıktan ölmüş. Biraz uzak bir yere gidip yere yatmışlar ve ölmüşler. Öyle miydi?"

Adam başıyla onayladı. Hiçbir şey söylemedi. Sürücü üstelemedi, ama bir süre sonra "Trenim yağmalansaydı ne yapardım acaba?" dedi.

"Hiç yağmalanmadı mı?"

"Hayır. Görüyorsun, yiyecek maddesi taşımıyorum; en fazla bir vagon dolusu, Yukarı Sedep için. Bu bir maden hattı. Ama bir yiyecek seferim olsaydı da beni durdursalardı, ne yapardım? Onları ezip yiyeceği gitmesi gereken yere mi götürürdüm? Ama lanet olsun, çocukları, yaşlı adamları mı ezeceğim? Yanlış bir şey yapıyorlar ama bunun için onları *öldürecek miyim*? Bilmiyorum!"

Düz, parlayan raylar tekerleklerin altında uzanıyordu. Batıdaki bulutlar ovanın üstüne büyük, parlak seraplar, on milyon yıl önce kurumuş göllerin düşlerinin gölgelerini yansıtıyorlardı.

"Bizim sendikadan biri, yıllardır tanıdığım bir arkadaş buranın kuzeyinde, '66 yılında tam da böyle bir şey yaptı. Treninden bir tahıl vagonunu almaya çalışmışlar. Treni geri sürüp, rayları boşaltmalarına fırsat kalmadan birkaçını ezmiş; bozulmuş balıklardaki kurtçuklara benzediklerini söylemişti. O tahıl vagonunu bekleyen sekiz yüz kişi var, demişti, vagon onlara ulaşmazsa kaçı ölür? birkaç kişiden fazla, çok daha fazla. O halde haklı gibi görünüyor. Ama, lanet olsun! Ben sayıları öyle toplayamam. İnsanları da sayılar gibi saymanın doğru olup olmadığını bilmiyorum. Peki öyleyse, ne yaparsın? Hangilerini öldürürsün?"

"Dirsek'te olduğum ikinci yıl iş listeleri hazırlıyordum, imalathane sendikası tayını azalttı. Fabrikada altı saat çalışanlar tam tayın alıyorlardı – o tür bir iş için zar zor yetecek bir tayın. Yarı zamanlı çalışanlar dörtte üç tayın alıyorlardı. Eğer hasta ya da çalışamayacak kadar zayıflarsa yarım tayın veriliyordu. Yarım tayınla iyileşemiyorlardı. İşe dönemiyorlardı. Zar zor hayatta kalabiliyorlardı. Ben zaten hasta olan kişilere yarım tayın vermekle görevliydim. Tam zamanlı çalışıyordum, sekiz, bazen on saat masa başı işi yapıyordum, bu yüzden tam tayın alıyordum. Tayınımı kazanıyordum, aç kalması gerekenlerin listesini yaparak kazanıyordum onu." Adamın ışıltılı gözleri ileriye, cansız ışığa bakıyordu. "Dediğin gibi, insanları saymam gerekiyordu."

"İşi bıraktın mı?"

"Evet, bıraktım. Büyük Vadi'ye gittim. Ama başka biri Dirsek'te, fabrikalardaki listeleri devraldı. Her zaman liste yapmaya gönüllü birileri vardır."

"İşte bu yanlış," dedi sürücü, parlaklığa bakıp yüzünü buruşturuyordu. Yüzüyle kafası esmer ve çıplaktı, yanaklarıyla kafasının arkası arasında hiç kıl yoktu, oysa henüz kırkını yeni geçmişti. Güçlü, sert, masum bir yüzdü. "Çok yanlış. Fabrikaları kapatmalıydılar. Bir insandan bunu isteyemezsin. Odocu değil miyiz? Tamam, bir insanın siniri bozulabilir. Trenleri yağmalayan insanlara olan bu. Açtılar, çocuklar da açtı; çok uzun süredir açtılar; yiyecek geliyor ve size ait değil, sinirlerinizi bozuluyor ve saldırıyorsunuz. Arkadaşıma da aynı şey oldu, o insanlar onun sorumluluğundaki treni parçalıyorlardı, onun da siniri bozuldu ve geri vitese taktı. Kafa saymadı o. O zaman saymadı. Sonra, belki. Ne yaptığını görünce midesi bulandı çünkü. Ama sana yaptırdıkları, şunun yaşayıp bunun öleceğini söylemek – insanın bunu yapmaya hakkı yok, herhangi birine yapmasını söylemeye de hakkı yok."

"Güç dönemler geçirdik, kardeşim" dedi yolcu kibarca; su gölgelerinin rüzgârda dalgalanıp sürüklendiği, parlayan ovayı seyretmeye koyuldu.

Eski yük zeplini dağların üstünden süzüldü ve Böbrek Dağı'ndaki havaalanına demir attı. Orada üç yolcu indi. Tam sonuncusu yere indiği anda toprak sallanıp sarsıldı. "Deprem," dedi yolcu; eve dönüyordu. "Lanet olsun, şu toza bak! Bir gün buraya indiğimizde bir de bakacağız ki dağ falan kalmamış."

Yolcuların diğer ikisi kamyonlar yüklenene kadar bekleyip onlarla gitmeyi yeğlediler. Shevek yürümeyi seçti, çünkü oranın yerlisi olan yolcu, Chakar'ın dağın yalnızca altı kilometre kadar aşağısında olduğunu söylemişti.

Yol, her birinin sonunda kısa bir yokuş olan bir dizi uzun virajdan oluşuyordu. Yolun solunda yükselen eğimlerle sağdaki alçalan eğimler çalı holumuyla doluydu; sanki ekilmiş gibi eşit aralıklarla dizilmiş yüksek ağaç holumu sıraları, dağ yamaçları boyunca yeraltı su damarlarını izliyordu. Shevek bir yokuşun zirvesinde, karanlık ve kıvrım kıvrım tepelerin üstünde, günbatımının parlak, altın rengini gördü. Aşağı doğru inmeye başladığında hava biraz gümbürdedi ve Shevek bir gariplik hissetti: sarsıntı ya da titreşim yoktu, yalnızca bir yer değiştirme, bir şeylerin kötü gittiğine dair bir inanç. Atmakta olduğu adımı tamamladı, yer oradaydı, ayağıyla buluşuyordu. Devam etti, yol yerli yerinde uzanıyordu. Tehlikede değildi, ama şimdiye kadar hiçbir tehlikede kendini ölüme bu kadar yakın hissetmemişti. Ölüm onun içindeydi, altındaydı; toprağın kendisi kararsız, güvenilmezdi. Kalıcı olan, güvenilir olan, insan aklınca verilmiş bir sözdür. Shevek soğuk, temiz havayı ağzında ve ciğerlerinde hissetti. Dinledi. Uzakta bir dağ seli, aşağılarda bir yerde, gölgelerin içinde gürlüyordu.

Tan ağarırken Chakar'a vardı. Kara bayırlar üzerinde gök koyu mordu. Sokak lambaları parlak ve yalnız parıldıyorlardı. Ev önleri yapay ışıkta birer taslak gibi görünüyordu, arkalarında kırlar karanlıktı. Bir sürü boş arazi, bir sürü tek ev vardı: eski bir kasabaydı, öncü bir kasaba, yalıtılmış, dağılmış. Yoldan geçen bir kadın Shevek'e sekiz numaralı konutu tarif etti. "Şu yönde, kardeşim, hastaneyi geçince, caddenin sonunda." Cadde dağ yamacının altında karanlığa girip alçak bir yapının kapısında sona eriyordu. Yapıya girince onu çocukluğuna, Özgürlük'teki, Davul Dağı'ndaki yerlere, babasıyla birlikte yaşadıkları Geniş Ovalar'a götüren tipik bir taşra konutunun giriş holünde buldu kendini. Soluk ışık, yamalı hasır, yerel bir makine eğitim grubunu tanıtan kitapçık, sendika toplantılarını gösteren bir duyuru, duyuru panosuna takılmış, üç dekad önceki bir tiyatro gösterisini haber veren bir el ilanı; ortak salondaki divanın üzerinde Odo'nun hapishanedeki halini gösteren, çerçevelenmiş, amatör bir resim; elde yapılmış küçük bir org; kalanların listesi ve kapıya asılmış, kasaba hamamındaki sıcak su saatlerini gösteren bir duyuru.

Sherut, Takver, 3 Numara.

Çerçevesine tam oturmayan kapının karanlık yüzeyinde holün ışığının yansımasını seyrederek kapıyı çaldı. "Gir!" dedi bir kadın sesi. Kapıyı açtı.

Odadaki daha parlak ışık kadının arkasındaydı. Bir an için Takver olduğundan emin olacak kadar iyi göremedi onu. Takver tam karşısında duruyordu. Shevek'i itmek ya da yakalamak için, kararsız, tamamlanmamış bir hareketle uzandı. Shevek onun elini tuttu, sonra birbirlerine sarıldılar, bir araya geldiler ve güvenilmez toprağın üstünde sarılmış halde öylece durdular.

"Gir içeri," dedi Takver. "Gir içeri, gir."

Shevek gözlerini açtı. Odanın hâlâ çok parlak görünen arka tarafında küçük bir çocuğun ciddi, dikkatle izleyen yüzünü gördü.

"Sadik, bu Shevek."

Çocuk Takver'e gitti, bacağını yakaladı ve gözyaşlarına boğuldu.

"Ama ağlama, niçin ağlıyorsun, küçük can?"

"Ya sen?" diye fısıldadı çocuk.

"Mutluluktan! Yalnızca mutluluktan. Kucağıma otur. Ama Shevek, Shevek! Senden gelen mektup ancak dün elime geçti, Sadik'i evde uykuya yatırıp telefona gidecektim. Bu akşam *telefon edeceğini* yazmıştın. *Geleceğini* değil! Ağlama Sadiki, bak ben artık ağlamıyorum, değil mi?"

"Adam da ağladı."

"Tabii ağladım."

Sadik ona kuşkucu bir merakla baktı. Dört yaşındaydı. Yuvarlak bir kafası, yuvarlak bir yüzü vardı; yuvarlak, kara, tüylü, yumuşaktı.

Odada iki yatak dışında mobilya yoktu. Takver kucağında Sadik'le yataklardan birine oturmuştu. Shevek diğerine oturup bacaklarını uzattı. Ellerinin tersiyle gözlerini sildi ve parmaklarını Sadik'e uzattı. "Bak," dedi. "Islak. Ayrıca burun da akıyor. Mendil var mı?"

"Evet. Ya sende?"

"Vardı ama bir çamaşırhanede kaybettim."

"Kullandığım mendili paylaşabilirsin," dedi Sadik bir duraklamadan sonra.

"Nerede olduğunu bilmiyor," dedi Takver.

Sadik annesinin kucağından kalkıp dolaptaki bir çekmeceden bir mendil çıkardı. Takver'e verdi, o da mendili Shevek'e uzattı. "Temiz," dedi Takver geniş gülümsemesiyle. Shevek burnunu silerken Sadik dikkatle izledi.

"Burada bir süre önce bir deprem oldu mu?" diye sordu Shevek.

"Her zaman sallanıyor, bir süre sonra fark etmemeye başlıyorsun," dedi Takver; Sadik ise bilgi verme fırsatı bulmaktan memnun, tiz ama kısık sesiyle, "Evet," dedi. "Akşam yemeğinden önce büyük bir tane oldu. Deprem olduğu zaman pencereler sallanıyor, yer oynuyor, kapı altına girmek ya da dışarıya çıkmak zorunda kalıyoruz."

Shevek Takver'e baktı, Takver de ona. Takver dört yıldan fazla yaşlanmıştı. Dişleri hiçbir zaman çok iyi olmamıştı, şimdi de üst köpek dişlerinin hemen arkasındaki iki dişinin yeri boştu, gülümsediği zaman boşluklar görünüyordu. Derisi artık gençliğin ince, gergin yüzeyine sahip değildi, saçı düzenlice arkada toplanmıştı ve donuktu. Shevek Takver'in gençlik zarafetini yitirdiğini açıkça görüyordu. Bunu başka hiç kimsenin göremeyeceği kadar açık görüyordu. Takver hakkında her şeyi başka hiç kimsenin göremeyeceği bir şekilde görüyordu, yıllar süren yakınlık ve yıllar süren hasretin bakış açısından. Onu olduğu gibi görüyordu.

Gözleri birleşti.

"Nasıl– nasıldı burası?" diye sordu, birdenbire kıpkırmızı olmuştu, açık ki rastgele bir soruydu. Takver elle tutulabilir dalgayı, Shevek'in arzusunun dışa taşışını hissediyordu. O da hafifçe kızardı ve gülümsedi. Kısık sesiyle "Şey, telefonda konuştuğumuz zamanki gibi," dedi.

"Altı dekad önceydi o!"

"Burada her şey aşağı yukarı aynı."

"Burası çok güzel – tepeler var." Takver'in gözlerinde dağ vadilerinin karanlığı vardı. Shevek'in cinsel isteğinin keskinliği aniden arttı, bir an için başı döndü, sonra bunalımı geçici olarak atlattı ve sertleşmesine sakinleşmesi için emir vermeye çalıştı. "Burada kalmak istediğinden emin misin?" dedi.

"Fark etmez," dedi Takver garip, karanlık, kısık sesiyle.

"Burnun hâlâ akıyor," dedi Sadik, şevkle ama duygusal bir peşin hüküm olmadan.

"Yalnızca bunla kaldığına şükret," dedi Shevek. Takver, "Sus Sadik, bencillik etme!" dedi. İki büyük de güldü. Sadik Shevek'i incelemeyi sürdürdü.

"Kasabayı seviyorum, Shev. İnsanlar iyi – her türlüsü var. Ama iş fazla değil. Yalnızca hastanede laboratuvar çalışması. Teknisyen sıkıntısı hemen hemen bitti, yakında onları zor durumda bırakmadan ayrılabileceğim. Abbenay'a dönmek hoşuma giderdi, eğer düşünüyorsan. Yeniden görev aldın mı?"

"İstemedim, kontrol de etmedim. Bir dekaddır yoldayım."

"Yolda ne yapıyordun?"

"Yolculuk yapıyordum Sadik."

"Dünyanın öbür ucundan geliyordu, güneyden, çöllerden, bize ulaşmak için," dedi Takver. Çocuk gülümsedi, Takver'in kucağına daha bir yerleşti, esnedi.

"Yemek yedin mi Shev? Yorgun musun? Bu çocuğu yatırmam gerek; kapıyı çaldığında gitmeyi düşünüyorduk."

"Daha şimdiden yatakhanede mi kalıyor?"

"Bu dönemin başından beri."

"Dört yaşındaydım bile," dedi Sadik.

"Dört yaşındayım denir," dedi Takver, dolaptan giysisini almak için Sadik'i yavaşça yere indirdi. Sadik ayağa kalktı, Shevek'e yan döndü; onun farkındaydı, yorumlarını da ona yöneltiyordu. "Ama dört yaşındaydım, şimdi dörtten fazlayım."

"Baba gibi, bir zaman bilimci!"

"Aynı anda hem dört yaşında, hem de dört yaşından fazla olamazsın, değil mi?" diye sordu çocuk, onay bekliyor ve doğrudan Shevek'le konuşuyordu.

"Yok canım, bal gibi de olabilirsin. Ayrıca aynı anda hem dört yaşında, hem de neredeyse beş yaşında olabilirsin." Alçak somyaya oturunca başını çocuğunkiyle aynı hizada tutabiliyor, böylece çocuk ona bakmak için başını yukarı kaldırmak zorunda kalmıyordu. "Ama senin neredeyse beş yaşında olduğunu unutmuştum, biliyor musun? Seni son gördüğümde yok gibi bir şeydin."

"Gerçekten mi?" Ses tonu hiç kuşkusuz cilveliydi.

"Evet. Yaklaşık bu kadardın." Ellerini birbirine epeyce yakın tuttu.

"Konuşabiliyor muydum?"

"Inga diyordun, bir-iki şey daha."

"Cheben'in bebeği gibi yatakhanede herkesi uyandırıyor muydum?" diye sordu Sadik, neşeli, geniş bir gülümsemeyle.

"Tabii."

"Gerçekten konuşmayı ne zaman öğrendim?"

"Yaklaşık bir buçuk yaşında," dedi Takver. "O zamandan beri de hiç susmadın. Şapka nerede, Sadikiki?"

"Okulda. Giydiğim şapkadan nefret ediyorum," dedi Shevek'e.

Rüzgârlı sokaklardan geçip çocuğu öğrenme merkezi yatakhanesine götürdüler ve lobiye girdiler. Lobi de küçük, eski püskü bir yerdi, ama çocukların yağlıboya resimleriyle, ince pirinçten birkaç motor modeliyle, bir sürü oyuncak ev ve boyalı tahta adamla renk katılmıştı. Sadik annesine iyi geceler öpücüğü verdi, sonra Shevek'e dönüp kollarını kaldırdı, Shevek eğildi, Sadik onu doğal bir şeymiş gibi, ama sıkıca öptü ve "İyi geceler!" dedi. Gece görevlisiyle birlikte, esneyerek uzaklaştı. Sadik'in sesini, görevlinin onu yumuşakça susturmaya çalışmasını duydular.

"Güzel bir kız Takver. Güzel, zeki ve dayanıklı."

"Korkarım biraz şımarık."

"Hayır, hayır. Çok iyi yetiştirmişsin, inanılmayacak kadar iyi – böyle bir zamanda–"

"Burada durum çok kötü değildi, güneydeki gibi değildi," dedi Takver, yatakhaneyi terk ederlerken Shevek'in yüzüne bakıyordu. "Çocuklar besleniyordu burada. Çok iyi değil, ama yeterince. Buradaki bir topluluk yiyecek yetiştirebiliyor. Hiçbir şey yoksa çalı holumu var, yabani holum tohumlarını toplayıp yemek için öğütebilirsin. Burada kimse aç kalmadı. Ama ben Sadik'i şımarttım. Onu üç yaşına kadar emzirdim, tabii, ne de olsa onu memeden kesince yedirecek daha iyi bir şey yoktu! Ama Rolny'deki araştırma istasyonundakiler karşı çıktılar. Onu oradaki çocuk evine sürekli olarak bırakmamı istediler. Çocuk konusunda mülkiyetçi olduğumu söylediler, ayrıca da bunalım döneminde toplumsal çabaya yeterince emek vermediğimi. Aslında haklıydılar. Ama kendilerini öyle haklı görüyorlardı ki. Hiçbiri yalnız olmanın ne olduğunu anlamıyordu. Hepsi grupçuydu, kendi kişilikleri yoktu. Emzirme konusunda kafamı ütüleyen kadınlardı. Gerçek beden çıkarcıları. Onlar beni daha uyumlu biriyle değiştirene kadar orada kaldım, çünkü yiyecekler iyiydi – lezzetli olup olmadığını anlamak için deniz yosunlarını denerken bazen normal tayının çok üzerinde deneme yapıyorduk, tadı tutkal gibi de olsa. On dekad için Yeni Başlangıç'a gittim. Kıştı, iki yıl önce, mektupların gelmediği o uzun süre boyunca, senin olduğun yerde işlerin o kadar kötü gittiği sıralar. Yeni Başlangıç'ta bu görevi görünce buraya geldim. Bu sonbahara dek Sadik benimle yatakhanede kaldı. Onu hâlâ özlüyorum. Oda o kadar sessiz ki."

"Oda arkadaşı yok mu?"

"Sherut var, çok tatlı, ama hastanede gece vardiyasında çalışıyor. Sadik'in gitme zamanı gelmişti, onun için iyi, diğer çocuklarla yaşaması iyi. Utangaç olmaya başlamıştı. Oraya giderken zorluk çıkarmadı, metindi. Küçük çocuklar metin oluyorlar. Kafalarını çarpınca ağlıyorlar, ama büyük şeyleri olduğu gibi kabul ediyorlar, birçok yetişkin gibi sızlanıp durmuyorlar.

Yan yana yürüyorlardı. Sonbahar yıldızları çıkmıştı, sayıları ve parlaklıkları inanılmazdı, depremin ve rüzgârın kaldırdığı toz yüzünden titreşiyor ve neredeyse göz kırpıyorlardı, bu yüzden bütün gök titrermiş gibiydi; elmas parçacıkları sallanıyor, siyah bir deniz üstünde gün ışığı ışıldıyordu. Bu rahatsız görkemin altında tepeler karanlık ve katıydı, çatıların kenarları katıydı, sokak lambalarının ışığı hafifti.

"Dört yıl önce," dedi Shevek, "Şu Güneydoğuşu'ndaki yerden, neydi adı, Kızıl Pınarlar'dan Abbenay'a döndüğüm zaman dört yıl önceydi. Böyle bir geceydi, rüzgârlı, yıldızlar vardı. Koştum, Ovalar Caddesi'nden konuta kadar koştum. Ve sen orada yoktun, gitmiştin. Dört yıl!"

"Abbenay'ı terk ettiğim anda gitmemin aptallık olduğunu anladım. Kıtlık olsun olmasın, görevi reddetmeliydim."

"Pek bir şey fark etmezdi. Sabul Enstitü'deki işimin bittiğini söylemek için beni bekliyordu."

"Orada olsaydım, sen de Toz'a gitmezdin."

"Belki gitmezdim; ama birlikte görev almayabilirdik. Bir süre hiçbir şey birlikte olamayacakmış gibi gelmişti, değil mi? Güneybatı'daki kasabalarda hiç çocuk kalmamıştı. Hâlâ da yok. Onları kuzeye, yerel yiyeceklerin olduğu ya da en azından yiyecek bulma olanağı bulunan bölgelere gönderdiler. Kendileri ise madenlerle imalathaneleri çalıştırmak için geride kaldılar. Becermemiz şaşırtıcı, hepimizin becermesi, değil mi? Ama lanet olsun, artık bir süre kendi işimi yapacağım!"

Takver koluna girdi. Shevek, Takver'in dokunuşu onu anında elektrik çarpmasıyla kömür etmiş gibi kalakaldı. Takver gülümseyerek onu sarstı. "Yemek yemedin, değil mi?"

"Hayır. Takver, Takver, senin için yanıp tutuştum!"

Bir araya geldiler, lambaların arasındaki karanlık caddede, yıldızların altında birbirlerine sıkıca sarıldılar. Aynı hızla ayrıldılar, Shevek en yakındaki duvara yaslandı. "Bir şeyler yesem iyi olur," dedi. Takver de "Evet," dedi. "Yoksa yığılıp kalacaksın! Haydi." Bir blok yürüyüp Chakar'daki en büyük yapı olan ortak yemekhaneye geldiler. Düzenli yemek sona ermişti, ama aşçılar yemek yiyordu; yolcuya bir tabak sebze türlüsüyle istediği kadar da ekmek verdiler. Hepsi mutfağa en yakın olan masada oturuyorlardı. Diğer masalar çoktan temizlenmiş ve ertesi sabaha hazırlanmıştı. Büyük oda mağara gibiydi, tavan gölgeler içinde yükseliyordu, odanın diğer duvarı görünmüyordu, yalnız arada bir karanlık bir masa üzerinde bir çanak ya da kap göz kırpıyordu. Aşçılar ve hizmet edenler sessiz bir ekipti, günün yorgunluğu üzerlerindeydi; yemeklerini hızlı yiyorlardı, fazla konuşmuyorlar, Takver'le ve yabancıyla pek ilgilenmiyorlardı. Birbiri ardına yemeklerini bitirip tabakları mutfaktaki yıkayıcılara götürmek için kalktılar. Yaşlı bir kadın kalkarken, "Acele etmeyin, *ammari,*" dedi. "Daha yıkayacak bir saatlik bulaşık var." Ciddi bir yüzü vardı ve haşin görünüyordu, anaç değildi, yardımsever değildi; ama şefkatle konuşuyordu, eşitlerin merhametiyle. "Acele etmeyin," demekten ve bir an için kardeşçe bir sevgiyle bakmaktan başka bir şey yapamazdı onlar için.

Onlar da onun için başka bir şey yapamazlardı, birbirleri içinse biraz fazlasını yapabilirlerdi.

Sekiz numaralı konuta, üç numaralı odaya gittiler ve uzun süredir özlemini duydukları arzularını doyurdular. Lambayı bile yakmadılar, ikisi de karanlıkta sevişmekten hoşlanıyordu. İlk seferinde Shevek Takver'in içine girer girmez birlikte boşaldılar, ikinci seferinde mücadele ettiler ve bir coşku fırtınasıyla haykırdılar, sanki ölüm anını geciktirirmiş gibi zirveyi uzattılar, üçüncü seferinde her ikisi de yarı uyuyordu ve sonsuz zevk merkezinin çevresinde, birbirlerinin varlığı çevresinde, ortak ağırlık merkezi çevresinde kör, sessiz dönüp duran, sallanan, sonsuza dek dönen gezegenler gibi dolanıyorlardı.

Takver şafakta uyandı. Dirseği üzerinde doğrulup Shevek'in üstünden pencerenin gri karesine, sonra da Shevek'e baktı. Shevek sırtüstü yatıyordu; o kadar sessiz nefes alıyordu ki göğsü kımıldamıyor gibiydi, yüzü biraz gerideydi, hafif ışıkta uzak ve sertti. Çok uzun bir yoldan, diye düşündü Takver, birbirimize geldik. Her zaman bunu yaptık. Büyük uzaklıkları, yılları, rastlantı uçurumlarını aşarak. Bu kadar uzaktan geldiği için artık kimse bizi ayıramaz. Hiçbir şey, hiçbir uzaklık, hiçbir zaman aralığı zaten aramızda olan uzaklığı, cinsiyetlerimizin uzaklığını, varlıklarımızın, akıllarımızın farklılığını aşamaz; bir bakışla, bir dokunuşla, dünyadaki en kolay şeyle, bir sözcükle üzerinde bir köprü kuruverdiğimiz o boşluğu, o uçurumu. Ne kadar uzak olduğuna bak uyurken. Ne kadar uzak olduğuna bak, her zaman ne kadar uzak olduğuna. Ama geri dönüyor, geri dönüyor, geri dönüyor...

Takver Chakar'daki hastaneye ayrılacağını bildirdi, ama laboratuvarda onun yerine çalışacak birini bulmalarına kadar kaldı. Sekiz saatlik vardiyasını sürdürdü – 168 yılının üçüncü çeyreğinde birçok kişi hâlâ acil görevlerin uzun vardiyalarında çalışıyordu; çünkü 167 kışında kuraklığın bitmesine karşın ekonomi hâlâ olağana dönmemişti. Vasıflı işlerdeki kişiler için hâlâ "uzun görev, kısıtlı yemek" kuralı geçerliydi; ama şimdi yiyecek günlük çalışma için yeterliydi; bir-iki yıl önce bu geçerli değildi oysa.

Shevek bir süre pek bir şey yapmadı. Kendini hasta saymıyordu; dört yıllık açlıktan sonra herkes zorluğun ve beslenme yetersizliğinin etkilerine o kadar alışmıştı ki bu durumu normal kabul ediyorlardı. Shevek'te güney çöl topluluklarına özgü "toz öksürüğü", yani silikosis ve diğer madenci hastalıklarına benzer, bronşların sürekli tahrişi şeklinde bir hastalık vardı; ama bu da yaşadığı yerde olağan karşılanan bir şeydi. Canı bir şey yapmak istemezse yapması gereken bir şey olmadığı gerçeği hoşuna gidiyordu.

Birkaç gün boyunca gündüzleri Shevek'le Sherut odayı paylaştılar, her ikisi de akşamüstüne kadar uyuyordu. Sonra kırk yaşında, yumuşak başlı bir kadın olan Sherut gece vardiyasında çalışan bir başka kadının yanına taşındı, Shevek'le Takver de Chakar'da kaldıkları dört dekad boyunca odada birlikte kaldılar. Takver işteyken Shevek uyuyor ya da tarlalarda, kasabanın üstündeki kuru, çıplak tepelerde dolaşıyordu. Akşamüstü öğrenme merkezine gidip Sadik'le diğer çocukları oyun bahçesinde izliyor ya da yetişkinlerin sık sık yaptığı gibi çocukların projelerinden birine –bir grup yedi yaşında çılgın marangoz ya da nirengide zorluk çeken on iki yaşında iki ölçü uzmanı– katılıyordu. Sonra Sadik'le odaya yürüyorlar, Takver işten çıkınca onunla buluşup hep birlikte hamama, oradan da yemeğe gidiyorlardı. Yemekten bir ya da iki saat sonra Shevek ve Takver çocuğu yatakhaneye götürüp odaya dönüyorlardı. Sonbahar güneşinde, tepelerin sessizliğinde günler tamamen sakindi. Shevek için bu, zamanın dışında, akışın yanında, gerçekdışı, kalıcı, büyülü bir zamandı. Takver'le bazen geç saatlere kadar konuşuyorlardı, bazı geceler ise hava karardıktan az sonra yatağa girip dağ gecesinin derin, kristalimsi sessizliğinde on bir, on iki saat uyuyorlardı.

Shevek eşyasıyla gelmişti; yıpranmış, küçük, ağaç lifinden yapılmış, üzerinde siyah mürekkeple, büyük harflerle adı yazılı bir valiz. Bütün Anarres'liler yolculuk ederken kâğıtlarını, andaçlarını, yedek botlarını aynı tür bir valizde taşırlardı, kavuniçi liflerden yapılmış, tahta, yeterince çiziği ve göçüğü olan bir valizde. Shevek'in valizinde Abbenay'dan geçerken aldığı yeni bir gömlek, birkaç kitap, biraz kâğıtla bir dizi yassı tel halka ve birkaç cam boncuktan oluşmuşa benzeyen garip bir nesne vardı. Bu nesneyi oradaki ikinci akşamında, biraz gizemli bir tavırla Sadik'e gösterdi.

"Bir gerdanlık," dedi çocuk huşu içinde. Küçük kasabalardaki insanlar epeyce fazla mücevher takarlardı. Kültürlü Abbenay'da sahip olmama ilkesiyle kendini süsleme dürtüsü arasındaki gerilim daha belirgindi, bir yüzük ya da iğne zevkli olmanın üst sınırı olarak kabul ediliyordu. Ama başka yerlerde estetikle açgözlülük arasındaki ilişki gözardı ediliyordu; insanlar kendilerini hiç utanmadan süslüyorlardı. Çoğu bölgede işini sevdiği için ya da ün için yapan usta bir kuyumcu ya da eldeki gösterişsiz malzemeyle –bakır, gümüş, boncuk, lal ve Güneydoğuşu'nun grenaları ve sarı elmaslarıyla– kendinize uyanı yapabileceğiniz zanaat dükkânları vardı. Sadik pek fazla parlak, kırılgan şey görmemişti, ama gerdanlığın nasıl bir şey olduğunu biliyordu, bu yüzden onu tanımlayabilmişti.

"Hayır, bak," dedi babası, ciddiyet ve çabuklukla nesneyi birçok halkasını birleştiren iplikten tutup kaldırdı. Elinden asılınca nesne canlandı, halkalar serbestçe dönüyor, birbirlerinin içinde hava dolu kürelere benziyorlar, cam boncuklar lamba ışığını yakalıyordu.

"Ah, ne güzel!" dedi çocuk. "Nedir bu?"

"Tavandan asılıyor, çivi var mı? Malzeme'den bir çivi alana kadar elbise askısı yeterli olur. Bunu kimin yaptığını biliyor musun Sadik?"

"Hayır– Sen yaptın."

"O yaptı. Anne. O yaptı." Takver'e döndü. "En sevdiğim bu, sıranın üzerinde asılı olan. Diğerlerini Bedap'a verdim. Onları orada, koridorun sonundaki –adı neydi– Kıskanç Ana'ya bırakamazdım."

"Ha, Bunub! Yıllardır aklıma gelmemişti!" Takver sinirle güldü. Harcketli nesneye korkarmış gibi baktı. Nesne dengesini arayıp sessizce dönerken Sadik izliyordu.

"Onu," dedi Sadik en sonunda, "bir gece için yatakhanede yattığım yatağın üstünde paylaşmak isterdim."

"Sevgili can, senin için bir tane yaparım. Her gece için."

"Gerçekten yapabiliyor musun Takver?"

"Şey, yapıyordum. Sana bir tane yapabilirim herhalde." Takver' in gözlerindeki yaşlar şimdi belirgindi. Shevek kolunu onun omuzuna attı. Her ikisi de sınıra yaklaşmıştı, fazla gerilmişlerdi. Sadik bir an için onların sarılmış durmalarını sakin, gözlemci bir bakışla izledi, sonra Metruk Uzay İşgali'ni izlemeye devam etti.

Geceleri yalnız kaldıklarında konuşma konuları çoğunlukla Sadik'ti. Takver başka yakınlıklara duyduğu gereksinmeden dolayı çocuğa biraz fazla kaptırmıştı kendini, güçlü sağduyusu anne istekleri ve kaygılarınca bastırılmıştı. Bu onun için doğal değildi; ne rekabetçilik ne de koruyuculuk Anarres'lilerin yaşamında güçlü etkenler değildi. Kaygılarını dile döküp onlardan kurtulmaktan mutluydu, Shevek'in varlığı buna olanak tanıyordu. İlk geceler konuşmanın çoğunu Takver yapıyordu, Shevek de onu müzik ya da akan su sesi gibi dinliyor, yanıt vermeye çalışmıyordu. Shevek dört yıldır fazla konuşmamıştı, konuşma alışkanlığını yitirmişti. Takver her zaman yaptığı gibi onu bu sessizlikten kurtardı. Daha sonra konuşan Shevek oldu, ama yine de her zaman Takver'in yanıtına bağımlı kalmıştı.

Bir gece, "Tirin'i anımsıyor musun?" diye sordu. Soğuktu, kış gelmişti; konut ocağının en uzağında olan oda, regülatör sonuna dek açık olduğu halde pek ısınmıyordu. İki somyanın yatak örtülerini de alıp ocağa daha yakın olan somyada birlikte kozalanır gibi sarınmışlardı. Shevek yatakta oturmayı sevdiğinden göğsünü sıcak tutmak için eski, çok yıkanmış bir gömlek giyiyordu. Takver hiçbir şey giymiyordu, battaniyelerin altına girmişti. "Kavuniçi battaniyeye ne oldu," diye sordu Takver.

"Mülkiyetçiye bak! Bıraktım."

"Kıskanç Ana'ya mı? Ne üzücü. Ben mülkiyetçi değilim, yalnızca duygusalım. Altında yattığımız ilk battaniye oydu."

"Hayır, değildi. Ne Thera'larda bir battaniye kullanmış olmalıyız."

"Kullandıysak bile anımsamıyorum." Takver güldü. "Kimi sormuştun?"

"Tirin'i."

"Anımsamıyorum."

"Kuzeybatışı Bölgesel'de. Esmer çocuk, kalkık burunlu –"

"Ha, Tirin! Tabii, ben Abbenay'ı düşünüyordum."

"Onu gördüm, Güneybatı'da."

"Tirin'i mi gördün? Nasıldı?"

Shevek bir süre hiçbir şey söylemedi; parmağını dalgın dalgın battaniyenin örgüsünde gezdiriyordu. "Bedap'ın onun hakkında bize ne söylediğini anımsıyor musun?"

"Kleggich görevler alıp durduğunu, etrafta dolaştığını, sonunda da Segvina Adası'na gittiğini söylemişti, öyle değil mi? Sonra Dap onun izini kaybetti."

"Sahneye koyduğu oyunu gördün mü, başına bela açan oyunu?"

"Sen gittikten sonra, Yaz Festivali'ndekini mi? Evet. Anımsamıyorum, o kadar zaman geçti ki. Aptalcaydı. Espriliydi –Tirin espriliydi zaten. Ama aptaldı. Bir Urras'lıyla ilgiliydi, değil mi? Bu Urras'lı Ay taşıyıcısındaki bir hidroponik tankta saklanıyor, bir kamışla hava alıyor ve bitki köklerini yiyor. Aptalca olduğunu söylemiştim! Böylece gizlice Anarres'e geliyor. Sonra etrafta koşturup depolardan bir şeyler satın almaya, insanlara bir şeyler satmaya çalışıyor, o kadar çok altın külçe saklıyor ki hepsini üstünde taşıdığı zaman kımıldayamıyor. Bu yüzden olduğu yerde oturmak zorunda kalıyor, bir saray yapıyor, kendine Anarres'in Sahibi adını takıyor. Ha, adamla bir kadının çiftleşmek istedikleri çok komik bir sahne vardı.

Kadın bacaklarını açmış, hazır, ama adam ona önce ödeme yapmak için altın külçelerini vermeden bu işi yapamıyor. Kadın da külçeleri istemiyor. Komikti, kadın aşağı yukarı sallanıyor, bacaklarını sallıyordu, adam da kadının üstüne atılıyordu, sonra da böcek ısırmış gibi ayağa zıplıyordu ve 'Yapmamalıyım!' diyordu. '*Ahlaki* değil! *İyi ticaret* değil bu!' – Zavallı Tirin! O kadar komik, o kadar canlıydı ki."

"Urras'lıyı mı oynuyordu?"

"Evet. Harikaydı."

"Bana oyunu okudu. Birçok kez."

"Nerede rastladın ona? Büyük Vadi'de mi?"

"Hayır, daha önce, Dirsek'te. İmalathanenin temizlikçisiydi."

"Bu işi o mu seçmişti?"

"O sıralarda Tir'in herhangi bir şey seçebilecek durumda olduğunu sanmıyorum... Bedap her zaman onun Segvina'ya gitmeye zorlandığını, terapi istemek zorunda bırakıldığını düşünüyordu. Bilmiyorum. Onu gördüğümde, terapinin üzerinden yıllar geçmişti, yıkılmış bir insandı."

"Segvina'da ona bir şey yaptıklarını mı düşünüyorsun–?"

"Bilmiyorum. Sığınak'ın bir korunak, bir barınak sağlamaya çalıştığını sanıyorum. Sendika yayınlarına bakılırsa en azından fedakârlar. Tir'i çileden çıkardıklarını pek sanmıyorum."

"Ama onu çökerten neydi o zaman? Yalnızca istediği gibi bir görev bulamamak mı?"

"Oyun çökertti onu."

"Oyun mu? O ihtiyar hergelelerin yaptığı şamata mı? Yok ama, bu tür bir ahlaki azardan dolayı delirmek için zaten deli olmak gerekir. Tek yapacağı aldırmamaktı."

"Tir zaten deliydi. Bizim toplumumuzun standartlarına göre."

"Standartların anlamı ne?"

"Şey, sanırım Tir doğuştan sanatçı. Zanaatkâr değil, bir yaratıcı. Yaratıcı – yok edici, her şeyi altüst edip tersyüz etmek zorunda olan cinsinden. Taşlamacı, öfke yoluyla yücelten bir kişi."

"Oyun o kadar iyi miydi?" diye sordu Takver safça, battaniyelerin altından birkaç santim çıkıp Shevek'e yandan baktı.

"Hayır, sanmıyorum. Sahnede komik olmalı. Oyunu yazdığında yalnızca yirmi yaşındaydı. Oyunu sürekli yazıp duruyor. Başka hiçbir şey yazmadı."

"Aynı oyunu mu yazıp duruyor?"

"Aynı oyunu yazıp duruyor."

"Böğk!" dedi Takver acıma ve iğrenmeyle.

"Birkaç dekadda bir gelip oyunu bana gösteriyordu. Ben de oyunu okuyordum ya da okur gibi yapıyordum, sonra da oyun hakkında onunla konuşmaya çalışıyordum. Oyun hakkında konuşmayı çok istiyordu, ama yapamıyordu. Çok korkmuştu."

"Neden korkuyordu? Anlamıyorum."

"Benden. Herkesten. Toplumsal organizmadan, insan ırkından, onu yadsıyan kardeşlikten. Bir insan kendini bütün diğerlerine karşı yapayalnız hissederse, kolaylıkla korkabilir."

"Yani, yalnızca bazıları oyuna ahlak dışı dedikleri ve öğretim görevi almaması gerektiğini söyledikleri için herkesin kendine karşı olduğunu mu düşündü? Bu biraz aptalca!"

"Ama kim onun tarafını tutuyordu ki?"

"Dap yanındaydı – bütün arkadaşları da."

"Ama onları yitirdi. Görevle gönderildi."

"O halde neden görevi reddetmedi?"

"Dinle Takver. Ben de tamamen aynı şeyi düşündüm. Hep bunu söyleriz. Sen söyledin – Rolny'ye gitmeyi reddetmeliydin. Ben de Dirsek'e gider gitmez kendi kendime, ben özgür bir insanım, buraya gelmek zorunda değildim dedim... Hep böyle düşünüyoruz, söylüyoruz, ama yapmıyoruz. İnisiyatifimizi beynimizin içine sıkıca kapıyoruz, sanki içine girip 'Hiçbir şey yapmak zorunda değilim, kendi seçimlerimi kendim yaparım, özgürüm' diyebileceğimiz bir oda gibi. Sonra beynimizdeki o küçük odayı terk ediyoruz; ÜDE bizi nerede görevlendirirse oraya gidip yeniden görev alana dek de orada kalıyoruz."

"Yapma Shevek, doğru değil bu. Yalnızca kuraklıktan beri böyle. Ondan önce şu andakinin yarısı kadar bile görevlendirme yoktu – insanlar yalnızca istedikleri işleri yaratıyorlar, bir sendikaya giriyor ya da sendika oluşturuyorlar, sonra da İşBöl'e kaydoluyorlardı. İşBöl genellikle Vasıfsız İşgücü Listesi'nde olmayı yeğleyen kişiler için görev bildiriyordu. Şimdi yine aynı duruma döneceğiz."

"Bilmiyorum. Dönmemiz gerek tabii ki. Ama açlıktan önce bile o yönde değil, aksi yönde gidiyorduk. Bedap haklıydı, her acil durum, hatta her zorunlu görev, ardında ÜDE'nin içindeki bürokratik mekanizmayı artırıcı bir parça, bir tür katılık bırakma eğilimi gösteriyor: böyle yapılıyordu, böyle yapılıyor, böyle yapılmak *zorunda*... Kuraklıktan önce de bu çok kereler olmuştu. Beş yıllık sıkı denetim bu şekli kalıcı hale getirmiş olabilir. Öyle kuşkulu kuşkulu bakma! Dinle, söyle bakalım, tanıdığın kişilerden kaçı –açlıktan önce bile– herhangi bir görevi reddetti?"

Takver soruyu biraz düşündü. "*Nuchnib*'leri saymayacak mıyız?"

"Hayır, hayır. *Nuchnib*'ler önemli."

"Şey, Dap'ın arkadaşlarından birkaçı – o tatlı besteci, Salas, bazı miskinler de. Ben çocukken Yuvarlak Vadi'den gerçek *nuchnib*'ler gelip geçerdi. Ama ben onların hile yaptığını düşünürdüm. O kadar güzel yalanlar ve öyküler uydururlar, fal bakarlardı ki, herkes onları görmekten, onları korumaktan, kaldıkları sürece beslemekten zevk duyardı. Ama hiçbir zaman uzun süre kalmazlardı... Gerçi o zamanlar insanlar canları isteyince toplanıp kasabadan ayrılırdı, genellikle de çocuklar, çoğu çiftlik işinden hoşlanmazdı, görevlerini bırakıp giderlerdi. İnsanlar bunu her yerde yapıyorlar, her zaman. Ayrılıp gidiyorlar, daha iyi bir şey arıyorlar. Bunu görevi reddetmek *diye adlandırmıyoruz*, o kadar."

"Neden?"

"Ne söylemeye çalışıyorsun?" diye homurdandı Takver, battaniyenin altına daha bir gömüldü.

"Sanırım şunu: bir görevi reddettiğimizi söylemeye utandığımızı; toplumsal vicdanın bireysel vicdanla bir tür denge tutturmak yerine ona tümüyle egemen olduğunu söylemeye çalışıyorum. Biz işbirliği yapmıyoruz – biz *emre uyuyoruz*. Dışlanmaktan, tembel, işlevsiz, bencil diye adlandırılmaktan korkuyoruz. Komşumuzun düşüncesinden, kendi seçim özgürlüğümüze saygı gösterdiğimizden daha fazla korkuyoruz. Bana inanmıyorsun Tak, ama hele bir dene, çizgiyi aşmayı dene, yalnızca hayalinde, sonra da neler hissettiğine bak. İşte o zaman Tirin'in ne olduğunu, neden çöküp yitik bir ruh olduğunu anlarsın. Bir suçlu o! Suçu yarattık, tıpkı mülkiyetçiler gibi. Bir insanı kendi onay alanımız dışına çıkmaya zorluyoruz, sonra da onu bu nedenle suçluyoruz. Yasalar yaptık, geleneksel davranış yasaları, tüm çevremize duvarlar ördük ve bunları göremiyoruz, çünkü düşüncemizin bir parçası onlar. Tir bunu hiçbir zaman yapmadı. On yaşından beri tanıyorum onu. Hiç yapmadı, hiç duvar öremedi. O doğuştan isyancıydı. Doğuştan Odocu'ydu – gerçek bir Odocu! Özgür bir insandı, ama diğerleri, biz kardeşleri ise onu ilk özgür eylemi nedeniyle cezalandırıp delirttik."

"Tir'in pek güçlü biri olduğunu sanmıyorum," dedi Takver, sesi battaniyenin altından boğuk ve savunmada gibi geliyordu.

"Hayır, fazla kırılgandı."

Uzun bir sessizlik oldu.

"Hâlâ aklından çıkmamasına şaşmamalı," dedi Takver. "Onun oyunu– Senin kitabın."

"Ama ben daha şanslıyım. Bir bilim insanı eserinin kendisi olmadığını, yalnızca kişisellikten uzak Gerçek olduğunu öne sürebilir. Bir sanatçı Gerçek'in arkasına gizlenemez. Hiçbir yere gizlenemez."

Takver bir süre göz ucuyla onu izledi, sonra döndü ve oturdu, battaniyeyi omuzlarına çekti. "Bırrr! Soğuk... Yanıldım değil mi, kitap konusunda? Sabul'un onu kesip biçip üstüne adını koymasına izin vermek konusunda. Doğru gibi görünüyordu. Sanki eseri sanatçının, gururu gösterişin, topluluğu egonun önünde tutmakmış gibi görünüyordu. Ama aslında böyle değildi, değil mi? Bir tavizdi. Sabul'un otoritesine teslim olmaktı."

"Bilmiyorum. Kitabı bastırmamı sağladı."

"Doğru sonuç, ama yanlış araç! Shev, Rolny'de bunu çok uzun süre düşündüm. Sana neyin yanlış olduğunu söyleyeyim. Gebeydim. Gebe kadınların ahlakı yoktur. Yalnızca o en ilkel kendini feda etme içgüdüsü vardır. Kitabın da, eşliğin de, gerçekliğin de canı cehenneme, eğer değerli cenini tehdit ediyorsa!.. Irksal bir korunma dürtüsü bu, ama topluluğa karşı işleyebilir; toplumsal değil, biyolojik bir şey bu. Bir erkek hiçbir zaman bunun pençesine düşmediği için şükretmeli. Ama bir kadının bu duruma düştüğünü fark edip dikkat etmeli. Sanırım eski devletçilerin kadını mal olarak kullanmalarının nedeni bu. Kadınlar buna neden izin verdiler? Çünkü sürekli gebeydiler – çünkü çoktan sahiplenilmişler, köleleştirilmişlerdi!"

"Evet, belki; ama bizim toplumumuz, Odo'nun fikirlerini gerçekten cisimleştirdiği her yerde gerçek bir topluluk oluşturuyor. Vadeden kişi bir kadındı! Ne yapıyorsun sen – suçluluk duygularına mı teslim oluyorsun? Çamurda mı yuvarlanıyorsun?" Aslında kullandığı sözcük "çamurda yuvarlanmak" değildi, çünkü Anarres'te çamurda yuvarlanacak domuzlar yoktu. Aslında "sürekli olarak kalın bir tabaka halinde dışkıyla kaplanmak" anlamına gelen bir bileşimdi. Pravca'nın esnekliği ve kurallılığı onu icat edenlerce önceden görülemeyen canlı mecazlar yaratmaya yol açıyordu.

"Şey, hayır. Sadik'in olması– harikaydı! Ama kitap hakkında gerçekten yanıldım."

"İkimiz de yanıldık. Her zaman birlikte yanılıyoruz. Gerçekten benim aklımı çeldiğini düşünmüyorsun ya?"

"O durumda seni etkimişimdir herhalde."

"Hayır, gerçek olan şu, ikimiz de karar vermedik – ikimiz de seçmedik. Sabul'un bizim için seçim yapmasına izin verdik. Kendi içsel Sabul'umuzun – geleneğin, ahlakçılığın, toplumsal aforoz korkusunun, farklı olma korkusunun, özgür olma korkusunun! Ama, bir daha asla. Yavaş öğreniyorum, ama öğreniyorum."

"Ne yapacaksın?" dedi Takver, sesinde hissedilir bir heyecanın titreşimi vardı.

"Seninle Abbenay'a gidip bir sendika kuracağım, bir basım sendikası. *İlkeler*'i kesilmemiş olarak basacağım. Başka sevdiğimiz ne varsa basacağım, Bedap'ın *Bilimde Açık Eğitim Taslağı*'nı, ÜDE'nin dağıtmadığı kitabı. Tirin'in oyununu da, ona borçluyum bunu. Bana hapishanelerin ne olduğunu ve onları kimlerin kurduğunu o öğretmişti. Duvar yapanlar kendi tutsakları oluyorlar. Toplumsal organizmadaki uygun işlevimi yerine getireceğim, gidip duvarları yıkacağım."

"Bayağı hareketli olabilir," dedi Takver battaniyelerin içine büzülerek. Shevek'e yaslandı, Shevek de kollarını onun omuzlarına doladı.

"Öyle olmasını bekliyorum," dedi Shevek.

O gece Takver uyuyakaldıktan çok sonraları, Shevek uyanık, elleri başının altında, karanlığa bakıyor, sessizliği dinliyordu. Toz'dan gelirken yaptığı uzun yolculuğu düşündü, çölün düzeylerini ve seraplarını, insanın zamana karşı değil, zamanla birlikte çalışması gerektiğini söyleyen kel kafalı, esmer, içten bakışlı tren sürücüsünü anımsadı.

Shevek bu son dört yıl boyunca kendi iradesi hakkında bir şey öğrenmişti. İradesi çıkmaza girince onun gücünü öğrenmişti. Hiçbir toplumsal ya da ahlaki zorunluluk ona denk değildi. Açlık bile bastıramıyordu onu. Elinde ne kadar az şey varsa, varolma gereksinimi o kadar kesinleşiyordu.

Bu gereksinimi Odocu terimlerle "hücresel işlev"i olarak –bireyin bireyselliği için mecazi bir terim– en iyi yapabileceği iş, dolayısıyla topluma en iyi katkısı olarak görüyordu. Sağlıklı bir toplum onun bu en iyi işlevini özgürce denemesine izin verir, uyumunu ve gücünü bu tür bütün işlevlerin eşgüdümünde bulurdu. Bu Odo'nun *Analoji*'nin ana fikirlerinden biriydi. Anarres'teki Odocu toplumun bu ideali yerine getirememesi Shevek'in düşüncesine göre bu topluma olan sorumluluğunu azaltmıyordu, tam tersine. Devlet mitosunun ortadan kalkmasıyla toplum ve bireyin gerçek karşılıklılığı ve alışverişi açığa çıkmıştı. Bireyden fedakârlık istenebilirdi, ama hiçbir zaman uzlaşma istenemezdi; çünkü, güvenlik ve dengeyi yalnızca toplum sağlayabildiği halde ahlaki seçimin gücüne yalnızca birey sahipti – değiştirme gücüne, yaşamın temel işlevine. Odocu toplum kalıcı bir devrim olarak tasarlanmıştı, devrim ise düşünen bir akılda başlar.

Shevek bütün bunları bu terimlerle düşünmüştü, çünkü vicdanı tümüyle Odocu bir vicdandı.

Bu yüzden, Odocu terimlerle düşünülürse, artık radikal, hiçbir kayda ve şarta bağlı olmayan yaratma isteğinin kendi kendisini haklı çıkardığından emindi. İşine olan ana sorumluluğu onu düşündüğü gibi dostlarından, toplumundan koparmıyordu. Dostları ve toplumuyla kesin olarak birleştiriyordu.

Ayrıca bu sorumluluk duygusunu belli bir şey için taşıyan kişinin bu duyguyu her şeye aktaracağına inanıyordu. Kendini yalnızca o sorumluluğun aracı olarak görüp başka bir zorunluluğu feda etmek hataydı.

Bu fedakârlık Takver'in gebeyken kendinde keşfettiğini söylediği şeydi; üstelik bir tür dehşetle, kendinden iğrenerek söylemişti bunu, çünkü o bir Odocu'ydu, araçla amacın ayrılması ona göre de yanlıştı. Takver için de, Shevek için olduğu gibi bir sonuç söz konusu değildi. Süreç vardı, süreç her şeydi. Umut verici bir yönde yola çıkabilir ya da yanlış yöne gidebilirdiniz, ama herhangi bir yerde herhangi bir zaman durabileceğiniz beklentisiyle yola çıkamazdınız. Böyle bakılınca bütün sorumluluklar, bütün bağlanmalar varlık kazanıp kalıcı oluyordu.

Bu yüzden Takver'le karşılıklı bağlılıkları, ilişkileri, dört yıllık ayrılıkları süresince tümüyle canlı kalmıştı. İkisi de ayrılık yüzünden acı çekmişlerdi, epeyce acı çekmişlerdi, ama ikisi de bağlılıklarından kaçarak acıyı reddetmeyi düşünmemişlerdi.

Çünkü ne de olsa, diye düşünüyordu Shevek, Takver'in uyku sıcaklığında yatarken, ikisinin de aradığı şey coşkuydu – varolmanın bütünlüğüydü. Acıdan kaçarsanız coşku şansını da yitirirsiniz. Zevk alabilirsiniz, hatta zevkin türlü çeşidini alabilirsiniz, ama doyamazsınız. Eve dönmenin ne olduğunu bilemezsiniz.

Takver uykusunda onu onaylarmış gibi iç çekti, sonra sessiz bir düşü izleyerek öte yana döndü.

Doyum, diye düşündü Shevek, zamanın bir işlevidir. Zevk arayışı döngüseldir, yinelenir, zamandışıdır. İzleyicinin, heyecan arayanın, rasgele cinsel ilişkide bulunanın çeşitlilik arayışı hep aynı yerde son bulur. Bir sonu vardır. Sona erer ve yeniden başlamak zorunda kalır. Bir yolculuk ve dönüş değildir, kapalı bir çevrimdir, kilitli bir odadır, bir hapishanedir.

Kilitli odanın dışında zamanın manzarası vardır; şansın ve cesaretin yardımıyla ruh, bu manzara içinde sadakatın kırılgan, geçici, umulmayan yollarını ve kentlerini kurabilir: insanların mekân tutabileceği bir manzaradır bu.

Bir eylem ancak geçmişin ve geleceğin manzarasında gerçekleştirildiği zaman insan eylemi olur. Geçmiş ve geleceğin sürekliliğini öneren, zamanı bir bütün haline getiren bağlılık, insan gücünün köküdür, onsuz yapılacak hiçbir şey iyi olamaz.

Bu yüzden geçmiş dört yıla bakan Shevek, onları yitirilmiş olarak değil, Takver'le yaşamlarında kurdukları yapının bir parçası olarak gördü. Zamana karşı çalışmaktansa zamanla birlikte çalışmanın iyi yanı, diye düşündü, zamanın boşa harcanmamasıdır. Acı bile işe yarıyor.

On Birinci Bölüm

Urras

AVA EYALETİ'NİN eski başkenti Rodarred sivri bir kentti: çam ormanları, çamların üzerinde de kulelerden oluşan daha havadar bir orman. Caddeler karanlık ve dardı; ağaçların altı yosunlu, çoğunlukla da sisliydi. Yalnızca ırmağın üstündeki yedi köprüden bakan biri kulelerin tepelerini görebilirdi. Bazıları neredeyse yüz metre uzunluğundaydı, bazılarıysa yalnızca birer filizdi, tohuma kaçmış sıradan evler gibiydi. Bazıları taştandı, bazıları porselenden, mozaikten, renkli cam levhalardan, bakır, teneke ya da altın kaplamadan yapılmıştı, inanılmayacak kadar süslü, narin, parlaktı. Urras Dünya Hükümetleri Konseyi, varlığının üç yüz yılı boyunca bu hayal gibi, büyüleyici caddelerde yer almıştı. DHK ve A-İo'daki elçilikler ve konsolosluklar da, Rodarred'de, Nio Esseia ve ulusal hükümet merkezine yalnızca bir saat uzaklıkta kümelenmişlerdi.

Arz'ın DHK nezdindeki elçiliği, Irmak Şatosu'na yerleşmişti. Nio otoyoluyla ırmak arasına sıkışmış olan Irmak Şatosu'nun kısa, kindar görünüşlü, kare çatılı ve kısılmış gözler gibi yan pencere yarıkları olan tek bir kulesi vardı. Duvarları bin dört yüz yıldır silahların ve iklimin saldırılarına dayanmıştı. Şatonun kara tarafında, kara ağaçlar kümelenmişti, aralarından da bir asma köprü hendeğin üstüne doğru uzanıyordu. Asma köprü inikti, kapılar da açık duruyordu. Güneş bir ırmak sisinin içinden belirirken ve Rodarred'in bütün kulelerindeki çanlar uzun ve çıldırtıcı bir armoniyle süren saat yediyi çalma görevlerine başlarken hendek, ırmak, yeşil çimenler, kaya duvarlar, kulenin tepesindeki bayrak, bütün hepsi sisle parıldıyorlardı.

Kalenin içindeki çok modern danışma masasında oturan memur dev bir esnemeyle meşguldü. Yankılı bir sesle, "Emin olun, saat sekizden önce açmıyoruz," dedi.

"Büyükelçiyi görmek istiyorum."

"Büyükelçi kahvaltıda. Randevu almanız gerekiyor." Memur bunları söylerken sulanmış gözlerini sildi ve ziyaretçiyi ilk kez açıkça görebildi. Baktı, çenesini birkaç kez oynattı ve "Kimsiniz?" dedi. "Nereden – Ne istiyorsunuz?"

"Büyükelçiyi görmek istiyorum."

"Bekleyin," dedi memur en saf Nio aksanıyla, gözlerini ondan ayırmadan, elini telefona uzattı.

Elçiliğin girişiyle asma köprü arasına bir araba girmişti, arabadan birkaç kişi çıkıyordu, siyah giysilerinin madeni işlemeleri güneşte parlıyordu. Başka iki kişi de binanın ana kısmından lobiye girmişti, konuşuyorlardı, garip giysili garip insanlardı. Shevek danışma masasının çevresinden hızla dolaşıp onlara doğru koşmaya çalıştı. "Yardım edin bana!" dedi.

Şaşırarak ona baktılar. Biri kaşlarını çatarak geri çekildi. Diğeri Shevek'in omuzu üzerinden, elçiliğe girmekte olan üniformalı gruba baktı. Sakin bir sesle, "Bu taraftan," dedi, Shevek'in kolunu tuttu ve bir balet kadar düzenli iki adım ve bir hareketle küçük bir ofise kapandılar. "Ne oluyor? Nio Esseia'dan mı geliyorsunuz?"

"Büyükelçiyi görmek istiyorum."

"Grevcilerden biri misiniz?"

"Shevek. Adım Shevek, Anarres'ten."

Kapkara yüzdeki pırıl pırıl, zeki ve yabancı gözler parıldadı. Arz'lı nefesini tutarak "*Mai-god*" dedi, sonra İoca'ya döndü: "İltica etmek mi istiyorsunuz?"

"Bilmiyorum. Ben–"

"Benimle gelin, Dr. Shevek. Sizi oturabileceğiniz bir yere götüreyim."

Holler, merdivenler ve kara adamın, kolunun üzerindeki eli vardı.

Birileri ceketini çıkarmaya çalışıyordu. Gömlek cebindeki defterin peşinde olduklarını düşünerek karşı koydu. Biri yabancı bir dilde, otoriter bir tavırla konuşuyordu. Bir başkası Shevek'e, "Her şey yolunda," dedi. "Yaralanıp yaralanmadığınızı anlamaya çalışıyor. Ceketiniz kanlı."

"Başka biri," dedi Shevek. "Başka birinin kanı."

Başı döndüğü halde oturmayı başardı. Büyük, güneş gören bir odada bir yatağın üzerindeydi; anlaşılan bayılmıştı. Yakınında bir grup erkekle bir kadın vardı. Anlamaz gözlerle onlara baktı.

"Dr. Shevek, Arz elçiliğindesiniz. Burada Arz topraklarında sayılıyorsunuz. Mutlak güvencedesiniz. İstediğiniz kadar kalabilirsiniz."

Kadının derisi demirli toprak gibi sarı-kahverengiydi ve kafa derisi dışında yüzünde hiç tüy yoktu; tıraş edilmiş değildi, tüysüzdü. Yüz hatları garip ve çocuksuydu: küçük bir ağız, düşük köprülü burun, uzun kapaklı çekik gözler, yuvarlak, tombul yanaklar ve çene. Yüzün tümü yuvarlak, esnek ve çocuksuydu.

"Burada güvencedesiniz," diye yineledi kadın.

Konuşmak istedi, ama konuşamadı. Adamlardan biri "Yatın, yatın," diyerek onu göğsünden kibarca iteledi. Shevek arkaya uzandı ama, "Büyükelçiyi görmek istiyorum," diye fısıldadı.

"Büyükelçi benim. Adım Keng. Bize geldiğinize sevindik. Burada güvencedesiniz. Şimdi lütfen dinlenin Dr. Shevek, sonra konuşuruz. Aceleye gerek yok." Sesi garipti, müzikaldi, ama Takver'inki gibi kısıktı.

"Takver," dedi Shevek kendi dilinde, "Ne yapacağımı bilmiyorum."

"Uyuyun," dedi kadın, o da uyudu.

İki günlük uyku ve yemekten sonra, onun için temizleyip ütüledikleri gri İo ceketini giydi ve elçinin kulenin üçüncü katındaki özel salonuna alındı. Elçi ne onun önünde eğildi, ne de elini sıktı, yalnızca avuçlarını göğsünün önünde bileştirerek gülümsedi. "Kendinizi iyi hissettiğinize sevindim, Dr. Shevek. Hayır, yalnızca Shevek demeliyim, öyle değil mi? Lütfen oturun. Sizinle her ikimize de yabancı olan bir dilde, İoca konuşmak zorunda olduğuma üzgünüm. Sizin dilinizi bilmiyorum, çok ilginç bir dil olduğunu duydum, mantıksal olarak icat edilmiş diller arasında büyük bir halkın dili olan tek dil olduğunu."

Bu tatlı dilli yabancının yanında kendini, büyük, ağır ve kıllı hissediyordu. Derin, yumuşak iskemlelerden birine oturdu. Keng de oturdu, ama otururken yüzü buruştu. "Bu rahat iskemlelerde oturmaktan sırtım tutulmuş!" dedi. Shevek o zaman Keng'in düşündüğü gibi otuz yaşında ya da daha genç bir kadın olmadığını, en az altmış yaşında olduğunu fark etti; yumuşak derisi ve çocuksu fiziği onu yanıltmıştı. "Evde," diye devam etti Keng, "çoğunlukla yerdeki yastıklara otururuz. Ama burada bunu yaparsam herkese bakmak için kafamı daha da yukarıya kaldırmam gerekir. Siz Ceti'liler o kadar uzunsunuz ki!.. Küçük bir sorunumuz var. Aslında bizim değil de A-İo hükümetinin sorunu. Anarres'tekiler, Urras'la radyo bağlantısı kuranlar, acele olarak sizinle görüşmek istiyorlar. İo hükümeti de utanç içinde." Gülümsedi, eğlendiğini gösteren bir gülümsemeydi bu. "Ne diyeceklerini bilemiyorlar."

Sakindi. Tefekkürün sakinleştirdiği, suyun yıprattığı bir taş gibi. Shevek iskemlesine yaslandı, yanıt vermek için çok uzun bir süre bekledi.

"İo hükümeti burada olduğumu biliyor mu?"

"Resmen bilmiyor. Bir şey söylemedik, onlar da sormadı. Ama burada, elçilikte çalışan birçok İo'lu memur ya da sekreter var. Bu yüzden, tabii ki biliyorlar."

"Sizin için tehlikeli mi benim burada olmam?"

"Hayır, hayır. Elçiliğimiz Dünya Hükümetleri Konseyi nezdinde, A-İo Devleti nezdinde değil. Buraya gelmeye hakkınız vardı, Konsey'in geri kalanı A-İo'yu bunu kabul etmeye zorlar. Size söylediğim gibi, bu kale Arz toprağı." Yeniden gülümsedi; yumuşak yüzü bir sürü küçük kırışıklıkla doldu, sonra düzeldi. "Diplomatların harika fantezisi! Benim Dünya'mdan on bir ışık yılı uzaktaki bu şato, Tau Ceti yıldızının Urras gezegenindeki A-İo ülkesinde, Rodarred'de bir kulede yer alan bu oda, Arz toprağı."

"O zaman onlara burada olduğumu söyleyebilirsiniz."

"İyi. Bu, işleri kolaylaştırır. Sizin onayınızı bekliyordum."

"Benim için hiç... mesaj yok muydu, Anarres'ten?"

"Bilmiyorum, sormadım. Sizin bakış açınızdan düşünmedim. Merak ettiğiniz bir şey varsa Anarres'i arayabiliriz. Tabii, oradakilerin kullandığı dalga boyunu biliyoruz, ama kullanmadık, çünkü davet edilmemiştik. En iyisi üstelememek gibi görünüyordu. Ama sizin için kolaylıkla bir konuşma ayarlayabiliriz."

"Vericiniz var mı?"

"Gemimizden, Urras çevresinde yörüngede duran Hain gemisinden konuşabiliriz. Biliyorsunuz, Hain'le Arz birlikte hareket ediyorlar. Hain elçisi bizimle olduğunuzu biliyor; resmi olarak bilgi verilen tek kişi o. Bu yüzden radyo emrinizde."

Shevek ona bir teklifin arkasındaki amaca bakmayan bir kişinin sadeliğiyle teşekkür etti. Keng onu bir an süzdü, gözleri akıllı, açıksözlü ve sessizdi. "Konuşmanızı dinledim," dedi.

Shevek ona çok uzaktaymış gibi baktı. "Konuşma mı?"

"Yönetim Meydanı'ndaki büyük gösteride konuştuğunuzda. Geçen hafta bugün... Her zaman gizli radyoları dinleriz, Sosyalist İşçiler ve Özgürlükçüler'in yayınlarını. Tabii ki gösteriyi yayınlıyorlardı. Sizi dinledim. Çok etkilendim. Sonra bir gürültü başladı, garip bir gürültü, kalabalığın bağırmaya başladığını duyabiliyorduk. Açıklamadılar. Çığlıklar vardı. Sonra birden yayın kesildi. Korkunçtu, dinlemesi bile korkunçtu. Siz oradaydınız... Oradan nasıl kaçtınız? Kentten nasıl çıktınız? Eski Kent hâlâ kuşatılmış durumda; Nio'da üç ordu birliği var, her gün yüzlerce grevci ve şüpheli topluyorlar. Buraya nasıl geldiniz?"

Shevek hafifçe gülümsedi. "Taksiyle."

"Bütün denetim noktalarından geçerek mi? O kan lekeli giysilerle mi? Ayrıca herkes sizin neye benzediğinizi biliyor."

"Arka koltuğun altındaydım. Taksi– kamulaştırılmıştı– böyle mi diyorsunuz? Bazı insanların benim için atıldıkları bir tehlike." Kucağında kavuşturduğu ellerine baktı. Son derece sessiz oturuyor ve sessiz konuşuyordu, ama içinde bir gerilim, bir zorlama vardı, gözlerinde ve ağzının çevresindeki kırışıklıklarda görülüyordu bu. Bir süre düşündü, sonra aynı uzak tavırla devam etti, "Başlangıçta şanslıydım. Saklandığım yerden çıktığımda tutuklanmadığım için şanslıydım. Ama Eski Kent'e girdim. Ondan sonrası yalnızca şans değildi. Nereye gideceğimi benim için düşündüler, beni oraya nasıl götüreceklerini planladılar, tehlikeyi onlar göze aldılar." Kendi dilinde bir sözcük söyledi, sonra çevirdi: "Dayanışma..."

"Çok garip," dedi Arz elçisi. "Shevek, sizin dünyanız hakkında hiçbir şey bilmiyorum. Yalnızca Urras'lıların bize söylediklerini biliyorum, çünkü halkınız oraya gitmemize izin vermiyor. Tabii ki gezegenin kurak ve soğuk olduğunu biliyorum; koloninin nasıl kurulduğunu, otoriter olmayan bir komünizm denemesi olduğunu, yüz yetmiş yıldır varlığını sürdürdüğünü biliyorum. Odo'nun yazdıklarının bir kısmını okudum – fazla değil. Bütün bunların Urras'ta şu anda olup bitenler açısından pek önem taşımadığını düşünüyordum; biraz uzak, ilginç bir deney. Ama yanılıyordum, değil mi? Önemli. Belki de Urras'ın anahtarı Anarres... Nio'daki devrimciler aynı gelenekten geliyor. Yalnızca daha iyi ücretler için ya da zorunlu askerliğe karşı çıkmak için grev yapmıyorlardı. Yalnızca sosyalist değil, anarşistler de; İktidar'a karşı grev yapıyorlardı. Anlıyor musunuz, gösterinin boyutu, popüler duygunun yoğunluğu, hükümetin paniğe kapılıp tepki göstermesi, hepsinin anlaşılması çok zordu. Bu kadar karışıklık nedendi? Buradaki hükümet zorba değil. Zenginler gerçekten zengin, ama yoksullar o kadar da yoksul değil. Tutsak değiller, aç da kalmıyorlar. Niçin ekmekle ve demeçlerle yetinmiyorlar? Neden çok fazla duyarlılar?.. Şimdi nedenini anlamaya başladım. Ama hâlâ açıklayamadığım şey, bu özgürlükçü geleneğin hâlâ canlı olduğunu ve sanayi kentlerindeki hoşnutsuzluğu bilen A-İo hükümetinin nasıl olup da sizi yine de buraya getirdiği. Barut fabrikasında kibrit çakmak gibi bir şey bu!"

"Barut fabrikası yakınında olmayacaktım. Kalabalıktan uzak tutulacak, akademik çevrenin ve zenginlerin arasında yaşatılacaktım. Yoksulları görmeyecektim. Çirkin hiçbir şeyi görmeyecektim. Buradaki her şey gibi ben de naylon bir ambalajın içindeki kartonun içindeki torbanın içindeki kutuda pamuklar arasında yatacaktım. Orada mutlu olacak ve işimi, Anarres'te yapamadığım işimi yapacaktım. Bittiği zaman da sizi tehdit edebilmeleri için onlara verecektim çalışmamı."

"Tehdit etmek mi? Arz'ı mı demek istiyorsunuz, Hain'i ve diğer yıldızlararası güçleri mi? Bizi neyle tehdit edecekler?"

"Uzayı yok etmekle."

Keng bir süre sessiz kaldı. Yumuşak, iğneli sesiyle, "Yaptığınız bu mu?" diye sordu.

"Hayır. Benim yaptığım bu değil! Bir kere ben bir mucit, bir mühendis değilim. Ben kuramcıyım. Benden istedikleri bir kuram. Zaman fiziğinde bir Genel Alan kuramı. Ne olduğunu biliyor musunuz?"

"Shevek, sizin Ceti fiziğiniz, Asil Bilim'iniz benim anlama yeteneğimin dışında. Matematik, fizik ve felsefe eğitimi görmedim, 'Asil Bilim' de bütün bunlardan, ilaveten evrenbilimden ve daha başka şeylerden oluşmuş görünüyor. Ama Eşzamanlılık Kuramı dediğinizde ne kastettiğinizi anlıyorum, Görecelik Kuramı'yla ne kastedildiğini bildiğim kadar; yani Görecelik Kuramı'nın bazı çok büyük pratik sonuçlara yol açtığını biliyorum, bundan da sizin zaman fiziğinizin yeni teknolojileri olanaklı kılabileceğini çıkarıyorum."

Shevek onayladı. "İstedikleri," dedi, "maddenin uzayda anında bir yerden başka bir yere aktarılması. Sıçrama. Yani zaman geçmeden ve uzayı aşmadan uzay yolculuğu. Hâlâ bulma şansları var; benim denklemlerinden değil sanırım. Ama benim denklemlerimden yola çıkarak yanıtlayıcı'yı yapabilirler, eğer istedikleri buysa. İnsanlar büyük uzaklıkları aşamazlar, ama fikirler aşabilir."

"*Yanıtlayıcı* nedir, Shevek?"

"Bir fikir." Neşesizce gülümsedi. "Uzayda iki nokta arasında zaman harcamadan iletişim kurmaya yarayan bir aygıt olacak. Aygıt tabii ki mesaj yollamayacak; eşzamanlılık özdeşlik demektir. Ama bizim algılarımız için o eşzamanlılık bir iletim, bir gönderme işlevi görecektir. Böylece elektromanyetik sinyallerin gerektirdiği, mesajın gidip dönmesi için geçen uzun zaman olmadan dünyalar arasında konuşma sağlayabileceğiz. Aslında çok basit bir şey. Bir tür telefon gibi."

Keng güldü. "Fizikçilerin basitliği! Yani o şeyi –yanıtlayıcıyı– alıp Delhi'deki oğlumla görüşebilir miyim? Ben ayrıldığımda beş yaşında olan ve ben Arz'dan Urras'a neredeyse ışık hızıyla yolculuk eden bir gemiyle gelirken on bir yıl büyüyen torunumla da... Evde *şu anda* neler olduğunu bilebilirim, on bir yıl önce değil. Kararlar verilebilir, anlaşmaya varılabilir, bilgi paylaşılabilir. Ben Chiffewar' daki diplomatlarla konuşabilirim, siz Hain'deki fizikçilerle konuşabilirsiniz, fikirlerin bir dünyadan öbürüne ulaşması bir kuşak sürmez... Biliyor musunuz Shevek, sanırım şu sizin basit şeyiniz dokuz Bilinen Dünya'daki milyarlarca kişinin yaşamlarını değiştirebilir."

Shevek başıyla onayladı.

"Bir dünyalar birliğini olanaklı kılar. Bir federasyonu. Çıkış ve varış, soru ve yanıt arasındaki yıllar, onyıllar yüzünden ayrı kaldık. İnsan konuşmasını icat ettiniz denilebilir! Konuşabiliriz – artık birbirimizle konuşabiliriz."

"Peki konuşunca ne diyeceksiniz?"

Sesindeki alay Keng'i şaşırttı. Shevek'e baktı ve bir şey söylemedi.

Shevek iskemlesinde öne eğildi ve acı dolu bir ifadeyle alnını ovuşturdu. "Bakın," dedi. "Niçin size geldiğimi ve niçin bu dünyaya geldiğimi açıklamalıyım size. Fikir için geldim. Fikrin hatırına geldim. Fikri öğrenmek, öğretmek, paylaşmak için. Bakın, Anarres'te kendimizi yalıttık. Başka insanlarla konuşmuyoruz, insanlığın geri kalanıyla. Orada çalışmamı tamamlayamadım. Tamamlayabilseydim bile onu istemiyorlardı, yararını görmüyorlardı. Bu yüzden buraya geldim. Aradığım şeyler burada var: konuşma, paylaşma, Işık Laboratuvarı'nda kanıtlamak üzere yola çıkmadığı şeyi kanıtlayan bir deney, yabancı bir dünyadan Görecelik Kuramı üstüne bir kitap, gereksinim duyduğum dürtüler. Çalışmamı bitirdim, sonunda. Henüz yazılmadı, ama denklemler ve akıl yürütme elimde, bitti. Ama benim için yalnızca kafamdaki fikirler önemli değil. Benim toplumum da bir fikir. Beni oluşturan o. Bir özgürlük fikri, değişim, insan dayanışması fikri, önemli bir fikir. Çok aptal olduğum halde fikirlerden birini, fiziği izleyerek diğerine ihanet ettiğimi fark ettim sonunda. Yaptığım şey mülkiyetçilerin benden *gerçeği satın almalarına* izin vermek."

"Başka ne yapabilirdiniz Shevek?"

"Satmaktan başka alternatif yok mu? Hediye diye bir şey yok mu?"

"Evet–"

"Bunu size vermek istediğimi anlamıyor musunuz? Hain'e, diğer dünyalara ve Urras'taki diğer ülkelere. Ama hepinize birden! Böylece herhangi biriniz onu A-İo'nun yapmak istediği gibi diğerleri üzerinde baskı kurmak, daha zenginleşmek ya da daha çok savaş kazanmak için kullanamayacaksınız. Böylece gerçeği kendi özel çıkarınız için değil, yalnızca ortak iyilik için kullanabileceksiniz."

"Gerçek eninde sonunda, çoğunlukla yalnızca ortak iyiliğe hizmet etmekte ısrar eder," dedi Keng.

"Sonunda öyle, ama ben sonuna kadar bekleme niyetlisi değilim. Bir kez yaşıyorum, bunu da hırsla, çıkarcılıkla ve yalanlarla geçirmek istemiyorum. *Hiçbir* efendiye hizmet etmem."

Keng'in sakinliği konuşmalarının başlangıcında olduğundan çok daha zorlama, iradi bir sakinliğe dönüşmüştü. Shevek'in kişiliğinin gücü, kendini kontrol amacından ya da kendini koruma dürtüsünden kaynaklanmadığı için müthişti. Keng sarsılmıştı, ona şefkatle ve bir tür korkuyla bakıyordu.

"Sizi yaratan toplum," dedi, "neye benziyor, nasıl bir şey olabilir? Sizi Anarres'te, Meydan'da konuşurken duydum ve sizi dinlerken ağladım, ama size gerçekten inanmadım. İnsanlar her zaman evlerinden, var olmayan ülkeden böyle bahsederler... Ama siz diğerleri gibi değilsiniz. Sizde bir fark var."

"Fikrin farkı," dedi Shevek. "Buraya da bu fikir için geldim. Anarres için. Kendi halkım dışarıya bakmayı reddettiği için başkalarının bize bakmasını sağlayabileceğimi düşündüm. Bir duvarın arkasında durmanın değil, diğer toplumlar arasında bir toplum olmanın, diğer dünyalar arasında bir dünya olmanın, vermenin ve almanın daha iyi olacağını düşündüm. Ama yanıldım– kesinlikle yanıldım."

"Neden? Tabii ki–"

"Çünkü Urras'ta, biz Anarres'lilerin gereksinim duyacağı hiçbir şey yok, hiçbir şey! Yüz yetmiş yıl önce eli boş ayrıldık, haklıydık da. Hiçbir şey almadık. Çünkü burada devletlerden ve silahlarından, zenginlerden ve yalanlarından, yoksullardan ve sefaletlerinden başka bir şey yok. Urras'ta doğru hareket etmenin, temiz bir yürekle hareket etmenin yolu yok. İçine kâr, zarar korkusu ve güç isteği girmeden yapabileceğiniz bir şey yok. Hanginizin diğerine 'üstün' olduğunu bilmeden ya da kanıtlamadan bir başkasına günaydın diyemezsiniz. Diğer insanlara kardeş gibi davranamazsınız, onları kullanmanız ya da aldatmanız, onlara emretmeniz ya da itaat etmeniz gerek. Başka birine dokunamazsınız, yine de sizi yalnız bırakmazlar. Özgürlük yok. Bir kutu– Urras bir kutu, bir paket, bütün o sarmalanmış, güzel mavi göğüyle, çayırları, ormanlarıyla ve büyük kentleriyle kutuyu açıyorsunuz, peki içinde ne var? Toz içinde, kapkara bir bodrum ve ölü bir adam. Elini başkalarına uzattığı için eli koparılmış bir adam. Sonunda Cehennem'e vardım. Desar haklıydı; Urras başka bir şey değil; Cehennem Urras."

Bütün tutkusuna karşın sade, bir tür utangaçlıkla konuşuyordu, Arz Büyükelçisi de bu basitliği neye yormak gerektiğini bilemiyormuş gibi temkinle, ama sempati duyarak, hayranlıkla izliyordu onu.

"İkimiz de burada yabancıyız, Shevek," dedi sonunda. "Ben zaman ve mekân olarak çok daha uzaktan geliyorum. Yine de Urras'a sizden daha az yabancı olduğumu anlamaya başlıyorum... Size bu dünyanın bana nasıl göründüğünü anlatayım. Bana ve bu gezegeni gören bütün Arz'lılara göre Urras, üzerinde hayat olan bütün dünyalar arasında en şefkatli, en çeşnili, en güzel olanı. Cennet'e en yakın olabilecek dünya o."

Keng Shevek'e sakin sakin ve ilgiyle baktı; Shevek bir şey söylemedi.

"Kötülüklerle, insan adaletsizliğiyle, hırsla, budalalıkla, israfla dolu olduğunu biliyorum. Ama aynı zamanda iyilikle, güzellikle, canlılıkla, başarıyla dolu. Bir dünyada ne olması gerekiyorsa var! Canlı, son derece canlı– bütün kötülüklere karşın canlı, umutlu; doğru değil mi?"

Shevek onayladı.

"Şimdi, benim hayal bile edemediğim bir dünyadan gelen siz, benim Cennet'imi Cehennem gibi gören siz, bana benim dünyamın nasıl bir şey olduğunu sormayacak mısınız?"

Shevek suskundu, Keng'i izliyordu, ışıltılı gözleri sabitti.

"Benim dünyam, benim Arz'ım bir yıkıntı. İnsan ırkı tarafından berbat edilmiş bir gezegen. Hiçbir şey kalmayana dek çoğaldık, tıkındık ve savaştık, sonra da öldük. Ne hırsımızı ne de şiddetimizi denetledik; uyum göstermedik. Kendimizi yok ettik. Ama önce dünyayı yok ettik. Benim dünyamda hiç orman kalmadı. Hava gri, gök gri, her zaman sıcak. Yaşanabiliyor, hâlâ yaşanabiliyor – ama bu dünyada olduğu gibi değil. Burası canlı bir dünya, bir uyum. Benimki ise uyumsuzluk. Siz Odocular bir çölü seçtiniz; biz Arz'lılar bir çöl yarattık... Sizin gibi biz de orada yaşamayı sürdürüyoruz. İnsanlar güçlü! Şimdi yaklaşık yarım milyar kişiyiz. Bir zamanlar dokuz milyardık. Her yerde hâlâ eski kentler görülebiliyor. Kemikler ve kiremitler toza dönüşüyor, ama küçük plastik parçaları hiç bozulmuyor, hiçbir zaman da uyum göstermiyorlar. Bir tür olarak, toplumsal bir tür olarak başarısız olduk. Şimdi burada, başka dünyalarda, başka insan toplumlarıyla eşit ilişkiler kuruyorsak, bu yalnızca Hain'lilerin sayesinde. Geldiler, bize yardım getirdiler. Gemiler yapıp mahvolmuş dünyamızdan ayrılabilmemiz için bize verdiler. Bize nazik, merhametli, güçlü bir insanın bir hastaya davrandığı gibi davranıyorlar. Hain'liler çok garip insanlar, hepimizden daha eskiler; cömertlikleri sonsuz. Başkalarını düşünüyorlar. Bütün suçlarımıza karşın anlamakta güçlük çektiğimiz bir suçluluk duygusuyla hareket ediyorlar. Sanırım bütün yaptıklarında geçmişlerinden, sonsuz geçmişlerinden etkilenerek hareket ediyorlar. Biz Arz'da kurtarılabilecek her şeyi kurtarıp yıkıntılarda bir tür yaşam kurmuştuk, yapılabilecek tek şekilde: tümüyle merkezileşerek. Her toprak parçasını, her maden parçasını, bir gram yakıtı bile denetimimiz altında tutarak. Karne sistemi, doğum kontrolü, ölümcül hastaların merhametle öldürülmesi, bütün işgücünün zorunlu olarak seferber edilmesi. Tek tek her yaşamın ırkın sağ kalması amacına yöneltilmesi. Hain' liler geldiğinde bu kadarını başarmıştık. Bize... biraz daha umut getirdiler. Çok fazla değil. Biz o umudu aştık... Bu görkemli dünyaya, bu canlı topluma, Urras'a, bu Cennet'e yalnızca dışarıdan bakabiliyoruz. Yalnızca ona hayran olmakla, belki biraz da kıskanmakla yetinebiliyoruz. O kadar."

"O halde Anarres, benden duyduğunuz kadarıyla Anarres sizin için ne ifade edebilir, Keng?"

"Hiçbir şey. Hıçbir şey, Shevek. Biz Anarres'e ulaşma şansını yüzyıllar önce, daha o ortaya çıkmadan yitirdik."

Shevek kalktı ve pencereye, kulenin uzun, yatay pencere yarıklarından birine gitti. Pencerenin altındaki duvarda, içine bir okçunun ayak basıp aşağıya bakabileceği ve köprüdeki saldırganlara nişan alabileceği bir oyuk vardı; eğer o adımı atmazsanız güneşe boğulan, hafif puslu gök dışında hiçbir şey göremezdiniz. Shevek pencerenin altında duruyor, ışık gözlerini kamaştırıyordu.

"Zamanın ne olduğunu anlamıyorsunuz," dedi. "Geçmişin yittiğini, geleceğin gerçek olmadığını, değişim olmadığını, umut olmadığını söylüyorsunuz. Anarres'in ulaşılamayacak bir gelecek olduğunu düşünüyorsunuz, geçmişinizin değiştirilememesi gibi. O halde şimdinin dışında, Urras'ın o zengin, gerçek, dengeli şimdisinin, şu anın dışında hiçbir şey yok. Ve bunun sahip olunabilecek bir şey olduğunu sanıyorsunuz! Onu biraz kıskanıyorsunuz. Sahip olmayı isteyeceğiniz bir şey olduğunu düşünüyorsunuz. Ama aslında gerçek değil, biliyorsunuz. Dengeli değil, sağlam değil – hiçbir şey öyle değil. Her şey değişiyor, değişiyor. Hiçbir şeye sahip olamazsınız... Hele şu ana hiç sahip olamazsınız – eğer onunla birlikte geçmiş ve geleceği de kabul etmezseniz. Yalnızca geçmişi değil, aynı zamanda geleceği de, yalnızca geleceği değil, aynı zamanda geçmişi de! Çünkü onlar gerçek: şu ânı gerçek kılan yalnızca onların gerçekliği. Anarres'in gerçekliğini, kalıcı gerçekliğini kabul etmeden Urras'ı elde edemezsiniz, hatta anlayamazsınız bile. Haklısınız, anahtar biziz. Ama bunu söylediğiniz zaman gerçekten inanmıyordunuz buna. Anarres'e inanmıyorsunuz. Bana inanmıyorsunuz, sizinle birlikte, şu an odanın içinde olduğum halde... Halkım haklıydı, ben ise haksızdım: Size gelemeyiz. Bize izin vermezsiniz. Değişime, evrime inanmıyorsunuz. Bizim gerçekliğimizi –umudun olduğunu!– kabul etmektense bizi yok etmeyi yeğlersiniz. Size gelemeyiz. Yalnızca sizin gelmenizi bekleyebiliriz."

Keng şaşkın ve düşünceli, belki de biraz afallamış bir ifadeyle oturuyordu.

"Anlamıyorum– anlamıyorum," dedi sonunda. "Bizim geçmişimizdeki eski idealistlerden, özgürlük hayalleri kuranlardan biri gibisiniz; ama yine de sizi anlamıyorum, sanki bana gelecekte olacak şeyleri anlatmaya çalışıyorsunuz, ama yine de, dediğiniz gibi, buradasınız, şimdi!.." Uyanıklığını yitirmemişti. Bir süre sonra, "O halde bana gelmenizin nedeni ne Shevek?" dedi.

"Size o fikri vermek. Kuramımı yani. Onu İo'luların malı olmaktan, bir yatırım ya da silah olmaktan kurtarmak için. Eğer istiyorsanız, en kolay yol denklemleri yayımlamak, onu bu dünyadaki bütün fizikçilere, Hain'lilere ve diğer dünyalara mümkün olduğunca çabuk vermek. Bunu yapmak istiyor musunuz?"

"Sorulur mu!"

"Yalnızca birkaç sayfa tutar. Kanıtlar ve bazı sonuçlar daha fazla tutabilir, ama bu arkadan da gelebilir, ben yapmasam da başkaları bunun üzerinde çalışabilir."

"Ama sonra ne yapacaksınız? Nio'ya gitmeyi mi düşünüyorsunuz? Kent şu anda görünürde sakin; ayaklanma bastırılmış görünüyor, en azından şu an için; ama korkarım İo hükümeti sizi bir isyancı olarak görüyor. Tabii ki Thu var–"

"Hayır. Burada kalmak istemiyorum. Ben o kadar fedakâr değilim! Eğer bana bunun için de yardım ederseniz eve gidebilirim. Belki de İo'lular beni eve göndermeyi isteyebilirler bile. Sanıyorum bu tutarlı olur: beni ortadan kaldırmak, varlığımı inkâr etmek. Tabii ki beni öldürmenin ya da ömür boyu hapse atmanın daha kolay olduğunu düşünebilirler. Henüz ölmek istemiyorum, hele burada, Cehennem'de asla. Cehennem'de ölürsem ruhum nereye gider?" Güldü, tavırlarındaki o nezaketi yine kazanmıştı. "Ama beni eve gönderirseniz sanırım onlar da rahatlar. Biliyorsunuz ölü anarşistler şehit olur, yüzyıllar boyu yaşarlar. Ama ortadan kaybolanlar unutulur."

"'Gerçekçilik'in ne olduğunu bildiğimi sanırdım," dedi Keng. Gülümsedi, ama kolay bir gülümseme değildi bu.

"Umudun ne olduğunu bilmeden onu nasıl bilebilirsiniz!"

"Bizi çok katı yargılamayın, Shevek!"

"Sizi yargılamıyorum. Yalnızca yardımınızı istiyorum. Karşılığında da verecek hiçbir şeyim yok."

"Hiçbir şey mi? Kuramınıza hiçbir şey mi diyorsunuz?"

"Onu bir tek insan ruhunun özgürlüğüyle aynı kefeye koyun," dedi Keng'e dönerek, "hangisi daha ağır basar? Biliyor musunuz? Ben bilmiyorum."

On İkinci Bölüm

Anarres

İNİSİYATİF SENDİKASI'NIN," dedi Bedap, "bir projesini sunmak istiyorum. Biliyorsunuz yaklaşık yirmi dekaddır Urras'la radyo bağlantısı içindeyiz–"

"Bu konseyin ve Savunma Federatifi'nin tavsiyeleriyle Liste'nin çoğunluk oyunu hiçe sayarak!"

"Evet," dedi Bedap, konuşanı yukarıdan aşağıya süzdü, ama konuşmasının kesilmesine karşı çıkmadı. ÜDE'deki toplantılarda hiçbir parlamenter prosedür uygulanmıyordu. Söz kesmeler bazen konuşmalardan daha sık oluyordu. İyi yönetilen bir meclis toplantısıyla kıyaslandığında bu süreç, devre şemasının karşısında çiğ bir biftek dilimi gibi duruyordu. Ama çiğ biftek, ait olduğu yerde bir devre şemasından daha işlevsel olabilir– canlı bir hayvanın içinde yani.

Bedap İthalat-İhracat Konseyi'ndeki eski rakiplerinin hepsini tanıyordu; üç yıldır gelip onlarla kavga ediyordu. Konuşan yeni biriydi, genç bir adamdı, belki de ÜDE Listesi'nden kurayla görevli gelen biri. Bedap ona iyi niyetle baktı ve devam etti. "Eski kavgaları yeniden başlatmayalım, olur mu? Yeni bir kavga öneriyorum. Urras'taki bir gruptan ilginç bir mesaj aldık. İo'lu bağlantılarımızın kullandığı dalga boyundan geldi, ama önceden saptanan zamanda gelmedi, ayrıca da zayıf bir sinyaldi. A-İo'dan değil, Benbili denilen bir ülkeden gönderilmiş görünüyor. Bu grup kendine 'Odo Cemiyeti' diyor. Urras'ın yasa ve hükümet boşluklarında bir şekilde varlığını sürdürebilmiş bir Göç Sonrası Odocu grubu oldukları anlaşılıyor.

Mesajları 'Anarres'li Kardeşleri'ne gönderilmiş. Sendika bülteninde okuyabilirsiniz, ilginç. Buraya birilerini göndermelerine izin verilip verilmeyeceğini soruyorlar."

"Buraya birilerini göndermek mi? Urras'lıların gelmesine izin vermek mi? Casuslar–"

"Hayır, yerleşmek için."

"Yerleşim'in yeniden açılmasını istiyorlar, öyle mi Bedap?"

"Hükümetleri tarafından izlendiklerini söylüyorlar, umuyorlarmış ki–"

"Yerleşim'i açmak mı? Kendine Odocu diyen her çıkarcı gelsin diye mi?"

Bir Anarres yönetim tartışmasını anlatmak gerçekten güç olurdu; çok hızlı gelişiyordu, çoğunlukla birçok kişi aynı anda konuşuyordu, kimse uzun konuşmuyordu, epeyce iğneleme vardı, birçok şey söylenmeden kalıyordu; konuşma tonu duygusaldı, çoğunlukla vahşi bir kişisellik içeriyordu; bir sonuca ulaşılıyordu ama sona ermiyordu. Kardeşler arasında ya da kararsız bir akıldaki düşünceler arasındaki bir tartışma gibiydi.

"Eğer bu sözde Odocular'ın gelmesine izin verirsek, nasıl gelmeyi düşünüyorlar?"

Bedap'ın kaçındığı rakibi, Rulag adlı soğuk, akıllı kadın konuşuyordu. Konseydeki bir yılı boyunca en akıllı düşmanı o olmuştu. Bedap bu konseye ilk defa katılan Shevek'e baktı. Shevek'in dikkatini kadına çekmek istiyordu. Birisi Bedap'a Rulag'ın mühendis olduğunu söylemişti, Bedap da onda bir mühendis zihninin açıklığı ve pragmatizmini, buna ek olarak da bir teknisyenin karmaşıklığa ve düzensizliğe olan nefretini bulmuştu. Her konuda İnisiyatif Sendikası'na karşı çıkıyordu, var olma hakkı konusunda bile. Savları iyiydi, Bedap da ona saygı duyuyordu. Bazen, Urras'ın gücünden ve zayıf bir konumda güçlüyle pazarlık etmenin tehlikesinden söz ettiğinde ona inanıyordu.

Çünkü bazen Bedap kendi kendine, Shevek'le '68 kışında bir araya gelip dertli bir fizikçinin yapıtını basıp Urras'taki fizikçilere ulaştırma yollarını tartışırlarken, denetlenemez bir olaylar zincirini başlatıp başlatmadıklarını soruyordu. Sonunda telsiz bağlantısını kurduklarında, Urras'lıların konuşmaya ve bilgi alışverişinde bulunmaya beklediklerinden de hevesli olduklarını görmüşlerdi; bu bilgi alışverişinin raporlarını yayımladıklarında ise Anarres'teki muhalefet beklediklerinden çok daha zehir zemberek olmuştu. Her iki dünyadaki insanların onlara ilgisi rahatsız edici düzeydeydi. Düşman sizi coşkuyla bağrına basar, kendi yurttaşlarınız da sizi acıyla reddederse gerçekten de hain olup olmadığınızı merak etmemek elde değildi.

"Herhalde yük gemilerinden biriyle gelirlerdi," diye yanıtladı. "İyi birer Odocu gibi, otostop yaparak. Eğer hükümetleri ya da Dünya Hükümetleri Konseyi izin verirse. İzin verirler mi? Devletçiler anarşistlere iyilik yapar mı? Öğrenmek istediğim bu işte. Eğer küçük bir grubu –bu insanlardan beş-altısını– davet edersek sonunda ne olur?"

"Övgüye değer bir merak," dedi Rulag. "Evet, Urras'ta işlerin gerçekten nasıl yürüdüğünü öğrensek, tehlikeyi daha iyi anlardık. Ama tehlike bunu öğrenme eyleminde yatıyor." Rulag ayağa kalktı, bu hareket onun bir-iki cümleden fazla konuşacağını gösteriyordu. Bedap yüzünü buruşturdu, yeniden yanında oturan Shevek'e baktı. "Bundan sakın," diye mırıldandı. Shevek yanıt vermedi; ama zaten toplantılarda çoğunlukla temkinli ve utangaç olurdu, bir şeyden etkilenmedikçe işe yaramazdı, etkilendiğindeyse şaşırtıcı derecede iyi bir konuşmacıydı. Oturmuş ellerine bakıyordu. Oysa Rulag konuşurken Bedap onun kendisine hitap etmesine karşın Shevek'e baktığını fark etti.

"*Sizin* İnisiyatif Sendika'nız," dedi zamiri vurgulayarak, "bir telsiz vericisi yaptı, sonra Urras'a yayın yapıp onların yayınlarını dinlemeyi sürdürdü, sonra da görüşmeleri yayımladı. Bütün bunları ÜDE'nin çoğunluğuna ve tavsiyesine, ayrıca da bütün Kardeşlik'in artan itirazlarına *rağmen* yaptı. Aygıtlarınıza ve size karşı henüz misilleme yapılmadı, bu sanırım büyük ölçüde biz Odocular'ın herhangi birinin başkalarına zarar verecek bir yol seçmesi, tavsiye ve karşı çıkmalara rağmen bu tutumu sürdürmesi düşüncesine alışık olmamamızdan kaynaklanıyor. Pek rastlanmayan bir olay bu. Aslında siz, devletçi eleştirmenlerin her zaman, yasaları olmayan bir toplumda insanların davranacaklarını öne sürdükleri şekilde davranan ilk grupsunuz: yani toplumun refahına karşı tam bir sorumsuzluk içinde davranıyorsunuz. Vermiş olduğunuz zarardan yeniden bahsetmeye başlamayacağım, güçlü bir düşmana bilimsel bilgi vermek, Urras'a her yayınınızın simgelediği gibi güçsüzlüğümüzü itiraf etmek. Ama şimdi, bütün bunlara alıştığımızı düşünerek çok daha kötü bir şey öneriyorsunuz. Birkaç Urras'lıyla kısa dalga üzerinden konuşmakla burada Abbenay'da konuşmak arasında ne fark var diyeceksiniz. Ne fark var? Kapalı bir kapıyla açık bir kapı arasında ne fark var? Kapıyı açalım – söyledikleri bu *ammari*, görüyorsunuz. Kapıyı açalım, Urras'lıların gelmesine izin verelim! Bir sonraki yük gemisiyle beş-altı sözümona Odocu. Bir sonrakinde bize bakıp Urras'ın ulusları arasında nasıl pay edilebileceğimize karar verecek elli altmış İo'lu çıkarcı. Daha sonraki yolculukta ise beş-altı yüz silahlı savaş gemisi olur: silahlar, askerler, bir işgal kuvveti; Anarres'in sonu, vaadin sonu. Umudumuz Göç Koşulları'nda yatıyor, yüz yetmiş yıldır da hep orada oldu: Gemilerden hiçbir Urras'lı inemez, yalnızca göçmenler inebilir, o zaman ve her zaman. Karışma yok. İlişki yok. Şimdi bu ilkeyi bir yana bırakmak, bir zamanlar yendiğimiz zorbalara bir mesaj vermek olur: Deney başarısızlıkla sonuçlandı, gelip bizi yeniden köleleştirin!"

"Hiç de değil," dedi Bedap keskin bir sesle. "Mesaj açık: Deney başarıyla sonuçlandı, şimdi sizinle eşit koşullarda karşı karşıya gelecek kadar güçlüyüz."

Tartışma önceki gibi sürdü, konuların hızla ortaya atılması şeklinde. Uzun sürmedi. Her zamanki gibi, oylama yapılmadı. Hemen herkes Göç Koşulları'na katı katıya bağlı kalma taraftarıydı, bu belli olur olmaz Bedap "Pekâlâ," dedi. "Kararın verildiğini kabul ediyorum. *Kueio Fort* ya da *Dikkatli* ile kimse gelmeyecek. Açık ki Sendika'nın Urras'lıları Anarres'e getirme amacı topluluğun bir bütün olarak kanaati karşısında geri çekilmek zorunda; tavsiyenizi istedik, buna da uyacağız. Ama aynı sorunun bir başka yönü var. Shevek?"

"Evet," dedi Shevek. "Bir Anarres'liyi Urras'a gönderme sorunu var."

Bağırmalar ve sorular yükseldi. Shevek sesini yükseltmedi, zaten mırıldanır gibi konuşuyordu, ama ısrar etti. "Böyle bir şey Anarres'te yaşayan herhangi birine zarar veremez ya da tehdit edemez. Ayrıca görülüyor ki bu bireyin hakkı sorunu; aslında da onun bir tür sınanması. Göç Koşulları bunu yasaklamıyor. Bunu yasaklamak, ÜDE'ye bir otorite atfetmek ve Odocu bir bireyin başkalarına zarar vermeyen eylemler yapma hakkını kısıtlamak anlamına gelir."

Rulag öne eğildi. Biraz gülümsüyordu. "İsteyen herkes Anarres'i terk edebilir," dedi. Işıltılı gözleri Shevek'ten Bedap'a ve tekrar Shevek'e döndü. "Mülkiyetçilerin yük gemileri onu almayı kabul ederse, istediği zaman gidebilir. Geri dönemez."

"Geri dönemeyeceğini kim söylüyor?" diye sordu Bedap.

"Göç'ün kapanma koşulları. Yük gemilerinden hiç kimse Anarres Limanı'nın sınırı dışına çıkamaz."

"Evet ama bu kural kesinlikle Urras'lılara uygulanmak için konmuştu, Anarres'lilere değil," dedi yaşlı danışman Ferdaz; gitmek istediği yönden uzaklaştırıyor olsa bile küreğini suya sokmaktan hoşlanıyordu.

"Urras'tan gelen biri Urras'lıdır," dedi Rulag.

"Mevzuatçılık bu, kırtasiyecilik! Nedir bütün bu kaçamak sözler?" dedi Trepil adındaki sakin, ağır kadın.

"Kaçamak mı?" diye bağırdı yeni üye, genç olan; Kuzeydoğuşu aksanıyla ve kalın, güçlü bir sesle konuşuyordu. "Eğer kaçamaktan hoşlanmıyorsan şunu dene. Burada Anarres'ten hoşlanmayanlar varsa bırakın gitsinler. Ben yardım ederim. Onları limana götürürüm, kıçlarına tekmeyi bile basarım! Ama geri dönüp buraya sızmaya çalışırlarsa, burada onları bekleyecek birileri olacak. Birkaç gerçek Odocu. Bizi gülümseyerek, eve hoş geldiniz kardeşler derken bulmayacaklar. Dişlerini ağızlarına tıkılmış, taşaklarını midelerine gömülmüş bulacaklar. Bunu anlıyor musun? Senin için yeterince açık mı?"

"Açık, hayır; sade, evet. Osuruk kadar sade," dedi Bedap. "Açıklık düşüncenin bir işlevidir. Burada konuşmadan önce biraz Odoculuk öğrensen iyi olur."

"Senin Odo'nun adını ağzına almaya hakkın yok!" diye bağırdı genç adam. "Siz hainsiniz, siz ve bütün sendikanız! Anarres'in her yanında sizi izleyen insanlar var. Shevek'in Urras'a gidip Anarres bilimini çıkarcılara satmasını istediğinizi bilmediğimizi mi sanıyorsunuz? Gidebilirsiniz! Kurtuluruz sizden! Ama geri dönmeye çalışırsanız, adalet bulacaksınız!"

Ayağa kalkmış, masada öne eğilmiş, doğrudan Bedap'ın suratına haykırıyordu. Bedap ona bakıp, "Adalet demek istemiyorsun, ceza demek istiyorsun. İkisinin aynı şey olduğunu mu sanıyorsun?" dedi.

"Şiddet demek istiyor," dedi Rulag. "Eğer şiddet olursa buna siz neden olmuş olacaksınız. Siz ve sendikanız. Üstelik hak etmiş olacaksınız."

Trepil'in yanında oturan zayıf, küçük, orta yaşlı bir adam konuşmaya başladı, önce çok yumuşak, toz öksürüğüyle kabalaşmış bir sesle konuşuyordu, sesi pek duyulmuyordu. Güneybatı madenciler sendikasından gelen konuk bir üyeydi, bu konuda konuşması beklenmiyordu. "... hak ettiğini bulur," diyordu. "Çünkü her birimiz her şeyi, Ölü Krallar'ın mezarlarında yığılmış her türlü zenginliği hak ediyoruz, aynı zamanda hiçbirimiz hiçbir şeyi hak etmiyoruz, açken bir dilim ekmeği bile hak etmiyoruz. Başkası açken biz yemedik mi? Bizi bunun için cezalandıracak mısınız? Diğerleri yerken aç kalma erdemini gösterdik diye bizi ödüllendirecek misiniz? Hiç kimse cezayı kazanmaz, ödülü de. Aklınızı *hak etmek, kazanmak* gibi fikirlerden arındırın, ancak o zaman düşünebileceksiniz." Tabii ki bunlar Odo'nun *Hapishane Mektupları*'ndan parçalardı, ama zayıf, kısık sesle söylendiklerinde sanki adam bu sözleri kendisi oluşturuyormuş, sanki kendi yüreğinden, yavaş yavaş, zorlukla, suyun çöl kumunda yavaş yavaş birikip kuyuya dolması gibi geliyormuşçasına, garip bir etki yaratıyorlardı.

Rulag dinliyordu, başı kalkık, yüzü asıktı, tıpkı acıyı bastıran bir kişininki gibi. Onun önündeki masanın karşısında Shevek başı öne eğik oturuyordu. Sözler arkalarında bir boşluk bırakıyordu, Shevek kalkıp sessizliğe konuştu.

"Bakın," dedi, "istediğimiz şey Anarres'e güvenlik için değil, özgürlük için geldiğimizi hepimize anımsatmak. Eğer hepimiz aynı fikirde olursak, hepimiz birlikte çalışırsak bir makineden farkımız yok demektir. Eğer bir birey arkadaşlarıyla dayanışma içinde çalışamıyorsa onun görevi yalnız çalışmaktır. Görevi ve hakkıdır bu. İnsanları bu haktan mahrum ediyoruz. Başkalarıyla çalışmak gerektiğini, çoğunluğun yönetimini kabul etmek gerektiğini gitgide daha sık söylemeye başladık. Ama bir yönetim, nasıl olursa, olsun tiranlık anlamına gelir. Bireyin görevi *hiçbir* yönetimi kabul etmemek, kendi eylemlerinin başlatıcısı olmak, sorumlu olmaktır. Ancak böyle yaparsa toplum yaşar, değişir, uyum gösterir ve sağ kalabilir. Yasalar üstüne kurulmuş bir Devlet'in tebaası değiliz, devrimle oluşturulmuş bir toplumun üyeleriyiz. Devrim zorunluluğumuzdur: devrim, bizim evrim umudumuzdur. 'Devrim ya bireyin ruhundadır, ya da hiçbir yerde değildir. Ya herkes için ya da hiçbir şey içindir. Eğer herhangi bir şekilde sonu var gibi görünüyorsa, gerçek anlamda hiç başlamayacaktır.' Burada duramayız. Devam etmeliyiz. Tehlikelere katlanmalıyız."

Rulag en az onun kadar hafif, ama çok soğuk bir sesle onu yanıtladı. "Kişisel güdülerin sizi girmeye yöneltttiği bu tehlikelere hepimizi karıştırmaya hakkınız yok."

"Benim kadar ileri gitmek istemeyen hiç kimsenin beni gitmekten alıkoymaya hakkı yoktur," diye yanıtladı Shevek. Gözleri bir an için birleşti, ikisi de başını önüne eğdi.

"Urras'a bir yolculuğun tehlikesi giden kişiden başka kimseyi ilgilendirmez," dedi Bedap. "Göç Koşulları'nda herhangi bir şeyi değiştirmez, Urras'la olan ilişkilerimizde de bir şey değiştirmez, belki –yalnızca ahlaki açıdan– bizim lehimize olur. Ama buna karar vermeye hazır olduğumuzu sanmıyorum– hiçbirimizin. Şu an için bu konuyu geri çekiyorum, eğer sizin için de uygunsa tabii."

Onayladılar, Bedap'la Shevek de toplantıdan ayrıldılar.

"Enstitü'ye gitmem gerekiyor," dedi Shevek ÜDE binasından çıkarlarken. "Sabul bana şu küçük kâğıtlarından birini göndermiş –yıllardır ilk defa. Acaba kafasında neler var?"

"Acaba şu Rulag adlı kadının kafasında neler var? Sana kişisel bir düşmanlığı var. Kıskançlıktan sanırım. Bir daha ikinizi karşı karşıya getirmeyeceğiz, yoksa hiçbir yere gidemeyiz. Ama Kuzeydoğuşu'ndan gelen şu genç de kötü haberdi doğrusu. Çoğunluk yönetimi ve iktidarı iyidir! Mesajımızı iletebilecek miyiz Shev? Yoksa yalnızca bize karşı muhalefeti daha da mı körüklüyoruz?"

"Sözcükler yeterli olmazsa Urras'a gerçekten birini gönderip, hakkımızı eylem yoluyla kanıtlamak zorunda kalabiliriz."

"Belki. Ben gitmek zorunda kalmayayım da! Anarres'ten ayrılma hakkımız için sesim kısılıncaya kadar konuşurum, ama ben gitmek zorunda kalsaydım, boğazımı keserdim kahrolayım..."

Shevek güldü. "Gitmeliyim. Bir saat kadar sonra evde olurum. Bu gece gelip bizle yemek ye."

"Odada görüşürüz."

Shevek uzun adımlarıyla yola koyuldu; Bedap ÜDE binasının önünde kararsız durdu. Akşamüstüydü, rüzgârlı, güneşli, soğuk bir bahar günüydü. Abbenay'ın caddeleri parlak, fırçayla temizlenmiş gibi duruyordu, ışıkla ve insanlarla hayat doluydu. Bedap hem heyecanlı, hem de hayal kırıklığına uğramış hissediyordu kendini. Her şey, duyguları bile umut vericiydi, ama doyurucu değildi. Shevek ve Takver'in oturdukları Pekesh blokundaki konuta gitti ve umduğu gibi Takver'i bebekle birlikte evde buldu.

Takver iki kez düşük yapmıştı, sonra Pilun gelmişti, geç kalmıştı ve beklenmiyordu, ama sevinçle karşılanmıştı. Küçük doğmuştu, şimdi, iki yaşına yaklaştığı sırada hâlâ küçüktü, kolları ve bacakları inceydi. Bedap onu tutarken hep elinin bir hareketiyle kırılabilecek o kolların verdiği duygudan biraz korkuyor, biraz da çekiniyordu. Pilun'u çok seviyordu, bulutlu gri gözlerine hayrandı, güvenilirliği de kalbini kazanmıştı; ama ona ne zaman dokunsa, daha önce hissettiği gibi, zulmün çekiciliğinin ne olduğunu, güçlünün zayıfa neden eziyet ettiğini bilinçli olarak anlıyordu. Bu yüzden de –niçin "bu yüzden" olduğunu söyleyemiyordu gerçi– ona daha önce pek anlamlı gelmeyen, pek de ilgilenmediği bir şeyi de anlıyordu: ebeveynlik içgüdüsünü. Pilun ona *tadde* dediği zaman olağanüstü bir zevk duyuyordu.

Pencerenin altındaki somyaya oturdu. İki somyalı, büyükçe bir odaydı. Yer hasır döşeliydi; başka hiçbir eşya, masa ya da sandalye yoktu, yalnızca bir oyun alanı ayıran ya da Pilun'un yatağını perdeleyen küçük, taşınabilir bir parmaklık vardı. Takver diğer somyanın uzun, geniş çekmecesini açmıştı, içerideki kâğıtları düzenliyordu. Bebek Bedap'a doğru hareketlenince, "Pilun'u sıkı tut, Dap!" dedi kocaman gülümsemesiyle. "Bu kâğıtları ne zaman düzenlesem içine dalıyor, belki on kez oldu. Bir dakika içinde işim biter– on dakika diyelim."

"Acele etme, konuşmak istemiyorum. Yalnızca burada oturmak istiyorum. Haydi Pilun. Yürü– hadi bakalım akıllı kız! Tadde Dap'a gel, yürü, yürü. İşte yakaladım seni!"

Pilun Bedap'ın dizlerinde mutlu mutlu oturup elini inceliyordu. Bedap tırnaklarından utanıyordu, artık tırnaklarını yemiyordu ama yenmekten şekilleri bozulmuştu, bu yüzden önce elini kapatıp tırnaklarını gizlemeye çalıştı; sonra utanmaktan utandı ve elini açtı. Pilun elini okşadı.

"Bu güzel bir oda," dedi Bedap. "Kuzey güneşine karşı. Burası hep sakin."

"Evet. Şşşt, şaşırtma sayıyorum."

Bir süre sonra Takver kâğıtları kaldırıp çekmeceyi kapattı. "Tamam! Kusura bakma. Shev'e o makalenin sayfalarını numaralayacağımı söylemiştim. Bir içkiye ne dersin?"

Birçok temel gıdada hâlâ karne uygulanıyordu, ama beş yıl öncesine kıyasla çok daha gevşekti. Kuzeydoğuşu'nun meyve bahçeleri daha az zarar görmüş ve tahıl üreten bölgelere kıyasla kuraklıktan daha hızlı kurtulmuştu, geçen yıl kurutulmuş meyveler ve meyve suları karne listesinden çıkmıştı. Takver gölgeli pencerede bir şişe saklamıştı. Sadik'in okulda yaptığı, oldukça yamrı yumru kadehlerden ikisini doldurdu. Bedap'ın karşısına oturup gülümseyerek ona baktı, "Evet, ÜDE'de işler nasıl gidiyor?"

"Her zamanki gibi. Balık laboratuvarı nasıl?"

Takver kadehinin içine baktı, sıvının yüzeyindeki ışığı yakalamak için kadehi oynattı. "Bilmiyorum. Ayrılmayı düşünüyorum."

"Neden, Takver?"

"Ayrılmam isteneceğine ben ayrılayım... Derdim şu, işi seviyorum, iyi de yapıyorum. Abbenay'da buna benzer başka iş yok. Ama senin üyeleri olmadığına karar vermiş bir araştırma grubunun üyesi olamazsın ki."

"Sana daha çok yükleniyorlar, değil mi?"

"Her zaman," dedi Takver, sonra Shevek'in orada olup onları duymadığından emin olmak istermiş gibi hızla ve farkında olmadan kapıya baktı. "Bazıları inanılmaz. Biliyorsun işte. Böyle devam etmenin yararı yok."

"Hayır bilmiyorum, bu yüzden seni yalnız yakaladığıma sevindim. Gerçekten bilmiyorum. Benim, Shev'in, Skovan'ın, Gezach'ın, zamanının çoğunu basımevinde ya da telsiz kulesinde geçirenlerin, bizim görevlerimiz yok, bu yüzden de İnisiyatif Sendikası dışında pek kimseyi görmüyoruz. Ben sık sık ÜDE'de oluyorum, ama bu özel bir durum, orada muhalefet olacağını zaten biliyorum, çünkü muhalefeti ben yaratıyorum. Senin karşına çıkan ne?"

"Kin," dedi Takver karanlık, yumuşak sesiyle. "Gerçek kin. Projemin yöneticisi artık benimle konuşmuyor. Eh, bu pek kayıp sayılmaz. Ne de olsa mıymıntının biri. Ama diğerlerinden bazıları bana ne düşündüklerini söylüyorlar... Bir kadın var, balık laboratuvarında değil, burada, konutta. Ben blok temizlik komitesindeyim, gidip ona bir şey söylemem gerekiyordu. Beni konuşturmadı. 'Sakın bu odaya girmeye çalışma, sizi tanıyorum, sizi lanet olası hainler, entelektüeller, benciller,' falan filan, sonra kapıyı çarptı. Gülünçtü." Takver gerçekten eğlenmeden güldü. Onun güldüğünü gören Pilun, Bedap'ın kolunun kıvrımında kaykılmış otururken gülümsedi, sonra esnedi. "Ama biliyor musun, korkutucuydu. Ben korkağım Dap. Şiddetten hoşlanmıyorum. Onay görmemekten bile hoşlanmıyorum!"

"Tabii ki hoşlanmayacaksın. Tek güvencemiz komşularımızın onayı. Devletçinin biri bir yasayı çiğneyebilir, sonra da ceza görmeden kurtulmayı umabilir, ama sen bir geleneği 'yıkamazsın'; diğer insanlarla yaşamının çatısıdır o... Shev'in bugün toplantıda söylediği gibi, devrimci olmanın nasıl bir şey olduğunu yeni yeni hissetmeye başlıyoruz. Pek rahat bir şey de değil."

"Bazıları anlıyor," dedi Takver kararlı bir iyimserlikle. "Dün tramvayda bir kadın, ona nerede rastladığımı anımsamıyorum, belki bir zamanlar bir onuncu gün görevinde rastlamış olabilirim, 'Büyük bir bilim insanıyla yaşamak başka olmalı, çok ilginç olmalı!' dedi. Ben de evet dedim, en azından her zaman konuşacak bir şey var... Pilun, uyuma, bebek! Shevek az sonra gelir, sonra yemekhaneye gideceğiz. Salla onu Dap. Her neyse, gördüğün gibi Shev'in kim olduğunu biliyordu, ama ondan nefret etmiyordu, onaylıyordu, çok iyiydi."

"İnsanlar kim olduğunu biliyorlar," dedi Bedap. "Bu komik, çünkü onun kitaplarını benim kadar bile anlamıyorlar. Shevek birkaç yüz kişinin anladığını düşünüyor. Bölüm Enstitüleri'nde Eşzamanlılık dersleri düzenlemeye çalışan o öğrenciler. Bana kalırsa on beş, yirmi kişi demek iyi bir tahmin olur. Yine de insanlar onu tanıyorlar, onun gurur duyulacak biri olduğunu düşünüyorlar. Sanırım Sendika hiçbir şeyi beceremediyse bile bunu becerdi. Shev'in kitaplarını bastı. Yaptığımız tek akıllıca şey bu olabilir."

"Yapma canım! Bugün ÜDE'de kötü bir gün geçirmiş olmalısınız."

"Evet. Sana moral vermek isterdim Takver, ama yapamıyorum. Sendika temel toplumsal bağa çok yaklaşıyor: yabancı korkusu. Bugün orada açıkça misilleme tehdidinde bulunan bir genç vardı. Küçük bir ihtimal, ama bunu destekleyecek kişiler bulabilir. Ya o Rulag, kahrolasıca, felaket bir rakip."

"Kim olduğunu biliyor musun, Bedap?"

"Kim olduğunu mu?"

"Shev söylemedi mi sana? Tabii, ondan hiç bahsetmez. Anne o."

"Shev'in annesi mi?"

Takver başıyla onayladı. "Shevek iki yaşındayken onu bırakmış. Baba onunla kalmış. Alışılmadık bir şey değil tabii – Shev'in duyguları hariç. Temel bir şeyi yitirdiğini düşünüyor – hem o, hem de baba. Bundan genel bir ilke oluşturmuyor, ebeveynler hiçbir zaman çocuklarından ayrılmamalıdır falan gibi. Ama sanırım bu onun için sadakatin önemine kadar gidiyor."

"Alışılmamış olan," dedi Bedap enerjiyle, kucağında derin uykuya dalmış Pilun'un farkına varmadan, "son derece alışılmamış olan şey, Rulag'ın Shevek için duydukları! Bugün Shevek'in İthalat-İhracat toplantısına gelmesini dört gözle beklediği belliydi. Shevek'in grubun ruhu olduğunu biliyor ve bizden onun yüzünden nefret ediyor. Niçin? Suçluluk mu? Odocu Toplum *suçluluk* duygusu tarafından güdülecek kadar yozlaştı mı?.. Biliyor musun, şimdi biliyorum ya, birbirlerine benziyorlar. Yalnızca Rulag'ın içi taş gibi sertleşmiş– ölü."

O konuşurken kapı açıldı. Shevek ve Sadik içeriye girdiler. Sadik on yaşındaydı, yaşına göre uzundu, ince uzun, esnek ve kırılgan, hafif bir tüy bulutuyla kaplı bacakları vardı. Arkasından içeriye Shevek girdi, ona Rulag'la olan akrabalığının ışığında başka bir gözle bakan Bedap onu insanın zaman zaman çok eski bir dostunu gördüğü gibi, bütün geçmişin katkıda bulunduğu bir canlılıkla gördü: Shevek'in görkemli, suskun yüzü yaşam doluydu, ama yorulmuştu, kemiklerine kadar yorulmuştu. Son derece bireysel bir yüzdü, ama yine de yüzünün hatları hem Rulag'ınkilere, hem de bir özgürlük hayaliyle seçilmiş, sonra da çorak bir dünyaya, uzaklıkların, sessizliklerin, yıkıntının egemen olduğu bir dünyaya uyum gösteren Anarres'liler arasındaki birçok insana benziyordu.

Bu arada odada epeyce yakınlık, gürültü, paylaşma vardı: selamlaşmalar, gülüşmeler, biraz aksilik de etse Pilun'un kucaktan kucağa geçirilmesi, şişenin dolaştırılıp doldurulması, sorular, konuşmalar. Önce Sadik merkezdi, çünkü ailenin içinde en seyrek orada olandı; sonra da Shevek merkez oldu. "Şu senin Yağlı Sakal ne istiyordu?"

"Enstitü'de miydin?" diye sordu Takver; Shevek yanına otururken onu inceliyordu.

"Oradan geliyorum. Sabul bana bu sabah Sendika'da mesaj bırakmış." Shevek meyve suyunu içti; kadehi indirdiğinde, ağzındaki garip ifade, bir ifadesizlik ortaya çıktı. "Fizik Federasyonu'nda doldurulacak tam zamanlı bir görev olduğunu söyledi. Bağımsız, sürekli."

"Senin için mi yani? Orada mı? Enstitü'de mi?"

Başıyla onayladı.

"Sabul mu söyledi sana?"

"Seni kafalamaya çalışıyor," dedi Bedap.

"Evet, sanırım. Kuzeybatışı'nda söylediğimiz gibi, 'yok edemezsen evcilleştir.'" Shevek birdenbire içinden gelerek güldü. "Komik, değil mi?" dedi.

"Hayır," dedi Takver. "Komik değil, iğrenç. Gidip onunla nasıl konuşabildin? Senin hakkında yaydığı onca iftiradan ve *İlkeler*'in ondan çalındığı hakkındaki yalanlardan, sana Urras'lıların o ödülü verdiğini söylememesinden, geçen yıl ise senin üzerlerindeki 'gizli-otoriter etkin' –*senin* otoriter etkin!– yüzünden ders dizisini düzenleyen o çocukları dağıtıp başka yere gönderilmelerini sağladıktan sonra– mide bulandırıcıydı, affedilmezdi. Böyle bir adama karşı nasıl nazik olabilirsin?"

"Bilmiyormuş gibi konuşma, mesele yalnızca Sabul değil. O bir sözcü."

"Biliyorum, ama sözcü olmayı seviyor. Ayrıca o kadar uzun süredir o kadar sefil ki! Peki, ona ne dedin?"

"Zamana ayak uydurdum, senin dediğin gibi," dedi Shevek ve yeniden güldü. Takver ona baktı, onun bütün denetiminc karşın aşırı gerilim ve heyecan içinde olduğunu biliyordu.

"Onu doğrudan reddetmedin mi o zaman?"

"Birkaç yıl önce, kuramsal çalışma olanağı bulduğum sürece düzenli görev kabul etmemeye karar verdiğimi söyledim. O da özerk bir görev olduğundan araştırmamı istediğim gibi sürdürebileceğimi, bana bu görevi vermelerinin nedeninin –dur bakayım, nasıl demişti– 'enstitüdeki deney araç gerecine, düzenli yayın ve dağıtım kanallarına erişmemi kolaylaştırmak' olduğunu söyledi. Başka bir deyişle, ÜDE matbaasına."

"Ama o halde, kazandın," dedi Takver ona garip bir ifadeyle bakarak. "Kazandın. Ne yazarsan basacaklar. Buraya beş yıl önce geri döndüğümüzde istediğin buydu. Duvarlar yıkıldı."

"Duvarların arkasında başka duvarlar var," dedi Bedap.

"Ancak görevi kabul edersem kazanmış olurum. Sabul beni– meşrulaştırmayı öneriyor. Beni resmileştirmek istiyor. Beni İnisiyatif Sendikası'ndan ayırmak için. Amacının bu olduğunu görmüyor musun, Dap?"

"Tabii," dedi Bedap. Yüzü ciddiydi. "Zayıflatmak için böl."

"Ama Shev'i Enstitü'ye almak ve yazdıklarını ÜDE matbaasında basmak bütün Sendika'ya onay vermek anlamına gelmez mi?"

"Birçok insan için bu anlama gelebilir."

"Hayır, gelmez," dedi Bedap. "Açıklanacaktır. Büyük fizikçi bir süre için sevgisiz bir grup tarafından yanlış yere yöneltilmişti, entelektüeller her zaman yollarını şaşırabilirler, çünkü zaman, mekân ve gerçeklik gibi ilgisiz şeylerle, gerçek yaşamla bağı olmayan şeylerle ilgilenirler, bu yüzden kötü niyetli sapmacılar tarafından kolayca kandırılabilirler. Ama Enstitü'deki iyi Odocular ona kibarca hatalarını gösterdiler, o da toplumsal-organik gerçek yoluna döndü. Böylece İnisiyatif Sendikası'nın Anarres ya da Urras'ta insanların ilgisini çekebilmesini sağlayacak en önemli kozlarından biri de kırpılmış olur."

"Bedap, Sendika'dan ayrılmıyorum."

Bedap kafasını kaldırdı, bir dakika kadar sonra, "Tabii," dedi, "ayrılmayacağını biliyorum."

"Peki. Haydi yemeğe. Bu karın guruldüyor; dinle Pilun, duyuyor musun? Gurrrr, gurrrrr!"

"Hop!" dedi Pilun emir verirmiş gibi. Shevek onu omuzuna kaldırdı, sonra ayağa kalktı. Her ikisinin kafasının arkasında odada asılı duran tek hareketli birim yavaşça salınıyordu. Dövülerek yassılaştırılmış tellerden yapılmış büyük bir parçaydı; bu yüzden, yandan bakıldığında hepsi kayboluyordu, oval şekilleri ara ara titreşiyor, kayboluyordu, tıpkı ortak merkez çevresinde, birbirine karmakarışık girmiş elipsoid yörüngelerde oval tellerle birlikte hareket eden iki ince, açık cam kabarcığının bazı ışıklarda yok olması gibi, hiçbir zaman bir araya gelmeden, hiçbir zaman tam olarak ayrılmadan. Takver ona Zamanın İskânı adını vermişti.

Pekesh yemekhanesine gittiler ve kayıt panosu boş bir yer gösterene kadar beklediler, böylece Bedap'ı konuk olarak götürebileceklerdi. Bedap oraya kaydedilince, her zamanki yemekhanesinde listeden çıkarılmış oluyordu, çünkü sistem bütün kentte bir bilgisayar tarafından yönetiliyordu.

İlk Göçmenler tarafından çok sevilen ve artık yalnız Abbenay'da kalan, son derece teknik "özdevimsel süreç"lerden biriydi bu. Başka yerlerde kullanılan daha az karmaşık düzenlemeler gibi o da hiçbir zaman tam olarak çalışmıyordu; eksiklikler, fazlalıklar ve karışıklıklar oluyordu, ama çok büyük ölçüde değil. Pekesh yemekhanesinde pek gelmeyen olmuyordu, çünkü iyi aşçılar geleneği olan bu mutfak Abbenay'da en iyi tanınan mutfaktı. Bedap'ın Shevek ve Takver'in konut arkadaşları olarak uzaktan tanıdığı iki genç masada onlara katıldılar. Onun dışında yalnızdılar ya da yalnız bırakılmışlardı. Hangisi doğruydu? Önemli görünmüyordu. İyi bir yemek yediler, konuşarak iyi zaman geçirdiler. Ama Bedap arada bir çevrelerinde bir sessizlik çemberi olduğunu hissediyordu.

"Urras'lıların bundan sonra ne düşüneceğini bilmiyorum," dedi. Zaten alçak sesle konuştuğu halde ona rahatsızlık veren bir şekilde, sesini daha da alçalttığını fark etti. "Buraya gelmek istediler, Shev'in oraya gitmesini istediler; bir sonraki hamle ne olacak?"

"Gerçekten Shev'in oraya gitmesini istediklerini bilmiyordum," dedi Takver kaşlarını yarı çatarak.

"Evet, biliyordun," dedi Shevek. "Bana ödülü –şu Seo Oen ödülünü– verdiklerini söyledikleri zaman, gelip gelemeyeceğimi sormuşlardı, anımsadın mı? Ödülle birlikte verilen parayı almak için!" Shevek ışıltılı gözlerle gülümsedi. Çevresinde bir sessizlik çemberi varsa bile bu onu etkilemiyordu, o her zaman yalnızdı.

"Doğru, bunu biliyordum. Yalnızca gerçek bir olanak olarak görmüyordum. Kaç dekaddır ÜDE'dekileri şaşırtmak için Urras'a birinin gidebileceğini önermekten bahsedip duruyorsunuz."

"Sonunda yaptığımız da bu zaten, bu akşamüstü Dap bana söyletti."

"Şaşırdılar mı?"

"Saçları diken diken oldu– gözleri yuvalarından uğradı–"

Takver kıkırdadı. Pilun Shevek'in yanındaki yüksek bir iskemlede oturuyor, dişlerine bir parça holum ekmeğiyle egzersiz yaptırıyordu, sesine de bir şarkıyla. "O gagılı gugu," dedi, "atta va atta!" Shevek hemen uyum gösterip aynı şekilde yanıtladı. Büyüklerin konuşması seyrekleşti ve kesintiye uğramaya başladı. Bedap önemsemiyordu, uzun süre önce Shevek'in ya bütün karmaşıklıklarıyla kabul edileceğini ya da hiç kabul edilmeyeceğini öğrenmişti. En sessiz olanları Sadik'ti.

Bedap yemekten sonra konutun hoş, geniş ortak odasında onlarla bir saat kadar kaldı, kalktığında Sadik'e yolunun üzerindeki okul yatakhanesine kadar eşlik etmeyi önerdi. Bunu söyleyince bir şey, bir ailenin dışındaki insanların pek anlayamayacağı olaylar ya da sinyallerden biri gerçekleşti; Bedap'ın tek bildiği şey, Shevek'in hiç telaş ya da tartışma yaratmadan onlarla birlikte geliyor olduğuydu. Takver gitgide daha yüksek sesle konuşan Pilun'a yemek yedirmek zorundaydı... Bedap'ı öptü, Bedap, Shevek ve Sadik konuşarak çıktılar. Çok dalmışlardı, öğrenme merkezini geçtiler. Geri döndüler. Sadik yatakhane girişinde durdu. Hareketsiz, dik ve zayıf duruyordu, sokak lambasının zayıf ışığında yüzü durgundu. Shevek bir an için aynı derecede hareketsiz durdu, sonra onun yanına gitti. "Ne oldu, Sadik?"

Çocuk, "Shevek," dedi. "Bu gece odada kalabilir miyim?"

"Tabii. Ama ne oldu?"

Sadik'in ince, uzun yüzü titredi ve parçalanmış gibi göründü.

"Yatakhanede beni sevmiyorlar," dedi; sesi gerginlikle tizleşmişti, ama eskisinden daha da yumuşamıştı.

"Seni sevmiyorlar mı? Ne demek istiyorsun?"

Henüz birbirlerine dokunmamışlardı. Sadik ona umutsuz bir cesaretle yanıt verdi. "Çünkü– Sendika'yı, Bedap'ı ve– ve seni sevmiyorlar. Diyorlar ki– Yatakhane odasındaki abla dedi ki, siz– biz hepimiz ha– hepimizin hain olduğunu söyledi." Çocuk kelimeyi söylerken vurulmuş gibi sarsıldı, Shevek onu yakaladı ve tuttu. Sadik Shevek'e bütün gücüyle sarıldı, hıçkıra hıçkıra ağlamaya başladı. Shevek'in kucağına alamayacağı kadar büyük ve uzundu. Shevek ona sarılarak, saçını okşayarak orada durdu. Onun siyah kafasının üzerinden Bedap'a baktı. Kendi gözleri de yaşla dolmuştu. "Tamam Dap," dedi. "Sen git."

Bedap'ın onları, adamla çocuğu orada, paylaşamayacağı o tek yakınlıkta, o en zor ve en derin yakınlıkta, acının verdiği yakınlıkta bırakıp gitmekten başka yapacak bir şeyi yoktu. Gitmek ona rahatlama ya da kurtulma duygusu vermiyordu, tam aksine kendini işe yaramaz ve küçülmüş hissediyordu.

Konutuna, mükemmel bir bağımsızlık içinde yaşadığı beş kişilik odasına doğru yürürken, "Otuz dokuz yaşındayım," diye düşündü. "Birkaç dekad içinde kırk olacağım. Ne yaptım? Neyle uğraştım? Hiçbir şeyle. Karıştım. Kendi yaşamım olmadığı için başkalarının yaşamlarına burnumu soktum. Hiç zaman ayırmadım... Şimdi birdenbire zaman benim için akıp geçecek ve hiçbir zaman... ona sahip olamayacağım." Geriye, köşe lambalarının rüzgârlı karanlıkta yumuşak ışık havuzları oluşturduğu uzun, sessiz sokaktan aşağıya baktı, ama baba-kızı göremeyecek kadar uzaklaşmıştı ya da gitmişlerdi. Sözcüklerle arası iyi olduğu halde "o" demekle neyi kastettiğini de söyleyemiyordu; yine de onu açık olarak anladığını, bütün umudun o anlamada yattığını ve eğer kurtulmak istiyorsa yaşamını değiştirmesi gerektiğini hissediyordu.

Sadik yanından ayrılacak kadar sakinleşince Shevek onu yatakhanenin ön merdiveninde bırakıp nöbetçiye onun bu gece ebeveynleriyle kalacağını bildirmeye gitti. Nöbetçi onunla soğuk konuştu. Çocukların yatakhanelerinde çalışan büyükler gece ziyaretlerini onaylamama eğilimi gösteriyorlardı, bu ziyaretleri rahatsız edici buluyorlardı. Shevek kendi kendine nöbetçide bu onaylamama dışında bir şey hissetmekte haksız olduğunu düşündü. Öğrenme merkezinin salonları iyi aydınlatılmıştı, etraf gürültüylc, müzik çalışmasıyla, çocukların sesleriyle çınlıyordu. Shevek'in anımsadığı bütün o eski kokular, gölgeler, çocukluğun yankıları vardı, bunun yanında korkular da. İnsan korkuları unutuyordu.

Shevek dışarı çıkıp Sadik'le birlikte eve yürüdü, kolu kızın ince omuzlarındaydı. Sadik sessizdi, hâlâ mücadele ediyordu. Pekesh ana konutunun girişine geldiklerinde birdenbire, "Takver'le senin için bu gece beni konuk etmenin onaylanabilir olmadığını biliyorum," dedi.

"Bu fikre nereden kapıldın?"

"Çünkü gizliliğe gereksinmeniz var, yetişkin çiftlerin gizliliğe gereksinmeleri vardır."

"Pilun var," dedi Shevek.

"Pilun sayılmaz."

"Sen de sayılmazsın."

Sadik burnunu çekti, gülümsemeye çalıştı.

Ama odanın ışığına geldiklerinde, kırmızı lekeli, beyaz, şişkin yüzü birdenbire Takver'i şaşırttı. "Ne oldu?" Süt emmesi yarıda kesilen ve zevkinden alıkoyulan Pilun ağlamaya başladı, onu duyan Sadik kendini koyverdi, bir süre için herkes hep birlikte ağlıyor, birbirlerini teselli ediyor, teselliyi reddediyordu. Bu birdenbire yerini sessizliğe bıraktı, Pilun annenin, Sadik babanın kucağındaydı.

Bebek beslenip uyutulduktan sonra Takver hafif ama heyecanlı bir sesle, "Pekâlâ!" dedi, "Ne oldu?"

Sadik yarı uyumuştu, başı Shevek'in göğsündeydi. Shevek onun yanıt vermek için toparlandığını hissedebiliyordu. Onu konuşturmamak için saçını okşadı ve onun yerine konuştu. "Öğrenme merkezindeki bazıları bizi onaylamıyorlar."

"Peki bizi onaylamamaya ne hakları var lanet olasıcaların?"

"Şşşt, şşşt. Sendikayı onaylamıyorlar."

"Ya," dedi Takver, garip, gırtlaktan gelen bir sesle, giydiği tuniğin düğmelerini iliklerken düğmeyi kumaştan kopardı. Elinde duran düğmeye bakakaldı. Sonra Shevek ve Sadik'e baktı.

"Ne kadardır sürüyor bu?"

"Uzun zamandır," dedi Sadik başını kaldırmadan.

"Günler, dekadlar mı yoksa bütün dönem boyunca mı?"

"Daha da uzun süredir. Ama onlar... Yatakhanede gittikçe bayağılaşıyorlar. Geceleri. Terzol onları durdurmuyor." Sadik daha çok uykusunda konuşuyor gibiydi, çok da sakindi, sanki bu konu artık onu ilgilendirmiyordu.

Shevek'in uyarıcı bakışına rağmen Takver "Ne yapıyorlar?" diye sordu.

"Şey, onlar yalnızca bayağılar. Beni oyunların ve diğer şeylerin dışında tutuyorlar. Tip arkadaşımdı, en azından ışıklar söndükten sonra gelirdi, konuşurduk. Ama bıraktı artık. Terzol şimdi yatakhanenin ablası ve o... diyor ki Shevek– Shevek–"

Shevek çocuğun bedeninde gerilimin arttığını, korktuğunu ve dayanılmaz cesaret çağrısını hissederek müdahale etti. "Shevek bir hain diyor, Sadik bencilin biri– biliyorsun ne dediğini Takver!" Gözleri parıldıyordu. Takver gelip kızının yanağına bir kez, çekinerek dokundu. Hafif bir sesle, "Evet, biliyorum," dedi ve gidip diğer somyaya, karşılarına oturdu.

Duvarın dibine yatırılmış olan bebek hafif hafif horluyordu. Diğer odalardaki insanlar yemekhaneden geri döndüler, bir kapı çarptı, alandaki biri iyi geceler diledi ve açık bir pencereden yanıt aldı. Büyük konut iki yüz odasıyla kıpırdanıyordu, çevrelerinde sessiz ve canlıydı; onların varlıkları konutun varlığına girdikçe konutunki de onların varlığına giriyordu, bir bütünün parçası gibi. Sonra Sadik babasının dizlerinden aşağıya kaydı ve onun yanındaki somyaya, yakınına oturdu. Koyu renk saçları karışmış ve dolaşmış, yüzüne sarkmıştı.

"Size söylemek istemedim, çünkü–" Sesi ince ve zayıftı. "Ama gittikçe daha kötüleşiyor. Birbirlerini daha da bayağılaştırıyorlar."

"O halde oraya dönmeyeceksin," dedi Shevek. Kolunu Sadik'e doladı, ama o direndi, dik oturdu.

"Eğer gidip onlarla konuşursam–" dedi Takver şaşkınlıkla.

"İşe yaramaz. Hissettikleri bu."

"İyi ama, nedir bu karşımıza çıkan?" diye sordu Takver şaşkınlıkla.

Shevek yanıt vermedi. Kolu hâlâ Sadik'in omuzundaydı, sonunda Sadik de direnmeyi bıraktı. Başını yorgun bir mutlulukla onun koluna yaslamıştı. "Başka öğrenme merkezleri de var," dedi Shevek sonunda, kendinden emin olmayan bir sesle.

Takver ayağa kalktı. Sakin olamadığı ve bir şeyler yapmak, bir eylemde bulunmak istediği açıktı. Ama yapacak fazla bir şey yoktu. "Saçını öreyim Sadik," dedi sakin bir sesle.

Çocuğun saçını fırçaladı ve ördü; odanın öte yanına perdeyi çekip Sadik'i de uyuyan bebeğin yanına yerleştirdiler. Sadik iyi geceler derken yine gözleri dolmuştu, ama yarım saat içinde nefes alışından uyuduğunu anladılar.

Shevek somyanın başucuna yerleşmişti, elinde bir defterle hesap cetveli vardı.

"O taslağı numaraladım bugün," dedi Takver.

"Ne kadar tuttu?"

"Kırk bir sayfa. Ekiyle birlikte."

Shevek başıyla onayladı. Takver ayağa kalktı, perdenin üzerinden uyuyan iki çocuğa baktı, sonra dönüp somyanın kenarına oturdu.

"Bir sorun olduğunu anlamıştım. Ama bir şey söylemedi. Hiçbir zaman söylemedi, içine kapanık. Sorunun bu olduğunu düşünememiştim. Yalnızca bizim sorunumuz olduğunu düşünüyordum, çocuklara da yansıtacaklarını düşünmemiştim." Yumuşak ve acı konuşuyordu. "Artıyor, gitgide artıyor... Başka bir okul farklı mı olacak sanki?"

"Bilmiyorum. Bizimle çok zaman geçirirse, sanırım farklı olmaz."

"Herhalde önerdiğin şey–"

"Bir şey önerdiğim yok. Yalnızca bir gerçekten bahsediyorum. Çocuğa bireysel sevginin yoğunluğunu vermeyi seçersek, onu bunun yanında gelen şeyden, acı tehlikesinden koruyamayız. Bizden gelen ya da bizim aracılığımızla gelen acıdan."

"Bizim yaptıklarımız için ona işkence edilmesi haksızlık. O kadar iyi, o kadar iyi huylu ki, berrak su gibi–" Takver sustu, gözyaşlarından boğazı tıkanmıştı, gözlerini sildi, dudaklarını kıstı.

"Yaptığımız şey değil. Benim yaptığım şey." Defteri yerine koydu. "Sen de bunun için acı çekiyorsun."

"Ne düşündükleri umurumda değil."
"İşte mi?"
"Başka bir görev alabilirim."
"Burada bulamazsın, kendi alanında bulamazsın."
"Peki başka bir yere mi gitmemi istiyorsun? Barış-ve-Bolluk' taki Sorruba balığı laboratuvarları beni alır. Ama sana ne olacak?" Ona kızgın kızgın baktı. "Burada kalacaksın herhalde?"
"Seninle gelebilirim. Skovan ve diğerleri İoca'larını ilerletiyorlar, telsizi becerebilirler, benim şu anda Sendika'daki ana uygulama işlevim bu. Fizikle Barış-ve-Bolluk'ta da buradaki kadar uğraşabilirim. Ama İnisiyatif Sendikası'ndan doğrudan çıkmazsam bu sorunu çözmez, değil mi? Sorun benim. Bela getiren benim."
"Barış-ve-Bolluk gibi küçük bir yerde bunu umursarlar mı?"
"Korkarım umursarlar."
"Shev, bu nefretin ne kadarına maruz kaldın sen? Sadik gibi sen de susuyor muydun?"
"Senin gibi de. Zaman zaman yani. Geçen yaz Concord'a gittiğimde, sana söylediğimden daha kötüydü. Taş atmalar, büyükçe bir de kavga. Oraya gitmemi isteyen öğrenciler benim için kavga etmek zorunda kaldılar. Ettiler de, ama çabuk ayrıldım; onları tehlikeye atıyordum. Eh, öğrenciler biraz tehlike isterler. Ayrıca kavgayı biz istedik, kasten insanları kışkırttık. Bizim tarafımızı tutanlar da epeyce fazla. Ama şimdi... seni ve çocukları tehlikeyle atıp atmadığımdan emin değilim Tak. Sizinle birlikte kalarak."
"Sanki sen tehlikede değilsin," dedi Takver vahşi bir sesle.
"Bunu ben istedim. Ama bu kan davasını size de yansıtacakları aklıma gelmemişti. Size gelecek tehlikeyle bana gelecek tehlikeyi aynı kefeye koymuyorum."
"Fedakâr!"
"Belki. Elimde değil, Tak, kendımi sorumlu hissediyorum. Bensiz herhangi bir yere gidebilir ya da burada kalabilirsiniz. Sendika'da çalıştın, ama onlar için sorun olan şey bana olan bağlılığın. Ben simgeyim. Bu yüzden... benim için gidecek yer yok."
"Urras'a git," dedi Takver. Sesi o kadar sertti ki Shevek sanki suratına tokat yemiş gibi yerine oturdu.
Takver gözlerini kaçırıyordu, ama daha yumuşak bir sesle yine-

ledi. "Urras'a git... Neden olmasın? Orada seni istiyorlar. Burada istemiyorlar! Belki de ne yitirdiklerini görecekler sen gittiğinde... Sen de gitmek istiyorsun. Bu gece gördüm bunu. Daha önce hiç düşünmemiştim, ama yemekte ödülü konuştuğumuzda gülüşüne bakınca gördüm."

"Ödüllere, karşılıklara gereksinmem yok!"

"Yok. Ama takdir edilmeye, tartışmaya ve öğrencilere gereksinmen var. Sabul'un kuklası olmayanlara. Bak şimdi. Sen ve Dap ÜDE'yi birinin kendi hakkını kullanarak Urras'a gitmesi fikriyle korkutmaktan bahsedip duruyorsunuz. Ama bundan bahsederseniz, sonra da kimse gitmezse bu onları güçlendirmekten başka bir şeye yaramaz – yalnızca geleneğin bozulamaz olduğunu kanıtlamış olursunuz. Şimdi bunu bir ÜDE toplantısında gündeme getirdiğinize göre birinin gitmesi gerekiyor. Bu sen olmalısın. Seni istediler; senin gitmek için bir nedenin var. Git ve ödülünü, senin için sakladıkları parayı al," diye birdenbire bitirdi Takver, oldukça içten bir gülüşle.

"Takver, Urras'a gitmek istemiyorum!"

"İstiyorsun; istediğini biliyorsun. Neden istediğini bildiğimden emin değilim gerçi."

"Şey, tabii ki fizikçilerden bazılarını tanımak isterim... İeu Eun'da ışıkla deney yaptıkları laboratuvarları görmeyi de." Bunu söylerken utanmış gibiydi.

"Bunu yapmak hakkın," dedi Takver vahşi bir kararlılıkla. "İşinin bir parçası bu, yapman gerekiyor."

"Devrim'i canlı tutmaya yarar –her iki tarafta da– öyle değil mi?" dedi Shevek. "Ne çılgın bir fikir! Tirin'in oyunu gibi, yalnızca tam tersi. Ben gidip devletçilerin aklını çeleceğim... Eh, bu en azından onlara Anarres'in var olduğunu kanıtlamış olur. Bizimle telsiz aracılığıyla konuşuyorlar, ama bize gerçekten inandıklarını sanmıyorum. Bizim kendimiz olduğumuza inandıklarını."

"İnansalardı korkabilirlerdi. Onları gerçekten ikna edebilseydik gelip bizi havaya uçurabilirlerdi."

"Sanmıyorum. Onların fiziklerinde biraz devrim yapabilirim yeniden, ama fikirlerinde devrim yapamam. Toplumu burada etkileyebilirim ancak, burada– fiziğimle ilgilenmeseler bile. Son derece haklısın; bundan bahsettiğimize göre yapmalıyız." Bir duraklama oldu. "Diğer ırkların ne tür bir fizikle uğraştıklarını merak ediyorum," dedi.

"Hangi diğer ırklar?"

"Yabancılar. Hain'den ve diğer güneş sistemlerinden gelen kişiler. Urras'ta iki yabancı elçilik var, Hain ve Arz elçilikleri. Hain'liler Urras'ın şimdi kullandığı yıldızlararası motoru icat ettiler. İstemeye niyetli olsaydık bize de verirlerdi herhalde. İlginç olurdu doğrusu..." Sözünü bitirmedi.

Uzun bir duraklamadan sonra Takver'e dönüp değişmiş, alaycı bir sesle "Ben mülkiyetçileri ziyaret ederken sen ne yapacaksın bakalım?" dedi.

"Kızlarla Sorruba kıyısına gidip balık laboratuvarı teknisyeni olarak huzurlu bir yaşam sürdüreceğim. Sen dönene kadar."

"Dönmek mi? Geri dönebileceğimi kim söylüyor?"

Takver onun ta gözlerinin içine baktı. "Seni ne engelleyebilir?"

"Belki Urras'lılar... Beni orada tutabilirler. Biliyorsun, orada kimse özgürce gidip gelemiyor. Belki de kendi insanlarımız. Benim yere inmemi engelleyebilirler. ÜDE'deki bazıları bugün beni bununla tehdit ettiler. Rulag da onlardan biriydi."

"Ondan da bu beklenirdi. Yalnızca izin vermemeyi biliyor. Eve dönüş imkânını reddetmeyi biliyor."

"Gerçekten doğru. Evet tam da böyle," dedi Shevek, yeniden arkasına yaslandı ve Takver'e düşünceli, hayran hayran baktı. "Ama ne yazık ki yalnızca Rulag yok. Birçok kişi için Urras'a gidip geri dönmeye çalışan biri, olsa olsa bir hain, bir casus olabilir."

"Peki bu konuda ne yapabilirler?"

"Eğer Savunma'yı tehlike konusunda ikna edebilirlerse gemiyi vurup düşürebilirler."

"Savunma bu kadar aptal olabilir mi?"

"Sanmıyorum. Ama Savunma dışında herhangi biri de patlama gücü yüksek patlayıcılar üretip gemiyi yerde havaya uçurabilir. Ya da daha iyisi, ben gemiden inince bana saldırabilir. Sanırım bu gerçek bir olasılık. Urras'ın turistik yerlerini içeren bir gidiş dönüş yolculuğu planlarına bu da dahil edilmeli."

"Değer mi bu tehlikeye girmeye?"

Shevek bir süre için önüne, boşluğa baktı. "Evet," dedi. "Bir anlamda. Eğer Kuram'ı orada bitirebilirsem, onlara –bize, onlara, bütün dünyalara– verebilirsem bu hoşuma gider. Burada duvarlar arasındayım. Sıkışığım, çalışmak zor, çalışmayı sınamak zor, aygıt yok, meslektaş yok, öğrenci yok. Üstelik işi yapınca da onu istemediklerini görüyorsun. Ya da, isteseler bile, onlar da Sabul'un yaptığı gibi, onay almak için inisiyatiften vazgeçmemi istiyorlar... Yaptığım çalışmaları ben öldükten sonra kullanacaklar, bu her zaman olur. Ama yaşam boyu uğraştığım çalışmamı neden Sabul'a, bütün Sabul'lara, bir tek gezegenin bütün bayağı, dolap çeviren, hırslı egolarına vereyim? Onu paylaşmak istiyorum. Üzerinde çalıştığım konu çok büyük. Verilmek, yayılmak zorunda. Verilince bitecek bir şey değil ki."

"Peki o zaman," dedi Takver, "buna değer."

"Neye değer?"

"Tehlikeye girmeye. Belki de geri dönememeye."

"Geri dönememeye," diye yineledi Shevek. Takver'e garip, yoğun, ama dalgın bir bakışla baktı.

"Bence bizim yanımızda, Sendika'nın yanında, düşündüğümüzden fazla kişi var. Henüz pek fazla bir şey –onları bir araya getirecek herhangi bir şey– yapmadık, tehlikeye girmedik. Sen tehlikeye girersen, sanırım seni desteklemek için gelirler. Sen kapıyı açarsan onlar da yeniden temiz havayı, özgürlüğü solurlar."

"Hepsi de kapıyı kapatmak için koşup gelebilir..."

"Öyle yaparlarsa onların kaybı olur. Geri döndüğünde Sendika seni koruyabilir. O zaman, insanlar hâlâ bu kadar saldırgan ve nefret dolu olurlarsa canları cehenneme deriz – anarşistlerden korkan bir anarşist toplum ne işe yarar? Gidip Yalnız'da, Yukarı Sedep'te, EnÇok'ta yaşarız, gerekirse gidip dağlarda yalnız yaşarız. Yer var. Bizimle gelecekler de olacaktır. Yeni bir topluluk kurarız. Toplumumuz politikaya ve iktidar mücadelesine giriyorsa, o zaman biz toplumdan çıkarız, gidip Anarres'in ötesinde bir Anarres, yeni bir başlangıç yaratırız. Ne dersin?"

"Güzel," dedi Shevek. "Güzel, sevgili can. Ama biliyorsun, Urras'a gitmiyorum."

"Tabii ki gidiyorsun. Ayrıca geri de döneceksin," dedi Takver. Gözleri kapkaraydı, bir ormanın gece karanlığı gibiydi. Yumuşak bir karanlıktı bu. "Eğer yola çıkarsan. Her zaman gittiğin yere ulaşıyorsun. Her zaman da geri dönüyorsun."

"Saçmalama Takver. Urras'a gitmiyorum!"

"Yoruldum," dedi Takver gerinerek, uzandı ve alnını Shevek'in koluna koydu. "Yatalım."

On Üçüncü Bölüm

Urras - Anarres

YÖRÜNGEDEN AYRILMADAN ÖNCE görüntü pencereleri Urras'ın bulutsu, kocaman ve güzel türkuvaz çemberiyle doluydu. Ama gemi döndü ve yıldızlar göründü; Anarres de onların arasında, yuvarlak, parlak bir kaya gibi ortaya çıktı: hareket ediyordu, ama etmiyor gibiydi, bir el tarafından fırlatılmış, zamanın dışında dönüp duruyor, zamanı yaratıyordu.

Shevek'e bütün gemiyi, yıldızlararası *Davenant*'ı gezdirdiler. *Dikkatli* gemisinden olabildiğince farklıydı. Dışarıdan bakıldığında cam ve telden yapılmış bir heykel kadar tuhaf ve kırılgan görünüyordu; gemiye ya da araca benzer yanı yoktu, ön ya da arka ucu bile yoktu, çünkü gemi hiçbir zaman gezegenlerarası uzaydan daha yoğun bir atmosferin içinde yolculuk etmiyordu. İçerisi geniş ve bir ev kadar sağlamdı. Odalar büyük ve özeldi, duvarlar tahta panolarla ya da kabartılı dokumalarla kaplıydı, tavanlar yüksekti. Ama perdeleri çekilmiş bir eve benziyordu, çünkü çok az odanın görüntü penceresi vardı ve son derece sessizdi. Kaptan köprüsü ve makine dairesi bile sessizdi, makineler ve aygıtlar bir yelkenli gemi teçhizatı tasarımının basit kesinliğine sahipti. Işıklandırmanın güneş ışığı niteliğinde olduğu, havanın tatlı bir toprak ve yaprak kokusuyla dolduğu bir gezinti bahçesi vardı; geminin gecesi boyunca bahçe karartılıyor, pencereleri yıldızlara açılıyordu.

Yıldızlararası yolculuklar gemi zamanına göre yalnızca birkaç saat ya da birkaç gün sürdüğü halde, bunun gibi ışık hızına yakın yolculuk yapan gemiler aylarca bir güneş sistemini inceleyebilir, mürettebatının yaşadığı ya da araştırdığı bir gezegenin çevresinde yıllarca kalabilirdi. Bu yüzden, içinde yaşamak zorunda olanlar düşünülerek geniş, insancıl, yaşanabilir bir tarzda yapılmıştı. Tarzında ne Urras'ın zenginliği, ne de Anarres'in sertliği vardı, uzun bir deneyimin doğal zarafetiyle bir denge oluşturulmuştu. O kısıtlı yaşamı, kısıtlamalarını sorun haline getirmeden, mutlulukla, düşünerek sürdürmeyi hayal etmek mümkündü. Mürettebatın arasındaki Hain'liler düşünen insanlardı, uygar, düşünceli, epeyce ciddiydiler. Kendiliğindenlikten pek nasiplerini almamışlardı. En gençleri bile Arz'lıların hepsinden çok daha yaşlı görünüyordu.

Ama Shevek *Davenant*'ın kimyasal tepkime yoluyla, alışılmış hızlarda Urras'tan Anarres'e gitmek için geçirdiği üç gün boyunca onları pek fazla incelemedi. Kendisiyle konuşulduğunda yanıt veriyordu; soruları isteyerek yanıtlıyordu; ama çok az soru soruyordu. Konuştuğu zaman da bu içe dönük bir sessizlikten geliyordu. *Davenant*'daki insanlar, özellikle de genç olanları, sanki Shevek'te eksikliğini duydukları ya da olmak istedikleri bir şey varmış gibi onun cazibesine kapılıyorlardı. Kendi aralarında onu epeyce tartışıyorlardı, ama yanında utangaçtılar. Shevek ise bunu fark etmedi. Onların pek farkında sayılmazdı. Önündeki Anarres'in farkındaydı. Aldanan umudun ve yerine getirilen vaadin farkındaydı; başarısızlığın, ruhunun içindeki, sonunda serbest bırakılmış kaynakların, coşkunun da farkındaydı. Hapisten çıkmış, evine, ailesine giden bir adamdı. Böyle biri yolu boyunca her gördüğünü yalnızca ışığın yansımaları olarak görür.

Yolculuğun ikinci günü, iletişim odasında Anarres ile telsiz konuşması yapıyordu, önce ÜDE dalga boyunda, şimdi de İnisiyatif Sendikası'nın dalga boyunda. Öne eğilerek oturuyor, dinliyor ya da ana dili olan etkileyici, açık dilin sağanağıyla yanıt veriyordu; bazen konuştuğu kişi kendisini görebiliyormuş gibi boştaki eliyle hareketler yapıyor, arada bir de gülüyordu. *Davenant*'ın ikinci kaptanı olan ve telsiz bağlantısını sağlayan Hain'li Ketho düşünceli düşünceli onu seyrediyordu. Ketho bir gece önce yemekten sonra Shevek'le bir saat geçirmişti, yanlarında komutan ve diğer mürettebat da vardı; sessiz, talepte bulunmayan Hain'li tavrıyla, Anarres hakkında bir sürü soru sormuştu.

Shevek sonunda ona döndü. "Pekâlâ, bitti. Gerisi eve dönmemi bekleyebilir. Yarın sizinle giriş işlemini ayarlamak için bağlantı kuracaklar."

Ketho başını salladı. "Bazı iyi haberler aldınız," dedi.

"Evet, aldım. En azından bazı, nasıl söylüyorsunuz, canlı haberler aldım." Karşılıklı İoca konuşmak zorundaydılar; Shevek'in konuşması bu dili çok doğru ve katı konuşan Ketho'ya oranla çok daha akıcıydı. "İniş heyecanlı olacak," diye devam etti Shevek. "Orada bir sürü düşman ve bir sürü dost olacak. İyi haber dostların olması... Ayrıldığımdan bu yana sayıları artmış görünüyor."

"İndiğiniz zaman şu saldırı tehlikesi," dedi Ketho. "Anarres Limanı'nın görevlileri muhalifleri denetleyebileceklerinden kesin olarak eminler mi? Öldürüleceğinizi bile bile gelmenizi söyleyebilirler mi size?"

"Beni koruyacaklar. Ama ne de olsa ben de bir muhalifim. Tehlikeyi kendim seçtim. Biliyorsunuz, bir Odocu olarak bu da benim ayrıcalığım." Ketho'ya gülümsedi. Hain'li gülümsemeye karşılık vermedi, yüzü ciddiydi. Otuz yaşlarında, yakışıklı, uzun, bir Ceti'li gibi açık tenli ama Arz'lı gibi neredeyse tüysüz, çok güçlü, ince hatları olan bir adamdı.

"Bunu sizinle paylaşabiliyor olmaktan mutluyum," dedi. "Sizi iniş gemisiyle aşağı indireceğim."

"Güzel," dedi Shevek. "Bizim ayrıcalıklarımızı kabul edecek kişi bulmak kolay değil!"

"Düşündüğünüzden de fazladır belki," dedi Ketho. "Eğer onlara izin verirseniz."

Aklını tümüyle konuşmaya vermemiş olan Shevek gitmek üzereydi; bu söz onu durdurdu. Ketho'ya baktı ve bir süre sonra, "Yani benimle birlikte inmek istediğinizi mi söylemek istiyorsunuz?" dedi.

Hain'li de aynı doğrudan tavırla, "Evet, isterim," dedi.

"Komutan buna izin verir mi?"

"Evet. Mümkün olduğu takdirde yeni bir dünyayı gezmek ve araştırmak da aslında bir araştırma gemisinin subayı olarak görevimin bir parçası. Kumandan ve ben bu olasılığı görüştük. Ayrılmadan önce elçilerimizle tartıştık. Onların düşüncesi, sizin halkınız yabancıların inmesini yasakladığı için, resmi bir talepte bulunmamak yönündeydi."

"Hmm," dedi Shevek tarafsızca. Uzak duvara gidip bir süre bir resmin, çok yalın bir Hain manzarasının, kapalı bir gökyüzü altında kamışların arasından akan karanlık bir ırmak resminin önünde durdu. "Anarres'e Göç'ün Kapanma Koşulları," dedi, "Urras'lıların liman sınırı dışına çıkmalarına izin vermiyor. Bu koşullar hâlâ geçerli. Ama siz Urras'lı değilsiniz."

"Anarres'e yerleşildiğinde başka bilinen ırk yoktu. Dolaylı olarak bu bütün yabancıları kapsıyor."

"Altmış yıl önce sizin insanlarınız bu güneş sistemine ilk defa gelip bizimle konuşmaya çalıştıklarında yöneticilerimiz de bu yolda karar verdiler. Ama ben onların hata ettiklerini düşünüyorum. Bir duvar daha örüyorlardı yalnızca." Dönüp ayağa kalktı, elleri arkasındaydı, Ketho'ya baktı. "Neden inmek istiyorsunuz Ketho?" diye sordu.

"Anarres'i görmek istiyorum," dedi Hain'li. "Siz Urras'a gelmeden önce bile merak ediyordum. Merakım Odo'nun yapıtlarını okuduğumda başladı. Çok ilgilendim. Biraz–" Utanmış gibi duraklادı, sonra bastırılmış, dürüst tarzıyla, "Biraz Pravca öğrendim. Henüz pek fazla sayılmaz," dedi.

"O halde kendi isteğiniz bu – kendi inisiyatifiniz."

"Tümüyle."

"Peki, tehlikeli olabileceğini de biliyor musunuz?"

"Evet."

"İşler– biraz karışık Anarres'te. Telsizdeki arkadaşlarımın bana söyledikleri buydu. Bizlerin –Sendika'mızın, yolculuğumun– amacı hep buydu, bir şeyleri karıştırmak, bazı alışkanlıkları yıkmak, insanların soru sormasını sağlamak. Anarşistler gibi davranmak! Ben yokken bütün bunlar sürüyordu. Bu yüzden hiç kimse bundan sonra ne olacağını bilmiyor. Eğer benimle birlikte inerseniz her şey daha da karışacak. Fazla ileri gidemem. Sizi yabancı bir Hükümet'in resmi temsilcisi olarak götüremem. Bu Anarres'te işlemez."

"Bunu anlıyorum."

"Bir kez oraya gittiğinizde, bir kez benimle duvarın içinden geçtiğinizde, sizi bizden biri olarak görürüm. Biz size karşı sorumlu oluruz, siz de bize; bütün diğerleri kadar seçeneği olan bir Anarres' li olursunuz. Ama bu seçenekler pek güvenli değil. Özgürlük hiçbir zaman çok güvenli değildir." Basit konsolları, narin aygıtları, yüksek tavanları ve penceresiz duvarlarıyla sakin, düzenli odaya, sonra da Ketho'ya baktı. "Kendinizi çok yalnız hissedecksiniz," dedi.

"Benim halkım çok yaşlı," dedi Ketho. "Binlerce binyıldır uygarız. Bu binyılların birkaç yüzünün tarihi var elimizde. Her şeyi denedik. Başka şeylerin yanı sıra anarşizmi de. Ama ben denemedim onu. Herhangi bir güneşin altında yeni bir şey olmadığını söylerler. Ama her yaşam, başlı başına her yaşam yeni değilse, neden doğuyoruz?"

"Biz zamanın çocuklarıyız," dedi Shevek Pravca. Genç adam bir an ona baktı ve sözcükleri İoca yineledi. "Biz zamanın çocuklarıyız."

"Peki," dedi Shevek ve güldü. "Peki, ammar! Önce telsizden Anarres'i, Sendika'yı arasanız iyi olur... Büyükelçi Keng'e onun halkının ve sizin halkınızın benim için yaptıklarına karşılık verecek şeyim olmadığını söylemiştim; eh, belki size bir şey verebilirim. Bir fikir, bir söz, bir tehlike..."

"Kumandanla konuşacağım," dedi Ketho her zamankinden daha ciddi bir tavırla, ama sesinde heyecanın ya da umudun hafif titremesi vardı.

Ertesi gemi gecesi çok geç bir saatte Shevek *Davenant*'ın bahçesindeydi. Bahçede ışıklar sönüktü, yalnızca yıldızların ışığıyla aydınlanıyordu. Hava oldukça soğuktu. Hayal edilemeyecek bir dünyadan gelen gece açan bir çiçek, karanlık yapraklar arasında açmıştı ve trilyonlarca kilometre ötede, bir başka yıldızın çevresinde dönen bir dünyadaki hayal edilemez bir böceği çekmek için kokusunu sabırlı, yararsız bir tatlılıkla yayıyordu. Farklı güneşlerin ışıkları farklıdır, ama tek bir karanlık vardır. Shevek yüksek, açık görüntü penceresinde durup, yıldızların yarısı arasında siyah bir eğri çizen Anarres'in karanlık yüzüne bakıyordu. Takver'in orada, Liman'da olup olmayacağını merak ediyordu. Bedap'la son konuştuğunda Takver henüz Barış-ve-Bolluk'tan Abbenay'a dönmemişti, bu yüzden onunla tartışıp Liman'a gelmesinin akıllıca olup olmadığına karar verme işini Bedap'a bırakmıştı. "Akıllıca olmasa bile onu durdurabileceğimi sanmıyorsun herhalde?" demişti Bedap. Shevek ayrıca Takver'in Sorruba kıyısından nasıl bir yolla geleceğini de merak ediyordu; bir zeplinle geleceğini umuyordu, Takver kızları da yanında getiriyorsa trende onlarla yolculuk etmek zor olurdu. '68'de Chakar'dan Abbenay'a giderken, Sadik'i üç feci gün boyunca tren tuttuğundaki rahatsızlığını hâlâ anımsıyordu.

Bahçe odasının kapısı açıldı ve loş aydınlatmayı biraz artırdı. *Davenant*'ın komutanı içeriye baktı ve ona seslendi, o da yanıt verdi; komutan Ketho'yla birlikte içeriye girdi.

"Yer denetiminizden iniş aracımız için giriş düzenini aldık," dedi Komutan. Kısa boylu, soğuk ve ciddi bir Arz'lıydı. "Gitmeye hazırsanız, fırlatma işlemini başlatabiliriz."

"Evet." Komutan başıyla onaylayıp çıktı. Ketho gelip pencerenin önünde, Shevek'in yanında durdu.

"Bu duvardan benimle birlikte geçmek istediğinizden emin misiniz Ketho? Biliyorsunuz benim için bu kolay. Ne olursa olsun ben eve gidiyorum. Ama siz evden ayrılıyorsunuz. 'Gerçek yolculuk geri dönüştür...'"

"Dönmeyi umuyorum," dedi Ketho hafif sesiyle. "Zamanı gelince."

"İniş aracına ne zaman bineceğiz?"

"Yirmi dakika kadar sonra."

"Ben hazırım. Toplayacak şeyim yok." Shevek güldü; berrak, katışıksız bir mutluluk gülüşüydü bu. Ketho ona ciddi bir yüzle, sanki mutluluğun ne olduğundan emin değilmiş, ama yine de onu uzaktan tanımış ya da anımsamış gibi baktı. Ona sormak istediği bir şey varmış gibi Shevek'in yanında durdu. Ama sormadı. "Anarres Limanı'nda sabahın erken saatleri olacak," dedi sonunda ve eşyasını toplayıp fırlatma güvertesinde Shevek'le buluşmak üzere ayrıldı.

Yalnız kalan Shevek gözlem güvertesine döndü, Temae'nin üzerinde henüz görüntüye gelen, kör edici gündoğuşu eğrisini gördü.

"Bu gece Anarres'te uyuyacağım," diye düşündü. "Takver'in yanında yatacağım. Keşke resmi, bebek koyunu getirip Pilun'a verseydim."

Ama hiçbir şey getirmemişti. Elleri bomboştu, her zaman olduğu gibi.

—

SONSÖZ

Bülent Somay

URSULA K. LE GUIN, anarşist, sosyalist, feminist, Taocu; bunların hepsi birden ve hiçbiri. Ursula K. Le Guin, yirminci yüzyılın en önemli romancılarından biri; isterseniz romanını bir Bildungsroman (birey oluşumu romanı) olarak okuyun, isterseniz anarko-sosyalist bir bildirge olarak. İki durumda da ne roman değerinden bir şey kaybeder, ne de siz.

Ursula Kroeber Le Guin, 1929'da Kaliforniya'da doğdu. 1960'lı yıllardan bu yana bilimkurgu ve fantazi öyküleri, romanları yazıyor. En tanınmış romanları, bilimkurgu alanında *The Word for World is Forest* (*Dünyaya Orman Denir*), *The Left Hand of Darkness* (*Karanlığın Sol Eli*), *City of Illusions* (*Hayaller Şehri*), *The Lathe of Heaven* (*Gökyüzünün Torna Tezgâhı*), *Rocannon's World* (*Rocannon'un Dünyası*) ve *The Planet of Exile* (*Sürgün Gezegeni*); fantazi alanında ise *Threshold* (Eşik; Türkiye'de *Başlangıç Yeri* adıyla basıldı) ve *Earthsea Trilogy* (*Yerdeniz Üçlemesi* – artık beşleme oldu). Bilimkurgu alanı içinde ve dışında sayısız ödülü var.

The Dispossessed 1974 yılında yazıldı, bir bilimkurgu romanı olarak. 1975'te bilimkurgu dünyasının en önemli iki ödülü sayılan Hugo ve Nebula ödüllerini aldı. Ödül almak bir romanın değeri hakkında pek az şey söyler bize, ancak bu ödüllerin önemi şurada: Nebula ödülünü, çoğunluğu Amerikan muhafazakârlarından oluşan SFWA (Amerikan Bilimkurgu Yazarları Derneği) verir, bir tür Oscar ödülüdür yani. Bu derneğin üyelerinin çoğunluğu ne Le Guin'den, ne de onun anarşist-sosyalist fikirlerinden hoşlanır. Ama ödül Le Guin'e gitti: Roman yayımlandığı gün bir klasik olmuştu çünkü. Aynı hızla, bilimkurgu "hastalarının" oluşturduğu bir ödül olan Hugo'yu da aldı Le Guin; böylece 1974 yılının en iyi bilimkurgu romanını yazmış olma şerefine sahip oldu. Yalnızca bu kadar mı? Geçen on beş yıl içinde ve geriye doğru bakıldığında "bilimkurgu romanı" denilen türün tarihi boyunca, *The Dispossessed*'in önemine yaklaşan pek az roman var. İsterseniz "tür" sınırlarının da dışına çıkalım; 20. yüzyıl romanının klasiklerinden biri olmaya adaydır *The Dispossessed.*

Şu âna kadar romandan hep İngilizce adıyla söz ettim. Bunun bir nedeni var: *The Dispossessed,* İngilizcede bir dizi anlamı bir arada barındırıyor ve ne romanın Türkçesine verdiğimiz *Mülksüzler* adı, ne de akla gelebilecek bir dizi başka ad (emin olun bu konuda birden çok insan uzun süre kafa patlattı) bu anlam zenginliğini karşılayabiliyor. Öncelikle *The Dispossessed*, Dostoyevski'nin İngilizceye *The Possessed* adıyla çevrilen romanına bir cevap. Bu romanın Türkçe adı *Ecinniler.* "The Possessed", İngilizcede "sahip olunanlar" anlamına geliyor, aynı zamanda da "ruhuna şeytan girmişler", "cin tutmuşlar". Dostoyevski'nin romanını okuyanlar bilir, *Ecinniler*'de bir anarşist grubun maceraları anlatılır. Romanın başkahramanlarından biri, Dostoyevski'nin zamanında oldukça ün kazanmış bir Rus "anarşisti" olan Neçayev tipi üzerine kurulmuştur. Neçayev'in ne kadar "anarşist" olduğu, 19. yüzyıl siyasi tarihçilerini ilgilendiriyor, ne kadar "şeytan" olduğu ise Hıristiyanları (özellikle Dostoyevski gibi inanmış olanlarını). Le Guin, romanının adını Dostoyevski'nin romanının tam zıddı olarak koymuş (İngilizcede "*dis-*" öntakısı kelimeyi tersine çevirir, olumsuzlar). Herhalde şunu demeye çalışıyor: Anarşistler öyle "ruhu cinler tarafından ele geçirilmiş" şeytansı yaratıklar değildir, onlar sahipsizdir, ne şeytan, ne de insan onlara sahip olamaz. Ama adın sorunları burada bitmiyor. "The Dispossessed" aynı zamanda "mülksüzler" demek, ki bu Le Guin'in tasvir ettiği anarşist toplumun en önemli özelliğini oluşturuyor. Anarres sakinleri ne bir şeye sahipler, ne de sahipleri var; emir almıyorlar ve vermiyorlar, iki anlamda da özgürler: hem (Marx'ın proletaryayı tanımlarken kullandığı anlamda) üretim araçlarından özgürler, hem de devletten, patrondan, yöneticiden özgürler.

Romanın adı konusundaki bu açıklama, Le Guin'in öyle Dostoyevski'yi kolayca harcadığı yolunda bir izlenim uyandırmasın. Tersine, LeGuin'in romancılığındaki, yazarlığındaki en önemli etki Dostoyevski'den geliyor. *Mülksüzler*'le yakın bir zamanda yazdığı "The Ones Who Walk Away From Omelas" (Omelas'ı Terkedip Gidenler) öyküsü, bir Dostoyevski sorusu üzerine kurulu: Bir kentin mutluluğu her gün küçük bir çocuğa işkence yapılmasına bağlı olsaydı, kent halkı ne yapardı? Omelas adlı ütopya/kent'in insanları, işkence sırası kendilerine gelene kadar bu soruyu pek sormasalar da, sıranın kendilerine geldiği günden sonra kentin mutluluğunu paylaşamaz oluyorlar ve Omelas'ı "terk edip gidiyorlar". Bir başka Dostoyevski'ci olan Nikolas Berdyaev'in deyişiyle, daha az "mükemmel" ama daha insanca bir yaşam kurmaya gidiyorlar.

Mülksüzler, bir dizi Taocu zıtlık üzerine kurulu (terim gayet yerinde olmakla birlikte, "diyalektik karşıtlık" demeye dilim varmıyor, diyalektiği "gizemli" bir hale getirmekle suçlanırım korkusuyla). Bu zıtlıkların en başında ikiz dünyalar olan "Anarres" ve "Urras" geliyor. Bu iki dünya bir "ikili sistem" oluşturuyorlar, birbirlerinin etrafında dönüyorlar. Her biri ötekinin "ay"ı. Hangisinin ay, hangisinin dünya olduğu, ne taraftan baktığınıza bağlı. Dünyalardan biri verimli, diğeri çorak; biri özgür, diğeri sınıflı ve sömürülü; biri "anarşist", diğeri "arşist" (devletçi, yönetimci, hiyerarşik). Roman iki yolculuk üzerine kurulu: Biri gidiş, diğeri dönüş. Ama aslında "gidiş", eski dünyaya bir "dönüş" zaten. "Dönüş" ise aslında, farklı bir insan olarak, farklı bir dünyaya "ilk kez gidiş".

İki dünyanın da adlandırılması bir dizi kelime ve ses oyunu içeriyor: Anarşist dünya "Anarres"in adı, bir yandan Anarşi'yi (Anarşi: başsızlık–Yunancada *arche*: baş, başat; *ana*- öntakısı ise olumsuz iyelik, -siz, -sız demek) çağrıştırırken, bir yandan da "şeyleri," mal ve mülkleri olmayan anlamına geliyor (Latince'de *res*: şey, nesne). Kapitalistlerin ve devletçilerin dünyası "Urras" ise, öncelikle ABD ve SSCB'nin harflerinden devşirilmiş (USA ve USSR). İlk iki harfi olan *Ur*- ise, Almancada ilk, kaynak, başlangıç anlamına gelen bir öntakı. Bu anlamda, Urras, Anarres'e giden göçmenlerin kaynağı, ikili gezegen sistemindeki hayatın başlangıç noktası, eski dünya.

Anarres bir ütopya mı? Doğal kaynaklarının azlığı, kıtlık, kötü iklim koşulları bu soruya "evet" demeyi güçleştiriyor. Her ütopya bir bolluk varsayımı üzerine kuruludur. Anarres'in anarşistleri ise kıtlığı paylaşıyorlar. Üstelik onların içinde de iktidar heveslileri, bürokrat özentileri var ve bunlar köşebaşlarını tutabiliyorlar. Bu anlamda da Anarres bir ütopya değil. Ama *Mülksüzler* bir ütopya. Alışılagelmiş türden bir ütopya değil. Kendi toplumunu, bugün ve burada varolanları eleştirerek buna alternatif bir mükemmel şehir ya da dünya tasviri yapan bir ütopyacının kaleminden çıkmamış, ama umut ilkesi metnin her satırında kendini gösteriyor. Le Guin bize mükemmel bir toplum tasvir etmiyor, tersine, tüm eksiklikleriyle bir yeni dünya'yı ve tüm sevilebilir yanlarıyla bir eski dünya'yı karşı karşıya ve yan yana koyuyor, karşımıza koyuyor. Bir tercih yapmamız için değil, ikisine birden bakarak kendimize bir umut ufku oluşturmamız, yeni dünya'ya eski dünya üzerinden, geri dönerek varmamız için. Çünkü, Tau Ceti yıldız sisteminin Urras gezegeninin A-İo ülkesinde doğan bir düşünür olan Laia Odo, bize *gerçek yolculuk geri dönüştür*, diyor. Burada, tam da bu noktada Le Guin, Engels'in ütopyacılığa yönelttiği eleştiriyi, bu kez olumlu açıdan tekrarlıyor. Engels bize "yeni bir dünya hayal etmekle yetinemeyeceğimizi, o dünyayı varolan dünyanın, eski dünyanın somut, bilimsel eleştirisi üzerinde kurabileceğimizi" söylememiş miydi? Le Guin'in kahramanı Shevek, işe tasarlanmış bir yeni dünya'da başlıyor, ama ilk adımı eski dünyaya gitmek, onu tanımak, kavramak ve eleştirmek oluyor. Ancak bundan sonradır ki yeni dünyasına geri dönebilir ve ütopya somut bir gerçeklik olarak anlam kazanabilir.

Shevek'in önce eski dünya'ya, Urras'a, sonra yeniden yeni dünya'ya, Anarres'e, tabir caizse bir "ring seferi" yapması bir kısırdöngü, bir kuyruğunu yiyen yılan hikâyesi değil. Dönülen yeni dünya, bırakılan yeni dünya değil, Shevek'ten sonra eski dünya da aynı kalamayacak. Çünkü bu yolculuk birkaç duvarı yıkmayı gerektiriyor. İnsanları, dünyaları, ülkeleri, kültürleri birbirinden, bugünü dünden, bugünü yarından ayıran duvarları. Le Guin'e göre ikide bir gelip tosladığımız duvarlar, bugünümüzü yaşanmaz kılan engellerdir. Bir birey olarak çevremizi saran, devletin, kapitalizmin ya da yalnızca "kamuoyu önyargısının", çoğunluk kanaatinin duvarlarını yıkmak yeterli değildir. Ulusları, ülkeleri, dünyaları ayıran duvarları yıkmak da yeterli değildir. Kendimizi kendimizden, an'ı zamandan, ve hangi toprak parçasında, hangi gezegende yaşarlarsa yaşasınlar tüm canlı varlıkları birbirinden ayıran duvarlar (ki bunlar sonsuza uzanıyor) yıkılana kadar her birimizin birer "olumsuz, tersine duvarcı ustası" olmamız gerek Le Guin'e göre. Bu duvarları etrafımıza devletin, bürokratların, kapitalistlerin, askerlerin mi ördüğü, yoksa bizim mi kendimizi duvarlar arasına hapsettiğimiz, sonuçları açısından fark etmiyor. Çünkü, Tau Ceti yıldız sisteminin Anarres gezegeninde Kuzeybatışı Bölgesi'nde doğan fizikçi/isyancı Shevek'in dediği gibi, *içeri kapamak, dışarıda bırakmak, aynı şey.*

Bülent Somay
İstanbul 1990

LE GUIN KOLEKSİYONU

•

MÜLKSÜZLER 1991
ROCANNON'UN DÜNYASI 1995
BALIKÇIL GÖZÜ 1997
DÜNYAYA ORMAN DENİR 1996
BAĞIŞLANMANIN DÖRT YOLU 2001
UÇUŞTAN UÇUŞA 2004
DÜNYANIN DOĞUM GÜNÜ 2005
İÇDENİZ BALIKÇISI 2007
LAVİNİA 2009
RÜYANIN ÖTE YAKASI 2011
AYA TIRMANMAK 2012
MALAFRENA 2013

Yerdeniz

YERDENİZ BÜYÜCÜSÜ 1994
ATUAN MEZARLARI 1995
EN UZAK SAHİL 1995
TEHANU 2000
YERDENİZ ÖYKÜLERİ 2001
ÖTEKİ RÜZGÂR 2004

YERDENİZ, 6 Kitap Tek Cilt 2012

Batı Sahili Yıllıkları

MARİFETLER 2006
SESLER 2008
GÜÇLER 2009

KADINLAR RÜYALAR EJDERHALAR 1999
ZİHİNDE BİR DALGA 2017

LAO TZU: TAO TE CHING 2018
LeGuin yorumuyla

ŞİMDİLİK HER ŞEY YOLUNDA 2019
Son Şiirler 2014-2018

YAZMA ÜZERİNE SOHBETLER 2020
Söyleşi: David Naimon

metis edebiyat'tan okuyabileceğiniz diğer kitaplar

Eğlencelerin Sırrı Francisco Casavella

yad Meltem Ahıska

İstasyon Birgül Oğuz

Arkası Mutlaka Gelir Ayşegül Devecioğlu

Hamamname Murathan Mungan

Aşk İçin İstediğimiz Başka Hayvanlar Defne Sandalcı

Benim Durumumdaki Erkekler Per Petterson

Şimdilik Her Şey Yolunda Ursula K. Le Guin

Çağ Geçitleri Murathan Mungan

Güzel Ölümün Öyküsü Ayşegül Devecioğlu

Hayvan Müzesi Carlos Fonseca

Sardalyanın Gizemi Stefan Themerson

Bir Dava Ayhan Geçgin

Yabancı Bir Baba Eduardo Berti

Lao Tzu: Tao Te Ching Ursula K. Le Guin

Doğal Roman Georgi Gospodinov

Birbirimiz İçin Yaşayacağız Andrey Platonov

Cuma ya da Yaban Yaşam Michel Tournier

Efsus'a Yolculuk Yücel Kayıran

Çukur Andrey Platonov

Hüznün Fiziği Georgi Gospodinov

Dokuz Anahtarlı Kırk Oda Murathan Mungan

Kimi Muhitlerde Elizabeth Harrower

Tanrının Çocukları Mary Doria Russell

Hüküm Türker Armaner

Gözetleme Kulesi Elizabeth Harrower

küre Murathan Mungan

Solak Defterler Murathan Mungan

www.metiskitap.com/catalog/series/615

METİS YAYINLARI

Ursula K. Le Guin

ŞİMDİLİK HER ŞEY YOLUNDA

Son Şiirler 2014-2018

Çeviren: Gökçenur Ç.

Ursula K. Le Guin'in yayıncısına gönderdiği bu son şiirlerde, bitmekte olan bir hayata veda ya da hüzün duygusundan ziyade güzel yaşanmış bir ömrün sonunda olmanın bilgeliği sunuluyor okura. Değerli edebiyatçı, ömrü boyunca hep yaptığı gibi dünyaya, hayata ve ölüme merakla bakmayı, insanın ve doğanın türlü hallerine sevgi ve hayretle yaklaşmayı sürdürüyor.

Mevsimlerin bilgesiyim artık. Değişmeden biliyorum
değişeceğini ışığın, izliyorum gün dönümünü,
                                        gün tün eşitliğini,
huzur buluyorum bu büyük düzende. Kocadım.
Yine de neşeleniyorum ansızın nehirden
yükseldiğinde sessizce sis, sabah ışıltısı
karıştığında hiç yaratılmamış şeylerin arasına.

METİS YAYINLARI

Ursula K. Le Guin

LAO TZU: TAO TE CHING

Yol'a ve Yol'un Gücüne Dair

Çeviri: Bülent Somay, Ezgi Keskinsoy

"*Tao Te Ching*'i yöneticiler için elkitabı olarak gören akademik çeviriler, Taocu 'bilge'nin biricikliğini, erkekliğini, otoritesini vurgulayan terimler kullanır. Bense, günümüzün bilge olmayan, güç sahibi olmayan, muhtemelen erkek de olmayan ve kapalı bir çevrenin anlayabileceği sırlar peşinde koşmak yerine doğruca ruha hitap eden sese kulak kabartacak okuruna, ulaşabileceği bir Yol Kitabı sunmak istedim. Bu kitabın neden iki bin beş yüz yıldır sevildiğini görmesini istedim bu okurun.

"*Tao Te Ching* büyük dini metinler arasında en sevilesi olanıdır; eğlencelidir, keskindir, iyicildir, mütevazıdır, durdurulamaz bir taşkınlığı, tükenmez bir yenileyiciliği vardır. Tüm derin kaynaklar arasında suyu en berrak olanıdır."

– Ursula K. Le Guin

METİS YAYINLARI

Ursula K. LeGuin

ZİHİNDE BİR DALGA

Yazar, Okur ve Hayal Gücü Üzerine

Çeviri: M. G. Sökmen, T. Birkan,
Ö. D. Gürkan, Ö. Çelik, S. Kılıç

Granit insanlar, Kızılderili amcalar, sözlük teyzeler; kütüphaneler, gerçek Yerdeniz adaları; Tolstoy, Borges, Dickens, Twain; *Yüzüklerin Efendisi*; masallar, toplumsal cinsiyet, ayaklar, güzellik, ölüm, sorgulanmayan varsayımlar...

Ama hepsinden önemlisi düşlemek: "Hepimizin hayatlarımızı icat etmeyi, yapmayı, hayal etmeyi öğrenmemiz gerekir. Bize bu becerilerin öğretilmesi gerekir; bunun nasıl yapılacağını gösterecek rehberler gerekir. Bunu yapmazsak, hayatlarımızı başkaları bizim için yaparlar."

Le Guin'in diğer yazılarından aşina olduğumuz iki tema öne çıkıyor: Süreç ve ritim – kadın olmak, yaşlı olmak, okur olmak, yazar olmak; ve yazarın, hükmetmek şöyle dursun ancak takip edebildiği tempo ve sözcükler, zamanı gelince elinizi uzatsanız havada asılı onlarcasına erişebileceğiniz hissi veren o öyküler.

Zihinde Bir Dalga'yı okumak, eski bir arkadaşınızla oturup muhabbet etmeye benziyor: Kafa açıcı olduğu kadar, insana kendini rahat hissettiren bir tarafı var; hararetle daldan dala atlarken, saatlerin nasıl geçip gittiğini anlamıyorsunuz bile.